L'AUTRICE

Axelle Ménéglier est née en 1996. Après avoir obtenu une licence de droit et un master de communication, elle décide de se consacrer à sa passion : l'écriture. Ainsi, quand elle n'est pas en train d'aider des joueurs à s'échapper de la salle d'escape game toulousaine dans laquelle elle travaille, elle s'attelle à construire les histoires qu'elle aurait rêvé lire étant petite.

Retrouvez l'univers d'Axelle Ménéglier sur
Instagram et TikTok : @axellemeneglier
Et sur les réseaux de la collection R

COLLECTION R

SUPERNOVA

L'Académie des Constellationnistes

Livre I

Axelle Méneglier

Éditrice : Elsa Whyte

ISBN : 978-2-221-27258-9
ISSN : 2258-2932

Loi n° 49-956 du 16 juillet 1949 sur les publications destinées à la jeunesse et aux jeunes adultes

Dépôt légal : novembre 2023
Éditions Robert Laffont – 92, avenue de France, 75013 Paris

Pour Dylan,
Parce que te voir marcher
sur le chemin de ta Légende Personnelle
m'inspire au quotidien.
Je t'aime,
Axelle

CONSTELLATIONS

△ FEU 🜃 TERRE 🜁 AIR ▽ EAU

△ Les BÉLIER sont dotés du don d'hypervitesse. Plus un Bélier est puissant, plus sa vitesse approche celle de la lumière.

🜃 Les TAUREAU détiennent le don de prémonition et peuvent avoir des visions de l'avenir à plus ou moins long terme en fonction de leur puissance.

🜁 Les GÉMEAUX possèdent le don d'ubiquité ; ils peuvent générer des clones. Plus le Constellationniste est puissant, plus il peut matérialiser de clones.

▽ Les CANCER sont dotés du pouvoir d'empathie. Ils peuvent déceler les émotions d'autrui et, s'ils sont suffisamment puissants, les modifier.

△ Les LIONS peuvent asservir autrui, c'est-à-dire le forcer à obéir au moindre de leurs désirs. Au summum de leur puissance, ils sont en mesure d'asservir une foule entière.

🜃 Les VIERGE sont capables de se rendre invisibles. Lorsqu'ils maîtrisent suffisamment leur pouvoir, ils peuvent l'étendre à d'autres par le contact physique.

🜁 Les BALANCE sont dotés du pouvoir de télépathie et peuvent donc lire dans les pensées. Plus ils sont puissants, plus leur lecture est exhaustive.

🜄 Les SCORPION sont capables de se métamorphoser. Deux types de Scorpion existent : les Scorpion Gordina, qui peuvent prendre l'apparence de tout être vivant, et les Scorpion Yektua, qui peuvent se changer en objets.

🜂 Les SAGITTAIRE sont dotés du pouvoir de téléportation. Plus un Sagittaire est puissant, plus il peut se téléporter sur des distances importantes.

🜃 Les CAPRICORNE peuvent user de transposition : ils sont capables, lorsqu'ils maîtrisent pleinement leur pouvoir, de transférer une partie de leur esprit dans le corps d'une autre personne et de le contrôler.

🜁 Les VERSEAU sont dotés du pouvoir d'obstruction et sont en mesure de se rendre hermétique à tous les pouvoirs psychiques tels que l'empathie, l'asservissement, la télépathie et la transposition. Suffisamment puissants, ils peuvent étendre ce pouvoir à autrui.

🜄 Les POISSONS détiennent le pouvoir de guérison. Plus un Poissons est puissant, plus il capable de soigner des blessures profondes.

PROLOGUE

Elle déboula dans la rue par une étroite porte en verre et mit ses mains en visière dans l'espoir d'apercevoir son mari à travers les gouttes s'écrasant sur le trottoir inondé. Elle chassa rapidement le sentiment, prégnant, que le destin s'acharnait contre elle. Sa décision était prise. La gorge nouée, elle traversa la route en ignorant l'eau qui lui giflait le visage et courut vers l'homme qui l'attendait le dos courbé, la tête baissée.

— Nous n'avions pas le choix, murmura-t-elle en étouffant un sanglot. Tu le sais aussi bien que moi.

Pour le rassurer autant que pour se convaincre elle-même, elle glissa la main dans celle de son mari et la pressa aussi fort qu'elle le put. Lui restait planté au beau milieu de cette rue déserte où tous deux s'étaient promis un avenir paisible il y a quelques mois à peine.

— Peut-être que l'Oracle Aldebaran s'est trompé, répondit-il et sa voix se brisa. Peut-être que ce n'est pas elle.

— L'Oracle ne se trompe jamais. Il nous a révélé ce secret à nous, et à nous seuls, pour la protéger. Pour nous protéger tous, insista-t-elle avec douceur.

Après ce qui sembla être une éternité, l'homme, dont les cheveux noirs, trempés, s'étaient plaqués sur le front, releva le menton.

— Je sais…, répondit-il en contemplant une fenêtre éclairée au troisième étage d'un immeuble aux briques orangées.

Une larme s'écrasa sur sa joue, aussitôt dissimulée par la pluie. Jamais, de toute son existence, il n'avait connu un tel chagrin.

Il se tourna vers sa femme et ajouta dans un souffle :

— Je l'aimais déjà tellement…

Ces quelques mots achevèrent de briser la jeune femme. Elle avait tant bien que mal contenu ses émotions pour accomplir l'acte le plus pénible et le plus courageux de son existence. Voir le visage de son époux déformé par la tristesse était au-delà de tout ce qu'elle pouvait supporter.

Pour seule réponse, elle l'enlaça si fort que dans la nuit noire qui enveloppait Londres, leurs deux corps n'en formaient plus qu'un.

CHAPITRE 1

« Unitatea urtean aldea, argia ilunpetan. »
« *L'unité dans la différence, la lumière dans l'obscurité.* »

Devise de Saleria

Les portes du métro se refermèrent juste sous les yeux de Cassie et ce fut la goutte d'eau qui fit déborder un vase déjà bien rempli. Elle poussa un cri de rage au moment où sa botte en cuir déchirée frappa la façade du train, qui reprenait déjà sa course effrénée. Ses yeux remontèrent jusqu'au panneau d'affichage annonçant le délai d'attente jusqu'au prochain métro : trois minutes.

C'était trop. Le train qui venait de lui passer sous le nez lui permettait habituellement d'arriver au musée avec cinq bonnes minutes de retard. En prenant le suivant, elle frôlerait les dix minutes et, avec elles, le renvoi.

Elle croisa les bras sur sa poitrine et tapa frénétiquement du pied sur le sol tout en grattant la peau autour de l'ongle de son pouce avec son majeur. Une sale habitude dont elle n'était jamais parvenue à se défaire. Lasse, elle entreprit de s'asseoir sur l'un des sièges en métal à proximité avant de se relever aussi sec.

L'attente était interminable.

Au moment où le métro, attendu comme le Messie, s'arrêta dans son habituel tintamarre, Cassie se jeta sur les portes et s'engouffra aussitôt dans la rame en se heurtant aux usagers qui descendaient.

— On laisse sortir avant d'entrer ! s'agaça un septuagénaire attifé d'un costume vert sapin en velours côtelé.

Cassie ne lui prêta aucune attention et se fraya un chemin en jouant des coudes au milieu d'inconnus qui lui lançaient des regards assassins. Elle ne s'en préoccupait pas le moins du monde. Sans un mot d'excuse, elle se rua sur un siège vide et monta le volume de son vieux casque audio pour se couper du monde. Par habitude, elle se mit à triturer le médaillon de son collier en or, le seul objet de valeur qu'elle eût jamais possédé. Elle l'avait trouvé dans les affaires de sa mère peu après son décès, alors qu'elle cherchait désespérément un moyen de lutter contre un insondable chagrin. Depuis, elle ne le quittait plus.

Un plâtre blanc et deux béquilles grisâtres s'immiscèrent dans son champ de vision, mais Cassie était trop concentrée sur son médaillon pour penser à céder sa place. En son centre étaient gravés un petit soleil et une lune entrecroisés, autour desquels se succédaient les douze constellations du Zodiaque dans une ronde infinie. Une phrase au sens énigmatique était inscrite sur son rebord : « *Unitatea urtean aldea, argia ilunpetan.* » Au dos, deux mots parfaitement calligraphiés : Protée Panyro. Ces inscriptions l'avaient hantée ces sept dernières années, mais ses recherches pour leur donner un sens ne l'avaient jamais menée nulle part.

— South Kensington ! crachèrent les haut-parleurs de la rame. Attention à la marche en descendant du train.

Surprise, Cassie bondit de son siège, attrapa son sac à dos et se précipita sur le quai au moment où les portes se refermaient. Elle avala en cinq minutes à peine les quelques centaines de mètres qui la séparaient de l'immeuble au style Régence abritant le musée des Sciences. Elle y travaillait depuis quelques mois en tant que réceptionniste. Un job aussi rébarbatif que le reste de sa vie monotone, mais qui payait bien. Alors elle s'en contentait.

Comme elle le redoutait, remuant compulsivement sa jambe droite, un homme d'une trentaine d'années coiffé d'un catogan ridicule et engoncé dans une veste de costume trop ajustée l'attendait près de la caisse.

— Cassiopée ! s'exclama-t-il lorsqu'elle parvint à sa hauteur. Tu es en retard. Encore.

Elle avait connu bien des managers durant sa courte carrière, mais Francisco était le plus insupportable de tous.

— Cassie, corrigea-t-elle en passant devant lui sans lui adresser un regard.

Il savait pertinemment qu'elle détestait qu'on l'appelât par son nom complet. À chaque fois qu'elle l'entendait, un trou béant s'ouvrait dans sa poitrine ; un trou qu'elle avait difficilement tenté de combler ces dernières années. Sept années à s'efforcer de faire le deuil de la seule personne qu'elle aurait aimé entendre prononcer ce prénom. Dans sa bouche, « Cassiopée » semblait revêtir un sens particulier, comme une musique douce et rassurante qui la réchauffait de l'intérieur. Elle avait abandonné son prénom le jour où elle avait perdu sa mère.

— Ce n'est pas une tenue réglementaire, commenta son manager en jaugeant la jupe noire plissée qui lui arrivait au-dessus des genoux. Même si c'est un régal pour les yeux…

Cassie dut déployer un effort surhumain pour ne pas se retourner et lui coller sa main dans la figure. En acceptant ce job, elle avait également pris la résolution d'agir en adulte et d'éviter de faire quoi que ce soit qui lui valût un énième renvoi. Elle avait besoin de ce travail.

Les nerfs à vif, elle enfonça la porte rouge devant elle et pénétra dans le vestiaire des femmes.

— Quelle arrivée fracassante ! s'écria une voix chantante à l'autre bout de la pièce.

Dissimulée derrière une rangée de casiers bleu électrique, Sasha s'appliquait à épingler son badge à son T-shirt d'uniforme noir.

— Francisco, je présume ? demanda-t-elle en jetant à sa meilleure amie un regard en biais.

Cassie hocha la tête et s'assit sur le seul banc en bois de la pièce.

— Dis-moi, tu penses que verser du laxatif dans le café de son manager est toujours un acte pénalement répréhensible ?

Sasha fronça les sourcils par-dessus ses grosses lunettes rondes et Cassie leva les mains d'un air innocent.

— C'est pour un ami !

— Évidemment, répondit Sasha en refermant son casier. Navrée pour ton ami, mais j'ai bien peur que la loi n'ait pas changé depuis la semaine dernière.

Cassie haussa les épaules et poussa un profond soupir.

— Bon, il s'en remettra.

Sasha secoua la tête en arborant un sourire amusé avant de se gratter frénétiquement le torse.

— Moi, j'ai des plaques d'urticaire rien qu'à l'idée de passer la journée avec lui.

Cassie dévisagea son amie, la gorge nouée.

— Je suis désolée, c'est moi qui t'ai mise dans cette galère.

Elle avait proposé à Sasha de travailler au musée à ses côtés quand cette dernière cherchait un emploi à mi-temps. Avant que Francisco ne débarquât de nulle part, c'était un travail agréable. Mais depuis l'arrivée de ce type, l'ambiance était pesante. Il avait été embauché à peine quelques semaines plus tôt et, de manière tout à fait inexpliquée, était parvenu à se hisser au poste de manager. Depuis, il leur menait la vie dure.

— Ça va aller, t'inquiète pas ! lança Sasha en se dirigeant vers la porte des vestiaires.

Elle se retourna une dernière fois pour adresser à Cassie un clin d'œil malicieux et disparut dans les entrailles du musée.

Cassie se leva paresseusement et ouvrit la porte de son casier. À l'intérieur, un miroir rectangulaire lui renvoya son reflet qu'elle prit, comme toujours, soin d'éviter.

Elle n'avait besoin ni qu'on lui rappelât que son teint blafard jurait avec le brun de ses cheveux bouclés, ni de s'attarder sur ses joues creusées, parsemées de taches de rousseur, qui lui donnaient presque l'air malade. Heureusement, malgré les épreuves qu'elle avait traversées, ses grands yeux gris avaient conservé leur éclat.

Seule au milieu des vestiaires, Cassie passa en revue chacun des chemins qu'elle avait été forcée d'emprunter et qui l'avaient conduite à ce moment précis. Elle aurait tout donné pour revenir à l'époque où sa mère était encore là et où son père n'avait pas eu la bonne idée de leur préférer la boisson, se déchaînant sur elle chaque fois qu'il était insatisfait. S'il ne lui avait jamais témoigné la moindre affection par le passé et qu'il avait choisi d'être un mari plutôt qu'un père, il avait au moins eu le mérite, durant les premières années de sa vie, de subvenir à ses besoins sans s'en prendre à elle, et elle n'avait manqué de rien.

À cette période-là, oui, elle avait été heureuse, vraiment heureuse. Elle ne sentait pas encore sur ses épaules le poids écrasant des responsabilités, elle pouvait se permettre de rêver à un avenir où elle serait astronaute ou volcanologue, où se réveiller chaque matin ne serait pas une contrainte, mais une perspective enthousiasmante.

Elle avait perdu le droit de rêver depuis bien longtemps et, aujourd'hui, elle se demandait chaque minute de chaque heure ce qu'elle faisait là. Quel était le but de sa vie ?

Une bouffée d'amertume faillit la submerger, mais Cassie tint bon. Dans un reniflement bruyant, elle refoula ses souvenirs : elle le savait, elle avait aussi perdu le droit de se lamenter sur son sort.

✶

Cassie ne vit pas la matinée passer. Le musée était bondé, beaucoup plus que d'habitude, si bien que ni elle ni Sasha n'eurent à subir une seule fois les remarques déplacées de Francisco.

— Cassiopée, murmura soudain une voix chevrotante devant elle.

Cassie releva aussitôt les yeux des tickets qu'elle était en train de découper et découvrit une petite dame d'une soixantaine d'années à la mise en plis aussi moderne que son chandail à fleurs délavé.

— Oui ? demanda-t-elle avec un sourire circonspect.

Son interlocutrice, qui dépassait à peine le haut du comptoir, pointa un doigt tremblant vers son badge et sourit de tout son dentier.

— C'est un très joli prénom que vous avez. Puis-je vous demander d'où il vient ?

C'est pas vrai, pourquoi devait-elle subir ça ?

Était-ce sa punition pour avoir ramassé le billet de dix livres qu'une gamine avait fait tomber sous ses yeux devant son immeuble ? Car si c'était le cas, elle était prête à le lui rendre sur-le-champ ! Non seulement le sujet était douloureux, mais c'était la centième fois qu'elle devait se lancer dans une explication qui, en réalité, n'intéressait personne.

La vieille dame n'avait pas quitté Cassie du regard et attendait patiemment une réponse. Elle avait une forme d'innocence et de douceur qui la prit au dépourvu. Elle se calma. Si sa mère avait eu le temps de vieillir, peut-être aurait-elle fini par ressembler à cette femme.

— C'était le nom d'une reine d'Éthiopie dans la mythologie grecque, expliqua-t-elle dans un raclement de gorge. Elle a dû sacrifier l'une des personnes à qui elle tenait le plus pour sauver son royaume : sa fille, Andromède.

Voyant une lueur d'intérêt s'allumer dans les yeux de la vieille dame, Cassie décida de poursuivre son récit avec plus d'émotion.

— Mais, surgissant des airs sur son cheval ailé, Persée l'a sauvée… puis l'a épousée. C'est aussi le nom d'une constellation. Très pratique. Elle permet de trouver l'étoile Polaire.

En prononçant ces derniers mots, Cassie se rendit compte de l'ironie de sa situation. La constellation de Cassiopée permettait de trouver l'étoile qui, historiquement, indiquait leur route aux navigateurs. Plus perdue qu'elle sur cette foutue planète, pourtant, ça n'existait pas.

— Je suis persuadée que vos parents n'ont pas choisi ce nom pour rien ! commenta la vieille femme en tapotant énergiquement le comptoir.

Le sourire malicieux dont elle gratifia Cassie la désarçonna et elle dut prendre sur elle pour avoir l'air aimable. Avant d'avoir eu le temps de prononcer le moindre mot, une main chaude et apaisante se posa sur la sienne.

— Bonne visite, madame ! claironna Sasha d'une voix chantante. Nous restons à votre disposition si vous avez la moindre question.

La vieille dame détailla Sasha avec une étrange tendresse et s'éloigna du comptoir sans demander son reste.

Cassie baissa les yeux sur la main bienveillante de Sasha et le malaise l'envahit : son amie avait une piètre image d'elle.

— Je n'allais pas me mettre à l'insulter, tu sais.

— Je me méfie avec toi, pouffa Sasha en passant la main dans ses cheveux blonds, coupés court. Chrystal Fisher se souvient encore du coup de poing que tu lui as balancé au collège.

Un léger sourire éclaira le visage de Cassie à l'évocation de ce souvenir.

— Elle l'avait mérité.

Sasha soupesa ces mots pendant une demi-seconde, puis hocha la tête d'un air convaincu.

— C'est vrai. Chrystal Fisher était une petite conne.

C'était peu de le dire. À l'époque, le cancer venait d'emporter la mère de Cassie sans lui avoir laissé le temps de se battre et, avec elle, tout le bonheur qu'elle eût jamais éprouvé. Le lendemain de son enterrement, Chrystal avait sous-entendu, avec des mots qu'une petite fille de onze ans ne devrait jamais prononcer, que la mère de Cassie vendait son corps au plus offrant. En réalité, Cassie se souvenait moins l'avoir frappée que traînée dans les escaliers par les cheveux sur deux étages. Bien sûr, elle avait été renvoyée.

Elle releva la tête, moqueuse.

— Je dirais même que c'était une g…

Sa phrase mourut sur ses lèvres et son sourire disparut aussi sec. Il lui sembla qu'une vague de chaleur se répandait dans tout son corps, depuis l'extrémité de ses orteils jusqu'à son cuir chevelu, enflammant chaque parcelle de son être. Quatre personnes fascinantes venaient de dépasser le comptoir.

À la tête du groupe, une femme aux cheveux blond platine et à l'air sévère se déplaçait comme si le monde lui appartenait. Juste derrière, une femme rousse et un homme à la peau mate, âgés d'une trentaine d'années et tout de cuir vêtus, se tenaient bras dessus, bras dessous. Fermant la marche, un petit homme chauve à la tunique albâtre les suivait avec un calme olympien.

Si, a priori, ces personnes n'avaient rien en commun, une particularité avait immédiatement attiré l'attention de Cassie. Elle avait observé ces signes si souvent qu'elle les aurait reconnus à n'importe quelle distance : les constellations du Zodiaque étaient dessinées sur la peau des quatre étrangers. L'une des femmes était tatouée à la main gauche, l'autre dans le cou, tout comme son compagnon.

— Cassie ? demanda Sasha. Qu'est-ce qui se passe ?

Sasha agita sa main devant sa meilleure amie, mais les yeux de cette dernière étaient comme vissés aux symboles familiers arborés fièrement par ces inconnus.

Elle serra son pendentif. Le tatouage qui recouvrait une partie du crâne chauve du dernier homme représentait un genre de « V » et était accompagné d'une phrase que Cassie ne parvenait pas à déchiffrer. Une phrase dans une langue inconnue et en même temps familière. La même phrase que celle inscrite sur son médaillon. Cela ne pouvait pas être une coïncidence.

Muette, Cassie les regarda s'éloigner alors que tout en elle lui hurlait de les rattraper. C'était un sentiment qu'elle n'avait jamais éprouvé auparavant, que certains auraient qualifié d'instinct, mais qui, en elle, s'imposa comme une évidence.

Retrouvant tant bien que mal son sang-froid, le cœur battant à tout rompre, elle escalada le comptoir pour s'élancer à leur poursuite.

— Cassiopée ! cria Francisco. Reviens ici tout de suite !

La jeune fille l'ignora. À la place, elle s'engouffra à son tour au cœur du musée et se fit avaler par une foule de collégiens en uniforme. Les quatre inconnus empruntaient l'escalier principal. Elle s'élança à leur poursuite sans perdre une seconde.

Zigzaguant entre les dizaines de visiteurs qui se dressaient sur son chemin, elle déboucha, à bout de souffle, sur le palier du premier étage. Elle scanna la pièce du regard, en vain : les inconnus avaient disparu.

La panique l'envahit. Tournant sur elle-même comme une toupie en fin de course, elle passa en revue chacun des visages de l'étage.

Puis la chevelure presque blanche de la femme qui menait le groupe apparut à Cassie à l'autre bout de la pièce et elle se précipita dans sa direction. Peut-être était-ce le fruit de son imagination, mais elle avait l'impression que les inconnus accéléraient le pas.

Soudain, une alarme tonitrua dans tout le bâtiment. L'écho assourdissant se répercuta tout autour d'elle, provoquant une agitation générale : une foule ininterrompue de visiteurs se déversa sur le palier que Cassie venait d'atteindre.

Bousculée et enserrée de toute part, Cassie fut forcée de transformer sa foulée résolue en un piétinement résigné. Elle observa, impuissante, l'écart se creuser avec les quatre mystérieux visiteurs. Le découragement la saisit.

Ses cheveux collaient à sa nuque sous l'effet de la chaleur alors qu'elle poussait sans ménagement les visiteurs qui l'étouffaient de leur proximité. La foule l'oppressait et lui donnait le tournis. Elle dut lever le menton pour tenter de respirer. Sa gorge était sèche, déshydratée.

Bientôt, les exclamations alentour furent remplacées par un son vif et perçant. Un son qui lui aurait déchiré les tympans si toute son attention n'avait été pleinement focalisée sur les quatre fuyards.

Elle les vit disparaître derrière deux portes battantes, la laissant seule au milieu de cette foule infernale. Cassie savait qu'elle ne devait pas les laisser filer.

Avec hargne, elle repoussa de toutes ses forces les hommes, les femmes et les enfants qui se pressaient autour d'elle dans un mugissement sourd.

Un pas après l'autre, elle parvint à se frayer un chemin hors de cette gigantesque fourmilière, ignorant les protestations qui s'élevaient sur son passage. Elle s'excuserait plus tard. Ou jamais.

En sueur et sans plus perdre une seconde, elle suivit les pas de ceux qui s'éloignaient de seconde en seconde. Elle manqua de tomber à deux reprises, mais s'obstina malgré tout. Elle ne releva pas les rires dans son dos lorsqu'elle poussa à son tour les portes battantes blanches sur lesquelles étaient inscrits en rouge vif les mots « Défense d'entrer ».

Le couloir lumineux dans lequel Cassie se retrouva alors était aussi ordinaire que désert. Pas un bruit, pas même celui de la foule, n'était parvenu à s'infiltrer dans cette partie du bâtiment, où elle était sûre de n'avoir jamais mis les pieds. Et pour cause : ce couloir était en travaux avant même son arrivée au musée.

Le choix de l'itinéraire se révéla rapidement restreint : la coursive tournait à droite après une dizaine de mètres et se clôturait par un joli cul-de-sac. Une unique et immense toile sombre occupait la totalité du mur.

Cassie rebroussa chemin dans l'espoir d'avoir raté une issue, mais non. Elle atterrit de nouveau bredouille devant la toile.

C'était pourtant impossible : elle venait de voir quelques secondes plus tôt les quatre inconnus emprunter ce couloir. Ils n'avaient pas pu se volatiliser.

Elle tâta les murs autour de la peinture, à la recherche de la poignée d'une porte dissimulée, d'un interstice quelconque, de n'importe quoi qui s'apparentât à un passage... Mais elle dut se rendre à l'évidence : mis à part cette peinture grossière, il n'y avait rien.

Démoralisée, elle s'attarda sur l'œuvre. Elle représentait un escalier à vis en pierre qui semblait descendre vers on ne sait quels tréfonds. Son cadre était en or, ou du moins en avait l'aspect.

À mesure que Cassie approchait de la toile, des détails lui sautèrent aux yeux : les fissures qui se dessinaient sur l'axe central, les fins rayons de lumière qui venaient grignoter par endroits les marches de pierre ou encore l'épaisse couche de poussière à l'angle de ces dernières. Plus elle étudiait la peinture, plus elle lui semblait réaliste.

Soudain, une idée saugrenue lui traversa l'esprit, et ce fut son instinct qui lui dicta sa conduite bien plus que sa raison. Elle eut le sentiment que si elle n'essayait pas, elle le regretterait pour le restant de ses jours.

Cassie leva le bras face à la gigantesque peinture et plongea le bout de ses doigts à travers la toile. Elle se laissa perforer sans la moindre difficulté.

Ce n'était pas une vraie toile, c'était une sorte de trompe-l'œil.

Le cœur battant comme un tambour de guerre, le souffle court, elle n'hésita pas une seconde avant de lever maladroitement sa jambe gauche pour l'immerger à son tour dans le tableau. Un cri s'échappa de sa bouche quand elle sentit son pied se poser sur une marche en pierre bien réelle et, avant que l'envie de faire demi-tour ne prît le dessus sur ses résolutions, elle inspira profondément et laissa la toile l'absorber tout entière.

CHAPITRE 2

« Au départ, nous étions treize.
Treize étoiles flamboyantes dans l'impénétrable obscurité de la galaxie.
Puis, comme l'appel de la corne de brume déchire
le silence nébuleux de l'Océan, nous nous sommes éveillés.
Les uns après les autres. Du Bélier au Poissons.
Du Feu brûlant d'un volcan en fusion à l'Eau
jaillissant d'une cascade féconde. »

Extrait de *La Naissance de tout et de toute chose.*

La lumière aveuglante qui éclairait le couloir avait laissé place à une semi-obscurité glaciale. Seule une faible lueur se distinguait en bas de l'escalier. Un brouhaha sourd lui parvint du même endroit tandis que, dans son dos, résonnait un clapotis irrégulier.

Un frisson lui parcourut l'échine, les poils de ses bras se hérissèrent, mais elle n'aurait su dire si c'était l'atmosphère qui s'était soudainement rafraîchie, l'angoisse qui se diffusait dans ses veines ou si la perspective de pouvoir rattraper les quatre inconnus marqués de constellations en était la cause.

Est-ce qu'elle était folle de voir dans cette marque un lien avec le pendentif qui ne la quittait pas ? Sa vie était-elle à ce point vide de sens qu'elle recherchât l'aventure là où il n'y en avait pas ?

Elle n'eut pas le loisir de se questionner davantage : un son grave et puissant, semblable à celui d'une corne de brume, ramena Cassie à la réalité. Elle dévala aussi rapidement que possible les marches inégales qui semblaient se succéder à l'infini sous ses pieds. À chacune de ses enjambées, le brouhaha devenait plus intelligible et l'éclairage s'intensifiait. La dernière marche franchie, elle se retrouva dans une pièce comble baignée par la lumière de centaines de fleurs luminescentes suspendues au plafond.

Elle se tenait à présent dans un gigantesque amphithéâtre parfaitement circulaire, peuplé de centaines d'adolescents d'environ son âge, répartis sur des gradins. Aucun ne lui prêta la moindre attention lorsqu'elle avança près de la rangée de sièges la plus proche, sur lesquels était installé un groupe de jeunes filles qui entonnait un chant dans une langue que Cassie ne parvint pas à identifier.

Du haut de l'amphithéâtre, Cassie chercha du regard les inconnus qui l'avaient conduite sans le vouloir jusqu'ici, mais elle ne vit rien d'autre qu'une multitude de visages enjoués. Les éclats de rire des uns autant que les acclamations des autres électrisaient l'atmosphère.

Un sentiment que Cassie n'avait pas ressenti depuis bien longtemps l'enveloppa le temps d'une seconde, durant laquelle son visage ébahi se laissa gagner par un sourire franc et spontané. Ses lèvres, phénomène rare chez elle, s'étirèrent sans qu'elle ne les commandât et elle resta plantée devant cet incroyable spectacle sans pouvoir dire un mot. La corne de brume trompeta une seconde fois, emportant avec elle les derniers éclats du tumulte qui régnait dans la pièce, cédant la place à un silence impatient.

Cassie emprunta le premier escalier qui se présenta à elle et s'assit discrètement sur un strapontin en bois, dans le gradin le plus haut de l'amphithéâtre. Si la plupart des personnes présentes dans cette pièce semblaient se connaître, elle remarqua quelques autres solitaires çà et là, qui la renvoyèrent à sa propre condition. À la différence qu'eux connaissaient probablement la raison de leur présence.

Ce ne fut qu'une fois (mal) assise que Cassie prêta davantage attention au lieu dans lequel elle venait de pénétrer. L'amphithéâtre était découpé en douze sections de taille identique, séparées par un escalier en pierre. Lorsqu'elle vit les symboles en or gravés dans le marbre ancien qui les surplombaient, elle manqua de s'étouffer.

Par automatisme, elle attrapa son pendentif alors que ses yeux balayaient une à une les douze constellations du Zodiaque. Tout à gauche se trouvait la constellation du Taureau, reconnaissable à sa vague forme de Y, tandis que sur sa droite, Cassie découvrit la constellation du Scorpion avec ses trois pointes et sa queue rebiquant. Enfin, juste devant elle, à une bonne quinzaine de mètres de l'autre côté de l'amphithéâtre, étincelait celle du Lion.

Alors qu'elle l'admirait, fascinée, elle sentit sur elle un regard scrutateur et se demanda ce qu'elle devait faire de cette intuition. Pour passer le plus inaperçue possible, elle avait soigneusement évité de croiser le regard de quiconque dans la salle. Mais cette fois, la tentation était trop grande. Feignant d'admirer les constellations du Cancer et de la Balance qui entouraient celle du Lion, elle laissa ses yeux vagabonder jusqu'à la source de son embarras. Ils rencontrèrent ceux d'un garçon assis à l'exact opposé d'elle. Ils étaient clairs, noisette, peut-être même orange, elle n'aurait su le dire à une telle distance. Ses sourcils froncés étaient bruns, tout comme les cheveux qui encerclaient son visage dans un imbroglio de boucles.

Cassie avait parfaitement conscience qu'il était dans son intérêt de détourner le regard : après tout, elle était une intruse ici, et qui sait ce que tous ces inconnus feraient s'ils s'en rendaient compte. Pourtant, ses yeux restaient aimantés à ceux de ce garçon qui devait être à peine plus âgé qu'elle. S'il voulait qu'elle s'en aille, il allait devoir la soulever lui-même de son siège, car il était hors de question qu'elle quittât cet endroit avant d'avoir compris ce qui s'y tramait.

Au même moment, le petit homme chauve et la blonde platine à l'allure impeccable que Cassie avait suivis à travers le musée quittèrent leur siège pour rejoindre le centre de l'amphithéâtre. Elle renonça à la bataille de regards dans laquelle elle était engagée pour se focaliser sur eux.

Son pouls s'accéléra lorsque la femme, qui portait désormais une longue toge dorée, déclara d'une voix claire :

— Bienvenue à cette nouvelle Cérémonie du Don. Je suis Subra, Directrice de l'Académie de Londres et Représentante de la Ligue en Angleterre. Et voici Hélios.

Le petit homme chauve n'avait visiblement pas de titres aussi ronflants que ceux de cette femme qui semblait adorer s'écouter parler. Il était tout de même noyé dans le même genre de toge que son homologue, quoique la sienne fût turquoise.

— Vous êtes là pour connaître une bonne fois pour toutes et de manière officielle la nature de la constellation du Zodiaque qui vous gouverne, reprit-elle sur le même ton pompeux. Cet héritage est un bien précieux, le fruit du sang qui coule dans vos veines. Vous allez découvrir lequel de vos parents vous a légué son don.

Cassie n'était pas certaine de comprendre, et ce n'était pas à cause du léger accent chantant de cette Subra. Rien de ce que cette femme venait de dire n'avait de sens. Pour autant, les mots « constellation du Zodiaque » ne firent qu'amplifier l'intérêt de Cassie pour cette mystérieuse cérémonie.

— Lorsque vous entendrez votre nom, vous vous lèverez et monterez sur le cadran. Votre constellation s'illuminera et vous y serez alors liés pour le restant de vos jours. Vous vous rassiérez dans la colonne correspondante et ne quitterez les lieux qu'à la fin de la Cérémonie.

La femme attendit de l'assemblée une réaction qui ne vint pas et Cassie balaya une nouvelle fois la salle des yeux pour tenter de déchiffrer les émotions sur les visages de l'assistance. Une seule, en réalité, dominait : l'excitation.

— Dès demain, l'Académie ouvrira ses portes à votre promotion, déclara le dénommé Hélios d'une voix ronde et chaude, dépourvue d'accent. Vous pourrez ainsi apprendre à maîtriser le pouvoir astral dont vous avez hérité et devenir le Constellationniste que vous avez toujours rêvé d'être.

Cassie se rembrunit et s'enfonça dans son siège à mesure que les adolescents autour d'elle commençaient à s'agiter. Elle se sentit à l'étroit sur son strapontin et eut soudain l'impression d'être une journaliste infiltrée au sein d'une secte religieuse. Cette histoire commençait à sentir le roussi et elle redoutait le moment où il allait forcément être question de sacrifices humains. Elle espérait seulement que ce ne serait pas elle que l'on immolerait par le feu ou que l'on égorgerait au-dessus d'un pentacle.

Alors que Cassie s'efforçait de disparaître, sur sa gauche, à deux sièges d'elle, une jeune fille brune vêtue d'une robe blanche immaculée tremblait littéralement d'impatience, les mains croisées devant elle.

— Que la Cérémonie commence, poursuivit Hélios en extirpant de sa toge turquoise un morceau de parchemin roulé sur lui-même. Je vais appeler le premier Constellationniste.

Il étudia la liste un bref instant et leva les yeux vers l'assemblée avant de lire le nom inscrit.

— Alioth Algedyro.

Quelques-uns des adolescents assis seuls comme Cassie considérèrent l'assemblée d'un œil hésitant, mais la grande majorité se tourna d'un même mouvement vers un jeune homme blond, assis juste à côté du garçon qui la dévisageait tout à l'heure.

Elle nota d'ailleurs que ce dernier l'observait toujours. Cela commençait à devenir pesant.

Cassie lui lança un regard noir, le même qu'elle adressait à ses camarades du lycée lorsqu'ils avaient le malheur de s'intéresser un peu trop à elle, mais cela n'eut d'autre effet que de lui décrocher un sourire. Troublée, Cassie décida de reporter son attention sur le garçon blond qui dévalait maintenant les escaliers quatre à quatre afin de rejoindre le centre de la pièce.

Ce fut seulement à cet instant que Cassie remarqua le sol sur lequel Alioth évoluait d'un pas pressé. Son cœur manqua un battement. Elle saisit son pendentif pour le porter à ses yeux.

Impossible.

Son pendentif représentait précisément le cadran décorant le centre de la pièce. Elle en reconnaissait les bordures dorées séparant chacune des constellations et même si, de là où elle était assise, elle ne pouvait pas distinguer le centre du cadran, elle était certaine que s'y trouvait gravé le même symbole que sur son pendentif : une lune et un soleil entrecroisés.

Son instinct ne l'avait pas trompée en l'incitant à venir jusqu'ici. Mais quel rapport pouvait-il y avoir entre sa mère et cet endroit ? Que représentait ce cadran pour elle ? Et pourquoi avait-elle caché ce pendentif au fond d'une vieille boîte à chaussures ?

Cassie laissa ces questions de côté. Alioth atteignit la dernière marche de l'escalier avant de faire claquer ses chaussures sur les cinq mètres qui le séparaient du cadran. Il se positionna en plein milieu, face à Hélios et à Subra. De nouveau, le silence emplit l'espace. Tout le monde, y compris Cassie, avait les yeux rivés sur le cadran. Rien ne se produisit d'abord. Puis, le cadran s'illumina d'une couleur vert émeraude sur la constellation du…

— Taureau ! s'écria Hélios.

Alioth afficha un sourire ravi et s'installa dans les gradins couronnés par sa constellation.

— Stella Algedyra, appela Hélios.

Une fille aussi blonde et grande qu'Alioth, bien que plus svelte, se leva de son siège. La ressemblance était trop frappante pour qu'ils ne fussent pas issus de la même fratrie.

Elle emprunta le même escalier pour se rendre au centre de la pièce, d'un pas rigide et assuré.

Elle prit place au milieu du cadran, tout comme Alioth avant elle et, après quelques secondes, une lumière, marron cette fois, illumina l'autre côté du cadran.

— Capricorne ! s'écria de nouveau le maître de cérémonie.

Elle lança un regard empreint de déception à Alioth et alla s'installer dans la section dévolue à sa constellation.

Les noms défilèrent sans que Cassie ne comprît le véritable but de cette Cérémonie. Ce dont elle était de plus en plus certaine en revanche, c'est qu'elle n'avait rien à faire ici. Elle ignorait pourquoi sa mère possédait un tel pendentif, mais elle savait qu'elle n'avait jamais prêté le moindre intérêt à l'astrologie. Pourtant, ce cadran… ce cadran faisait vibrer une part d'elle encore inconnue.

— Sohan Leoyro, appela Hélios sans manifester la moindre lassitude.

Cassie jeta un vague coup d'œil à la personne appelée. Lorsqu'elle vit le garçon qui la dévisageait un peu plus tôt se lever, elle se redressa machinalement sur son siège.

Vêtu d'une veste blanche satinée qui reflétait légèrement la lumière, il s'élança dans les escaliers de l'amphithéâtre avec une fougueuse assurance. Sa peau hâlée le faisait presque rayonner à travers la pièce.

Il grimpa sur le cadran sans aucune hésitation et se positionna en son centre. Instantanément, une lumière dorée illumina la constellation du Lion.

— Sans surprise, fit Hélios, Lion !

Subra jaugea Sohan avec intérêt et tenta de capter son regard, mais ce dernier passa devant elle avec indifférence. Il remonta les marches et se réinstalla à la place qu'il avait quittée moins d'une minute auparavant. Contrairement à la plupart des autres, il n'avait eu aucune réaction lorsque sa constellation s'était illuminée.

Quand la liste d'Hélios arriva à son terme, tout le monde se leva dans une cacophonie enthousiaste. Cassie fut tentée de quitter la pièce avec les autres afin d'être sûre de n'éveiller aucun soupçon, mais elle devait vérifier quelque chose auparavant. C'était plus fort qu'elle.

Dans le brouhaha des claquements de strapontins et des éclats de voix des adolescents qui exultaient, Cassie se leva et sentit une fois de plus le regard de Sohan s'attarder sur elle. Elle l'ignora superbement, de peur qu'il ne fût pris d'une subite envie de traverser l'amphithéâtre pour lui adresser la parole. Par chance, il quitta la pièce avec le reste de ses congénères et Cassie se retrouva dans une complète solitude dont elle se délecta volontiers.

Elle avait l'habitude d'être seule et, à vrai dire, elle aimait cette sensation : la satisfaction de ne pas avoir à prétendre être quelqu'un d'autre. Oui, elle aimait pouvoir être elle-même et il n'y avait que quand elle était seule que cela lui semblait possible. Et parfois avec Sasha. Souvent, même.

Au beau milieu de ce gigantesque amphithéâtre désert, elle eut encore l'impression d'être observée. Un frisson la parcourut et elle se frictionna les bras pour se réchauffer.

Le cadran semblait lui murmurer des mots à la fois familiers et étrangers, attirants. Pour une raison ou pour une autre, le pendentif qu'elle serrait dans le creux de sa main, celui de sa mère, l'avait conduite jusqu'ici.

N'écoutant rien d'autre que le chuchotement qui résonnait dans sa tête, elle dévala une à une chaque marche de l'escalier menant jusqu'au cadran. Elle n'entendait plus que ce son magnétique, presque envoûtant, qui la guidait jusqu'à lui.

Quand elle arriva enfin, elle eut tout le loisir de l'étudier avec attention. Du sommet de l'amphithéâtre, elle n'avait pu distinguer la phrase mystérieuse qui entourait la superbe relique et dont elle lisait à présent toutes les lettres : « *Unitatea urtean aldea, argia ilunpetan.* »

Constitué presque intégralement de laiton, de près de cinq mètres de diamètre, il était incrusté d'or sur toute sa surface, mais aussi de bronze et de cuivre. Plus elle le contemplait et moins le doute était permis. Elle aurait pu rester toute la journée à admirer ses motifs biscornus s'enchevêtrer les uns aux autres dans une parfaite harmonie, mais une petite voix, au fond d'elle, l'invitait à autre chose. Il était temps.

Si elle eut un moment de doute, elle n'en montra rien et escalada aussitôt la marche qui la séparait du cadran. Sous ses pieds, le sol était dur et lisse. Elle n'eut que quatre pas à faire avant d'atteindre le centre sur lequel – sans surprise – étaient dessinés un soleil et une lune entrecroisés.

D'interminables secondes s'écoulèrent sans que rien ne se passât.

« À quoi je m'attendais ? » se serait-elle demandé, si elle avait été totalement maîtresse d'elle-même. Mais elle ne l'était pas.

La petite voix, tapie en elle et réduite au silence depuis de trop longues années, lui enjoignit de patienter encore.

Et c'est à ce moment précis que se produisit un événement improbable et stupéfiant : une lumière argentée, sublime, illumina la constellation des Gémeaux.

CHAPITRE 3

« Chaque année, sur tout le Continent, les Cérémonies du Don se déroulent à la même période, soit une lune après l'équinoxe d'automne, dans des lieux accessibles uniquement au peuple constellationniste. Ces lieux renferment la relique qui détermine l'appartenance de chacun aux constellations du Zodiaque : le cadran. »

Extrait de *Us et coutumes saleriens depuis l'Exode.*

Le regard de Cassie resta rivé sur la constellation qui venait de s'éclairer. Elle avait du mal à comprendre ce qui venait de se passer.

— Qu'est-ce que tu fais encore là ? tonitrua une voix près d'elle.

Elle releva la tête dans un sursaut, le visage déformé par la crainte et la culpabilité. Quand ses yeux gris rencontrèrent ceux de Subra, sombres et inflexibles, elle n'eut qu'une envie : fuir. Ce qu'elle fit la seconde d'après.

Ni une, ni deux, elle bondit du cadran et se rua aussi vite que possible dans les gradins en gardant dans sa ligne de mire l'escalier en colimaçon par lequel elle était arrivée. Mais alors qu'elle avait presque atteint le sommet de l'amphithéâtre, une force invisible la projeta en arrière et elle dégringola de cinq marches sans en toucher aucune. Elle manqua de s'étaler sur la sixième et dut déployer un effort surhumain pour retrouver l'équilibre.

Quand elle releva les yeux, un homme robuste, affublé d'une longue barbe brune et vêtu d'un plastron en cuivre, lui barrait le passage ; un homme qui – elle l'aurait juré – ne se trouvait pas là la seconde d'avant. Tout dans son attitude, de son regard féroce à sa démarche féline, lui laissait entendre qu'il était prêt à bondir sur elle à la moindre occasion.

Cassie resta figée quelques instants durant lesquels le monde sembla ralentir. Puis, le cœur battant, elle se ressaisit et s'engagea en courant dans l'allée la plus proche afin de rejoindre un autre escalier. Ce faisant, elle jeta un œil vers Subra, en contrebas. Celle-ci n'avait pas bougé d'un orteil. Elle la regardait avec exaspération, les mains sur les hanches. Hélios l'avait rejointe, mais semblait trop occupé à contempler sa montre à gousset pour lui prêter attention. Cassie ne comprenait pas leur immobilité. Ne comptaient-ils pas l'arrêter ?

C'est alors qu'elle les vit. Vêtus d'un uniforme orange et du même plastron en cuivre que l'homme qui venait de la repousser, trois hommes et deux femmes se tenaient autour du cadran, les poings serrés. Deux individus en particulier attirèrent son attention : le premier était celui à la peau tannée, sur le cou duquel était tatouée la constellation de la Vierge qu'elle avait remarquée dans le musée un peu plus tôt ; le second était un grand blond relativement jeune et élancé. Avec une fausse nonchalance, ce dernier s'engagea derrière Cassie en plaquant ses cheveux longs sur le côté de son crâne.

Elle força sur ses chevilles au point qu'elle eut l'impression de se déchirer les tendons pour atteindre les escaliers avant lui et se félicita intérieurement lorsqu'elle y parvint.

— Ne la laissez pas s'échapper ! hurla soudain Subra d'une voix si glaciale et autoritaire que Cassie eut presque envie d'obtempérer.

Le cœur battant à tout rompre, elle poursuivit néanmoins son ascension. Elle avait presque atteint les escaliers en colimaçon, un sourire victorieux commençait à se dessiner sur son visage, lorsqu'elle se heurta subitement à un bloc de muscles qui la fit vaciller. Elle porta une main tremblante à son nez, qui avait pris le choc de plein fouet et remonta des yeux flous vers l'obstacle qui se dressait devant elle.

Quand elle entrevit la figure longiligne d'un homme aux cheveux blonds méticuleusement plaqués sur le côté, elle se figea. Sa main retomba le long de son corps et elle abandonna tout espoir. Elle venait à l'instant de le voir s'engager dans les escaliers. Il ne pouvait pas se trouver là, c'était impossible.

— Comment… ? couina-t-elle.

Elle se retourna vers le cadran ; l'homme, évidemment, n'y était plus.

— Allez, viens avec moi ! gronda-t-il d'une voix sourde.

Cassie n'essaya pas de se débattre lorsqu'il lui attrapa fermement le bras. Elle eut à peine le temps de cligner des yeux avant d'être propulsée à toute vitesse juste devant le cadran. L'homme lui lâcha violemment le bras, si bien qu'elle tomba à quatre pattes devant les maîtres de cérémonie qui la dévisageaient d'un air mauvais.

Une forte nausée lui retourna l'estomac et elle dut se maîtriser pour ne pas vomir à leurs pieds.

Subra, dont elle ne pouvait voir que les escarpins marron glacé, s'accroupit et posa un doigt manucuré sous son menton pour lui faire relever la tête. Par automatisme, elle résista, mais fut vite ramenée à la raison par la surprenante force concentrée dans le seul index de la blonde platine.

Après une longue inspiration, elle se laissa donc faire et finit par croiser le regard de Subra. Cette dernière était encore plus belle de près. Cassie n'aurait su avec exactitude quel âge lui donner. Les quelques ridules au coin de ses yeux témoignaient du passage du temps, mais ses pommettes rondes lui donnaient un air enfantin. Elle ne devait pas avoir quarante ans.

Un filet de lumière fit briller un objet métallique au niveau de son cou et Cassie retint un hoquet : Subra portait exactement le même médaillon que celui dont elle sentait le poids autour de son cou. La femme blonde remarqua le trouble de Cassie et eut l'air de comprendre à quoi il était lié lorsqu'elle fit descendre le doigt qui soutenait son menton pour retourner le médaillon de la jeune fille.

Son expression était empreinte d'un je-ne-sais-quoi qui la rendait à la fois captivante et terriblement menaçante ; mais quand ses yeux s'arrondirent en lisant l'inscription gravée sur le pendentif de Cassie et qu'elle scruta la jeune fille, une lueur d'humanité sembla balayer cette froideur.

Visiblement bouleversée, Subra recula d'un pas, manquant de tomber à la renverse.

— Cassiopée, murmura-t-elle sans quitter l'adolescente des yeux.

Ce fut au tour de Cassie d'esquisser un mouvement de recul. Comment cette femme connaissait-elle son prénom ? Elle n'était pas sûre de vouloir connaître la réponse. En fait, à ce moment précis, elle ne voulait plus rien savoir de cette Cérémonie ni de Subra. La seule chose qu'elle désirait, c'était partir d'ici.

— Tu…, bredouilla Subra en tendant une main hésitante vers la joue creusée de Cassie.

Hélios, qui se tenait toujours à ses côtés, l'interrompit d'un raclement de gorge.

— Il n'y a aucune Cassiopée sur la liste.

Comme si Subra prenait subitement conscience de la présence des autres dans la pièce, elle recula sa main et se releva prestement en lissant les pans de son tailleur beige.

— Alors, ajoutez-la, rétorqua-t-elle sur le ton de l'évidence.

Hélios parut hésiter et le blond qui venait de violenter Cassie traduisit son embarras.

— Vous ne comptez pas l'interroger ?

Le regard que lui adressa alors Subra était si plein de condescendance que Cassie eut presque de la peine pour lui.

— Je sais parfaitement différencier un ennemi d'une brebis égarée, dit-elle avant de faire claquer sa langue. Mais soit, si cela peut vous rassurer.

Sans un mot de plus, elle se pencha au-dessus de Cassie et plongea une nouvelle fois son regard dans le sien.

— Es-tu une alliée d'Azimech ? demanda-t-elle laconiquement.

Les battements du cœur de Cassie ralentirent, alors même que l'angoisse qui lui tiraillait le ventre n'avait jamais été aussi vive. Une sorte de bien-être l'enveloppa et le mot sortit de sa bouche sans qu'elle s'entendît le prononcer :

— Qui ?

Elle voulait quitter cet endroit, du plus profond de son cœur, mais sans pouvoir l'expliquer, elle se sentait obligée de répondre.

— Conspires-tu contre la Ligue ? reprit Subra.

L'homme au tatouage de la constellation de la Vierge semblait se tendre un peu plus à chaque question.

— La quoi ? fit Cassie, de plus en plus perdue.

— Ne fais pas semblant de ne pas comprendre, pesta le grand blond à ses côtés.

— Je ne sais pas de quoi vous parlez ! protesta Cassie sans lâcher Subra du regard.

Elle en était bien incapable.

— Elle ne peut pas mentir, abruti ! persifla l'une des deux filles au plastron cuivré. Elle est asservie.

Cassie sentit alors sur elle le regard scrutateur d'Hélios qui la déstabilisa plus encore que l'attitude de Subra. Elle avait l'impression qu'il la voyait pour ce qu'elle était vraiment.

— Voilà qui est clair comme de l'eau de roche, dit-il d'une voix paisible et rassurante. Merci Subra.

Derrière cette dernière phrase se cachait autre chose que de simples remerciements : les prunelles de Cassie étaient toujours aimantées à celles de Subra, il fallait que cela cesse. Heureusement, Subra comprit le sous-entendu et relâcha sa proie.

— Ton nom de famille ? demanda Hélios en s'apprêtant à le noter sur sa liste.

Cassie se sentit prise au piège. Ses yeux firent la navette entre lui, Subra et les cinq individus qui l'écrasaient de toute leur hauteur.

Elle n'avait aucune intention de leur révéler son identité, bien que Subra semblât déjà en avoir une petite idée. Pour autant, elle avait le pressentiment qu'ils pouvaient, chacun à leur manière, se montrer très persuasifs. Aussi décida-t-elle de coopérer.

— Ha…

Subra la coupa d'une voix sèche.

— Proteyra.

Hélios haussa un sourcil. Cassie en fit autant.

Proteyra ? Comment ça ?

Cassie dévisagea Subra avec ahurissement, mais cette dernière évita soigneusement son regard.

— Elle s'appelle Cassiopée Proteyra, affirma-t-elle de nouveau avec assurance.

Non, elle ne s'appelait définitivement pas comme ça. Mais, en réalité, on pouvait bien l'appeler Williams, Smith ou… Proteyra. Du moment qu'on la laissait partir.

Et c'est ce qu'ils firent, juste après avoir glissé dans ses mains une petite carte en relief sur laquelle était écrite, à l'encre noire, une adresse située juste à l'extérieur de Londres.

— Rendez-vous à l'Académie demain à midi, ajouta Subra. Ne sois pas en retard.

Cassie ne prit pas la peine de répondre. Elle tourna les talons, monta les marches de l'amphithéâtre sans se retourner et emprunta l'escalier en colimaçon qui menait vers la liberté.

Sans plus s'en émouvoir, elle traversa la toile. Après ce qu'elle venait de voir et d'entendre, un vague trompe-l'œil ne risquait pas de l'impressionner.

✶

Après de longues minutes à déambuler dans les couloirs du musée pour tenter de digérer ce qui venait de lui arriver, Cassie finit par atteindre l'accueil. Les yeux dans le vague, elle ouvrit mécaniquement le portique en bois du comptoir et reprit sa place à la réception, comme si de rien n'était.

— Te voilà ! glapit Francisco en la pointant du doigt.

Cassie ne daigna même pas lever les yeux vers la tête trop large de son insupportable manager.

— Où est-ce que t'étais ? aboya-t-il.

Ses hurlements, après les événements de la matinée, lui infligèrent un mal de crâne colossal.

— Retards à répétition et maintenant abandon de poste en pleine heure de pointe ! Pour qui tu te prends au juste ?

C'en fut trop pour Cassie. Elle se leva d'un bond et, avec une force qui l'étonna elle-même, attrapa Francisco par le col de sa chemise et le plaqua contre le mur de la réception. Des exclamations de stupeur s'élevèrent autour d'elle, la poussant à desserrer son emprise.

Par chance, les clients autour de la réception étaient rares à présent, mais nombre d'employés s'étaient rassemblés après le départ de Cassie. Parmi les regards offusqués qu'ils lui adressaient, celui de Sasha était de loin le plus douloureux à encaisser. Cassie n'aurait pas su dire si sa meilleure amie était plus déçue ou lasse de son comportement.

— Si tu me dis où tu étais, fit Francisco dont le col était toujours entre les mains de Cassie, je réfléchirai peut-être à ne pas te renvoyer.

Cassie reporta son regard sur son manager et scruta ses yeux sombres. Elle n'y découvrit pas une once de crainte. En revanche, une lueur de plaisir les traversa subrepticement et elle comprit qu'il se moquait d'elle. Elle aurait beau lui servir toute la vérité sur un plateau, il tenait enfin le moyen de la mettre à la porte et il n'allait pas s'en priver.

C'est pourquoi elle répondit de manière suffisamment intelligible pour que tout le monde l'entende :

— Va te faire foutre, Francisco.

CHAPITRE 4

« *Depuis l'Exode, les Constellationnistes et les* Arruntas *cohabitent à nouveau sur le Continent, bien que les seconds n'aient aucun souvenir de l'existence des premiers.* »

Extrait de *La Différence entre nos peuples.*

Cassie errait dans les rues de Londres depuis si longtemps que les derniers rayons de soleil avaient disparu derrière les immeubles. Dans la nuit noire et terrifiante, elle revoyait en boucle la constellation des Gémeaux s'illuminer alors qu'elle se tenait au centre du cadran – ce qui n'avait pas de sens, d'ailleurs, car, si elle se fiait à sa date de naissance, elle était Taureau. Son imagination lui jouait souvent des tours mais, cette fois, c'était différent ; elle entendait encore la fameuse Subra énoncer le pouvoir astral dont étaient dotés ceux qui avaient entouré Cassie pendant plus d'une heure. Tant d'interrogations se bousculaient dans son esprit qu'elle avait l'impression d'être une Cocotte-Minute prête à exploser.

La mystérieuse cérémonie avait fait surgir une question capitale qu'elle tentait d'éluder autant que possible, car sa mère n'était plus là pour y répondre : était-elle comme eux ?

La seule chose dont elle était certaine en arrivant devant son immeuble, c'était d'avoir perdu son emploi. Elle avait balancé son badge au visage de Francisco avant de récupérer son sac dans les vestiaires et de s'enfuir à toutes jambes à travers les rues de la ville.

Elle aimait profondément Londres, elle en connaissait chaque recoin, mais si elle était tout à fait honnête avec elle-même, la seule chose dont elle avait envie à l'heure actuelle, c'était de s'enfuir loin, très loin. Depuis la mort de sa mère, sa vie lui semblait une succession d'échecs et de désillusions, dont la plus grosse gisait piètrement sur le vieux fauteuil en velours du salon.

Le père de Cassie, Harry Harmon, ne leva pas le nez de la télévision qui éclairait faiblement son visage lorsqu'elle passa le pas de la porte de leur appartement vétuste. Ses cheveux clairs et parsemés étaient tirés en arrière et tenaient sur son crâne uniquement parce qu'ils n'avaient pas vu la salle de bains depuis une bonne dizaine de jours. À en croire l'odeur qui se dégageait de la pièce tout entière, un mélange de sueur et de tabac froid, les cheveux du père de Cassie n'étaient pas les seuls à n'avoir pas été décrassés.

Cassie elle-même avait abandonné l'idée de nettoyer cette pièce sordide que son père ne quittait jamais.

— Tu daignes enfin te montrer, grommela-t-il sans lui adresser un regard.

Cassie soupira bruyamment. La journée avait été longue et elle n'était pas d'humeur pour un sermon. Cela faisait plusieurs jours en effet qu'elle n'était pas rentrée chez elle, préférant le confort douillet de la maison de Sasha et, parfois – comme la veille –, la cage d'escalier.

Immobile dans l'entrée, elle continuait de dévisager le déchet qu'était devenu son père. Oui, il était, sans l'ombre d'un doute, sa plus grande désillusion.

Devant ce tableau bien trop familier, les larmes montèrent aux yeux de la jeune fille, mais elle refusa de se laisser submerger. Elle s'était promis de ne plus pleurer, jamais.

Elle souffla un grand coup, laissa tomber son sac à dos par terre, ôta sa veste et la posa sur l'une des chaises en bois de la cuisine. Elle ne se risqua pas à allumer la lumière ; elle avait déjà tenté l'expérience par le passé et l'accueil l'avait refroidie pour une décennie. Ainsi, dans une semi-obscurité aussi inconfortable qu'habituelle, elle s'attela à ramasser les canettes de bière, les chips et les emballages de pizza éparpillés dans le salon.

Son père émit un grognement réprobateur lorsqu'elle passa devant la télévision. Cassie n'y prêta pas attention.

— Bouge, marmonna-t-il.

Un relent de bière parfuma la pièce et Cassie en eut la nausée. Il était saoul, comme toujours. Le sang monta jusqu'aux oreilles de la jeune fille, mais elle fit comme si de rien n'était et ramassa une croûte de pizza sur le sol.

— Bouge, j'ai dit ! s'emporta-t-il en lui envoyant un coup de pied qui la projeta contre la table basse.

Sa cuisse absorba le coup et elle réprima un cri de douleur. Recroquevillée sur elle-même, elle n'aurait su dire laquelle de sa côte ou de sa cuisse était la plus douloureuse. À moins que la souffrance la plus vive ne fût celle qui lui tenaillait le cœur.

Ne pas pleurer.

À quel moment tout cela avait-il commencé ?

Les yeux clos, elle tenta de se rappeler son enfance avec son père. Ils n'avaient jamais été particulièrement proches et elle avait toujours eu le sentiment qu'il la tolérait plus qu'il ne l'aimait, mais jamais il n'aurait osé lever la main sur elle par le passé. Il semblait parfois à Cassie qu'elle avait perdu ses deux parents le même jour. Une réalité qu'elle avait du mal à accepter.

Ne pas pleurer.

À quel point le chagrin pouvait-il vous emporter ? Son père s'était tellement enfoncé dans les abîmes de la souffrance qu'il ne paraissait plus capable de déceler la moindre lumière. À la minute où la mère de Cassie s'était envolée, la jeune fille avait dû prendre soin de son père comme d'un enfant. Elle l'aidait à passer du fauteuil au canapé, elle nettoyait ses vêtements et elle lui cuisinait la nourriture qu'elle volait, bien souvent, dans les épiceries du quartier. Elle ne s'était jamais plainte, pas une seule fois. Mais aujourd'hui, c'en était trop.

Ne pas pleurer.

Cassie rouvrit les yeux et la première chose qu'elle vit fut son médaillon étendu sur le sol. Les événements de la journée défilèrent à toute vitesse dans son esprit : le cadran, les constellations, Subra.

Protée Panyro.

Qu'est-ce que sa mère avait à voir avec tout ça ? Pourquoi Subra portait-elle exactement le même médaillon ? La connaissait-elle ?

Il n'était plus question de se contenter du silence glaçant de sa disparition. Cassie voulait des réponses. Elle se redressa subitement sur le sol taché de sueur et de cendres, déterminée à ne pas quitter cette pièce sans les avoir obtenues.

— Qu'est-ce que c'est ? demanda-t-elle d'un ton implacable.

Les yeux de son père, bleus comme un ciel d'été, s'arrondirent de surprise à la vue du médaillon que Cassie tenait à bout de bras devant elle.

— Où est-ce que t'as trouvé ça ? articula-t-il avec difficulté.

Sa mâchoire se serra. Mal à l'aise, il se tortilla sur son fauteuil en toile grise et Cassie comprit que son père savait.

Elle se releva avec une lenteur étudiée et se plaça entre Harry et la télévision. Seules les exclamations du commentateur sportif venaient troubler le silence de la pièce.

— Qu'est-ce que c'est ? répéta Cassie en toisant son père.

Mais Harry semblait peu enclin à la discussion. Dans la pénombre du salon, ses yeux étaient rivés sur le médaillon qui tournait sur lui-même, révélant tantôt les douze constellations du Zodiaque, tantôt le nom mystérieux gravé au dos.

Dans un effort surhumain, Cassie prit sur elle pour contrôler son impatience.

— Est-ce que…, fit-elle en pesant le poids de ses mots. Est-ce que maman était… spéciale ?

Sur le coup, elle ne fut pas sûre que « spéciale » soit le terme adapté. Puis, elle se remémora les actions des deux hommes chargés de l'arrêter dans les escaliers de l'amphithéâtre. En fin de compte, « spéciale » convenait parfaitement.

Les yeux du père de Cassie quittèrent le médaillon pour s'arrêter sur son visage. Elle eut l'impression que c'était la première fois qu'il la regardait – qu'il la regardait vraiment – depuis la mort de sa mère. De longues secondes s'écoulèrent durant lesquelles aucun des deux ne prononça le moindre mot, puis, contre toute attente, Harry éclata de rire. Un rire gras et sordide qui emplit tout le salon.

Cassie en fut tellement déconcertée qu'elle laissa échapper son pendentif. Son père l'observa s'écraser sur la moquette et son rire reprit de plus belle.

— Je ne vois pas ce qu'il y a de si drôle, s'indigna-t-elle, la mâchoire serrée.

Harry n'en finissait plus de s'esclaffer et Cassie se retint de l'attraper par le col de son vieux T-shirt délavé. Décidément, elle n'éprouvait plus pour cet homme que pitié et dégoût.

— Tu veux vraiment le savoir ? demanda-t-il. Tu veux savoir ce qu'était ta mère ?

L'intensité qui brillait dans ses yeux vitreux n'avait rien de bienveillant, mais Cassie était préparée à n'importe quelle éventualité. Peu importe ce que sa mère avait fait par le passé, elle se souviendrait toujours d'elle comme de la femme merveilleuse qui lui racontait des histoires de dragons et d'antilopes dans un désert de sable brun avant de s'endormir.

La jeune fille hocha la tête d'un air résolu.

— Beth, fit-il avant de marquer un temps d'arrêt, était une femme tout ce qu'il y a de plus ordinaire…

Pour la première fois depuis des années, la voix de son père chevrota à peine lorsqu'il prononça le nom de la femme qu'il avait tant aimée. Une pointe de déception lui piqua le cœur ; elle ne s'attendait pas à un tel constat. Cassie s'en serait volontiers émue s'il n'avait pas tout de suite embrayé sur une phrase bouleversante :

— … mais elle n'était pas ta mère.

Il porta la canette de bière à ses lèvres et entreprit de se concentrer sur le match de football qui se poursuivait à la télévision.

Cassie, elle, resta pétrifiée. Tentant de se ressaisir, elle prit une profonde inspiration et éructa un seul et unique mot :

— Pardon ?

Sa lèvre inférieure se mit à trembler. Elle dévisagea avec amertume l'homme assis devant elle.

Ne pas pleurer.

— Beth, répéta-t-il lentement, n'était p…

— Ferme-la ! cria Cassie qui refusait d'entendre de nouveau une telle horreur.

Elle sentait son sang pulser dans ses tempes de plus en plus fort. Harry haussa les épaules d'un air presque innocent et Cassie tenta de trouver dans ses yeux bleus les prémices d'une triste blague.

— Ce médaillon, reprit Harry en désignant de sa canette le bijou étalé sur le sol, appartenait à un couple d'écervelés qui n'avaient pas les moyens de s'occuper de toi. Tu l'avais autour du cou lorsqu'ils t'ont déposée chez nous il y a presque dix-huit ans.

La tête de Cassie se mit à tourner si fort qu'elle faillit s'écrouler. Elle chercha un objet auquel s'agripper, n'en trouva pas.

— Tu mens, articula-t-elle d'un ton suppliant.

— Tes parents habitaient l'appartement juste en face avant de disparaître du jour au lendemain en offrant à Beth la seule chose qui lui manquait pour être comblée.

La rancœur dans sa voix était palpable et elle conforta Cassie dans l'idée que son père n'avait jamais souhaité sa naissance.

— Maman…, couina-t-elle. Maman était…

Sa mère. Elle était sa mère et elle l'aimait. Voilà ce qu'elle aurait voulu dire à Harry ; le souffle lui manqua.

Elle refusait d'admettre autre chose et elle rejetait l'idée même que ses géniteurs eussent pu l'abandonner, comme son père l'avait fait toute sa vie.

Ne pas pleurer.

— Si ça peut te consoler, ils avaient l'air embêtés de te laisser derrière eux, fit Harry.

Il avala une gorgée de bière sans croiser le regard de Cassie et précisa d'une voix qui ne trahissait pas la moindre émotion :

— Surtout ton père. Il pleurait.

Ton père.

Harry n'avait jamais vraiment été affectueux, mais elle avait imaginé qu'il éprouvait pour elle ne serait-ce qu'un peu d'amour. Il venait de lui prouver qu'elle se trompait.

Cassie s'écroula sur le sol alors qu'Harry reportait déjà son attention sur la télévision. Un sentiment de profonde tristesse et de colère l'envahit. Elle sentit souffler dans ses veines un vent dévastateur qu'elle peina à contenir.

Ne pas pleurer.

La main tremblante et le cœur meurtri, elle ramassa son pendentif et se releva sans un regard pour celui qui l'avait élevée.

Cet appartement avait vu grandir Cassie ; il avait connu des fous rires, des explosions de joie, des larmes et des cris, puis rien d'autre qu'un long silence endeuillé. En récupérant son sac à dos dans le couloir de l'entrée, la jeune fille sut qu'il serait désormais privé de sa présence car, en le quittant ce soir-là, elle se promit de ne jamais y remettre les pieds.

CHAPITRE 5

« Tous les Constellationnistes qui ont participé
à la Cérémonie du Don sont dans l'obligation
d'intégrer l'Académie de leur choix
pour apprendre à maîtriser leur pouvoir astral. »

Extrait de *L'Apprentissage des pouvoirs astraux sur le Continent.*

Cassie resta de longues minutes devant la porte noire du pavillon de Sasha sans oser empoigner le heurtoir pour signaler sa présence. Elle n'avait pas d'autre endroit où aller et mourait d'envie de lui raconter tout ce qu'elle avait vécu ces dernières heures. Mais la mine déçue de sa meilleure amie, au moment où elle avait agressé Francisco, la hantait. Sans doute Sasha en avait-elle assez des incidents qui collaient à la peau de Cassie depuis sa naissance. Peut-être n'avait-elle plus aucune envie de la voir…

— Tu comptes rester là toute la nuit ou tu vas te décider à frapper ? demanda une voix en hauteur.

Cassie sursauta. Elle n'avait pas besoin de lever les yeux pour savoir que sa meilleure amie se tenait à la fenêtre de sa chambre. Qui sait depuis combien de temps elle l'observait en silence.

— Tu tombes mal, rétorqua Cassie. J'avais presque réussi à faire un trou dans la porte à force de la fixer.

Sasha pouffa de rire.

— Allez grouille-toi, ma mère a fait une tourte au saumon, ajouta-t-elle avant de fermer la fenêtre dans un claquement.

Moins d'une minute après, la serrure se déverrouilla et la porte s'ouvrit à la volée.

— Tu as foutu un de ces bordels, ma vieille, lança Sasha, la main appuyée contre la porte. Qu'est-ce qui t'est passé par la tête ?

Dans sa voix, aucun signe de reproche, juste une sincère interrogation. Cassie poussa un soupir de soulagement : elle n'avait pas perdu sa seule et unique amie.

— Tu as combien de temps devant toi ? demanda-t-elle en faisant mine de consulter une montre à son poignet.

✶

La mère de Sasha était aussi brune que sa fille était blonde et ses cheveux étaient aussi longs que ceux de Sasha étaient courts. Mais leurs différences s'arrêtaient là : elles avaient le même goût prononcé pour les hommes, le même penchant pour le vin bon marché et la même prédisposition à accaparer la parole en toutes circonstances.

Cassie avait toujours eu horreur des personnes trop volubiles, mais Sasha et sa mère avaient tout de suite trouvé grâce à ses yeux et, ces sept dernières années, c'était chez elles qu'elle était venue se réfugier quand rien n'allait plus avec son père. Enfin… avec Harry. Avec le recul, Cassie ne savait même pas où elle en serait si elle n'avait pas eu sa meilleure amie à ses côtés.

C'est pourquoi, après le repas, lorsque Cassie et Sasha se retrouvèrent seules dans la chambre désordonnée de cette dernière, Cassie lui rapporta avec minutie sa journée. Affalée sur le fauteuil fétiche de sa meilleure amie, elle ne lui épargna aucun détail sur la manière dont elle avait traversé le trompe-l'œil, la Cérémonie à laquelle elle s'était sentie obligée de participer, la constellation des Gémeaux qui s'était allumée, le comportement de Subra qui semblait en savoir plus sur elle qu'elle ne voulait l'admettre et surtout les capacités étonnantes des hommes qui l'avaient neutralisée dans l'escalier de l'amphithéâtre. Elle s'abstint néanmoins d'évoquer sa conversation avec Harry, de peur d'être submergée par l'émotion.

Contre toute attente, Sasha resta muette. La connaissant, c'était mauvais signe. Le seul moment où elle conservait le silence était dans son sommeil, et encore : même endormie, il lui arrivait souvent de déblatérer des paroles insensées.

— Dis quelque chose, fit Cassie en attrapant ses genoux. N'importe quoi, s'il te plaît.

Adossée à sa tête de lit, Sasha s'arrachait la peau des lèvres tout en entortillant les cordons de son sweat-shirt multicolore autour de ses doigts gonflés par la pression.

— Il me faut un peu de temps pour digérer, si tu le permets.

Elle se leva et arpenta la chambre dans un sens, puis dans l'autre, se retourna vers Cassie, ouvrit la bouche pour parler, mais aucun mot n'en sortit. Elle continua à faire les cent pas dans un silence de plus en plus angoissant. Enfin, elle s'arrêta.

— La constellation des Gémeaux s'est allumée quand tu étais sur le cadran, c'est bien ça ? demanda-t-elle.

Cassie hocha la tête.

— Et tout de suite après ça, ces… magiciens sont apparus et t'ont attrapée pour t'interroger.

Elle grimaça, visiblement peu sûre d'utiliser le bon terme.

— Et c'est là que cette Subra, qui portait le même médaillon que toi, est intervenue pour leur révéler des détails de ta vie sortis d'on ne sait où.

Pour la troisième fois, Cassie hocha la tête. Sasha se laissa tomber sur son lit pour conclure :

— C'est flippant.

Ça l'était. Mais Cassie était obnubilée par un autre événement de la journée, qui sans qu'elle sût pourquoi, la préoccupait davantage. Elle revoyait en boucle cette lumière argentée jaillir du cadran pour éclairer une constellation en forme de « U ». Était-ce vraiment à son contact qu'elle s'était illuminée ? Et si Cassie indiquait à Sasha où trouver l'amphithéâtre et que sa meilleure amie montait sur le cadran à son tour, se passerait-il la même chose ?

— Fais voir la carte qu'ils t'ont donnée, fit Sasha de l'autre côté de la chambre.

Cassie sortit de ses pensées et tâtonna dans ses vêtements. Elle n'avait aucune idée d'où elle avait pu la glisser, elle n'y avait même pas jeté un œil. Après une courte recherche, elle la retrouva dans la poche de sa jupe, intacte, et sans y prêter davantage d'attention, la lança à sa meilleure amie. Après une dizaine de secondes d'observation, Sasha éclata de rire.

— Tu as vraiment failli m'avoir ! s'exclama-t-elle dans un sourire mutin. Change de vocation et lance-toi dans le théâtre, je t'en supplie !

Cassie la dévisagea sans comprendre, mais Sasha continuait de vanter ses exploits de comédienne. Irritée, elle se leva sans un mot de son fauteuil et lui arracha la carte des mains.

— Qu'est-ce qu'il y a de si drôle ?

La carte était blanche, tout ce qu'il y avait de plus ordinaire. L'un des côtés était vierge et l'autre…

— Il n'y a rien d'écrit dessus, trancha Sasha. C'est juste un bout de papier blanc.

Cassie retourna la carte. D'abord immaculée, celle-ci laissa progressivement apparaître une suite de chiffres et de lettres, comme par magie.

— Des coordonnées GPS, murmura-t-elle.

— Quoi ? fit Sasha.

Elle se leva de son lit et se pencha sur l'épaule de Cassie.

— Qu'est-ce que tu racontes ?

— Là, fit Cassie en pointant du doigt les caractères qui surgissaient les uns à la suite des autres. Ce sont des coordonnées GPS.

Sasha la fixa, perplexe.

— Je ne vois rien, Cassie. Rien du tout.

Cassie se redressa. Sasha ne pouvait pas voir ces coordonnées, mais elle en était capable. Si elle n'avait pas passé une telle journée, cela aurait pu la surprendre.

Elle attrapa un stylo et un morceau de papier sur le bureau, et recopia la suite de chiffres et de lettres.

— Là, fit-elle. C'est là qu'ils m'ont donné rendez-vous.

Sasha restait plantée au milieu de sa chambre, les bras ballants, sans accorder la moindre importance à ce qu'elle venait d'inscrire.

— Ne me dis pas que… tu vas t'y rendre ? l'interrogea-t-elle.

Cassie releva la tête. C'était exactement ce qu'elle comptait faire. Premièrement, car elle n'avait nulle part où aller. Elle était lasse des squats et elle ne pourrait rester indéfiniment chez Sasha sans avoir l'impression d'être de nouveau un poids pour quelqu'un. Subra avait parlé d'Académie ; cela lui évoquait des draps propres et de la nourriture chaude. Deuxièmement, car son père avait ouvert un trou dans sa poitrine en lui révélant qu'elle était le fruit de l'amour d'un couple dont elle ignorait tout. Sa mère resterait toujours sa mère, mais… Et si ses parents biologiques étaient prêts à la rencontrer ? Ils n'avaient sans doute pas les moyens de l'élever à l'époque, peut-être que les choses seraient différentes aujourd'hui ? Elle avait dix-huit ans, elle pouvait subvenir à ses besoins. Elle ne serait pas un fardeau pour eux.

Tandis qu'elle s'imaginait rencontrer l'homme et la femme qui l'avaient mise au monde, elle se rendit compte combien ce rêve faisait vibrer tout son être.

— Cassie ? s'alarma Sasha. Qu'est-ce que tu ne me dis pas ?

Sasha était la personne qui comptait le plus pour elle ; elle la considérait d'ailleurs davantage comme une sœur que comme une amie. Mais le bonheur de l'avoir à ses côtés était à double tranchant : elle ne pouvait rien lui cacher.

Elle n'avait aucune envie de s'épancher sur le secret de sa naissance, et pas davantage de lire de la pitié dans les yeux de sa meilleure amie. Elle avoua, feignant l'indifférence :

— J'ai été adoptée. Beth n'était pas ma mère.

Le visage de Sasha se décomposa.

— Je ne retournerai pas chez Harry, ajouta Cassie.

— Alors reste !

Sasha traversa la pièce et attrapa ses mains.

— Pourquoi tu voudrais aller là-bas ? Tu crois que tu es comme eux ? Ne le prends pas mal, mais tu le saurais si tu étais magicienne, Cassie…

Pourtant, s'il y avait bien une chose que la jeune fille ignorait, c'était définitivement qui elle était.

— Constellationniste, la corrigea Cassie.

— Quoi ?

— Ce sont des Constellationnistes, pas des magiciens.

Sasha eut un rire amer :

— Non, mais tu t'entends ? Tu dis ça comme si tu savais de quoi tu parlais !

Sasha ne soupçonna pas l'impact que ces mots eurent sur Cassie. Son masque d'indifférence se fissura. Ce masque… Cassie ne le portait jamais avec Sasha, elle lui faisait suffisamment confiance pour se montrer telle qu'elle était vraiment. Mais elle n'y parvenait pas ce soir, pas quand sa meilleure amie la regardait comme les autres l'avaient toujours fait : comme une marginale antisociale et… écervelée. Ironiquement, c'était le même mot qu'avait employé Harry pour qualifier ses parents biologiques.

— Je ne sais peut-être pas grand-chose, articula Cassie en se libérant de l'emprise de Sasha, mais Subra, elle, en sait beaucoup.

Et tout en s'allongeant dans le lit, lui tournant le dos, elle ajouta :

— Et c'est pour ça que je vais aller à l'adresse qu'elle m'a indiquée, que tu l'acceptes ou non.

CHAPITRE 6

« *Six Académies ont été créées sur le Continent par nos ancêtres durant l'ère de la première migration. Elles se situent dans les villes suivantes : Paris, Londres, New York, Johannesburg, Istanbul et Séoul. La plus grande est celle de Paris ; la plus petite, celle d'Istanbul.* »

Extrait de *L'Apprentissage des pouvoirs astraux sur le Continent.*

Debout devant l'entrée d'une propriété délimitée par d'imposants murs de pierre, Cassie considéra une nouvelle fois le GPS de son téléphone portable. Le point bleu indiquait qu'elle était au bon endroit, elle n'arrivait pourtant pas à se résoudre à sauter le pas.

Elle avait dû marcher une bonne centaine de mètres sur un chemin de terre perdu au milieu de la forêt pour parvenir jusqu'à ce portail aux barreaux métalliques noir et or, surmontés d'une lune et d'un soleil entrecroisés. Il était ouvert, comme pour l'inviter à entrer.

Le doute s'immisça dans son esprit : faisait-elle le bon choix ? Puis elle se remémora qu'elle n'avait rien à perdre : plus de famille, plus de travail, plus d'avenir. Si cet endroit pouvait ne serait-ce que lui offrir un toit sous lequel dormir, de la nourriture comestible et des réponses à ses questions, porter le nom de Proteyra pendant un temps n'était pas cher payé.

Cassie souffla un grand coup et franchit l'enceinte de la propriété d'une démarche qu'elle voulut assurée. Au-dessus d'elle, le soleil était déjà haut dans le ciel. Elle était presque certaine d'avoir entendu Subra prononcer le mot « midi » dans l'amphithéâtre, mais elle n'était plus sûre de rien. À chaque pas, elle revoyait le visage dépité de Sasha lorsqu'elle l'avait quittée le matin même.

Non, elle ne se dégonflerait pas.

Autour d'elle, de grands arbres aux feuilles multicolores dont les troncs semblaient scindés en deux entouraient l'allée de gravillons sur laquelle elle cheminait. Bientôt, elle déboucha sur un jardin à couper le souffle. En face d'elle, au loin, se dressait un bâtiment de pierre aussi ancien que gigantesque qu'elle rejoignit à pas comptés.

C'était un château qui s'élevait sur trois ou peut-être quatre étages, surmonté par endroits de tours pointues et dont la façade était grignotée par le lierre. Longeant l'avant du château, un ruisseau coulait paisiblement. Cassie le franchit grâce à un escalier de pierre blanche qui la mena jusqu'à la double porte d'entrée vitrée.

De toute sa vie, elle n'avait jamais vu d'édifice aussi époustouflant.

Et aussi vide.

Elle ravala un haut-le-cœur à l'idée d'avoir été piégée, d'être seule dans cet immense domaine – ou plutôt de ne pas l'être et de l'ignorer –, et qu'il fût possible que Sasha eût eu raison.

Heureusement, une voix résonna dans le hall d'entrée et elle s'y engouffra sans réfléchir davantage. Avisant un tas de valises jonchant le sol, elle y déposa son sac à dos, plus pour se fondre dans la masse que parce qu'il lui pesait : il était quasiment vide.

Elle ne put s'empêcher d'admirer avec étonnement la décoration, aussi moderne que le bâtiment qui l'hébergeait était vieux. Les seules choses d'époque étaient le sol, entièrement carrelé de grosses dalles formant un damier noir et blanc, ainsi que le monumental escalier à double révolution qui se dressait fièrement au centre de la pièce. Le reste paraissait tout droit sorti d'un catalogue de décoration : les canapés et fauteuils en cuir brun et leurs traversins blancs, les tables et meubles en teck, et même les peintures abstraites accrochées aux murs.

Cassie leva les yeux et, à sa grande stupéfaction, il lui sembla observer le ciel. Un ciel bleu, sans nuages, laissant filtrer les rayons d'un soleil artificiel qui réchauffa presque son visage blême. C'était une fantastique illusion qu'elle n'avait jamais vue nulle part ailleurs et devant laquelle elle se trouva comme hypnotisée.

Elle fut tentée de s'éterniser devant ce plafond splendide, mais la voix résonna de nouveau et elle comprit qu'elle provenait de l'arrière de l'escalier en marbre blanc qui lui faisait face. Elle le contourna, non sans admirer l'architecture étonnante de l'ouvrage, doté de deux entrées opposées et qui remontait dans les étages en se croisant, et parvint sur le seuil d'une pièce bondée.

Plusieurs centaines d'individus, presque le double de la veille, y étaient rassemblées. Par chance, aucun d'eux ne remarqua son entrée, trop occupés à admirer l'homme qui se tenait sur une estrade juste devant elle. De taille et d'âge moyens, la peau foncée, presque jaune, les yeux bleu clair et les cheveux noirs en bataille… Cassie en était sûre : c'était l'un des hommes qu'elle avait suivis à travers le musée. Cette fois, il portait le même genre de toge que Subra et Hélios la veille, mais la sienne était bleue comme la mer un jour d'orage. Elle ne pouvait la voir du seuil où elle se trouvait, mais elle était certaine qu'en s'approchant, elle apercevrait la constellation de la Vierge tatouée sur son cou.

— Les retardataires, on se dépêche ! s'écria-t-il à son attention.

La moitié de la salle se tourna vers elle dans un même mouvement et Cassie eut envie de disparaître dans le sol.

Le regard fixé droit devant, elle fendit la foule d'étudiants et s'y noya pour se soustraire au regard gênant de ces étrangers.

— L'Académie sera votre foyer au cours des six prochains mois, reprit l'homme au tatouage de Vierge. C'était un passage obligatoire à l'époque où nous vivions sur Saleria et les choses n'ont pas changé depuis l'Exode. C'est ici que vous séjournerez et que vous apprendrez à maîtriser votre pouvoir astral, que vous tisserez des liens indéfectibles avec vos semblables et que vous échouerez, aussi, par moments. L'échec fait partie de l'apprentissage, ne le laissez pas vous définir !

Cassie ne parvenait pas à détacher son regard de Subra. Également présente sur l'estrade, derrière le maître de cérémonie, elle se tenait statique dans un costume pourpre. Son pendentif renvoyait la lumière qui pénétrait par les larges baies vitrées de la pièce.

— Durant vos années à l'École constellationniste, vous avez appris la théorie, à partir d'aujourd'hui les choses sérieuses commencent. Vous allez découvrir la pratique et, contrairement à ce que vous pensez peut-être, ce ne sera pas une partie de plaisir !

Dans un autre contexte, Cassie aurait apprécié ces paroles à la fois inspirantes et effrayantes mais, pour l'heure, elle était surtout incommodée d'entendre de nouveau parler de pouvoirs astraux. Pour elle, tout cela tenait du paranormal. L'image de l'homme qui l'avait rattrapée dans les escaliers la veille avant de la déposer aux pieds de Subra surgit dans son esprit, mais elle la chassa aussitôt. Elle n'avait jamais cru au surnaturel. En fait, elle ne s'était jamais vraiment posé la question. Ce qui était certain en revanche, c'était que si un tel monde existait, elle n'en faisait pas partie. Elle était la personne la plus quelconque et la moins douée de l'Univers.

— Les Quadrantides auront lieu dans exactement vingt-six semaines et, croyez-moi, vous aurez envie d'être prêts pour ce jour-là et pour tous ceux qui suivront. Cette épreuve marquera votre entrée dans le monde constellationniste, elle déterminera votre affectation pour les années à venir, alors soyez au rendez-vous !

Une fille située au premier rang, dont Cassie ne pouvait apercevoir que les cheveux rosés, leva la main. Alors qu'elle débitait une question dont les termes compliqués lui échappaient, Cassie songea à la constellation des Gémeaux scintillant à son contact et son majeur vint gratter son pouce compulsivement.

Elle leva les yeux vers le ciel artificiel et remarqua qu'un nuage venait de se former juste au-dessus de sa tête. En fait, le ciel tout entier était désormais constellé de petits nuages blancs qui demeuraient immobiles sans être chassés par le vent.

Absorbée par ce phénomène qui ne cessait de l'étonner, elle n'entendit que la fin du discours du dénommé Izar, qui leur enjoignait à présent de former douze lignes.

Elle rejoignit une ligne formée d'une vingtaine d'adolescents, au-dessus de laquelle flottait une sorte d'étendard représentant la constellation des Gémeaux.

— Chaque novice doit s'associer à un mentor, un aspirant *irakatsi*, qui aura pour objectif de l'aider à assimiler et à maîtriser ses capacités.

Iraka-quoi ?

— Quand votre choix sera fait, vous inscrirez vos noms sur le registre qui se trouve en bout de file. Ne vous trompez pas, votre avenir dépend en partie de ce choix.

Cet exercice tombait on ne peut plus mal. Cassie n'avait aucune envie de s'associer à qui que ce soit ; on remarquerait immédiatement qu'elle n'avait rien à faire ici. Elle balaya la salle du regard : ceux qui devaient être des novices pour les uns et des aspirants pour les autres étaient joyeusement en train de se mélanger. Ses yeux s'arrêtèrent sur la porte. Debout, les bras ballants, elle songea qu'il était peut-être encore temps de fuir.

Elle eut le temps de faire un pas, un seul, avant qu'une main ne vînt se poser fermement sur son épaule. Elle se retourna d'un coup et se retrouva face à une grande métisse aux cheveux frisés et à l'allure guillerette.

— Tu es novice, n'est-ce pas ? demanda la jeune femme en joignant ses mains.

Elle adressa à Cassie un sourire chaleureux qui la désarma.

— Oui… oui, c'est ça, bredouilla-t-elle. Je m'appelle Cassie.

Peu coutumière des interactions sociales, elle lui tendit gauchement la main. Au lieu de la serrer, la fille prit brièvement Cassie dans ses bras.

— Moi c'est Tara, répondit-elle. Cassie comme Cassiopée ?

Cassie cligna des yeux d'un air béat. En dix-huit ans d'existence, jamais personne n'avait réussi à deviner son prénom complet. Elle hocha la tête. Elle devait trouver un moyen de se soustraire à cette conversation.

— Tu as l'air… vraiment perdue, ajouta l'inconnue avec un petit rire gêné.

Était-ce si flagrant ?

— Je pourrais être ta mentore si tu veux, reprit la jeune femme. Tu sais, former un clone est assez simple en soi. En revanche il y a beaucoup d'introspection à faire avant d'y parvenir. C'est ce qu'il y a de plus compliqué, mais rassure-toi, une fois qu'on a assimilé ça, le reste est un jeu d'enfant.

Cassie rit nerveusement. « Former un clone », c'est bien ce qu'elle venait de dire ?

Est-ce que c'était de ça qu'il était question ? Subra et tous les autres attendaient-ils d'elle qu'elle formât un clone ? Parce que si c'était le cas, ils allaient être déçus. Le clonage humain était impossible. Elle le savait, car elle avait lu tout un article à ce sujet dans l'une des revues scientifiques que Sasha rangeait dans ses toilettes.

— Cassiopée ? demanda Tara comme si une question avait été laissée en suspens. Est-ce que tu vas bien ?

Non, évidemment que non, elle n'allait pas bien du tout. Elle commençait à étouffer dans cette salle étroite.

— Cassie, corrigea-t-elle machinalement.

Elle reconsidéra l'option « fuite ».

— C'est marrant, tu es la première Constellationniste que je connais qui abrège son prénom. C'est plutôt un truc d'Arrunta de faire ça.

Tara eut de nouveau toute son attention. Elle avait vaguement entendu ce terme la veille, mais elle n'y avait pas prêté attention au milieu du flot d'informations rocambolesques.

— C'est… hum… que je connais pas mal d'Arruntas, répondit Cassie en regrettant chacun des mots qu'elle prononçait.

Elle ne savait même pas si sa réponse avait du sens ni si elle prononçait le mot de la bonne manière.

Quand Tara haussa un sourcil de surprise, Cassie eut envie de partir en courant. Elle aurait dû s'abstenir de toute réponse. Elle s'était laissé bêtement avoir par le sourire angélique de Tara et voilà où ça la menait. Il faut dire que, sans compter Sasha – ni son père, mais elle refusait d'y penser –, la conversation en cours était la plus longue qu'elle eût eue avec un autre être humain depuis des semaines.

— Mes voisins sont des Arruntas, lui glissa Tara sur le ton de la confidence. Mes parents ne veulent pas que je les fréquente, pourtant ils sont vraiment gentils. Je ne comprends pas tout le mal qu'on dit d'eux.

Cassie était peu à peu en train de comprendre ce qu'Arrunta pouvait signifier, et cela la mettait mal à l'aise.

— Moi, enchaîna Tara pour dissiper le malaise palpable, j'aime tout le monde. Peu importe qu'ils n'aient pas de pouvoirs astraux, ils restent des humains après tout !

Un large sourire fendit son visage et dévoila une fossette sur sa joue droite que Cassie n'avait pas remarquée jusqu'alors. Tara était sincère, cela se voyait. Sa simplicité autant que sa beauté avaient frappé Cassie dès l'instant où elle avait engagé la conversation.

Tara était grande, plus grande qu'elle, qui atteignait presque le mètre soixante-dix, et aussi très mince. Ses cheveux bouclés entouraient gracieusement son visage, mais c'était la couleur de ses yeux qui avait immédiatement intrigué Cassie. Tara avait les yeux gris, tout comme elle, même si les siens arboraient une teinte plus claire.

En revanche, s'il y avait bien une chose qu'elles n'avaient pas en commun, c'était la sociabilité. Cinq minutes de discussion suffirent à Cassie pour savoir que Tara n'était pas très bonne élève à l'École constellationniste car la partie théorique n'était pas son fort, mais qu'en revanche, la partie pratique était beaucoup plus facile à appréhender pour elle, car elle faisait très attention à ce que son corps ressentait.

— Tu veux que je te présente mes amis ? demanda-t-elle après avoir inscrit le nom de Cassie à côté du sien sur le registre.

Sans façon, faillit répondre Cassie. Elle savait qu'il était dans son intérêt de ne s'acoquiner avec personne si elle ne voulait pas être grillée dès le premier jour. En plus, sa batterie sociale était presque à plat.

— Ce sont des novices, comme toi, enchaîna Tara. On va visiter l'Académie tous ensemble après. Tu vas être perdue pour la suite si tu restes seule dans ton coin.

Rester seule dans son coin. C'était pourtant une activité que Cassie maîtrisait à la perfection. S'il avait existé des compétitions dans ce domaine, elle aurait même été championne. Elle était pitoyable quand il s'agissait de se faire des amis, raison pour laquelle elle n'en avait qu'une.

Cassie s'apprêta à refuser quand elle croisa de nouveau le regard bienveillant de Tara.

— Avec plaisir, s'entendit-elle prononcer.

Tara battit des mains d'excitation avant de lui attraper le poignet.

— Suis-moi !

Elle se faufila à travers la foule d'un pas rapide que Cassie eut du mal à suivre.

Qu'est-ce qui lui avait pris d'accepter ? Elle commençait déjà à le regretter.

Une boule se forma au creux de son ventre, grossissant à chacune de ses enjambées. Quand finalement elle arriva devant trois paires de jambes, la boule remonta dans sa gorge et elle eut la nausée.

— Voici ma toute première élève, Cassiopée ! claironna-t-elle à l'intention de ses amis.

Ces inconnus devaient certainement attendre d'elle qu'elle se présentât au lieu de s'enfermer dans ce mutisme embarrassant. Mais cette impression désagréable fut sans commune mesure avec ce qu'elle ressentit en s'apercevant que le propriétaire de l'une des trois paires de jambes, un ami de Tara, n'était nul autre que Sohan, le garçon qui l'avait dévisagée tout au long de la Cérémonie.

— C'est une blague ! laissa-t-elle échapper.

La boule dans sa gorge disparut sur-le-champ. Elle n'avait plus peur, elle était sidérée.

Sohan, en revanche, ne parut pas étonné le moins du monde. Les mains dans les poches de son sweat-shirt noir, il la gratifia d'un sourire railleur.

— Bonjour Cassiopée, fit-il. Pour une surprise, c'est une surprise !

— Vous vous êtes déjà rencontrés ? demanda le garçon à ses côtés. Elle fait une drôle de tête.

Ce fut seulement quand il ouvrit la bouche que Cassie remarqua Alioth, le garçon qui avait été appelé en premier lors de la Cérémonie. Près de lui se tenait la blonde qui lui ressemblait trait pour trait et dont Cassie avait oublié le prénom.

— En tout cas, elle n'a pas l'air franchement ravie de te voir, observa cette dernière en faisant passer son regard de Cassie à Sohan. Vous vous connaissez d'où ?

— On s'est rencontrés pendant l'un de mes voyages à Istanbul, répondit naturellement Sohan. Elle a étudié là-bas avant d'être transférée à Londres.

Qu'est-ce qu'il racontait ? Elle n'avait jamais mis un pied en Turquie de sa vie.

Elle ne comprenait pas son petit manège, mais elle n'avait pas franchement envie d'y participer. Il se fourrait le doigt dans l'œil s'il pensait le contraire.

— Jamais entendu parler de toi, répondit-elle de manière catégorique. Désolée.

Ses excuses n'en avaient que l'apparence. Son sourire faux en était la preuve. Cela n'eut pas l'air d'ébranler Sohan le moins du monde qui, avec une extrême lenteur, inclina sa longue silhouette vers Cassie, jusqu'à ce que leurs deux visages fussent à la même hauteur.

Sans le remarquer, Cassie retint son souffle et lutta contre l'envie irrépressible de détourner le regard. Les yeux clairs, presque ambre, de Sohan étaient si perçants qu'ils la mettaient mal à l'aise.

— Tu es sûre ? demanda-t-il d'un air amusé, et elle comprit aussitôt l'ampleur des sous-entendus qui se cachaient derrière cette question. Rappelle-toi, Cassiopée.

Puis il se pencha davantage et murmura dans le creux de son oreille :

— Je ne sais pas encore ce que tu caches mais crois-moi, ce n'est qu'une question de temps avant que je le découvre.

Cassie se figea. Il *savait* qu'elle n'était pas à sa place ici. Il l'avait observée hier, il avait vu son trouble lors de la Cérémonie et il avait sûrement remarqué qu'elle n'avait pas été appelée pour monter sur le cadran. Il était en mesure de révéler à ses amis (et à qui d'autre encore ?) qu'elle était une intruse.

Une partie de Cassie était prête à prendre le risque juste pour l'empêcher d'avoir le contrôle de la situation. Elle détestait l'idée d'être à sa merci. Mais une autre partie, plus sage, lui serina que la fin justifiait les moyens : si ce petit mensonge sans conséquences pouvait lui permettre de rester parmi eux et d'obtenir les réponses, elle était prête à mettre un instant sa fierté de côté.

Elle serra les dents de toutes ses forces pour s'empêcher d'insulter Sohan, jaugea un à un ses amis qui la dévisageaient avec impatience, puis planta son regard dans le sien en s'efforçant de sourire.

— C'est quoi ton nom, déjà ?

— Sohan. Sohan Leoyro.

Sohan Leoyro, se répéta-t-elle mentalement. *Tu ne perds rien pour attendre.*

Au bout de six secondes et d'une longue lutte intérieure, Cassie capitula.

— Sohan ! fit-elle en feignant la surprise. Bien sûr, je me souviens de toi !

Il parut soulagé, presque fier du choix qu'elle venait de faire en cédant à son intimidation. Cela ne fit que redoubler l'amertume de Cassie. Elle pivota vers Tara, Alioth et sa sœur, et ajouta d'un ton ironique :

— Qui pourrait oublier quelqu'un d'aussi aimable et bienveillant que Sohan ?

Un éclair de surprise traversa le regard du garçon alors que ses amis pouffaient de rire : ils ne s'attendaient manifestement pas à une telle réponse.

— Bon, allez, on n'a pas une minute à perdre ! s'exclama Tara. La visite va commencer.

Elle se dirigea vers l'amas d'étudiants qui s'était formé devant la porte et Cassie regretta amèrement de l'avoir suivie au moment où elle comprit que la visite dont elle parlait s'adressait à *tous* les novices.

CHAPITRE 7

« Il existe douze pouvoirs astraux,
un pour chaque constellation du Zodiaque.
Ces pouvoirs sont de trois natures :
psychique, défensive et dite "consacrée". »

Extrait de *La Maîtrise des pouvoirs astraux :*
entre théorie et pratique.

En dépit de ce qu'elle avait prévu, Cassie se retrouva au cœur d'une visite guidée exhaustive de l'Académie. Elle avait commencé sur les chapeaux de roues par la rotonde en verre, située au sud du domaine et accessible par un petit chemin de terre entouré de verdure. Puis, alors que les bottines de Cassie lui compressaient déjà les orteils, ils avaient cheminé jusqu'à l'ouest pour se rendre dans une petite forêt, abritant un hémicycle en pierre qui s'intégrait parfaitement à son environnement. Ils avaient fini de contourner le bâtiment principal en empruntant le chemin que Cassie avait suivi à son arrivée et qui débouchait sur des jardins tapissés de plantes de toutes formes et de toutes tailles, plus colorées les unes que les autres. Ensuite, non sans mal, ils étaient parvenus jusqu'à l'abri à bateaux – qui ressemblait plus volontiers à une charretterie, avec son toit pointu et ses charpentes en bois. Cassie aurait pu combattre sa peur des fonds marins pour sauter dans l'immense lac qui l'entourait, juste pour ne plus subir cette visite.

Quand ils avaient de nouveau pénétré dans le bâtiment, la jeune fille avait tenté par tous les moyens de semer le groupe en traînant des pieds. Mais Tara, veillant à ce qu'elle ne se sentît pas exclue, l'avait accompagnée dans toutes les salles de cours du rez-de-chaussée, qui occupaient une grande partie des ailes est et ouest. Elle ne l'avait laissée qu'au moment où ils étaient entrés dans la cafétéria, pièce immense et lumineuse emplie de tables rondes formant des îlots.

Cassie flânait depuis une bonne trentaine de minutes derrière le groupe en priant pour qu'Izar prononçât les mots « visite terminée » de sa voix éraillée. Peine perdue : ils venaient seulement d'arriver au deuxième étage et l'Académie en comportait au moins un de plus.

— Ici, vous trouverez l'infirmerie ! déclara-t-il à la place, en s'arrêtant devant deux portes battantes immaculées. C'est le repaire d'Hélios. Il n'en sort que pour manger. Si vous voulez mon avis, c'est là qu'il dort !

Un éclat de rire général secoua l'assemblée, mais Cassie n'écouta même pas la fin de sa phrase. Elle tenait là un moyen de se soustraire à cette interminable visite et elle ne le manquerait pas.

— Maintenant, retournez-vous et admirez ! s'extasia Izar en écartant théâtralement les bras en direction d'un point au-dessus de leurs têtes.

Les quelque deux cents Constellationnistes qui entouraient Cassie suivirent ses instructions, certains s'accoudant à la balustrade du deuxième étage qui donnait sur le hall d'entrée, pour admirer, les yeux écarquillés, les jardins à travers les vitraux colorés qui surplombaient la porte d'entrée. C'était un splendide spectacle dont Cassie se serait délectée davantage si elle n'était pas déjà en train de se glisser entre les portes battantes de l'infirmerie.

À l'intérieur, tout était comme elle se l'était imaginé : aseptisé. Une dizaine de lits blancs se succédaient sur toute la longueur de la salle, en face de petites fenêtres rectangulaires qui laissaient pénétrer le soleil.

Au fond de l'infirmerie, Hélios semblait en pleine discussion avec une personne masquée par un rideau blanc qui dissimulait une moitié de la pièce. Il était si concentré qu'elle ne sut pas s'il l'avait vue arriver.

— La Supernova est en âge d'être intronisée, murmura une voix de l'autre côté du rideau. Si elle est sur le Continent, elle a dû participer à la Cérémonie.

Par réflexe, Cassie se rua derrière l'un des lits de la rangée de droite.

— Elle ne s'est pas montrée, répondit Hélios d'une voix tendue. Ni dans notre Académie ni dans aucune autre. Nous ne savons pas où elle est, ni même si elle existe vraiment.

Son interlocuteur – qui paraissait être un homme d'un certain âge – sembla se rembrunir.

— Elle existe, assura-t-il d'un ton amer, et quand elle se révélera, ce sera un désastre pour nous tous.

— Quand elle se révélera, la Ligue l'interceptera, rétorqua Hélios.

— Et si elle était sur Saleria ?

La question de l'inconnu flotta dans l'air pendant de longues secondes.

— Alors nous sommes déjà morts, répliqua Hélios.

Il avança d'un pas pour s'emparer d'un objet que Cassie ne put discerner. Accroupie, elle tenta de contourner le lit pour se rapprocher. Sous ses baskets, le vieux plancher craqua.

Hélios se retourna immédiatement dans sa direction et avança vers elle. Cassie ferma les yeux de toutes ses forces, comme si ce geste suffisait à la rendre invisible. Quand elle les rouvrit, Hélios avait repris le cours de sa conversation.

— Les Aldebaran savent sûrement où elle se trouve, ajouta la voix.

Hélios soupira, visiblement ennuyé.

— Sûrement, lâcha-t-il.

Cassie osa lever la tête au moment où l'inconnu se précipitait sur Hélios.

— Hélios, dis-moi où sont reclus les Aldebaran ! s'écria-t-il, frénétique, en attrapant le col de sa chemise. Je sais que tu connais le repaire de l'Oracle !

Hélios ne cilla pas. Il dévisagea son invité avec une profonde lassitude.

— Tu as conscience que ton insistance au sujet de la Supernova ne fait qu'amplifier les soupçons de la Ligue, Rigel, déclara-t-il. Certains pourraient penser que tu continues de servir les intérêts d'Azimech.

L'homme relâcha aussitôt son emprise et repassa soigneusement les plis de la tunique d'Hélios du bout des doigts.

— J'ai été marqué, répondit-il aussitôt. J'ai gagné la confiance de la Ligue en même temps que ma liberté.

En agrippant Hélios, l'homme avait échappé à la protection du rideau et Cassiopée put détailler sa longue silhouette trapue, recouverte d'une tenue en cuir marron. Il portait une barbe brune plus longue d'un côté que de l'autre et une grosse marque rouge, semblable à une croix, barrait son front.

— Peut-être plus pour longtemps, rétorqua Hélios sans sourciller.

L'homme expira bruyamment, la mâchoire serrée, et lança un regard vers la porte. Cassie se dissimula derrière le lit juste à temps.

— Peu importe, conclut le dénommé Rigel. Je finirai par la trouver.

Cassie attendit la réponse d'Hélios, mais elle n'arriva pas. Aussi se redressa-t-elle légèrement pour mieux appréhender la scène. Hélios était toujours là, il n'avait pas bougé d'une semelle. Son interlocuteur, lui, semblait s'être volatilisé.

— Tu peux sortir, Cassiopée, déclara Hélios.

La jeune fille se figea avant de se recroqueviller complètement sur elle-même.

— Tu n'es décidément pas très discrète. Une visseuse électrique ferait moins de bruit que toi.

Cassiopée hésita une seconde de plus avant de se relever avec le peu de dignité qui lui restait et sortit de sa cachette. Elle étudia la pièce et Hélios répondit à la question qu'elle se posait intérieurement.

— Il est parti.

Sans blague ! Cassie le voyait parfaitement. Ce qu'elle ne comprenait pas, c'était comment. Il n'était pas repassé devant elle et à moins qu'il ne fût sorti par la fenêtre si discrètement qu'elle ne l'eût pas remarqué… Se serait-il… volatilisé ? Cassie refusa de poser la question ; elle sentait que la réponse d'Hélios serait de cet acabit.

— Quand avez-vous décelé ma présence ? demanda-t-elle à la place.

Il sourit.

— Quand tu as franchi le pas de la porte, répondit-il, ce qui la fit grimacer. La visite de l'Académie ne t'intéresse pas ?

Sa voix était pleine de curiosité.

— S… si, mentit-elle.

Fuyant son regard inquisiteur, elle leva la tête. Le ciel affichait, cette fois, de gros nuages gris qui laissaient percer le soleil.

— C'est un ciel artificiel chargé de l'énergie des Cancer, déclara Hélios en étudiant à son tour la voûte céleste. Il évolue en fonction de l'ambiance dans la pièce. Plus elle est lourde et plus l'orage risque de gronder.

Époustouflant.

— Je le savais, mentit-elle en haussant les épaules.

— Bien sûr.

Mais elle avait beau faire mine d'être habituée, c'était un spectacle dont elle pressentait qu'elle ne pourrait jamais se lasser.

— Qui était-ce ? demanda-t-elle pour changer de sujet.

Hélios sembla surpris.

— Si je réponds à ta question, tu répondras à la mienne ?

Non, pensa Cassie.

— Oui.

Hélios eut un sourire en coin qui souleva ses pommettes saillantes.

— Rigel était un ami, autrefois.

— Il ne l'est plus ?

— Disons qu'il a fait des choix controversés par le passé.

— J'ai l'impression que vous ne l'appréciez pas beaucoup.

Hélios fit la moue.

— Je n'apprécie pas qu'il profite de la rentrée des novices pour pénétrer dans l'Académie de la sorte, en effet, concéda-t-il. Qu'importe, bientôt il ne pourra plus s'octroyer un tel luxe.

— Qu'est-ce que vous voulez dire ? s'enquit Cassie, mue par une curiosité incontrôlable.

— Dès demain, le champ de force qui entoure l'Académie sera rétabli et aucun Constellationniste ne pourra user de son pouvoir astral pour y entrer.

Cassie hocha la tête, peu sûre de comprendre, et s'absorba dans la contemplation du bureau désordonné d'Hélios.

— À mon tour, déclara-t-il en s'asseyant sur l'un des lits vacants. Comment t'es-tu retrouvée dans cet amphithéâtre hier ?

Cassie fit aussitôt volte-face. Elle devait être écarlate.

— Je devine, avec ce qu'il s'est passé après la Cérémonie et compte tenu de ta réaction aujourd'hui, que tu as grandi auprès d'Arruntas.

Cassie lança un regard vers la porte.

— Ah non, tu ne vas pas remettre ça, prévint-il. Je n'ai plus la forme de ma jeunesse, mais je te garantis que je peux t'arrêter avant que tu aies parcouru la moitié de la pièce.

Est-ce qu'il lisait dans ses pensées ?

— Je ne suis pas télépathe, si c'est la question que tu te poses. Je suis Poissons, je suis un guérisseur. Ton visage et ton corps parlent pour toi, tu es un livre ouvert. C'est d'ailleurs étonnant que tu n'aies pas encore attiré l'attention d'un de tes petits camarades plus perspicace que les autres.

Malgré elle, le visage de Sohan apparut dans son esprit.

— Méfie-toi des Balance, en revanche, ajouta-t-il. Le règlement de l'Académie les en empêche en théorie, mais en pratique, elles pourraient s'insinuer dans tes pensées avec ou sans ton accord, dès lors qu'elles détiennent plus d'énergie astrale que toi.

Les yeux de Cassie s'arrondirent.

— Énergie… astrale ? bafouilla-t-elle.

Hélios acquiesça.

— C'est ainsi que fonctionnent les pouvoirs psychiques. Plus un Constellationniste dispose d'énergie astrale, moins les détenteurs de pouvoirs psychiques peuvent utiliser leur don sur lui.

Cassie resta coite et dévisagea Hélios. Il ajouta :

— Méfie-toi des Cancer, également. Ce sont des empathes, ils ressentiront tes émotions plus clairement que toi-même. S'ils sentent ta peur ou ton inconfort, ils pourraient découvrir ton secret.

Figée, Cassie tenta d'assimiler ces conseils absurdes sans savoir quoi en faire. Après de longues secondes, elle se racla la gorge et passa une main sous son pull pour en sortir le médaillon de sa mère.

— C'est lui qui m'a guidée jusqu'à l'amphithéâtre, avoua-t-elle. Enfin, en quelque sorte.

Hélios observa le pendentif avec intérêt.

— Je peux ? demanda-t-il.

Cassie ôta le bijou et traversa la pièce pour le tendre à Hélios sans pour autant le lui confier.

Il inspecta l'endroit, puis l'envers d'un air impassible.

— C'est un *sarilepokora*, observa-t-il. Un collier de récompense. On les attribue, tu le verras, aux Constellationnistes les plus prometteurs tels que les Élus, les Irakatsis ou encore les Khefs à l'issue des Quadrantides.

Cassie le repassa autour de son cou comme s'il s'agissait d'un besoin vital.

— Comment est-il entré en ta possession ?

— Je l'avais sur moi lorsque mes parents biologiques m'ont abandonnée, lâcha-t-elle.

Pour la première fois depuis le début de leur conversation, Hélios parut surpris.

— Quoi ? demanda Cassie. Pourquoi vous faites cette tête ?

— Pour rien, assura Hélios en se relevant du lit.

Cassie fronça les sourcils. Elle aurait voulu insister, mais déjà Hélios se détournait d'elle pour rejoindre son bureau.

Elle eut tout le loisir d'observer de nouveau le tatouage en forme de « V » à l'arrière de son crâne, symbole de la constellation des Poissons.

— Que comptes-tu faire désormais ?

— Comment ça ?

Hélios s'assit et croisa les doigts devant lui.

— Est-ce que tu comptes rester ? demanda-t-il d'un air on ne peut plus sérieux. Ou partir ?

Cassie tressaillit. Avait-il seulement conscience de combien cette question monopolisait la moindre de ses pensées depuis qu'elle avait franchi le seuil de l'Académie ? Elle aurait voulu lui faire part de tous ses doutes, mais elle n'était pas certaine de pouvoir lui faire confiance.

Néanmoins, il venait de lui divulguer des informations précieuses sans paraître utiliser son ignorance contre elle. Aussi, elle déclara :

— Je ne suis pas sûre d'être réellement comme vous.

Elle regretta aussitôt sa franchise en observant la réaction d'Hélios.

Il fronça les sourcils.

— Comme nous ? répéta-t-il.

— Une...

Elle tourna la tête vers la porte pour être sûre que personne ne se fût glissé dans la pièce.

— ... une Constellationniste.

Cassie scruta anxieusement l'expression d'Hélios. Contre toute attente, il éclata de rire.

— Cassiopée, le cadran s'est illuminé sous mes yeux. Aucun doute n'est permis. Désolé de te décevoir, mais tu es bel et bien une Constellationniste, descendante des Gémeaux.

— Vous en êtes bien sûr ? Le cadran n'a pas pu se tromper ?

Il rit de nouveau, mais cette fois, Cassie ne savait pas s'il trouvait cela réellement amusant.

— Je crois que tu n'as pas conscience de l'endroit où tu te trouves.

Il fourra la main dans un des tiroirs de son bureau et en sortit un livre brun aussi long que large.

— Tiens, dit-il en lui tendant l'ouvrage. Ça t'éclairera un peu.

— *La Maîtrise des pouvoirs astraux : entre théorie et pratique*, lut Cassie en passant une main sur le titre en relief.

— Tu ne rattraperas pas tout ton retard grâce aux livres, mais ça t'évitera peut-être de te faire remarquer avant la fin de la première semaine. N'hésite pas à te rendre à la bibliothèque, il y a de nombreux documents traduits dont tu pourras prendre connaissance. En revanche…

Cassie l'écoutait à peine, obnubilée par les pages de ce livre qui semblait être le remède à son ignorance.

— Cassiopée ?!

Elle leva la tête subitement. Hélios soupira.

— Je vais te donner un conseil et je veux que tu l'écoutes très attentivement.

Cassie déglutit, suspendue à ses lèvres.

— J'ignore qui sont tes parents exactement et comment tu t'es retrouvée dans cette situation, mais quoi qu'il en soit, ne révèle à personne que tu as grandi avec des Arruntas et que tu n'as jamais été à l'École constellationniste.

Cela tombait bien : Cassie n'avait absolument aucune intention d'en parler à qui que ce soit. Mais elle se demanda pourquoi cette information semblait revêtir une importance aussi capitale.

— Tout le monde n'a pas la même ouverture d'esprit, poursuivit-il. Ça risquerait de te causer des ennuis.

Cassie ouvrit la bouche pour répondre, mais Hélios l'interrompit, comme s'il voulait écourter la conversation.

— Allez. Si tu as envie de rester, tu ferais mieux d'étudier dès maintenant. L'entraînement commence demain à la première heure.

Puis, sans plus de cérémonie, il lui indiqua la sortie d'un signe de la main.

CHAPITRE 8

« Le pouvoir astral d'un Constellationniste est héréditaire et est légué par l'ascendant le plus proche de manière aléatoire. Comme le veut la coutume, les Constellationnistes sont intronisés à l'âge de dix-huit ans. Leur pouvoir astral ne s'éveille qu'après leur passage sur le cadran, au moment de la Cérémonie du Don. »

Extrait de *Les Rudiments des pouvoirs astraux.*

Finalement la visite guidée avait du bon, car, après un rapide tour, tout le monde avait déserté la gigantesque et sublime bibliothèque de l'Académie. Elle occupait une partie non négligeable du premier étage du bâtiment et où que Cassie posât ses grands yeux gris, une flopée de livres anciens ne demandaient qu'à être ouverts.

Avachie sur l'une des nombreuses tables en bois massif de la pièce, la tête entre ses mains, Cassie admirait d'un air pensif le globe astral majestueux qui semblait flotter miraculeusement au-dessus d'elle. Sous le ciel artificiel qui commençait à rougeoyer, elle accusait le coup de ses découvertes, qui dépassaient de loin les frontières de son imagination.

Elle s'était rendu compte avec effarement que tout ce qu'elle avait appris au cours de ces dernières trente-deux heures au sujet du monde constellationniste n'était que l'équivalent d'un infime grain de sable dans l'immense désert qu'il représentait réellement.

Un seul après-midi entre ces murs avait réussi à ébranler toutes ses croyances. Et c'était aussi excitant qu'effrayant.

Deux informations avaient particulièrement retenu son attention.

Premièrement, chaque Constellationniste était doté d'un pouvoir astral en fonction de la constellation du Zodiaque à laquelle il était rattaché. Ce pouvoir était héréditaire, transmis à la naissance par l'un des géniteurs, et révélé par le cadran sur lequel Cassie était montée la veille. Si tout ceci était vrai, alors elle était bel et bien Gémeaux, et au moins l'un de ses parents biologiques l'était également ! Quant à son pouvoir astral, eh bien, Tara n'avait pas menti : elle était en mesure de former un clone car selon toute vraisemblance, les Gémeaux étaient dotés du don d'ubiquité.

Deuxièmement, selon les légendes, les premiers Constellationnistes étaient nés de la collision d'étoiles mourantes, il y a plusieurs milliers d'années, sur une île nommée Saleria. L'île devenue trop exiguë, une grande partie d'entre eux avait fini par migrer sur le Continent – le monde en-dehors de Saleria –, avant d'être persécutés par les Arruntas – ceux qui ne disposaient pas de pouvoir astral – lorsqu'une « Supernova » était apparue et avait tout mis sens dessus dessous.

La plupart des ouvrages que Cassie avait trouvés étaient rédigés dans une langue inconnue et elle n'était pas certaine de comprendre à quoi renvoyait ce terme. Si elle se fiait aux quelques livres traduits qui la mentionnaient, la Supernova était un Constellationniste hybride, capable de maîtriser, non pas un, mais deux pouvoirs astraux ; et c'était le fléau des Constellationnistes.

Les Supernovas étaient rares, mais chaque fois qu'elles étaient apparues, une catastrophe s'était ensuivie. La première fois, quelques centaines d'années après l'apparition des Constellationnistes originels, l'île avait failli être engloutie par les flots.

Plus terrible encore : une autre Supernova avait, semblait-il, été à l'origine d'une maladie qui avait décimé une grande partie de la population du Continent. Cet événement avait constitué le point de départ de la persécution des Constellationnistes par les Arruntas. Pointés du doigt, ils avaient été insultés et martyrisés pendant de longues années avant de décider de retourner sur leur île natale.

Ils n'étaient revenus sur le Continent que dix-huit ans plus tôt, quand l'Oracle Aldebaran avait prédit la naissance à venir d'une nouvelle Supernova et qu'un homme s'était mis en tête d'arracher tous les nouveau-nés à leur famille afin de la trouver et de s'emparer de son énergie astrale hors du commun. Cet homme, fils d'un des douze Sages dirigeant Saleria, pourtant inconnu dans le paysage politique, avait tout de même réussi l'exploit de rallier à sa cause des centaines de Constellationnistes. Éloquent et fourbe, il avait profité de la colère des Constellationistes vivant dans la basse-ville de la capitale contre ceux, plus aisés, de la haute-ville, pour s'ériger en un véritable chef. Bien sûr, les familles des nourrissons s'étaient défendues et les Sages s'en étaient mêlés. La guerre civile qui avait éclaté s'était révélée sanglante et l'Exode du peuple sur le Continent déchirant.

L'homme à l'origine de ce drame se nommait Azimech et Cassie n'avait pas mis longtemps avant de comprendre pourquoi ce nom lui était si familier. Outre le fait qu'Hélios venait de le mentionner à l'infirmerie, Subra avait accusé Cassiopée de conspirer avec lui la veille.

Les parents biologiques de Cassie avaient forcément dû quitter l'île pendant l'Exode pour avoir pu faire la rencontre d'Harry. Mais maintenant, où étaient-ils ? Et pourquoi l'avaient-ils laissée entre les mains d'Arruntas ? Seraient-ils heureux de la retrouver après tant d'années ? Cassie avait enfin la possibilité de gagner un foyer et elle saisirait cette occasion coûte que coûte.

Le visage de Subra s'insinua dans son esprit et Cassie referma vigoureusement le livre ouvert devant elle. Si quelqu'un pouvait l'éclairer, c'était bien elle. Peut-être même que… Non, elles ne se ressemblaient en rien, toutes les deux. Subra était belle et débordait d'assurance. Cassie, elle, faisait semblant. Semblant d'être forte, semblant de n'avoir peur de rien. Pour autant, la directrice de l'Académie connaissait son nom, elle l'avait reconnue au premier regard. N'était-ce pas là la réaction d'une mère ? Ou bien Cassie était-elle désespérée au point de se raccrocher à n'importe quelle chimère ?

Tandis qu'elle quittait la bibliothèque armée d'une détermination nouvelle, elle se demanda laquelle de ces réalités la ravirait le plus : que Subra soit sa mère biologique, ou bien qu'elle ne le soit pas.

L'Académie était un véritable labyrinthe et l'escalier à double révolution rendait tout aiguillage encore plus difficile. En déambulant au hasard dans l'aile ouest du deuxième étage, elle fut soulagée de croiser un groupe de Constellationnistes qu'elle avait vu plus tôt dans la journée. La visite guidée devait être terminée.

Elle finit par atterrir dans un long couloir flanqué de portes semblant donner sur des chambrées : sur chacune d'entre elles était fixée une plaque en bois comportant deux noms. Elle eut beau les lire un par un, elle ne trouva pas le sien.

— Tu es perdue ? demanda un garçon dont les yeux bridés la jaugeaient de haut en bas.

Il portait une veste noire aux manches et au col mao turquoise.

— Je cherche les dortoirs…, répondit-elle laconiquement.

— … des novices, j'imagine.

Son bref hochement de tête arracha un sourire au garçon.

— Par ici, lui dit-il avant de s'enfoncer encore plus loin dans le couloir.

Son allure était si rapide que Cassie dut trottiner pour espérer marcher à ses côtés.

— Je m'appelle Hati, fit-il en lui tendant la main. Et toi ?

Elle hésita un instant et détailla sa main. Et s'il était Balance ? Ou Cancer ? Elle ne savait pas comment fonctionnaient les pouvoirs astraux. Peut-être pourrait-il, en la touchant, pénétrer dans son esprit ? Hélios lui avait précisé que le règlement interdisait ces pratiques, mais ses sous-entendus étaient clairs : les règles étaient souvent transgressées.

Elle conserva les mains dans la poche centrale de son sweat-shirt et releva la tête.

— Cass…

— Cassiopée ! s'écria une voix derrière elle.

Cassie et Hati se retournèrent dans un même mouvement et découvrirent Tara qui fonçait droit sur eux.

— Qu'est-ce que tu fais là ?

Puis sans lui laisser le temps de répondre :

— Je t'avais prévenue que tu serais perdue si tu ne suivais pas la visite !

— C'est que…, fit Cassie en se tournant vers Hati.

Mais il était déjà reparti et elle ne voyait plus de lui que son dos élancé.

— Ce sont les dortoirs des aspirants ici. Ceux des novices sont dans l'aile est, suis-moi !

Elle attrapa le bras de Cassie et l'entraîna à sa suite. Au bout du couloir, Tara poussa une porte donnant sur l'extérieur et le soleil illumina le visage blême de Cassie. Elle se laissa entraîner le long d'un couloir en pierre étroit qui longeait tout le bâtiment, donnant sur la rotonde en verre et sa coupole couverte de vitraux. Arrivées au bout, elles entrèrent à l'intérieur et s'engagèrent dans une nouvelle coursive, puis encore une autre, avant de déboucher sur un couloir en tout point identique à celui dans lequel Tara l'avait trouvée.

— J'ai déjà regardé, annonça-t-elle. Tu partages ta chambre avec Essie Shaulayra, une Balance.

Le rythme cardiaque de Cassie accéléra. En voyant les plaques en bois arborer systématiquement deux noms, elle s'était doutée que les chambres simples ne couraient pas les rues, mais elle avait espéré qu'un miracle se produisît et lui épargnât un tel calvaire.

Pire que tout, Essie était Balance. Une télépathe. Si l'envie lui prenait de transgresser le règlement, combien de temps lui faudrait-il avant de s'introduire dans ses pensées et de découvrir son secret ? Cassie n'avait pas le choix, elle devrait l'éviter comme la peste.

— Allez, ne fais pas cette tête, fit Tara en lui tapotant le dos. Essie est très gentille ! N'écoute pas ce que les garçons te diront sur elle : elle a eu la mauvaise idée de tomber amoureuse de Sohan à la seconde où elle l'a vu et depuis elle est un peu… envahissante.

Le caractère de sa colocataire se précisait : elle avait des goûts exécrables en matière de garçons.

— Stella partage sa chambre avec Narvi, une Sagittaire, poursuivit Tara alors que Cassie essayait d'imprimer dans son cerveau le prénom de la sœur d'Alioth. Elle a de la chance, les Sagittaire sont toujours de bonne compagnie. Comme les Gémeaux !

Elle gratifia Cassie d'un clin d'œil avant de désigner une porte bleu cobalt.

— Alioth et Sohan sont dans cette chambre, et si je ne me trompe pas, la tienne est deux portes plus loin.

Cassie hocha la tête et massa l'épaule sur laquelle était suspendu le sac à dos qu'elle avait récupéré pendant la visite. Elle s'apprêtait à se rendre dans sa chambre, craignant de recroiser le chemin de Sohan, quand Tara lui attrapa le bras et l'attira dans celle des garçons.

— Regardez qui j'ai trouvé ! chantonna-t-elle.

Sohan lui accorda à peine un regard, trop occupé à ranger ses vêtements dans la penderie en bois qui jouxtait son lit simple, à droite de la chambre.

— Tu es une vraie anguille, Cassiopée ! lança Alioth en se jetant sur son lit. Tu étais là et puis, pouf ! Disparue ! Tu es sûre que tu n'es pas Vierge ?

Cassie se surprit à rire de bon cœur à sa blague. C'était la première fois qu'elle comprenait une de leurs allusions : elle savait, d'après ses lectures, que les Vierge étaient dotés du don d'invisibilité.

— J'aurais bien aimé, plaisanta-t-elle.

— Tu avais tes chances ? demanda Tara.

Sohan se retourna aussitôt, soudainement intéressé par la conversation.

— Comment ça ? répliqua Cassie.

— Ben tes parents, répondit Alioth. L'un des deux est Vierge ?

Cassie serra de toutes ses forces l'anse de son sac contenant le livre donné par Hélios. La réponse ne s'y trouvait pas, ni dans aucun des ouvrages qu'elle avait parcourus cet après-midi, d'ailleurs. L'un de ses parents était Gémeaux certes, et l'autre ?

— Non, malheureusement, finit-elle par répondre au bout de ce qui lui parut être une éternité.

Aux regards qu'ils portaient sur elle, Cassie comprit qu'ils voulaient plus de précisions. Elle devait trouver un mensonge, et vite.

— Mon père est Gémeaux et ma mère… Bélier. Elle est Bélier.

Leur visage demeura impassible et Cassie pria pour n'avoir éveillé aucun soupçon. Elle avait choisi exprès une constellation différente des leurs.

Alioth fronça le nez et s'empara d'une petite balle en mousse près de son lit.

— C'est inhabituel pour un Gémeaux de s'appeler Protée, enchérit-il. Tes grands-parents ont fait un drôle de choix.

Cassie fronça les sourcils.

Que venait de dire Alioth ? Comment avait-il dit que son père s'appelait ? Le connaissait-il ?

La jeune fille le dévisagea pendant de longues secondes en serrant son médaillon. Un milliard de questions se bousculaient dans sa tête. Ce court instant de confusion n'échappa pas à Sohan qui pencha la tête en la scrutant.

Protée Panyro.

C'était ce qu'il y avait écrit sur son médaillon.

— Tu sais, comme Protée est un nom qu'on donne à un Scorpion ou à un Taureau habituellement. D'ailleurs, vous saviez que c'était le…

Alioth débita une explication à laquelle Cassie eut bien du mal à être attentive. Elle venait de se prendre en pleine face les réponses à au moins cinq de ses interrogations. Le nom qu'elle portait ici, celui que Subra lui avait attribué, n'était autre que Cassiopée Proteyra.

Prote-yra.

Protée.

Elle se tourna vers la porte ouverte de la chambre des garçons sur laquelle était fixée la petite plaque de bois gravée de leurs noms :

Alioth Algedyro

Sohan Leoyro

Tout était si limpide à présent. Elle aurait pu parier tout ce qu'elle avait – c'est-à-dire pas grand-chose – que les géniteurs d'Alioth et Sohan se prénommaient respectivement Alged et Leo.

Elle était si fière d'avoir pu déduire cela toute seule qu'elle se mit à sourire bêtement.

— Tu m'écoutes quand je parle ?

La voix d'Alioth lui parvint de manière très lointaine, comme s'il était au fond d'un tunnel.

— Et vous ? demanda-t-elle, poussée par un élan d'assurance soudain.

Elle se tourna vers eux et croisa le regard de sa mentore, installée sur le lit d'Alioth.

— Vos parents, dit Cassie. Ils descendent de quelle constellation ?

Tara afficha une mine ravie, sans doute heureuse que Cassie fît l'effort de s'intéresser à eux à son tour.

— Mon père est Gémeaux et ma mère, Verseau, confia-t-elle en se grattant la nuque. En ce qui me concerne, ça ne m'aurait pas dérangée d'être Verseau, mais mon père m'a toujours dit que j'hériterais de son don à lui, à cause d'une prédiction que lui avait faite l'Oracle Aldebaran.

— Oui enfin l'Oracle avait aussi annoncé la naissance de la Supernova et pourtant tu la vois quelque part ? intervint Alioth en envoyant sa petite balle au-dessus de sa tête. Si ça se trouve, elle n'existe même pas et on a migré pour rien.

Supernova.

Oracle Aldebaran.

Ces mots étaient revenus très souvent dans les lectures de Cassie pour éclairer la sombre histoire de ce qu'ils appelaient l'Exode. Le sujet fascinait Cassie et elle mourait d'envie de les entendre s'attarder dessus, mais elle ne pouvait pas leur demander plus de précisions sans se dévoiler.

— Elle existe, assura Sohan. L'Oracle Aldebaran ne s'est jamais trompé. Sa seule erreur a été d'annoncer la naissance de la Supernova publiquement au lieu de garder cette information secrète.

Les ouvrages s'accordaient en effet à dire que cette prédiction avait poussé Azimech à commettre toutes les atrocités qui avaient mené à la guerre civile.

— Tu aurais vu à quel point la Cérémonie était tendue hier ! s'esclaffa Alioth à l'intention de Tara. Subra était prête à bondir sur le premier d'entre nous qui aurait fait jaillir deux constellations au lieu d'une !

Stoïque, Cassie laissa ses yeux dériver à travers la pièce en se remémorant peu à peu les enjeux de cette particularité. Plus elle y réfléchissait, plus elle mesurait pourquoi les Constellationnistes craignaient tant la Supernova : outre le fait que la mauvaise fortune suivait chacune de ses apparitions, elle possédait une énergie astrale phénoménale, désirée par Azimech au point d'arracher des nourrissons à leur famille pour les élever dans des orphelinats géants jusqu'à ce que l'un d'entre eux révélât sa nature. Aujourd'hui, il était sur Saleria, et tant mieux, car il lui faisait froid dans le dos. S'il n'y avait pas eu si peu de livres traduits, Cassie aurait peut-être réussi à comprendre quel était le but de cet homme.

— Et toi tu n'étais pas tendu peut-être ? se moqua Sohan. Tu as mis tellement de temps à te lever quand Hélios t'a appelé que j'ai cru que tu t'étais endormi sur ton siège.

Tara éclata d'un rire cristallin et attrapa la mâchoire d'Alioth avant de déposer un baiser sur ses lèvres.

— Tu avais peur d'être la Supernova, *maitea* ? se moqua-t-elle.

Cassie prit note mentalement de chercher la définition du dernier mot que Tara venait de prononcer. Cette conversation était de plus en plus intéressante.

— Évidemment que j'avais peur de l'être ! fit-il en se redressant. J'ignore ce que la Ligue veut faire de la Supernova si elle se révèle, mais je ne pense pas qu'on lui déroule le tapis rouge. Vous vous rappelez ce qu'ils ont fait de la dernière ?

Sans attendre, Alioth poursuivit :

— Balancée par le portail du Cancer en plein milieu d'une forêt sibérienne ! En implosant, elle a déraciné au moins vingt kilomètres d'arbres !

La novice du Gémeaux tenta de calmer l'affolement qui venait de s'emparer de son corps. Autour d'elle, Tara et Sohan affichèrent une mine désolée que Cassie imita.

Puis, par imprudence ou par stupidité, elle se tourna vers Sohan et lui demanda :

— Et toi, tu n'as pas eu peur d'être la Supernova ?

Sohan fronça légèrement les sourcils.

— Je suis un Imperium, déclara-t-il. Mes deux parents étaient Lion alors même si j'étais la Supernova, le cadran ne l'aurait pas signalé.

Il dut remarquer la mine déconfite de Cassie lorsqu'elle s'aperçut qu'il avait parlé de ses parents au passé. Au moment où elle allait s'excuser d'avoir été maladroite, il déclara :

— Tu ferais mieux d'y aller, Cassiopée. Ta colocataire a hâte de te rencontrer.

Pendant une demi-seconde, elle hésita à lui répondre, mais elle se rappela l'effet qu'avait sur elle chaque question concernant sa mère décédée. Alors, sans un mot, elle capitula et quitta la chambre.

CHAPITRE 9

« *Seuls quelques milliers de Constellationnistes ont réussi à rejoindre le Continent à travers les portails du Zodiaque. Le reste de la population est soit morte, soit sous le joug d'Azimech, sur Saleria.* »

Extrait de *L'Histoire de la dernière guerre civile salerienne.*

La première nuit de Cassie avait été on ne peut plus chaotique. Elle avait tant appréhendé la journée du lendemain qu'elle avait passé son temps à se tourner et retourner dans son lit. Elle avait bien essayé de se lever pour prendre l'air, mais Essie s'était réveillée juste à ce moment et Cassie avait dû jouer la somnambule pour échapper à un éventuel monologue de sa part. Si la batterie sociale de Cassie avait été mise à rude épreuve lorsqu'elle avait rencontré Tara, ce n'était rien comparé à ce qu'elle avait subi avec le moulin à paroles qu'était Essie Shaulayra.

La veille, après s'être fait envoyer paître par Sohan, Cassie avait gagné sa chambre et trouvé sa colocataire assise en tailleur sur son lit, l'attendant de pied ferme pour faire connaissance. Essie l'avait quasiment kidnappée jusqu'à la cafétéria avant de déblatérer sur la manière dont elle comptait s'y prendre pour être la meilleure télépathe de l'Académie. Objectif que ne partageait pas Cassie, dans la mesure où sa survie entre ces quatre murs dépendait en partie de la manière dont elle pourrait protéger son secret du pouvoir indiscret des Balance. Le point positif, c'était qu'Essie avait pris tant de place dans la conversation que Cassie n'avait eu aucun mal à masquer son ignorance. Elle était allée se coucher avec un début de migraine qui peinait à passer.

Son premier cours de Maîtrise devait avoir lieu dans une salle appelée « Albédo », que Cassie mit une éternité à trouver. L'Académie comptait un nombre ridiculement élevé d'escaliers et de coursives – dissimulées ou non –, si bien qu'elle se retrouva une première fois dans le garde-manger et une seconde dans l'un des deux cloîtres de l'établissement avant d'arriver à bon port.

Elle souffla un grand coup avant de pénétrer dans sa salle d'entraînement et se dirigea droit sur Tara et Alioth. C'est alors qu'elle constata que l'uniforme qu'elle avait trouvé sur son lit la veille différait par endroits de celui de ses semblables. Les liserés argentés qui ornaient les jambes de son pantalon noir étaient d'une autre couleur chez la plupart des étudiants : pour Alioth, qui descendait du Taureau, ils étaient verts, et chez les Cancer, qui partageaient également sa salle d'entraînement, blancs. La couleur des manches et du col de la veste de chaque uniforme variait également en fonction de la constellation qui gouvernait chaque étudiant.

C'était un atout pour la jeune novice : si elle se fiait à ce qu'Hélios lui avait dit, elle devait se tenir loin de tous ceux qui portaient une veste aux manches blanches.

De quelle couleur étaient les manches de l'uniforme d'Essie ?

— J'ai gagné ! s'exclama Tara lorsque Cassie les eut rejoints.

Ses lèvres pleines s'étirèrent, révélant sa fossette. Elle entama une danse de la joie.

— Tu as triché, rétorqua Alioth. Vous avez fait un pacte entre Gémeaux !

Cassie les dévisagea l'un après l'autre, perplexe.

— Alioth avait parié que tu ne nous adresserais plus la parole après la manière dont Sohan t'a mise dehors hier. Et moi j'étais sûre du contraire, expliqua Tara.

« Mise dehors » était un bien grand mot. Elle n'appréciait pas particulièrement ce garçon, mais on l'avait chassée de divers endroits de façon bien plus désagréable. Elle éviterait sa compagnie tant qu'elle le pourrait. Pas parce qu'il était impoli ; simplement parce qu'il semblait lire en elle bien trop facilement.

En réalité, elle ne savait pas vraiment pourquoi elle s'était dirigée vers eux de façon si spontanée. Sans doute parce que Tara était ce qui se rapprochait le plus d'une amie ici et qu'elle ne l'avait pas traitée comme une anomalie qu'il fallait corriger.

— Les Cancer, avec moi ! appela un homme au visage triangulaire et aux cheveux roux hirsutes. Plus vite que ça.

Sa toge blanche grande ouverte oscillait derrière lui tandis qu'il fendait la foule d'une démarche presque robotique.

— Kaus Styxyro, l'informa Alioth en voyant la mine ébahie de Cassie. C'est un *irakatsi* qui descend du Cancer. Une vraie tête de con, imbu de lui-même, je ne comprends pas qu'on le laisse enseigner.

Tous les livres qu'elle avait lus à la bibliothèque, de même que son interminable conversation avec Essie, avaient eu le mérite de l'informer sur ce qu'était un irakatsi et d'où venaient les mots tels que « Arrunta » ou « maitea ». C'était du Sùm, la langue parlée sur Saleria. Avant l'Exode, la majeure partie du peuple constellationniste avait longtemps vécu sur le Continent, dans les environs de ce qui se trouvait aujourd'hui être Londres. Ainsi, bien que le siège de la Ligue se trouvât à Paris et que le Sùm fût la langue traditionnelle, l'anglais demeurait la langue la plus pratiquée par les Constellationnistes. Cassie avait appris avant de l'entendre de la bouche d'Essie que le terme « Arruntas » désignait les humains dépourvus de pouvoirs astraux, mais c'était bien elle qui lui avait précisé que « maitea » était un surnom affectueux généralement donné à un partenaire de vie. Les irakatsi, eux, étaient des sortes de professeurs.

Cassie détourna son regard de Kaus au moment où celui-ci la dévisagea, les yeux plissés. Heureusement, ce n'était pas la constellation du Cancer qui s'était illuminée sur le cadran, car elle n'aurait pas tenu cinq minutes à l'Académie avec un irakatsi comme lui.

Derrière Kaus, un homme plutôt baraqué, Amon, ainsi qu'une petite blonde à la coupe au carré et aux joues rosées firent irruption dans la salle. La fille, Pandore d'après ce que lui confia Tara, portait une toge argentée. Aussi Cassie ne fut pas surprise lorsqu'elle leur intima d'une voix presque inaudible de former des binômes d'entraînement.

— Allez, c'est parti ! fit Tara en frottant ses mains pleines de bagues l'une contre l'autre.

Cassie acquiesça d'un signe de tête, excitée d'assister à la démonstration du pouvoir astral de Tara. Inquiète, aussi, de devoir reproduire la même chose, s'en devinant bien incapable.

— Je vais essayer d'être la meilleure mentore possible pour que tu puisses être nommée Khefa d'une Unité de Maîtrise lors des Quadrantides. Tu vas être époustouflante !

Cassie fit mine de frémir d'excitation alors qu'elle ne comprenait rien à ce que Tara venait de dire. Un vague sourire collé au visage, elle se demanda combien de temps encore elle allait réussir à lui cacher qu'elle n'avait jamais mis un pied à l'École constellationniste.

Peut-être qu'elle pouvait faire une entorse, une toute petite entorse, aux conseils d'Hélios. Elle ne connaissait pas Tara et n'avait pas pour habitude de donner sa confiance si facilement, mais après tout, sa mentore aurait autant intérêt qu'elle à garder son origine secrète…

— Tara, il f…

— Hop, hop, hop, la coupa sa mentore. On ne commence pas à se chercher des excuses ! Allez, assieds-toi.

— Non, tu ne…

Elle sourit, les mains sur ses hanches.

— Cassiopée, rétorqua Tara sur un ton étonnamment autoritaire. Ne me force pas à jouer la mauvaise mentore !

Cassie souffla et s'exécuta. Au moins, elle aurait essayé.

Tara prit place en face d'elle et croisa ses jambes en tailleur, les mains sur les genoux, paumes vers le ciel.

— Le problème avec nous, les Gémeaux, c'est qu'on est trop indisciplinés, trop instables. On veut constamment faire plusieurs choses en même temps, et on poursuit sans arrêt des objectifs contradictoires. C'est pourquoi je te propose… de méditer.

Un ange passa.

Cassie dévisagea Tara d'un air dubitatif. Est-ce qu'elle s'apprêtait vraiment à trahir son secret pour… ça ? Une séance de méditation ?

— Ne me regarde pas de cette manière, dit Tara. La méditation pourra t'être d'un grand secours. Te focaliser sur un seul et unique but te permettra de matérialiser ton clone plus rapidement. Tu dois faire le vide dans ton esprit.

Avec toute la mauvaise volonté du monde, Cassie obtempéra. Assise en tailleur dans son uniforme noir et argenté qu'elle remplissait à peine, elle fit place nette dans son esprit. Étrangement, ce n'était pas aussi difficile qu'elle l'avait imaginé. Au début, en tout cas, car à mesure qu'elle visualisait le vide, sa tête s'emplissait d'images tenaces. Elle repassa en boucle tous les événements qu'elle avait vécus les deux derniers jours : la Cérémonie, son prénom prononcé par Subra, sa dispute avec son père et la vérité sur ses parents biologiques, son accrochage avec Sohan…

Non, ça n'allait pas. Elle rouvrit brutalement les yeux et le regard désapprobateur de Tara la transperça.

— Fais comme moi, dit-elle en fermant les paupières à son tour. Tu dois sentir ton flux traverser ton corps, à l'image d'un souffle qui se répand sous ta peau. Ensuite, canalise-le et laisse-le sortir.

Immédiatement un halo scintillant s'extirpa de son corps, par tous les pores, faisant presque voleter ses cheveux frisés qu'elle avait attachés en deux petits chignons bas. Le halo s'agita quelques secondes au-dessus d'elle avant de se matérialiser à ses côtés.

Cassie eut un mouvement de recul au moment où le clone de Tara, en tout point semblable à elle, lui décocha un sourire.

Son cœur battait la chamade, mais elle s'efforçait de paraître impassible.

Autour d'elle, les autres mentors faisaient à leur élève la même démonstration de force et Cassie se sentit soudain nauséeuse.

Où est-ce qu'elle était tombée ?

Elle rassembla son courage pour garder un semblant de contenance. Il aurait été stupide de trahir son secret, là, devant tout le monde, le premier jour de l'initiation. Elle ferma les yeux à son tour en prétendant méditer. Elle crut brièvement sentir une légère brise lui traverser le corps, mais le souffle s'éteignit aussitôt.

Quand elle raconterait ça à Sasha, sa meilleure amie n'en reviendrait pas.

À la fin de la journée, Cassie avait un mal de crâne colossal. Elle avait assisté au dédoublement des Gémeaux toute la matinée et passé son après-midi cachée à la bibliothèque pour tenter de trouver n'importe quelle information au sujet d'Azimech, de la Supernova, de l'Exode, mais également de la Ligue dont elle entendait parler depuis trois jours. Elle avait l'impression qu'en connaissant l'histoire de ce peuple, elle comprendrait pourquoi ses parents l'avaient abandonnée et où ils se trouvaient aujourd'hui.

Tout ce qu'elle avait pu apprendre de nouveau, c'était que la Ligue s'était formée après l'Exode, réformant tout le système exécutif en vigueur sur Saleria. Alors que sur l'île, douze Sages dictaient la conduite des Constellationnistes, sur le Continent, c'était la Ligue qui avait le pouvoir. Malheureusement, la barrière de la langue avec le Sùm était telle qu'elle freinait les recherches de Cassie. Si elle voulait continuer à s'informer, elle devrait apprendre à le maîtriser.

Seule devant son plateau-repas, sur l'une des tables en métal de la cafétéria, la novice observait la manière dont chacun des individus qui l'entouraient semblait avoir trouvé sa place dans cet endroit étonnant. Des halos violets s'extirpaient du corps des Sagittaire alors qu'ils se téléportaient et elle parvenait à peine à suivre le halo rouge des Bélier lorsqu'ils se déplaçaient à la vitesse de l'éclair. Sous ses yeux, en permanence, était fait étalage de dons qui n'étaient pas censés exister et elle redoutait le moment où tout le monde comprendrait qu'il y avait erreur sur la marchandise en ce qui la concernait.

« Je crois que tu n'as pas conscience de là où tu te trouves », lui avait dit Hélios. Mais c'était lui qui ne comprenait pas. Plus tôt dans la soirée, elle avait cherché Subra pour l'interroger sur ses parents biologiques, mais elle ne l'avait trouvée nulle part. Elle désespérait déjà d'obtenir un jour la réponse à ses questions.

— Vous allez vous présenter ? demanda Alioth en s'attablant bruyamment devant elle.

Cassie releva la tête au moment où Stella, Tara et Sohan s'installaient eux aussi à ses côtés.

— Jamais de la vie, assena Sohan.

Cassie l'avait à peine croisé depuis la veille au soir. Plus elle se tiendrait loin de lui, mieux cela vaudrait.

— Quoi ? Tu ne veux pas passer plus de temps avec ta tante chérie ? plaisanta Alioth.

Tara ricana et Sohan haussa les épaules tout en essuyant une pomme avec la manche de son sweat-shirt.

— Pas si je peux l'éviter, non.

Cassie ne savait pas si c'était lié à sa migraine, mais elle ne comprenait rien à ce qu'ils racontaient.

— De quoi est-ce que vous parlez ? osa-t-elle demander.

— De l'Élection des novices, l'informa Tara. Pour être nommé Élu de Subra.

— Hein ? s'étonna Cassie.

Elle cherchait l'opportunité de se rapprocher de Subra et on venait de la lui servir sur un plateau.

— Dans quel monde tu vis, Cassiopée ? se moqua Alioth. C'est l'événement de la rentrée, tout le monde ne parle que de ça !

— Oui, Cassiopée, enchérit Sohan. Dans quel monde tu vis ?

Ses yeux presque orangés n'exprimaient que le défi et Cassie eut envie de lui faire ravaler son sourire imparfait.

— Dans un monde où tu existes, malheureusement, rétorqua-t-elle.

Il renversa la tête et un rire rauque s'échappa de sa poitrine. Quand il se redressa, une boucle brune tomba sur son front. Il déclara aussi sérieux que possible :

— Ton monde serait bien plus triste sans moi.

Tara leva les yeux au ciel et articula le mot « Lion » devant cette flagrante outrecuidance.

— C'est ça, répliqua Cassie.

Mais au même moment, une vague de chaleur se déversa dans son estomac.

— Moi je pense me présenter, les interrompit Alioth la bouche pleine.

Stella regarda son frère jumeau avec incrédulité avant de recoiffer machinalement sa frange blonde.

— Laisse-moi rire, railla-t-elle.

— Est-ce que tu as eu ne serait-ce qu'une seule prémonition aujourd'hui ? enchaîna Sohan.

Alioth s'empressa d'avaler pour rétorquer :

— Pas encore, mais ça ne saurait tarder. Et toi ? Ne me dis pas que tu maîtrises déjà ton pouvoir !

— Qu'est-ce que tu crois ? ricana Sohan. Je suis un Imperium, ne l'oublie pas.

— Je suis un Imperium, ne l'oublie pas, répéta Alioth en grimaçant. Bah non, ça, on ne risque pas de l'oublier !

Cassie manqua de s'étouffer de rire et c'est ce moment que choisit Stella pour lui demander :

— Tu vas te présenter, toi ?

L'interrogation coupa court à son hilarité. Tous les regards se tournèrent vers elle.

— J'y pense, oui, dit Cassie sans lever les yeux de son yaourt nature.

Sohan pivota vers Tara, l'air dubitatif.

— Je croyais qu'elle était nulle, lâcha-t-il de but en blanc.

Puis, comme si de rien n'était, il aspira bruyamment son soda à la paille.

— Je n'ai jamais dit ça ! s'écria Tara, mortifiée.

Elle donna une tape à Sohan dans le dos, puis se tourna vers Cassie.

— Je te le jure sur l'Ophiuchus, Cassiopée, je n'ai jamais dit ça !

Cassie aurait sûrement été vexée si cela n'avait pas été la pure vérité. Aussi, se mit-elle à rire avec les autres et une petite serrure, toute petite, se déverrouilla à l'intérieur d'elle. L'espace d'un fugace instant, elle se sentit presque aussi à l'aise avec eux qu'avec Sasha.

— Moi aussi j'aimerais me présenter, déclara Stella. Mais j'ai peur que cela m'empêche d'intégrer la *Norabi*.

On avait demandé aux novices de commencer à réfléchir à l'affectation qu'ils choisiraient après les Quadrantides. C'était une décision importante, car elle déterminerait leur rôle dans la société constellationniste. Cassie s'était penchée sur toutes les affectations existantes afin d'en trouver une qui lui conviendrait, et c'était peut-être le cas avec la Keta. C'était une faction chargée, entre autres, du recensement des Constellationnistes depuis l'Exode et de la recherche des disparus. En l'intégrant, elle espérait bien retrouver ses parents biologiques !

Si les souvenirs de Cassie étaient exacts, la Norabi était quant à elle la faction dirigeante, celle qui écrivait et exécutait les lois.

— Les Élus de Subra choisissent généralement une faction qui leur permet de rester à l'Académie, approuva Tara en grimaçant. Comme irakatsi ou *lorezai* par exemple.

— Imagine Stella devenir lorezai ! pouffa Alioth, la bouche pleine. Elle laisse toujours mourir ses plantes, elle ne pourrait jamais être botaniste !

— Elles meurent parce que je m'entraîne trop et que je n'ai pas le temps de m'en occuper, c'est tout ! se justifia Stella, ses yeux bleus lançant des éclairs à son frère.

Sohan s'adossa contre sa chaise, amusé par la chicane qui animait les jumeaux. Cassie le regarda à la dérobée : quelle faction comptait-il intégrer ? Soudain, elle se remémora les mots qu'Alioth avait prononcés en s'asseyant et se tourna vers lui.

— Mais attends voir, Subra est… ta tante ?

Alioth et Stella laissèrent de côté leur querelle et éclatèrent de rire devant l'air renfrogné de Sohan.

— Tu ne vois pas la ressemblance ? ironisa Alioth. Une belle gueule, une humilité rare et une amabilité de porte de prison.

Sohan sourit, vaincu, et lui balança sa serviette au visage. Alioth répliqua par un morceau de beurre qui atterrit en plein milieu de son front.

Et tandis que Cassie regardait le Lion menacer son ami de lui planter sa fourchette dans la main s'il ne lui essuyait pas le visage, une certitude lui martela l'esprit : elle devrait approcher Subra coûte que coûte, quitte à la suivre à la trace ou être nommée Élue pour qu'elle la remarquât.

CHAPITRE 10

« Les Imperium *sont des Constellationnistes dont les géniteurs sont issus d'une seule et même constellation. Cette pureté augmente l'énergie astrale du Constellationniste. Plus la lignée d'*Imperium *est ancienne, plus le descendant dispose d'une énergie astrale importante. »*

Extrait de *Les Imperium : une force ou un danger ?*

— Je préfère être honnête, fit Izar en croisant les bras sur sa poitrine, la moitié d'entre vous va être complètement larguée pendant ce cours.

Super, pour changer.

La seule chose dont Cassie pouvait se féliciter depuis son arrivée, il y a quelques jours, c'était d'avoir réussi à conserver son secret. Bien sûr, Sohan ne manquait pas une occasion de lui rappeler qu'il avait compris que quelque chose clochait, mais il ne lui en avait jamais parlé directement. Et c'était très bien comme ça.

Tara, elle, ne désespérait pas de la voir former un clone. Avec Pandore, l'irakatsi des Gémeaux, elle déployait des moyens colossaux en ce sens, sans résultat. Cassie sentait bien quelque chose se produire en elle, mais c'était comme si sa machine intérieure était déréglée. Elle n'était cependant pas la seule novice dans cette situation et cela la ravissait.

— Il va falloir vous accrocher si vous voulez faire partie des sélections des Khefs.

Cassie ne l'aurait jamais avoué, même sous la torture, mais elle aurait adoré devenir Khefa. Pas pour être sur le devant de la scène, pas même pour se faire remarquer lors des Quadrantides : juste pour se prouver qu'elle était douée en quelque chose.

Les Khefs étaient des leaders que tout le monde respectait.

Dans toute leur promotion de novices, seuls vingt-quatre d'entre eux auraient cette chance. Les huit meilleurs dans les trois disciplines principales : la Maîtrise des pouvoirs astraux, le Combat rapproché et la Modélisation de l'énergie astrale.

Cassie n'avait pas encore eu le loisir de s'adonner au Combat rapproché, mais elle savait qu'elle était bien trop maigre pour parvenir à se hisser dans le haut du classement. Pour ce qui était de la Maîtrise, mieux valait ne pas y penser.

— Il y a douze caisses derrière moi, une pour chaque constellation, poursuivit Izar. À l'intérieur se trouvent de petits objets comme celui-ci.

Il attrapa un morceau de métal turquoise plus long que large dans un étui accroché à sa cuisse et le présenta aux novices du bout des doigts.

— Ce sont vos lames.

Un raz-de-marée d'émotion envahit l'assemblée. Derrière Cassie, Sohan et Stella affichaient un sourire carnassier tandis qu'Alioth masquait difficilement son impatience et s'échauffait déjà en levant ses épaules successivement.

— Dans chacune de ces lames a été insufflée l'énergie de l'une des douze constellations du Zodiaque. Pour la faire fonctionner, votre propre énergie doit entrer en résonance avec elle.

Joignant l'acte à la parole, Izar resserra sa poigne autour de sa lame et celle-ci changea d'aspect. Dans un halo bleuté, elle prit la forme d'un couteau de chasse, d'une lance puis d'une courte hallebarde.

— Vous serez en mesure de matérialiser n'importe quel objet, pourvu qu'il soit métallique !

Cassie ne parvenait pas à détacher son regard de ce spectacle fantastique et sans s'en rendre compte, elle fit un pas en avant pour se rapprocher de l'estrade. Elle n'était pas la seule dont les yeux brillaient de fascination : la lame d'Izar avait agi comme un aimant sur l'assemblée de novices.

Izar posa son regard sur l'entrée de la pièce et sourit.

Soudain, il leva le bras et projeta sa hallebarde droit devant lui. Tous suivirent des yeux sa trajectoire, longue et précise, et leur respiration se coupa quand ils comprirent qu'au bout de sa course, l'arme atteindrait une femme aux longs cheveux roux et bouclés.

Cassie l'avait déjà vue, le jour de la Cérémonie.

Adossée contre la porte de la salle, une jambe repliée derrière l'autre, elle attrapa méthodiquement sa propre lame sur sa cuisse droite et la transforma en une gigantesque épée blanche, qu'elle abattit de toutes ses forces sur la hallebarde pour la dévier dans un râle.

Avec un bruit sec, l'arme d'Izar vint se planter directement dans le mur qui jouxtait la porte.

La femme rousse afficha un sourire satisfait. Sans un mot, elle fit tournoyer son épée, qui reprit alors son apparence originale, et la rattacha à sa cuisse.

Au même moment, un halo bleu émana de la hallebarde et s'étira progressivement jusqu'à la main d'Izar. Puis, quand le lien fut assez solide, l'arme fendit les airs pour revenir s'y loger.

C'était prodigieux. Juste prodigieux.

— Mesdames et messieurs, Hydra Velayra ! fit Izar en introduisant la rouquine.

Elle était intégralement vêtue de cuir, comme la première fois que Cassie l'avait vue. Une toge blanche indiquait qu'elle descendait du Cancer.

Cancer. Encore une.

— Responsable des aspirants, Imperium du Cancer et, accessoirement, la femme qui partage ma vie.

La femme qui quoi ? Izar venait à l'instant de lui lancer une arme. Qu'est-ce qui ne tournait pas rond chez eux ?

Le professeur descendit de l'estrade et fit signe aux novices de récupérer leur lame avant de filer droit sur Hydra.

Sans savoir pourquoi, Cassie ne parvenait pas à détourner le regard et elle se trouva attendrie lorsque Izar baisa le front de sa femme et lui tapota le ventre. C'est à ce moment seulement qu'elle remarqua son léger arrondi. Hydra était enceinte.

Ne pouvant réprimer un léger sourire, Cassie monta sur l'estrade et s'engouffra dans le méli-mélo de novices, trop pressés de récupérer leur lame pour former une file uniforme.

Cassie s'imagina le nouveau-né d'Izar et Hydra ; elle se le représenta à l'adolescence, étudier à l'École constellationniste, puis à l'Académie. En fait, elle lui imagina l'enfance qu'elle aurait pu connaître si ses parents biologiques ne l'avaient pas confiée à Beth et Harry.

Et alors qu'elle arrivait près d'une des caisses en métal, une question s'immisça dans son esprit et lui fit l'effet d'un coup de poing : pourquoi, parmi les centaines de foyers de Constellationnistes qui avaient survécu à l'Exode et vivaient désormais sur le Continent, ses parents biologiques l'avaient-ils confiée à un couple d'Arruntas ? Ils ne pouvaient pas ignorer à l'époque que leur choix la condamnerait à la méconnaissance complète du monde constellationniste !

— Qu'est-ce que tu fais ? aboya une fille au moment où Cassie s'apprêtait à plonger la main dans la caisse contenant les lames noires des Scorpion.

Cassie eut un mouvement de recul. Elle n'avait même pas remarqué qu'elle s'était trompée. Complètement désorientée, elle s'empara de la dernière lame argentée de la caisse des Gémeaux alors qu'Izar rappelait les enjeux de son cours : la Modélisation des pouvoirs astraux était l'une des trois disciplines que les novices devraient maîtriser avant de se présenter aux Quadrantides ; mieux valait se montrer assidus s'ils voulaient obtenir l'affectation de leur choix.

Elle observa la lame métallique longue et fine qu'elle avait entre les mains et manqua d'être submergée par l'émotion lorsqu'elle remarqua des lettres gravées dans une calligraphie délicate : son prénom. C'était stupide et sûrement futile pour la plupart des novices, mais pour Cassie, qui avait du mal à s'intégrer, cette inscription signifiait beaucoup.

Alioth surgit derrière elle brusquement et passa un bras derrière son épaule.

— Pourquoi tu fais cette tête ? Ils ont fait une faute à ton prénom ?

Cassie n'eut pas le temps de répondre.

— Ils ont écrit quoi ? Casse-pieds au lieu de Cassiopée ?

Puis il partit seul dans un fou rire interminable.

C'était la blague la moins drôle qu'elle eût jamais entendue, et si elle se fiait au visage stoïque de Sohan, il en était de même pour lui. Lorsque leurs regards se croisèrent, ils pouffèrent de rire à l'unisson.

Stella, de son côté, était trop focalisée sur les explications d'Izar pour leur prêter la moindre attention.

— … et Cassiopée, c'est toi qui commences, conclut-il soudainement.

Le rire de Cassie cessa aussitôt et les garçons tentèrent comme ils purent d'étouffer le leur.

— Allez, viens par ici, ne sois pas timide ! enchérit Izar au milieu du cercle formé par les novices.

Tout en maudissant Alioth en son for intérieur, Cassie traîna des pieds jusqu'à son professeur, tenant fermement sa lame dans sa main droite.

Elle n'avait rien écouté de ses explications et ne pourrait supporter une humiliation aussi publique.

Elle ne savait pas encore comment, mais Alioth allait le payer.

— Voilà, fit Izar dans son dos en posant ses grandes mains sur les frêles épaules de Cassie. Maintenant, concentre-toi, laisse ton énergie circuler et pense à une arme, n'importe laquelle…

Cassie guettait la foule et tous les regards rivés sur elle lui donnèrent soudainement très chaud.

— … mais je te conseille de commencer par quelque chose de simple pour ton premier essai.

Elle déglutit avec difficulté tout en observant la lame posée dans la paume de sa main ouverte. Puis elle ferma les yeux.

Finalement cet exercice ne semblait pas très différent de celui que lui imposait Tara. À un détail près : cette fois, toutes ses pensées étaient dirigées vers l'arme qu'elle avait choisie. Sans aucune originalité, elle avait décidé de matérialiser un couteau, le même genre que celui qu'Izar avait fait apparaître plus tôt.

Elle ressentit un filet d'énergie parcourir tout son corps pour finir sa course au creux de sa main, mais si rapidement qu'elle n'eut pas eu le temps de le conserver.

Des murmures s'élevèrent autour d'elle. Elle se sentait déjà lamentable, elle n'avait pas besoin qu'on en rajoutât une couche.

Elle ouvrit les yeux et croisa le regard de Sohan, dont la tête dépassait la foule de quelques centimètres. Ce qu'elle y vit la désarçonna.

Il était surpris.

Mais pas autant qu'elle-même quand elle baissa le regard sur sa lame. Elle s'était changée en un couteau argenté qui captait toute la lumière de la pièce.

Elle avait réussi.

Elle avait transformé sa lame.

La bouche béante, elle ne voulait pas détourner le regard de son couteau de peur qu'il ne disparût.

— Eh bien ça, pour un succès ! s'exclama Izar. Tu viens de battre le record de rapidité pour une première modélisation, ma grande, et de beaucoup !

Il tapota son épaule puis s'écria à l'intention de tous :

— Nous tenons peut-être là l'une des Khefa de Modélisation !

Une vague de chaleur submergea Cassie. Autour d'elle, les novices la regardaient avec envie et admiration. C'était la première fois qu'on la considérait de cette manière. Étonnamment, elle aimait ça.

Seule Hydra affichait son scepticisme. Les lèvres pincées, la rousse tenta de capter l'attention d'Izar, mais il était bien trop enjoué par la réussite de son élève pour la remarquer.

Cassie, elle-même, était trop galvanisée par le couteau qu'elle tenait encore dans la main pour en faire cas.

Elle serait peut-être Khefa.

Très vite, les novices se dispersèrent à travers la salle pour tenter de reproduire le même exploit que Cassie, qui n'osait plus retenter l'expérience de peur de ne plus jamais revoir son couteau.

Au moment où elle passa près de Sohan, il lui attrapa le bras et se pencha légèrement pour atteindre son oreille :

— Tu es vraiment pleine de surprise, Cassiopée Proteyra.

Il se redressa et planta ses yeux dorés dans les siens.

— Pleine de surprise, répéta-t-il presque pour lui-même.

Est-ce qu'il essayait de nouveau de la déstabiliser ?

Par ego, elle ne détourna pas les yeux. Pourtant, ce n'était pas l'envie qui lui manquait. Sohan avait ce magnétisme dans le regard qui lui donnait autant envie de le frapper au visage que d'y être suspendue tout l'après-midi. Elle détestait ce sentiment. Chacun des mots du garçon était une tentative supplémentaire pour la fragiliser et même elle, pourtant passée maître dans l'art de la provocation, parvenait difficilement à faire front. Cela la faisait sortir de ses gonds.

Elle s'efforça de répondre avec aplomb :

— Merci, mais je crois que le mot que tu cherches est « talent ».

Elle afficha un sourire qu'elle voulut rayonnant et Sohan eut l'air mal à l'aise. Il rejoignit Alioth et attrapa sa lame dans l'espoir de la transformer à son tour.

Cassie préféra rester de son côté. Elle regarda le couteau qu'elle avait dans la main et, maintenant qu'elle n'était plus le centre de l'attention, souffla un grand coup pour libérer sa tension. Elle l'avait fait une fois, elle pouvait le refaire. C'est du moins ce qu'elle se répéta en boucle au moment de faire disparaître son couteau. Elle vit réapparaître avec soulagement le morceau de métal argenté, incrusté de son prénom.

Cassiopée.

Pour la première fois depuis sa mort, elle ne pensa pas à la manière si douce qu'avait sa mère de prononcer ces syllabes, mais à l'avenir qui l'attendait peut-être entre les murs de cette Académie si elle décidait de croire en elle, pour une fois.

Elle caressa du pouce les neuf lettres gravées sur le petit objet. Elle n'avait jamais autant aimé son prénom. Pas le diminutif qu'elle avait emprunté quasiment toute sa vie, mais son prénom. En entier. Si elle avait eu le courage de rejoindre cet endroit pour en apprendre plus sur elle et sur ses origines, elle trouverait également la force de porter ce prénom. Ici, il revêtait un sens nouveau, aussi neuf que la vie qui s'offrait à elle.

Toute la matinée, Cassiopée transforma sa lame d'abord en couteau, puis en un poignard plus long et plus léger, ensuite en un glaive du même genre que celui d'Hydra, enfin en une lance affûtée. Elle n'arrivait pas à expliquer pourquoi, mais cet exercice était d'une facilité déconcertante comparé au cours de Maîtrise. Peut-être que finalement elle avait sa place ici, peut-être qu'elle était vraiment une Constellationniste.

Cassiopée était d'autant plus fière qu'aucun novice n'avait réussi à matérialiser autant d'armes qu'elle. À la fin de la matinée, seule une Balance avait fait apparaître un couteau qu'elle n'avait pas réussi à maintenir plus de quelques secondes.

Ainsi, quand vint la pause déjeuner, Cassiopée était d'humeur radieuse. Comme il était coutume de le faire ici, elle avait rangé sa lame dans un étui en cuir sombre qu'elle attacha à sa cuisse à l'aide de deux sangles complétées de boucles. Cela lui permettait de l'avoir à portée de main et de la dégainer facilement.

— Sohan, si tu as besoin d'aide, surtout n'hésite pas, se moqua-t-elle au moment où ils traversaient le cloître est. J'ai vu que tu avais quelques difficultés.

Alioth ricana bruyamment, à l'inverse de Sohan qui traversait les allées de buis d'un pas traînant.

— Tu es sûre que tu veux jouer à ce jeu-là avec moi ? rétorqua-t-il, un soupçon d'amertume au fond de la voix.

Mais Cassiopée l'écouta à peine. Elle venait de voir Subra s'engouffrer dans l'escalier à double révolution qui habillait le hall d'entrée. Elle s'élança à sa poursuite sans perdre un instant. Cela faisait plusieurs jours qu'elle tentait d'avoir une explication avec la directrice de l'Académie, mais celle-ci semblait déployer de nombreux efforts pour l'esquiver.

La veille, voyant Cassiopée approcher alors qu'elle terminait de réprimander un jardinier, Subra avait détalé aussitôt, prétextant une réunion avec Hélios au sujet de l'azterita festa, une fête qui devait avoir lieu d'ici quelques mois.

Mais cette fois, Cassiopée ne la laisserait pas s'échapper. Elle avait besoin de réponses et elle était certaine que, qui que fût Subra pour elle, elle pourrait l'aider.

— Subra ! s'écria-t-elle en traversant une foule de Poissons en plein échauffement.

Mais la directrice fit la sourde oreille.

Cassiopée emprunta l'escalier à son tour et courut à toutes jambes pour la rattraper. Elle comprit qu'elle s'était trompée d'entrée quand elle vit apparaître Subra dans l'escalier opposé. Elle jura en maudissant cet escalier qui lui faisait toujours perdre le sens de l'orientation.

Ne se laissant pas décourager, elle se pencha par-dessus la rambarde.

— Subra ! appela-t-elle de nouveau.

La directrice ne put faire autrement que de s'immobiliser avant de se retourner précautionneusement.

— J'aimerais… j'aimerais vous parler, fit la jeune fille à bout de souffle.

Les yeux noirs de Subra la détaillèrent avec sévérité.

— C'est la pause déjeuner, Cassiopée, même pour les irakatsi.

— Je dois vous parler, rétorqua la novice d'un ton qui ne laissait pas de place à la négociation.

Subra cilla légèrement, probablement surprise qu'un novice lui parle de manière aussi crue, mais elle conserva sa posture de femme de fer.

— Très bien. J'essaierai de te trouver une place dans mon emploi du temps la semaine prochaine.

Elle n'en montra rien, mais le cœur de Cassiopée se gonfla de joie. Dans quelques jours, elle aurait la discussion qu'elle attendait tant.

Elle hocha la tête d'un air digne et entreprit de rejoindre ses camarades à la cafétéria. Subra l'arrêta un instant en ajoutant :

— Mais je te préviens, ne fonde pas trop d'espoirs en ce rendez-vous. Tu risquerais d'être déçue.

Puis elle repartit d'une démarche raide en emportant avec elle la bonne humeur de Cassiopée.

La vérité c'était que Subra ne connaissait rien des espoirs et des rêves de la jeune fille. Elle ne savait pas ce qu'elle avait enduré ces dernières années, ne connaissait ni la douleur qu'elle avait éprouvée en perdant sa mère, ni le chaos qu'avait été la vie avec son père et encore moins son bouleversement lorsqu'elle avait appris qu'ils n'étaient pas ses géniteurs. Cassiopée était vide d'espoir et rien de ce que pouvait lui apprendre Subra ne pourrait jamais la décevoir.

CHAPITRE 11

« À l'issue des six mois de formation à l'Académie,
les novices sont soumis à l'Examen des Quadrantides.
Les modalités sont les suivantes : vingt-quatre chefs d'Unité
parmi les plus prometteurs de la promotion, nommés "Khefs",
forment une équipe de douze novices issus de constellations différentes
et s'affrontent selon les conditions prévues
par le responsable en charge de la formation. »

Extrait de *Tout savoir sur les Quadrantides*

Des yeux bruns dans l'obscurité. Au fond de leurs pupilles, un cadran au cœur de la nuit. À sa surface, douze constellations tournant, tournant, tournant comme une roue qui ne s'arrêterait jamais, s'écartant les unes des autres pour ne plus former qu'une pluie d'étoiles uniforme au milieu d'un ciel noir.

Non, un ciel artificiel, au-dessous duquel une petite fille aux cheveux bouclés et aux joues parsemées de taches de rousseur se tenait droite, les mains sur le cœur. Des bruits de pas percèrent le calme et résonnèrent tout autour d'elle, comme si des centaines d'individus se déplaçaient dans sa direction.

Mais elle n'avait pas peur.

La petite fille attendait qu'on la remarquât, qu'on vînt la chercher et qu'on la tînt par la main pour l'emporter dans un foyer brûlant de rêves et d'espoirs. Soudain, une femme sortit des ténèbres juste devant elle, grande, blonde et plus assurée qu'elle ne pourrait jamais l'être. Son allure était impeccable et son aura puissante. Lorsqu'elle tendit une main vers elle, la jeune fille ne s'en méfia pas et s'en empara aussitôt.

Les deux femmes marchèrent main dans la main, s'enfonçant toujours un peu plus dans l'obscurité écrasante. Brusquement, un son mécanique retentit derrière elles. Celui d'une porte qu'on ouvrait, immédiatement suivi de cris perçants de femmes et d'hommes luttant pour leur vie. La petite fille se retourna juste à temps pour voir une créature fondre sur elle dans un rugissement bestial avant de refermer ses mâchoires immenses sur son corps frêle. Autour d'elle, tout le monde s'enfuyait en courant. Y compris la femme qui lui avait tendu la main un peu plus tôt et qui venait de l'abandonner à son sort.

Cassiopée s'était réveillée avec le cœur palpitant, sous les secousses d'Essie qui ne supportait plus ses gémissements. Si sa colocataire était une personne charmante et pleine de vie les trois quarts du temps, elle devenait une vraie brute lorsqu'il s'agissait de préserver son sommeil.

Depuis quelque temps, Essie insistait pour que Cassiopée la laissât entrer dans sa tête afin de pouvoir s'exercer à la télépathie en dehors des cours de Maîtrise, mais la Gémeaux avait toujours refusé. Fort heureusement, Essie paraissait soucieuse du règlement et refusait donc de sonder l'esprit d'autrui sans son consentement. Et Cassiopée priait pour que tous les Balance de l'Académie en fissent autant.

C'était exactement ce qui la tourmentait au moment de franchir le seuil de la pièce servant de dojo, située au rez-de-chaussée du bâtiment, au matin du douzième jour après son arrivée.

— Je serai responsable de votre entraînement aux techniques de combat durant les prochaines semaines et jusqu'au Quadrantides, s'exclama soudainement Hydra d'une voix ferme et autoritaire.

Cassiopée ne l'avait même pas vue entrer.

Sa longue crinière rousse et bouclée rebondissait au rythme de ses pas tandis qu'elle fendait la foule de novices agglutinés sur les tapis en mousse dans une tenue de cuir pour rejoindre l'estrade. Cette fois, elle ne portait pas sa toge blanche.

— Après les Quadrantides, il est possible que je ne revoie jamais certains d'entre vous et que vous soyez affectés dans des factions différentes. Le délai sera court et les entraînements intenses.

Juste devant Cassiopée, un garçon petit et trapu manifesta son mécontentement de manière excessivement bruyante et elle se demanda s'il tenait à la vie. Hydra avait arrêté la hallebarde d'Izar sans hausser un sourcil, tout en étant enceinte ; il était évident qu'elle n'était pas le genre de personne qu'il fallait contrarier. Elle était Cancer, qui plus est, ce qui signifiait que le trait de caractère qui la définissait le mieux était la susceptibilité.

— Tu as un problème avec ce que je viens de dire, Carpo ? questionna Hydra.

Le garçon se figea et ses amis s'écartèrent prudemment de lui.

— C'est que..., bredouilla Carpo, on perd du temps à apprendre le combat alors que la plupart d'entre nous ne savent même pas maîtriser leur pouvoir astral.

Les lèvres d'Hydra s'étirèrent, mais elle était visiblement ulcérée.

— Dis-moi si je me trompe, mais tu ne voulais pas rejoindre la *Razzia* ?

Il s'agissait de la faction guerrière, créée peu après l'Exode pour reprendre Saleria des mains d'Azimech. La jeune fille se hissa sur la pointe des pieds afin de voir à quoi ressemblait le courageux Carpo, mais elle ne vit que le dos de son uniforme aux manches rouges. Il descendait donc du Bélier.

— S… si, mais…

— Et crois-tu qu'on enverrait sur Saleria un Constellationniste qui ne sait pas se battre ?

— N… non, mais…

Hydra se dirigea vers lui sans le quitter des yeux.

— La Razzia est notre meilleure chance de reconquérir Saleria. Tu ne feras jamais partie du groupe si tu n'es pas capable de savoir quand te taire et quand te mettre au boulot.

Carpo hocha la tête au moment où Hydra s'arrêta devant lui.

Consciente de sa gêne, elle regagna l'estrade et s'adressa cette fois à tous les novices.

— Premièrement, maîtriser votre pouvoir astral ne vous servira à rien si vos aptitudes physiques sont lamentables. Un Constellationniste qui ne sait pas combattre est un Constellationniste mort.

Un nœud se forma dans l'estomac de Cassiopée. Elle n'avait jamais connu, de toute sa vie, une professeure si peu rassurante.

— Et deuxièmement, c'est normal que certains d'entre vous ne maîtrisent pas encore leur pouvoir astral. Vous verrez que d'ici la fin de la semaine prochaine, les choses changeront pour le mieux. Alors arrêtez de vous plaindre et profitez de cet entraînement, car ce qui suit ne va pas être une partie de plaisir. Les Quadrantides mettent les novices à rude épreuve et cela m'étonnerait que vous fassiez exception à la règle.

Elle détailla chacun des novices avant de tendre les mains, paumes face à eux.

Soudain, l'air sembla s'alléger. La frustration et la crainte qui imprégnaient l'atmosphère s'étaient dissipées pour laisser place à l'espoir et à la détermination.

Elle comprit qu'Hydra venait d'utiliser son don d'empathie pour modifier l'humeur de l'assistance. C'était incroyablement effrayant.

Malgré tout, la boule au fond de l'estomac de Cassiopée n'avait pas disparu.

— Formez des groupes de deux, s'écria-t-elle ensuite. Allez, dépêchez-vous !

Cassiopée se tourna vers Stella dans l'espoir de trouver en elle une partenaire de combat. Elles avaient toutes les deux la même corpulence, elle ne se ridiculiserait pas trop. Malheureusement, Alioth était déjà en train de ceinturer sa jumelle pour essayer de la faire passer par-dessus son épaule, en vain. Stella avait beau être maigre comme un clou, il ne parvint pas à la faire décoller du sol.

Soudain, un bras entoura la nuque de Cassiopée et un chuchotement mentholé vint chatouiller son oreille :

— Il ne reste que nous, je crois bien, Cassiopée.

L'intéressée leva les yeux au ciel. Sohan se tenait à ses côtés en la dévisageant avec une complicité qu'elle ne partageait pas.

— Voyons ce que vaut Cassiopée Proteyra au combat rapproché.

Elle savait très exactement ce qu'elle valait : pas grand-chose. Son impulsivité l'avait de nombreuses fois précipitée dans des bagarres par le passé, mais elle avait très souvent fini face contre terre, le visage en sang. Le seul avantage qu'elle eût retiré de cette époque était qu'elle savait recevoir les coups.

— Et voyons ce que vaut Sohan Leoyro quand il n'est pas trop occupé à s'écouter parler, répliqua-t-elle en tentant d'enrouler autour de ses poignets les espèces de sangles en tissu prévues à cet effet.

Il feignit la surprise.

— M'écouter parler ? répéta-t-il d'un air faussement ébahi. Ça ne me ressemble pas du tout.

Un son strident retentit et Cassiopée se retourna vers l'origine du bruit pour découvrir Hydra, un sifflet blanc entre les lèvres.

— Allez-y mollo, ce n'est que le premier entraînement ! dit-elle de manière suffisamment intelligible pour que toute la pièce l'entendît.

Cassiopée jeta un coup d'œil aux binômes autour d'elle et découvrit avec effarement qu'Hydra venait d'omettre un détail essentiel : ce n'était que le premier entraînement *de l'année.* Au vu de la manière dont ses camarades envoyaient et paraient les coups de leurs adversaires, il était peu probable qu'ils en fussent à leur coup d'essai.

— Est-ce que tu veux de l'aide ? demanda Sohan en attrapant délicatement l'un de ses poignets.

Cassiopée tressaillit légèrement à son contact, mais ne répondit pas. Sohan dut prendre son silence pour un « oui », car il enroula sa sangle plusieurs fois autour de son poignet, de ses os métacarpiens et, pour finir, entre chacun de ses doigts. Il fit pareil avec son autre main. Malgré elle, Cassiopée se mit à l'observer avec attention.

Ses yeux clairs étaient rivés sur les sangles et elle put déceler sur ses joues une barbe naissante ombrant sa mâchoire anguleuse, qui lui donnait un air légèrement plus vieux. Sa peau était hâlée et ses bras nus, si proches des siens, contrastaient avec sa pâleur naturelle. Quant aux mains du Lion, chaudes et douces, elles se terminaient par des doigts fins et relativement petits, compte tenu de sa taille avoisinant le mètre quatre-vingt-dix.

Sous cet angle, Cassiopée lui trouvait presque un air de famille avec Subra. Si les doutes de la Gémeaux à l'encontre de la directrice étaient confirmés, cela ferait de Sohan son… cousin ?

— Tu me mates ? demanda-t-il sans relever les yeux.

Il terminait d'attacher la deuxième sangle de Cassiopée et afficha un sourire qu'elle aurait voulu lui faire ravaler. Sa question l'avait déstabilisée.

— Tu rêves.

Sohan la détailla, amusé par sa réaction, et Cassiopée eut envie de lui envoyer son poing en pleine figure.

— Merci pour ton aide, dit-elle en reprenant sa main, mais ce n'était vraiment pas nécessaire. Je sais parfaitement mettre mes sangles toute seule.

— Bandes, répondit-il aussitôt.

— Quoi ?

— Ça s'appelle des bandes. Mais j'imagine que ça aussi, tu le savais.

Il haussa un sourcil avant d'éclater de rire.

— Bon, soupira Cassiopée. On peut commencer ou tu as encore besoin d'une minute pour te foutre de ma gueule ?

Sohan redevint peu à peu sérieux et passa un doigt sous son œil gauche pour attraper une larme imaginaire.

— Ah là là, Cassiopée, je sens que je vais bien rigoler avec toi !

En guise de réponse, elle serra son poing et tenta de lui assener un coup dans le ventre, mais il l'envoya valser aussitôt. Ce geste ne lui avait demandé aucun effort.

Cassiopée recommença avec l'autre poing : le résultat fut le même.

Sohan sourit.

— Qu'est-ce qui t'amuse, encore ? cracha la Gémeaux.

Sohan para un nouveau coup.

— Où est-ce que tu as étudié, rappelle-moi ? demanda-t-il innocemment.

Cassiopée savait parfaitement où il voulait en venir. Il était évident qu'elle n'avait pas étudié à l'École constellationniste d'Istanbul, bien qu'elle eût elle-même servi ce mensonge à qui voulait l'entendre. Et tandis que le Lion ajustait le bandeau qui barrait son front, Cassiopée se serina qu'elle aurait dû refuser d'office de l'avoir comme binôme.

— Qu'est-ce que ça peut te faire ? demanda-t-elle.

Cette fois, il bloqua son coup et lui mit une claque sur le côté de la tête.

— Je dois savoir dans quelle École constellationniste on t'a appris à te battre…

Cassiopée lui envoya un coup de pied, mais il l'attrapa avec sa main gauche et la déséquilibra. Par réflexe, elle s'accrocha aux épaules de Sohan et se retrouva nez à nez à lui. Le regard du garçon se perdit sur ses lèvres. Cassiopée oublia comment respirer. Les joues brûlantes et les jambes tremblantes, elle pria pour qu'il n'entendît pas les battements de son stupide cœur qui avaient accéléré.

— … histoire de déconseiller à quiconque d'y mettre les pieds, conclut-il tout près de son visage.

Cassiopée tenta de récupérer sa jambe, mais, de son pied gauche, il faucha celle qui la maintenait au sol. Elle s'affala par terre bruyamment. Une main sur la bouche, Sohan refoula un rire.

Tout en se relevant, elle rattacha ses longs cheveux bruns en une queue-de-cheval haute et observa le combat qui opposait Stella à Alioth.

Comment faisait-elle pour avoir l'avantage sur son frère ?

Cassiopée se remit en position et monta ses mains à son visage. Sohan l'imita, presque sérieusement, puis attaqua sans prévenir. Ses poings s'abattaient franchement sur elle, la touchant à chaque fois. Elle voyait bien qu'il retenait ses coups, mais la douleur mettait de longues secondes à disparaître.

Quand il en eut fini, il tourna les talons pour revenir à son placement initial. Elle remarqua alors à quel point il l'avait fait reculer. Elle était médiocre, même quand il ne s'agissait pas de son pouvoir astral. Ce constat lui donna la rage de vaincre.

Sans crier gare, elle se mit à courir à toute vitesse pour toucher son dos. Mais au moment où elle arriva à sa hauteur, il se retourna et se baissa juste à temps pour attraper ses jambes et la hisser sur son épaule.

— Ça, c'était vraiment pas fair-play, Cassiopée.

Elle se débattit en martelant son dos de ses poings, sans effet. Elle le trouvait insupportable et il était si proche de découvrir son secret qu'être avec lui dans une pièce lui provoquait des haut-le-cœur.

— Lâche-moi ! s'égosilla-t-elle.

Elle eut à peine le temps de se ressaisir que son corps heurta le sol : Sohan venait de la jeter par terre.

Elle le fusilla du regard en se massant la tête tandis qu'il approchait d'un air guilleret.

— Ben quoi ? demanda-t-il. Faudrait savoir ce que tu v…

Le coup de pied puissant que Cassiopée donna dans ses parties intimes lui coupa le souffle. Il se recroquevilla en criant de douleur. Elle en profita pour balayer ses jambes de toute la force dont elle disposait : Sohan s'affala par terre. Couché sur le flanc, toujours en train de maintenir ce qui semblait être son unique point faible, il gémit quand Cassiopée le retourna sur le dos et s'assit sur son ventre en plaquant ses épaules au sol.

— Et ça, c'était fair-play ? demanda-t-elle d'une voix qui trahissait sa satisfaction.

Il grimaça.

— C'est de la triche, geignit-il. Et ça ne fait que confirmer mes doutes à ton sujet.

Cassiopée se raidit. Il avait compris qu'elle était une intruse. Et à la seconde où il révélerait son secret à voix haute, rien ne serait plus comme avant.

Couché sur le dos, Sohan observait les yeux de la Gémeaux, l'un après l'autre, comme si la réponse était cachée à l'intérieur. Il conclut dans un souffle :

— Tu n'as jamais mis un seul pied à l'École constellationniste, Cassiopée.

CHAPITRE 12

« *Les* Arruntas *sont des êtres abjects et inférieurs.*
Si l'Exode a conduit à la migration des Constellationnistes
survivants sur le Continent, la Ligue n'oublie pas
les persécutions passées et ne saurait tolérer une quelconque association
avec une race impure telle que celle des Arruntas. »

Protocole n° 7, article 2, alinéa 1
de la *Déclaration de Constitution de la Ligue.*

Le soleil était encore bas dans le ciel et le vent automnal s'engouffrait sous le sweat-shirt de Cassiopée. En plein footing matinal, elle passa pour la troisième fois devant le jardin parfaitement entretenu situé en face du bâtiment principal de l'Académie. Au loin, tout au bout du chemin pavé, elle pouvait apercevoir le soleil et la lune surplombant les grilles du portail noir et or qu'elle avait franchies le jour de son arrivée, le pas mal assuré et ignorant tout du monde qu'elle s'apprêtait à découvrir.

Plus d'un mois s'était écoulé depuis et elle avait vu ces grilles ouvertes à quelques reprises sans jamais oser les franchir. Pourtant, Sasha lui manquait énormément, et elle aurait voulu par-dessus tout lui donner des nouvelles, la rassurer, lui dire qu'elle allait bien et qu'elle était enfin en train de comprendre qui elle était vraiment. Pour autant, le règlement de l'Académie était clair : aucune sortie n'était autorisée. Elle ne pouvait pas non plus compter sur son téléphone portable, qui ne captait plus aucun réseau depuis le moment où le champ de force, évoqué par Hélios le jour de son arrivée, s'était rétabli. Elle n'avait plus de contact avec l'extérieur.

Sa foulée se fit plus rapide au moment où elle sillonna le petit chemin de terre qui menait à la forêt, à l'ouest. Les arbres perdaient leurs feuilles multicolores, qui tombaient autour d'elle dans une pluie chatoyante et réconfortante.

Ses pensées se tournèrent vers ses parents biologiques, comme chaque fois qu'elle était seule. Appréciaient-ils autant qu'elle la particularité de la flore salerienne ? Se délectaient-ils du flux qui traversait leur corps lorsqu'ils utilisaient leur lame, comme c'était son cas ?

Subra n'avait pas honoré un premier rendez-vous, puis un second, et Cassiopée n'avait pas encore pu lui poser les questions qui lui brûlaient les lèvres. La directrice ne semblait même pas désolée de laisser Cassiopée dans ce flou permanent qui commençait à la ronger.

Une série de gongs émana du bâtiment principal et la sortit de sa réflexion. Elle en compta neuf.

— Merde ! s'exclama-t-elle.

Dans son short noir délavé et son sweat-shirt gris, la novice fendit la propriété dans l'autre sens, contourna le jardin, franchit le pont en pierre qui surplombait le ruisseau entourant le bâtiment principal et en dépassa le seuil.

Une odeur de bacon grillé emplit ses narines alors qu'elle remontait en courant l'escalier à double révolution en esquivant ses camarades, et son estomac gronda tout au long de son ascension.

Dégoulinant de sueur, le cœur battant sous l'effort, elle déboucha sur le couloir des dortoirs rempli de novices qui se précipitaient déjà vers leur premier cours de la journée.

Fais chier ! Elle était en retard !

Une fois dans sa chambre, elle fonça dans la salle de bains pour en ressortir presque aussitôt, propre mais trempée. Elle sauta dans son uniforme et se rua hors de sa chambre, les cheveux gouttant sur le sol en pierre.

— Par l'Ophiuchus, je ne suis pas tout seul ! s'écria Alioth en ouvrant avec fracas la porte de sa chambre au moment où Cassiopée passait devant.

Ses cheveux blonds formaient un nid d'oiseau au-dessus un sa tête et il n'avait même pas pris la peine de fermer les boutons de son pantalon.

— Dépêche-toi ! lui répondit la Gémeaux en rajustant un pan de sa veste. Tu te souviens de ce que Kaus a fait au dernier qui est arrivé en retard ?

Il ne lui en fallut pas plus pour détaler.

Alioth et Cassiopée pénétrèrent discrètement dans la salle d'entraînement. Au lieu des trois groupes distincts habituels, une foule compacte d'étudiants les attendait.

Pandore, Amon et Kaus se tenaient tous trois debout sur l'estrade qui, malheureusement pour eux, faisait face aux deux novices.

— Tenez, pour nous montrer l'exemple, les deux retardataires vont nous faire le plaisir d'essayer les premiers ! s'exclama Kaus en les désignant du doigt.

Alioth et Cassiopée se tournèrent aussitôt l'un vers l'autre : leurs yeux n'exprimaient rien d'autre que de l'inquiétude.

— Et que ça saute ! poursuivit-il en tapant dans ses mains théâtralement.

Cassiopée n'était pas une fervente admiratrice de ce professeur qui ne jurait que par l'élite Cancer. Seuls les novices qui parvenaient un tant soit peu à maîtriser leur pouvoir d'empathie trouvaient grâce à ses yeux. Les autres étaient traités de bons à rien et il ne s'en préoccupait pas. Pandore et Amon – l'irakatsi des Taureau – semblaient presque désolés du comportement du troisième professeur, et la petite blonde lança à Cassiopée un regard encourageant. Elle savait parfaitement que la Gémeaux n'avait pas réussi une seule fois à former un clone.

Trop focalisée sur l'impitoyable Kaus, Cassiopée n'avait pas remarqué l'arche lumineuse de près de deux mètres de haut sur trois mètres de large qui s'élevait au-dessus de la tête de ses camarades et dont les jambes métalliques s'enfonçaient dans le sol. En fendant la foule de Constellationnistes jusqu'à l'étrange objet, une vague de panique envahit la jeune fille. Tous les yeux étaient rivés sur elle et sur Alioth. La situation lui échappait !

Kaus descendit de l'estrade et s'approcha de Cassiopée à pas pressés, sa toge blanche flottant derrière lui.

— Pourquoi as-tu si peur, jeune fille ? demanda-t-il d'une voix mielleuse.

— Je n'ai pas peur, mentit-elle aussitôt.

La moustache rousse de Kaus frémit et il se mit à rire. D'abord en petits soubresauts puis, très vite, à gorge déployée.

— Je suis Cancer, voyons, dit-il en approchant son visage de celui de la novice.

Cassiopée pouvait sentir son haleine renfermée et elle réprima un haut-le-cœur.

— C'est insultant que tu oses me mentir, tu sais. Je perçois toutes tes émotions.

Les yeux noirs de Kaus étaient plantés dans ceux de la Gémeaux, mais elle tint bon. Elle ne savait pas s'il était raisonnable de se montrer aussi effrontée, étant donné le pouvoir astral de l'irakatsi, mais sa fierté l'empêchait de détourner le regard.

— Je peux ressentir la moindre de tes angoisses, la moindre bribe d'appréhension que tu t'évertues vainement à cacher, ajouta-t-il en détachant chaque mot. Et je peux te dire que ce que je discerne est bel et bien de la peur.

— Et alors ? intervint Alioth. Je ne suis pas serein non plus. Qu'est-ce que c'est que cette arche, au juste ?

Kaus pivota précipitamment vers Alioth et fonça sur lui.

— Tu vas le découvrir tout de suite.

Il poussa Alioth, qui trébucha entre les piliers de l'arche. Au moment où il en franchit le seuil, un imposant dôme opalescent aux reflets verts se déploya autour de l'artefact.

Le novice disparut.

— Alioth ! s'écria Cassiopée.

— Tout va bien, la rassura Pandore en la rejoignant devant le dôme. Alioth a été envoyé dans ce qu'on appelle un Entre-Deux. Ce dôme que tu vois est un *gailuat.* C'est une technologie salerienne utilisée depuis de nombreuses années. Il contient un puissant catalyseur convoquant les douze pouvoirs astraux. L'Académie de Paris a accepté de nous le prêter pour que les novices puissent s'entraîner.

— Un Entre-Deux ?

— C'est un endroit situé entre le monde réel et le monde imaginaire ; un espace défini, soit à l'aide d'une *lazio*...

Elle désigna la sphère métallique, de la taille d'une boule de pétanque, qu'elle tenait dans sa main.

— ... contenant l'essence d'un paysage qu'on y a instillé, soit par le Constellationniste qui pénètre à l'intérieur et modèle son environnement en fonction de ses sentiments et de son vécu. Les lazio permettent également à ceux qui ne sont pas dans le gailuat de voir ce que le constellationniste observe. Mais pour l'heure, le but est simplement de vous aider à utiliser votre pouvoir astral en vous mettant en situation.

Cassiopée se tourna vers Kaus.

— Vous ne lui avez rien expliqué, il doit être terrifié !

Comme personne ne semblait réagir, Cassiopée décida qu'elle interviendrait seule. Elle se dirigea d'un pas ferme en direction du gailuat, mais un bras puissant agrippa le sien.

— Tu vas fausser son résultat si tu entres, la prévint Amon.

— Je me fous complètement de son résultat. Il…

Elle tenta péniblement de forcer le passage, sans succès.

— … il doit être mort de peur ! conclut-elle, les mains sur les hanches.

Amon serra sa prise autour de la jeune fille, en guise de dernier avertissement, et Cassiopée se résigna.

La Gémeaux chercha Tara des yeux. Elle espérait trouver en sa mentore une alliée, mais cette dernière avait le regard fixé sur l'entrée du dôme dans laquelle son petit ami venait de disparaître.

Il allait donc falloir attendre qu'Alioth en eût fini, seul.

Les minutes passèrent. Pandore, Amon et la totalité des Constellationnistes observaient l'entrée du gailuat sans piper mot. Le silence pesant était seulement troublé par Kaus, qui crachait des rognures d'ongles à intervalles réguliers.

Puis, aussi vite qu'il s'y était engouffré, Alioth jaillit du dôme et s'affala par terre. Cassiopée poussa un soupir de soulagement, repris en écho par la plupart des novices qui l'entouraient. Dans son dos, le dôme se résorbait déjà pour rendre à l'arche son apparence initiale.

— C'était génial ! lança Alioth d'un air exalté. J'ai eu au moins trois prémonitions successives !

— Qu'est-ce que tu as vu ? s'enquit Amon.

— Je ne saurais pas l'expliquer, elles étaient un peu floues… mais c'en étaient, je les ai ressenties à travers chaque parcelle de mon corps !

L'irakatsi des Taureau posa fièrement l'une de ses grosses paluches sur l'épaule d'Alioth.

— C'est le principal. Tes prémonitions vont s'affiner à mesure que tu t'entraîneras, tu verras !

Dans la salle, les murmures impatients des novices et de leurs mentors s'intensifiaient.

— Je veux essayer ! cria un garçon aux cheveux auburn près de Cassiopée.

— Moi aussi ! Moi aussi ! clamèrent les autres.

En deux mots seulement, Kaus mit un terme à l'exaltation ambiante :

— Du calme ! intima-t-il.

Son visage afficha un rictus effrayant.

— Du calme, répéta-t-il plus posément. Vous allez tous l'essayer, c'est promis…

Ses yeux noirs scrutèrent Cassiopée avec un air de défi.

— … après votre camarade.

Cassiopée manqua de s'étouffer.

— Quoi ? fit Kaus en haussant un sourcil. Tu étais en retard toi aussi, je me trompe ?

— Ce n'est peut-être pas utile, intervint Pandore.

Cassiopée aurait pu l'embrasser.

— Si, ça l'est, répondit Kaus.

Il attrapa Cassiopée par le coude et la plaça devant l'arche.

— Que se passera-t-il si j'échoue ? demanda-t-elle à Pandore.

— Et bien… en mode entraînement, le gailuat s'adapte au niveau du Constellationniste qui se trouve à l'intérieur ; ça prendra peut-être un peu de temps, mais tu finiras par y arriver ! Garde toujours en tête que le gailuat n'est pas ton ennemi, bien au contraire.

Ces derniers mots rassurèrent Cassiopée. Elle avait envie, plus que toute autre chose, de se prouver qu'elle avait sa place ici. Peut-être arriverait-elle à développer son pouvoir astral dans cette machine ? Elle l'espérait.

— On n'a pas toute la journée, lâcha Kaus.

Cassiopée le fusilla du regard et se retint de toutes ses forces de lui adresser un geste obscène. Elle souffla un grand coup, rajusta le pan de sa veste d'uniforme, puis se plaça sous l'arche. La salle d'entraînement s'effaça avant qu'elle eût eu le temps de voir le dôme se former autour d'elle.

À l'intérieur, rien n'était comme elle se l'était imaginé. Pour une raison obscure, elle s'était représenté les entrailles du gailuat comme un endroit hors du temps, aux couleurs plus vives les unes que les autres.

Au lieu de quoi, elle se retrouva au beau milieu d'une sorte de minuscule et poussiéreuse grange en bois dont les interstices laissaient pénétrer une lumière diffuse. Il y faisait excessivement chaud, plus que dans n'importe quelle région d'Angleterre en été, et des mots d'un langage inconnu lui parvenaient du dehors.

La porte de la grange se trouvait à quelques mètres à peine, mais aucune poignée ne semblait permettre de l'ouvrir de l'intérieur. Au moment où elle pensa appeler à l'aide, elle aperçut deux rails latéraux en acier sur les côtés de la porte. Elle coulissait vers le haut !

Cassiopée s'agenouilla et tenta de soulever l'imposante porte en bois, mais rien n'y fit. Ce n'est qu'en levant les yeux vers le plafond qu'elle remarqua une cordelette en fils tressés, accrochée à une poutre, pendant à quelques centimètres au-dessus de sa tête. En suivant le chemin emprunté par la cordelette, elle comprit qu'elle était reliée à la porte de la grange.

Bingo !

Cassiopée tira dessus et la porte se souleva immédiatement, sans émettre aucun bruit, laissant s'engouffrer le vacarme de l'extérieur : la pétarade des motos, les cris des animaux, le bruissement des arbres agités par le vent, les rires d'enfants… La lumière du jour l'aveugla et elle dut mettre ses mains en visière pour discerner le paysage qui s'étalait devant elle.

À peine eut-elle fini de s'habituer à la luminosité qu'un spectacle effroyable lui glaça le sang. À genoux face à elle, une bande de tissu coincée dans la bouche, Sasha, Harry et… oui, c'était bien elle. Sa mère, Beth. Dans leur dos se tenaient trois hommes, un fusil à l'épaule.

Le cœur de Cassiopée manqua un battement lorsqu'elle dévisagea la femme. Elle était restée comme dans son souvenir : ses cheveux châtains étaient relevés en un élégant chignon et elle portait l'une de ces chemises en satin coloré que Cassiopée aimait tant.

Tous trois la suppliaient du regard de leur venir en aide.

Sans réfléchir, Cassiopée courut vers eux à toute vitesse, mais la porte se referma sans lui laisser le temps de quitter la grange. Elle se retourna précipitamment vers la cordelette et la tira de toutes ses forces avant de s'élancer de nouveau vers la sortie.

Une fois encore, la porte retomba devant elle. Mais elle avait pu entrapercevoir, impuissante, les trois hommes se déplacer et armer leur fusil en direction des trois personnes qui avaient été, pour une bonne partie de sa vie, sa famille.

Soudain, comme un électrochoc, la raison de sa présence lui revint à l'esprit. Elle avait oublié l'espace d'une seconde qu'il ne s'agissait que d'un Entre-Deux. Tout semblait si réel… L'odeur du foin qui flottait dans la grange, la chaleur étouffante de ce climat tropical, la rugosité de cette maudite cordelette et, surtout, la terreur qu'elle avait lue dans les yeux de Sasha.

Il lui fallait former un clone qui se chargerait de garder la porte ouverte tandis qu'elle sauverait ses proches d'une mort certaine.

Debout sous la cordelette, elle prit une profonde inspiration tout en essayant de vider son esprit, comme Tara le lui avait appris. Les mains jointes, elle tenta de penser à son visage et à son corps entier pour savoir quoi matérialiser. De l'autre côté de la porte, elle pouvait entendre les hommes s'activer. Il ne lui restait pas beaucoup de temps.

— Utilise l'*esternoia*, Cassiopée !

La voix de Pandore résonna dans la grange, comme si l'irakatsi se tenait juste derrière elle. Cassiopée se retourna ; elle était seule.

— Utilise *quoi* ? maugréa la novice dans sa barbe.

Ce mot lui était inconnu. Elle était lasse d'entendre parler Sùm à tort et à travers et de n'y rien comprendre la plupart du temps. Aussi décida-t-elle de faire abstraction de la remarque de Pandore et de poursuivre son introspection.

À l'extérieur, le bruit d'armes qu'on chargeait la perturba.

D'un geste vif, elle tira la cordelette et ouvrit la porte pour la troisième fois. Son cœur s'emballa : un des hommes tenait sa mère en joue et s'apprêtait à tirer. Elle devait agir.

Le bras toujours tendu au-dessus d'elle, Cassiopée ferma les yeux et se concentra sur son flux, ce pouvoir qui semblait s'écouler à l'intérieur de son corps. Elle devait y arriver. Ce n'était peut-être qu'un Entre-Deux, un monde qui n'existait que dans sa tête, mais elle ne laisserait pas sa mère perdre la vie une seconde fois.

Inspirer. Expirer. Méditer.

Cassiopée se répéta en boucle les trois mots que Tara lui rabâchait sans arrêt tout en visualisant son flux la parcourir. Elle n'en était pas sûre, mais elle pouvait presque ressentir un halo s'extirper de son corps alors que ses mains agrippaient toujours la cordel…

Le sifflement d'une balle la sortit de sa torpeur. Elle ouvrit les yeux et découvrit avec épouvante sa mère étalée par terre, une nappe de sang se formant sous son corps inerte. Les larmes lui montèrent aux yeux tandis qu'un cri bestial s'échappait de sa gorge. Le même sort attendait Harry et Sasha.

Elle était trop faible, elle ne pouvait pas les sauver.

D'un seul coup, ses jambes cédèrent et Cassiopée s'écroula, lâchant la cordelette. La porte de la grange se referma. De l'autre côté, elle entendit une deuxième balle, puis une troisième siffler.

Elle se couvrit les oreilles pour ne pas avoir à endurer ce vacarme plus longtemps.

C'était fini, ils étaient morts.

La voix de Pandore lui parvint de loin, mais elle n'y prêta pas attention. Elle ne pouvait pas. Les jambes repliées contre sa poitrine, les larmes prêtes à couler de ses yeux clos, elle tanguait d'avant en arrière. L'image du corps inanimé de sa mère était imprimée dans son esprit. Elle voulait que cela s'arrête. Elle se mit à supplier, comme dans un état de transe, qu'on la sortît d'ici.

Lorsque Cassiopée revint à la réalité, les brins de paille qui recouvraient le sol s'étaient évanouis, de même que la chaleur étouffante et le bourdonnement incessant d'une vie à laquelle elle ne pouvait accéder. On tenta de l'aider à se relever, mais ses mains ne quittaient pas ses oreilles.

Elle s'était échappée de l'Entre-Deux, le dôme s'était résorbé, mais le meurtre de sa mère tournait en boucle dans sa tête.

— Cassiopée, tu vas bien ? demanda une voix familière.

Celle de Tara.

La novice hocha la tête. Alioth se tenait accroupi à ses côtés.

— Tu n'as pas entendu Pandore ? demanda Kaus en la toisant du haut de son interminable silhouette.

Cassiopée leva vers lui un regard dédaigneux.

— Alors ? insista-t-il.

— Si, je l'ai entendu.

Son ton était arrogant, trop arrogant, mais elle s'en fichait.

— Alors pourquoi n'as-tu pas appliqué ses conseils ?

— Elle était stressée, intervint Tara en se relevant brusquement. C'est la première fois qu'elle entrait dans le gailuat.

— Son ami aussi et pourtant il s'en est très bien sorti. Et je vous signale à tous que le gailuat vous place volontairement dans une situation oppressante pour vous pousser dans vos retranchements !

Il s'adressait cette fois à l'assemblée qui, depuis le retour de Cassiopée, semblait beaucoup moins enthousiaste à l'idée de passer sous l'arche.

— Rappelle-moi ce qu'est l'esternoia, fit Kaus.

Foutu Cancer.

À cet instant précis, Cassiopée ne rêvait que d'une chose : être Verseau pour l'empêcher de s'immiscer dans ses émotions. Comment pouvait-il déceler la peur d'un individu et le pousser ainsi à bout ?

Elle lança un regard suppliant à Tara pour qu'elle la sortît de cette situation, mais sa mentore, effrayée par l'irakatsi, secoua la tête d'un air désolé. Bon, elle ne l'aiderait pas sur ce coup-là.

— Je... ne m'en souviens plus, articula Cassiopée en regardant le sol.

— Tu mens.

Cassiopée ne répondit pas. Elle était presque sûre que Kaus n'avait pas eu besoin d'utiliser son pouvoir astral pour le deviner.

— Dans quelle École étais-tu inscrite ?

Et voilà, on y était. Il fallait s'y attendre. Tout ça à cause de cette misérable « esternoia » qui – elle en était persuadée – ne l'aurait pas aidée le moins du monde à former un clone puisqu'elle n'était bonne à rien.

— Istanbul, dit-elle sans conviction.

— Tu mens !

Cassiopée sursauta. La vocifération de Kaus sonnait presque comme une interrogation.

Tara attrapa discrètement sa main et la pressa pour lui enjoindre de se défendre, mais Cassiopée ne pouvait pas révéler son secret. Pas ici, pas devant tout ce monde qui la regardait comme si elle était cinglée. Pas devant Tara et Alioth, alors qu'ils lui avaient accordé leur confiance sans même la connaître.

Hélios avait été clair : personne ne devait savoir qu'elle avait grandi avec des Arruntas.

— Ne me fais pas répéter, menaça Kaus.

La sensation d'être prise au piège s'insinua en elle, plus forte que jamais. Il fallait qu'elle réfléchît, qu'elle trouvât une issue. Cela ne pouvait pas se terminer ainsi.

— Tu veux peut-être que je fasse venir Subra pour qu'elle t'arrache la vérité de la bouche ? demanda l'irakatsi.

Tout, mais pas ça. Si Subra l'asservissait au milieu de ses pairs, Cassie n'aurait d'autre choix que d'avouer. Et elle préférait dix fois assumer ses propos seule plutôt que de céder au pouvoir d'un Lion.

D'une voix forte et claire, afin que tout le monde pût l'entendre, ses yeux plantés dans ceux de Kaus, elle admit :

— Je n'ai jamais été à l'École constellationniste.

Un murmure de stupeur traversa la foule.

— Et comment cela se fait-il ? demanda Kaus, d'un ton intransigeant.

Cassiopée expira profondément et pivota vers Alioth et Tara :

— J'ai été élevée par des Arruntas.

Les mots se bousculèrent hors de sa bouche comme si elle arrachait un pansement. La stupeur fit place à l'incompréhension, au mépris et au dégoût. C'était tout ce que pouvait lire Cassiopée sur les visages de l'assistance.

Mais cela ne l'affectait pas.

Ce qui lui brisa le cœur, en revanche, ce fut le mélange de déception et de répulsion qu'elle observa dans le regard d'Alioth.

Il secoua la tête et traversa la foule avant de quitter la pièce.

CHAPITRE 13

« Parmi tous les pouvoirs astraux psychiques,
celui des Lion est de loin le plus dangereux.
Le pouvoir d'asservissement peut s'exprimer selon deux modalités :
la soumission et la restriction. Le premier contraint
l'asservi à exécuter la requête alors que le second
entrave sa volonté de dire ou de faire. »

Extrait de *État des lieux sur l'utilisation des pouvoirs astraux psychiques : comment ne pas reproduire les erreurs du passé ?*

— J'en reviens pas que tu nous aies menti ! s'exclama Alioth en poussant la porte des toilettes les moins fréquentées de l'étage, dans lesquelles Tara et Cassiopée l'avaient suivi.

Le claquement la fit sursauter, mais Cassiopée ne dit mot. Elle comprenait la déception d'Alioth, et même si elle avait de bonnes raisons d'avoir gardé son éducation secrète, elle préférait essuyer la tempête avant de se justifier.

— Doucement, Alioth ! s'écria Tara en vérifiant que chaque cabine était vide. Qu'est-ce qui te prend ?

— Ce qui me prend, c'est que je n'aime pas le mensonge, rétorqua-t-il en croisant les bras sur sa poitrine.

Il s'adossa au mur qui jouxtait la porte, quand celle-ci s'ouvrit avec fracas. Leur cours de Maîtrise avait été momentanément arrêté car Kaus avait exigé une pause et s'était précipité hors de la salle d'entraînement. En voyant le visage stoïque de Sohan apparaître dans l'encadrement de la porte, suivi de près par une Stella pincée, Cassiopée comprit que la nouvelle s'était déjà répandue dans tout l'établissement.

— Eh bien, Cassiopée, tu es la star de l'Académie ! fit Sohan. Les Lion n'aiment pas trop qu'on leur vole la vedette, tu es au courant ?

En temps normal, elle aurait trouvé une réplique cinglante, mais elle était trop préoccupée par la réaction un brin abusive d'Alioth pour relever.

— Il y a autre chose, Alioth, dit Tara en caressant la joue de son petit ami. Je ne t'ai jamais vu comme ça.

Le Taureau ignora sa remarque et son menton trembla de colère en regardant Sohan s'installer tranquillement près du lavabo.

— Toi ! cria-t-il en pointant son ami d'un doigt accusateur. Tu nous as dit que vous vous connaissiez, que tu l'avais rencontrée à l'École d'Istanbul. Tu nous as menti aussi, c'est ça ?

Le sourire de Sohan s'estompa. Son regard s'obscurcit alors qu'il détaillait le doigt d'Alioth pointé sur lui d'un air incrédule. Le blond, penaud, dut comprendre le sous-entendu, car il baissa aussitôt la main et la fourra dans sa poche.

— C'est vrai, enchérit Tara en s'approchant à son tour du Lion. C'est toi qui m'as suggéré de devenir sa mentore. Pourquoi, si tu ne la connaissais pas ?

Cassiopée ne s'en émut pas. Elle avait déjà deviné que ce n'était pas le hasard qui avait poussé Tara à la choisir parmi tous les novices Gémeaux. En revanche, elle ne comprenait pas la raison pour laquelle Sohan l'avait encouragée, alors qu'il ne cessait de la menacer.

Sohan ferma les yeux et se pinça l'arête du nez, visiblement tourmenté. Puis il laissa choir sa main sur son genou.

Cassiopée n'avait pas bougé d'une semelle depuis qu'elle était entrée dans les toilettes et se trouvait désormais au centre du cercle formé par ceux qu'elle espérait pouvoir encore appeler ses amis.

— OK, je ne la connaissais pas, admit Sohan. À la Cérémonie, elle avait l'air désorientée, elle regardait partout et s'étonnait à chaque illumination du cadran. Hélios ne l'a pas appelée… donc elle n'était pas sur la liste.

Cassiopée n'en revenait pas. Il avait tout compris, depuis le début.

Tara revint à l'attaque :

— Ça n'explique pas pourquoi tu…

— Quand elle est arrivée à l'Académie, je ne comprenais pas comment c'était possible, la coupa Sohan sans quitter Cassiopée des yeux. Elle était clairement perdue et je voulais savoir ce qu'elle cachait.

— Et donc, en toute logique, tu m'as demandé d'être sa mentore, conclut Tara en levant les bras au ciel. Qu'est-ce qui ne tourne pas rond chez toi ?

Sa voix ne laissait transparaître aucune animosité, seulement de l'exaspération.

Alioth souffla profondément et lança un regard entendu à sa sœur jumelle. C'est le moment que choisit Cassiopée pour faire quelque chose de difficile et d'inédit pour elle : s'excuser et défendre sa cause.

— Je suis désolée, lâcha-t-elle abruptement.

Elle ne savait ni par où commencer, ni comment elle allait faire pour livrer le fond de sa pensée. À cette seule idée, sa gorge se serra.

— Sohan a raison, j'étais complètement paumée, je ne comprenais pas un traître mot de ce que vous racontiez. Pour tout vous dire, je ne savais même pas ce qu'était un Constellationniste avant la Cérémonie.

— Pardon ? aboya Alioth.

Tara le foudroya du regard et Cassiopée prit une profonde inspiration.

— Mes… mes parents biologiques, ceux dont je tiens mon… pouvoir astral, dit-elle en regardant la paume de ses mains, m'ont abandonnée juste après ma naissance. J'ai été recueillie par des Arruntas et, comme vous pouvez l'imaginer, ils ne connaissaient rien de ce monde.

L'incompréhension déformait le visage de ses camarades, sauf celui de Sohan qui, pour une raison inconnue, affichait un mélange de colère et de mélancolie.

— Mais alors, la Cérémonie… comment as-tu su… ? demanda Tara.

— C'est la seule chose que mes parents m'ont laissée, expliqua Cassiopée en sortant de son T-shirt le sarilepokora sur lequel était gravé le nom de son père. Je travaillais au musée lorsque j'ai vu Subra, Hélios, Izar et Hydra avec les mêmes symboles tatoués.

— Tu les as suivis, murmura Stella.

Cassiopée hocha la tête.

— J'ai assisté à la Cérémonie et je suis restée après que vous êtes tous partis. J'étais comme… happée par le cadran, au point que j'ai fini par monter dessus. Subra et Hélios m'ont surprise et interrogée.

— Interrogée ? demanda Sohan.

— Ils voulaient des informations sur Azimech.

Alioth se tourna vers Sohan l'espace d'une seconde avant de reporter son attention sur Cassiopée.

— Qu'est-ce que tu leur as répondu ? demanda-t-il.

Elle fronça les sourcils. Le soupçonnait-elle de connaître cet homme ?

Azimech avait volé des *bébés,* il était responsable de la séparation et de la mort de familles entières. C'était lui qui avait privé des milliers de Constellationnistes de leur terre en les poussant à fuir. Le simple fait qu'Alioth pût envisager qu'elle eût un quelconque lien avec Azimech ferait de lui un imbécile.

— Je ne voulais pas répondre à Subra, je ne pensais qu'à m'enfuir, admit la Gémeaux. Mais je n'ai pas pu détacher mon regard du sien et, avant que je ne m'en rende compte, j'étais en train de nier l'avoir rencontré…

Alioth la détaillait toujours intensément.

— … ce qui est la vérité, ajouta-t-elle à son intention.

À ces mots, la porte des toilettes s'ouvrit sur un garçon roux à peu près aussi grand que Cassiopée. Sohan se leva du lavabo avec lassitude et se dirigea vers lui avant de poser amicalement une main sur chacune de ses épaules.

— Dehors, articula-t-il en le fixant.

Le garçon fit demi-tour sans demander son reste, sans même esquisser le moindre signe d'agacement. Pourquoi ? Sohan maîtrisait-il vraiment son pouvoir d'asservissement ? Était-ce parce qu'il était un Imperium ?

— Continue, je t'en prie, fit Sohan avec un sourire satisfait en repassant devant Cassiopée.

Elle le regarda se rasseoir sur le lavabo comme si de rien n'était. Soudain, la vérité lui sauta aux yeux.

— Elle m'a asservie, murmura Cassiopée.

— Quoi ? fit Tara.

— Elle m'a asservie ! s'écria Cassiopée en s'éloignant machinalement de Sohan. Comme tu viens d'asservir ce garçon !

Elle recula de nouveau d'un pas et se heurta à Stella qui ne broncha pas. Sous sa frange épaisse, ses grands yeux bleus ne trahissaient aucune émotion.

— Tout va bien, Cassiopée, intervint Tara en lui prenant délicatement le poignet. Si ça peut te rassurer, tout le monde déteste les Lion.

— Ah bon ? demanda Sohan. Première nouvelle.

Tara leva les yeux au ciel.

— Oh, je t'en prie, Sohan ! Vous avez un sale caractère et votre pouvoir astral est le plus destructeur des douze.

— Le plus destructeur ? répéta Sohan avant de pointer du doigt la jumelle d'Alioth. Stella peut transférer son esprit dans le corps de quelqu'un d'autre. Ça, c'est ce que j'appelle un pouvoir dangereux.

La Capricorne afficha un sourire carnassier à faire froid dans le dos.

— Eh ! s'exclama Alioth d'un air faussement touché en tapant sur le doigt de Sohan. Laisse ma sœur tranquille !

Une énième querelle éclata entre les deux garçons, qui semblaient avoir oublié pourquoi ils étaient tous réunis dans les toilettes alors que les cours de Maîtrise avaient probablement repris depuis de longues minutes.

Cassiopée ne savait plus où se mettre. Elle était partagée entre le bonheur qui fleurissait en elle chaque fois qu'elle était avec ce groupe insolite et le tourment d'être privée de tels moments s'ils décidaient qu'elle était indigne d'eux.

— Écoute, Cassiopée, fit Alioth après avoir perdu sa joute verbale contre Sohan, tu ne dois probablement pas comprendre ma réaction, mais il faut que tu saches que…

Il prit un instant pour chercher ses mots.

— … Stella, aide-moi.

Partageait-elle le même degré de ressentiment à son égard qu'Alioth ? Stella était de nature froide et introvertie, et elle passait le plus clair de son temps libre à s'entraîner ; aussi n'avait-elle jamais fait l'effort de s'intéresser à Cassiopée. Cette dernière avait mis cela sur le compte de la constellation du

Capricorne dont elle descendait, mais elle se demandait à présent si elle l'appréciait un tant soit peu.

— Ce n'est pas contre toi, intervint Sohan. Alioth ne s'est pas énervé uniquement parce que tu lui as menti, mais parce que cette information va obligatoirement remonter jusqu'à la Ligue, et qu'il va sûrement être forcé de faire un choix qu'il n'appréciera pas.

Alioth se mordit la lèvre, le regard triste. Sohan avait visé juste.

Cassiopée ne parvenait pas à comprendre cette haine envers les Arruntas. Elle croisa les bras sur sa poitrine en dévisageant ses camarades un par un.

— Je ne vois pas où est le problème avec les Arruntas, vous vivez parmi eux. Tara m'a dit que ses voisins en étaient.

— Nous n'avons pas le choix depuis l'Exode, rétorqua Alioth. Mais la Ligue nous interdit de les côtoyer. C'est d'ailleurs pour ça que toutes les Écoles et toutes les Académies sont des internats et non des externats.

Cassiopée voulut répondre, mais Tara s'interposa entre elle et Alioth.

— Tous les Constellationnistes n'ont pas ce… problème avec les Arruntas, rassure-toi ! dit-elle en jetant un regard désapprobateur à son petit ami derrière son épaule.

Cassiopée haussa un sourcil.

— Je ne l'ai pas moi-même, fit Alioth en s'approchant doucement d'elle. En fait, si tu veux tout savoir, je n'ai jamais vraiment… parlé avec un Arrunta. Mais nos parents…

Il s'interrompit, appelant Stella à l'aide du regard.

— Ils les détestent, trancha-t-elle. Comme tous les partisans de la Ligue. Comme tout le monde, finalement.

Cassiopée trouva l'avis de Stella bien tranché, mais se garda d'en faire la remarque. La Ligue avait certes autorité sur tous les Constellationnistes et c'était elle qui dictait les lois, mais les jumeaux semblaient suivre aveuglément ses règles sans les comprendre.

— Mais… pourquoi ? s'insurgea Cassiopée.

Le blanc qui suivit sa question fut tellement long qu'elle se demanda si elle l'avait vraiment posée à voix haute. Puis Sohan décida de mettre fin au suspense.

Tout en tirant sur une boucle de ses cheveux bruns, il expliqua d'un air détaché :

— Quand Saleria a commencé à être trop étroite pour nos ancêtres, ils ont pris la décision de s'installer sur le Continent. Tout se passait bien, jusqu'à la naissance puis l'implosion d'une Supernova, qui a détruit un village entier près de Londres. Des centaines d'Arruntas et de Constellationnistes ont perdu la vie ce jour-là, et un plus grand nombre encore lors de l'épidémie qui l'a précédé. Les Arruntas nous ont jugés coupables et les persécutions ont commencé, au point que notre peuple a dû se disperser aux quatre coins de la planète et dissimuler ses pouvoirs. Beaucoup sont retournés sur Saleria, enragés à l'idée de ce que ce peuple leur a fait subir.

Alioth ouvrit la bouche pour compléter, mais se ravisa. Il se racla la gorge et ajusta le col vert de son uniforme.

— Si notre mère apprend que nous sommes amis, dit-il sans oser regarder Cassiopée dans les yeux, elle risque de devenir folle. Encore une fois, ce n'est pas contre toi, m…

— J'ai compris, le coupa Cassiopée d'une voix étonnamment douce étant donné le trou qui était en train de se creuser dans sa poitrine.

Elle releva le menton et esquissa un sourire au prix d'un effort surhumain.

— Je vais vous éviter un incident diplomatique familial, assura-t-elle. Ne vous embarrassez pas de la fille qui côtoie les Arruntas, elle s'en va.

Elle n'attendit pas leur réaction et se rua hors de la pièce devenue soudain trop exiguë. Personne n'essaya de l'arrêter.

À quoi s'attendait-elle au juste ? Ce n'était pas comme si elle avait l'habitude d'avoir un groupe d'amis, de toute façon. Elle aurait voulu se gifler d'avoir cru que les choses seraient différentes ici. Elle s'était bêtement accrochée à un rêve.

Mue par l'orgueil, Cassiopée retourna dans la salle qu'elle avait quittée quelques minutes plus tôt. L'activité avait repris, les novices enchaînaient les entrées et sorties dans le gailuat. Mais à peine Cassiopée passa-t-elle le pas de la porte que le brouhaha s'interrompit.

De nouveau, une cinquantaine de regards accusateurs se déversèrent sur elle et les larmes lui montèrent aux yeux.

Ne pas pleurer.

Elle inspira un grand coup alors que la rage montait en elle. De manière mécanique, elle venait de se réfugier dans le seul sentiment qu'elle maîtrisait parfaitement : la colère.

— Si vous voulez ma photo, vous feriez mieux de vous dépêcher, fit-elle en se mouchant le nez de sa manche argentée. D'ici la fin de la journée, je la ferai payer.

CHAPITRE 14

« *La Ligue a été créée par les Constellationnistes ayant survécu à l'Exode pour remplacer le système archaïque des Sages qui existait sur Saleria. Ce gouvernement a l'autorité suprême sur les Constellationnistes vivant sur le Continent. Son siège est basé à Paris, France.* »

Extrait de *L'Exode du peuple ou comment se réorganiser suite à un conflit géopolitique majeur.*

Subra tapotait de l'index de sa main gauche parfaitement manucurée le bois massif de son bureau depuis quatre minutes et dix-sept secondes et aucun mot n'était encore sorti de sa bouche. Sa main droite, positionnée sous son menton, était si crispée qu'elle avait viré au blanc.

Cassiopée, quant à elle, était installée sur un fauteuil cabriolet en velours vert juste en face de la directrice et faisait son maximum pour éviter son regard depuis quatre minutes et dix-sept secondes. Depuis le moment exact où elle avait compris qu'elle n'avait pas été convoquée pour aborder le sujet de son ascendance, comme la Gémeaux l'avait espéré, mais pour assister à son procès. La révélation de Cassiopée avait provoqué un tel tumulte au sein de l'Académie qu'en moins de vingt-quatre heures, la Présidente de la Ligue en personne avait été mise au courant et avait jugé un entretien nécessaire.

Les minutes qui allaient suivre promettaient d'être pénibles. Dans un déni absurde et réconfortant, Cassiopée détaillait avec curiosité l'immense tapisserie qui recouvrait le mur derrière Subra. Mais avant que la novice ait pu comprendre ce qu'elle représentait, le miroir baroque posé sur le mur à sa gauche cessa de refléter la scène qui se jouait entre les deux femmes, remplacée par l'image d'une cinquantenaire rousse dont le brushing aux pointes rebondies effleurait les frêles épaules. Ses yeux verts et perçants se posèrent immédiatement sur Cassiopée, qui se redressa.

— Tu dois être Cassiopée Proteyra, dit-elle en guise de salutations. Je suis Amalthée Mabyra, Présidente de la Ligue.

Cassiopée interrogea Subra du regard, peu sûre de savoir si elle devait répondre au miroir ou non ; la directrice de l'Académie, lèvres pincées, le lui confirma d'un bref signe de tête.

— C'est moi, indiqua-t-elle en se penchant vers le miroir.

Subra leva les yeux au ciel et abandonna son immobilité de statue pour se lever et s'asseoir sur le rebord de son bureau.

— Bonjour Amalthée, salua-t-elle avant de se retourner vers Cassiopée. C'est bien elle, la Constellationniste qui a grandi avec des Arruntas.

— Je ne comprends pas comment cela a pu arriver, s'emporta la femme rousse en fichant des lunettes papillons sur le bout de son nez. Sait-on au moins qui sont ses parents biologiques ?

L'estomac de Cassiopée se noua. Ses grands yeux gris étaient rivés sur Subra qui ne daigna pas se retourner vers elle. Son malaise était palpable.

— Sais-tu qui sont tes parents, jeune fille ? questionna Amalthée avec une certaine urgence dans la voix.

Cassiopée se dit immédiatement que même si elle connaissait la réponse, jamais elle ne la lui donnerait.

Vingt secondes de conversation avaient suffi pour qu'elle se forgeât une opinion sur cette femme qui semblait la mépriser pour une situation dont elle n'était pas responsable. Elle ne l'aimait pas, peu importait qu'elle fût la Présidente. La Ligue n'était rien pour Cassiopée, elle en avait à peine entendu parler depuis son arrivée et jamais pour de bonnes raisons.

Amalthée s'impatienta.

— J'attends une rép…

— Non, on ne sait pas qui sont ses parents biologiques, trancha Subra.

Cassiopée tressaillit. Subra mentait, c'était évident. Mais pourquoi ? Était-elle vraiment sa mère ? Avait-elle honte de l'avoir abandonnée il y a dix-huit ans ?

Cassiopée serra les poings sous le bureau de Subra et baissa la tête pour qu'Amalthée ne pût constater sa mine fébrile à travers l'étrange miroir.

— Bon, répondit Amalthée, c'est une question qui ne pourra pas être laissée sans réponse. Abandonner son enfant n'est pas permis, encore moins à des Arruntas. Ces Constellationnistes devront être punis, et sévèrement.

Cassiopée se raidit et un frisson de colère remonta le long de sa colonne vertébrale. À côté d'elle, Subra semblait résister à l'envie de répliquer.

Seule derrière son miroir, la Présidente de la Ligue partit dans une tirade désobligeante à l'encontre des Arruntas que Cassiopée aurait voulu ne jamais entendre. La position de la Ligue était claire : les Arruntas étaient des ennemis car ils s'en étaient pris à leurs ancêtres, des sous-hommes répugnants dépourvus de pouvoirs astraux. Cassiopée aurait presque pu trouver cela comique si elle n'avait pas été si révoltée.

Cela lui rappela les propos rudes qu'avait prononcés Stella, et la descendante des Gémeaux comprit mieux d'où lui venaient ces idées extrémistes. Si ses parents tenaient le même genre de discours qu'Amalthée, Cassiopée avait peut-être même sous-estimé la haine d'Alioth et de Stella envers les Arruntas.

— Je te laisse régler le problème, Subra, poursuivit Amalthée. Cassiopée, tu vas devoir travailler deux fois plus que les autres pour réussir les Quadrantides. J'espère que c'est un sacrifice que tu es prête à faire pour être réellement des nôtres.

Cassiopée releva la tête et dévisagea amèrement Amalthée. Elle avait connu mieux comme discours de bienvenue. Elle ouvrit la bouche pour répondre, mais avant qu'elle eût pu dire quoi que ce soit, la Présidente de la Ligue disparut et le miroir réfléchit de nouveau la silhouette d'une adolescente contenant sa colère et d'une femme à l'expression indéchiffrable malgré ses traits crispés.

— Tu peux y aller, fit la blonde platine en regagnant son siège.

Mais Cassiopée ne bougea pas d'un cil. Les poings toujours serrés, elle se promit mentalement de ne pas quitter cette pièce tant qu'elle n'aurait pas obtenu la réponse à ses questions.

— Pourquoi avez-vous menti ? demanda-t-elle.

Subra ouvrit un petit étui métallique posé sur son bureau et en sortit une longue cigarette qu'elle vint loger entre ses dents. Puis, avec le même détachement, elle tira une lame dorée d'un genre de sac en bandoulière et la transforma en l'espace d'une seconde en un briquet cuivré, dont elle se servit pour l'allumer. Lorsqu'elle reposa le briquet sur son bureau, il reprit sa forme originale.

— Qu'est-ce que tu veux savoir ? demanda-t-elle finalement en expulsant la fumée de sa cigarette par les narines.

Cassiopée eut l'impression qu'elle n'aurait qu'une seule chance et qu'après cela, Subra redeviendrait hermétique à toutes ses demandes. Aussi passa-t-elle en revue les interrogations qui tournaient dans son esprit pour ne pas regretter celle qui franchirait la barrière de ses lèvres.

Après une longue minute de réflexion, durant laquelle le visage de Subra était resté exceptionnellement impassible, Cassiopée demanda d'une voix plus tremblante qu'elle ne l'aurait souhaité :

— Est-ce que vous êtes ma mère biologique ?

Un bruit indistinct sortit de la bouche de Subra et un enchevêtrement d'émotions traversa son regard : surprise, colère et mélancolie. Cassiopée en fut bouleversée. Elle n'aurait jamais cru voir tant de vulnérabilité chez Subra.

Un petit bruit mécanique indiquant l'arrivée d'un invité résonna loin derrière Cassiopée et fit sortir la directrice de l'Académie de son mutisme.

Elle tapota sa cigarette et des cendres s'étalèrent sur son bureau.

— Non, affirma Subra, je ne suis pas ta mère.

Cassiopée eut l'impression de recevoir un coup de poing en plein ventre.

— Mais vous la connaissez, s'empressa-t-elle d'enchaîner. Vous savez qui elle est.

Subra leva le regard au-dessus de Cassiopée, comme si la discussion était terminée. Il en était absolument hors de question !

La novice se leva d'un bond et laissa éclater toute sa frustration.

— Vous connaissiez mon prénom ! s'écria-t-elle. Comment ?

Soudain, la porte coulissante s'ouvrit derrière Cassiopée et Hélios entra dans la pièce d'un pas hésitant.

Il se racla la gorge.

— Je… peux repasser, dit-il.

— Inutile, répliqua Subra, nous en avons terminé.

Cassiopée la dévisagea avec tout le mépris dont elle était capable puis, sans masquer sa fureur, tourna les talons.

À son passage, Hélios lui lança un regard déçu : elle avait failli à la mission qu'il lui avait confiée. C'était le cadet de ses soucis !

La novice quitta le bureau de Subra en trombe tout en se maudissant intérieurement d'avoir posé la mauvaise question.

Subra n'était pas sa mère. Qui était-ce, dans ce cas ?

CHAPITRE 15

« Azimech, fils de Titan, Sage du Capricorne,
est atteint d'une maladie rare, la Klerosi.
Cette pathologie induit une dégradation des tissus musculaires entraînant,
à long terme, une paralysie totale. Ces circonstances peuvent, ou non,
être à l'origine de son intérêt pour la Supernova. »

Extrait de *Comprendre les dessous de la dernière guerre civile salerienne.*

— *Cassiopea naiz mi*, articula Cassiopée pour la septième fois d'affilée.

Installée à l'une des tables les plus reculées de la bibliothèque, perdue entre deux rangées d'étagères fournies, elle s'efforçait d'apprendre la langue de ses ancêtres : le Sùm. Elle n'avait d'autre choix que de le maîtriser pour poursuivre ses recherches sur ses parents biologiques mais aussi sur le monde constellationniste et les raisons exactes qui avaient conduit à la guerre civile.

Étonnamment, l'exercice s'avérait moins laborieux qu'elle se l'était imaginé.

— *Cassiopea naiz mi*, répéta-t-elle sur le même ton mécanique.

Un rire résonna derrière elle et la Gémeaux se retourna aussi sec. Tara lui apparut alors, ses cheveux frisés encadrant son visage, emmitouflée dans un pull en laine blanc.

— Pardon ! s'excusa-t-elle en s'attablant en face d'elle avec un livre épais. Je ne voulais pas me moquer.

Gênée, Cassiopée se prit de passion pour le ciel gris qu'elle apercevait à travers les vitraux de la bibliothèque. Il allait pleuvoir.

— Tu comptes nous éviter encore longtemps ? demanda Tara en croisant les doigts devant elle.

— Je ne vous évite pas.

Elle les évitait.

Depuis qu'elle avait quitté les toilettes en trombe ce jour-là, elle s'était efforcée de rester loin de ses « amis », quitte à sauter des repas et à s'entraîner au combat avec des garçons qui faisaient trois fois son poids. Quant au cours de Maîtrise, elle avait préféré s'exercer dans le gailuat plutôt que d'imposer sa présence à Tara. Heureusement, Cassiopée n'avait pas dû revivre la scène de la grange une nouvelle fois.

Sa vie tout entière à l'Académie avait changé. Si, à part Sasha, elle n'avait jamais eu d'amis, elle avait pris pour habitude d'être tout bonnement ignorée par ses autres camarades. Cette fois, les choses étaient différentes : la moitié de l'Académie s'était soudainement mise à la prendre en grippe et à lui rappeler à chaque occasion qu'elle n'avait pas sa place ici.

Plus tôt dans la semaine, son nom avait été rayé de la porte de sa chambre, une novice du Lion avait tenté de l'asservir sans succès et un Scorpion avait pris son apparence au beau milieu du réfectoire pour rejouer la scène durant laquelle elle avouait avoir été élevée par des Arruntas, devant des Constellationnistes hilares. Elle avait pris sur elle pour ne pas monter sur la table et lui flanquer une gifle dont il se serait souvenu longtemps. Elle savait que le reste du combat aurait été en sa défaveur.

Mais au-delà des moqueries et des bassesses, le pire à supporter était l'attitude des jumeaux qui, du jour au lendemain, avaient drastiquement pris leurs distances.

Tara s'adossa à sa chaise en jouant avec l'une de ses bagues imposantes.

— Tu es têtue, tu le sais, ça ?

Cassiopée retint un sourire. Oh que oui, elle le savait.

Découragée par son manque de transparence, Tara remua la tête de gauche à droite et plongea dans son livre.

Cassiopée se mordit la lèvre. S'il y avait bien une chose qu'elle n'avait jamais faite de sa vie, c'était revenir vers les autres après un différend. La situation était d'autant plus inhabituelle aujourd'hui qu'elle n'était pas responsable ; elle n'avait pas choisi d'être abandonnée à la naissance et recueillie par une famille d'Arruntas.

— Tu..., fit-elle dans un reniflement bruyant. Tu lis quoi ?

C'était pathétique. Mais Tara était la bienveillance incarnée. Elle répondit avec enthousiasme :

— Un manuel de pédagogie. Je révise pour mon troisième azter, c'est dans deux mois et je veux être prête.

Face au mutisme de Cassiopée, Tara se sentit obligée de préciser :

— Tu sais, pour devenir irakatsi. Pour l'instant je suis encore aspirante, mais si je réussis cet azter, je pourrai enseigner !

C'est vrai que Tara l'avait vaguement évoqué au cours de leurs entraînements.

— Tu feras une formidable irakatsi, dit Cassiopée.

Et elle pesait chacun de ses mots. Elle n'avait toujours pas réussi à créer de clone jusqu'à présent, mais Tara faisait preuve d'une exceptionnelle patience.

— Ça me touche, répondit-elle en posant sa main hâlée sur la sienne.

Puis, en observant l'ouvrage que son élève tenait entre les mains, elle ajouta :

— Stella est très douée en Sùm, peut-être que tu pourrais essayer de la convaincre de…

— Ne t'en fais pas pour moi, la coupa Cassiopée. Je m'en sors très bien toute seule.

Stella, plus que n'importe lequel de ses amis, avait creusé une distance avec elle. Elles n'étaient pas particulièrement proches avant, mais à présent, la Capricorne mettait un point d'honneur à ne pas se trouver dans la même pièce.

— Ce n'est pas de sa faute, fit doucement Tara. Tu as vu de quel bois est faite la mère des jumeaux maintenant, tu devines la pression qui pèse sur leurs épaules.

— Leur mère ?

Par quelle magie Cassiopée aurait-elle pu avoir vu la mère des jumeaux ? Le seul contact qu'elle avait eu avec l'extérieur c'était…

La novice referma son livre sur-le-champ.

— Amalthée est la mère des jumeaux ?! s'écria-t-elle, et sa voix résonna dans toute la pièce.

Tara, les yeux ronds, adressa un sourire de façade aux quelques Constellationnistes qui s'étaient tournés dans leur direction.

Elle dévisagea Cassiopée comme si elle venait d'une autre planète.

— Que tu ne saches pas te présenter en Sùm passe encore, mais ça…

Bouche bée, Cassiopée n'arriva pas à articuler le moindre mot. Elle repensa au discours d'Amalthée sur les Arruntas, à la condescendance avec laquelle elle s'était adressée à elle. Comment pouvait-elle être leur mère ? Ou la *mère* de qui que ce soit d'ailleurs. Et pourquoi Cassiopée n'était mise au courant que maintenant ?

— Ça explique beaucoup de choses..., murmura Cassiopée, pensive.

La haine envers les Arruntas, essentiellement.

— Amalthée mène une politique assez rude à l'encontre des Arruntas, répondit Tara comme si elle lisait dans ses pensées. Le fait que tu aies grandi parmi eux après tout ce qu'ils ont fait subir à nos ancêtres et alors qu'ils sont considérés par la Ligue comme une race inférieure a sûrement fait le tour de toutes les Académies...

— Mais ce n'e...

— Laisse-moi terminer, trancha Tara. Ne le prends pas mal, mais ta cote de popularité frise le zéro absolu. Imagine un peu le scandale si les propres enfants de la Présidente de la Ligue deviennent *amis* avec la fille qui fraternise avec l'ennemi.

C'était injuste. Et ridicule. Cassiopée serra les dents pour ne pas dire quelque chose qu'elle regretterait par la suite.

— Ça va se tasser, la réconforta Tara, un vague sourire collé aux lèvres. Tiens bon.

Comme elle aurait voulu croire sa mentore ! Mais les choses étaient tellement mal parties que Cassiopée ne voyait pas comment elles pourraient aller en s'arrangeant.

— Et puis je suis là, moi ! enchaîna-t-elle. Et Sohan aussi. Crois-moi, s'il y a bien quelqu'un qui se fiche totalement de ce que pense la Ligue, c'est lui.

Cela eut le mérite d'arracher un rictus à la novice.

— D'ailleurs, lui et Alioth avaient promis de m'aider à réviser mon azter, poursuivit-elle en se dévissant le cou pour observer l'entrée de la bibliothèque. Quelle bande de lâches !

Au même moment, la large porte en bois s'ouvrit et la tignasse blonde d'Alioth fit son apparition, suivie de près par un Sohan maussade qui marchait la tête baissée, les mains fichées dans la poche centrale de son sweat-shirt.

Le Taureau traversa d'un pas vif la bibliothèque dans une veste brune qui sublimait la largeur de ses épaules. Quand il remarqua Cassiopée assise en face de sa petite amie, il fit une halte.

— Fais pas chier, lui dit Sohan en s'asseyant à califourchon sur la chaise à côté de Cassiopée. Je suis vraiment pas d'humeur pour vos conneries.

Alioth ouvrit la bouche mais se ravisa. À la place, il se pencha pour embrasser le front de Tara et prit place à ses côtés.

Cassiopée n'osait plus bouger. Entre la présence d'Alioth et la mauvaise humeur de Sohan, elle avait envie d'être une petite mouche et de s'envoler.

— Qu'est-ce qui t'arrive ? osa demander Tara.

— Subra vient de me dire que la Ligue envoie un délégué le week-end prochain pour tester les Imperium.

Tara se pinça les lèvres alors que Sohan enfouissait sa tête dans ses bras d'un air désespéré.

— Pour quelle raison ? demanda Cassiopée, qui était visiblement la seule à qui la situation échappait.

Sohan ne bougea pas d'un cheveu et Alioth ne put s'empêcher de répondre à sa place :

— Ils veulent vérifier que la Supernova ne se trouve pas ici, à l'Académie.

Cassiopée grimaça et posa une main hésitante sur celle de Sohan pour lui témoigner son soutien. Il avait compris dès les premiers pas de la jeune fille à l'Académie qu'elle n'avait pas eu la moindre éducation constellationniste. Mais apprendre qu'elle avait été abandonnée par ses parents à la naissance l'avait incité à se rendre particulièrement prévenant avec elle. Les dérobades quotidiennes de Cassiopée n'avaient pas eu raison de sa volonté de lui rendre le sourire.

Visiblement surpris par cette marque de tendresse inattendue, Sohan releva la tête, un sourire timide aux lèvres, et caressa le bout des doigts de la Gémeaux avec son pouce. Cassiopée manqua de défaillir.

— Tu serais débarrassé de moi comme ça, ironisa-t-il, mais ses yeux n'avaient jamais été aussi tristes. Si la Ligue ne m'élimine pas de peur que je perde le contrôle comme les Supernovas précédentes, c'est Azimech qui viendra me chercher.

— Qu'est-ce que..., hésita Cassiopée car elle ne savait pas si le moment était bien choisi pour faire part de son ignorance. Qu'est-ce qu'Azimech veut faire de la Supernova exactement ?

Sohan reprit sa main et se gratta le menton. Cassiopée pivota vers le couple, mais Tara et Alioth baissèrent la tête dans un même mouvement.

— Personne n'en est vraiment certain, chuchota Tara. Selon les rumeurs, Azimech voudrait la tuer pour récupérer son énergie et réveiller l'Ophiuchus.

La novice Gémeaux se raidit. Cette rumeur sur l'Ophiuchus n'était apparue qu'une seule fois dans tous les livres qu'elle avait pu lire sur l'histoire de Saleria. Elle serait la treizième constellation du Zodiaque, mais, de mémoire de Constellationniste, personne n'avait jamais été témoin de son existence ou de celle de ses descendants. Elle semblait légendaire.

— Que possède l'Ophiuchus qu'Azimech veut à ce point ? demanda Cassiopée.

Tara haussa les épaules.

— Aucune idée. Toutes les rumeurs à son sujet sont plus folles les unes que les autres. C'était vraisemblablement un Constellationniste originel, banni par les douze autres en raison de la dangerosité de son pouvoir astral. Aujourd'hui, personne ne sait quelle était la nature de ce pouvoir ni où l'Ophiuchus pourrait se trouver.

— Mais Azimech semble le savoir, lui, ajouta Alioth.

— Si l'Ophiuchus était l'un des Constellationnistes originels, il devrait être mort à l'heure qu'il est, non ? questionna Cassiopée en croisant les bras sur sa poitrine.

Tara se racla la gorge.

— Les quelques récits qu'il nous reste de cette époque sont assez flous à ce sujet. Pour ne rien arranger, son corps ne repose pas au Panthéon avec celui des douze autres.

Sohan se rembrunit, le menton dans la paume de sa main alors que, de son côté, Cassiopée tentait de rassembler les fragments d'histoire du peuple constellationniste. Le silence s'imposa entre les quatre amis, finalement rompu par le Lion qui, dans un souffle, murmura presque pour lui-même :

— J'espère vraiment que je ne suis pas la Supernova.

CHAPITRE 16

« Le monitorat des novices à l'Académie ne dure que quelques semaines, le temps pour ces derniers d'apprendre les bases de leur pouvoir astral. Ensuite, les mentors les laissent se développer seuls jusqu'aux Quadrantides. »

Extrait de *L'Éducation constellationniste sur le Continent.*

Les jours suivant la discussion à la bibliothèque furent un peu moins pénibles, et ceux d'après presque agréables. Cassiopée avait arrêté de se renfermer sur elle-même et, pour une raison inconnue, les moqueries avaient peu à peu diminué, si bien que son quotidien à l'Académie était redevenu à peu près supportable.

Sohan s'évertuait à la faire rire et Tara à améliorer ses capacités en cours de Maîtrise. Malheureusement, Stella et Alioth la fuyaient toujours comme la peste, même si elle voyait bien que ce dernier souffrait peut-être autant qu'elle-même de cette distance imposée.

Ce fut d'ailleurs sur la vision d'un Alioth hilare que Cassiopée pénétra pour la première fois dans l'une des salles d'entraînement situées dans les combles de l'Académie. Le sol était entièrement recouvert de tapis mous orangés alors qu'au plafond, une large fenêtre ovale créait un surprenant puits de lumière. C'était une pièce immense à la hauteur phénoménale, bien loin de la pièce exiguë à laquelle elle s'était attendue.

Cassiopée rejoignit un groupe de Gémeaux qui s'étaient amassés au fond et, seule au milieu de ses pairs, elle regretta que le monitorat des aspirants eût été si vite terminé. Même si elle n'était pas parvenue à créer un clone digne de ce nom depuis son arrivée, Tara avait été d'une aide précieuse pour booster son ego et elle était persuadée qu'une semaine supplémentaire aurait suffi pour y parvenir.

Très vite, la salle fut pleine à craquer, et pour cause : devaient s'y réunir l'intégralité des novices Sagittaire, Balance, Vierge et Gémeaux dans le cadre d'un cours de Maîtrise qu'Izar avait qualifié d'« avancé ».

Alors que Cassiopée, les bras croisés, était occupée à regarder un couple de Balance discuter par la pensée, elle sentit quelque chose lui effleurer les pieds. Penchant la tête, elle vit les lacets de ses boots se faire et se défaire d'eux-mêmes.

Las de cette énième blague douteuse, elle leva le genou droit et flanqua un coup de pied dans le vide qui rencontra un corps potelé. Des rires féminins jaillirent sur sa droite et le visage hilare d'un garçon métis, puis le reste de son corps, apparurent tandis qu'il roulait sur le sol. Cassiopée n'avait pas eu besoin de s'attarder sur le col et les manches de son uniforme turquoise pour savoir qu'il s'agissait d'un Vierge qui tirait profit de son pouvoir d'invisibilité.

Au moment où elle ouvrit la bouche pour menacer de lui couper les doigts s'il recommençait, la voix rocailleuse d'Izar retentit dans la pièce :

— Puck ! hurla-t-il. Viens par ici.

Cassiopée sursauta. Le brouhaha laissa place à des chuchotements épars, et le garçon à ses pieds se redressa vivement. Son visage n'affichait plus désormais aucune allégresse.

Seul le bruit du vent frappant le toit de l'édifice accompagna les pas craintifs du Vierge jusqu'à l'inflexible irakatsi.

Subitement, un homme, plus jeune qu'Izar mais plus vieux que Cassiopée, se matérialisa à ses côtés. Sa peau était blanche, presque livide, et la partie supérieure de ses cheveux était séparée en une dizaine de dreadlocks blond vénitien attachées en un chignon flou. Le reste était rasé de près, si bien que Cassiopée put voir sur son crâne un tatouage représentant la constellation du Sagittaire. Tout dans son attitude indiquait qu'il n'avait pas la moindre idée de ce qui était en train de se passer.

— Tu trouves ça drôle ? interrogea Izar quand le novice arriva à sa hauteur.

Le garçon remua la tête.

— La politique en matière de harcèlement à l'Académie est la tolérance zéro, rappela Izar à l'intention de toute la pièce.

Cassiopée se sentit rougir. Elle savait pertinemment que derrière le mot « harcèlement », c'était à elle que songeait le professeur. Et à en juger par la dizaine de visages qui se tournèrent vers elle, il n'était pas le seul.

— Présente tes excuses, ordonna Izar.

— Je… je suis désolé, bafouilla le Vierge.

— Pas à moi, *simples* !

Le Vierge serra les poings et, mollement, se tourna vers Cassiopée.

— Je suis désolé, marmonna-t-il.

Il n'y avait pas une once de sincérité dans son regard, mais la descendante des Gémeaux s'en contenterait. Elle était déjà bien assez mal à l'aise pour faire durer ce petit numéro plus longtemps.

— Bien, fit Izar dans un hochement de tête approbateur.

Puis, de manière tout à fait inattendue, il s'accroupit devant le Vierge, défit ses lacets et les noua entre eux.

— Tiens, puisque c'était si drôle, essaie un peu de marcher comme ça.

Puck voulut protester, mais Izar le devança :

— À présent que cet incident est clos, commençons !

Il sépara les combles en deux parties distinctes à l'aide d'une craie blanche.

— Maintenant que vos mentors ont terminé leur mission auprès de vous, le cours de Maîtrise va prendre un tout autre tournant ! Les Vierge et les Balance, par ici ! fit-il en les guidant vers le fond de la salle.

La moitié de la pièce suivit l'irakatsi tandis que les Gémeaux et les Sagittaire étaient suspendus aux lèvres de l'homme aux dreadlocks.

— Je m'appelle Natt, dit-il. Et l'exercice d'aujourd'hui va être simple. Vous disposez de capsules de deux couleurs différentes : argentées pour les Gémeaux, violettes pour les Sagittaire, expliqua-t-il. Vous fixerez les capsules à votre taille à l'aide de ces ceintures de sorte qu'elles soient facilement préhensibles par vos adversaires.

Natt s'empara d'un genre de baudrier noir relativement épais et percé sur le côté droit d'une ouverture suffisamment grande pour y coincer un objet cylindrique.

— Gémeaux, c'est vous qui commencerez à « chasser », donc vous n'en aurez pas besoin pour le moment. Votre but sera de réussir à subtiliser leurs capsules aux Sagittaire et de les disposer dans le cercle juste ici.

Il pointa du doigt un cerceau en métal noir disposé à sa droite. À ce signal, les Sagittaire se ruèrent sur le matériel.

— Il y aura quatre phases au cours de cet exercice, annonça-t-il en faisant les cent pas devant les deux groupes de novices. Votre but sera évidemment d'accéder à la dernière. Vous devrez pour cela récupérer le maximum de capsules à chaque fois. Ceux qui en subtiliseront le moins seront éliminés d'office.

Cassiopée se rembrunit et passa une main irritée dans ses cheveux. Une élimination ne lui rapporterait aucun point, or elle devait en récolter cinquante pour espérer valider cette matière. Une mauvaise note en Maîtrise l'éloignerait probablement de la nomination de Khefa pour les Quadrantides.

— Lors de la quatrième et dernière phase, le vainqueur sera celui qui attrapera la capsule de son adversaire en premier.

La descendante des Gémeaux ne se fit aucun faux espoir au moment où Natt leur ordonna de se mettre en position. Elle observa ses adversaires avec attention et tenta de choisir sa première cible en fonction de sa corpulence. Elle avait déjà repéré deux grands gaillards qu'elle ne comptait pas approcher. Ils l'auraient retournée comme une crêpe en moins de deux secondes.

À ses côtés se tenait une petite Sagittaire, si proche d'elle que sa capsule était à la portée de sa main.

Le bruit aigu d'un sifflet la sortit de sa réflexion. Cassiopée tendit le bras, mais la Sagittaire, plus rapide, se téléporta aussitôt. C'était prévisible.

Autour d'elle, la quasi-totalité des Gémeaux avait déjà créé au moins un clone. Seule l'une d'entre eux avait réussi à en faire apparaître un second, mais Cassiopée l'avait entendue se vanter d'être une Imperium le premier jour de l'initiation.

Les Sagittaire avaient tous adopté la même technique : ils se téléportaient aussi souvent qu'ils le pouvaient en veillant à ne pas rester au même endroit trop longtemps. Certains d'entre eux privilégiaient le combat ; mal leur en prenait, c'étaient eux qui finissaient dépossédés de leur capsule en premier.

Plus Cassiopée étudiait le champ de bataille, plus elle considérait la difficulté de l'exercice. Le pouvoir astral des Sagittaire était efficace et elle commençait à douter pouvoir atteindre ne serait-ce que la deuxième phase.

Si seulement l'utilisation des lames était autorisée.

Elle était devenue une professionnelle en matière de Modélisation et il lui tardait de retourner en cours chaque semaine pour montrer aux autres de quoi « la fille aux Arruntas », comme elle avait été baptisée, était capable.

Immobile au milieu de la mêlée de novices qui se démenaient autour d'elle, la Gémeaux remarqua une faille dans la stratégie des Sagittaire : la plupart ne pouvaient pas s'éclipser immédiatement après une première téléportation, ce qui pouvait éventuellement lui laisser le temps de subtiliser une de leurs capsules.

Allez du nerf, tu peux y arriver !

Cassiopée souffla un grand coup pour oublier que Natt était en mesure, à tout moment, de mettre fin à l'exercice, et se concentra sur son flux. Elle pouvait le sentir, tapi au fond d'elle, comme s'il n'attendait que son signal pour surgir, mais une sorte de barrière l'empêchait encore de libérer son plein potentiel. Elle mobilisa toutes ses forces pour essayer de la contourner.

Lentement, son flux parcourut son corps, comme une petite flamme fragile que le moindre souffle était susceptible d'éteindre. Elle le sentait à travers ses veines et jusque dans ses poignets, elle était sur le point de réussir.

— Subra est là, murmurèrent des voix autour d'elle.

Ces trois mots réduisirent ses efforts à néant.

Cassiopée n'osa pas ouvrir les paupières, de peur de voir la silhouette longiligne de Subra se déplacer avec son agaçante élégance et son regard sévère pour juger les novices.

Elle n'avait pas recroisé Subra depuis leur discussion dans son bureau et cela valait mieux, car son impassibilité lui était devenue insupportable.

La directrice était visiblement à la recherche de son nouveau poulain et une chose était certaine : ce ne serait pas Cassiopée. La novice n'avait clairement pas le niveau. Subra cherchait un Constellationniste accompli et doué dans les trois matières principales : le Combat rapproché, la Maîtrise et la Modélisation des pouvoirs astraux.

Mais elle n'avait pas le temps de ressasser son amertume, elle devait s'emparer d'une capsule, et vite. Qu'importe, si elle ne parvenait pas à créer de clone, elle se débrouillerait avec les moyens du bord.

Cassiopée rouvrit les yeux et s'élança sur une Sagittaire qui venait de se téléporter à ses côtés. Malheureusement, un garçon aux cheveux frisés glissa sa main dans le baudrier noir et lui vola la capsule sous les yeux.

Merde !

Elle avait perdu trop de temps à essayer de mettre en place des stratégies boiteuses au lieu de se jeter corps et âme dans cette chasse. Tout en se maudissant pour son manque de clairvoyance, elle remarqua un garçon de sa taille au crâne rasé non loin de Natt. Les grands yeux gris de Cassiopée le dévisagèrent avec attention alors qu'il cherchait vraisemblablement du regard l'endroit où il se téléporterait d'ici quelques secondes. Il était loin d'être discret. Cassiopée traversa la pièce aussi vite qu'elle le put et parvint avant lui près du pilier principal. Au moment où le corps affûté du garçon se matérialisa, Cassiopée s'était déjà jetée sur lui.

Ce ne fut qu'une fois dans les airs qu'elle remarqua son mauvais calcul : il manquait quelques centimètres à son bras pour atteindre la capsule. Quelques minuscules centimètres pour s'assurer qu'elle pouvait réussir et qu'elle était à sa place ici.

Cassiopée se focalisa sur ses doigts frêles qui touchaient presque le baudrier, en espérant qu'ils eussent été plus longs. Aussitôt, elle sentit les digues de son pouvoir céder. Il se déversa dans tout son corps, comme un cours d'eau libéré de son barrage, et un sentiment de légèreté s'empara d'elle. C'était un sentiment si délicieux que Cassiopée ferma les yeux en se délectant de chaque fragment de son pouvoir astral qu'elle visualisait au creux de son estomac, le long de sa colonne vertébrale et autour de ses poignets.

Un coup de sifflet retentit. L'intensité de son pouvoir déclina tandis que Cassiopée s'affalait par terre.

— Ça passe pour cette fois, déclara Natt au-dessus du corps avachi de Cassiopée, mais au prochain tour, tu devras avoir déposé la capsule dans le cercle pour être sélectionnée.

La descendante des Gémeaux leva le nez vers lui sans comprendre. S'adressait-il bien à elle ? Ses doutes s'envolèrent au moment où l'irakatsi lui tendit sa main pour qu'elle y déposât le petit objet cylindrique.

Les yeux ronds, elle s'exécuta avant de refermer précipitamment le poing. Elle venait peut-être de l'imaginer, mais elle aurait juré que l'extrémité de ses doigts s'était allongée et que sa main tout entière avait changé de couleur pour emprunter une teinte noire, presque violacée. En outre, il lui avait semblé qu'un duvet sombre l'avait recouverte.

Cassiopée se releva d'une traite et ouvrit le poing à l'abri des regards. Ses doigts se déplièrent un à un, blancs et fins, ordinaires. Cassiopée jeta un coup d'œil au baudrier du Sagittaire qu'elle venait – semblait-il – de dépouiller : il était vide.

Elle avait vraiment réussi.

Tiraillée entre joie et incompréhension, Cassiopée entreprit de se remettre en position. La deuxième phase de l'exercice était sur le point de démarrer. Mais le garçon au crâne rasé se planta juste devant elle.

— Comment est-ce que tu as fait ? l'invectiva-t-il.

Cassiopée se dégagea de son emprise d'un mouvement vif.

— De quoi tu parles ?

— Ma capsule. Tu ne pouvais pas l'atteindre.

Elle cilla imperceptiblement. Elle ne pouvait décemment pas lui avouer que sa main avait vraisemblablement changé d'aspect, pour emprunter celle d'un animal qu'elle serait bien incapable de nommer. Même pour un Constellationniste aguerri, cela semblerait improbable.

Les lèvres du Sagittaire se serrèrent de colère.

— Tu étais trop loin ! Je ne sais pas comment tu as fait, mais je vais te dénoncer.

Le garçon avait beau être dans son droit, Cassiopée avait horreur de la manière dont il lui parlait et, pire encore, de la manière dont ses yeux bleu nuit la dévisageaient. C'était le même regard qu'Harry posait sur elle depuis le décès de sa mère, celui qui disait qu'elle n'avait pas sa place auprès de lui. Cela réveilla ses pires instincts.

Elle avala la distance qui la séparait du Sagittaire, un sourire mauvais sur le visage. Elle lui souffla à l'oreille :

— Allez, ne sois pas mauvais joueur. Tu sais ce qu'on dit : l'important c'est de participer.

— Ferme-la ! rétorqua aussitôt le Sagittaire en la poussant en arrière.

Le sourire de Cassiopée s'agrandit. Elle se réjouissait de voir à quel point il était facile de le manipuler pour le faire sortir de ses gonds.

Sans un mot de plus, elle lui tourna le dos pour rejoindre le reste des Gémeaux, déjà en position. Elle ne savait pas comment elle s'en tirerait pour la deuxième phase, mais si elle avait réussi une fois, elle pouvait réitérer l'exploit !

— Tu n'es même pas foutue de créer un clone, ajouta le Sagittaire dans son dos. Pas étonnant que tes parents t'aient abandonnée.

Cassiopée s'immobilisa. Elle tremblait de colère. Ses doigts – dont la taille semblait à nouveau normale – se crispèrent. Elle se retourna lentement, la tête pleine d'insultes plus virulentes les unes que les autres.

— C'est parti pour la deuxième phase ! s'écria Natt.

Cassiopée avança jusqu'au Sagittaire, le regard fixé sur les traits durs de son visage, qu'elle n'hésiterait pas à abîmer s'il ne s'excusait pas dans la minute.

— Qu'est-ce que tu viens de dire ?

Son sang commença à bouillir. S'il avait l'audace de répéter ses paroles, elle ne répondrait plus d'elle-même.

— Tu es sourde ? fit le Sagittaire en dévoilant des dents plus jaunes que blanches. J'ai dit que ce n'était pas étonnant que t…

Le poing de Cassiopée s'abattit sur sa pommette dans un bruit sourd qui, pour son plus grand malheur, ne provenait pas du visage anguleux de son adversaire.

Une douleur fulgurante traversa ses doigts squelettiques.

Le Sagittaire réagit à peine et Cassiopée ravala ses larmes pour qu'il ne devinât pas qu'elle s'était fait plus mal que lui.

— Cassiopée ! Octant ! s'écria Natt. Qu'est-ce qui se passe ici ?

Le dénommé Octant se massa la joue en scrutant Cassiopée comme un fou.

— Tu es morte, articula-t-il.

Cassiopée eut juste le temps de voir le front du Sagittaire plonger sur elle.

Puis ce fut le trou noir.

CHAPITRE 17

« Les Scorpion sont dotés du pouvoir de métamorphose.
Il en existe de deux types : les Scorpion Gordina,
pouvant prendre l'apparence de tout être vivant,
et les Scorpion Yektua, *spécialisés dans les matières inertes. »*

Extrait de *Les Rudiments des pouvoirs astraux.*

— Octant ! cria une voix.

Ce fut la première chose que Cassiopée entendit alors qu'une douleur sourde se propageait dans son crâne.

Soudain, une pression s'exerça autour de son cou et sa tête décolla du tapis sur lequel elle était allongée. La Gémeaux ouvrit les yeux juste à temps pour voir le poing d'Octant s'abattre sur son visage.

Sa tête retomba violemment. Elle eut l'impression que son œil gauche avait quitté son orbite.

— Octant !

Cette fois, Cassiopée reconnut la voix de Natt.

Le Sagittaire semblait ne pas l'entendre. Il s'apprêtait à décocher à Cassiopée l'estocade finale, quand quelque chose d'à la fois inattendu et réjouissant se produisit. La tête d'Octant fut propulsée en arrière par un coup puissant qui le fit chanceler.

Il porta automatiquement la main à son visage. Un liquide rouge, presque noir, coula abondamment de son nez, mais il fit abstraction de la douleur pour localiser son agresseur.

Autour d'eux, le monde semblait s'être arrêté, aussi bien du côté des Gémeaux et des Sagittaire que de celui des Balance et des Vierge. À travers le voile qui couvrait ses yeux, Cassiopée vit tous les regards de la pièce rivés sur le Sagittaire au visage ensanglanté qui cherchait avec hargne l'auteur de cette attaque. Malheureusement pour lui, il était évident que c'était l'œuvre d'un Vierge et qu'il n'avait aucune intention de se départir de son invisibilité pour affronter la colère de sa victime.

— Montre-toi, espèce de lâche ! hurla Octant en déboutonnant le col violet de sa veste d'uniforme.

Du sang coulait sur son T-shirt, mais c'était, de toute évidence, le cadet de ses soucis.

Soudain, son œil fut attiré par une marque sur le tapis juste derrière Cassiopée : une empreinte de chaussure déformait le tissu.

— Octant ! cria Izar d'une voix sourde en fendant la foule de novices pour venir jusqu'à lui. Tu te calmes ou c'est moi qui te calme.

Au lieu de quoi, le Sagittaire se téléporta trois mètres plus loin, juste à l'endroit où se trouvait l'empreinte. De toutes ses forces, Octant lança son poing dans le vide et, alors que tout portait à croire qu'il se comportait comme le cinglé qu'il était, son poing finit par rencontrer un obstacle tangible. Il s'agissait vraisemblablement du corps du Vierge. Retrouvant son opacité, celui-ci hoqueta en se tenant le ventre, le souffle coupé.

Sans prendre le temps de la réflexion, réprimant un cri de douleur à chacun de ses mouvements, Cassiopée se précipita pour lui porter secours. Enfin secours… c'était un bien grand mot, elle n'était pas Poissons et ne possédait aucun pouvoir de guérison. Elle se contenta d'agiter les bras pour éloigner la foule qui s'amassait autour de lui, dont Izar, Natt et Subra faisaient partie.

Le garçon, dont les cheveux blond platine décolorés tombaient devant le visage, se mit à marmonner quelque chose d'incompréhensible.

Cassiopée se pencha pour tenter de l'entendre.

— Qu'est-ce que tu dis ? demanda-t-elle en fixant le piercing accroché à sa lèvre.

Il releva la tête et ses yeux noirs plongèrent dans ceux de Cassiopée.

— Je… m'appelle Naos, articula-t-il avec un fort accent Sùm entre deux quintes de toux.

Cassiopée recula pour le dévisager, estomaquée. Est-ce qu'il venait vraiment de se présenter après s'être pris un coup tout droit venu d'une autre galaxie dans l'abdomen ? Elle avait rarement vu un moment aussi mal choisi pour ce genre d'amabilité. Ce fut sûrement pour cette raison qu'un sourire se dessina sur son visage.

— Tu es complètement cinglé, Naos…

Les lèvres charnues du garçon se retroussèrent légèrement pour dévoiler une rangée de dents blanches parfaitement alignées.

Il est beau, pensa-t-elle. Mais elle garda cette information pour elle, car le moment était également mal choisi pour lui en faire part.

— … mais merci, lui chuchota-t-elle à l'oreille. Merci beaucoup.

Il n'en avait probablement pas conscience, mais il se montrait plus héroïque qu'on ne l'avait jamais été envers elle.

— Redressez-vous, ordonna Subra d'une voix plus sèche que le désert.

Debout, juste devant Cassiopée, la directrice de l'Académie détaillait Naos avec dédain. Le visage de son sauveur se referma aussitôt pour adopter une mine sérieuse et il finit par obéir, non sans émettre un profond gémissement.

Puis Subra dévisagea Cassiopée et une tempête s'anima dans le cœur de la jeune fille.

— Cassiopée, accompagne-le à l'infirmerie.

— Quoi ? s'insurgea-t-elle. Pourquoi ?

Elle n'avait aucune envie de quitter l'entraînement ! Elle avait réussi à attraper une capsule, elle était qualifiée pour la deuxième phase. Pour la première fois, elle avait l'occasion de briller en cours de Maîtrise.

— Je peux y aller tout seul, intervint Naos en maintenant une main plaquée sur son ventre.

Il tenait à peine debout et Cassiopée ressentit une pointe de culpabilité en se rendant compte qu'elle était en train de négocier pour délaisser son sauveur.

— Je n'en doute pas, répliqua Subra, mais je suis certaine que Cassiopée ne verra pas d'inconvénient à tendre la main au garçon qui lui est venu en aide.

Non, aucun inconvénient, sale pét…

— Bien sûr que non, répondit Cassiopée en s'armant de son plus faux sourire. Rien ne me ferait plus plaisir.

Chacune des actions de la directrice de l'Académie renforçait le ressentiment de Cassiopée à son égard. Elle n'attendit pas la réponse de Subra et se rua sur les portes de la salle, Naos sur ses talons.

Elle eut toutefois un dernier regard pour ses camarades qui entamaient la phase à laquelle elle ne participerait pas.

Octant n'était pas des leurs. Accroupi près d'une fenêtre, il se faisait sermonner par Izar qui semblait ignorer volontairement le sang coulant de son nez.

Quand Cassiopée arriva devant les portes de l'infirmerie, un nœud se forma dans son estomac. Elle avait fait son possible pour ne pas croiser Hélios ces derniers jours, car – elle devait le reconnaître – elle avait un profond respect pour lui. Elle savait qu'elle ne supporterait pas d'endurer une conversation sur son échec cuisant à garder son secret.

Elle eut un mouvement de recul que Naos sembla interpréter comme de la peur.

— Tu as plus mauvaise mine que moi, fit-il remarquer en grimaçant au moment où Cassiopée lui marcha sur le pied. Tu devrais vraiment entrer.

— Hein ? fit-elle. Ah. Oui.

Elle détailla les yeux étirés du Vierge, ainsi que son superbe visage pendant un temps qui frisa l'indécence. Inconsciemment, elle se mit à le comparer à Sohan et, là, tout de suite, elle n'aurait su dire lequel des deux lui faisait le plus d'effet.

— Tout le monde a plus mauvaise mine que toi, tu t'es bien regardé ?

Naos haussa les sourcils de surprise et Cassiopée s'aperçut qu'elle avait prononcé cette phrase à voix haute. Elle sentit ses joues se réchauffer.

Embarassée, elle s'empressa de pousser, de son épaule, l'une des portes battantes de l'infirmerie et pénétra dans la grande pièce déserte. Quasiment déserte. Hélios se tenait dans le petit espace qui lui servait de bureau et l'estomac de la jeune fille se tordit.

Un seul regard du Poissons suffit à Cassiopée pour ressentir tout le poids de sa déception et ce sentiment lui était presque plus désagréable que la boursouflure autour de son arcade sourcilière.

— Installez-vous là, intima Hélios aux deux novices en leur désignant des lits aux draps blancs sur la rangée de droite.

Cassiopée ne savait pas si c'était l'habitude du métier ou si leurs blessures étaient moins graves qu'elles n'en avaient l'air, mais Hélios ne sembla pas le moins du monde alarmé par leur état de santé.

— Que vous est-il arrivé ? demanda-t-il en examinant les tuméfactions de son visage.

Il se tourna ensuite vers Naos et l'inspecta une demi-seconde.

— Soulève ta veste.

Comment savait-il où Naos était blessé ?

Le Vierge obtempéra et remonta sa veste pour dévoiler un abdomen tracé. Naos n'était pas particulièrement musclé, mais il avait un physique athlétique. Ce fut cependant une petite tache de naissance en forme de fleur sur sa main droite qui attira l'attention de la Gémeaux. Juste en dessous de son sternum, une marque violacée commençait à poindre.

— Tu marques vite, observa Hélios.

Il effleura la blessure de Naos et un halo bleuté apparut sous ses paumes. La minute d'après, c'était comme si Octant n'avait pas envoyé son énorme poing dans le ventre du Vierge. Cassiopée ne parvint pas à se détourner de ce phénomène miraculeux.

— Et moi qui croyais que j'avais encore des progrès à faire en matière de musculation, fit remarquer Naos qui, visiblement, se méprenait sur le regard que portait Cassiopée sur son corps.

Celle-ci se reprit immédiatement et se perdit dans la contemplation les fenêtres qui laissaient apparaître la partie ombragée du cloître ouest.

— Tu peux y aller, dit Hélios à l'intention de Naos.

Ce dernier sembla hésiter. Il considéra Cassiopée avec inquiétude, comme s'il doutait qu'Hélios la prît en charge convenablement.

— Je m'occupe d'elle, fit Hélios.

Mais Cassiopée voulait que Naos reste. Pas parce qu'il était doté d'un visage angélique qu'elle aurait pu regarder le reste de la journée sans se lasser, pas même parce qu'il l'avait défendue contre Octant, mais simplement parce qu'elle n'avait aucune envie d'être coincée seule avec Hélios. Pas alors qu'il avait toutes les raisons du monde de la réprimander.

— J'aimerais l'attendre ici, si ça ne vous dérange pas, confia Naos.

Cassiopée sourit. C'était comme s'il avait lu dans ses pensées. Elle eut un microscopique sursaut de panique à l'idée que ce soit bel et bien le cas, puis elle se rappela qu'il n'était pas Balance.

Hélios le scruta de la tête aux pieds, se retourna vers Cassiopée avant de reporter son attention sur Naos.

— Naos Thébéyro, tu ne voulais pas être nommé Élu de Subra ?

Naos baissa les yeux et Cassiopée haussa un sourcil. Elle n'aurait jamais deviné que c'était son ambition.

— S… si, mais…

— Subra est en train de faire son choix en ce moment même, fit observer Hélios. Si tu veux avoir une chance d'être choisi, tu ferais mieux de lui montrer de quoi tu es capable.

— Je crois qu'elle a déjà vu de quoi j'étais capable…

Hélios leva les yeux au ciel.

— La témérité, la rigueur et la détermination, énuméra-t-il. Ce sont les trois qualités que doivent détenir les novices qui souhaitent devenir Élu. Subra pourrait te surprendre, jeune homme.

Contre toute attente, ce discours cousu de fil blanc parut éveiller quelque chose en Naos, car son visage s'illumina. Il sauta sur ses pieds.

— Vous avez raison, Hélios, dit-il, empli d'une confiance renouvelée. J'y retourne.

À ces mots il quitta la pièce d'une démarche déterminée.

Cassiopée n'en croyait pas ses yeux.

— Eh bien, déclara Hélios une fois la porte refermée. Ce garçon a bien du mal à comprendre les sous-entendus.

Cassiopée le regarda de son œil valide, perplexe.

— Mais si seulement tout le monde pouvait être aussi crédule que lui, pas vrai ? rétorqua-t-elle.

Hélios se retourna vers elle, un sourire espiègle sur le visage.

— Tu as la langue bien pendue.

Il ne semblait pas le moins du monde irrité par sa remarque, aussi Cassiopée décida qu'elle pouvait continuer sur sa lancée.

— Uniquement quand il s'agit de pointer du doigt l'essentiel.

Hélios eut un petit rire discret, puis reprit son sérieux au moment de se pencher sur le visage de Cassiopée. Comme il l'avait fait avec Naos, il présenta les paumes de ses mains au-dessus de ses blessures et Cassiopée eut tout le loisir d'observer de près le halo bleuté.

— Comment ça se passe ? demanda alors Hélios. Je veux dire… depuis que tout le monde est au courant.

Cassiopée voulut détourner le visage, mais Hélios l'incita à ne pas bouger. Elle n'avait aucune envie d'en parler.

— Mal, répondit-elle pourtant.

Hélios afficha une mine contrite.

— Je ne te dirai pas « je te l'avais dit », mais…

— Vous venez de le faire.

— Je t'avais prévenue que ça te causerait des ennuis s'ils l'apprenaient.

Cassiopée souffla.

— Je ne l'ai pas fait exprès, figurez-vous, c'est de la faute de Kaus !

— Ne blâme pas les autres pour tes propres erreurs, la réprimanda-t-il.

Elle ne sut dire pourquoi, mais cela la vexa.

— Vous et Subra, vous le saviez depuis le début, bougonna-t-elle le regard absorbé par la fenêtre. Et à aucun moment vous ne m'avez fait me sentir aussi… sale et différente.

Un silence embarrassé suivit ses aveux. Cassiopée leva les yeux vers Hélios, mais il semblait préoccupé.

— Qu'est-ce qui se passe ? demanda-t-elle. Je ne guéris pas ?

Pourtant, elle se sentait déjà mieux.

— C'est parce que j'ai été élevée par des Arruntas, c'est ça ?

C'est pas vrai ! Jusqu'à quand est-ce que ça la poursuivrait ?

À ce moment précis, elle maudissait plus que tout ses parents biologiques de l'avoir abandonnée. Elle n'était pas triste, elle était en colère.

— Non, au contraire, répondit-il d'un air perplexe. Je n'avais jamais vu quelqu'un guérir aussi vite.

Cassiopée porta une main à son arcade, elle n'était plus douloureuse. Son nez et ses pommettes non plus.

Elle aurait voulu demander à Hélios pourquoi cela le préoccupait, car a priori, il s'agissait d'une bonne nouvelle. Il semblait en proie à une lutte intérieure, ce qui la mit très mal à l'aise.

— Bon…, dit-elle en rompant le silence. Je vais y retourner, alors.

Hélios ne dit rien. Il fixait le sol, une main posée sur son menton.

Au moment où Cassiopée se leva, il sortit de son mutisme.

— Comment tu t'en sors, en cours de Maîtrise ? demanda-t-il.

Cassiopée le dévisagea avec circonspection, peu sûre de comprendre où il voulait en venir.

— Comme quelqu'un qui vient de se faire casser la figure.

Hélios secoua la tête.

— Pas avec les autres, répondit-il sans l'ombre d'un sourire. Avec ton pouvoir astral.

— Ah. Eh bien… comme quelqu'un qui n'a jamais mis un foutu pied à l'École constellationniste.

Hélios la scruta attentivement, plus attentivement qu'il ne l'avait jamais fait. Cassiopée eut envie de disparaître.

— Tu peux y aller, conclut-il.

Et Cassiopée ne se fit pas prier.

Elle ne respira de nouveau que lorsque les portes de l'infirmerie se refermèrent derrière elle et qu'elle put voir l'entrée de l'Académie à travers la fenêtre.

Elle ne retourna pas dans les combles, elle n'en avait aucune envie. Elle n'avait aucune envie non plus de revoir Octant et encore moins Subra. Elle ne serait pas son Élue et cela ne l'empêcherait pas de dormir.

Ce qui la tourmentait en revanche, c'était le comportement d'Hélios.

CHAPITRE 18

« Les pouvoirs psychiques fonctionnent selon un principe de domination : plus un Constellationniste dispose d'énergie astrale et moins il sera facile d'user de son pouvoir psychique sur lui. »

Extrait de *La Maîtrise des pouvoirs astraux : entre théorie et pratique.*

Les branches craquaient sur son passage. Elle fendait la forêt à toute vitesse en se délectant du vent contre son corps duveteux et des fleurs luminescentes qui brillaient dans la nuit noire environnante. Elle ne s'était jamais sentie aussi libre.

N'écoutant que l'instinct presque animal qui grondait en elle, elle remonta la colline surplombant le ruisseau près de la porte ouest de l'Académie dans un grognement guttural, et s'arrêta de longues minutes pour admirer la bâtisse en contrebas.

Le soleil se lèverait d'ici quelques heures, toutefois, elle ne le verrait pas émerger. Elle ne le savait pas encore, mais elle ne se souviendrait ni de cette escapade nocturne ni de l'euphorie qui l'avait habitée au moment de se glisser hors de sa chambre pour se confronter à un destin qu'elle devrait bientôt accepter.

Cassiopée se réveilla avec un violent mal de dos. Elle ouvrit les yeux avant de les refermer aussitôt. La pièce tourbillonnait autour d'elle. Son cerveau peinait à lier les lambeaux d'images qu'il avait conservés avant de se mettre en sommeil.

Elle claqua des dents et frotta ses pieds nus l'un contre l'autre pour se réchauffer. C'était peine perdue, son corps entier grelottait sous les assauts du vent qui s'engouffrait par l'un des vasistas laissés ouverts.

Et pour cause : elle était entièrement nue.

Lorsque sa tête cessa de tournoyer, elle comprit qu'elle n'était pas dans sa chambre. Un sentiment d'urgence s'empara d'elle et la sortit du brouillard qui l'avait enveloppée. Elle couvrit sa nudité de ses mains en luttant contre une forte nausée.

Elle se tenait au centre d'une vaste pièce aux murs blanc cassé qui sentait la poussière et dans laquelle de nombreux meubles, recouverts de draps blancs, étaient entreposés. Elle se releva dans un gémissement, courbaturée et le corps enduit d'une espèce de boue séchée dégoûtante. Elle en gratta la surface mais les morceaux de terre restèrent intacts. Même ses longs cheveux bruns, d'ordinaire aériens, n'étaient plus qu'une masse informe pleine de nœuds.

Une fois sur ses pieds, elle s'empressa de déshabiller un immense télescope et d'attacher le drap blanc sous ses aisselles. Elle avait beau retourner ses souvenirs dans tous les sens, elle ne comprenait pas comment elle avait pu se retrouver ici.

— Allez, Cassiopée, rappelle-toi..., bougonna-t-elle en tournant sur elle-même.

Elle sursauta lorsqu'une bourrasque fit claquer l'un des vasistas et considéra d'un œil méfiant le drap blanc étendu sur le mur de gauche qui s'était gonflé sous l'effet du vent. Par réflexe, elle porta la main à sa cuisse droite pour attraper sa lame. Sans surprise, elle ne l'y trouva pas.

Qu'importe.

Elle ignora la chair de poule qui constellait ses bras et traversa, d'un pas prudent, la salle désaffectée en évitant les meubles couverts.

Une fois devant le large drap blanc frémissant, Cassiopée leva la main et arracha le tissu qui s'affala par terre dans un nuage de poussière. Elle se trouva nez à nez avec une modeste porte en bois, à peine plus large qu'elle et décorée de pentures en fer forgé noires, entrouverte.

Cassiopée hésita une seconde, puis elle attrapa la poignée et la poussa vers le bas. La porte s'ouvrit dans un grincement, révélant un étroit escalier en colimaçon qui s'enfonçait dans une insondable obscurité. Un frisson la traversa et elle resserra ses doigts sur le drap qui lui servait de robe.

Les pieds nus, elle descendit une marche, puis deux, avant qu'un souffle ne lui glaçât le corps entier.

Non, elle n'irait pas plus loin. Pas tant qu'elle ne serait pas décemment couverte. Et armée.

L'esprit toujours embrumé, elle fit demi-tour et entreprit de retrouver sa chambre.

La Gémeaux passa sa tête par l'encadrement de la porte par laquelle elle était sûrement entrée. Deux couloirs en pierre relativement bien éclairés s'offrirent à sa vue. Le premier se trouvait en face et, si ses souvenirs étaient corrects, la mènerait jusqu'au toit. Le deuxième prenait à droite et, suivant l'itinéraire choisi, la conduirait soit à l'escalier à double révolution, soit à l'un des escaliers extérieurs en cours de rénovation. Par chance, ils étaient complètement déserts.

Cassiopée n'hésita pas. Sous le ciel artificiel qui affichait un soleil timide, elle emprunta le couloir de droite, puis l'escalier extérieur. Elle descendit les marches quatre à quatre jusqu'au deuxième étage en ignorant la sensation du froid presque coupant sous ses pieds nus. L'hiver approchait à grands pas.

Elle déboucha sur le couloir des novices qui, pour ne rien arranger, était plus peuplé qu'elle ne se l'était imaginé. Elle le traversa en trottinant jusqu'à la porte de sa chambre, sous le regard stupéfait de ses congénères.

Ni une, ni deux, elle se précipita à l'intérieur et referma la porte derrière elle pour mettre fin à cette humiliation. Le front contre la porte, les poings de part et d'autre de son visage, Cassiopée tenta de se remémorer une nouvelle fois comment et pourquoi elle avait quitté sa chambre dans la nuit.

— Cassiopée Proteyra ! l'apostropha Essie depuis son lit.

La novice se redressa, comme prise sur le fait.

— Combien de fois il faut que je te dise de fermer la fenêtre avant de te coucher ?

Elle avait mauvaise mine. Outre l'enchevêtrement de cheveux roses autour de son visage endormi, son nez en trompette était rougi sous l'effet du froid… ou d'un usage excessif de mouchoirs.

Cassiopée traversa leur chambre d'une traite en manquant de se prendre les pieds dans sa robe de fortune et claqua la vieille fenêtre avant d'enfiler son T-shirt de pyjama qui traînait par terre. Elle sentit sur elle le regard interrogateur de sa colocataire, mais l'ignora tout bonnement.

— Où t'étais ? l'interrogea celle-ci, bouche bée.

« Je n'en sais rien » n'était sûrement pas une réponse adaptée. D'autant plus que pas une miette n'échappait à Essie, de ses pieds sales à son visage barbouillé. On aurait dit que Cassiopée avait fait un combat de catch dans la boue pendant la nuit.

— Je suis allée me balader, mentit Cassiopée en plantant son regard droit dans celui d'Essie.

Elle croyait tellement à son mensonge que si là, tout de suite, Essie lisait dans ses pensées, elle y verrait certainement une belle prairie et des arbres en fleurs.

La Gémeaux entreprit de se rendre dans la salle de bains pour se débarbouiller. Mais au moment d'ouvrir la porte de la petite pièce qui ne comportait qu'un lavabo et un bac de douche, sa colocataire poussa un profond soupir exaspéré.

— Pourquoi ? s'agaça-t-elle avant de se laisser retomber sur son lit.

Cassiopée haussa un sourcil avant de se retourner.

— Pourquoi quoi ?

Essie se redressa sur ses coudes et reluqua une nouvelle fois la descendante des Gémeaux de haut en bas.

— Pourquoi je n'arrive pas à entendre tes pensées ?

— Tu essaies d'entendre mes pensées ?! s'insurgea Cassiopée, outrée qu'Essie, pourtant si bonne élève, admît transgresser le règlement.

Sa colocataire se rembrunit.

— J'écoute les pensées de la quasi-totalité des novices..., avoua-t-elle d'un air las. Je sais que c'est mal, mais je dois m'entraîner dur pour que Subra me désigne comme son Élue. Les cours de Maîtrise ne suffisent pas !

Cassiopée n'en croyait pas ses oreilles.

— Ce n'est pas une raison, Essie...

— Mais je ne ferai jamais rien des informations contenues dans les pensées que je peux entendre, je le jure ! répondit Essie en remontant sa couverture contre elle. Et puis de toute façon, tu n'as rien à craindre...

Les joues rougies, elle afficha une mine boudeuse que Cassiopée aurait pu trouver attendrissante si sa colocataire ne venait pas tout juste de lui avouer qu'elle s'évertuait à violer son intimité.

— Je voulais seulement savoir si toi aussi tu ressentais quelque chose pour Sohan…, se justifia-t-elle.

Ce fut au tout de Cassiopée de rougir.

— … mais je n'entends rien, rien du tout. J'ai presque perçu des mots les premiers jours, mais je n'étais pas aussi douée qu'aujourd'hui, et je ne comprends pas pourquoi tu restes imperméable.

— Et ça ne t'est pas venu à l'esprit que je sois plus puissante que toi ? demanda Cassiopée.

C'était de cette manière que fonctionnaient les pouvoirs astraux psychiques. « On ne s'attaque pas à un ogre quand on est une souris », n'arrêtait pas de répéter Izar : un Balance ne pourra jamais entendre les pensées d'un Constellationniste disposant de plus d'énergie astrale que lui.

— Ne le prends pas mal, hésita Essie en repoussant un amas de cheveux roses de son visage, mais j'ai observé ton évolution depuis ton arrivée… et ce n'est pas très concluant.

Cassiopée réprima un rire. Elle pouvait difficilement en vouloir à sa colocataire, ce qu'elle venait de dire était peut-être blessant, mais surtout vrai. Par ailleurs, Essie n'était pas méchante. Cassiopée en avait eu le cœur net après la révélation de son secret. Alors que les trois quarts de l'Académie s'en étaient pris à elle, Essie était restée la même fille bavarde et joviale qu'elle avait rencontrée le jour de son arrivée.

— Je suis douée en Modélisation, répliqua la Gémeaux.

— Je sais. L'inverse m'aurait inquiétée, si tu veux tout savoir…

Cassiopée ne sut plus où se mettre. Elle n'allait quand même pas s'excuser de ne pas être la victime de ses intrusions.

— ... je serais sûrement allée en parler à Subra autrement.

— Quoi ? s'écria Cassiopée.

Elle ne voulait plus jamais avoir affaire à Subra, encore moins parce qu'une petite curieuse n'arrivait pas à sonder son esprit.

— Ne t'inquiète pas ! répondit Essie. Ça aurait voulu dire qu'il y a un problème avec mon pouvoir astral, pas avec le tien. C'est hors de question que je me ramasse aux Quadrantides, pas après tous les efforts que je fais pour être Khefa.

Allons donc. Essie voulait non seulement être désignée Élue, mais elle pensait aussi avoir le potentiel pour être nommée Khefa. À quel point était-elle douée, au juste ?

— De qui n'arrives-tu pas à entendre les pensées ? demanda Cassiopée, l'air de rien.

Essie fouilla dans sa mémoire quelques secondes à peine.

— Les Verseau, les Imperium, énuméra-t-elle. Les jumelles Poissons, Alrescha... et toi.

OK, les Verseau avaient la capacité d'obstruer tous les pouvoirs psychiques et les Imperium étaient dotés d'une énergie astrale supérieure à la moyenne. Les jumelles en question étaient des Poissons tellement douées qu'Hélios avait décidé de les prendre sous son aile, et si les souvenirs de Cassiopée étaient exacts, Alrescha était le Vierge qui passait plus de temps invisible que visible.

C'était un beau palmarès, Cassiopée comprenait parfaitement les doutes d'Essie, mais il était hors de question qu'elle lui en fît part. Cela aurait tôt fait de ranimer son désir de se confier à Subra. C'est pourquoi Cassiopée, avec une assurance sans pareil, déclara :

— Je comprends ta frustration, mais sache que la puissance d'un Constellationniste ne se mesure pas à la rapidité avec laquelle il appréhende son pouvoir astral. Elle s'exprime plutôt dans sa capacité à le mobiliser à moyen et long terme.

La mâchoire d'Essie tomba de surprise. Elle ignorait que si elle se penchait juste un peu, elle pourrait voir sous le lit de Cassiopée le livre duquel elle avait tiré cette phrase, presque mot pour mot.

Avec une lenteur travaillée, Cassiopée s'enferma dans la salle de bains et resta une bonne minute à se regarder dans le miroir.

Qu'est-ce qui ne tournait pas rond chez elle ?

✶

— Tu te roules dans la boue avant de venir en cours ? fit Sohan en grattant un bout de terre coincé à la naissance des cheveux de Cassiopée.

— Ferme-la, rétorqua-t-elle en chassant sa main.

Elle avait passé une bonne heure sous la douche, mais rien n'avait pu faire partir cette maudite terre. Elle y serait d'ailleurs restée une heure de plus si ce n'était pas aujourd'hui qu'étaient testés les Imperium pour savoir si l'un d'entre eux était la fameuse Supernova de la prédiction tant redoutée.

— À moins que ce ne soit la mode à Istanbul, ajouta-t-il, hilare.

C'était une blague dont il ne se lassait pas, à l'inverse de Cassiopée.

— Tu veux mourir, Sohan ? demanda-t-elle en pointant sa lame contre les côtes du Lion.

— Seulement si c'est de ta main, répondit-il en abaissant son visage jusqu'à celui de Cassiopée, qui enfonça encore sa lame pour le faire reculer.

Il arborait ce petit sourire satisfait qui donnait envie à la Gémeaux de lui arracher toutes ses dents, autant qu'il lui nouait l'estomac.

— Je peux partir, si tu veux, dit-elle en se levant du banc sur lequel ils étaient installés.

Sohan flanqua une main sur le genou de Cassiopée pour la retenir. Il la retira presque aussitôt, un air confus sur le visage. La novice aurait pu se sentir satisfaite car il venait de lui prouver que ce test l'angoissait plus qu'il ne le laissait paraître. Pourtant, elle n'arrivait pas à penser à autre chose qu'à sa main chaude contre sa cuisse.

— Hum..., fit Tara dans l'encadrement de la porte de leur salle d'attente de fortune. On peut repasser si vous voulez.

Sohan et Cassiopée relevèrent la tête dans un même mouvement et découvrirent Tara, suivie de près par les jumeaux. Cela faisait une éternité que Cassiopée ne s'était pas retrouvée dans la même pièce qu'eux et, à en juger par la réaction de Stella, ce n'était pas aujourd'hui que leurs relations allaient s'améliorer. Sans un regard pour elle, la Capricorne quitta la pièce.

— Stella ! appela Tara.

— Laisse-la, soupira Cassiopée. Ce n'est rien.

Ce n'était pas rien.

La Gémeaux planta son regard dans celui d'Alioth. La peine et l'hésitation marquaient les traits fins de son visage.

Allait-il la fuir lui aussi ?

Le Taureau regarda alternativement Sohan et l'entrée de la salle du test avant d'aller s'installer sur un banc à l'opposé de Cassiopée. C'était déjà ça. Il était resté.

— Vous êtes vraiment chiants, c'est pas possible, râla Sohan.

— Il a raison, enchérit Tara en s'asseyant à côté d'Alioth. Maitea, arrête de faire ton bébé et va lui parler.

Alioth ne répondit pas. Les mains croisées devant lui, il attendait patiemment que Sohan fût appelé. Son souhait fut exaucé plus rapidement que prévu : la porte de la salle s'ouvrit pour laisser sortir une Lion de toute évidence soulagée. Juste derrière elle, le visage fermé de Subra apparut et dévisagea chacun des amis de son neveu avec une crispation visible.

Au moment où Cassiopée se demanda ce que ferait Subra si Sohan se révélait être la Supernova, Alioth se leva brusquement.

— Je… je ne peux pas, désolé, balbutia-t-il avant de sortir précipitamment.

Sohan rit jaune et se leva à son tour pour rejoindre sa tante d'un pas traînant.

Cassiopée dut se mordre l'intérieur de la joue pour ne laisser paraître aucun signe de tristesse. Alioth venait de la fuir comme une pestiférée.

Tara et elle restèrent de longues minutes seules dans la salle d'attente déserte sans échanger un mot. La novice vit dans le regard de sa mentore à quel point elle était désolée du comportement de son petit ami. La vérité, c'était que Cassiopée n'en voulait pas à Alioth, elle n'en voulait même pas à Stella qui, pourtant, ne prenait vraiment pas de pincettes avec elle. Elle en voulait à la Ligue et surtout à Amalthée, car c'était bien à cause des idées préconçues sur les Arruntas, qu'elle distillait dans l'esprit de ses enfants, qu'ils en étaient là aujourd'hui.

— Tu lui manques, tu sais, dit Tara en triturant l'une de ses nombreuses bagues.

À l'autre bout de la pièce, elle se tenait droite, ses longs bras posés sur ses genoux, les manches argentées de son uniforme retroussées presque jusqu'aux coudes.

— C'est marrant parce que ce n'est pas vraiment l'impression que j'ai eue quand il est sorti.

— Il est tiraillé, essaie de le comprendre. Ses parents sont des membres importants de la Ligue, il doit montrer l'exemple…

Cassiopée hocha la tête sans un mot et passa ses cheveux derrière ses oreilles.

— … mais ça lui passera, je te dis. Il t'adore.

Étrangement, les mots de Tara lui firent plus mal qu'autre chose. Mais sa mentore tentait de la rassurer comme elle le pouvait, et c'était déjà beaucoup.

— Qu'est-ce qui se passera pour Sohan s'il est vraiment la Supernova ? demanda Cassiopée pour changer de sujet.

Tara eut un sourire en coin, consciente que son élève était prête à n'importe quoi pour ne pas dévoiler ses émotions. Puis elle réfléchit à la question que venait de lui poser Cassiopée et sa mine se renfrogna.

— Eh bien…, je pense que dans un premier temps, la Ligue va chercher à l'isoler pour être certaine qu'il ne fera pas de mal à autrui, dit-elle d'un air hésitant.

— Alors quoi ? Ils vont l'enfermer ? Et après ?

La mentore se mordit la lèvre.

— La Ligue ne laissera jamais dans la nature un Constellationniste aussi imprévisible et aussi dangereux qu'une Supernova. Tu imagines s'il implose au beau milieu de l'Académie ? Ou pire, au milieu d'Arruntas ? Les persécutions risqueraient de reprendre et l'histoire de se répéter, sauf que maintenant, on n'a aucun moyen sûr de retourner sur Saleria pour nous protéger !

Cassiopée ouvrit la bouche pour répliquer mais la porte de la salle s'ouvrit sur le visage anguleux de Sohan.

— Alors ? fit Tara le souffle court.

Sohan afficha un sourire fier :

— Ce n'est pas moi.

Le soupir de soulagement que lâcha Tara ne fut rien en comparaison du quasi-sourire qu'avait laissé échapper Subra.

Sohan n'était pas la Supernova de la prédiction.

CHAPITRE 19

« Les nouveau-nés subtilisés par Azimech auraient fait l'objet d'un passage sur le cadran pour savoir s'ils étaient ou non la Supernova de la prédiction. D'après nos sources, aucun n'a été concluant. Azimech projette de réitérer l'expérience tous les ans, et notamment à l'adolescence, période où les pouvoirs se consolident. »

Extrait de *Comprendre les dessous de la dernière guerre civile.*

— Et après avoir formulé le serment, vous tendez votre lame en direction de l'autre et vous laissez votre flux en jaillir jusqu'à former un halo de couleur, expliqua Izar, sa lame turquoise levée vers l'assemblée de novices qui le regardaient, exaltés. Le serment ne sera complet que lorsque les deux halos se seront rencontrés !

Cassiopée trépignait d'impatience. Ses doigts passèrent sur les neuf lettres de son prénom gravées sur sa lame argentée. Elle n'attendait que l'injonction d'Izar pour essayer de prêter serment à la manière constellationniste.

— Une dernière chose ! fit l'irakatsi de la Vierge au moment où certains novices se tournaient déjà les uns vers les autres. Un serment est un acte sacré : si vous le rompez, vous fragilisez le lien qui vous unit à votre lame.

— Qu'est-ce que ça implique ? demanda Essie, au premier rang.

L'irakatsi, dont la toge bleue faisait ressortir le teint hâlé, presque jaune, prit un air grave.

— Vous pourriez très bien être incapable de modéliser une arme simple, ou bien d'attirer votre lame à vous, par exemple.

Cassiopée déglutit. Elle avait encore du mal à rappeler sa lame à elle, comme si cette dernière sentait ses réticences à se considérer pleinement Constellationniste. En revanche, elle excellait dans la modélisation d'armes. Elle était capable de matérialiser n'importe quel objet métallique, du plus petit boulon au plus gros et complexe des coffres. Mais Cassiopée n'avait pas eu l'occasion de matérialiser ce type d'objets en cours car Izar centrait ses entraînements sur la modélisation d'armes blanches et le jet d'armes contondantes.

— C'est parti ! lança son professeur en tapant énergiquement dans ses mains.

Essie se rua sur Sohan et lui agrippa le bras pour en faire son partenaire d'entraînement. Il rit de bon cœur et Cassiopée sentit le sien se contracter.

Elle se détourna de ce spectacle et croisa le regard enjoué de Naos. Depuis leur rencontre quelques jours auparavant, ils avaient noué une étrange amitié que Cassiopée n'aurait su définir. La compagnie de Naos était plutôt réconfortante, surtout quand Sohan et Tara partageaient des moments avec les jumeaux auxquels Cassiopée n'osait pas se mêler.

Même si le Vierge avait un accent Sùm très prononcé et qu'il ne comprenait pas la moitié des blagues de Cassiopée, elle appréciait sa compagnie.

— Je fais le serment…, dit-il en triturant le piercing accroché à sa lèvre, la lame orientée vers Cassiopée.

La Gémeaux appréhendait la suite. Naos était un bourreau de travail ; il était capable de prêter le serment de s'« entraîner avec elle tous les soirs après le dîner », et si Cassiopée laissait jaillir son flux de sa lame, elle n'aurait plus d'autre choix que de s'y plier.

— ... de ne pas trop te malmener au cours de Combat cet après-midi.

Elle avait vu Naos affronter un Bélier la veille et ce dernier avait fini par rejoindre Hélios à l'infirmerie avant même la fin du cours. Sans la moindre hésitation, Cassiopée tendit le bras et le bout de sa lame s'illumina. Son halo argenté vint rencontrer celui, turquoise, de Naos : le serment était scellé.

— Bon, pourquoi pas, commenta Izar en passant derrière Cassiopée en riant. C'est un serment comme un autre !

Avant que Cassiopée eût eu l'occasion de formuler un serment à son tour, le gong indiquant la pause déjeuner retentit et les novices s'empressèrent de quitter la salle d'entraînement par les portes ouvertes.

Naos et Cassiopée dépassèrent deux Poissons qui discutaient avec animation. Elle n'aurait pas prêté attention à leur échange s'ils n'avaient pas employé le mot qui l'obsédait depuis son arrivée.

— Tu as entendu ? demanda un Poissons à son amie. Les tests sur les Imperium n'ont rien donné... La Supernova n'est pas à l'Académie.

— Elle est sur Saleria, j'en suis sûre.

— Ne dis pas ça ! s'insurgea son ami. Tu imagines ce qu'Azimech ferait s'il réussissait à réveiller l'Ophiuchus ?

À ses côtés, Naos se crispa. Azimech était un nom qui ne le laissait vraisemblablement pas indifférent.

Le reste du trajet jusqu'à la cafétéria se fit dans le silence et même quand Octant, toujours hargneux, les bouscula sans ménagement dans les escaliers à double révolution, le Vierge ne s'indigna pas.

— Je reviens, dit-il au moment où Cassiopée s'engageait dans la file pour chercher son plateau.

Puis il quitta le réfectoire sous le regard interloqué de la Gémeaux.

— Tu t'es fait un nouveau copain ? demanda Sohan qui arrivait derrière elle.

Il grelottait sous sa veste, les bras croisés contre sa poitrine. L'hiver ne tarderait plus et, s'ils étaient plutôt bien lotis dans la plupart des pièces de l'Académie, l'aile ouest dans laquelle se trouvait la cafétéria était la moins chauffée de tout le bâtiment. Il y faisait un froid de canard.

— Naos Thébéyro, commenta le Lion. Tu ne sais vraiment pas choisir tes amis, si je peux me permettre.

— Ça doit être pour ça que tu en fais partie, rétorqua Cassiopée en récupérant un plateau sur lequel trônait une purée de carottes accompagnée d'une cuisse de poulet juteuse et d'une verrine de mousse au chocolat.

Sohan prit un air choqué et la Gémeaux lui adressa un clin d'œil avant de lui tourner le dos pour rejoindre l'une des tables rondes les plus reculées du réfectoire. D'ici, elle avait vue sur toute la pièce. Sur les tables grisâtres à peine espacées les unes des autres, sur les Constellationnistes qui se dépêchaient d'engloutir leur repas avant le prochain cours, et sur la longue baie vitrée à travers laquelle elle pouvait contempler le crachin s'écouler sur la forêt et ses arbres dénudés.

Au-dessus de sa tête, le ciel artificiel était clément en dépit du froid qui sévissait et cela réchauffa presque Cassiopée qui avait remonté le col de sa veste au maximum pour couvrir sa gorge.

— Quel temps de merde ! s'exclama Sohan en s'attablant en face d'elle. J'espère qu'il fera meilleur pour Aztarna.

Cassiopée détacha son regard de la fenêtre pour le reporter sur Sohan. Même par un temps pareil, il avait bonne mine.

Son teint hâlé contrastait avec le sien, même s'il fallait reconnaître que depuis son arrivée à l'Académie, ses cernes s'étaient atténués et ses joues creuses un peu arrondies.

— Aztarna ? répéta-t-elle.

Sohan reposa la fourchette de purée qu'il s'apprêtait à engouffrer.

— Dis-moi que tu le fais exprès…

Cassiopée se mordit la lèvre et fouilla dans sa mémoire. Elle avait vaguement entendu ce terme mais ces derniers temps, ses pensées étaient accaparées jour et nuit par les événements récents.

Ce qu'il s'était passé en cours de Maîtrise au moment où elle avait récupéré la capsule d'Octant lui restait toujours en travers de la gorge. Elle avait beau mettre la vision de sa main noire sur le compte de son imagination, elle ne pouvait se l'ôter de la tête.

Et cette porte dans la salle au télescope désaffectée, derrière laquelle elle n'avait pas eu l'occasion de s'aventurer depuis, l'obsédait. Elle y retournerait ce soir, mais pas toute seule.

— Tara l'a évoqué, se remémora Cassiopée. Elle m'a parlé d'une « Nouvelle lune après l'équinoxe d'hiver », mais je n'ai rien compris. C'est quoi ?

Sohan se racla la gorge et se pencha vers elle d'un air grave.

— C'est un rituel durant lequel les novices doivent se trancher l'auriculaire et le planter dans le sol le plus fertile du domaine, derrière la rotonde, pour faire pousser une *argia lore.*

Cassiopée déglutit bruyamment. Elle reposa sa fourchette et recula sur sa chaise.

Les argia lore étaient ces petites fleurs luminescentes dont les pétales brillaient dans l'obscurité de la forêt, et elle était presque sûre qu'elles ne naissaient pas à partir d'un doigt tranché.

— Pardon ? articula-t-elle.

Sohan la dévisagea de longues secondes puis, n'y tenant plus, éclata de rire.

— Tu es vraiment naïve, parfois.

Comme si de rien n'était, il continua à manger. Derrière lui, Alioth et Stella s'installaient sur une table attenante. Ils adressèrent à Cassiopée un regard timide avant de se concentrer sur leur assiette.

Tout le reste du repas, Cassiopée tenta d'arracher à Sohan une explication sur Aztarna mais, bien décidé à conserver le secret, il donnait à chaque fois une réponse différente. Quand la Gémeaux comprit qu'elle n'obtiendrait rien de lui, elle décida de se décharger de l'un de ses tracas et de lui parler, avec la plus grande discrétion, de la salle d'astronomie.

Ainsi, à la fin de la journée, alors que la nuit avait recouvert la propriété et que la plupart des Constellationnistes avaient gagné leur lit, Cassiopée conduisit Sohan et Tara jusqu'à la salle en se gardant bien de leur mentionner qu'elle s'y était réveillée quelques jours plus tôt. Complètement nue.

— Où est-ce qu'on est exactement ? demanda Tara en allumant sa petite lampe de poche.

Le ciel artificiel était constellé d'étoiles, mais pas suffisamment pour y voir clair. La lune, elle, était absente.

— Dans la tour nord de l'aile ouest du troisième étage, répondit Cassiopée en fermant la porte d'entrée derrière eux.

Sohan toussa et un nuage de fumée s'échappa de sa bouche. Les vasistas étaient toujours ouverts et les meubles recouverts.

— Ça caille ici, se plaignit-il en fourrant les mains dans les poches de sa veste en laine.

Il tira sur un drap blanc et dévoila un immense bureau en bois au milieu dc la pièce.

Cassiopée passa devant lui et fit choir le linge poussiéreux masquant la porte mystérieuse.

— Tu nous as fait venir pour ça ? fit Sohan d'un air dubitatif. C'est… une porte.

— Je sais bien, simples ! Ce qui m'intrigue, c'est ce qu'il y a derrière !

Tara ricana, dévoilant la fossette sur sa joue droite. C'était la première fois que Cassiopée employait le Sùm pour traiter Sohan d'imbécile et c'était étonnamment libérateur.

— Insulte-moi encore une fois et tu ne sauras jamais en quoi consiste Aztarna, rétorqua Sohan en ouvrant la porte.

Un vent frais s'en échappa et Sohan frissonna bruyamment.

— C'est parti ! dit-il en sortant de sa poche une lampe similaire à celle de Tara.

Sohan s'engagea le premier, suivi de Cassiopée et de Tara.

Les marches de l'escalier en colimaçon étaient hautes et glissantes. À tel point que Cassiopée faillit se casser la figure plusieurs fois. L'air y était humide et semblait se rafraîchir à mesure qu'ils s'enfonçaient dans la pénombre.

Des couinements attirèrent leur attention en haut des marches qu'ils venaient de dévaler et ils firent halte une seconde avant de poursuivre.

— Alors ? chuchota Cassiopée. C'est quoi Aztarna ?

L'obscurité l'angoissait. Elle devait penser à autre chose.

— Ne lui dis pas ! dit Tara derrière elle.

Cassiopée s'arrêta brusquement et sa mentore manqua de lui rentrer dedans.

— Tu ne vas pas t'y mettre aussi, Tara ! ronchonna Cassiopée.

Tara arbora un sourire qui, dans l'obscurité ambiante, était plus effrayant qu'autre chose.

— C'est mieux si tu le découvres sur place, répondit-elle. Je t'assure.

Cassiopée se renfrogna. Ses amis n'étaient décidément pas drôles.

— Mais si tu veux vraiment le savoir, intervint Sohan qui avait continué à descendre, je te le dis.

— Je t'écoute, rétorqua Cassiopée.

Ils étaient parvenus en bas des marches de l'escalier en colimaçon et l'air était tout bonnement gelé. Ils auraient tout aussi bien pu être dehors.

La novice leva le nez vers la salle d'astronomie et ne vit que du noir.

Devant eux, une seule issue : un long tunnel creusé dans la pierre, seulement assez large pour leur permettre de marcher les uns derrières les autres et juste assez haut pour que Sohan n'eût pas à se baisser.

Ils étaient descendus si bas que Cassiopée se demanda s'ils n'étaient pas *sous* l'Académie.

Sohan ouvrit la marche et se saisit de la lame fixée à sa cuisse gauche. S'il s'était voulu discret, ce geste n'échappa toutefois pas à Cassiopée qui l'imita aussitôt.

— Aztarna est une fête qui célèbre le renouveau, reprit Sohan en continuant de cheminer dans l'étroit tunnel. Et pour que le rituel du renouveau soit complet, il faut sacrifier quelques novices.

Cassiopée ne broncha pas, ne sachant pas si elle devait croire à ces élucubrations.

— Mais pas n'importe lesquels, ajouta-t-il, les plus *chastes* des novices.

Pas dupe pour un sou, Cassiopée voulut rire. Mais elle se rappela que les coutumes de ce monde lui échappaient encore et qu'elle n'était pas à l'abri qu'il dît la vérité.

Elle déglutit péniblement et Sohan se retourna vers elle avant d'ajouter :

— Mais je peux toujours t'aider à passer à la casserole, si tu veux.

— Et moi, je peux toujours te planter ça dans le ventre, répondit-elle en transformant sa lame en baïonnette.

— OK, OK, répondit-il avec un sourire mutin. Si on peut plus rendre service maintenant.

Puis il continua son exploration du tunnel.

— N'écoute pas ce qu'il raconte, intervint Tara juste derrière elle. Aztarna est une fête dont tu te souviendras toute ta vie, et pour les bonnes raisons.

Cassiopée hocha la tête et se demanda pourquoi elle ne s'était pas directement adressée à Tara. Sa mentore refusait de lui donner les tenants et les aboutissants d'Aztarna, mais au moins, elle n'inventait pas des choses insensées.

Les trois amis progressèrent le long du tunnel longiligne durant de longues minutes dans un silence de mort. La désuétude des lieux suggérait que personne n'avait emprunté ce passage depuis bien longtemps.

Soudain, le tunnel remonta sur quelques mètres et Cassiopée put plus que *sentir* le vent s'engouffrer dans sa veste, elle l'*entendit*. Et avant d'avoir eu le temps de comprendre ce qu'il se passait, une forêt de chênes surgit devant eux.

— C'est pas vrai…, lâcha Sohan.

L'incompréhension et la défiance qu'affichait son visage se retrouvaient sur ceux de Cassiopée et de sa mentore. Car les trois Constellationnistes venaient de quitter l'enceinte de l'Académie.

CHAPITRE 20

« Il existait douze portails du Zodiaque qui reliaient Saleria au Continent, fonctionnant uniquement si l'on y associait l'artefact du Zodiaque correspondant. Aujourd'hui, le seul artefact connu sur le Continent est celui du Taureau. Cette relique puissante permet de maintenir le dernier portail ouvert entre les deux patries. »

Extrait de *L'Histoire de la dernière guerre civile salerienne.*

Cassiopée n'était plus allée courir depuis qu'elle avait décidé qu'il faisait trop froid pour quitter son lit d'aussi bonne heure. Quand bien même elle aimait la manière dont la course à pied lui vidait la tête et lui permettait de se décharger d'une part de la violence qui bouillonnait perpétuellement en elle, il aurait fallu aujourd'hui la payer très cher pour qu'elle daignât enfiler ses baskets et quitter le bâtiment principal : la neige avait recouvert de sa robe blanche chaque parcelle de la propriété.

Assise à l'un des pupitres d'écolier de la salle d'astronomie qu'elle avait débarrassé de son drap la veille, Cassiopée regardait la porte entrouverte qui menait sur l'extérieur, songeuse.

Elle pensait à Sasha, cette petite tête à lunettes qu'elle avait quittée fâchée il y a plusieurs mois maintenant. Aux nouvelles qu'elle ne lui avait pas données, à l'amitié qu'elle était en train de piétiner. C'était Noël aujourd'hui et, pour la première fois, elle ne le passerait pas avec sa meilleure amie. Ni avec personne, d'ailleurs, car cette fête n'appartenait pas aux coutumes des Constellationnistes.

Ne pas pleurer.

Sa gorge brûlait. Elle se sentait tellement égoïste de rester à l'Académie, mais elle savait au fond d'elle que c'était là qu'était sa place. Ce monde était le sien, même si elle n'avait pas encore créé de clone digne de ce nom. Trop de questions n'avaient pas encore trouvé de réponses, en particulier une : qui étaient ses parents biologiques ?

Une fois les Quadrantides passées, elle pourrait choisir sa faction, rejoindre la Keta et retrouver ses géniteurs. Mais encore fallait-il réussir cet examen qui approchait à grands pas.

Les noms des Khefs seraient promulgués d'ici peu et elle avait de bonnes chances d'être nommée Khefa d'une des Unités de Modélisation. En revanche, les deux autres Unités, celle de la Maîtrise des pouvoirs astraux et celle de Combat, lui étaient définitivement inaccessibles.

Son casque audio vissé sur les oreilles, Cassiopée soupira et s'allongea sur le long banc en bois. Ses pieds remuaient au rythme de la musique qui battait dans ses oreilles et ses yeux étaient rivés sur le ciel artificiel se succédaient des nuages de plus en plus sombres.

Elle leva la main qu'elle avait vue changer de couleur il y a quelques semaines pour l'observer avec attention. À travers les rayons du soleil couchant qui pénétraient par le vasistas elle était presque orangée.

Avait-elle rêvé, ce jour-là ?

La chanson qu'elle écoutait s'acheva et le silence retomba, seulement troublé par le battement des tambours à l'extérieur.

La novice se redressa en sursaut. C'était l'heure.

Ni une, ni deux, elle planqua son casque sous le pupitre et s'élança à travers le bâtiment jusqu'au rez-de-chaussée sans croiser un chat. Et pour cause : l'intégralité des novices de l'Académie étaient regroupés près de la porte sud du bâtiment principal.

Cassiopée s'inséra dans la foule avec difficulté à la recherche de ses amis et reconnut la chevelure brune de Sohan dont les boucles voletaient au vent. Malgré la petite cape dorée nouée autour de ses épaules et sa veste d'uniforme noire aux manches dorées imperméable, il semblait transi de froid. Quand ses dents se mirent à claquer, Cassiopée perçut pour la première fois l'enfant qui sommeillait en lui derrière le masque d'indolence qu'il s'évertuait à porter.

Elle secoua la tête pour chasser le trouble qui, l'espace d'une trop longue seconde, l'avait envahie, et le rejoignit au pas de course.

— Toi, tu cherches vraiment à te faire remarquer ! l'apostropha-t-il quand il la vit se faufiler à travers le cortège qui s'impatientait de plus en plus.

D'un geste vigoureux, il lui balança une petite cape argentée que Cassiopée se dépêcha d'enfiler par-dessus son uniforme. Elle s'intégrait ainsi parfaitement à la mêlée chatoyante des novices arborant la couleur de leurs constellations, du blanc éclatant des Cancer au noir des Scorpion en passant par le rouge vermillon des Bélier.

Si Stella n'eut, une nouvelle fois, pas un regard pour elle, Alioth, en revanche, semblait lutter contre l'envie de les rejoindre. Pour autant, la seconde d'après, il lui tourna le dos.

Cassiopée se mordit la lèvre : elle avait décidé qu'elle n'interférerait pas avec la décision d'Alioth et elle s'y tiendrait.

Sohan dut lire la peine sur son visage car il leva la main pour la poser délicatement sur sa joue. Ses yeux ambrés la dévisagèrent avec une tendresse qu'elle n'avait pas connue depuis bien longtemps et elle n'entendit plus que les battements irréguliers de son cœur qui s'emballait. Elle cilla et ne vit pas l'éclair de souffrance qui traversa le visage du jeune homme au moment où il laissa retomber sa main le long de son corps.

Honteuse d'avoir apprécié ce contact physique plus qu'elle ne l'aurait dû, Cassiopée se détourna la première et fit mine de contempler le chemin de neige illuminé qui s'enfonçait dans la forêt.

Sous le ciel crépusculaire, le rythme des tambours accéléra progressivement et fit régner dans l'air une atmosphère mystérieuse dont Cassiopée se délecta volontiers. Les premiers novices se mirent en route et le frisson de l'inconnu hérissa les poils de ses bras. Tara et Sohan avaient bien fait de ne pas lui dire en quoi consistait Aztarna.

— Sohan ! appela une voix au moment où ils commençaient à avancer.

Sohan et Cassiopée se retournèrent d'un même mouvement pour découvrir un garçon noir dont la cape bleu nuit flottait derrière lui : un Verseau.

Cassiopée leva un regard interrogateur vers Sohan, car elle était persuadée de n'avoir jamais vu ce garçon auparavant. Quelle ne fut pas sa surprise de constater qu'il souriait et qu'au fond de ses yeux brillait une lueur nouvelle, celle d'un profond ravissement.

— Haris ! s'écria-t-il avec émotion. Qu'est-ce que tu fais là ?

Au moment où le garçon allait répondre, une main tira sur le bras de Cassiopée, l'obligeant à se retourner. Le visage angélique de Naos lui apparut mais, étrangement, elle n'en éprouva aucune satisfaction. L'ami de Sohan l'intriguait bien plus que le Vierge.

— Ça fait longtemps ! lui fit remarquer Naos sans retirer sa main.

Cassiopée esquissa un sourire et, tout en cherchant Sohan du regard, répondit :

— Oui… oui, je suis pas mal occupée en ce moment.

— Je disais ça pour rigoler… Cassiopée, on s'est vus hier.

Le dénommé Haris et Sohan marchaient désormais bras dessus, bras dessous joyeusement en direction de la forêt.

Mais qui était ce garçon, à la fin ?

— Wouah…, fit Naos en constatant le désintérêt profond de Cassiopée. J'aime capter l'attention des femmes de cette manière.

Qu'est-ce qu'il faisait à l'Académie ? Était-ce un novice ? Pourquoi ne l'avait-elle jamais vu avant ?

— Je t'assure, c'est vraiment valorisant…

Comment Sohan le connaissait-il ?

À en juger par la distance qu'Alioth avait volontairement mise entre eux, lui non plus ne semblait pas le connaître.

— Est-ce qu'au moins tu m'entends ? insista Naos.

— Tu sais qui c'est ? s'enquit finalement Cassiopée en désignant Haris du menton.

Naos leva les yeux au ciel et fourra ses mains dans les poches de sa veste.

— C'est Haris Portiayro. On était ensemble à l'École de Paris. Il a dû être transféré aujourd'hui. C'est la première fois que je le vois à l'Académie.

— Comment lui et Sohan se connaissent ?

Naos grimaça.

— Ils sont amis. En tout cas, ils étaient inséparables avant que Sohan ne quitte Paris.

Cassiopée s'arrêta et son visage entier se plissa lorsqu'elle demanda :

— Sohan a étudié à Paris ? Je croyais qu'il avait fait ses études à Istanbul !

En tout cas, c'était ce qu'il lui avait laissé entendre le jour de son arrivée.

Naos souffla, franchement ennuyé par la conversation, et passa une main dans les racines noires de ses cheveux.

— Sohan a beaucoup voyagé, mais je crois que c'est à Paris qu'il a passé le plus de temps, cracha presque Naos. C'est ton ami, non ? Pourquoi c'est à moi de t'apprendre tout ça ?

Cassiopée se renfrogna. C'était bien là la raison de cette curiosité mal placée. Cassiopée n'avait aucun secret pour lui mais Sohan conservait toujours une part de mystère que la Gémeaux voulait percer.

— En tout cas, ça n'a pas l'air d'être le tien.

— De quoi ?

— D'ami, répondit Cassiopée. Si tes yeux étaient des fusils, Sohan serait mort sur place.

Les deux novices s'étaient mis en marche, mais restaient à une distance suffisante de Haris et Sohan pour qu'ils ne pussent pas entendre leur conversation. Devant eux, Essie menait la marche et venait de disparaître dans la forêt immaculée.

— Tu ne l'as peut-être pas remarqué, mais Sohan est loin de faire l'unanimité. D'ailleurs, je suis surpris que tu perdes ton temps avec lui. Sohan n'aime personne d'autre que Sohan.

Sa remarque fut suivie d'un blanc que Cassiopée ne voulut pas combler. Elle détailla le garçon aux cheveux bouclés qui marchait plusieurs mètres devant elle avec cet ami énigmatique. Il prenait un malin plaisir à la mettre hors d'elle la plupart du temps, mais il s'était montré présent quand tout le monde lui tournait le dos. Elle s'aperçut alors qu'elle ne connaissait quasiment rien de lui et que, chaque fois qu'elle avait tenté d'en savoir plus, il avait habilement changé de sujet.

— Méfie-toi, ajouta Naos.

Ils venaient d'entrer dans la forêt et des arbres hauts masquaient désormais le ciel. Le froid s'engouffra sous son imperméable aux manches argentées et la fit frissonner. À moins que ce ne fût la remarque de Naos qui l'eût refroidie. Rares étaient les personnes avec qui Cassiopée se sentît en confiance, mais Sohan en faisait partie, tout comme Tara.

— Et Haris ? demanda-t-elle pour changer de sujet.

— Haris est vraiment un chic type.

Mais ce n'était pas Naos qui venait de répondre. Derrière elle se tenaient un grand blond dont les cheveux étaient rassemblés en une queue-de-cheval basse et un brun baraqué au teint hâlé : Celian et Umbriel, les meilleurs amis de Naos.

Cassiopée sut immédiatement que c'était le plus petit des deux qui avait pris la parole, car elle avait déjà remarqué son accent Sùm prononcé. Plus prononcé encore que celui de Naos.

Ce dernier dut lire la surprise sur le visage de Cassiopée, car il précisa :

— Tu te souviens de Celian et Umbriel, n'est-ce pas ?

Elle leur adressa un sourire timide.

— Comment les oublier ? répondit-elle en frictionnant ses bras pour les réchauffer.

Naos les avait présentés lors d'un entraînement de Combat et elle avait été étonnée de leur capacité à terminer sans cesse les phrases de l'autre.

— On est arrivés, signala le grand blond, Celian, en rajustant ses lunettes rectangulaires sur son nez.

Effectivement, la foule de novices s'était arrêtée aux abords d'un gigantesque hémicycle composé de gradins en pierre sur lesquels les attendaient l'ensemble des résidents de l'Académie et des aspirants au corps professoral.

À la lueur des quelques torches et des pétales luminescents des argia lore, Cassiopée ne remarqua que tardivement la présence de Tara, perchée sur les gradins des Gémeaux, dans la même cape argentée qui lui avait été attribuée.

Comme l'amphithéâtre du musée, cet hémicycle – bien que moins haut – était divisé en douze sections, chacune rassemblant leurs propres Constellationnistes.

La solennité de l'instant, renforcée par le bruit des tambours qui battaient toujours plus fort et plus rapidement, ne rassurait pas Cassie.

En quoi consistait Aztarna, exactement ?

— Tu as peur ? lui souffla Naos à l'oreille.

— Pourquoi est-ce que j'aurais peur ? rétorqua Cassiopée plus sèchement qu'elle ne l'aurait voulu.

Pour seule réponse, Naos désigna des yeux son bras, que Cassiopée avait agrippé au moment de leur arrivée sans même le remarquer.

La vérité, c'était que se trouver dans cette forêt en pleine nuit n'avait rien de rassurant. À la minute où la pénombre obscurcissait son champ de vision, son imagination prenait le dessus et lui jouait des tours.

Embarrassée, Cassiopée lâcha aussitôt le bras de Naos et éclata de rire.

Quelques mètres devant elle, Sohan se retourna vers Cassiopée avec un air amusé qui disparut à l'instant où ses yeux se posèrent sur Naos. Il les dévisagea successivement derrière ses sourcils froncés et le cœur de Cassiopée accéléra.

Au moment où elle interrogea Sohan du regard, il se détourna.

— Bienvenue à Aztarna, déclara Izar d'une voix forte qui fit taire les tambours.

Positionné au centre de l'hémicycle, près d'un fauteuil de pierre qui pouvait aisément accueillir deux voire trois personnes, Izar avait fière allure dans sa toge bleue.

— Comme le veut la tradition, reprit-il tandis que les tambours recommençaient calmement à battre, aujourd'hui, chacun de vous recevra sa propre aztarna. Vos ancêtres et les ancêtres de vos ancêtres pratiquaient déjà cette coutume il y a des milliers d'années sur Saleria. À présent, le moment est venu pour vous de suivre leur trace.

Cassiopée sentit naître en elle un mélange d'exaltation, de trac et d'impatience au moment où Izar pria les novices de se regrouper par constellation afin de former un demi-cercle autour de l'hémicycle dans un arc-en-ciel de couleurs. Un sentiment qui, à en croire l'expression de ses camarades, était partagé par tout le monde.

Du Poissons au Bélier, les novices se prirent par les mains et apparurent plus soudés que jamais face aux autres résidents de l'Académie et au large fauteuil en pierre qui leur tournait le dos.

Par un curieux hasard, Alioth et Cassiopée se retrouvèrent l'un à côté de l'autre, le premier clôturant la ligne des Taureau tandis que la seconde débutait celle des Gémeaux. Quand la main chaude et moite du blond se referma sur la sienne, Cassiopée s'efforça de regarder droit devant elle. Son parfum de linge frais lui chatouillait les narines, transportant avec lui la nostalgie des trop courts moments passés ensemble. Elle sentit la poigne d'Alioth se resserrer furtivement sur la sienne et ce simple contact la rendit heureuse. Dans la semi-obscurité environnante, au son des crépitements du feu et des tambours, Kaus se leva du gradin des Cancer et vint se positionner aux côtés d'Izar juste devant le fauteuil, face aux novices. Face à Cassiopée.

Elle retint sa respiration quand lui apparurent le nez aquilin et la moustache hirsute de son professeur. Les poches sombres sous ses yeux noirs étaient accentuées par les flammes des torches avoisinantes, le rendant encore plus effrayant.

Il appela une Poissons au teint mat, située à l'extrémité de la file formée par les novices, qui s'avança au centre de l'hémicycle. Kaus pressa sa main dans son dos, guidant la jeune fille jusqu'au fauteuil au large dossier derrière lequel elle disparut au moment de s'asseoir.

Les spectateurs installés sur les gradins n'avaient plus désormais d'yeux que pour la novice Poissons et pour Kaus qui leur tournait le dos. Au rythme des tambours, il esquissa autour de son visage des mouvements presque envoûtants avec ses doigts et Cassiopée faillit ne pas remarquer la tige en fer noire qui était subitement apparue entre ses mains.

Les tambours cessèrent soudain et trois longues secondes s'écoulèrent dans un silence de mort. Un cri de douleur déchira la pénombre. Cassiopée ne comprit pas tout de suite que Kaus venait sous leurs yeux de marquer la peau ambrée de la novice.

Un explosif mélange de surprise et de révolte gronda dans sa cage thoracique et fusa dans son corps entier. Ils se fourraient le doigt dans l'œil s'ils pensaient qu'elle accepterait de subir le même sort.

Aztarna mon cul !

Elle lâcha brutalement les deux mains qu'elle avait attrapées au moment de former docilement la ligne des novices et entreprit de quitter la formation. C'était sans compter Alioth, qui la rattrapa vivement.

Cassiopée pivota sur elle-même et lui adressa un regard noir.

Quelle chiffe molle ! fut la première pensée qui lui traversa l'esprit. Mais, du regard, le blond enjoignit à Cassiopée d'observer la scène avec plus d'attention.

Au lieu de découvrir la Poissons haletante et pliée en deux, celle-ci se tenait debout face aux centaines de résidents de l'Académie, droite et bien portante. Lorsqu'elle leva fièrement le bras gauche, des applaudissements fusèrent tout autour d'elle et seuls les novices, dont les mains étaient jointes, ne prirent pas part à cette effusion.

La Poissons se tourna ensuite vers ses pairs et, le sourire jusqu'aux oreilles, leur présenta le dos de sa main sur lequel était gravé de manière indélébile une sorte de « V ». La même marque qu'Hélios arborait à l'arrière du crâne : la constellation des Poissons.

— L'aztarna est la marque des Constellationnistes, l'informa Alioth sur le ton de la confidence tandis que la Poissons s'engouffrait dans un tunnel creusé sous l'hémicycle. Elle est gravée dans notre peau en fonction de l'élément qui nous caractérise ou de ce qui régit nos émotions : vers le cœur pour les signes de feu ou les plus charitables, vers la tête pour les signes d'eau ou les plus réfléchis, vers les jambes pour les signes de terre ou les plus versatiles et vers les bras pour les signes d'air ou ceux qui se laissent guider par l'impulsion. C'est elle qui scelle notre appartenance au peuple.

Cassiopée déglutit bruyamment. Elle ne savait pas quoi penser de cette tradition. Pourquoi les Constellationnistes s'infligeaient-ils cela ? Et comment la Poissons pouvait-elle avoir l'air aussi sereine après le cri qu'elle venait de pousser ?

Elle n'eut pas le temps de s'interroger plus longtemps : la novice en question émergea du tunnel qui débouchait sur le haut de l'hémicycle et s'assit parmi les autres Poissons pendant que son ami lui succédait devant Kaus. Il s'installa sur le même fauteuil, poussa presque le même cri de douleur au moment où le Cancer enfonça la tige sur sa peau et son visage s'illumina de la même manière lorsqu'il présenta son aztarna aux novices.

Cassiopée vit défiler l'intégralité des Poissons et la moitié des Verseau dans une suite de hurlements plus angoissants les uns que les autres avant que fût convoqué le mystérieux ami de Sohan.

— Haris Portiayro ! appela Kaus qui semblait prendre un plaisir fou à faire souffrir les novices, même pour une courte durée.

Cassiopée regarda le Verseau avancer jusqu'au fauteuil dans une démarche dégoulinant d'assurance tandis que sa cape bleue flottait derrière lui. Des murmures interrogateurs s'élevèrent autour d'elle : elle n'était pas la seule à s'étonner de sa présence.

Cassiopée se tourna vers Alioth pour tenter de glaner davantage d'informations à son sujet, mais son expression la retint : dans ses yeux ne brillait ni surprise ni sympathie… mais de la jalousie.

Elle n'eut pas le temps de s'en émouvoir. Bientôt, Haris se releva sous les applaudissements de la foule. Il n'avait pas crié.

Sohan fut le deuxième novice à rester muet au moment où la tige perça la peau de son biceps. La plupart des Lion qui le suivirent, hommes comme femmes, gardèrent le silence. Cassiopée mit cela sur le compte de leur ego. Ou peut-être avaient-ils la peau plus dure que les autres ?

Stella, qui avait été appelée peu de temps après Haris, n'avait pu s'empêcher de gémir, même si elle s'était retenue du mieux qu'elle le pouvait. Quant à Naos, son cri invraisemblablement aigu résonnait encore aux oreilles de Cassiopée.

Quand la main droite de la novice fut finalement libérée par le Gémeaux qui avait été appelé pour recevoir son aztarna, une boule se forma au creux de son ventre : elle était la prochaine.

— Cassiopée Proteyra ! appela finalement la voix nasillarde de Kaus.

Le moment était venu.

Alioth pressa une dernière fois sa main dans un geste d'encouragement avant de laisser Cassiopée rejoindre le centre de l'hémicycle d'un pas qu'elle espérait déterminé. La cape argentée sur ses épaules semblait peser une tonne lorsqu'elle se présenta devant le fauteuil de pierre.

Hélios apparut alors dans son champ de vision vêtu d'une toge turquoise. À gauche du fauteuil se tenaient un bol rempli d'une espèce de poudre noire fumante et un serviteur de tiges en métal gris.

— Assieds-toi, ordonna Kaus avec un sourire satisfait.

Son air dédaigneux raviva le souvenir du gailuat, mais, plus encore, l'humiliation publique qu'elle avait subie par sa faute et qu'elle endurait encore depuis. Elle fut tentée, l'espace d'une seconde, de rester debout par simple esprit de contradiction.

Elle leva le nez et déversa dans ses yeux noirs toute la haine qu'elle éprouvait à son encontre, ce qui sembla l'amuser excessivement. Jusqu'à ce que, soudain, son visage se crispât.

Il se retourna brusquement vers l'assemblée comme s'il cherchait quelqu'un. Quand son regard tomba sur Obéron, l'irakatsi des Verseau sagement installé au deuxième rang, il s'immobilisa. Ses yeux passèrent d'Obéron, qui de toute évidence ne comprenait pas son petit manège, à Cassiopée, qui l'ignora royalement.

À quoi est-ce qu'il jouait ?

Pour pallier la gêne que Kaus était une fois de plus en train de lui causer, Cassiopée agrippa les accoudoirs du fauteuil et s'assit sur le large siège qui se révéla aussi dur que froid. Kaus prit une poignée de poudre noire et la déversa à l'intérieur d'un genre de réservoir intégré à la tige qu'il tenait entre ses mains. Cassiopée ignora l'objet pour ne plus penser qu'à l'aztarna qu'elle était sur le point de recevoir et au chemin qu'elle avait parcouru en un mois à l'Académie. Des rires étouffés la sortirent de sa méditation.

Derrière Kaus qui avait repris une attitude digne, Cassiopée scruta chaque gradin de l'hémicycle, tentant d'apercevoir l'auteur de ces moqueries. Elle ne fut pas étonnée d'y découvrir le sourire carnassier qu'Octant partageait avec une Capricorne de la colonne voisine.

— Ferme les yeux, murmura Kaus si bas qu'elle faillit ne pas l'entendre.

Sa voix n'avait plus la même âpreté. Au contraire, elle était douce et chaude. Cassiopée se laissa transporter. La dernière chose qu'elle vit avant d'obtempérer fut Octant et sa bande quittant discrètement les gradins. Ils n'étaient décidément pas prêts à la considérer comme l'une des leurs.

— *Ongi ettoria rakin guk...*

Au murmure de ces mots que Cassiopée comprenait mal, elle sentit qu'on s'agitait de plus en plus près de son visage. Elle savait que bientôt viendrait le moment de...

Un cri déchira sa cage thoracique au moment où la tige vint embraser son poignet droit. Jamais elle n'avait ressenti de douleur aussi vive. Alors qu'elle se sentait défaillir, un voile de coton parut l'envelopper tout entière. La douleur autour de son poignet fut remplacée par une douce caresse qui emporta avec elle la sensation de brûlure. Plus rien. Elle n'avait plus mal.

Elle était heureuse.

Lorsqu'elle rouvrit les yeux, Hélios affichait un sourire en coin. Cassiopée crut y déceler une forme de fierté qui lui fit autant de bien que le halo bleuté disparaissant sous ses doigts. C'était lui qui venait d'apaiser son mal.

Autour de lui, la foule de Constellationnistes qui ne faisait que s'étoffer, applaudissait énergiquement. Parmi eux, Tara était la seule debout et la seule qui, les mains autour de la bouche, criait le nom de Cassiopée. Elle chercha Sohan, mais ne le trouva pas.

Pour la première fois, elle baissa les yeux sur l'intérieur de son poignet : la constellation des Gémeaux, entourée de la devise de Saleria, y était gravée. Elle passa un index le long des courbes de sa peau boursouflée et un sentiment d'allégresse s'empara d'elle. Elle ne s'était jamais sentie aussi proche de ses parents biologiques, autant Constellationniste qu'à cet instant précis. C'était un cadeau extraordinaire.

Émerveillée, elle s'engagea dans les escaliers du tunnel creusé à même le sol de l'hémicycle. Il y faisait moins froid, car le vent n'y pénétrait pas, mais surtout moins sombre. Des dizaines de torches balisaient la voie terreuse qui remontait progressivement jusqu'au sommet de l'hémicycle.

De l'entrée du tunnel, Cassiopée discernait la sortie qui se trouvait à peine vingt mètres plus loin. La silhouette élancée de Sohan qui l'attendait, adossé contre la paroi au beau milieu de la galerie, se découpait à contre-jour.

Il ne l'avait pas encore entendue arriver, aussi eut-elle tout le loisir d'observer à la dérobée la bataille de cheveux bruns qui tombaient sur son front, le dessin précis de sa mâchoire et le rebondi de ses lèvres rosées.

— Cassiopée ! s'écria-t-il lorsqu'elle manqua trébucher sur une pierre. Félicitations !

Il avala les quelques mètres qui les séparaient et elle eut la sensation que les torches étaient en train d'enflammer ses joues. Il était proche, trop proche.

— Qu...

Elle n'eut pas le temps de poursuivre. Les bras du Lion se refermèrent autour d'elle et la plaquèrent contre son torse.

Qu'est-ce qui lui prenait ?

Il était du genre tactile mais elle ne l'avait jamais vu à ce point affectueux. Pas même avec Alioth alors qu'il semblait être son ami le plus proche.

Coincée entre ses bras, elle se rendit compte qu'elle n'appréciait pas son contact autant qu'elle l'aurait cru, lorsqu'elle admirait secrètement les muscles saillants de ses bras et la perfection de son torse longiligne.

Il s'écarta aussi brusquement qu'il l'avait saisie et posa une main sur sa joue, qui brûlait presque autant que, plus tôt, le fer contre sa peau. L'instant suivant, il ferma les yeux et, presque trop vite, s'approcha dangereusement de sa bouche.

Un élan de panique saisit Cassiopée. Avant qu'elle ait pu mesurer la portée de son geste, elle lui flanqua une énorme gifle.

— P...

Pas comme ça. Pas maintenant. Pas ici... pas ça, avait-elle voulu lui dire. Mais le regard noir qu'il lui lança en se redressant lui coupa toute envie de parler.

Déformés par la haine, ses traits s'étaient durcis. Elle ne le reconnaissait pas.

— Ça, tu vas le regretter, articula-t-il.

Puis il l'attrapa par le cou et la repoussa contre la paroi en pierre du tunnel.

CHAPITRE 21

« *Les lames des Constellationnistes sont chargées de l'énergie astrale de leur constellation. Elles ne sont interchangeables qu'entre personnes issues de la même constellation.* »

Extrait de *Traditions saleriennes.*

La douleur se répercuta comme un écho à l'intérieur de sa boîte crânienne. Cassiopée ne sentait plus les mains de Sohan autour de son cou, mais ses yeux refusèrent d'affronter la réalité.

— Je t'avais dit qu'ils n'étaient pas si proches, gloussa une voix nasillarde que Cassiopée reconnut immédiatement.

Octant.

Le rire de Sohan emplit à son tour le tunnel. Un rire déformé, inhabituel ; pourtant, son timbre de voix était le même.

Qu'est-ce qu'Octant faisait là ? Pourquoi Sohan et lui riaient-ils ensemble ?

Cassiopée se décida finalement à ouvrir les yeux. Octant, le bras droit autour de la nuque de Sohan, faisait compulsivement sauter sa lame dans sa main gauche, le regard victorieux. Près d'eux, se tenaient Antila et un autre garçon qui, à en juger par la couleur de sa cape, était Poissons.

— Sohan…, couina Cassiopée.

Il sourit puis, lentement, ses dents s'écartèrent, ses yeux ambrés prirent la couleur d'un ciel d'été, ses cheveux bruns frisèrent et sa peau s'assombrit. Il ne ressemblait plus en rien à son ami.

Le garçon qui se tenait face à elle n'était pas Sohan, il ne l'avait jamais été.

Cassiopée le reconnut immédiatement : Janus. Celui qui l'avait humiliée en prenant son apparence quand son secret avait été révélé. Il était de la même espèce qu'Octant, qu'Amalthée et que tous ces Constellationnistes qui méprisaient les Arruntas. Les manches de son imperméable étaient noires, la couleur des Scorpion. Comment avait-elle fait pour passer à côté ? Comment avait-elle pu être aussi stupide ?

— Quoi ? la nargua le Scorpion. Tu es déçue ?

Une rage sourde enfla en elle à mesure que la satisfaction de l'avoir bernée s'étendait sur le visage d'Octant.

Elle aurait voulu le tuer. Là, tout de suite, elle voulait qu'il mourrût.

Son flux s'agita au plus profond d'elle, courant dans ses veines, se heurtant à ses cavités sous l'effet de la colère. Mais Cassiopée savait qu'elle ne pouvait pas faire confiance à son pouvoir astral.

Non. Elle allait faire payer Octant, et elle allait le faire avec les moyens dont elle disposait. D'un geste rapide, elle porta la main à sa cuisse et attrapa sa lame qui se transforma presque automatiquement en couteau. À cette vue, Octant se jeta sur elle, attrapa son poignet et appuya son bras sous sa gorge. Coincée contre la paroi, le souffle court, Cassiopée tenta de lui asséner un coup. Octant l'esquiva avec une agilité étonnante, s'empara de son second poignet et bloqua ses bras au-dessus de sa tête. Son emprise était telle que la lame de Cassiopée lui glissa des mains et vint s'échouer à ses pieds. Elle n'eut cependant pas un regard pour l'arme qu'elle venait de perdre : ses yeux étaient fixés sur son poignet, sur la main calleuse d'Octant qui compressait sa précieuse aztarna.

Elle tenta de lui envoyer un coup de genou à Octant, mais il le bloqua de sa cuisse et lui balança en retour son propre genou dans l'estomac. La respiration de Cassiopée se coupa.

— Par l'Ophiuchus, lâche-la ! tonna la voix d'Alioth à l'entrée du tunnel.

Cassiopée devait vraiment avoir mauvaise mine, car le visage de son ami était grave. Il s'élança dans le tunnel.

— Téthys ! cria Octant.

Le Poissons attrapa sa lame et ferma les yeux une fraction de seconde. Elle se transforma en couteau tandis qu'Alioth approchait à grands pas. Téthys chercha l'approbation d'Octant qui l'ignora complètement, puis il plia le bras au-dessus de sa tête et lança son couteau en direction d'Alioth.

Cassiopée retint son souffle. La lame du Poissons fendait l'air droit sur le visage de son ami. Au moment où elle s'apprêtait à le transpercer, Alioth, avec calme et sans ralentir un seul instant, inclina la tête sur le côté pour l'esquiver.

Téthys afficha une mine contrariée. Il tendit le bras pour rappeler sa lame… qui s'écrasa au sol. Il était désarmé.

Alioth se rua sur lui, le plaqua au sol de tout son poids et lui donna un coup de poing dont même un guérisseur comme lui ne pourrait pas se remettre de sitôt.

— Al…, voulut crier Cassiopée.

Mais le genou d'Octant s'écrasa plus profondément dans son ventre et sa prise se fit plus ferme sur son poignet.

— N'y pense même pas, la prévint-il.

Au même moment, Janus se jeta sur Alioth et entreprit de l'étrangler. Le blond l'esquiva en roulant sur le sol et remonta aussitôt sur ses jambes. Il était essoufflé, mais cela ne l'empêcha pas d'éviter le premier coup de poing de Janus, ou le deuxième. Lorsque son ami esquiva un troisième coup avant d'en décocher un lui-même, Cassiopée se rappela qu'Alioth était Taureau ; dans ce contexte, son pouvoir de prémonition était une bénédiction.

Cela faisait tellement longtemps qu'elle ne s'était pas entretenue avec lui que Cassiopée ignorait les progrès qu'il avait faits ces dernières semaines. Lui qui, à leur arrivée, peinait autant qu'elle à maîtriser son pouvoir astral pouvait désormais le manipuler avec une facilité déconcertante.

Cassiopée ne put s'empêcher de ressentir une pointe de jalousie.

— De quoi tu te mêles, Alioth ? s'offusqua Janus en repoussant l'une de ses attaques. C'est même pas une vraie Constellationniste !

Pas une vraie Constellationniste.

Chacun de ces mots transperça le cœur de Cassiopée.

— Qu'est-ce que tu racontes ? répondit Alioth en essuyant le sang qui coulait de sa lèvre.

— Tu l'as déjà vue former un clone ? Tu l'as…

— Et alors ? le coupa-t-il. Elle vient d'arriver, c'est normal qu'elle mette plus de temps que nous à maîtriser son pouvoir astral.

Cassiopée dévisagea son ami avec surprise.

Il prenait sa défense.

— C'est bien le problème, espèce d'abruti, intervint Antila. Elle soutient ceux qui ont martyrisé nos ancêtres. Elle n'est pas des nôtres !

— Tu veux que je te montre si je ne suis pas des vôtres ? l'invectiva Cassiopée.

Antila ricana et fit glisser sa main le long de sa natte.

— Tu ne me fais pas peur, Cassiopée. Tu es plus une Arrunta qu'une Constellationniste.

Cassiopée sentit la rage gronder dans son ventre. Elle repoussa Octant de toutes ses forces pour se jeter à la gorge d'Antila. Mais à peine eut-elle fait un pas que le Sagittaire empoigna sa crinière brune et la tira en arrière.

La Gémeaux s'écrasa sur le dos dans un bruit sourd. De petits points obscurcirent son champ de vision.

— Qu'est-ce que tu crois que ta mère penserait de ce que tu es en train de faire, Alioth ?

Quel salaud ! Il savait pertinemment quel était le point faible d'Alioth !

Contre toute attente, Alioth ne tressaillit pas, comme s'il s'affranchissait subitement du jugement de ses parents.

— Je me fiche de ce que ma mère pense. Cassiopée est mon amie. Et je ne l'abandonnerai pas.

La tête en vrac mais l'estomac dénoué, elle eut l'impression de respirer librement pour la première fois depuis longtemps. Alioth était un garçon drôle, sincère et loyal et, en l'espace de quelques semaines à peine, il avait réussi à prendre place indispensable dans son quotidien. À la minute où il était entré dans sa vie, Cassiopée avait su que c'était un ami dont elle ne voudrait jamais se séparer. Un coup de foudre amical, voilà ce qu'était Alioth. Il était la preuve que le cœur de Cassiopée n'était pas fermé à double tour comme elle l'avait toujours cru. Il représentait l'espoir.

Cassiopée se redressa sur son coude et le bout de ses doigts rencontra un objet métallique. Elle faillit soupirer de soulagement. Discrètement, elle tenta de ramener l'objet vers elle.

— Bon, ça suffit, trancha Antila.

Dans un geste désinvolte, elle jeta sa longue tresse acajou derrière son épaule, puis tendit les bras en direction d'Alioth. Il comprit tout de suite où elle voulait en venir et tenta de se soustraire à son pouvoir astral en la neutralisant. Mais au moment où son doigt toucha sa lame, il se figea.

— Non ! s'écria Cassiopée, la vision trouble.

Trop tard : Antila venait de transférer son esprit dans le corps d'Alioth. Son corps à elle, ferme et élancé, tenait encore debout, mais Cassiopée sentait qu'il suffirait d'une simple brise pour la faire chanceler. Elle comptait bien l'y aider.

Au moment où elle allait empoigner sa lame, le pied de Janus heurta son estomac, projetant Cassiopée sur le sol terreux du tunnel.

— Tu veux qu'on s'amuse ? demanda Octant en crachant un filet de sang à ses pieds. Antila, amène-toi !

Il allongea Cassiopée sur le dos, s'assit sur son ventre douloureux et lui plaqua les poignets au sol. Le visage d'Alioth se dessina derrière le sien. Antila lui prêtait une expression que Cassiopée ne lui connaissait pas et sa démarche était saccadée, comme s'il luttait pour tenir debout. Quand il arriva près d'elle, il s'agenouilla à côté de son bras droit et se saisit de son poignet. Il appuyait fort, trop fort.

— Alioth…, couina Cassiopée. Tu me fais mal.

— Ferme-la, répondit-il.

Même sa manière de parler n'était plus la même. Il s'empara de sa lame sur le côté de sa cuisse et immobilisa à son tour Cassiopée en se substituant à Octant.

— Alioth…

Il était toujours là, quelque part, se battant pour reprendre le dessus, elle en était persuadée. Mais pour le moment, Antila était bien présente. Il transforma sa lame en couteau et l'approcha de son poignet.

— Qu'est-ce que…

Son cœur tambourinait si fort dans sa poitrine qu'Alioth pouvait très certainement le sentir. *Pas son aztarna. Tout sauf son aztarna.*

— On va te débarrasser de ça, articula son ami d'une voix sans âme.

Cassiopée se débattit, tapant des pieds sur le sol, roulant des épaules pour se défaire de l'emprise qui l'empêchait de se mouvoir. Son flux traversait son corps et remontait jusque dans sa tête.

— Alioth ! cria-t-elle.

Le couteau continuait à s'enfoncer dans sa chair.

Un fourmillement familier grouilla dans ses doigts et Cassiopée concentra toute son énergie dessus. Elle ferma les yeux, tentant d'ignorer l'arme qui fendait la peau de son poignet. Elle oublia tout le temps d'une seconde : l'amitié qu'elle ressentait pour Alioth, la perte de maîtrise de son corps, la douleur qu'il s'apprêtait à ressentir. Et quand elle comprit que son pouvoir ne se réveillerait pas, elle lança violemment sa tête contre celle d'Alioth.

Celle-ci fut projetée en arrière et la pression sur le poignet de Cassiopée s'amoindrit. Aussitôt elle ouvrit la main et rappela mentalement sa lame qui, miraculeusement, la rejoignit la seconde d'après. Elle matérialisa le même couteau qu'elle s'empressa de lancer sur Antila.

L'arme érafla le bras de la Capricorne, juste assez profondément pour lui faire reprendre ses esprits. Alioth, dont le nez ruisselait de sang, redevint lui-même. Il récupéra sa lame et la planta dans le pied de Janus qui se trouvait à ses côtés. Le Scorpion poussa un hurlement. Thétys se précipita vers lui pour l'apaiser.

De son côté, Cassiopée, toujours galvanisée par la haine que ses ennemis avaient provoquée en tentant de lui ôter son aztarna, se leva d'un bond, attrapa Octant par le cou et serra de toutes ses forces. Il répliqua en envoyant son poing dans ses côtes et Cassiopée entendit un craquement. Les os de la main d'Octant venaient de se fracturer. Si son visage n'avait pas été défiguré par la douleur, Cassiopée était certaine qu'elle y aurait trouvé de la surprise. Elle-même s'étonnait de n'avoir rien ressenti.

— Qu'est-ce que vous faites ? demanda une voix à l'entrée du tunnel.

Cassiopée lâcha sa prise sur le Sagittaire et tourna la tête en même temps que tous les autres pour découvrir le Taureau qui venait de recevoir son aztarna.

— Octant ? questionna Téthys.

Celui-ci toisa Cassiopée avec animosité, regarda sa main et enfin ses camarades, avant de siffler entre ses dents :

— Tu ne perds rien pour attendre.

Puis, tout en pressant sa main handicapée contre son torse, il se téléporta tandis qu'Antila, Téthys et Janus s'enfonçaient dans le tunnel en claudiquant.

Cassiopée ne respira qu'une fois qu'ils eurent disparu dans l'immensité de la forêt. Alioth se précipita sur elle et passa le bras de son amie autour de sa nuque. Mais la Gémeaux voulut s'assurer d'une chose.

— Alioth… ta mère va sûrement savoir ce qui s'est passé ce soir.

Il haussa les épaules d'un air indifférent.

— C'est moi le rebelle de la famille, tu sais.

Derrière sa nonchalance de façade, Cassiopée voyait bien qu'Alioth n'en menait pas large.

— Je pars devant, fit Cassiopée en accélérant le pas. Comme ça, on ne nous verra pas ensemble.

Alioth secoua la tête en souriant.

— Je pensais ce que j'ai dit à Octant, répondit-il en tapotant la tête de Cassiopée tendrement. Tu es mon amie, et si ma mère ne peut pas le comprendre… eh bien tant pis.

Cassiopée étudia Alioth à la dérobée pour s'assurer de sa sincérité tandis que tous deux s'extrayaient de ce maudit tunnel. Au sommet de l'hémicycle, à la lisière de la forêt, le calme régnait. Au loin, la cérémonie battait son plein. Sans un mot, Cassiopée rejoignit le gradin des Gémeaux et s'assit sur la neige à une place en hauteur, ignorant volontairement la sensation de froid sous ses fesses et les signes de Tara sept rangées en dessous d'elle. Elle avait besoin d'être seule pour laisser libre cours à ses émotions. Alors que le vent faisait battre les branches des arbres derrière elle, ses épaules s'affaissèrent sous le poids de la souffrance et de la honte. Ses yeux s'emplirent de larmes. À son poignet, le sang coulait toujours.

Ne pas pleurer.

Pourtant c'était exactement ce qu'elle avait envie de faire. Elle voulait pleurer, libérer le mal, la peur et la colère tapis au fond d'elle. Plus que pleurer, elle voulait hurler, hurler à en perdre la voix.

Elle chassa ses larmes et reporta son attention sur les Constellationnistes qui l'entouraient.

Ne la considéreraient-ils donc jamais comme l'une des leurs ?

Son regard croisa celui de Sohan, assis en contrebas. Son air joyeux s'évanouit à la seconde où il remarqua ses yeux humides. Comment avait-elle pu se laisser berner par la pâle imitation de Janus ?

Le Lion se leva et entreprit d'escalader le gradin supérieur pour la rejoindre, mais Subra l'attrapa par le bras et le tira en arrière. Elle lui murmura quelques mots à l'oreille et Sohan se rembrunit avant de se rasseoir, dépité.

Cassiopée ne lui en tint pas rigueur. Elle ne savait pas si elle aurait apprécié que Sohan la découvrît dans un tel état de vulnérabilité. Sans doute que non.

Seule au sommet de l'hémicycle, elle regarda Aztarna se poursuivre. Ici non plus, elle n'était finalement pas à sa place.

Elle y avait cru du plus profond de son âme, elle avait souhaité plus que tout en faire partie, mais tout lui criait de s'en aller.

C'est donc ce qu'elle ferait. Ce soir, elle quitterait l'Académie.

CHAPITRE 22

« Aztarna *est une cérémonie scellant l'appartenance au constellationisme. Chaque novice reçoit une aztarna sur un endroit du corps choisi par le maître de cérémonie, généralement les bras, les jambes ou la nuque.* »

Extrait de *Traditions saleriennes.*

Les applaudissements fusaient derrière Cassiopée, mais elle les entendait à peine. Au moment même où Izar avait clôturé Aztarna, elle s'était ruée en direction de la forêt sans trop se soucier d'où elle allait, pourvu que ce fût loin des autres. La seule chose qui lui importait, c'était quitter cet endroit.

Ne pas pleurer.

Depuis que l'Académie entière avait connaissance du fait qu'elle n'avait jamais fréquenté les bancs de l'École constellationniste, ce mantra s'était révélé chaque jour un peu plus difficile à respecter.

Elle s'était accrochée, elle avait ignoré les moqueries sur son passage, les humiliations, les coups fourrés, mais elle ne tolérerait pas que l'on s'en prît physiquement à elle. Sasha dirait la même chose, elle en était persuadée. C'est pourquoi c'était chez elle qu'elle se rendrait en premier lieu. Là, tout de suite, elle avait besoin de sa meilleure amie plus que de quiconque sur cette planète. Cassiopée escalada un bosquet et trébucha sur un banc de neige. Elle s'aida de ses mains pour se remettre debout et le portail de l'Académie lui apparut sur la droite.

Par chance, il était ouvert. Cette fois, elle n'hésita pas et se précipita vers la sortie.

— Cassiopée ! appela-t-on derrière elle.

Mais elle ne prit pas la peine de s'arrêter, elle n'avait pas envie de discuter. La personne qui la suivait ne se découragea pas pour autant et elle était accompagnée, si elle se fiait aux pas qu'elle entendait dans son dos.

Dans la pénombre, Cassiopée avança sur le chemin pavé déneigé qui menait vers la sortie. Elle allait vraiment le faire ; elle allait quitter l'Académie.

Quand elle franchit le grand portail noir et or, elle ne se retourna pas. Elle savait que si elle laissait la moindre place à l'hésitation, elle ne partirait jamais.

— Cassiopée, attends-moi ! cria la même voix suave.

S'il y avait bien une personne qui pouvait la retenir, c'était lui, elle le savait. Elle espérait simplement que Tara n'était pas avec lui, car à eux deux, ils viendraient rapidement à bout de sa détermination.

Dans le doute, elle accéléra.

— Cassiopée, bordel ! Je te préviens, si tu me fais courir, je t'asservis pour que tu me masses les pieds jusqu'à la fin de tes jours ! s'époumona de nouveau Sohan.

Dans un autre contexte, Cassiopée aurait été amusée par ses prétendues menaces. Mais ses yeux étaient encore humides et son cœur serré. Elle continua à s'éloigner un peu plus du portail.

Soudain, quelque chose heurta son dos. De toute évidence, Sohan venait de lui lancer une boule de neige.

Cassiopée fit volte-face et trouva Sohan, les mains rougies par le froid, sur les genoux. Il releva la tête et une boucle brune tomba devant ses yeux espiègles.

— Tu es vraiment chiante, tu le sais ça ?

Mais elle n'avait pas envie de rire.

— Ce n'est vraiment pas le moment, Sohan.

— Tu t'en vas, c'est ça ?

Elle haussa les épaules et les larmes menacèrent de couler une nouvelle fois. Sohan ne riait plus. Il se redressa et toisa Cassiopée de toute sa hauteur.

— Qu'est-ce qu'il s'est passé dans le tunnel ?

Elle se mordit la lèvre inférieure pour réfréner un sanglot.

— Alioth a le nez cassé, reprit-il. C'est vraiment pas joli à voir. Il t'a couru après et j'ai dû l'asservir pour qu'il aille se faire soigner.

Ce n'était donc pas Alioth qui avait accompagné Sohan. Cassiopée inclina la tête sur le côté et découvrit Haris, qui se tenait à une distance respectueuse d'eux. Les mains dans les poches, il adressa à Cassiopée un sourire qui aurait pu illuminer la forêt tout entière.

— Alors ? insista Sohan en attrapant la main de la jeune fille. Cassiopée, s'il te plaît, parle-moi.

À son contact, Cassiopée sursauta doucement, ce qui n'échappa pas à Sohan. Il fronça les sourcils et ses yeux, d'habitude si clairs, s'assombrirent.

Elle inspira un grand coup.

— Janus..., dit-elle. Janus a pris ton apparence dans le tunnel pour pouvoir m'approcher.

Sohan se figea, la mâchoire serrée.

— Qu'est-ce qu'il a fait ? demanda-t-il en détachant chaque mot.

Cassiopée se mit à rougir en revoyant Janus sous les traits de Sohan s'approcher d'elle pour l'embrasser. Heureusement, la nuit couvrait sa gêne.

— Il m'a frappée, éluda-t-elle.

Sohan lâcha brusquement les mains de Cassiopée et passa l'une des siennes sur son visage. Puis, les mains sur les hanches et la tête baissée, il déclara d'une voix pleine de retenue :

— OK.

OK.

Cassiopée savait par expérience que lorsque Sohan parlait par monosyllabe, ce n'était pas bon signe. Pourtant, elle décida de poursuivre.

— Ce n'est pas tout... Octant était là aussi, avec Antila et Téthys. Ils... ils ont essayé de retirer mon aztarna.

Sa voix se brisa sur le dernier mot. Elle tendit son poignet sur lequel l'entaille faite par Alioth était déjà en train de cicatriser. Sohan étudia sa blessure de loin, avec circonspection. Puis, comme s'il annonçait qu'il allait se promener, il conclut :

— Je vais les tuer.

Sans plus de cérémonie, il fit demi-tour en direction de l'Académie.

— Q... quoi ? couina-t-elle, peu sûre que la conversation était réellement terminée.

Où allait-il ? Que s'apprêtait-il à faire ?

La dernière chose dont elle avait envie, c'était que Sohan eût des problèmes par sa faute. Elle s'élança derrière lui.

— Sohan ! le héla-t-elle.

Elle trottina jusqu'à lui et ne sut dire si ce fut la bêtise ou l'émotion des adieux qui la poussa à entourer la taille du Lion de ses bras frêles, dans une étreinte timide, mais ferme. Il s'arrêta aussitôt.

La tête plaquée contre sa cape dorée, elle le serra pendant de longues secondes en se délectant du moelleux de son imperméable et des émanations de son odeur boisée. Elle veillerait à garder ce souvenir en mémoire lors des nombreux moments de doute qui parsèmeraient sa route loin de lui.

Alors qu'elle s'apprêtait à le libérer de son étreinte, il posa une main sur la sienne et la tapota, comme on tapoterait le dos d'une grand-mère un peu trop tactile.

— Fait chier, lâcha-t-il.

Cassiopée se redressa, incertaine d'avoir bien entendu.

— Je… désolée, bafouilla-t-elle en dénouant ses mains.

La honte lui broya les entrailles.

— Non, s'empressa-t-il de répondre. C'est… le portail, il est en train de se refermer. Il doit être minuit, le couvre-feu est dépassé.

Cassiopée fit un pas sur le côté et vit les deux grilles du portail se rejoindre pour former un rempart infranchissable. Elle n'était même pas au courant que les grilles fermaient à minuit !

— Ça, c'est sacrément emmerdant, déclara Haris que Cassiopée avait presque oublié. Est-ce que vous avez un gardien ?

Cassiopée coula un œil interrogatif vers Sohan qui se mordit la lèvre, pensif.

— Un gardien ? demanda-t-elle.

— Une créature qui protège l'Académie, expliqua Sohan alors qu'Haris la dévisageait, curieux. Ils vivaient librement sur Saleria mais au moment de l'Exode, ils ont été enfermés dans des *zapils*, des genres de boîtes hermétiques, et emmenés sur le Continent.

Il se tourna vers Haris.

— Ma tante a demandé de l'aide pour défendre l'enceinte quand les autres Académies ont commencé à se faire attaquer et la réponse de la Ligue a été l'envoi d'un gardien. Je crois que tout le monde flippe à l'idée que la Supernova soit parmi nous.

Il rajusta sa cape dorée et ajouta :

— Par contre, ce n'est pas un gardien, mais des gardiens.

— Il y en a plusieurs ?! s'étonna Cassiopée.

Sohan hocha la tête.

— Ces deux-là sont indissociables.

— Tu plaisantes ? fit Haris qui semblait avoir compris de qui il s'agissait. Ne me dis pas que c'est ceux à qui je pense !

— De qui vous parlez ? s'impatienta Cassiopée.

Sohan tourna la tête vers elle sans lâcher Haris du regard et déclara d'un ton résigné :

— Castor et Pollux, les golems de pierre.

CHAPITRE 23

« *Masquées par l'énergie des Vierge, les Académies demeurent inaccessibles et invisibles aux yeux des Arruntas.* »

Extrait de *La Différence entre nos peuples.*

Cela faisait maintenant une éternité que Sohan s'était engouffré dans la forêt à la recherche du passage secret qu'ils avaient découvert plus tôt dans la semaine. Cassiopée partageait, en guise de fauteuil, une grosse roche enneigée et inconfortable avec Haris, tout en se demandant à quoi un golem de pierre pouvait bien ressembler.

Elle aurait déjà pu être chez Sasha à l'heure qu'il était, à se goinfrer de scones au chocolat et à la framboise, mais quelque chose la retenait. Peut-être était-ce le fait qu'elle n'eût toujours pas la moindre idée de l'identité de ses parents biologiques ou bien la perspective de ne jamais revoir le seul groupe d'amis qu'elle eût jamais eu ? Et puis, comment Sasha l'accueillerait-elle après tout ce temps sans nouvelles ? Pour autant, elle commençait peu à peu à regretter de ne pas avoir déguerpi, car Haris s'était révélé être un infatigable boute-en-train.

— Regarde, avec quatre maintenant ! s'écria-t-il en jonglant avec de grosses boules de neige. Tu sais pas faire ça, hein !

Cassiopée leva les yeux au ciel. Elle ne savait pas si elle préférait qu'il se prît immédiatement une de ces boules sur la tête ou si elle devait l'encourager à en ajouter une cinquième pour s'assurer que cela arrivât.

— Bon, souffla-t-il, puisque l'humour ne marche pas, on va essayer autre chose.

— L'humour ? répéta-t-elle. C'était censé être drôle ?

Il grimaça en prétendant recevoir sa remarque en plein cœur.

— Les Gémeaux et le sarcasme… j'avais oublié.

Cassiopée sourit de bon cœur en se rendant compte que son piètre numéro de jongleur n'était destiné à rien d'autre qu'à lui changer les idées.

— Bon, admettons que tu aies le droit de me poser une question, une seule. Qu'est-ce que tu voudrais savoir sur moi ?

Cassiopée se tourna aussitôt vers lui. Il venait de lui servir sur un plateau la permission de l'interroger à sa guise.

— Aaaah ! s'écria-t-il. Ça, ça t'intéresse, madame la bagarreuse !

Le sourire de Cassiopée s'effaça aussitôt.

— Quoi ? demanda Haris l'air de rien. Trop tôt ?

— Je ne sais pas, rétorqua-t-elle en attrapant un tas de neige pour la compresser entre ses mains. Si je te balance cette boule de neige en pleine tête, tu penses que ce sera trop tôt ?

Contre toute attente, Haris éclata de rire. À la lumière des argia lore roses et vertes qui jonchaient le sol terreux, les yeux de Haris changeaient de couleur. Mais Cassiopée aurait pu jurer qu'ils étaient noirs.

— Tu es drôle. Ça doit être pour ça que Sohan t'aime bien.

Une bouffée de chaleur traversa Cassiopée.

— Je ne sais pas vraiment s'il m'apprécie ou s'il a pitié de moi, lui confia-t-elle après une grosse minute.

— Sohan a beaucoup de qualités, mais la compassion n'en fait malheureusement pas partie. C'est l'une des nombreuses caractéristiques qu'il ne partage pas avec le reste des Lion.

Un silence s'installa entre eux, le temps pour Cassiopée de peser ces mots.

— Crois-moi, il t'apprécie, ajouta-t-il sur le ton de la confidence. Et c'est plutôt rare qu'il laisse quelqu'un entrer dans sa vie depuis l'incident, tu devrais t'estimer heureuse.

— L'incident ? répéta-t-elle.

De quoi parlait-il au juste ?

Il pivota vers elle et l'observa avec attention.

— Oublie ça, répliqua-t-il. Je pensais que tu étais au courant.

Au courant de quoi ?

— Je...

Elle mourait d'envie d'insister pour percer le mystère « Sohan », mais elle se sentait coupable de le faire dans son dos.

— Sohan est très secret. Il m'a laissé entendre une fois qu'il avait perdu ses parents, mais je n'ai jamais osé revenir sur le sujet, se contenta-t-elle de dire.

« *Mes deux parents étaient Lion* », lui avait-il confié le jour de son arrivée. Cette phrase n'était jamais sortie du cerveau de la jeune fille.

— Je ne sais pas ce qu'il leur est arrivé exactement, mais je crois que ça nous rapproche, ajouta-t-elle.

Haris fronça les sourcils d'un air interrogateur.

— Mes parents biologiques m'ont abandonnée quand j'étais bébé, expliqua-t-elle. Je ne les ai jamais connus.

Le Verseau hocha la tête d'un air pensif.

— Ça explique certaines choses...

— Quoi donc ?

Les coudes sur les genoux, Haris souffla et un nuage de fumée s'échappa de sa bouche.

— Tout ce que je peux te dire, poursuivit-il d'une voix où pointait une certaine tristesse, c'est que les parents et la petite sœur de Sohan ont disparu du jour au lendemain il y a quatre ans et qu'il ne s'en est jamais remis.

Elle ne répondit pas. Pas parce que les mots lui manquaient, ni parce qu'elle était consciente que rien de ce qu'elle aurait pu répondre n'aurait été suffisant pour exprimer sa peine. Simplement parce que le passé de Sohan la renvoyait à sa propre histoire et que l'émotion l'aurait submergée si elle avait tenté de former le moindre son. Jamais elle ne se serait douté de quoi que ce soit.

— C'est un sujet tabou pour lui, il n'aime pas en parler.

Elle hocha la tête en ravalant son émotion. Sohan, plus que n'importe lequel de ses amis, connaissait la sensation d'être livré à lui-même. Il n'avait pas abordé la question avec elle mais il se rendait toujours disponible, de sorte que, depuis son arrivée, Cassiopée ne s'était jamais sentie totalement seule.

— Tu le connais depuis longtemps ? demanda-t-elle pour changer de sujet.

— Attends voir, j'ai quel âge ? Dix-huit ans ? Alors je dirais que ça fait dix-huit ans qu'on se connaît lui et moi. Nos parents étaient amis, on a plus ou moins grandi ensemble. C'est le meilleur ami que j'ai jamais eu.

Cassiopée sourit en entendant la passion avec laquelle il évoquait Sohan. Elle savait bien de quoi il parlait, car elle ressentait exactement la même chose pour Sasha.

— Désolée de te demander ça, dit-elle en cherchant ses mots, mais… qu'est-ce que tu fais là ?

Il pouffa de rire et sortit de la poche de son imperméable aux manches bleu nuit un petit paquet de pralines rose.

— La même chose que toi.

— Non, mais pourquoi maintenant ? Où est-ce que tu étais jusqu'à présent ?

Il tourna la tête vers la forêt en enfournant une poignée de pralines dans sa bouche.

— C'est pas vrai ! fit-il en mâchant. Il n'a vraiment jamais parlé de moi ? Quel ingrat !

Cassiopée esquissa un sourire et secoua la tête.

— J'étais inscrit à l'Académie de Paris. Ça fait un mois que je bataille pour être transféré, mais… bon, disons qu'il y a eu des problèmes « administratifs », expliqua-t-il en mimant les guillemets avec ses doigts avant de jurer à mi-voix.

Cassiopée ne savait pas grand-chose de ce garçon, mais son instinct lui dictait de lui faire confiance. Et s'il était le meilleur ami de Sohan, c'est qu'il devait sûrement être quelqu'un de bien. Naos et ses amis étaient au moins d'accord sur ce point.

Leurs remarques concernant Sohan lui revinrent à l'esprit. Pourquoi Naos avait-il une si piètre opinion de lui ?

— Tu es courageuse, tu sais.

Cassiopée releva aussitôt la tête.

— Hein ? fit-elle en cherchant sur les traits de Haris la moindre trace d'ironie.

Elle n'en trouva aucune.

— Sohan m'a raconté ton histoire dans les grandes lignes, confia-t-il. Et avec ce qu'il t'est arrivé ce soir…

— Ce n'est rien, le coupa-t-elle.

Elle renifla en rajustant sa cape argentée sur ses épaules.

— C'est ça, ricana-t-il.

Un léger silence s'installa entre eux, durant lequel Haris prit le temps, pour la première fois depuis le début de la soirée, d'observer Cassiopée plus attentivement.

— Tu ne m'as pas demandé mon avis, mais je vais te le donner quand même, reprit-il après avoir avalé une nouvelle poignée de pralines. Tu devrais rester. On les emmerde, ces clowns, avec leur Ligue à la con et leur loi merdique sur les Arruntas !

Il lui tendit le paquet rose et Cassiopée ne se fit pas prier. C'était la première fois que quelqu'un critiquait aussi ouvertement la Ligue devant elle.

— La Ligue ne détient pas la vérité absolue et ses décisions ne sont pas toujours justes, ajouta-t-il avec amertume. D'ailleurs, si tu veux un conseil, ne fais pas comme tout le monde : ne crois pas tout ce qui sort de la bouche d'Amalthée ou de ses sous-fifres.

Cassiopée resta coite. Haris venait de réussir l'exploit d'être plus virulent qu'elle. Ça faisait du bien de ne pas entendre que des éloges au sujet de cette organisation qui n'inspirait que méfiance à la Gémeaux.

— Attrape ta lame, dit-il en se levant.

Il essuya sa main poisseuse sur son pantalon puis saisit la sienne. Cassiopée, ne sachant pas où il voulait en venir, en fit autant et se positionna juste devant lui.

— On va faire un serment, déclara-t-il avec sérieux. Si tu restes, je ferai tout ce qui est mon pouvoir pour que tu n'aies plus jamais à subir le harcèlement des autres.

— Pourquoi tu ferais ça ? répliqua-t-elle.

— Tu m'as l'air d'être une chic fille. Et tu es l'amie de Sohan. Les amis de Sohan sont mes amis.

Cassiopée connaissait les conséquences de la rupture d'un serment par la lame. Pourquoi Haris prendrait-il le risque de perdre le lien qu'il entretenait avec la sienne ?

— C'est d'accord, finit-elle par répondre.

Haris hocha la tête et, toujours avec son paquet de pralines dans la main gauche, fit jaillir du bout de sa lame une lueur bleu foncé qui illumina les branches des arbres alentour.

Comme elle l'avait appris à l'entraînement, Cassiopée fit à son tour briller l'extrémité de sa lame. L'argent des Gémeaux rencontra le bleu des Verseau, donnant naissance à un mélange de couleurs aussi splendide que singulier.

Le serment était scellé.

— Tu es vraiment atypique, Haris.

Ces mots s'étaient échappés de ses lèvres au moment où leurs lames s'étaient éteintes.

— Non, ricana-t-il. Je suis Verseau, c'est tout.

Pour une raison que Cassiopée ignorait, le nombre de Verseau à l'Académie était assez réduit. Umbriel, l'ami de Naos, était le seul à qui Cassiopée eût jamais adressé la parole et leurs échanges avaient été brefs.

— Et puis, je ne prends pas trop de risque, enchaîna-t-il. Sohan et son copain… comment il s'appelle déjà ? Elnath ? Algedy ?

— Alioth.

— Oui, lui, dit-il en piochant quelques pralines. Ils t'ont déjà pas mal aidée de ce côté-là, donc je n'aurais plus qu'à impressionner les quelques réfractaires restants avec ma musculature de rêve pour les dissuader de s'en prendre à toi.

Cassiopée haussa un sourcil.

— De quoi tu parles ?

Haris baissa les bras qu'il avait montés de chaque côté de son visage pour faire saillir ses biceps et dévisagea Cassiopée comme si elle était stupide. Puis, il se tourna vers la forêt, en direction de l'endroit où Sohan avait disparu il y avait presque une demi-heure.

— C'est vraiment un con ! jura-t-il. Il est capable de te rappeler toute la journée qu'il t'a laissé sa part de cake au déjeuner ; par contre quand il s'agit de t'avouer qu'il a menacé la moitié de l'Académie de leur faire bouffer leur merde s'ils s'en prenaient encore à toi, il n'y a plus personne !

Plus Haris parlait et plus la tête de Cassiopée lui tournait. Elle dut s'asseoir pour s'empêcher de tomber. Sohan avait fait *quoi* ? Pourquoi ne lui avait-il rien dit ? Et Alioth ! Il ne lui adressait plus la parole, mais avait continué à la défendre sans qu'elle en eût la moindre idée...

Ils avaient fait tout ça pour elle. Pour elle, Cassiopée. Sans rien attendre en retour, sans même l'en aviser.

Elle baissa la tête et les mains sur ses genoux, elle serra ses poings aussi fort qu'elle le put.

Ne pas pleurer.

— Mauvaise nouvelle ! s'écria soudain la voix de Sohan derrière elle. J'espère que t'as pas perdu en souplesse parce qu'on va devoir escalader, *anaia.*

Cassiopée avait suffisamment entendu Stella appeler son frère comme ça pour deviner ce qu'anaia signifiait. Le fait que Sohan appellât Haris de cette manière en disait beaucoup sur la profondeur de leur relation.

Les mots de Haris avaient fait mouche. Quand bien même elle n'aurait pas prêté serment sur sa lame, il était désormais hors de question qu'elle baissât les bras. Pas quand elle venait de prendre conscience qu'on s'était donné tant de mal pour la rendre heureuse.

Quand elle se leva de son rocher, quelque chose avait changé. Elle était désormais prête à faire le serment sur sa lame qu'elle rendrait au centuple tout ce que ces personnes lui avaient donné à son insu. Elle resterait, elle trouverait ses parents biologiques, elle maîtriserait son don d'ubiquité mieux que tous les Gémeaux de l'Académie et elle passerait le temps restant à œuvrer pour le bonheur de ses proches.

— Bon, fit-elle en se frottant les mains, on y va ou on se regarde dans le blanc des yeux toute la nuit ?

Sohan eut d'abord l'air surpris, puis il jeta à Haris un coup d'œil incrédule et un sourire éclaira son visage.

— Argh ! fit-il d'un air faussement embêté. Moi qui pensais être débarrassé de toi.

— Tu ne seras jamais débarrassé de moi, Sohan.

C'était autant une plaisanterie qu'une promesse, et elle sut qu'il avait compris.

— Bon, c'est pas tout ça, mais on a du boulot ! conclut-il en passant une main dans ses boucles brunes.

Exalté, il s'adressait à Haris, qui lui répondit sans attendre :

— *Goazen !*

Cassiopée n'avait aucune idée de ce que cela signifiait, mais, à mesure que les trois s'enfonçaient dans la forêt, elle songea que pour rien au monde elle n'aurait souhaité se trouver ailleurs.

CHAPITRE 24

« Dorénavant, toutes les Académies du Continent doivent être dotées de gardiens destinés à protéger l'enceinte de l'établissement. La Ligue, instigatrice de l'intégration de ces protecteurs, ne saurait être tenue responsable en cas d'incidents impliquant un résident de quelque nature qu'il soit. »

Ordonnance n° 272 de la Ligue
sur la sécurité dans les Académies.

Cassiopée tenta de se remémorer la succession d'événements qui l'avait poussée à faire une chose aussi stupide. Elle qui était partie pour ne jamais remettre les pieds à l'Académie se trouvait désormais assise sur les épaules de Sohan devant la haute façade de pierre qui jouxtait le portail noir.

— Les garçons, dit-elle en attrapant le bras de Haris qui avait réussi à grimper sur le mur avec une facilité déconcertante, je ne suis pas sûre que ce soit une bonne idée…

— Te dégonfle pas, répondit Sohan, les mains agrippées à ses tibias. Tu as vraiment envie de passer la nuit dehors alors que tu pourrais être bien au chaud dans ton lit douillet ?

— Tu penses vraiment que tu vas m'avoir comme ça ?

Il sourit en inclinant la tête d'un air ingénu et un brasier s'alluma aussitôt dans son ventre.

— Eh bien tu as entièrement raison, poursuivit-elle. Haris, attrape-moi !

Le Verseau passa un bras sous ses aisselles. Elle agrippa ses épaules et força sur son abdomen douloureux pour atteindre le sommet de la façade. Elle se retrouva à califourchon devant lui, engoncée dans son imperméable, les fesses trempées par la neige et à moitié étranglée par sa cape qu'elle aurait voulu jeter par-dessus bord.

— Attention, je monte ! s'écria Sohan.

Cassiopée n'eut pas le temps de bouger une fesse qu'il prit de l'élan et s'élança sur le mur en s'appuyant sur une pierre volumineuse en contrebas. Il agrippa le sommet et, avec une aisance invraisemblable, se hissa à ses côtés.

— Bon, fit-il en s'agenouillant sur le mur d'enceinte, c'est là que les choses se compliquent.

Cassiopée pouvait apercevoir l'Académie au loin, partiellement éclairée, et elle eut l'impression qu'il lui suffirait de quelques petites foulées pour y parvenir. Pourtant, à ses pieds, ne gisait qu'une menaçante obscurité.

— On saute, on rejoint le chemin et surtout… on court ! ordonna Sohan.

Il s'apprêta à sauter quand Cassiopée attrapa son bras.

— Attends ! s'écria-t-elle. C'est… c'est sans danger, n'est-ce pas ?

Elle connaissait la réponse, mais là, tout de suite, elle voulait qu'on lui mentît. Droit dans les yeux, sans fléchir. Et c'est exactement ce que fit Sohan :

— Ne t'inquiète pas. Et puis on est trois, il ne peut rien nous arriver.

Cassiopée hocha la tête, mais une ultime question lui brûlait les lèvres.

— C'est… quoi exactement, un golem de pierre ?

Il fallait qu'elle sût. Même si cela impliquait qu'elle restât perchée sur ce mur jusqu'au lendemain, quand le portail rouvrirait.

Sohan et Haris échangèrent un regard entendu.

— C'est moins impressionnant que ça en a l'air.

— Trois fois rien, enchérit Haris.

Elle n'était pas dupe, mais la réponse lui convint. Ainsi, au compte de trois, elle prit la décision (absurde) de sauter avec eux.

Les trois amis atterrirent en même temps sur un gros tas de neige dans lequel ils s'enfoncèrent comme dans du beurre. Ils restèrent une poignée de secondes les uns à côté des autres, grelottant, à contempler l'étendue de la forêt et le début du chemin pavé à quelques mètres de là, à guetter le moindre son, le murmure d'un gardien. Mais rien. Rien d'autre que le vent qui soufflait de plus en plus fort.

— Goazen, chuchota Sohan.

À ces mots, ils s'élancèrent tous trois dans la forêt noire en direction du chemin bordé de neige. Cassiopée eut à peine posé un pied sur le sentier que le sol se mit à remuer, de plus en plus fort, jusqu'à lui faire perdre l'équilibre. À ses côtés, Haris manqua de tomber et Sohan redoubla d'efforts pour éviter de chuter à son tour.

— Qu'est-ce que c'est ? demanda Haris en s'agenouillant.

Sohan, les sourcils froncés et le dos voûté, observait le sol qui tremblait de plus en plus. Soudain, un pavé se retourna sous ses pieds, puis un deuxième, et un troisième. Le Lion, les yeux arrondis de surprise, hurla :

— Courez !

Dans un même mouvement, les trois novices se ruèrent en direction de l'Académie qui se dressait au loin. Beaucoup trop loin.

Derrière eux, des dizaines et des dizaines de pavés se retournaient sous leurs pas, déformant le sentier et manquant de les renverser.

Cassiopée fit l'erreur de se retourner et ce qu'elle vit lui glaça le sang.

Castor et Pollux.

Elle avait voulu savoir à quoi ils ressemblaient, c'était chose faite. Les deux golems de pierre étaient sortis de terre et se dirigeaient droit sur eux, dans un raffut infernal.

Le plus petit des deux faisait trois fois sa taille et avalait en une foulée ce qu'elle parcourait en cinq. Les deux masses rocheuses vaguement humanoïdes avançaient vers eux trop vite, trop puissamment, et lorsque le plus grand, dans un grognement sourd, élança son énorme bras dans leur direction, Cassiopée accéléra de toutes ses forces. L'air gelé lui brûla la gorge. Ses pieds, trempés par la neige, la faisaient souffrir. Mais peu importait, elle devait fuir.

— Anaia, derrière toi ! hurla Sohan.

C'était trop tard, le golem venait d'attraper le bras d'Haris. Il souleva le Verseau qui se débattait au-dessus de sa tête rocailleuse.

— Haris ! hurla Sohan en attrapant un pavé au sol.

Le projectile fendit l'air et s'abattit près de la bouche béante du golem. Un autre atteignit bientôt sa jambe. Sohan, le visage déformé par la peur, enchaîna les lancers et ne sembla pas remarquer l'interminable jambe du plus petit golem qui se dirigeait droit sur lui.

— Attention ! cria Cassiopée.

Avec une rapidité étonnante, Sohan se jeta par terre. La jambe du golem le manqua de peu lorsqu'elle se planta dans le sol avec fracas, juste sous les yeux de Cassiopée.

— Partez ! hurla Haris, compressé entre les doigts du golem.

L'affolement dans les yeux du Lion déstabilisa la Gémeaux. Depuis qu'elle connaissait Sohan, elle n'avait pas souvenir de l'avoir vu flancher une seule fois. C'était comme s'il n'avait jamais peur.

— Cassiopée, rentre à l'Académie ! s'écria-t-il en lançant un nouveau pavé sur le grand golem.

L'autre se dégageait déjà du trou qu'il avait creusé.

— Qu... quoi... mais, bredouilla-t-elle, en état de choc.

Elle se retourna vers l'Académie qu'elle vit rougeoyer au bout du chemin pavé. Les festivités d'Aztarna semblaient désormais bien loin, personne ne leur viendrait en aide.

Haris hurla de douleur et son cri transperça la nuit. Sohan attrapa sa lame et la transforma en la seule arme qu'il était capable de matérialiser : un couteau. Il la jeta sur le golem, le touchant à l'épaule dans un tintement d'acier avant de ricocher par terre.

Le petit golem se prépara à attaquer mais, cette fois, Sohan le vit venir.

— Tiens bon, Haris ! s'égosilla-t-il.

Puis il changea de cible et lança un nouveau pavé sur le plus petit des deux qui poussa un grognement sourd.

— Allez, viens par ici, gros tas de pierres ! s'écria Sohan.

Est-ce qu'il voulait mourir ?

Le golem envoya lourdement son poing sur le Lion qui l'esquiva avec une pirouette ridicule. Dans la foulée, il lui lança un second pavé en pleine tête et disparut derrière les arbres enneigés qui bordaient le chemin. Cette dernière provocation fut de trop pour le monstre rocheux qui s'enfonça dans la forêt à son tour après avoir poussé un cri profond, faisant vibrer l'air jusqu'à Cassiopée.

Elle n'avait pas bougé d'un pouce. De tout le combat.

Paralysée par la peur, elle ne parvenait même pas à sauver sa propre peau.

Sous ses yeux, le golem balançait Haris de droite à gauche, dont les cris intolérables ne cessaient de s'intensifier.

Soudain, avec une violence démesurée, le golem projeta Haris au sol. Son corps percuta les pavés avant de rouler entre les branches enneigées du sous-bois.

— HARIS ! hurla Cassiopée.

La peur s'envola aussitôt et elle se rua jusqu'au Verseau. Sans douceur, elle le retourna et le coucha sur le dos. Un long gémissement s'échappa de ses lèvres rougies de sang.

Il était vivant.

— Haris ! répéta Cassiopée au bord des larmes, en serrant la main droite du Verseau dans la sienne.

Elle était froide et son bras, lourd et désarticulé, était complètement hors d'usage.

— Soh… an, gémit Haris.

Cassiopée releva la tête vers la forêt, mais elle ne discerna rien d'autre qu'une froide obscurité.

Ses yeux s'arrondirent et une lueur de panique les traversa lorsqu'une main se referma sur sa cheville et la tira en arrière. Ses ongles se plantèrent dans la terre et ratissèrent l'orée de la forêt. Le golem lui faisait manger la poussière.

Comme Sohan avant elle, Cassiopée entreprit de ramasser les pavés que ses mains gelées trouvaient, mais elle ne réussit pas à en soulever un seul.

Elle était faible.

Rassemblant ses dernières forces, elle tenta de frapper le golem de son pied libre ; cela n'eut d'autre effet que de resserrer l'emprise de Pollux sur sa cheville. Elle ne put réprimer un cri de douleur en sentant ses os se rompre les uns après les autres.

Elle allait mourir.

Un hurlement déchira la forêt et Cassiopée sut tout de suite que Sohan était en train de vivre le même cauchemar qu'elle à ce moment précis. Il avait beau être plus fort, il ne pourrait venir seul à bout d'un de ces colosses.

Avec l'énergie du désespoir, elle attrapa sa lame et la transforma en l'espace d'une seconde en maillet. Elle se redressa pour l'abattre contre les phalanges du golem, mais elle eut le sentiment qu'une caresse aurait produit le même effet.

Elle allait mourir ici et maintenant, sans avoir été capable de se défendre, sans avoir été capable de protéger ses amis comme ils l'avaient fait pour elle. Le visage souriant de Tara lui apparut, puis celui d'Alioth, de Sohan et même de Stella.

Elle ouvrit les yeux et aperçut Haris au loin, couché sur le dos, une main sur l'abdomen. Il serait le prochain. Puis ce serait au tour de Sohan, si son compte n'était pas déjà réglé.

Jamais elle ne découvrirait l'identité de ses parents biologiques. Jamais elle ne saurait pourquoi ils l'avaient abandonnée alors qu'elle n'était qu'un bébé. Jamais elle n'apprendrait pourquoi, parmi tous les Constellationnistes qui peuplaient le Continent, c'était à des Arruntas qu'ils avaient choisi de la confier.

Ses yeux se fermèrent et une vague de chaleur enveloppa son estomac avant de remonter jusqu'à son cerveau.

Non.

Hors de question.

Elle ne mourrait pas sans avoir tout tenté.

Elle laissa la chaleur se diffuser dans son sang, embraser tout son être. Elle accepta les palpitations de son cœur qui s'emballait, le fourmillement dans ses membres, le liquide brûlant sous sa peau alors qu'au-dehors, tout n'était que chaos.

Le verrou en elle céda brutalement et une sensation à la fois nouvelle et familière lui parcourut l'échine. Son flux.

Alors, dans un ultime effort, elle le laissa s'échapper.

— CASSIOPÉE ! hurla Sohan au cœur de la nuit.

Puis ce fut le noir complet.

CHAPITRE 25

« Azimech, le fils cadet du Sage du Capricorne, Titan, attisa les braises de la colère du peuple à l'encontre du système des douze Sages pour, perfidement, prendre la tête de Saleria. Après la prédiction de l'Oracle Aldebaran, il ordonna qu'on lui livrât tous les nouveau-nés dans le but de débusquer la Supernova. »

Extrait de *L'Histoire de la dernière guerre civile salerienne.*

Lorsque Cassiopée ouvrit les yeux, une lumière blanche lui brûla la rétine et une forte odeur de menthe poivrée et de café lui titilla les narines. Elle cilla plusieurs fois pour tenter de distinguer son environnement.

Pour la première fois de sa vie, elle se sentit en paix.

Était-ce donc ça, le paradis ?

Sous son dos, un matelas moelleux supportait son corps étendu et une couverture chaude et légère la recouvrait entièrement. Elle dut ciller une fois de plus pour remarquer la masse sombre assise sur une chaise, au bout de son lit, les jambes croisées étendues en travers de son matelas.

Les bras hâlés du garçon étaient croisés derrière sa tête et Cassiopée remarqua le départ de son aztarna sur son biceps gauche. Ses yeux ambrés étaient plantés dans ceux de la Gémeaux et n'exprimaient rien d'autre que l'inquiétude.

Le cœur de Cassiopée se gonfla d'espoir. Il n'était pas mort. Ou bien ils étaient morts ensemble.

— Sohan, couina-t-elle avec un sourire enjoué.

Mais le Lion ne lui rendit pas son sourire. À la place, il se leva lentement et contourna son matelas pour venir se positionner tout près d'elle.

— Qu'est-ce que c'était que ça ? articula-t-il en posant ses deux poings crispés près du visage de Cassiopée.

Sa voix était chargée de colère et – Cassiopée l'aurait juré – de peur.

— Qu'est-ce qui te prend ? fit-elle en tentant de se remémorer comment la soirée de la veille s'était terminée.

Elle revoyait très distinctement Sohan lui dire de rentrer et sa propre jambe coincée entre les doigts du golem. Elle se remémorait aussi sans difficulté le Lion qui s'enfonçait dans la forêt pour éloigner le deuxième golem et Haris couché sur le sol.

Haris !

Cassiopée se redressa aussitôt et parcourut la pièce des yeux. Des dizaines de lits vides s'étendaient autour d'elle dans une succession de draps immaculés. Celui qui se trouvait juste à sa gauche, en revanche, était occupé par un garçon noir dont les yeux sombres la dévisageaient avec le même air grave que ceux de Sohan.

— Dites-moi ce qu'il se passe, demanda-t-elle en tentant de refouler son angoisse.

Elle avait beau fouiller dans sa mémoire, elle ne se souvenait pas comment elle avait atterri à l'infirmerie, ni de quelle manière ils étaient parvenus à se débarrasser des golems.

— C'est plutôt à toi de nous le dire, Cassiopée, répondit Sohan.

Elle s'apprêtait à répliquer quand les portes battantes de l'infirmerie s'ouvrirent avec fracas, laissant entrer Hélios et, derrière lui, Subra dans son tailleur noir des mauvais jours. Elle se positionna entre le lit de Haris et celui de Cassiopée avant de croiser les bras sur sa poitrine : ils allaient avoir des problèmes.

— Dans mon bureau, ordonna-t-elle. Tout de suite.

Puis elle fit demi-tour sans s'inquiéter de savoir si les novices étaient en état de la suivre. Tout indiquait qu'ils avaient plutôt intérêt à ne pas se faire prier, peu importe qu'ils fussent en convalescence et qu'ils eussent dû affronter les gardiens de l'Académie la veille.

Cassiopée s'extirpa de son lit, hésitante. Elle se rappelait encore la douleur qui lui tenaillait le corps quelques heures auparavant. Pourtant, au moment de se mettre debout, elle constata avec joie que non seulement sa cheville était comme neuve mais que son abdomen ne la faisait plus souffrir. Sur son poignet, l'entaille autour de son aztarna, toujours visible, avait cicatrisé. Haris, lui, paraissait en bien meilleure forme que la dernière fois qu'elle l'avait vu, mais son abdomen semblait le faire atrocement souffrir. À en juger par la manière dont il marchait, une main sur le ventre, l'autre sur la hanche, courbé vers l'avant, chaque pas dans le dédale de couloirs déserts qui menait au bureau de Subra était une souffrance.

Les trois novices finirent leur course dans le même couloir long et étroit que Cassiopée avait emprunté quelques semaines plus tôt pour se rendre à son entretien avec Amalthée. Subra s'arrêta devant une porte en métal grise et son visage s'afficha sur un écran, confirmant son identité, avant que la porte ne coulissât aussi bruyamment que la première fois, pour laisser apparaître un petit sas mal éclairé clôturé par une seconde porte de couleur noire.

Quatre cliquetis métalliques retentirent dans le sas. La porte s'ouvrit sur l'antre de Subra, froide et triste, à son image.

— Entrez, ordonna-t-elle en se positionnant face à son bureau, les mains sur les hanches.

Cassiopée ne se fit pas prier et pénétra dans la pièce qu'elle trouva une nouvelle fois surdimensionnée en comparaison de la chambre minuscule qu'elle partageait avec Essie.

Au moment où la porte se referma derrière les novices, Subra fit volte-face et, sans sommation, flanqua une gifle magistrale à Sohan.

Cassiopée sursauta sous l'effet de la surprise. À ses côtés, Haris serrait le poing en défiant Subra du regard. L'attitude idéale s'il souhaitait mourir. Aussi, Cassiopée attrapa sa main avant que Subra ne l'aperçût.

— Espèce d'inconscient ! s'égosilla Subra en pointant son index sur Sohan.

Son neveu, les mâchoires serrées, leva bien haut le menton et dévisagea sa tante dans l'attente d'une seconde sentence. Mais Subra s'éloigna et fit le tour de son bureau sur lequel trônait fièrement un seul et unique objet : un minuscule gramophone carré.

— Je veux savoir ce qu'il s'est passé, articula-t-elle, les lèvres pincées. Tout de suite.

Cassiopée sentit une pointe de culpabilité gonfler à l'intérieur de sa poitrine. La seule raison de leur affrontement avec les golems de pierre était que Sohan et Haris avaient voulu l'empêcher d'abandonner l'Académie.

— C'est ma faute, lâcha-t-elle dans un souffle.

Subra leva un sourcil, visiblement surprise, avant de dévisager les deux garçons qui entouraient Cassiopée. Celle-ci intercepta un regard furtif entre les deux qui la mit mal à l'aise.

— J'ai franchi le mur d'enceinte sans m'en rendre compte et les garçons sont venus me chercher, poursuivit-elle avec une aisance qui la surprit elle-même. Le portail s'est refermé sous nos yeux.

— Et vous avez estimé qu'il était judicieux d'escalader le mur au mépris des gardiens.

— Ça, pour garder…, maugréa Haris.

Subra le fusilla du regard.

— Castor et Pollux sont parmi les gardiens les plus puissants qui existent, expliqua-t-elle d'une voix placide. Nous avons sollicité leur présence juste avant l'intronisation de votre promotion. Savez-vous pourquoi ?

Aucun des trois ne prononça le moindre mot ni n'esquissa le moindre mouvement.

— Nous subissons depuis plusieurs mois, des… attaques ponctuelles. Nous et l'intégralité des Académies de la planète, pour être honnête. Mettre en place un couvre-feu et faire appel à des gardiens est la solution la plus sûre que l'on ait trouvée pour protéger les Constellationnistes.

Cassiopée se sentait incapable de soutenir le regard de Subra et gardait les yeux rivés sur la gigantesque tapisserie accrochée derrière la directrice, qui avait finalement choisi de s'installer sur son fauteuil pour leur faire la leçon.

— Vous ne pouvez pas vous mettre ainsi en danger en pénétrant dans l'enceinte de l'établissement après le couvre-feu, poursuivit Subra. Le contrôle que l'on a sur ces golems est limité, surtout hors de Saleria. Ils ont pour ordre d'exécuter tout intrus qui oserait se téléporter dans l'enceinte de l'Académie ou, soyons fous, en escalader les murs à mains nues.

Elle insista sur les derniers mots et, même si Cassiopée fournissait un effort remarquable pour ne pas croiser son regard, comptant les créatures brodées sur la tapisserie, elle savait pertinemment que Subra les dévisageait tous les trois.

— En conséquence, vous serez chargés de nettoyer les extérieurs tous les matins, pendant trois semaines.

Cassiopée arrêta son compte à treize et répéta après Subra :

— Trois semaines ?

— Vous préférez quatre ? demanda-t-elle en détachant chaque syllabe.

— Trois semaines c'est très bien, intervint Haris.

Subra toisa longuement Cassiopée, puis Sohan.

— Parfait, conclut-elle. Vous pouvez disposer.

Les trois novices s'empressèrent de rejoindre la sortie, mais avant que Cassiopée eût pu passer la première porte, Subra l'interpella :

— Pas toi, Cassiopée.

Sohan et Haris se regardèrent avec une inquiétude palpable et le Lion se retourna vivement vers sa tante.

— Pourquoi ?

C'était le premier mot qu'il prononçait depuis son entrée dans la pièce.

— Pardon ? fit Subra.

Rien, dans le ton qu'elle venait d'employer, n'invitait à une réponse. Aussi, après un dernier regard pour Cassiopée qu'elle ne sut interpréter, Sohan et Haris quittèrent la pièce et la laissèrent seule dans le repaire de Subra. La directrice de l'Académie se leva lentement, puis vint s'asseoir sur le canapé bleu cobalt qui jouxtait la grande bibliothèque à droite de son bureau. Cassiopée l'observa croiser les jambes avec toute l'élégance qui la caractérisait.

— Alors comme ça, tu as franchi le mur d'enceinte sans t'en rendre compte, déclara Subra en étendant ses bras sur le dossier.

Cassiopée déglutit puis hocha la tête. Subra l'impressionnait plus que quiconque, mais elle ne la laisserait pas avoir ce pouvoir sur elle.

— Mensonge, trancha Subra.

Elle plongea son regard dans celui de Cassiopée qui détourna aussitôt les yeux. Elle ne se laisserait pas asservir.

— Comme celui que vous avez servi à Amalthée sur mes parents biologiques, vous voulez dire ? rétorqua Cassiopée.

Elle avait pleinement conscience que son insolence la perdrait un jour, mais elle n'y pouvait rien, c'était dans sa nature.

Contre toute attente, un petit rire s'échappa de la bouche de la directrice.

— C'est vrai.

Cassiopée tressaillit. Oubliant le pouvoir d'asservissement de la directrice, elle planta des yeux inflexibles dans ceux de Subra. Ainsi, elle avait bien menti à Amalthée. Cassiopée n'était certaine que d'une seule chose : elle ne sortirait pas de ce bureau sans avoir obtenu une explication.

— Vous savez qui sont mes parents.

— Peut-être, répondit Subra que la situation semblait amuser.

Si n'avait pas émané de la directrice de l'Académie une telle prestance, Cassiopée l'aurait probablement menacée avec la lame qu'elle touchait du bout des doigts.

— Qu'est-ce que vous attendez de moi ? parvint-elle finalement à demander au prix d'un immense effort pour se contrôler.

Subra décroisa les jambes et se pencha vers Cassiopée d'un air grave.

— Que tu n'essaies plus de t'échapper.

— D'accord, répondit aussitôt Cassiopée.

Elle avait décidé cela il y a plusieurs heures, mais si cela pouvait faire plaisir à Subra, elle lui laisserait croire qu'elle était sous son emprise.

La novice attrapa sa lame pour sceller sa promesse d'un serment, mais Subra balaya sa tentative de la main.

— Je te fais confiance, rétorqua-t-elle.

Imbécile. Cassiopée ne lui devait rien, et si leurs intérêts n'avaient pas convergé, elle aurait rompu cet accord sans l'ombre d'un regret.

Sans s'en rendre compte, la novice s'était considérablement rapprochée de Subra, si bien qu'elle se tenait désormais juste devant elle.

— Assieds-toi, fit Subra en indiquant le fauteuil qui lui faisait face.

— Je suis très bien debout.

Subra leva les yeux au ciel.

— Décidément, tu es vraiment comme ton père.

— Arrêtez de faire durer le suspense, Subra, et allez droit au but.

Subra se renfrogna et Cassiopée craignit que son impertinence n'eût eu raison de la bonne volonté de la directrice.

— S'il vous plaît, ajouta-t-elle.

Les deux femmes se dévisagèrent brièvement avant que Subra ne détournât le regard.

— Ta mère… ta vraie mère il va sans dire, pas cette Arrunta qui t'a recueillie, fit Subra d'un ton qui donna à Cassiopée l'envie de lui planter sa lame dans l'œil, s'appelait Alhena Phobosyra. Et elle était la meilleure amie que j'ai jamais eue.

Cassiopée fut forcée de s'asseoir, ses jambes se dérobaient sous elle. Sa mère et Subra, amies ? Meilleures amies, vraiment ?

— Était ? répéta-t-elle.

Subra hocha la tête, les yeux perdus dans le vague. Le pouls de Cassiopée accéléra. Elle ne pouvait pas avoir perdu ses deux mères ; elle ne le voulait pas.

— Elle a disparu il y a presque dix-huit ans sans que personne ne sache ni où ni pourquoi ni comment. C'était peu après ta naissance.

— Mais…

— Je n'ai plus eu de nouvelles d'elle après cela, alors on peut dire que notre amitié s'est quelque peu… détériorée.

Cassiopée déglutit.

Disparue. Impossible. On ne disparaît pas comme ça. On ne disparaît pas sans emporter son enfant, ça n'a pas de sens.

— Et… mon père ? parvint à articuler Cassiopée.

Subra pinça les lèvres.

— Protée Panyro, dit-elle simplement. Disparu en même temps qu'Alhena.

— Quoi ? C'est tout ce que vous pouvez me dire sur lui ? s'enquit Cassiopée.

Son nom. La seule information qu'elle avait déjà à son sujet. Cela ne l'aidait en rien.

— Un Scorpion comme on en trouve beaucoup. Piquant, provocateur, têtu et possessif.

Intérieurement, un léger sentiment d'allégresse envahit Cassiopée. Elle savait d'où elle tenait son caractère bien trempé à présent.

Néanmoins, une question restait toujours en suspens.

— Comment avez-vous su que j'étais leur fille ?

— Tu veux dire à part le sarilepokora que tu portes autour du cou ? répondit Subra en se levant pour faire mine de chercher un livre dans sa bibliothèque. Tu as les cheveux indisciplinés de ta mère, ses yeux gris et son nez retroussé.

Cassiopée passa un doigt à la lisière de ses cils.

— Et les taches de rousseur que tu t'évertues à cacher… ce sont celles de ton père. Lui non plus ne les aimait pas beaucoup.

La main de Cassiopée dériva jusque sur ses joues.

— Je ne sais pas ce qu'il s'est passé pour qu'ils se séparent de toi, mais s'il y a une chose que tu dois savoir, Cassiopée, c'est que tes parents t'aimaient profondément. Ils t'avaient trouvé un nom avant même de connaître ton sexe. Ils étaient persuadés que tu serais une fille.

Une boule se forma dans la gorge de Cassiopée. Entendre parler ainsi de ses parents biologiques, entendre qu'ils l'aimaient, lui donnait plus que jamais envie de les retrouver.

— Mais qu'est-ce qu'il s'est passé ?

— C'est un mystère que je m'évertue à résoudre depuis presque dix-huit ans, répondit Subra.

Cassiopée resta pensive. Selon Subra, ses parents avaient disparu, mais si elle se fiait à ce que Harry lui avait raconté, Alhena et Protée l'avaient confiée à eux. Volontairement.

Pouvait-elle suffisamment faire confiance à Subra pour lui avouer ça ?

— Je peux te poser une question ? demanda Subra en lui faisant de nouveau face.

Elle poursuivit sans attendre de réponse.

— Comment as-tu su où la Cérémonie devait avoir lieu ? Comment et surtout pourquoi y être allée ?

Son ton redevint tranchant et sa dureté trahit son incompréhension.

Cassiopée hésita avant de répondre. Son instinct lui hurlait de déguerpir. Même si Subra avait un jour été la meilleure amie d'Alhéna, Cassiopée ne parvenait pas à se départir de sa méfiance. Néanmoins, ses recherches devaient débuter quelque part et Subra en savait plus sur ses parents biologiques que n'importe qui d'autre.

Cassiopée plongea la main sous le col de son T-shirt et en sortit le sarilepokora dont elle ne se séparait jamais.

— J'ai ce pendentif depuis plusieurs années, déclara Cassiopée en le tendant vers la directrice. Quand je vous ai vus au musée, avec Hélios, Izar et Hydra, arborer vos aztarna, semblables en tout point aux symboles que j'étudiais depuis si longtemps, je vous ai suivis.

Subra la dévisagea, les yeux plissés.

— Alors c'est le hasard qui t'a conduite jusqu'à nous ? demanda-t-elle.

Il était évident qu'elle ne la croyait pas.

Cassiopée hocha la tête et rangea son pendentif.

— Foutaises, trancha Subra. Le hasard n'existe pas.

— Appelez ça comme vous voulez : hasard, coïncidence ou destin, le résultat est le même.

— L'Oracle Aldebaran…, murmura-t-elle.

— Hein ?

Subra releva la tête comme si elle se souvenait soudain de la présence de Cassiopée.

— Rien, dit-elle. Tu peux y aller.

— Quoi ? Non ! Cette discussion n'est pas termi…

Subra leva subitement la main pour intimer à Cassiopée l'ordre de se taire. Elle obtempéra non sans mal, les yeux posés sur la directrice qui semblait plongée dans une profonde réflexion.

Cassiopée, surprise, bégaya quelque chose d'inaudible, mais la directrice s'installa derrière son bureau sans lui accorder la moindre attention. La Gémeaux comprit qu'elle n'obtiendrait rien de plus.

Elle passa la première porte, déçue mais satisfaite d'avoir au moins réussi à glaner quelques informations sur ses parents. Lorsqu'elle aurait intégré la Keta, elle obtiendrait tous les renseignements qui lui manquaient encore.

Alhena. Protée.

Elle ne s'était jamais sentie aussi près de les retrouver et un sourire béat gagna son visage au moment où elle passa la seconde porte.

Une fois de retour dans le long couloir, son sourire s'évapora : les garçons étaient partis sans elle. Elle avait cru naïvement qu'ils l'attendraient pour lui expliquer comment ils étaient parvenus à se sortir vivants de leur combat avec Castor et Pollux. Mais non, elle était seule au beau milieu du couloir avec l'intime conviction que Sohan lui en voulait pour quelque chose dont elle était incapable de se souvenir.

CHAPITRE 26

« L'Ophiuchus est la treizième constellation du Zodiaque.
Elle est considérée comme mythique.
Si elle existe, nul ne sait avec certitude
en quoi consiste son pouvoir astral. »

Extrait de *Mythes et légendes saleriennes.*

Pour la première fois depuis son arrivée à l'Académie, Cassiopée avait passé le reste du week-end quasiment seule. Alioth et Stella avaient obtenu une dérogation de la part de Subra pour rentrer chez leurs parents et n'étaient revenus que le dimanche soir juste avant le couvre-feu et Tara, elle, avait passé tout son temps enfermée dans sa chambre à réviser pour le troisième azter qui devait avoir lieu quelques jours plus tard.

Surtout, Haris et Sohan s'étaient évertués à éviter Cassiopée comme la peste. Elle avait eu la chance de les croiser à la cafétéria quelques heures après être sortie du bureau de Subra, mais ils avaient trouvé mille prétextes pour se soustraire à sa présence. La veille, ils s'étaient tout bonnement évaporés de l'Académie et Cassiopée n'avait toujours pas la moindre idée de la manière dont ils étaient parvenus à se débarrasser des golems.

Leur attitude la peinait profondément, celle de Sohan en particulier. Même s'il passait son temps à la provoquer et que leurs joutes verbales étaient de notoriété publique, elle avait toujours eu le sentiment qu'à sa manière, il l'appréciait. Sa réaction après Aztarna n'avait fait que confirmer ce sentiment. Mais peut-être s'était-elle trompée.

Heureusement, dans son malheur, Naos avait été un véritable rayon de soleil auquel se raccrocher pour ne pas déprimer seule au fond de son lit. Il avait passé l'après-midi du samedi à l'aider à rechercher dans l'immense bibliothèque tous les ouvrages mentionnant l'Oracle Aldebaran. Le Vierge semblait en savoir autant qu'elle à son sujet : l'Oracle descendait d'une famille d'Imperium depuis le Taureau Originel et c'était lui qui avait formulé la prédiction qui avait conduit à l'Exode du peuple constellationniste, vingt ans auparavant. En réalité, Naos s'était montré moins intéressé par ses recherches sur l'Oracle que par les dix-huit années qu'avait passées Cassiopée auprès des Arruntas. La novice avait réussi à se livrer à lui et lui avait dépeint toutes les facettes de la personnalité de Sasha. À mesure qu'elle avait évoqué les souvenirs passés ensemble, sa gorge s'était serrée, et ses mots étaient devenus inintelligibles. Sa meilleure amie lui manquait tellement que c'en était douloureux.

Naos, de son côté, s'était montré peu enclin à évoquer ses propres souvenirs d'enfance. Cassiopée n'en savait pas beaucoup sur lui en dehors du fait qu'il était fils unique, qu'il avait rejoint l'École constellationniste de Paris il y a quatre ans et que son fort accent Sùm était en grande partie lié au fait que ses parents refusaient catégoriquement de parler anglais, bien que la Ligue l'eût érigé en langue commune depuis l'Exode. Pour diverses raisons (commerce, tourisme, recherche), les

Constellationnistes avaient toujours transité par le Continent, et la plupart d'entre eux maîtrisaient certaines langues arruntas telles que l'anglais, mais des familles comme celle de Naos, conservatrices, s'étaient juré de ne parler que le Sùm. Il avait donc étudié sur le tas, et avait encore du mal avec quelques mots et sonorités.

✦

Cassiopée était frigorifiée. À cause de la punition de Subra, la Gémeaux avait passé les premières heures de sa journée à tenter de déblayer la neige qui s'était entassée autour de la bâtisse pendant que les garçons nettoyaient les gouttières. L'échauffement en extérieur imposé par Hydra était donc loin de la ravir.

Elle et Naos entamaient leur deuxième tour de l'Académie.

— Pars devant, suffoqua Naos, à bout de souffle. Je te ralentis plus qu'autre chose.

— Tu es sûre ? s'enquit Cassiopée en replaçant son bandeau en laine sur ses oreilles rougies par le froid.

Naos déglutit péniblement dans un hochement de tête et plaça une main sur un point de côté. Il n'en fallut pas plus à Cassiopée pour accélérer.

Elle avait eu du mal à assimiler le combat, les exercices de renforcement musculaire et le *Jotzea*, un genre d'art martial ressemblant trait pour trait à la capoeira, mais la course à pied, cela restait son domaine.

— Tu peux mieux faire, Cassiopée ! clama Hydra quand la novice passa devant elle.

Au même moment, Sohan et Haris – qui en étaient déjà à leur quatrième tour de piste – la dépassèrent sur la droite. Cassiopée accéléra.

— Sohan ! Haris ! cria-t-elle. Attendez-moi !

Le Lion se raidit en entendant son nom. Quand Cassiopée parvint à les rattraper, elle constata qu'un malaise planait toujours.

— Il faut qu'on se parle, vous croyez pas ? souffla-t-elle.

— Ce soir, répondit Haris avec un sourire crispé.

— Dans la salle d'astronomie, poursuivit Sohan en lui adressant en biais un regard compatissant.

Puis les garçons forcèrent le pas et, malgré ses entraînements quotidiens, elle fut bien incapable de suivre leur rythme.

— Je ne l'aime… pas beaucoup, s'essouffla une voix à ses côtés.

Cassiopée tourna la tête et découvrit Alioth dont le visage avait viré au rouge sous l'effort.

— Hein ?

— Haris, souffla-t-il. Comment il fait pour courir aussi vite avec de si petites jambes ?

On ne peut plus sérieux, Alioth jaugea le nouveau avec sévérité. Cassiopée réprima un rire ; il fallait admettre qu'Haris était assez petit de taille.

— Ne me dis pas que tu es jaloux.

— JALOUX ? s'écria-t-il avant de se reprendre. Jaloux de quoi au juste ?

— Sohan a un nouveau meilleur ami, répondit-elle en s'amusant d'avance des conséquences que ces mots auraient sur Alioth.

Sans surprise, il s'empressa de lui fausser compagnie pour rejoindre les deux garçons, décidément déterminés à l'éviter.

Qu'avait-il bien pu se passer ce soir-là pour qu'ils la fuissent ainsi ?

✶

Tout en observant le saumon échoué dans son assiette entre une cuiller de purée trop cuite et un fagot de haricots vert fluo, Cassiopée se demandait si elle arriverait à attendre le soir pour connaître la réponse à sa question. Sohan et Haris étaient installés de l'autre côté de la table et rien dans leur attitude n'indiquait la colère ou la déception.

Que pouvaient-ils bien avoir à lui dire qui justifiât tant de mystères ? Avait-elle eu un comportement inadapté en voulant les aider ? Sohan lui en voulait-il d'être revenue sur le champ de bataille alors qu'il lui avait conseillé de fuir ?

Cassiopée essaya par tous les moyens de croiser le regard de son ami, mais pas une seule fois il ne tourna le sien vers elle ni ne lui adressa la parole.

Izar et Subra entrèrent dans la cafétéria et emportèrent avec eux les dernières bribes de discussion.

Ce ne fut qu'en voyant la directrice déambuler dans un tailleur doré que Cassiopée se rappela la date du jour. L'esprit accaparé par les golems de pierre, ses recherches sur l'Oracle Aldebaran et celles sur ses parents biologiques, elle avait complètement oublié que la révélation de l'Élu devait avoir lieu ici et maintenant, devant tous les résidents de l'Académie.

C'était un moment d'une importance capitale, surtout pour celui qui finirait dans les petits papiers de Subra et serait alors certain de recevoir son affectation, quand bien même il échouerait lamentablement aux Quadrantides. En réalité, les Élus choisissaient rarement une affectation qui les éloignait de l'Académie, car faire partie du cercle de Subra était un luxe dont on ne se privait pas.

Comme tous les Constellationnistes qui l'entouraient, Cassiopée se leva et croisa les mains derrière son dos tandis qu'un silence plein d'attente emplissait la pièce.

Très vite, une fille blonde à la mâchoire carrée se leva de sa chaise et rejoignit Subra, immédiatement suivie par un garçon si grand que Cassiopée s'étonna de ne l'avoir jamais remarqué auparavant. Tous deux se positionnèrent juste devant Subra, de manière à former une sorte d'escorte.

— Aujourd'hui est un grand jour pour le novice qui aura la chance de m'accompagner et de me seconder durant les prochaines semaines, voire même – comme c'est le cas pour Zuben et Callisto ici présents – durant les prochaines années.

Cassiopée jeta un rapide coup d'œil vers Naos qui, assis deux tables derrière elle, semblait trépigner d'impatience. Il s'était donné beaucoup de mal pour attirer l'attention de Subra et il était clair que le fait d'être choisi comptait pour lui à un point que Cassiopée avait du mal à comprendre. Pour rien au monde elle n'aurait voulu passer tout son temps avec Subra.

— Le novice qui a été sélectionné a su briller par nombre de ses talents, particulièrement ces derniers jours, en redoublant d'efforts pour me surprendre et me montrer de quoi il était capable, poursuivit Subra, esquissant un sourire apparemment sincère. Il maîtrise redoutablement bien son pouvoir astral, peut se confronter aux aspirants les plus aguerris en matière de combat et aiguise chaque jour un peu plus le lien qu'il entretient avec sa lame.

Elle se tut pour parcourir du regard l'assemblée de novices éparpillés aux quatre coins de la pièce. Cassiopée n'avait aucune idée de qui pouvait être l'heureux élu. Sohan, peut-être ? Non, Subra ne prendrait pas le risque d'essuyer une polémique. Et puis, de toute façon, Sohan n'avait pas l'air particulièrement emballé par l'idée d'être l'Élu.

— Essie Shaulayra, c'est toi qui as été choisie, déclara Subra d'un ton solennel.

Aussitôt, une salve d'applaudissements retentit et deux couettes roses se frayèrent un chemin jusqu'à la directrice.

Essie était unanimement appréciée à l'Académie, à l'instar de la grande majorité des Balance, car elle était un modèle de diplomatie, de positivité et de bonne intelligence. Même Cassiopée s'était laissé charmer par cette fille. Elle n'avait pas le moindre défaut, si l'on omettait ses sollicitations constantes pour savoir laquelle de ses boucles d'oreilles en or blanc ou en argent plairait le plus à Sohan, ou encore quelle attitude adopter en sa présence ; ce à quoi Cassiopée répondait invariablement par « je n'en sais rien », car c'était le maximum qu'elle pouvait faire en restant polie.

Entourée des deux autres Élus, Essie rayonnait et son sourire était communicatif. Aussi, quand elle passa autour de son cou le sarilepokora symbolisant la fonction qui lui incombait désormais, Cassiopée se réjouit sincèrement pour elle.

Certains des novices présents affichaient une mine déçue, mais Naos semblait le plus affecté. Son regard habituellement si ouvert donnait l'impression d'être dur comme la pierre.

Plus tard dans l'après-midi, alors que le nom d'Essie était sur toutes les lèvres, suscitant l'admiration des uns et la jalousie des autres, Cassiopée comptait les minutes qui la séparaient du dîner et des réponses aux questions qui monopolisaient ses pensées depuis bientôt soixante-douze heures.

Elle passa tout le cours de Modélisation à lancer les armes qu'elle créait avant de les rappeler à elle. Si elle demeurait la seule novice à pouvoir modéliser n'importe quel instrument de combat, elle avait encore du mal à créer le lien nécessaire à réaliser cet acte. Une fois sur deux, sa lame restait au sol, comme si elle ne reconnaissait pas l'énergie astrale des Gémeaux tapie au fond d'elle.

De toute manière, malgré ses efforts, ses pensées revenaient toujours à Sohan et Haris. Eux non plus n'étaient pas concentrés sur l'entraînement, si elle se fiait à leurs messes basses.

— Comment tu fais ? s'insurgea Naos pour la troisième fois après que Cassiopée eut réussi à matérialiser coup sur coup une hache, une pioche et un bouclier en bronze.

— C'est un savoir-faire ancestral, plaisanta-t-elle. Qu'est-ce que tu me donnes en échange de mes précieux conseils ?

Mais Naos n'était visiblement pas d'humeur à plaisanter. Cassiopée avait beau ne pas comprendre l'adoration qu'il vouait à Subra, elle tenta par tous les moyens de le faire sourire. Elle finit par lui arracher un éclat de rire au prix d'un petit bout de sa dignité lorsqu'elle imita Kaus le jour où il était arrivé en retard parce qu'un aspirant Gémeaux avait réussi à l'enfermer sur le toit de l'Académie.

— Déjà qu'il ne m'aimait pas beaucoup, là il me déteste carrément, fit Naos d'un air grave.

— Kaus déteste tout le monde.

— Je parle de Sohan.

Cassiopée suivit le regard de Naos et découvrit Sohan, négligemment assis sur l'estrade, les mains posées derrière lui, dévisageant son nouvel ami d'un air sombre.

— Ne fais pas attention à lui, il est comme ça depuis trois jours, dit-elle en levant les yeux au ciel. Et puis, ce n'est pas comme si tu le portais dans ton cœur toi non plus.

Naos rompit le contact visuel et se concentra de nouveau sur la lame qu'il tenait dans sa main droite.

— Je me suis peut-être trompé, finalement.

— Sur le fait que tu ne l'apprécies pas beaucoup ?

— Sur le fait qu'il n'aime personne d'autre que lui-même, déclara-t-il en plantant ses yeux noirs dans ceux de Cassiopée.

L'étrange lueur qui y passa mit Cassiopée étrangement mal à l'aise.

✶

— Il était persuadé d'avoir épousé Hydra et au final, c'était Larissa ! s'exclama Alioth la bouche pleine. Et vous savez pourquoi ?

— À cause des sangsues hallucinogènes, répondit en chœur le reste de la tablée avec une lassitude non dissimulée.

Cela faisait dix fois qu'Alioth racontait cette histoire ; une fois de plus et Cassiopée ne répondrait plus de rien.

— Sérieusement, Alioth, fit Haris. Je suis là depuis trois jours et j'ai déjà entendu cette histoire deux fois.

— C'est normal, c'est une légende très connue ! répondit Alioth, pas vexé pour un sou. Les sangsues hallucinogènes de la Traversée du Capricorne : quelques minutes et l'esprit s'emballe !

— Sauf que les deux fois c'était de ta bouche, simples !

De nouveau les éclats de rire fusèrent et Cassiopée eut même la chance d'entendre celui de Stella, qui ne se manifestait que très rarement. Il faut dire qu'elles ne partageaient aucun moment ensemble en dehors des repas. Et encore, Stella semblait mettre un point d'honneur à s'asseoir à l'extrême opposé de Cassiopée. Malgré tout, la Gémeaux avait cru remarquer une légère amélioration depuis que les jumeaux étaient revenus du week-end passé chez leurs parents. Peut-être que la rébellion d'Alioth déteignait sur sa sœur.

Au moment de quitter la table, l'estomac de Cassiopée se serra et sa tête commença à tourner.

Elle emprunta les escaliers jusqu'aux dortoirs avec ses amis, d'un pas pressé, et dut attendre qu'Essie filât sous la douche pour s'éclipser sans avoir à subir d'interrogatoire. Une fois dans le couloir, elle tambourina à la porte de Sohan. Mais ni lui ni Alioth ne semblaient s'y trouver. Qu'importe, elle rejoindrait le Lion directement au lieu de leur rendez-vous.

Tout en veillant à ne pas révéler son impatience grandissante aux quelques novices qu'elle croisait sur sa route, elle remonta d'un étage l'escalier à double révolution et s'inséra dans le couloir perpétuellement désert qui menait à la salle d'astronomie. Nerveuse, elle poussa la porte en bois qui la séparait du moment tant attendu.

Elle crut que son cœur allait s'arrêter quand elle s'aperçut que, au lieu de deux paires d'yeux, cinq la dévisageaient avec attention. Ils étaient tous là : Haris et Sohan, mais aussi Tara et les jumeaux. Au regard qu'elle lançait à Alioth, Stella ne semblait pas ravie d'avoir été traînée là.

— Finalement j'ai pensé qu'il valait mieux que les autres soient au courant aussi.

Cassiopée haussa un sourcil et, devant l'air grave du Lion, prit place sur un grand bureau en bois.

— Je t'écoute, dit-elle avec un calme factice.

Ses cinq amis se tenaient face à elle, avachis sur des tables et des fauteuils poussiéreux. Si la moitié d'entre eux était visiblement aussi perdue qu'elle, Haris et Sohan semblaient en proie au désarroi le plus profond.

Ils s'observèrent de longues secondes avant que Sohan se levât de la chaise bancale sur laquelle il était installé.

— Je dois vous dire quelque chose, annonça-t-il d'un air grave. Mais vous devez me promettre que tout ce que nous dirons ce soir ne quittera jamais cette pièce.

Puis, sans laisser à quiconque le temps de répondre, il saisit sa lame et en illumina l'extrémité d'une couleur dorée.

Les yeux de Cassiopée s'arrondirent de surprise. Autour d'elle, tous semblaient aussi déconcertés et inquiets. Tara se mit à triturer l'une de ses bagues, les lèvres pincées, alors que Stella avait croisé les bras.

— Houla…, fit Alioth en se levant de son fauteuil. Ça doit être un secret d'État si tu veux nous faire prêter serment.

Sohan et Haris étaient censés lui expliquer comment ils avaient vaincu les golems. La tournure des événements n'augurait rien de bon et la novice gratta frénétiquement la peau autour de l'ongle de son pouce, comme à chaque fois que le stress menaçait de la submerger.

— Je ne prêterai aucun serment avant que tu nous aies dit de quoi il s'agit, déclara Stella en triturant sa frange blonde.

— Fais pas ta chieuse, *arreba*, rétorqua Alioth en illuminant le bout de sa lame avant de la tendre vers Sohan.

Le halo doré du Lion et le vert du Taureau fusèrent l'un vers l'autre pour se mélanger dans un léger crépitement. Stella se renfrogna, mais les mots d'Alioth eurent visiblement l'effet escompté, car elle attrapa sa lame à son tour et imita son frère. Puis, vint le tour de Tara et Cassiopée. Même Haris, pour prouver sa bonne foi, se prêta à l'exercice.

Alors Sohan prit une profonde inspiration et se gratta l'arcade sourcilière. Jamais il n'avait semblé si désolé.

— C'est au sujet de Cassiopée…

Le silence envahit la pièce. La Gémeaux agrippa le bord du bureau en réprimant un haut-le-cœur.

Sohan se racla la gorge avant de prononcer les mots qui allaient bouleverser son existence :

— Je crois que c'est elle, la Supernova de la prédiction.

CHAPITRE 27

« La méfiance à l'encontre des Supernovas
résulte de leur instabilité énergétique
– elles risquent l'implosion en cas de perte de contrôle –,
mais surtout des malédictions que semblent provoquer
ces êtres contre-nature. »

Extrait de *Pourquoi éliminer les Supernovas :*
études anthropologiques saleriennes.

Le silence retomba, étouffant, encombrant, et tous les regards se posèrent douloureusement sur Cassiopée. Soudain, Stella s'écroula sur une chaise en bois. Elle ne laissait transparaître que deux émotions : peur et incompréhension.

Peur.

Voilà ce que Cassiopée lut sur tous les visages qui l'entouraient, y compris celui de Tara qui avait agrippé le bras d'Alioth sans s'en rendre compte.

Ce dernier s'affaissa dans son fauteuil et passa une main sur son visage déformé par l'angoisse.

— T… tu es sûr, Sohan ? balbutia-t-il. Comment tu le sais ?

— Quasiment certain, répondit le Lion. Elle s'est métamorphosée devant nous... Il n'y a qu'une seule explication possible. Elle n'est pas seulement Gémeaux... elle est aussi à moitié Scorpion.

Métamorphosée devant nous.

Métamorphosée devant nous.

Métamorphosée devant nous.

Métamorphosée devant nous.

Ces mots marquèrent l'esprit de Cassiopée à la manière d'un sceau incandescent. La Supernova était dotée du pouvoir astral de ses deux géniteurs à la fois. Si Sohan disait vrai et que Cassiopée s'était métamorphosée, alors Subra avait raison : Protée était bien...

— Scorpion..., répéta-t-elle, les yeux perdus dans un lointain abysse.

Sa jambe droite tressauta, rapidement suivie par son corps entier. Traversée par un million de frissons, Cassiopée n'était plus que tremblements.

C'était impossible.

Ça ne pouvait pas être elle. Tout le monde, mais pas elle.

Elle n'était même pas douée, même pas compétente. Elle ne parvenait même pas à maîtriser un seul pouvoir astral et il prétendait qu'elle en possédait deux.

Une main se posa sur la sienne. Elle remarqua seulement à cet instant que Sohan s'était approché. Elle voulut se dégager, mais elle n'eut pas la force d'esquisser le moindre mouvement.

Cassiopée leva un regard hagard vers Sohan dont le visage était si proche du sien qu'elle pouvait sans mal voir les poils de sa barbe parsemer sa mâchoire anguleuse, les stries sur ses lèvres pleines et le reproche dans ses yeux clairs.

— Tu le sais depuis quand ? demanda-t-il.

Son accusation fit à Cassiopée l'effet d'un coup de fouet.

— Parce que tu penses... que j'étais au courant ?

Il recula et passa une main tendue dans ses cheveux.

— Je ne sais pas…, hésita-t-il. Tu… je ne sais pas.

Sur sa gauche, Haris, adossé contre le mur, demeurait muet. Comme tout le monde dans la pièce.

— Le cadran a illuminé la constellation des Gémeaux, répondit-elle. Pas celle du Scorpion. Subra et Hélios étaient là, ils l'ont vu.

Face à ces accusations, la seule chose qu'elle était capable de faire était de s'en remettre aux faits. Elle avait vu le cadran réagir et le cadran ne mentait pas, Hélios le lui avait dit.

— C'est vrai, assura Tara dont le visage avait repris des couleurs. Toutes les Supernovas ont toujours été démasquées grâce au cadran. S'il n'a pas illuminé le Scorpion, c'est que ce n'est pas elle.

Sohan se tourna vers Haris.

— On l'a vue, dit-il. Comme je vous vois.

« *Qu'est-ce que vous avez vu ?* » essaya de formuler Cassiopée. Mais sa langue semblait peser une tonne et aucun son ne sortit. À la place, elle regarda Sohan soulever son sweat-shirt pour en extraire un petit livre vert serti d'or.

— Et c'est déjà arrivé que le second pouvoir astral d'une Supernova se révèle bien après le premier.

— Quand ça ? demanda Tara.

Elle semblait vouloir balayer tous les arguments que les garçons pourraient lui soumettre.

— Il y a six cents ans.

Devançant sa prochaine question, il ajouta en ouvrant le livre à l'une des dernières pages :

— Nokomis, l'enfant sauvage.

Alioth saisit le livre et parcourut rapidement les premières lignes.

— Nokomis est un mythe, Sohan.

— Selon qui ? intervint Haris. La Ligue ?

Alioth baissa les yeux.

— Écoutez, reprit Sohan. Nokomis a été déposée sur le cadran juste après sa naissance, puis abandonnée dans la Traversée du Bélier. Malgré son âge, le cadran avait miraculeusement illuminé une constellation, et une seule. Sa nature de Supernova s'est déclarée bien après. Pour Cassiopée, c'est la même chose : elle a passé toute sa vie sans avoir la moindre idée de qui elle était vraiment !

Cela ne pouvait pas être vrai. Cassiopée avait beau ne pas se rappeler tous les événements qui s'étaient produits ce soir-là, elle savait que ce que Sohan sous-entendait était impossible. Elle l'aurait remarqué, elle s'en serait souvenu.

Elle fouilla tellement fort dans sa mémoire que sa migraine s'intensifia.

Soudain, des flashs traversèrent son esprit.

Elle vit Sohan sortir de la forêt et hurler son nom. Il était à bout de souffle. Quelques instants plus tard, l'incompréhension déformait son visage figé. Il était grand, bien plus grand qu'elle, ou bien elle avait rétréci.

Cassiopée attrapa sa tête alors que les images continuaient de défiler.

Elle se revit, perchée en haut des arbres sans feuilles bordant le chemin pavé, attendre patiemment le moment propice pour se jeter sur l'un des golems de pierre. Elle se souvint d'un cri traversant la nuit. Long et strident.

Cassiopée se leva brutalement sous l'effet des souvenirs qui persistaient à jaillir.

— Qu'est-ce qu'il s'est passé ? demanda-t-elle, haletante.

Sohan et Haris se dévisagèrent brièvement.

— Pollux t'a projetée au sol, expliqua Haris en se grattant la tête. Mais avant que tu ne touches les pavés, tu... tu as changé... tu n'étais plus toi-même...

— Un lynx, trancha Sohan.

Cassiopée fronça les sourcils.

— Un lynx ? répéta-t-elle.

— Tu as pris l'apparence d'un lynx.

Son ton était dur et froid, tout comme la lueur dans son regard.

Cassiopée se rassit, tremblante. Elle ne comprenait rien.

— Tu es une Scorpion Gordina, précisa Haris. Ça signifie que tu peux prendre l'apparence de n'importe quel être vivant sur cette planète et au-delà, excepté les plantes : Constellationniste, Arrunta, animal… jusqu'au plus petit insecte si tu t'entraînes suffisamment.

— Mais on pense que ton animal totem est le lynx, ajouta Sohan. C'est dans cette forme que tu te métamorphoses le plus naturellement.

Un lynx.

Rien n'avait plus de sens. Elle avait le sentiment de vivre un cauchemar dont elle ne parvenait pas à se réveiller.

— C'est elle qui s'est débarrassée des golems ? questionna Tara.

Cassiopée releva la tête et Sohan secoua la sienne.

— On ne se débarrasse pas de Castor et Pollux, ils sont beaucoup trop puissants. Mais Cassiopée les a occupés suffisamment longtemps pour que je traîne Haris jusqu'à l'Académie. Elle a semé les golems dans la forêt, comme j'avais essayé de le faire avant elle… sauf qu'elle a réussi.

Il se tourna vers la Supernova.

— Quand tu es ressortie de la forêt, tu étais… toi, fit-il en la désignant de la main. Tu t'es évanouie à nos pieds juste avant qu'Hélios ne vienne nous trouver.

Le silence s'abattit sur eux.

Dans quel état l'avaient-ils trouvée ? Elle se souvenait s'être réveillée habillée à l'infirmerie.

Cassiopée détailla Sohan sans savoir si elle devait croire à son histoire. Mais quel intérêt aurait-il à lui mentir ?

— C'est tout l'effet que ça vous fait ? trancha alors Stella.

Elle traversa la petite pièce et vint se placer en face de Cassiopée.

— C'est la Supernova de la prédiction, précisa-t-elle au cas où l'information ne serait pas montée au cerveau de tous ses amis. Vous savez ce que ça implique, n'est-ce pas ?

— Oui, on le sait, rétorqua Sohan.

— Qu'est-ce que ça implique ? demanda Cassiopée qui ne parvenait pas à garder la tête froide.

Stella leva les yeux au ciel.

— Tu es la Supernova, Cassiopée, la seule Constellationniste vivante à pouvoir maîtriser deux pouvoirs astraux. C'est quand il a été averti de ta naissance qu'Azimech est devenu fou il y a dix-huit ans, c'est à cause de toi qu'on a dû quitter Saleria ! S'il apprend que tu es ici, il viendra te chercher et ce sera ta faute si une nouvelle guerre éclate !

Cassiopée eut l'impression de recevoir une gifle.

Elle avait envie de lui mettre son poing dans la figure et de se cacher au fond d'une grotte.

— Rien ne dit qu'il viendra la chercher, intervint Sohan en s'interposant entre les deux femmes.

Cassiopée n'aurait su dire s'il croyait réellement à ses paroles ou s'il cherchait simplement à être rassurant. La première option suggérait qu'il était plus stupide qu'il n'en avait l'air.

— Azimech a besoin de l'énergie de la Supernova pour réveiller l'Ophiuchus, cracha Stella. Tout le monde le sait. Après tout ce qu'il a fait par le passé, tu penses vraiment que le jour où il aura connaissance de sa présence sur le Continent, à l'Académie, il ne mettra pas tout en œuvre pour lui mettre la main dessus ?

— Déjà, l'Ophiuchus est une légende, répliqua Sohan. Et puis le seul portail actif qui relie le Continent à Saleria est au siège de la Ligue, gardé par des dizaines de *begiraleak*. Ce sont des gardiens surentraînés : il aurait à peine posé un pied sur le Continent qu'il serait éliminé.

Stella le dévisagea d'un air excédé.

— On parle d'Azimech et de son armée, Sohan, pas d'un novice qui ne saurait pas se servir de sa lame. Et il a déjà des alliés sur le Continent, tu penses que les Académies sont attaquées par qui ? Les Arruntas ? Même s'ils connaissaient notre existence, ils seraient trop faibles et trop lâches pour s'en prendre à nous !

— Et alors quoi ? intervint Alioth qui, jusqu'à présent, était resté silencieux, le menton posé sur ses doigts croisés. Qu'est-ce que tu proposes ? Qu'on coupe la tête de Cassiopée ? Qu'on l'enterre sous un buisson ?

Cassiopée haussa un sourcil.

— On doit la dénoncer à la Ligue, asséna Stella.

— Pas question ! s'insurgèrent Sohan et Haris d'une même voix.

Haris avait traversé la pièce d'un bond pour se positionner aux côtés de Sohan.

— Quoi ? cracha la blonde à l'intention d'Haris. Toi aussi tu réprouves la Ligue ? Tu fais partie de tous ces transfuges ?

Le visage sombre de Haris se referma aussitôt.

— Fais attention à ce que tu dis, siffla-t-il. Les transfuges ont aidé Azimech à assassiner de sang-froid des centaines d'innocents. Ce sont des malades qui n'hésiteraient pas à vendre père et mère pour mettre un psychopathe à la tête de notre peuple, tout ça pour réveiller un Constellationniste originel dont on ne connaît même pas le pouvoir ! Ne m'associe pas à eux !

— Les transfuges sont tous ceux qui s'opposent à la Ligue ! rectifia Stella, le visage empourpré de colère. Si tu ne soutiens pas la Ligue, alors tu soutiens Azimech, c'est aussi simple que ça.

Haris eut un petit rire qui n'augurait rien de bon.

— J'ai toutes les raisons du monde de haïr la Ligue et crois-moi je ne m'en prive pas. On a prêté serment de ne rien divulguer donc personne, pas même toi, ne va dénoncer qui que ce soit.

— Personne…, intervint Alioth en se levant à son tour pour se poster entre sa sœur et Haris. Personne ne va rien dire.

Il fusilla Haris du regard, mais cela ne sembla pas atteindre le Verseau qui soutint son regard.

— Anaia…, protesta Stella.

Alioth leva le bras pour la faire taire.

— Il ne reste plus beaucoup de temps avant les Quadrantides, dit-il placidement. Il faut simplement que Cassiopée fasse profil bas et ensuite elle pourra choisir une affectation qui ne requiert pas d'utiliser son pouvoir.

— La Supernova porte malheur, aboya-t-elle. Et puis regarde-la ! Tout le monde a déjà les yeux rivés sur elle. Elle n'arrivera jamais à cacher un tel secret, c'est beaucoup trop gros. Si nous mettons *ama* ou Subra au courant dès maintenant, qui sait ? Elles pourront peut-être lui venir en aide. La Ligue…

— J'ai dit non ! gronda Sohan. Ni Amalthée, ni Subra, ni personne d'autre ne doit être au courant !

Il la toisa avec une telle animosité que Stella n'eut d'autre choix que de garder le silence. Il semblait à deux doigts de l'asservir.

— Stella n'a pas tort…, intervint Tara.

Tous les regards se tournèrent vers elle.

— Tu ne vas pas t'y mettre toi aussi, fit Sohan, excédé, en passant une main dans ses cheveux.

Tara remua la tête.

— Je ne pense pas que mettre la Ligue au courant soit une bonne idée, mais ce n'est qu'une question de temps avant que Cassiopée ne se métamorphose à nouveau, même sans le vouloir. Elle ne maîtrise aucun de ses pouvoirs astraux.

Cassiopée déglutit, les poings serrés et les yeux rivés sur ses chaussures. Tout le monde parlait d'elle comme si elle n'était pas là. Comme si son avis ne comptait pas et qu'elle n'avait pas son mot à dire, alors que tout ceci la concernait.

Même si cela l'agaçait, Tara touchait du doigt un élément crucial. En trois mois, elle avait réussi à créer la moitié d'un clone et elle s'était – elle n'en revenait pas de le penser sérieusement – métamorphosée en animal. Sans le vouloir, qui plus est.

Elle fut prise d'un vertige à l'idée qu'elle pût involontairement recommencer en présence d'autrui.

« C'est à cause de toi qu'on a dû quitter Saleria. »

« C'est de ta faute si une nouvelle guerre éclate ! »

Les mots de Stella tournaient en boucle dans ses pensées, comme une chanson dont il serait impossible de se débarrasser.

Même si l'admettre lui déchirait le cœur, elle savait pertinemment ce qui était le mieux pour tout le monde.

— Je vais partir, conclut-elle.

Car c'était la seule issue possible, la seule qui ne ferait courir de danger à personne, la seule qui lui permettrait de se racheter pour le mal que sa naissance avait engendré. Par sa faute, des milliers de Constellationnistes étaient morts et des milliers d'autres avaient dû quitter leur île. Elle était un problème avant même de venir au monde. Était-ce pour cette raison que ses parents biologiques l'avaient abandonnée ? Avaient-ils conscience du monstre qu'elle était ? Ou au contraire avaient-ils voulu la préserver de ce peuple qui la haïrait ?

— Cassiopée, la défia Haris en agitant sa lame sous son nez pour lui rappeler le serment qu'ils avaient prêté.

— Les choses ont changé, Haris.

— Pour l'instant rien n'a changé, répliqua-t-il. Ça ne tient qu'à toi.

— Je suis un danger pour tout le monde ! s'écria-t-elle, la voix chargée d'émotion. Sans même parler d'Azimech, je sais que je peux imploser à tout moment si je perds le contrôle ! Et puis, je ne veux pas être à l'origine d'un séisme ou d'une nouvelle épidémie.

Elle soupira.

— Rien que de vous tenir à côté de moi est imprudent...

— Ne dis pas de bêtises ! intervint Sohan. Tu es peut-être impulsive et têtue, mais tu n'es pas un *danger.* Tu parviendras à te contrôler, j'en suis certain. Et tu n'es pas responsable de ce qu'il s'est passé sur Saleria.

Cassiopée retint son souffle et serra les dents pour s'empêcher de pleurer. Sohan lui avait dit tout l'inverse à la bibliothèque il y a plusieurs semaines. Il voulait l'empêcher de partir, encore. À ses côtés, les regards de Haris, Tara et Alioth témoignaient de la même bienveillance à son égard. Ils estimaient qu'en dépit de ce qu'elle représentait et des risques qu'ils encourraient à la fréquenter, elle avait le droit de rester. Ils *voulaient* qu'elle restât.

Soudain, son affrontement avec Octant lui revint en mémoire, sa main distordue, transformée...

— Tara a raison, je n'ai aucune maîtrise sur mes pouvoirs. Je suis presque sûre que je me suis déjà métamorphosée pendant un entraînement.

— Q... quoi ? fit Alioth.

— Personne ne l'a remarqué, mentit-elle. Pas même moi, sur le coup.

Stella leva les bras au ciel.

— Vous voyez ?

— Tara, tu peux l'aider, toi, non ? intervint Sohan en ignorant Stella. Tu es sa mentore.

La future irakatsi afficha une mine pensive.

— J'ai déjà fait mon maximum…, avoua-t-elle. Mais maintenant qu'elle connaît sa vraie nature, peut-être qu'elle arrivera à dissocier les forces qui luttent en elle ?

Ses yeux gris se tournèrent vers ceux de Cassiopée, plus doux que jamais.

— On peut essayer, qu'est-ce que tu en dis ?

Cassiopée sentit le poids sur ses épaules s'alléger un peu. Peut-être avait-elle mis le doigt sur ce qui n'allait pas et que son pouvoir serait plus facile à apprivoiser désormais ?

— Mais on a un autre problème, enchérit Tara. L'Académie regorge de Balance. Le règlement empêche les détenteurs de pouvoirs psychiques d'en user en dehors des entraînements, mais qui sait s'ils ne commettent pas quelques entorses ? Il suffit d'une seule Balance, d'un seul mot capté dans une pensée et c'en est fini de nous.

Elle avait raison. Même les plus studieuses Balance telles qu'Essie transgressaient parfois le règlement.

— Haris s'en occupe, fit Sohan.

Alioth se gratta la nuque, visiblement gêné.

— Sohan…, j'ai regardé le classement d'Haris… il n'est pas très bon.

Haris haussa les sourcils, à la fois surpris et amusé par la réponse d'Alioth, mais ce dernier ne le remarqua pas.

— Je ne pense pas qu'il arriverait à masquer nos pensées à tous, précisa Alioth.

— J'y arriverai, trancha le Verseau.

Sohan et Haris se lancèrent un regard plein de sous-entendus et Cassiopée fut persuadée qu'ils dissimulaient une information capitale. Elle était sur le point de les interroger lorsque l'une des discussions qu'elle avait eues avec Essie lui revint en mémoire.

— Essie ne peut pas lire mes pensées, déclara-t-elle. Je pense que personne ne peut se servir de son pouvoir psychique contre moi.

— Qu'est-ce que tu racontes ? fit Stella. Subra t'a forcée à monter sur le cadran après la Cérémonie et Kaus a ressenti tes émotions devant le gailuat.

Le visage de Sohan demeura pensif.

— Mais oui ! s'exclama-t-il. Les pouvoirs astraux psychiques fonctionnent selon un principe de domination. Les Balance, comme les Cancer, les Capricorne ou les Lion n'ont aucune prise sur ceux qui disposent d'une énergie plus importante. Subra et Kaus ont dû réussir à utiliser leur pouvoir quand ton don de métamorphose ne s'était pas encore réveillé. À présent, les choses seraient probablement différentes, à mon avis.

Stella s'inséra entre Haris et Sohan et se positionna juste en face de Cassiopée.

— Il n'y a qu'un moyen d'en être sûrs, fit-elle en tendant les bras devant elle.

— Qu'est-ce que…

Sohan n'eut pas le temps de finir sa phrase. Stella ferma les yeux et dirigea ses paumes vers Cassiopée.

Confortablement installée sur son bureau en bois, la Supernova attendit que Stella ait terminé sa démonstration de force en priant intérieurement pour que la théorie qu'elle avait avancée se révèle correcte.

Heureusement, elle n'eut pas à patienter longtemps : après quelques secondes, les bras de Stella retombèrent le long de son corps tandis qu'elle rouvrait les yeux, l'air frustré.

— Essaie, Sohan, fit Tara de l'autre côté de la pièce.

— Ce n'est pas nécessaire, s'insurgea Cassiopée. On vient de voir que ça ne fonctionnait pas.

En réalité, elle redoutait de devoir faire les frais d'un asservissement, surtout s'il venait de Sohan.

— Tu pourrais très bien disposer de plus d'énergie astrale que Stella, même sans être une Supernova, expliqua-t-elle. Mais Sohan est un Imperium de septième génération ; si tu résistes à son asservissement, alors il n'y aura plus de doute possible.

À contrecœur, Cassiopée se leva et se positionna devant Sohan. Elle souffla un grand coup avant de plonger son regard dans ses yeux ambrés.

— Ça risque d'être drôle, dit-il en s'humectant les lèvres.

Cassiopée n'était pas du même avis. Jamais elle n'avait osé le regarder aussi longtemps auparavant et elle espérait sincèrement que toutes les émotions qui la traversaient ne se lisaient pas sur son visage.

Il leva les bras et posa une main sur chacune des joues de Cassiopée qui s'enflammèrent aussitôt.

À quoi est-ce qu'il jouait ?

Sans le vouloir, le regard de la Supernova se perdit le temps d'une infime seconde sur les lèvres charnues de Sohan qui s'approchaient dangereusement. Un rictus s'y dessinait.

Quand il accrocha de nouveau le regard de Cassiopée, il formula son instruction si bas qu'elle devait être la seule à l'avoir entendue :

— Embrasse-moi.

Autour d'eux, le temps s'arrêta. Pas parce qu'elle était tombée sous le coup de sa volonté, non – elle était toujours parfaitement maîtresse de son corps, ce qui ne fit que confirmer sa théorie : elle était insensible aux pouvoirs psychiques. Toutefois, elle n'en revenait pas qu'il lui demandât une chose pareille. Ce n'était ni le lieu ni le moment.

Une partie d'elle voulut remettre les pendules à l'heure, mais l'autre, facétieuse et mesquine, profita de l'occasion pour se jouer de lui.

Sans jamais rompre le contact visuel, Cassiopée franchit les derniers centimètres qui la séparaient de Sohan. Leurs souffles s'entremêlèrent.

Une lueur de confusion traversa le regard du Lion et il n'en fallut pas plus à Cassiopée pour être satisfaite du tour qu'elle était en train de lui jouer.

— Dans tes rêves, souffla-t-elle en repoussant son torse de sa main.

Et Sohan recula d'un pas en arborant une expression à la fois gênée et amusée.

— T'es vraiment irrécupérable, Sohan, observa Haris en secouant la tête.

Sohan sourit et, si furtivement qu'elle faillit le manquer, il jeta un coup d'œil à Cassiopée pour s'assurer qu'elle souriait aussi.

— Bon, on est fixés, déclara Sohan. Cassiopée est imperméable, c'est une bonne nouvelle.

Stella émit un bruit réprobateur.

— Vous êtes vraiment inconscients, marmonna-t-elle avant de quitter la salle d'astronomie en claquant la porte.

— Je m'en occupe, fit Alioth en courant après sa sœur.

Au fond d'elle, Cassiopée savait qu'il était terriblement risqué de ne compter que sur sa capacité de contrôle et sur Haris pour bloquer leurs pensées, mais il était absolument hors de question qu'elle mît sa vie entre les mains d'une organisation qui exécrait à ce point les Arruntas. De la même manière qu'Haris et Sohan, Cassiopée détestait la Ligue, même si elle n'était pas encore sûre de comprendre quelles étaient leurs raisons.

Non. Si elle était vraiment une Supernova, elle ferait tout ce qui était en son pouvoir pour que jamais personne d'autre ne fût au courant. Et surtout pas Azimech.

Elle ne pourrait jamais se racheter pour le mal qu'elle avait causé malgré elle dix-huit ans auparavant, mais elle pourrait s'assurer que cela ne se reproduisît jamais. Elle protégerait ceux qu'elle aimait, quel qu'en fût le prix.

CHAPITRE 28

« L'azterita festa est un bal donné en l'honneur des nouveaux irakatsi après leur examen. À l'issue de l'azterita festa, les irakatsi sont en mesure d'enseigner dans l'Académie de leur choix. »

Extrait de *Traditions saleriennes.*

Assise en tailleur au beau milieu de la salle d'astronomie, face à la porte qui dissimulait le passage secret, Cassiopée pesait le pour et le contre.

Cette pièce était devenue leur repaire secret. Elle et ses amis y passaient tout leur temps libre, dès la fin des cours. Mais cette fois, elle s'y était rendue seule pour la soirée et n'avait pas bougé de cette position, pendant que ses camarades se goinfraient à la cafétéria. Elle n'avait pas faim.

Faiblement éclairée par la petite lampe qu'elle avait subtilisée à Sohan, elle dressa mentalement une liste de toutes les raisons qui la poussaient à rester à l'Académie alors qu'elle mettait tout le monde – y compris elle-même – en danger. Si ses amis n'avaient pas été là, Cassiopée aurait peut-être traversé le tunnel pour rejoindre Sasha, deux jours plus tôt, quand elle avait appris que c'était elle, la Supernova de la prédiction de l'Oracle Aldebaran. Elle avait beau se sentir chez elle à l'Académie et vouloir retrouver ses parents biologiques, elle ignorait si elle arriverait à conserver son secret d'ici les Quadrantides comme elle se l'était promis.

Jusqu'à présent, la mission avait été un franc succès : elle avait arrêté de se faire remarquer en cours de Modélisation et ne s'était pas métamorphosée au beau milieu d'un entraînement de Maîtrise. Elle redoutait tellement de se laisser dépasser par le pouvoir de métamorphose qu'elle était encore moins apte qu'avant à générer un clone. La porte d'entrée de la salle s'ouvrit brusquement et la lumière vacilla avant de s'allumer. Tara pénétra dans leur repaire en sautillant dans son uniforme aux manches argentées.

— J'ai réussi ! s'écria-t-elle. Je vais officiellement devenir irakatsi !

Cassiopée se leva et un sourire spontané gagna son visage : Tara venait de réussir son troisième azter, elle allait pouvoir enseigner !

Elle se jeta dans ses bras.

— Félicitations, *jenia* ! lui dit-elle contre son cou.

Cassiopée le pensait : Tara était un génie. Sa mentore se détacha d'elle avant de l'attraper par les bras, le visage enjoué.

— Ils l'ont annoncé devant tout le monde, pendant le dîner – auquel tu n'étais pas !

Cette dernière remarque était un reproche. C'était la deuxième fois que Cassiopée manquait un repas et Tara ne le supportait pas. Manger, c'était le nerf de la guerre.

— Tu le mérites tellement ! répondit la novice en ignorant le sous-entendu. Je suis fière de toi.

Tara tapa des pieds en exultant et Cassiopée partagea sa joie.

— Je compte sur toi pour être la plus belle possible pour l'azterita festa ! la menaça gentiment sa mentore en enlevant sa veste pour la poser sur le grand bureau de bois.

Il faisait toujours frais dans l'Académie, mais Tara était visiblement trop excitée pour s'en rendre compte.

— L'azterita *quoi* ?

Tara leva les yeux au ciel.

— Je savais que tu ne saurais pas de quoi il s'agit. C'est pas grave, t'y échapperas pas. Je te prêterai la robe que je portais l'an dernier pour l'annonce des irakatsi qui m'ont précédée, tu seras *magnifique* dedans !

— Ça ne m'explique pas ce que c'est, répliqua la novice en croisant les bras.

— C'est une fête donnée en l'honneur des nouveaux irakatsi, pour célébrer la transmission du savoir de nos ancêtres…

Elle leva le menton avec fierté.

— … mais c'est surtout le meilleur moyen pour les novices de décompresser avant les Quadrantides, si tu veux mon avis !

Elle sauta de joie, et parce que Tara comptait décidément beaucoup pour Cassiopée, la novice l'imita.

— Bon, trêve de plaisanterie, maintenant tu me formes un clone et plus vite que ça, exigea subitement Tara en claquant des doigts.

Cassiopée se figea et fit les gros yeux.

— Non, je rigole ! jubila la mentore avant de partir dans un éclat de rire cristallin.

La novice rit à son tour, de soulagement. Tara avait des airs de Kaus quand elle s'y mettait, c'était effrayant.

— Par contre, reprit-elle avec un sérieux qui désarçonna Cassiopée, je veux vraiment que tu essayes maintenant, s'il te plaît.

Et cette fois, la novice comprit que sa mentore ne plaisantait pas. Sans plus de cérémonie, leur entraînement quotidien débuta. Après une demi-heure à mettre en œuvre toutes les méthodes qu'elle connaissait sans succès, Tara exigea une pause.

— Qu'est-ce qui te bloque ? demanda-t-elle, les mains sur les hanches.

Cassiopée, assise au centre de la pièce, tremblait presque de frustration. Elle n'arrivait à rien.

— J'ai peur, avoua-t-elle, la tête baissée.

— Peur de quoi ?

Cassiopée déglutit.

— Que mon lynx prenne le dessus.

Tara fit claquer sa langue. Puis elle prit place sur le bureau de bois.

— OK, tu sais quoi ? Fais-le venir.

— Hein ? s'alarma Cassiopée.

— Métamorphose-toi.

— Mais je ne sais pas f…

— Tut, tut, tut, la coupa Tara. Fais ce que tu veux, lâche prise.

La novice se leva et dévisagea sa mentore comme si elle était cinglée. Elle n'allait quand même pas se métamorphoser en lynx *ici* !

— Tu ne sais pas créer de clone ? Soit. Tu ne sais pas comment te métamorphoser ? Très bien. Fais ce que tu *peux*. Écoute ton corps, et quand tu sens qu'il emprunte une voie, ne te bride pas : suis-la et vois ce que ça donne.

Dans la bouche de Tara tout paraissait si simple. La réalité était bien différente. Mais si elle voulait du lâcher-prise, elle allait en avoir.

Cassiopée leva les bras pour s'étirer, puis se dégourdit les jambes avant de fermer les yeux. Elle prit de profondes inspirations et expira plus fort encore. Une dizaine de fois, sans s'arrêter.

Toutes ses pensées étaient tournées vers l'intérieur de son corps, vers les pouvoirs qui dormaient au creux de son ventre.

Elle écarta les doigts et un souffle frais sembla courir sous sa peau, remonter le long de ses bras avant de descendre dans ses jambes. Cassiopée persévéra. Elle visualisa une réplique de son corps à ses côtés : sa taille élancée, ses pommettes, son nez retroussé, ses yeux gris et ses boucles brunes.

Elle imagina le halo au-dessus de sa tête et à ce moment précis, un second flux, tel un courant d'eau chaude, sombre et rapide, se déversa à son tour, pour venir repousser l'air qui refusait de céder du terrain. C'était généralement à ce moment-là que Cassiopée abandonnait.

Mais pas cette fois.

Tara refusait qu'elle se bridât, elle ne ferait rien pour empêcher ce qu'elle imaginait comme un liquide noir et dense de trouver sa place.

La Supernova accueillit ce flux qui se déversa avec plus de force, jusqu'à ce qu'elle eût la sensation d'être submergée par un torrent inarrêtable. Elle ne voulait plus lutter. Elle bascula la tête et se laissa engloutir.

Timidement, elle ouvrit les yeux. La salle d'astronomie avait changé. Ou plutôt non : c'était elle qui avait changé.

— Par l'Ophiuchus ! s'écria Tara.

Cassiopée leva la tête et trouva sa mentore, assise sur le bureau, les jambes relevées contre sa poitrine. Bien plus haut qu'elle ne l'avait laissée. Mais c'était elle qui se trouvait plus proche du sol.

Elle avait une vision accrue de chaque meuble poussiéreux de la pièce, de l'air frais contre son pelage, de ses quatre pattes qui reposaient sur le sol en tomette… Surtout, elle entendait tout. Le vent pénétrer par le vasistas cassé, les battements du cœur de Tara et la chaise que l'on venait de pousser à l'autre bout de l'étage.

Elle fit quelques pas pour jauger la coordination de ses membres et, étonnamment, cela lui sembla assez facile. Comme si elle l'avait fait toute sa vie.

— Maintenant, reviens, fit Tara.

Contre toute attente, l'exercice se révéla bien plus aisé. Dans cet état, l'énergie qu'elle monopolisait pour maintenir la métamorphose ressemblait à une laisse qu'elle tenait fermement dans sa main. Pour l'arrêter, elle n'avait qu'à la relâcher.

Cassiopée se retrouva accroupie sur le sol, courbée. Une main se posa sur son dos.

— Tu vas bien ? demanda Tara.

La novice ressentit le besoin urgent de vérifier si sa tenue était décente. Et elle l'était. Son uniforme n'avait pas disparu.

Comme si elle lisait dans ses pensées, Tara l'informa :

— L'uniforme de l'Académie est conçu pour se mêler aux métamorphoses des Scorpion, résister à l'usure des Béliers et disparaître avec les Vierge sans que ça ne vous demande aucun effort particulier.

Cela expliquait pourquoi elle s'était réveillée habillée à l'infirmerie.

C'est pas vrai ! Cela expliquait aussi pourquoi elle s'était réveillée nue dans cette même salle il y a plusieurs semaines ! Elle s'était, de toute évidence, métamorphosée pendant son sommeil, laissant derrière elle le T-shirt trop grand qui lui servait de pyjama.

Par chance, cet événement ne s'était jamais reproduit.

— Alors, c'était comment ? demanda Cassiopée, hésitante.

Le visage de Tara s'illumina.

— C'était grandiose ! exulta-t-elle. Tu vois, le lâcher-prise, ça paye !

Cassiopée se sentit mue par une énergie qui la dépassait, mais dans laquelle elle aurait voulu se lover pour le restant de ses jours.

— Tu penses que tu pourrais créer un clone, maintenant ? demanda sa mentore.

Cassiopée acquiesça sans même prendre le temps de réfléchir et se repositionna face à Tara.

Les choses étaient différentes, cette fois, elle avait senti chaque ondulation de son flux de Scorpion dans ses veines. Il avait une empreinte propre, une couleur sombre et un parfum rond et chaud qu'elle saurait identifier et écarter le moment venu.

Au moment où le souffle du Gémeaux, léger comme une plume, mais aussi rapide et ténu, fusa dans son corps, elle sut exactement comment lui laisser la place, la latitude nécessaire pour qu'il crût par lui-même. Elle le laissa enfler et combler son corps d'une énergie astrale débordante.

— Bien, murmura Tara, continue comme ça.

Précautionneusement, elle déroula son flux et sentit un fourmillement s'extirper de ses veines. Alors qu'elle avait eu le sentiment de se noyer en se métamorphosant, il lui semblait à présent qu'elle se libérait d'un poids. Elle était prête à s'envoler.

Peu sûre d'être parvenue à son but, Cassiopée ouvrit les yeux l'un après l'autre avec une appréhension manifeste. Aux larmes qu'elle découvrit au bord des cils de Tara, elle comprit qu'elle avait réussi.

Elle se tourna vers sa réplique et scruta chaque partie du double qu'elle venait de former : l'ovale de son visage, ses boucles brunes récalcitrantes, son corps autrefois chétif devenu athlétique à force d'entraînement, les détails de son uniforme au col Mao et aux manches argentées… Elle avait même réussi à copier les deux stries aux couleurs de sa constellation sur son pantalon noir.

Il était identique.

Elle avait enfin créé un clone.

CHAPITRE 29

« En prévision de l'examen des Quadrantides,
vingt-quatre des novices les plus méritants dans les trois disciplines principales
– la Maîtrise des pouvoirs astraux, la Modélisation des pouvoirs astraux
et le Combat rapproché – sont nommés Khefs d'Unité.
Ils doivent rassembler une équipe de douze novices
issus de constellations différentes. »

Extrait de *Tout savoir sur les Quadrantides.*

Cassiopée ouvrit les yeux en sursaut sous le grondement du ciel nébuleux qui s'étendait au-dessus de sa tête. Un orage se préparait.

Elle bondit hors de son lit en rejetant d'un geste de la main la couverture en plumes d'oie et ses pieds nus ne rencontrèrent rien d'autre que le froid glacial d'un sol de pierre.

Elle n'était pas dans sa chambre.

Autour d'elle, ni odeur ni son, comme si les ténèbres avaient englouti toute forme de vie sur Terre.

Elle se frotta les yeux pour être sûre de ne pas rêver et ses cils s'alourdirent sous le poids du liquide visqueux qui coulait sur ses joues. Du sang. Ses mains en étaient recouvertes.

Qu'avait-elle fait ?

Loin devant elle, des pleurs retentirent ; ceux d'un nouveau-né.

Un berceau apparut, éclairé par une lumière surnaturelle.

Au moment où Cassiopée voulut se précipiter vers lui, son pied droit heurta un obstacle et elle s'affala par terre. Ses genoux absorbèrent le choc. Elle se roula en boule sous le coup de la douleur.

Le ciel tonna une seconde fois alors qu'elle se relevait pour ramasser, à ses pieds, la grosse pierre blanchâtre qui l'avait fait tomber.

Non, pas une pierre. Un crâne.

Dans un hoquet de surprise, Cassiopée le lâcha aussitôt. Il éclata au sol.

Un éclair perfora le ciel, illuminant l'estrade à douze côtés sur laquelle se tenait Cassiopée. Dans le clair-obscur qui l'enveloppait, elle manqua de défaillir. Il n'y avait plus là un seul crâne, mais des dizaines, des centaines formant un monticule dont elle était le sommet.

Son hurlement résonna dans la nuit tandis qu'elle se hâtait de rejoindre la terre ferme. Au moment où ses pieds touchèrent le sol en marbre, une lumière, si vive qu'elle balaya l'obscurité, jaillit du ciel.

Un nouvel éclair ?

Cassiopée leva les yeux et, l'instant d'après, tomba à genoux devant le spectacle sublime et terrifiant qui s'offrait à elle. Ce n'était pas un éclair, mais une étoile. Une étoile qui venait d'imploser, libérant des milliers de rayons multicolores. Une larme roula sur sa joue tandis qu'elle observait les rayons lumineux disparaître.

De nouveau, le noir l'engloutit.

Alors, les pleurs reprirent ; plus forts, plus plaintifs. Cassiopée se rua sur le berceau ovale miraculeusement lumineux dans lequel était étendu un nourrisson aux yeux gris qui, à la minute où elle apparut, cessa de pleurer pour lui adresser un sourire bouleversant.

À son poignet brillait une chaînette en or qui portait une inscription. Cassiopée se pencha pour mieux la voir et au moment où ses yeux déchiffrèrent les neuf lettres du prénom de l'enfant, elle eut un mouvement de recul.

Qu'est-ce que… ?

À deux pas, un couple s'éloignait, main dans la main, d'une démarche calme et résolue. À leur cuisse droite était accroché un morceau de métal plus long que large. Cassiopée faillit ne pas remarquer la couleur des manches de leur veste d'uniforme : celles de l'homme étaient noires, celles de la femme argentées.

Cassiopée comprit enfin qui ils étaient.

— Alhena ! cria-t-elle. Protée !

Mais ils continuèrent de s'éloigner sans se retourner, la laissant seule dans l'obscurité.

— Attendez !

Elle eut un ultime regard pour le nourrisson avant de s'élancer à leur poursuite.

— Attendez-moi, dit-elle quand elle arriva à leur niveau.

Elle posa la main sur l'épaule de Protée et…

— Cassiopée Proteyra ! appela Subra, faisant éclater la bulle dans laquelle Cassiopée s'était perdue.

Le cauchemar qui bouleversait son sommeil depuis qu'elle connaissait sa nature et qui monopolisait son esprit nuit et jour s'évapora. Cassiopée prit conscience des regards rivés sur elle.

Elle avait eu une absence de quelques secondes à peine et pourtant, la nomination des Khefs pour les Quadrantides était déjà en train de s'achever. Tout portait à croire qu'elle venait d'être sélectionnée.

Il y avait trois Unités – Maîtrise, Combat et Modélisation –, et huit Khefs par Unité, les huit plus talentueux. Les deux premières étaient hors de portée pour Cassiopée : elle maîtrisait vaguement son pouvoir astral depuis peu et ses talents en combat étaient bien inférieurs à ceux des autres novices. En revanche, en Modélisation, elle excellait…

— Cassiopée, qu'est-ce que tu attends ? Tout le monde te regarde ! chuchota Naos en la secouant par les épaules.

Le cœur au bord des lèvres, elle observa les vingt-trois Khefs qui venaient d'être appelés : Essie et Sohan, dont le visage venait de se décomposer, avaient également été nommés.

Naos poussa Cassiopée dans le dos et elle traversa la foule en direction de l'estrade. Elle grimpa timidement les quatre marches en interrogeant Sohan du regard. Il l'encouragea, d'un hochement de tête furtif, à rejoindre les autres Khefs.

Cassiopée se positionna en bout de file, juste à côté de Rosalinde. C'était la novice qui, après elle, parvenait le mieux à maîtriser sa lame.

— Bien, conclut Subra. Vous avez devant vous les Khefs qui dirigeront chacun une Unité stratégique durant l'examen des Quadrantides. Vous pouvez les applaudir !

Une vague d'ovation anima l'essaim de novices en contrebas, mais Cassiopée afficha une mine horrifiée. Ses talents en Modélisation venaient de la propulser au rang de Khefa de la première Unité de Modélisation et tous les yeux seraient rivés sur elle lors des Quadrantides.

Si elle avait voulu être nommée Khefa pour montrer de quoi elle était capable et pour être sûre d'obtenir l'affectation qu'elle désirait, cela faisait plusieurs jours qu'elle s'évertuait à passer aussi inaperçue que possible. Au plus grand désespoir d'Izar qui semblait avoir fondé en elle des espoirs disproportionnés, elle ne matérialisait désormais plus que de simples couteaux, dagues et autres armes blanches qui ne requéraient pas une quantité d'énergie démesurée. Car personne ne devait savoir que, de l'énergie, elle en détenait sûrement plus que la somme de ses professeurs les plus expérimentés.

— Tu pourrais au moins faire semblant d'être contente, dit Sohan entre ses dents au moment où il passait devant elle pour quitter l'estrade.

— Je suis à mon maximum, rétorqua-t-elle sans l'ombre d'un sourire.

Elle lui emboîta le pas et se glissa derrière lui dans la masse de novices surexcités.

— Tu es vraiment nulle pour jouer la comédie, tu le sais, ça ? demanda-t-il sans se retourner.

— Pourtant tu as vraiment cru que j'allais t'embrasser l'autre fois, je me trompe ?

Il s'arrêta si subitement que Cassiopée lui rentra dedans. Puis, avec une lenteur étudiée, il se retourna et lui adressa un sourire plein de malice.

— Ça, c'est parce que tu en avais vraiment envie.

Cassiopée se renfrogna pour tenter de justifier le rose qui gagnait ses joues.

— Tu te crois tellement irrésis…

Sa phrase mourut sur ses lèvres lorsque le visage candide de Naos s'interposa entre eux.

— Si tu cherches un Vierge, je suis là !

Le sourire de Sohan s'évapora et il se mordit la lèvre inférieure, l'air excédé.

— De quoi… de quoi est-ce que tu parles ? s'étonna Cassiopée.

— Ben, pour ton Unité, précisa Naos en se grattant la tête. Comme il te faut un descendant de chaque constellation… je me disais que tu cherchais peut-être un Vierge…

Cassiopée le dévisagea comme s'il venait d'une autre planète. Elle avait complètement oublié que les Khefs devaient constituer une équipe de douze Constellationnistes.

— ... ou pas, poursuivit Naos.

La déception qu'on lisait sur son visage était inversement proportionnelle à la patience dont Sohan tentait de faire preuve. Les mains dans les poches de son pantalon d'uniforme, il adressa à Cassiopée un sourire forcé.

— Si ! s'écria Cassiopée. Bien sûr que si, j'ai besoin d'un Vierge. Et d'une Balance. Et d'un Sagittaire. Et... de tout en fait.

Elle n'avait pas du tout anticipé ce problème et il lui apparut comme une montagne infranchissable.

— Sohan, tu...

— Il est Khef de la première Unité de Maîtrise, Cassiopée, la coupa Naos avec raideur. Il ne peut pas être dans notre équipe. Mais Celian serait heureux de se joindre à nous. Et Umbriel aussi.

Évidemment que Sohan était Khef de la première Unité de Maîtrise... il était tellement talentueux.

Qu'à cela ne tienne, Celian était un Lion avec des aptitudes tout aussi remarquables. Enfin, elle l'espérait. Quant à Umbriel, eh bien... elle avait également besoin d'un Verseau, puisqu'il était évident qu'Haris rejoindrait l'Unité de Sohan.

Elle n'était même pas sûre de pouvoir constituer une équipe complète. Après tout, elle avait beau être Khefa, elle restait aux yeux de beaucoup la traîtresse aux Arruntas incapable de maîtriser son pouvoir astral. S'ils savaient...

— Je te remercie de rappeler mon palmarès avec tant d'enthousiasme, intervint Sohan, excédé, mais tu déranges, là.

Naos se retourna et les deux garçons se livrèrent à un jeu de regards inamical qui mit Cassiopée profondément mal à l'aise. Elle appréciait chacun de ces garçons et elle aurait aimé qu'ils n'éprouvassent pas l'un envers l'autre une haine aussi vive et inexpliquée.

Le Vierge fut le premier à détourner le regard vers Cassiopée. De nouveau, son visage s'éclaira. Ses lèvres s'étirèrent en un sourire enfantin.

Qu'il était beau !

— On se voit tout à l'heure, lâcha-t-il.

Puis, sans qu'elle s'y attendît, il se pencha vers elle pour déposer un baiser sur sa joue avant de déguerpir.

Surprise, Cassiopée tressaillit et laissa échapper un sourire. Elle n'aurait jamais cru cela possible, mais Naos rivalisait presque avec Sohan en termes de provocation.

— Qu'est-ce qu'on disait déjà ? lança-t-elle finalement au Lion.

Mais Sohan ne semblait pas l'écouter. La mâchoire serrée, il ne quittait pas Naos des yeux.

— Je ne savais pas que vous étiez aussi proches, dit-il finalement.

Cassiopée haussa un sourcil et lui adressa un sourire charmeur.

— Tu es jaloux ?

La réponse de Sohan fut aussi humiliante qu'inattendue : il éclata de rire avant de s'arrêter subitement.

— Désolée, mais tu t'accordes bien trop d'importance, dit-il. J'ai mes raisons de détester ce type et tu n'en fais pas partie.

Puis, après un dernier regard qu'elle ne sut interpréter, il lui tourna le dos et s'inséra dans la foule.

Elle fut surprise de ressentir une pression désagréable autour de son cœur alors qu'il s'éloignait d'elle.

CHAPITRE 30

« Les Quadrantides sont inspirées de l'unité des Constellationnistes originaux lors de la création de Saleria. Ainsi, chaque Khef doit composer une Unité complète lors de l'Examen. »

Extrait de *Tout savoir sur les Quadrantides.*

On avait donné six jours aux Khefs pour consolider une Unité complète. Le soir du sixième jour, alors que Cassiopée s'entraînait avec Tara dans la salle d'astronomie, il manquait encore deux Constellationnistes à son équipe. Elle avait jusqu'à minuit pour livrer à Subra une liste complète et ne pas écoper d'une pénalité durant les Quadrantides.

Sans surprise, Haris et Alioth s'étaient immédiatement joints à l'équipe de Sohan, mais contre toute attente, Stella – qui, à l'instar de tous les Capricorne, aimait la victoire plus que tout au monde – s'était proposée de se rallier à elle. Cassiopée avait appris peu après qu'Alioth l'y avait forcée, mais elle ne s'en offusqua pas. Non seulement Stella était sacrément douée, mais en plus elle avait amené avec elle une Sagittaire et une Bélier qui étaient plus que bienvenues pour gonfler ses rangs.

Pour le reste, Cassiopée s'était contentée de récupérer ceux dont personne ne voulait.

— Qui est-ce qu'il te manque ? demanda Tara à bout de souffle.

C'était la quatrième soirée consécutive qu'elles passaient ensemble et si, à l'origine, ces rendez-vous avaient pour objectif d'aider Cassiopée à dissocier ses pouvoirs, ces derniers temps elles s'étaient attelées à un autre genre d'entraînement : le combat armé.

Dans la mesure où la plupart des novices ne parvenaient pas à matérialiser une arme plus de quelques minutes, Cassiopée n'avait jamais eu l'occasion de développer ses capacités en la matière. Mais Tara, elle, maîtrisait ce type de combat à la perfection. Elle était douée. Bien plus qu'elle ne le laissait entendre.

— Un Poissons et un Scorpion, répondit Cassiopée en levant le glaive qu'elle avait matérialisé au-dessus de sa tête.

Avec une rapidité étonnante, Tara se baissa, fondit sur Cassiopée et frappa sa cuisse à l'aide de sa jutte, une petite arme en métal qui ressemblait à un genre de matraque. L'arme de prédilection de Tara.

Cassiopée se recroquevilla avant de se laisser tomber au sol.

— C'est bon, souffla-t-elle, j'ai eu mon compte !

Tara se laissa tomber sur les genoux à son tour, puis sur les coudes.

— Ouf ! J'ai cru que tu ne t'arrêterais jamais !

La tête en bas, elle attrapa ses cheveux frisés, trempés de sueur, et les attacha en un épais chignon à l'aide d'un élastique. Cassiopée remarqua alors, pour la première fois, l'aztarna gravée sur la peau sombre de sa nuque. C'était la même que la sienne, un genre de « U » entouré de la devise de Saleria.

— Il te reste combien de temps avant de remettre ta liste ? demanda-t-elle.

Cassiopée leva les yeux sur l'horloge accrochée au mur de pierre.

— Trente minutes.

— Cassiopée ! s'écria Tara. Qu'est-ce que tu fais encore là ? Si tu rends ta liste en retard, Subra te punira de n'avoir pas été capable de fédérer suffisamment autour de toi et c'est toute ton Unité qui en pâtira !

La Supernova soupira.

— Les seuls Scorpion et Poissons qu'il reste sont des amis d'Octant, répondit-elle. Et je ne veux pas d'eux dans mon équipe.

— De qui tu parles ?

Cassiopée attrapa sa gourde et but une longue gorgée d'eau.

— Janus et Téthys.

Le visage de Tara se ferma.

— Ceux du tunnel ?

— Ceux du tunnel, répéta Cassiopée. Tu comprends pourquoi je ne me presse pas pour fournir ma liste ? Je pense que je préfère encore me passer d'un métamorphe et d'un guérisseur plutôt que de devoir me les coltiner pendant tout l'examen.

Tara soupira.

— Crois-moi, tu préféreras les avoir avec toi. Les Quadrantides sont réellement compliquées, Cassiopée. Un Scorpion passe encore, mais un Poissons ! C'est le ciment de ton équipe.

Cassiopée savait que Tara avait raison. Néanmoins elle se demandait si Téthys prendrait la peine de la soigner si elle venait à être blessée ou s'il l'abandonnerait à son sort.

— Tu as raison, conclut-elle en inscrivant les deux noms sur sa liste. S'il ne m'aide pas moi, peut-être qu'il aidera les autres.

Elle ramassa ses affaires et se dirigea vers la sortie en pensant que Tara la suivait.

— Une minute !

Cassiopée se retourna et vit Tara debout, les mains sur les hanches.

— Une dernière fois et après je te laisse partir.

Puis, comme si ça ne le lui coûtait aucun effort, Tara ferma les yeux et un halo argenté s'évapora au-dessus de sa tête.

La seconde d'après, une réplique parfaite d'elle apparut à ses côtés.

Cassiopée posa sa gourde, sa veste et sa précieuse liste.

Depuis qu'elles avaient commencé leurs entraînements secrets, Cassiopée avait compris que le lâcher-prise était son défi principal dans l'utilisation de ses pouvoirs astraux. Lorsqu'elle n'essayait pas de les contrôler à l'excès, elle était capable de merveilles et elle avait même surpris Tara, un soir, en réussissant à prendre son apparence !

La salle d'astronomie était le lieu idéal pour laisser libre cours à son don : éloignée de tout lieu d'intérêt, munie uniquement de vasistas et sans issue de secours – si ce n'était le passage secret.

— Respire lentement, lui conseilla Tara, comme d'habitude.

Cassiopée obtempéra. Debout, les jambes écartées à la largeur de ses épaules, elle inspira et expira en concentrant toute son attention sur ses flux intérieurs. Les deux se manifestèrent avec la même force, et Cassiopée dut redoubler d'efforts pour écarter le flux du Scorpion, noir et bouillant, qui voulait prendre l'ascendant. Quand elle parvint enfin à le faire taire, le souffle du Gémeaux commença à se déverser peu à peu. Les yeux de Cassiopée étaient toujours clos, mais elle savait que si elle les ouvrait maintenant, elle verrait un halo argenté flotter au-dessus d'elle. Elle se força à respirer lentement, car il lui était déjà arrivé, au cours d'entraînements privés, de se laisser surprendre par le second flux juste à ce moment et de le laisser s'échapper.

— Très bien, murmura Tara.

Cassiopée serra ses paupières de toutes ses forces en repoussant la sombre ondulation qui tentait de refaire surface jusqu'à l'enfermer. Enfin, elle était libre et légère.

Quand elle sentit que c'était le bon moment, elle rouvrit les yeux : une réplique parfaite se tenait juste à côté d'elle.

— De mieux en mieux ! s'extasia Tara. Je suis vraiment fière de toi.

C'était la première fois depuis des années que quelqu'un lui adressait ces mots et Cassiopée faillit se laisser submerger par une vague de mélancolie.

— Je crois en toi, ajouta Tara en posant une main sur chacune de ses épaules. Tu sais, je n'ai pas eu la chance d'avoir de petite sœur et, quelque part, tu es ce qui s'en rapproche le plus à mes yeux.

— Et quelle petite sœur ! s'exclama Cassiopée en priant pour que Tara ne remarquât pas que sa mâchoire avait tremblé.

Mais Tara n'était pas dupe. Elle leva les yeux au ciel et secoua la tête d'un air amusé.

— Allez, viens là ! fit-elle en attirant Cassiopée à elle.

La jeune fille n'opposa aucune résistance au moment où les bras de Tara se refermèrent autour d'elle. Cela faisait longtemps qu'elle ne s'était pas sentie aussi bien.

✶

Les couloirs de l'Académie étaient sombres et déserts, comme à chaque fois que Cassiopée sortait d'un entraînement avec Tara. Au-dessus de sa tête, le ciel artificiel brillait de milliers d'étoiles et une lune presque pleine éclairait les pierres blanches sur lesquelles la novice évoluait avec détermination. Cassiopée s'approcha de l'une des balustrades qui donnaient sur les étages inférieurs et les observa tandis que Tara rejoignait l'escalier de service en colimaçon situé près de la salle d'astronomie. Puis, se remémorant sa mission, elle se rua en direction de l'escalier à double révolution, centre névralgique de l'Académie.

Elle croisa un petit groupe d'aspirants Verseau qui jouaient avec une espèce de canne en bois sur le palier du troisième étage, avant de s'engager sur les larges marches blanches qui descendaient vers l'obscurité. Les poils de ses bras se hérissèrent sous sa veste aux manches argentées.

Éreintée, elle déboucha sur le palier du premier étage et sursauta : un bruit sourd avait percé le silence juste en dessous, près des cuisines.

Son cauchemar tentait de franchir les barrières de son esprit, mais Cassiopée le repoussa de toutes ses forces. Ce n'était vraiment pas le moment de se laisser rattraper par son imagination.

La jeune fille ne perdit pas davantage de temps et mit le cap sur le bureau de Subra. Alors qu'elle s'apprêtait à s'engouffrer dans le dédale de couloirs qui y conduisait, une porte s'ouvrit dans un crissement sur sa gauche. Par réflexe, Cassiopée se dissimula derrière un pilier. Dans la faible lumière que lui offrait le ciel artificiel, elle observa une silhouette se glisser en catimini dans le couloir qu'elle était sur le point d'emprunter.

L'ombre déployait tous les moyens possibles pour passer inaperçue, se déplaçant à pas de loup et scrutant toutes les directions. Cependant, Cassiopée aurait pu reconnaître ces couettes et ces cheveux roses entre mille : la silhouette qui se dirigeait vers le bureau de Subra au beau milieu de la nuit n'était autre que celle d'Essie.

Cassiopée songea un instant à émerger de sa cachette et aller à sa rencontre – après tout, elles étaient colocataires –, mais son instinct l'encouragea à demeurer dans l'ombre. Le règlement avait beau être souple, l'accès à cette partie du bâtiment était prohibé après le dernier entraînement de la journée, et Essie la dénoncerait probablement à Subra. Elle se glissa donc à sa suite dans le dédale de couloirs du premier étage en veillant à garder une distance suffisante pour ne pas être vue.

Que faisait-elle ici à une heure pareille ? Et pourquoi semblait-elle vouloir à ce point se cacher ?

Très vite, Cassiopée identifia la destination d'Essie. Malheureusement, c'était également celle de la Gémeaux.

Quand Essie parvint au niveau du dernier couloir, le plus long de tous, Cassiopée hésita à s'engager derrière elle. Contrairement aux précédents, il était si étroit qu'il ne contenait aucun meuble. Si Essie avait le malheur de se retourner, Cassiopée ne pourrait pas se camoufler et se ferait immédiatement repérer.

Mais si elle ne se pressait pas, la boîte à lettres se refermerait et son équipe écoperait d'une pénalité lors des Quadrantides.

Cassiopée serra plus fort l'enveloppe qu'elle tenait entre ses mains ; elle n'avait pas le choix, il fallait avancer.

Elle s'engouffra subrepticement dans le couloir, quelques dizaines de mètres derrière Essie qui déployait tant d'efforts pour rester discrète que son attitude en devenait suspecte.

La Balance s'arrêta devant une porte en métal, premier rempart avant d'entrer dans le bureau de Subra, à côté duquel la boîte à lettres attendait impatiemment la liste de Cassiopée.

Avec un peu de chance, cette porte s'ouvrirait et laisserait Essie pénétrer dans le sas avant de se refermer derrière elle, juste à temps pour laisser à sa colocataire l'opportunité de glisser sa liste.

Mais alors qu'elle reprenait espoir, une main se plaqua sur sa bouche et une lame glissa sous sa gorge.

— Ne bouge surtout pas, chuchota une voix au creux de son oreille.

Le cœur de Cassiopée s'arrêta une seconde. Pour ne rien arranger, le visage suspicieux d'Essie était tourné vers elle.

CHAPITRE 31

« Les Vierge sont dotés du pouvoir d'invisibilité.
À faible niveau, ils sont capables de faire disparaître certaines parties de leur corps. À un niveau intermédiaire, ils peuvent se rendre complètement invisibles. À leur plein potentiel, les Vierge sont capables d'étendre leur pouvoir d'invisibilité à autrui. »

Extrait de *Les Rudiments des pouvoirs astraux.*

Les yeux verts d'Essie sondèrent le couloir sans avoir l'air de s'émouvoir de la présence des deux individus. Cassiopée, prise dans les filets d'un homme dont elle ne parvenait pas à voir le visage, implora du regard sa colocataire de lui venir en aide, mais Essie se détourna vers la porte en métal.

— Ne le prends pas personnellement, reprit la voix dans un murmure. Elle ne peut pas nous voir.

Un Vierge. Et pas un novice s'il était capable d'étendre son pouvoir sur elle.

Cassiopée tourna la tête pour tenter d'apercevoir le visage de son assaillant. La lame lui égratigna la peau du cou. Elle eut juste le temps de distinguer des cheveux noirs et une bouche charnue avant que l'individu ne pressât son corps contre le sien pour l'inciter à avancer.

Cassiopée aurait voulu hurler à Essie qu'elle était là, juste derrière elle, mais la pression de la main sur sa bouche était si forte qu'elle peinait même à respirer. Lentement, l'homme la fit avancer jusqu'à Essie qui patientait devant la porte en métal du bureau de Subra, sans se douter un instant de la lutte qui se déroulait dans son dos.

Soudain, la porte coulissa dans un cliquètement de rouages et Cassiopée comprit qu'elle tenait là sa dernière chance de se libérer. Du bout des doigts, elle détacha la sangle qui sécurisait la lame fixée à sa cuisse droite. Mais au moment de s'en saisir, la pression de la main sur sa bouche se renforça et sa tête fut propulsée en arrière, contre l'épaule de son ravisseur. C'est à cet instant seulement que leurs regards se croisèrent pour la première fois et Cassiopée fut frappée par la finesse de ses traits. Ce n'était pas encore un homme. Il était à peine plus âgé qu'elle. Et Cassiopée était sûre de l'avoir déjà vu quelque part.

Elle n'eut pas le loisir de l'étudier davantage, car il la poussa de nouveau dans le sas derrière Essie juste avant que la porte se refermât.

Dans le silence absolu de la petite pièce, Cassiopée glissa sa liste pour les Quadrantides dans sa poche et attendit qu'Essie entrât le code à quatre chiffres sur le digicode, seule source de lumière. Alors que la seconde porte s'ouvrait devant eux, elle se répéta mentalement la combinaison – cela lui servirait peut-être un jour. Le bureau de Subra apparut devant eux, aussi éclatant dans la pénombre qu'un phare au milieu de la nuit.

Quand la directrice fit son entrée, debout, dos à sa bibliothèque, Cassiopée sentit le garçon se raidir. Il la craignait. Il était donc assez fou pour entreprendre de se glisser dans son bureau en douce, mais pas stupide au point de lui être indifférent.

— Essie ! s'exclama Subra en ouvrant les bras. Pile à l'heure.

Essie pénétra dans la pièce d'une démarche à la fois assurée et respectueuse. Elle était Élue depuis une semaine à peine, mais semblait s'être rapidement faite à ses nouvelles fonctions.

Le garçon derrière Cassiopée la força encore à avancer et ils pénétrèrent dans la salle. La pression de la lame contre sa gorge lui sembla faiblir. Veillant à maintenir un contact avec sa peau pour étendre son pouvoir d'invisibilité, il libéra finalement la bouche de Cassiopée et lui attrapa la main droite.

Il était malin, il savait qu'il n'avait plus besoin de la faire taire et que Cassiopée aurait préféré se planter sa propre lame dans la jambe plutôt que de laisser Subra découvrir qu'elle s'était infiltrée dans ce qui avait tout l'air d'être une réunion entre Élus. Installés sur les deux fauteuils du petit salon, Zuben et Callisto, les deux autres Élus, attendaient patiemment qu'Essie prît place.

Ni Cassiopée ni le garçon à ses côtés, dont elle ne parvenait décidément pas à se rappeler le nom, n'osèrent esquisser le moindre mouvement au moment où Essie s'installa sur l'un des canapés en velours.

— Désolée pour l'heure tardive, déclara Subra en s'asseyant en biais sur le buffet en bois qui jouxtait le salon, mais bientôt, une annonce va être faite à l'intégralité des Constellationnistes résidant sur le Continent et, en tant qu'Élus, il est normal que vous soyez mis au courant en premier.

Le Vierge fit un pas en direction du bureau de Subra tandis qu'elle continuait de fournir aux Élus des explications que Cassiopée avait du mal à écouter. Elle était idéalement placée près de la porte – par où elle pourrait s'enfuir au cas où les choses tourneraient au vinaigre – et elle n'avait aucune envie de s'aventurer plus loin dans l'antre de Subra. Elle serra de toutes ses forces la main du garçon pour le lui signifier. Arrêté en plein élan, il fit volte-face en la fusillant du regard et elle eut tout le loisir de contempler ses yeux bleu foncé, ses cheveux noirs, courts sur le côté, longs sur le dessus et sur la nuque. Il n'était pas très grand, à peine plus qu'elle, et pas très musclé non plus. Suffisamment pour qu'elle le bousculât presque lorsqu'il tira sur son bras pour la forcer à avancer.

Cassiopée fronça les sourcils et pinça les lèvres, furieuse qu'on lui fît ainsi prendre des risques inconsidérés. À tout moment, elle aurait pu trébucher sur le tapis et s'aplatir sur le sol dans un boucan qui les aurait trahis instantanément. Mais le garçon lui rendit son regard et ses yeux sévères la réprimandèrent en silence. C'est à ce moment précis que Cassiopée se remémora leur rencontre, le jour où elle avait posé le pied à l'Académie pour la première fois, des mois auparavant. Elle l'avait croisé dans les couloirs alors qu'elle errait sans but et il avait tenté de l'aider avant que Tara n'intervînt.

Hati.

— C'est au sujet de la Supernova ? demanda Zuben. On l'a trouvée ?

Un ange passa. Hati et Cassiopée interrompirent aussitôt leur dispute silencieuse et tournèrent la tête dans un même mouvement vers l'Élu qui venait de parler.

Le cœur de Cassiopée s'emballa sous son uniforme et elle pria pour qu'Hati ne remarquât pas la moiteur soudaine de la main qu'il tenait dans la sienne.

Elle n'osait plus bouger.

Elle n'osait même plus respirer.

— Non, répondit Subra. – Cassiopée se détendit aussitôt. – Bien sûr que non, sinon nous ne nous donnerions pas la peine de relancer le protocole de secours. La Supernova a eu dix-huit ans cette année, dix-neuf tout au plus et ni les cadrans ni les tests ne l'ont encore révélée.

Elle passa une main manucurée sur sa coiffure impeccable et ajouta avec émotion :

— Si la Supernova est vivante, elle n'est pas sur le Continent. Elle est sur Saleria… avec Azimech.

Si seulement Subra savait à quel point elle se trompait ! Cassiopée aurait presque eu pitié de sa mine déconfite et de son soupir amer si elle ne soutenait pas avec ferveur une institution qui méprisait ouvertement ceux qui n'avaient pas la chance de descendre d'une constellation.

— Le… protocole de secours ? demanda Essie.

Subra hocha la tête.

— Absolument. Notre durée de vie sur le Continent est limitée.

— Limitée ? répéta Callisto.

Subra passa délicatement sur son menton l'un de ses ongles vernis de rouge.

— Les artefacts du Zodiaque sont de puissants réceptacles d'énergie astrale, à tel point que tous ensemble, ils forment une Oasis. Malheureusement, la plupart de ces artefacts sont sur Saleria, et loin de cette Oasis… nous perdons peu à peu nos pouvoirs, expliqua-t-elle. J'ai reçu le rapport de la Ligue ce matin, il est formel : si nous continuons sur cette lancée, les générations futures seront privées de leur pouvoir astral et notre peuple tel que nous le connaissons s'éteindra.

Callisto manifesta bruyamment sa contrariété avant de plonger la tête dans ses mains d'un air affligé.

— Il n'est pas possible de recréer une Oasis sur le Continent ? demanda la douce voix d'Essie dont le sang-froid n'avait pas été altéré par l'annonce alarmante de la directrice de l'Académie.

À ces mots, un éclair d'intérêt s'alluma dans le regard de Subra et son visage s'adoucit.

— C'est justement la solution que nous étudions à l'heure actuelle. Mais pour cela, il nous faut une source d'énergie astrale vraiment très importante.

— D'où l'intérêt de la Ligue pour la Supernova, devina Essie.

Subra tenta de réprimer un sourire. Elle devait vraiment être fière de sa nouvelle Élue.

La curiosité de Cassiopée redoubla. La Supernova avait-elle la possibilité d'aider le peuple Constellationniste ? Avait-elle le pouvoir… de se racheter ? Comment ?

— Absolument, répondit la directrice. Extraire l'énergie astrale de la Supernova en la concentrant dans un nouveau réceptacle nous permettrait non seulement d'éradiquer le risque qu'elle représente, mais surtout de recréer une Oasis afin d'assurer un avenir pérenne à tous les Constellationnistes du Continent.

Cassiopée sentit son corps entier se raidir. La Ligue avait en réalité les mêmes plans qu'Azimech à son égard.

— Et comment comptez-vous obtenir cette source d'énergie sans la Supernova ? demanda Zuben en se grattant l'intérieur de la narine.

Subra laissa échapper un petit soupir et croisa les doigts sur ses genoux.

— En rétablissant la *sarraskia.* C'est justement pour ça que vous êtes là, je voulais que vous le sachiez avant tout le monde.

Cassiopée ignorait la signification de ce mot, mais heureusement pour elle, Essie le traduisit l'instant d'après :

— La p… la peine de mort ? s'étrangla-t-elle. Mais pourquoi ?

Subra se leva et avança, les mains croisées dans le dos, jusqu'à son bureau. Elle passa tout près de Cassiopée et Hati, qui retinrent leur respiration.

— Vous êtes trop jeunes pour l'avoir connue, mais juste après votre naissance, la sarraskia était d'usage sur le Continent. Elle permettait de maintenir l'équilibre entre les vivants et les morts, entre le bien et le mal.

— Je ne comprends pas, riposta Essie en se levant.

Subra se retourna.

— Je ne comprends pas en quoi la peine de mort permettrait d'obtenir suffisamment d'énergie pour créer une nouvelle Oasis ! se reprit la Balance qui masquait mal son désaccord.

Subra s'empara de la lame qui trônait sur son bureau et la transforma en une vieille clé dotée d'un imposant panneton qu'elle inséra dans le premier tiroir du meuble. Elle en sortit un gros livre noir. Puis elle dévisagea Essie et expliqua calmement :

— Les morts n'ont pas besoin de leur énergie. Les vivants, si.

Alors c'était donc ça. La Ligue comptait exécuter des Constellationnistes pour les besoins de leur Oasis. Décidément, Cassiopée l'exécrait chaque jour un peu plus.

Sans s'en rendre compte, elle comprima la main d'Hati qui tapota dessus à plusieurs reprises pour qu'elle desserrât son emprise.

— Ce document, reprit Subra en désignant le gros livre noir, recense tous les Constellationnistes qui ont déserté, ont disparu subitement ou que l'on soupçonne d'avoir gonflé les rangs de l'armée d'Azimech. Ils sont désormais tous considérés comme des transfuges et leur tête est mise à prix.

Cassiopée fit un pas en direction du livre, les yeux arrondis par la surprise et l'envie. Ses parents biologiques avaient disparu. Allaient-ils faire les frais de cette politique abusive ? Et les parents de Sohan ?

— Qu'attendez-vous de nous ? demanda Zuben.

— La Ligue a toujours mis un point d'honneur à ne pas faire subir à un Constellationniste les erreurs de ses ancêtres ; aussi, certains élèves de l'Académie ont été acceptés malgré leur famille transfuge. La liste vient de s'allonger et, si les élèves n'en paient pas le prix, je voudrais tout de même éviter qu'ils décident de se rebiffer contre la Ligue en apprenant le sort qui attend leurs proches.

— Vous voulez qu'on les espionne pour savoir s'ils manigancent quelque chose ?

— Je veux que vous les conteniez.

Sans s'en rendre compte, Cassiopée venait de faire un nouveau pas vers le livre. Elle était certaine que ce document renfermait des indices sur l'endroit où pourraient se trouver ses parents biologiques. Mais alors qu'elle avançait d'un pas supplémentaire, ce fut au tour d'Hati de la tirer par la main. Cassiopée se retourna et lui lança un regard assassin qu'il lui rendit aussitôt avant de lui indiquer la sortie.

Quoi ? Il comptait déjà repartir ?

Cassiopée secoua la tête de droite à gauche et désigna le dossier du regard. Hati tira une seconde fois sur sa main, lui signifiant clairement qu'il ne lui laissait pas le choix. Mais c'était mal connaître Cassiopée : s'il y avait bien une chose qu'elle détestait entre toutes, c'était qu'on lui dît quoi faire.

Elle entreprit de suivre Subra, qui retournait près du buffet, le livre toujours ouvert entre ses mains, mais Hati tira si fort sur son bras, qu'elle fut une nouvelle fois entraînée vers lui. Malheureusement, le poids qu'elle mit sur son pied pour se rattraper fit craquer le parquet et avant qu'elle ait eu le temps de cligner des yeux, la lame de Subra, transformée en dague, fendait l'air dans sa direction.

Un courant d'air lui caressa la nuque et une odeur sucrée emplit ses narines. Elle se rendit compte que son nez était fiché dans l'épaule d'Hati et que la main du garçon s'était plaquée à l'arrière de son crâne pour l'attirer à lui. L'un contre l'autre, ils n'esquissèrent aucun mouvement et restèrent dans cette position inconfortable jusqu'à ce que Subra rappelât sa lame et qu'elle ne fendît l'air dans le sens inverse.

Il venait de lui sauver la vie.

— Zuben, monte la garde dehors et va chercher l'*agerian*, ordonna Subra.

L'Élu s'exécuta aussitôt et passa juste derrière Hati en direction du sas tandis que ce dernier, trop concentré sur sa fuite pour remarquer l'air hagard de Cassiopée, se détournait d'elle.

Tremblante, la jeune fille ne chercha plus à résister et se laissa entraîner dans le sas à la suite de Zuben. Quand la seconde porte en métal s'ouvrit, Cassiopée prit conscience d'avoir frôlé la mort.

À peine sorti, Hati se rua dans l'obscurité et il ne lâcha sa main qu'après avoir traversé de nombreux couloirs. Cassiopée sentit sa colère gronder : comment Hati avait-il pu la mettre à ce point en danger ?

— C'était quoi ç… ? s'écria-t-elle.

Hati se rua sur elle avant qu'elle ait terminé sa phrase et plaqua sa main sur sa bouche. L'index sur les lèvres, il lui intima le silence.

Cassiopée attrapa sa main et s'en dégagea instantanément.

— Ne me touche pas ! chuchota-t-elle, hors d'elle.

Hati afficha un air amusé et frappa deux fois sur la porte en bois du garde-manger devant laquelle ils s'étaient arrêtés sans que Cassiopée l'ait remarqué.

— Qu'est-ce que…

Sa question mourut sur ses lèvres lorsque la porte s'ouvrit à la volée.

— Tu as réussi ? demanda une voix éraillée.

Hati hocha la tête.

— Mais j'ai eu un petit imprévu, dit-il avant de se déplacer sur le côté pour révéler la présence de Cassiopée.

Quand la jeune fille rencontra le regard d'Izar, elle ne sut dire lequel des deux semblait le plus déconcerté.

CHAPITRE 32

« Lors de l'Exode qui a suivi la victoire d'Azimech sur les Sages, l'armée du monstre sanguinaire s'est divisée. La majeure partie a choisi d'occuper Saleria, tandis qu'une autre a infiltré les rangs des survivants sur le Continent. Malgré la traque, des transfuges se cachent encore parmi nous. »

Extrait de *L'Exode du peuple ou comment se réorganiser suite à un conflit géopolitique majeur.*

— Je n'avais pas le choix, dit Hati en désignant Cassiopée du menton. Elle était sur mon chemin et j'aurais pris plus de temps à essayer de la contourner sans me faire repérer qu'à la prendre avec moi.

Izar n'avait pas quitté Cassiopée des yeux depuis qu'elle avait été forcée d'entrer dans le garde-manger, et réciproquement. Aux côtés du professeur, Hati était avachi sur un plan de travail tandis qu'un autre garçon, brun aux cheveux coupés court, se tenait sur un tabouret en bois.

Qu'est-ce que c'était que cette histoire ? Pourquoi Izar se trouvait-il là au beau milieu de la nuit ? Et quel était son lien avec Hati ?

— Bon, trancha Izar en détournant le regard. Qu'est-ce que tu as découvert ?

Les yeux de Cassiopée n'en finissaient plus de faire la navette entre les deux. Elle avait le sentiment qu'elle n'aurait pas dû être là, qu'elle n'aurait pas dû entendre cette conversation et pourtant, aucune des trois personnes présentes avec elle dans la pièce n'avait l'air de s'en inquiéter.

— Pour commencer, la Ligue a fait chou blanc dans la recherche de la Supernova. Elle la soupçonne d'être sur Saleria.

Izar émit un petit rire et, lentement, tourna son regard vers Cassiopée qui s'était figée à l'évocation de ce mot, comme à chaque fois qu'on le prononçait. On aurait dit que l'irakatsi venait enfin de comprendre qu'elle pouvait entendre tout ce qu'ils disaient.

La jeune fille lorgna sur la porte en bois par laquelle elle était entrée, mais au même moment, l'inconnu se leva de son tabouret et, tout en la fixant intensément, tapota les manches rouges de son uniforme.

Un Bélier. Il était évident que si elle avait le malheur de partir en courant, il la rattraperait en moins de temps qu'il n'en fallait pour le dire. Elle était coincée.

— Intéressant, répondit Izar en se grattant le menton.

Le soupçon de mystère et d'amusement qu'elle perçut derrière ces mots déstabilisa Cassiopée. Elle était peut-être paranoïaque, mais, à l'intonation de sa voix, la novice aurait pu jurer qu'Izar savait que la Supernova n'était pas véritablement sur Saleria comme le pressentait la Ligue.

Sa stratégie reposait sur le fait que les tests effectués sur les Imperium n'avaient rien donné et que la Supernova demeurait introuvable sur le Continent. Il était donc a priori impossible qu'Izar sût que la Supernova ne se trouvait pas sur Saleria, à moins qu'il ne fît partie de l'armée d'Azimech bien sûr et qu'il…

Cassiopée se figea. La vérité venait de lui éclater au visage, comme un bâton de dynamite enflammé. Son cœur s'emballa, sa respiration se coupa et elle eut la subite impression que la pièce était en train de rétrécir. Elle recula d'un pas et son dos rencontra les étagères du garde-manger. Un pot en terre cuite se brisa sur le sol. Cassiopée ne parvenait toujours pas à reprendre son souffle.

— Va chercher Despina, ordonna Izar au Bélier.

Ce dernier quitta la pièce dans un courant d'air avant même que Cassiopée n'ait eu le temps de cligner des yeux. Mais la novice n'avait pas besoin d'un Poissons pour la calmer, elle avait besoin de partir d'ici rapidement et de s'éloigner au maximum d'Hati, de cette pièce exiguë et surtout de ce professeur pour qui elle avait toujours éprouvé une admiration respectueuse. Car la seule chose qui aurait expliqué qu'il espionnât Subra – et donc la Ligue – au beau milieu de la nuit, c'était qu'il fût bel et bien un allié d'Azimech.

— La Ligue va annoncer le rétablissement de la sarraskia, poursuivit Hati en jetant sur Cassiopée un regard ennuyé. Sûrement pendant l'azterita festa. Tu avais raison Izar, nous perdons nos pouvoirs, ici.

La plus grande menace de Cassiopée se tenait juste devant elle. Si Izar semblait aussi sûr que la Supernova ne se trouvait pas sur Saleria, c'était obligatoirement parce qu'il était en contact avec des Constellationnistes là-bas. Mais se doutait-il une seconde que c'était elle qu'Azimech cherchait avec tant de ferveur ?

— Ils veulent recréer une Oasis, c'est ça ? questionna Izar.

Hati hocha la tête.

— Alors nous nous acheminons vers des temps très sombres. Les exécutions arbitraires vont pleuvoir et nous serons plus que jamais dans le viseur de la Ligue. Hati, si tu veux faire marche arrière, vas-y. Je ferai comme si tu n'avais été qu'un simple élève.

Hati se leva du plan de travail et s'approcha d'Izar.

— Je ne ferai pas marche arrière avant d'avoir retrouvé mon frère, dit-il la voix chargée d'émotion.

Izar et le jeune homme s'attrapèrent mutuellement l'avant-bras en guise de promesse.

De son côté, Cassiopée était toujours à deux doigts de l'évanouissement et, le dos à moitié appuyé sur les étagères en bois, elle contemplait d'un air ahuri la scène qui se déroulait sous ses yeux.

Soudain, on toqua deux fois à la porte, et Izar s'empressa d'ouvrir. Le Bélier réapparut, une petite rousse aux traits durs sur les talons. Ses yeux se posèrent immédiatement sur Cassiopée.

Combien étaient-ils au juste à avoir infiltré l'Académie ?

Même si elle ne voulait pas se l'avouer, recevoir l'aide d'une Poissons était un réconfort dont elle avait le plus grand besoin. Juste pour oublier le temps d'un instant l'angoisse qui lui retournait les entrailles.

— Qu'est-ce que je dois faire exactement ? demanda la soigneuse à Izar.

Apaiser mon angoisse, pensa Cassiopée.

— Asservis-la pour qu'elle oublie la dernière heure, articula Izar en guettant la réaction de Cassiopée.

Et celle-ci ne se fit pas attendre.

— Qu… quoi ?

La surprise qui marqua son visage était loin d'être feinte, mais Hati dut la prendre pour de la peur. Il s'empressa de la retenir par les épaules pour l'empêcher de se débattre.

En réalité, Cassiopée n'avait pas peur, elle se savait insensible aux pouvoirs astraux d'autrui. Non, elle était révoltée. Révoltée que l'on voulût lui ôter ses souvenirs, révoltée qu'Izar pût aller à l'encontre du règlement et ordonner une telle chose, révoltée par le pouvoir astral des Lion en lui-même et toutes les dérives qu'il pouvait entraîner.

— C'est une novice, enchaîna Hati, tu ne devrais pas avoir de mal.

Hati lui avait sauvé la vie il y a à peine une heure et maintenant il encourageait le bourreau qui voulait la lobotomiser. En même temps, à quoi pouvait-elle s'attendre de la part d'un membre de l'armée d'Azimech ?

Elle devait faire profil bas si elle voulait sortir d'ici vivante.

Quand la fille posa une main sur chacune des joues de Cassiopée, elle se laissa faire. Elle feignit brièvement d'éviter son regard pour ne pas lui rendre la tâche trop aisée, puis rendit les armes. Derrière sa frange effilée, la Lion plongea ses yeux sombres dans ceux de Cassiopée et formula l'instruction :

— Tu n'as aucun souvenir de la dernière heure, suggéra-t-elle. Tu te baladais dans l'Académie et tu t'es perdue.

Cassiopée détestait être une Supernova. Elle détestait ne pas être pleinement maîtresse de son corps et pouvoir imploser à tout moment, devoir se cacher et sentir sur ses épaules le poids des milliers de morts causées par sa naissance. Mais là, au milieu de ce garde-manger, entourée de ces individus qui la livreraient sans broncher à un monstre, elle se sentit privilégiée et, pour la première fois, elle perçut sa particularité comme une opportunité.

Lorsque la Lion rompit le contact visuel, Cassiopée cilla. Immédiatement après, elle se lança dans un jeu d'acteur qu'elle espérait convaincant.

— Qu'est-ce que…, fit-elle en portant une main fébrile à son crâne.

Elle releva la tête et aperçut quatre paires d'yeux rivés sur elle.

— Je… me suis perdue, ajouta-t-elle en regardant les alentours d'un air hagard.

Est-ce qu'elle était censée dire autre chose ?

Heureusement, Izar fut le premier à rompre le silence tendu qui s'était installé. Il la dévisagea de longues secondes, les lèvres pincées, avant de conclure :

— Ce n'est rien, va te coucher.

Et Cassiopée ne se fit pas prier. Ni une, ni deux, elle ouvrit la porte en bois et se précipita dans le premier escalier qui l'emmènerait loin d'Izar. Elle courut à toutes jambes dans les couloirs sans chercher une seconde à se cacher et ce ne fut qu'une fois arrivée dans sa chambre qu'elle put enfin respirer.

Essie n'était pas encore revenue du bureau de Subra. Et tant mieux, car, enfin seule, Cassiopée s'effondra par terre et se roula en boule aux pieds de son lit. Lorsqu'elle parvint à s'endormir, sa nuit fut hantée de cauchemars, tous plus abominables les uns que les autres.

CHAPITRE 33

« Saleria est une île mouvante, invisible à l'œil des Arruntas.
Elle se déplace grâce à l'énergie des Bélier
et est indécelable grâce à celle des Vierge. »

Extrait de *La Différence entre nos peuples.*

Cassiopée remonta la fermeture Éclair de sa veste d'un air décidé. Elle se regarda une dernière fois dans le miroir de sa chambre et attacha ses cheveux en une queue-de-cheval haute. Puis elle quitta, à pas feutrés, la chambre dans laquelle Essie dormait encore à poings fermés.

Il était encore tôt. Aussi croisa-t-elle peu de Constellationnistes dans le couloir des dortoirs ou dans l'escalier extérieur, qu'elle avait choisi d'emprunter malgré le froid. Elle n'en croisa aucun au troisième étage, dans le couloir de l'aile ouest.

Elle pénétra dans la salle d'astronomie d'un pas assuré et n'hésita pas une seconde lorsqu'elle s'engouffra dans les escaliers qui la mèneraient en dehors de ces murs.

Elle ne partirait que quelques heures, tout au plus.

Une fois dans la forêt de chênes, elle avança tout droit dans la boue sur cinquante mètres avant d'apercevoir le chemin de terre qu'elle avait emprunté le jour de son arrivée. Elle s'y engagea sans hésitation.

C'était samedi matin. Cassiopée savait où *la* trouver.

La banalité de la ville lui sauta aux yeux. Les grands trottoirs, le bruit des voitures et même les gens : tout lui parut d'une ennuyeuse normalité. Pas de ciel artificiel, pas de Bélier lancé à toute allure, laissant derrière lui une traînée rougeâtre, pas d'uniforme aux manches colorées.

Le trajet en métro lui sembla tout à fait absurde. Durant le trop long trajet, accrochée à la barre, elle observa les Arruntas qui l'entouraient. Bien sûr, les idées extrémistes de la Ligue la dégoûtaient toujours, mais de toute évidence, ces derniers mois, un écart s'était creusé avec ce qu'elle avait toujours considéré comme son monde. Elle commençait à douter de sa décision.

Arrivée devant le musée des sciences, une boule se forma au creux de son estomac. Elle se demanda si elle avait bien fait de venir. Sasha devait la détester. Et à juste titre.

Nerveuse, la Gémeaux gravit les quelques marches jusqu'à la porte d'entrée coulissante qui s'ouvrit en détectant sa présence.

Une odeur de plastique et de produit nettoyant lui emplit les narines, entraînant avec elle une flopée de souvenirs.

Elle repéra Sasha presque immédiatement. En pleine conversation avec un client, souriante, elle portait son T-shirt d'uniforme noir et avait troqué ses grosses lunettes rondes pour une paire rectangulaire. Ses cheveux blonds avaient poussé, mais pas encore assez pour les attacher.

À mesure que Cassiopée s'approchait, la nausée lui montait à la gorge. Elle attendit patiemment que Sasha eût fini de renseigner l'homme devant elle en arrachant nerveusement les petites peaux autour de son pouce.

L'homme s'en alla et Sasha apparut.

— Bonjour et bienvenue au mu…

La phrase mourut sur ses lèvres. Un cortège d'émotions parcourut son visage rond, si rapidement que Cassiopée n'en distingua aucune. Elle resta un long moment à dévisager la Constellationniste, comme pour se remémorer son visage. Puis, sans un mot, elle se leva, poussa les portes battantes et contourna le comptoir pour venir se planter devant Cassiopée, qui se mordait la lèvre pour ne pas pleurer.

Les deux jeunes filles se contemplèrent de longues secondes. Sasha fronça les sourcils et fut la première à ouvrir la bouche. Cassiopée se prépara à un sermon bien mérité.

— Tu m'as manqué, se contenta de dire Sasha.

Et sans laisser à Cassiopée le temps de répondre, elle se jeta dans ses bras.

Elles restèrent enlacées longtemps et Cassiopée se serait volontiers encore délectée de l'odeur musquée de Sasha si Francisco n'était pas intervenu.

— Sasha ! meugla-t-il. On ne quitte pas le comptoir !

Toujours aussi détestable ! Cassiopée se détacha de son amie. Lorsqu'il la vit, les traits de son visage se détendirent de surprise. Il détailla sa tenue et Cassiopée se félicita de porter l'uniforme de l'Académie qui ne laissait presque rien voir de sa peau.

— Qu'est-ce que…, bégaya-t-il. Tu…

— Je prends une pause ! le coupa Sasha.

Faisant fi des vociférations de son manager, Sasha attrapa la main de son amie et l'entraîna vers le café du musée au premier étage.

Entre un cappuccino et un jus de tomate sans goût, Cassiopée raconta à Sasha les derniers mois qui s'étaient écoulés loin d'elle. De ses premiers pas à l'Académie, à l'intimidation subie lorsque ses camarades avaient découvert qu'elle avait été élevée par des Arruntas, sans oublier le groupe d'amis qu'elle s'était fait. Elle n'omit rien, pas même la particularité qui mettait sa vie en péril et qu'elle devait cacher.

Les événements de la veille, dans le bureau de Subra autant que dans le garde-manger, l'avaient bouleversée. Elle avait ressenti le besoin de renouer avec sa vie d'avant, juste pour être certaine qu'elle était sur la bonne voie, que les risques courus à l'Académie en valaient la peine s'ils lui permettaient de découvrir qui elle était.

Sasha était juste et impartiale, elle saurait mieux la conseiller que n'importe lequel de ses amis Constellationnistes.

— Ça fait… beaucoup, constata-t-elle.

Aucun jugement dans sa voix, simplement une grande stupéfaction.

Cassiopée hocha la tête et laissa son regard dériver sur la barista, débordée par les quelques commandes qu'elle recevait, sur les clients impatients vêtus de costumes tristes, sur leurs visages fermés, sur le groupe de collégiens qui venait de faire son entrée dans le café. Dans leurs mains, pas de lames qu'ils pourraient modeler selon leurs envies, mais des téléphones portables. Celui de Cassiopée était H.S., mais elle ne ressentait plus le besoin de se sentir « connectée » aux autres de cette manière.

— Tu comptes y retourner ? demanda Sasha en remontant ses lunettes sur son nez.

L'évidence de la réponse frappa Cassiopée. Elle avait souhaité que Sasha éclairât sa lanterne, mais c'était tout ce qu'elle avait sous les yeux qui venait de le faire.

— Je n'étais pas sûre en venant, mais maintenant je le sais. Je suis une Constellationniste.

Sasha fronça les sourcils et se pinça les lèvres.

— Je ne comprends vraiment pas. Tu viens de me dire que tu étais en danger à l'Académie, que si ta nature de Supernova était révélée, ta tête serait mise à prix.

— Je sais…, répondit Cassiopée en embrassant le café du regard une nouvelle fois. Mais ce monde n'est plus le mien. Je ne m'y sentais pas à ma place avant d'intégrer l'Académie et c'est encore pire aujourd'hui.

Sasha ouvrit la bouche pour répondre, mais Cassiopée la coupa :

— Je pourrai bientôt intégrer une faction qui me fournira tous les moyens nécessaires pour enfin retrouver mes parents biologiques ! ajouta-t-elle avec passion. Je n'ai jamais été aussi proche du but, Sasha, est-ce que tu te rends compte ?

Cassiopée était venue chercher des conseils auprès de sa meilleure amie, mais maintenant qu'elle savait sans l'ombre d'un doute que sa place se trouvait à l'Académie, elle redoutait ce que Sasha lui dirait. Elle ne voulait, pour rien au monde, revivre la dispute d'avant son départ.

— Tu as bonne mine, fit Sasha pour seule réponse. Et tu t'es remplumée.

Désarçonnée, Cassiopée ne sut que répondre.

— Je mange bien, remarqua-t-elle, hésitante.

Les yeux bleus de Sasha la détaillèrent de haut en bas, s'arrêtant sur l'aztarna qui ornait son poignet découvert. Un mince sourire s'épanouit sur son visage.

— J'ai toujours su que tu méritais mieux que la vie qui t'avait été donnée, dit-elle en croisant les bras sur ses genoux d'un air pensif. Je pensais plus à une grande maison avec un mari aimant, mais si ton destin doit t'emmener loin de moi, dans cet endroit bizarre, dangereux et inaccessible, alors soit.

Les yeux de sa meilleure amie brillaient. Sûrement moins que ceux de Cassiopée au moment où elle se leva et se pencha pour la serrer dans ses bras. Ce n'était pas ce que la Constellationniste était venue chercher, c'était mieux encore.

Malgré tout, elle avait remarqué la manière dont la voix de Sasha s'était brisée lorsqu'elle avait mentionné la distance qui les séparait. Elle leur était à toutes deux insupportable.

— J'ai essayé de te chercher, tu sais, dit Sasha en tournant sa cuiller dans son cappuccino. Grâce aux coordonnées que tu m'avais montrées.

Cassiopée se redressa.

— C'est vrai ? Tu as trouvé l'Académie ?

Sasha remua la tête de droite à gauche.

— Il n'y avait rien qu'une propriété abandonnée.

L'Académie était peut-être vieille, mais elle ne ressemblait en rien à une bâtisse abandonnée. Cassiopée n'avait pas d'explication à lui fournir, mais elle se promit d'effectuer des recherches à ce sujet à son retour.

Un long silence s'installa, comme si les deux amis n'avaient pas passé les sept dernières années de leur vie collées l'une à l'autre.

La Constellationniste tournait et retournait une question dans sa tête sans oser la poser, de peur que la réponse lui déplût. Puis elle décida qu'elle était assez forte pour l'encaisser.

— Est-ce que… tu as de ses nouvelles ? demanda Cassiopée.

Elle n'eut besoin d'aucune précision pour que Sasha comprît qu'il s'agissait d'Harry. Elle fit non de la tête d'un air triste.

Harry n'avait pas cherché après elle. Très bien.

Elle aurait voulu s'en moquer, elle aurait *dû* s'en moquer. Alors pourquoi cette nouvelle lui faisait-elle l'effet d'un coup de poing ?

— Quand est-ce que tu quittes l'Académie pour cette nouvelle faction ? demanda Sasha.

— Les Quadrantides sont dans deux mois. Si je suis acceptée, je partirai les jours qui suivent.

Sasha déglutit.

— À Paris, c'est ça ?

Cassiopée acquiesça, gênée.

— Si c'est le seul moyen pour que tu trouves les informations qu'il te manque sur tes parents biologiques, approuva Sasha dans un soupir, je suis avec toi.

À sa connaissance, il n'y en avait pas d'autre. Tous les livres qu'elle avait parcourus, les maigres discussions qu'elle avait eues avec Subra... Rien ne l'avait renseignée de manière satisfaisante.

Soudain, une idée lui traversa l'esprit. Elle déroula mentalement son plan, pesa le pour et le contre, anticipa les sanctions auxquelles elle devrait faire face s'il capotait...

— Houla, fit Sasha, je n'aime pas ce que je vois dans ton regard. Qu'est-ce que tu as en tête ?

Elle avait raison de s'inquiéter : c'était un plan périlleux et d'aucuns auraient estimé que le jeu n'en valait pas la chandelle.

— Je ne vais pas attendre de recevoir mon affectation à la Keta pour savoir ce que sont devenus mes parents biologiques.

Sasha s'adossa à sa chaise sans comprendre.

— Je croyais que c'était le seul moyen.

Cassiopée secoua la tête.

— Je viens de penser à autre chose. Subra conserve un livre noir dans son bureau. Il recense tous les Constellationnistes disparus, expliqua-t-elle. Et je vais y jeter un œil.

— Elle te laissera faire ?

Cassiopée eut un petit rire.

— Bien sûr que non !

Sasha pencha la tête en arrière d'un air excédé.

— Tu es totalement inconsciente, se lamenta-t-elle.

Mais la décision de Cassiopée était prise : elle entrerait dans le bureau de Subra et elle consulterait ce livre coûte que coûte.

— Sasha ! s'écria une voix agaçante derrière la Constellationniste. Tu n'es pas payée à bavarder !

Les lèvres de Sasha se pincèrent. D'un même mouvement, elle et Cassiopée se levèrent de leur chaise. L'air triste de la blonde bouleversa cette dernière. Elles savaient l'une comme l'autre qu'elles ne se reverraient pas de sitôt.

Cassiopée serra les dents et fonça sur sa meilleure amie. Elle sentit une larme glisser contre sa joue et s'efforça de retenir les siennes.

Ne pas pleurer.

Elles se firent leurs adieux, convenablement cette fois. Pas de cris, pas de colère. Sasha respectait son choix et c'était tout ce qu'elle souhaitait. Cassiopée quitta le musée sans se retourner, le cœur serré, et emprunta le même trajet qu'elle avait pris pour venir.

Sur le chemin de terre, elle faillit ne pas trouver l'entrée du tunnel et poussa un soupir de soulagement au moment de repérer le passage au beau milieu des chênes. Elle s'inséra dans le tunnel et remonta quatre à quatre les marches qui menaient à la salle d'astronomie.

Ses pensées étaient toutes tournées vers l'excuse qu'elle donnerait si quelqu'un avait remarqué sa disparition durant les deux heures précédentes.

Ce fut sans doute pour cette raison qu'en poussant la porte de bois, elle ne vit pas tout de suite les cinq paires d'yeux qui la dévisageaient, interloquées.

CHAPITRE 34

« La Razzia est la faction guerrière, chargée de reconquérir Saleria. Chaque année, de valeureux Constellationnistes de cette faction se portent volontaires pour récupérer notre terre. »

Extrait de *Saleria : plus qu'une terre.*

— Est-ce qu'on peut savoir où tu étais passée ? l'apostropha Sohan, les bras croisés, au beau milieu de la salle d'astronomie.

Son regard lui fit froid dans le dos. Derrière lui, le visage de Stella s'était décomposé. Heureusement, Haris, Alioth et Tara semblaient moins en colère.

— Je... j'ai..., bredouilla Cassiopée.

Elle n'avait pas prévu d'être ainsi surprise dès son retour.

— Est-ce que tu es *sortie* ? siffla Stella.

Le cerveau de Cassiopée tournait à plein régime afin de trouver un mensonge crédible, mais ses amis n'étaient pas stupides. Aussi se contenta-t-elle de hocher la tête.

— Par l'Ophiuchus ! s'écria Stella en levant les bras au ciel.

Elle fit les cent pas au milieu de la pièce que les six amis avaient aménagée quelques jours plus tôt. En poussant les pupitres vers les murs, ils avaient gagné une place considérable.

— Alors ? demanda Haris. C'était comment ?

Son enthousiasme arracha un sourire timide à Cassiopée. Mais à la manière dont Sohan le fusilla du regard, elle comprit que tout le monde n'était décidément pas de son avis.

— Tu te rends compte de ce que Subra aurait fait si elle t'avait vue ? fit le Lion en se laissant lourdement tomber sur le large bureau en bois.

Plus qu'énervé, il semblait déçu. Elle eut la soudaine impression que cette simple action venait d'effacer toute la complicité qu'ils avaient forgée tous les deux et cela lui retourna l'estomac.

— Mais elle ne m'a pas vue, rétorqua-t-elle en ouvrant le col de sa veste.

Elle s'installa sur le premier pupitre, en face de Haris et d'Alioth, à côté de Tara.

— Où est-ce que tu étais ? s'enquit cette dernière.

— Je suis allée voir quelqu'un.

Sohan serra la mâchoire et une veine apparut sur son cou alors que l'ambre de ses yeux fondait sur elle.

— Qui ? demanda-t-il.

Haris le dévisagea, visiblement interloqué par cet accès de colère. Tout comme Cassiopée.

— Une amie, répondit-elle. Ma meilleure amie. C'est important ?

— T'es dur, anaia, intervint Haris. Elle avait une vie avant d'atterrir ici, c'est normal qu'elle éprouve le besoin d'y retourner.

Cassiopée remercia le Verseau d'un signe de tête ; il lui répondit par un clin d'œil.

Sohan, lui, se renfrogna.

— On avait peur que tu ne reviennes pas, avoua le Lion en fixant ses baskets noires.

Alioth haussa un sourcil et Cassiopée réprima un sourire.

— Moi, ça ne m'a pas traversé l'esprit, si tu veux tout savoir, affirma le Taureau en sortant un paquet de marshmallows de sa veste brune. Je savais que tu reviendrais.

Il la connaissait mieux qu'elle-même, apparemment.

— Est-ce que..., s'inquiéta Tara. Tu ne te sens pas bien, ici ?

Intrigué par la réponse que Cassiopée apporterait, Sohan releva la tête et ses boucles brunes rebondirent autour de son visage.

— Si ! répliqua aussitôt l'intéressée. Je me sens bien à l'Académie, avec vous. Plus que bien, même ! C'est juste que...

Les évènements de la veille au soir, avec Subra, Hati et Izar, tournaient et retournaient dans son esprit.

— Je dois vous dire quelque chose.

Puis, sans omettre aucun détail sur le livre noir de la directrice, ses révélations et le comportement suspect de l'élève et de l'irakatsi, elle raconta la soirée insensée qu'elle avait vécue. Tara fut la première à briser le silence. Installée sur le pupitre près de Cassiopée, elle regardait dans le vide, la tête posée entre ses mains.

— Hati a toujours été un garçon très discret, déclara-t-elle. J'ai dû lui parler trois fois quand on était novices, et à peine une depuis qu'on est aspirants irakatsi. Il n'est pas très bavard. Il a bien choisi son affectation, ajouta-t-elle après un instant.

— Qu'est-ce que tu veux dire ?

— Il n'y a pas meilleure faction qu'irakatsi pour continuer de vivre à l'Académie et fureter dans les affaires de Subra.

Elle avait raison. Et c'était d'ailleurs ce qui avait achevé de convaincre Stella de ne pas se présenter au poste d'Élue, elle qui voulait plus que tout intégrer la faction dirigeante située au siège de la Ligue, la Norabi. La majorité des factions formaient les aspirants en dehors de l'Académie.

— Tu crois qu'il a fait exprès d'intégrer cette faction pour espionner Subra ? demanda Cassiopée.

— Je ne sais pas, mais je me rappelle qu'il avait tenté de devenir Élu à l'époque. C'est Callisto qui a été choisie à sa place…

Cassiopée imagina une seconde ce qu'un membre de l'armée d'Azimech pourrait faire s'il intégrait le cercle proche de Subra. Heureusement qu'Hati avait échoué.

— Vous en pensez quoi, vous ?

— Non, on ne va pas le dire aux parents, déclara Alioth en regardant sa sœur d'un œil perçant.

— On devrait le d…, commença Stella au même moment.

Elle se tourna vers son frère et lui flanqua une tape sur le bras :

— Arrête d'utiliser ton pouvoir sur moi, anaia !

Les prémonitions d'Alioth se multipliaient même si, la plupart du temps, il pouvait simplement percevoir le futur très proche.

— Ces histoires nous dépassent totalement, se justifia la blonde en croisant les bras sur sa poitrine. Si Azimech a des espions au sein de l'Académie, la Ligue doit en être informée.

Cassiopée secoua la tête.

— La Ligue nous demanderait comment on a appris tout ça et Izar saurait que la fuite vient de moi. Il comprendra que j'ai résisté à l'asservissement et il devinera que je suis la Supernova.

Elle avait dit le dernier mot en chuchotant, comme s'ils n'étaient pas seuls dans cette pièce oubliée de tous.

— On n'est pas obligés d'entrer dans les détails, répliqua Stella. On peut juste leur donner des indices ou leur envoyer un message anonyme.

— Stella, non, trancha Sohan.

Stella ne les trahirait pas. Elle avait beau désapprouver leur choix de ne pas informer leurs supérieurs, elle avait prêté serment sur sa lame de garder le secret. Et puis elle ne ferait pas cela à son frère.

La Capricorne souffla pour marquer sa désapprobation.

— Dans tous les cas, on sera vite fixés pour la sarraskia, dit-elle. Izar est peut-être un traître, mais il a raison : les exécutions arbitraires vont se multiplier.

— Donc la Ligue n'a pas intérêt à dévoiler ses plans, répondit Tara. Sinon le peuple va se rebeller, comme la dernière fois.

La dernière sarraskia s'était terminée par des émeutes orchestrées par un petit groupe de Constellationnistes et la menace d'un coup d'État.

— Pas nécessairement. La dernière sarraskia était surtout dirigée contre les Verseau, alors que là, elle servirait à construire une Oasis afin de nous sauver tous. Certains Constellationnistes seraient peut-être même prêts à se porter volontaires pour le bien commun.

Cassiopée la dévisagea d'un air dubitatif. La Capricorne ne semblait pas s'émouvoir une seconde que de tels sacrifices pussent avoir lieu.

— Quoi ? fit Stella en haussant les épaules. Il y a bien des Poissons ou des Cancer qui voudront rendre service.

Cassiopée en eut la nausée. Amalthée éduquait-elle vraiment ses enfants à raisonner de la sorte ? Un regard en biais vers Alioth, installé en tailleur sur un pupitre double, lui fit dire que non.

— Ils annonceront la perte de nos pouvoirs, mais pas la sarraskia, affirma Sohan qui était toujours avachi sur le bureau.

— Comment tu le sais ? demanda Stella.

— Ils n'ont aucun intérêt à l'annoncer aussi publiquement. Et quand les gens se demanderont pourquoi ils encourent la peine de mort pour un délit mineur, la Ligue noiera le poisson, comme d'habitude.

— Tu ne trouves pas que tu abuses un peu ? fit Stella en passant les doigts dans sa frange effilée.

— Tu es bien naïve de penser que ce serait la première fois, rétorqua Haris.

Stella se raidit aussitôt.

— De quoi est-ce que tu parles ?

Haris vissa un bonnet sur ses cheveux crépus et croisa les bras pour se réchauffer.

— Mon père a été tué lors de la dernière sarraskia, révéla-t-il. Son seul crime était d'être Verseau.

Les joues d'Alioth rougirent et il baissa les yeux. Stella, en revanche, ne se démonta pas.

— Ma mère m'a dit que les Verseau étaient devenus incontrôlables et entravaient les décisions de la Ligue pendant sa création, répondit-elle avec assurance. On ne pouvait plus recourir à aucun pouvoir psychique tant les Verseau abusaient de leur capacité d'obstruction.

Les yeux d'Haris s'arrondirent et il serra la mâchoire.

— Ton père…, poursuivit Stella.

— Ne parle pas de mon père ! s'écria-t-il en tapant sur son pupitre.

Stella sursauta presque autant que Cassiopée.

— Haris…, s'interposa Alioth.

Le Verseau prit une profonde inspiration et se tourna vers Sohan. Un seul regard suffit à l'apaiser.

— La Ligue n'est peut-être pas aussi intègre que votre mère veut vous le faire croire, ajouta-t-il.

Ces derniers mots flottèrent entre les amis durant de longues secondes. Haris avait dans ses yeux noirs une forme de tristesse qui désarçonna Cassiopée. S'il n'était pas assis à l'opposé, elle l'aurait probablement pris dans ses bras, car c'était un sentiment qu'elle-même portait depuis de nombreuses années. Ces derniers mois, toutefois, une flamme nouvelle avait grandi au fond d'elle : celle de l'espoir. Son instinct lui soufflait qu'elle était à deux doigts de retrouver ses parents biologiques ; elle tenterait l'impossible pour y arriver.

— Je vais entrer dans le bureau de Subra, lâcha-t-elle à brûle-pourpoint, et regarder dans son livre noir.

— Pardon ? articula Sohan.

— Je vais entrer dans le bureau de Subra, répéta-t-elle, et regarder dans s…

— Hors de question, trancha le Lion.

Cassiopée haussa un sourcil avant de partir dans un éclat de rire qui surprit tout le monde.

— C'est justement ça le problème, Sohan, répondit-elle en soutenant son regard sévère. Ce n'était pas une question.

Elle aurait aimé qu'il s'opposât à cette idée pour la protéger, mais il l'avait dit lui-même il y a quelques jours : elle s'accordait trop d'importance. Il n'était pas intéressé.

— Quand tu sors ce genre de chose, fais en sorte que je ne sois pas dans le coin, s'il te plaît, la réprimanda Stella. Je fais déjà de gros efforts pour vous suivre dans toutes vos décisions foireuses et cacher vos transgressions du règlement, ajouta-t-elle en regardant en direction de la porte par laquelle Cassiopée était rentrée.

Haris l'ignora.

— Tu comptes t'y prendre comment ? demanda-t-il.

Le plan de Cassiopée l'avait visiblement sorti de sa mélancolie.

— Haris ! s'écria Sohan. Tu ne vas pas l'encourager quand même ?

Cassiopée eut un petit sourire victorieux qui n'amusa pas du tout le Lion.

— Qu'est-ce que ça peut te faire ? répliqua Haris. C'est pas comme si elle te demandait de l'aider.

— Exactement. Ce n'est pas comme si je vous demandais de l'aide.

Tout dans le regard de Cassiopée indiquait qu'elle était sur le point de le faire. Et ses amis le comprirent très vite, car Stella s'exclama :

— Même pas en rêve ! Alors là, non ! Jamais de la vie !

— Carrément, observa Cassiopée d'un air amusé.

— Je ne plaisante pas, rétorqua Stella en croisant les bras sur sa poitrine. Je garde ton secret parce que j'ai prêté serment, mais vous ne m'embarquerez pas dans ce genre d'entreprises débiles. Je peux dire adieu à la Norabi si je me fais prendre à voler la directrice de l'Académie.

— Du calme, intervint son frère. Si tu ne veux pas participer, alors ne le fais pas.

Sohan le dévisagea avec surprise. Stella, avec consternation.

— Alioth ? interrogea le Lion, les dents serrées.

— Tu la connais. Elle le fera avec ou sans notre accord.

Cassiopée approuva d'un signe de tête.

— Honnêtement, je préfère être là pour l'aider plutôt qu'elle fasse n'importe quoi toute seule.

Sohan se renfrogna et croisa les bras sur sa poitrine.

— Tu désapprouves parce que c'est ta tante ? demanda Cassiopée.

Tous les regards se tournèrent vers lui.

— Bien sûr que non. Je désapprouve parce que c'est toi.

Surprise, Cassiopée le dévisagea.

— Parce que tu ne maîtrises pas ton pouvoir, se rattrapa-t-il.

Puis il continua d'une voix plus assurée :

— Je ne veux pas que tu te fasses prendre et qu'ils découvrent ce que tu es.

— Ce que je suis, répliqua Cassiopée en redoutant d'avance sa réaction, c'est une fille qui a été abandonnée par ses parents et qui donnerait tout pour les retrouver. Exactement comme toi. Tu ne veux pas savoir ce qui leur est arrivé ? Je suis sûre que la réponse se trouvera dans le livre !

La surprise se peignit sur le visage de Sohan.

— Comment est-ce que… ?

— Ce n'est pas important. Ce qui compte, c'est qu'on a un moyen de faire la lumière sur le destin de nos familles, répliqua-t-elle en tendant sa paume. Dans le creux de nos mains.

Cassiopée s'attendait à discerner, dans les yeux de Sohan, la même colère que lorsqu'elle avait mentionné ses parents pour la première fois. Au lieu de quoi, un voile de tristesse avait assombri ses yeux clairs.

— OK, finit-il par capituler. Tu proposes quoi ?

Aux oreilles de Cassiopée, ces mots furent aussi doux que du miel.

Elle passa les minutes suivantes à leur détailler le plan qu'elle avait imaginé et, à sa grande surprise, ils n'opposèrent pas d'objection. Sauf Stella, qui refusa évidemment d'y prendre part.

Le week-end prochain, ils entreraient dans le bureau de Subra, et Cassiopée en saurait enfin plus sur son passé.

CHAPITRE 35

« Les Cancer sont dotés du pouvoir d'empathie.
À un faible niveau, ils sont capables de comprendre les émotions d'autrui.
À un niveau intermédiaire, ils peuvent ressentir les émotions d'autrui,
tout en les dissociant de leurs propres émotions.
À leur plein potentiel, les Cancer sont capables
de modifier les émotions d'autrui. »

Extrait de *Les Rudiments des pouvoirs astraux.*

Quand le gong sonna la fin de l'entraînement, Cassiopée était à bout de souffle. C'était le dernier de la journée et son estomac criait famine. Le cours de Maîtrise était devenu une sorte de guerre de clans : chaque Unité se dépassait pour obtenir les faveurs d'Izar.

Les Quadrantides approchaient et l'esprit de compétition gagnait tous les futurs concurrents.

Cassiopée avait eu le plaisir de constater que son Unité était beaucoup moins bancale qu'elle ne l'avait cru. Parmi ceux qu'elle connaissait peu, Celian – le Lion –, Narvi – la Sagittaire – et Arietis – la Bélier – avaient une totale maîtrise de leur pouvoir astral, tandis qu'Isonoé – le Cancer – et Bianca – la Balance – modélisaient leur lame mieux que la plupart des autres novices. Moins bien que Cassiopée, naturellement, mais elle faisait en sorte de réduire l'écart pour ne pas se faire remarquer.

Les autres se débrouillaient bien au combat, ce qui était le point faible de Cassiopée, et ce sur quoi elle concentrait tous ses efforts.

Sans surprise, Janus et Téthys, qu'elle avait bien été obligée d'inclure dans son Unité, feignaient de participer lorsque l'attention d'Izar était sur eux. Le reste du temps, ils faisaient seulement acte de présence.

Cassiopée s'en fichait éperdument. Au moins ne s'en prenaient-ils plus à elle. Elle ignorait ce qu'Haris et Sohan avaient fait depuis Aztarna, mais cela avait fonctionné.

Tout ce qu'elle voulait, c'était que leur comportement n'affectât pas le moral de l'équipe ; moral qui avait déjà été mis à mal lorsqu'elle leur avait annoncé qu'ils écoperaient d'une pénalité lors de l'Examen parce qu'elle n'avait pas rendu sa liste dans le temps imparti.

— Tu t'améliores, la félicita Naos en lui tendant la main pour l'aider à se relever.

Avachie par terre, sa queue-de-cheval brune à moitié défaite, Cassiopée sourit et lui tendit volontiers son bras.

— Je te trouve changée, observa-t-il en la dévisageant.

— Ah oui ? Je suis plus musclée ?

Naos pouffa et, de sa main libre, porta sa main au piercing accroché à sa lèvre inférieure.

— Non, c'est… à l'intérieur de toi.

Cassiopée se raidit et retira sa main de celle de Naos.

— Tu peux me faire confiance, tu sais ?

Qu'entendait-il par là ? Pouvait-il avoir deviné ?

Cassiopée se dirigea vers la sortie pour se soustraire à sa question. Ce n'était pas qu'elle ne lui faisait pas confiance, mais elle le connaissait si peu… Il s'était toujours montré prévenant, il l'avait défendue face à Octant et s'était immédiatement proposé de rejoindre son Unité... Son secret était cependant trop gros pour être partagé. Ils débouchèrent sur le palier du troisième étage, où une foule de Constellationnistes se précipitait dans l'escalier à double révolution pour rejoindre la cafétéria. Cassiopée s'apprêtait à les suivre lorsque Naos l'interrogea :

— Tu fais quoi mercredi soir ?

Mercredi soir... C'était l'azterita festa. Toute l'Académie était tenue d'y assister et, de toute façon, Cassiopée n'aurait manqué pour rien au monde un événement en l'honneur de Tara.

— Oh tu sais, il y a une petite fête, pas grand-chose..., s'amusa-t-elle.

— Tu veux y aller avec moi ? s'empressa-t-il de demander.

Cassiopée s'arrêta aussitôt.

Était-il en train de l'inviter ?

— Avec toi...

— Je sais que chez les Arruntas, ça se fait beaucoup. Inviter une fille pour ce genre de fête. Et comme tu as grandi avec eux, je me disais que peut-être...

— Ça me ferait très plaisir, le coupa-t-elle avec émotion.

Naos était la seule personne à l'Académie qui lui rappelait qu'elle n'avait pas grandi de la même manière qu'eux sans se soucier de sa différence. Tara et les autres n'abordaient généralement pas le sujet.

— Super, conclut-il en se penchant pour déposer un baiser sur sa joue. J'ai hâte !

Et avant qu'elle ait pu répondre quoi que ce soit, il disparut dans la foule.

— Eh bah ! lança une voix sarcastique derrière elle. Votre prochain baiser sera encore sur la joue, à ton avis ?

Elle n'eut pas besoin de se retourner pour savoir de qui il s'agissait.

— De quoi je me mêle ? répliqua-t-elle tandis que Sohan se plantait devant elle, une main agrippée à la rambarde de l'escalier.

Il avait ôté sa veste et ne portait qu'un ample T-shirt blanc détrempé. Comme à chaque entraînement de combat, un large bandeau lui barrait le front, par-dessus lequel quelques mèches de cheveux bouclés retombaient nonchalamment.

Elle détourna aussitôt les yeux.

— Je dis ça pour toi, beauté, répondit-il en la cherchant du regard.

Beauté.

Ce seul mot suffit à faire déferler une vague de chaleur sur ses joues. Cassiopée eut envie d'escalader la rambarde et de se jeter dans le vide pour se punir d'y être aussi sensible.

— Il n'y a vraiment qu'un Vierge pour ne pas saisir ce genre d'opportunités, renchérit-il.

— Occupe-toi de tes affaires et laisse-moi tranquille, rétorqua-t-elle en lui tournant le dos pour qu'il ne vît pas à quel point elle rougissait.

Avisant l'embouteillage qui s'était formé dans l'escalier, elle décida de faire un détour et s'engagea dans le premier couloir sur sa droite en espérant qu'il ne la suivît pas. Mais il semblait ne pas en avoir fini avec elle : elle sentit un bras se poser autour de sa nuque. Son parfum boisé était couplé à l'odeur de sa transpiration. Étonnamment, le mélange était plutôt agréable.

— Mes affaires se portent à merveille, si tu veux savoir, déclara-t-il d'un air joyeux.

— Tant mieux pour toi, répliqua-t-elle en essayant en vain de retirer la main qui courait sur son épaule.

Il commençait sérieusement à l'énerver.

— Tu comptes sortir avec lui ? demanda-t-il, l'air de rien.

Cassiopée s'arrêta brusquement et fit un tour sur elle-même pour se soustraire à son emprise.

— Qu'est-ce que ça peut te faire, Sohan ?

Il sourit, visiblement surpris de la voir s'agacer aussi facilement.

— Je n'ai pas envie.

Elle fronça les sourcils, peu sûre de comprendre.

— Hein ?

— Hein ? répéta-t-il d'un air moqueur. Il faut vraiment que tu arrêtes avec ce tic de langage, ce n'est pas du tout élégant.

Il avait bu ou quoi ? Qu'est-ce qui lui prenait ? À moins que…

— Fais le signe ! ordonna-t-elle en s'écartant machinalement de lui.

— Pardon ? demanda-t-il, troublé.

— Fais le signe, répéta-t-elle, inflexible.

Peu après Aztarna, tous avaient convenu d'un signe, pour prouver qu'ils avaient bien affaire les uns aux autres et pas à un Scorpion métamorphosé, afin que l'épisode du tunnel ne se reproduisît plus jamais.

Avec une exaspérante lenteur et un sourire taquin, Sohan se pencha vers elle, croisa l'index et le majeur de la main droite et posa l'index sur son nez.

Cassiopée réprima un sourire.

— On peut changer de signe ? maugréa-t-il. J'ai vraiment l'air d'un con.

— Non, il est parfait ! répondit-elle en attrapant son bras droit pour le forcer à rester en position.

Ils se regardèrent de longues secondes en souriant. La sensation de ses doigts sur le bras saillant de Sohan était aussi enivrante qu'éprouvante.

« Tu t'accordes bien trop d'importance », lui avait-il dit. Le message était on ne peut plus clair. Son sourire se ternit et elle retira sa main en reculant d'un pas.

Le couloir était désert, rien d'étonnant compte tenu de l'heure tardive. Les autres étaient sûrement en train de se remplir la panse pendant que Cassiopée endurait le comportement versatile de Sohan. Pourtant, une voix attira l'attention de Cassiopée juste derrière elle.

Sohan l'entendit aussi et tous deux, mus par la même curiosité, s'approchèrent de la porte en bois légèrement entrouverte par laquelle s'échappait la voix.

— Neuf morts ? s'exclamait Amon.

Cassiopée se raidit. Au-dessus d'elle, Sohan était aussi tendu.

— Ils ont forcé le passage du portail, expliqua Hélios dont le calme ne semblait pas altéré par la gravité de l'annonce qu'il venait de faire. Les begiraleak ont été surpris.

— Combien étaient-ils ? demanda Amon avec empressement.

Le bruit d'une chaise que l'on tirait résonna dans la pièce voisine et la voix d'Hélios leur parut plus proche lorsqu'il déclara :

— Apparemment, plus d'une douzaine. La moitié d'entre eux hauts gradés et bien entraînés.

— Mais pourquoi ? Quel intérêt aurait Azimech à envoyer des hommes sur le Continent ? Pourquoi maintenant ?

Cassiopée déglutit péniblement et leva les yeux vers Sohan. Ils n'eurent pas besoin de parler pour savoir que la même question les préoccupait : Azimech savait-il ?

— Nous l'ignorons, répondit Hélios, tout comme nous ignorons les raisons qui les ont poussés à traverser le portail il y a quatre ans.

Un silence s'installa, seulement interrompu par des bruits de pas qui se rapprochaient. Cassiopée se redressa, prête à filer avec Sohan, mais Hélios enchérit une dernière fois :

— Cette information ne doit en aucun cas être divulguée. Les Quadrantides approchent, les novices sont déjà soumis à assez de stress.

— Entendu, répondit Amon, un peu trop près.

Cassiopée observa avec angoisse la porte tourner sur ses gonds.

Dans la panique, elle envisagea de partir en courant, mais Sohan semblait avoir un tout autre plan en tête. Avant qu'elle ait eu le temps de faire un pas, il l'empoigna par la taille et la plaqua contre le mur opposé.

Ses yeux ambrés plongèrent dans ceux de Cassiopée, puis descendirent lentement vers ses lèvres. Le cœur de la novice s'emballa alors qu'instinctivement, ses mains trouvaient le torse du Lion.

Amon et Hélios sortirent de la pièce, et Sohan approcha son visage si près de celui de Cassiopée que leurs souffles se mêlèrent l'un à l'autre. Les lèvres du Lion effleurèrent les siennes. Elle ferma les yeux, électrisée par la sensation du corps de Sohan contre le sien. Puis sa bouche se posa sur celle de Cassiopée avec une douceur infinie et le monde s'arrêta de tourner.

— Qu'est-ce que vous faites ici ? s'étonna Hélios en brisant la magie du moment. Il est bientôt l'heure de dîner, ne restez pas plantés là !

Pantelante, Cassiopée rouvrit les yeux quand elle fut certaine que le Lion avait reculé à une distance raisonnable. Un sourire mutin s'étirait sur son visage. Elle eut la soudaine envie d'envoyer sa lame dans la gorge d'Hélios pour avoir mis fin à ce moment, mais elle se reprocha immédiatement la violence de cette pensée.

Elle baissa les yeux et quitta le couloir en quatrième vitesse sans que Sohan daignât la retenir.

C'est seulement une fois la porte de sa chambre refermée derrière elle qu'elle s'autorisa à respirer. Ses doigts remontèrent le long de son corps et caressèrent ses lèvres. Chaque centimètre de son être vibrait à la pensée de ce baiser furtif.

À ce moment précis, elle n'aurait su dire ce qui la terrifiait le plus : la percée d'une partie de l'armée d'Azimech ou la sensation qu'elle avait ressentie au moment où les lèvres de Sohan s'étaient posées sur les siennes.

CHAPITRE 36

« Le portail du Taureau situé au siège de la Ligue n'a été percé qu'une unique fois depuis l'Exode, causant de nombreux morts parmi les gardiens et suscitant le questionnement de l'ensemble des Constellationnistes sur les raisons de cette irruption. Aucun autre incident majeur n'a été répertorié après cet événement. »

Extrait de *La Stratégie d'Azimech.*

Quand, au prix d'un effort conséquent, Cassiopée eut terminé sa métamorphose, elle mesurait une tête de plus et avait gagné une taille de pantalon.

— Alors ? demanda-t-elle à ses amis, la voix chargée d'espoir.

Sohan la dévisagea longuement.

— C'est parfait, répondit-il en affichant un rictus de dégoût. Atrocement parfait.

Tant mieux. Elle avait passé les cinq derniers soirs à s'entraîner d'arrache-pied dans la salle d'astronomie pour réussir à reproduire parfaitement l'apparence impeccable et rigide de Subra. Cet exercice exigeant lui avait permis de se rendre compte que son apparence de lynx se manifestait plus naturellement et qu'elle se sentait bien mieux à quatre pattes qu'à deux, perchée sur des talons de dix centimètres.

— Ne les casse pas, la prévint Stella en croisant les bras sur sa poitrine. Ils sont à ma mère.

Cassiopée lui sourit, heureuse qu'en dépit de son opposition à leur projet, la Capricorne ait eu l'obligeance de lui prêter le costume marron et les escarpins rouges qui lui permettraient de se fondre dans le décor.

— Pitié, arrête, la supplia Sohan. Je crois que la dernière fois que j'ai vu ma tante sourire, c'était le jour de ma naissance.

Alioth éclata de rire et Cassiopée se rappela que ce n'était pas sous ses traits à elle que ses amis la voyaient.

— Tout le monde se souvient de son rôle ? demanda Haris en regardant Alioth avec insistance.

La première partie du plan de Cassiopée reposait sur ce dernier et sur la lamiaa gaixo que Tara avait réussi à lui dégoter auprès d'un aspirant lorezai, expert en botanique et plantes médicinales saleriennes. Il s'agissait d'une petite plante visqueuse de couleur violette et grande comme la paume de la main qui provoquait une puissante éruption cutanée en cas d'ingestion. Associée au dérivé d'hirudine de sangsue collecté dans le jardin, elle entraînait une sensation de brûlure intense qui rappelait la Belardia, une maladie typique de Saleria, censée avoir disparu il y a plusieurs siècles.

Bien sûr, cette idée n'émanait pas de Cassiopée. Elle s'était contentée d'indiquer qu'il fallait faire sortir Subra de son bureau et la retenir suffisamment longtemps pour lui permettre d'entrer et de repartir sans se faire remarquer. Tara et Haris avaient ensuite imaginé cette histoire de maladie suffisamment grave en apparence pour qu'Hélios en personne requît la présence de Subra à l'infirmerie. En réalité, Alioth allait juste avoir la peau irritée jusqu'au lendemain avant que tout ne disparût pour de bon.

— Qu'est-ce que je ferais pas pour vous, grommela l'intéressé.

Il sortit un mouchoir de sa poche, dans lequel était emballée la lamiaa gaixo.

— Avant que je ne mette cette chose dans ma bouche, est-ce que vous pouvez me rappeler la suite du plan ?

— Je le savais ! s'écria Haris en passant la main dans ses cheveux crépus d'un air exaspéré. Il a oublié le plan !

— Bien sûr que non ! Je pense simplement que c'est bien si on l'a tous en tête avant d'y aller.

Cassiopée pouffa. Alioth mentait mal.

— Tu ingères la lamiaa gaixo et tu files à l'infirmerie, expliqua Haris. Si tout se passe comme prévu, Hélios devrait solliciter la venue de Subra. Pendant ce temps-là, Sohan et Cassiopée en profiteront pour entrer dans son bureau et jeter un œil au livre. Moi, je ferai le guet à l'extérieur au cas où quelqu'un se pointerait.

Cassiopée sourit et posa une main sur l'épaule de son ami.

— Tout va bien se passer, dit-elle.

— Ne le prends pas mal, mais tu me fais peur comme ça, rétorqua le Taureau avant d'engloutir la plante en une bouchée.

Tara et Haris échangèrent un regard incertain.

— En combien de temps c'est censé faire effet ? demanda Alioth.

Haris sortit de sa poche un genre de montre à gousset.

— En un tour à peine, fit-il en étudiant les aiguilles qui se déplaçaient sur le cadran. Tu sens quelque chose ?

Alioth secoua nerveusement la tête.

— Rien pour l'inst... AH ! s'écria-t-il soudainement. AH ! AAAAH !

Stella et Tara se précipitèrent vers lui.

— Quoi ? Qu'est-ce qu'il se passe, maitea ? s'inquiéta Tara. Réponds-moi !

Stella se tourna vers Haris.

— Qu'est-ce que tu lui as fait ?

— Ça fait partie du processus, la rassura Haris.

Mais ses lèvres pincées semblaient contredire ses paroles.

— Alors c'est parti, conclut Sohan en tirant la fermeture Éclair de sa veste aux manches dorées.

Alioth et Tara furent les premiers à quitter la salle d'astronomie pour se diriger vers l'infirmerie sous les hurlements non feints d'Alioth. Puis Haris, Sohan et Cassiopée – toujours sous les traits de Subra – se dirigèrent d'un pas beaucoup moins assuré en direction du bureau, la faute aux échasses de Stella sur lesquelles Cassiopée était obligée de déambuler et qui ralentissaient prodigieusement leur progression. Cassiopée aurait aimé s'épargner cette peine et n'avoir à se métamorphoser que devant le bureau de Subra, mais l'exercice lui prenait un temps si important qu'ils auraient risqué de se faire prendre en plein milieu de sa transformation.

Stella, elle, attendrait leur retour dans la salle d'astronomie.

Au troisième étage, Cassiopée traversa l'aile est, celle qui donnait sur l'abri à bateaux inoccupé dont le ponton s'étendait jusqu'au lac. Sohan et Haris sur les talons, elle claudiqua jusqu'à l'escalier à double révolution. D'après les informations qu'elle avait soutirées à Essie, Subra avait ordonné qu'on la laissât seule dans son bureau afin de fignoler les derniers détails de l'azterita festa. C'était donc un itinéraire sûr pour parvenir jusque-là sans risquer de la croiser lorsqu'elle se rendrait à l'infirmerie. En revanche, ce trajet était loin d'être le moins emprunté : tous les trois pas, un nouvel élève la saluait en prétendant ne pas remarquer sa démarche mal assurée.

Arrivée en haut de l'escalier, Cassiopée poussa un profond soupir de soulagement à l'idée de pouvoir se tenir à la rampe.

— Il va falloir accélérer, on n'a pas toute la journée, lui murmura Sohan à l'oreille.

Elle sentit son souffle contre sa nuque et manqua de dégringoler le reste des marches sur les genoux. Il n'avait pas le droit de faire ça, pas maintenant, alors qu'elle faisait son possible pour ne pas repenser à leur baiser de la veille.

Sohan y avait-il songé, lui aussi ? Avait-il ressenti la même chose qu'elle ? Avait-il perçu son trouble ? Elle ne pouvait imaginer qu'il en fût autrement…

— Ah, Subra, vous tombez bien ! l'apostropha Izar alors qu'elle tentait de se redonner une contenance.

— Hein ? Heu… oui ?

Derrière Izar, Haris fit les gros yeux et Cassiopée comprit aussitôt le sous-entendu.

— Qu'est-ce que vous voulez ? aboya-t-elle.

Izar serra la mâchoire, mais ne parut pas surpris par son ton peu amène.

— Je vous le disais, reprit-il. C'est au sujet de…

— Je n'ai vraiment pas le temps Izar, le coupa-t-elle. Cela peut-il attendre lundi ?

— C'est que…

Et Cassiopée leva la main à hauteur du visage de son professeur pour lui intimer le silence dans une parfaite imitation des manières de la directrice.

Elle n'en revenait pas de ce qu'elle était en train de faire, mais cela eut le mérite d'être efficace. Izar continua son chemin et laissa la Supernova poursuivre le sien.

Treize secondes s'écoulèrent entre le moment où Cassiopée se cacha dans le recoin d'un couloir proche du bureau de Subra et celui où la véritable directrice de l'Académie passa devant eux d'un pas décidé en direction de l'infirmerie.

La voie était libre.

Les trois compères s'engouffrèrent dans l'interminable couloir aussi vite que les chaussures de Cassiopée le leur permettaient jusqu'à se planter devant la porte en métal coulissante.

La deuxième partie du plan se jouait maintenant, et elle était décisive.

Cassiopée scruta le système de reconnaissance faciale qu'elle avait repéré la première fois qu'elle était venue. Il donnait à Subra la possibilité de sécuriser l'accès à son bureau autant que de tenir à distance les importuns qu'elle ne souhaitait par recevoir.

Elle avait beau emprunter l'air assuré de Subra, Cassiopée n'en menait pas large. Elle avait pleinement conscience que la suite de son plan dépendait entièrement de cette étape. Subra serait rapidement mise au courant de l'entrée d'un intrus si ce foutu système de reconnaissance faciale affichait une erreur. Ses jambes commencèrent à flageoler et elle perdit, le temps d'une microseconde, l'emprise qu'elle avait sur son pouvoir et qui permettait à sa métamorphose de perdurer.

Pas maintenant ! Elle devait encore s'accrocher un peu !

— Tout va bien, chuchota Sohan à son oreille.

Un bruit surgit de l'appareil en face d'elle.

Ça y est, c'était fichu.

— Cassiopée ! s'impatienta Sohan qui s'était rapproché de l'appareil.

Complètement désorientée, Cassiopée finit par poser son regard sur lui et son anxiété la frappa. Si Sohan paniquait, tout était fini.

— Regarde, lui dit-il en désignant un genre de boîte à l'intérieur de laquelle était dessiné le contour d'une main.

— Qu'est-ce que c'est ?

— Un système de détection du pouvoir astral, répondit-il comme si la réponse coulait de source.

— Comment tu le sais ? demanda Haris.

— Mes parents en avaient un, répondit Sohan amèrement. Il perçoit à la fois la nature du pouvoir astral et sa quantité chez le Constellationniste.

Ni Cassiopée ni Haris ne pipèrent mot.

— Subra a dû installer ce système pour éviter que tous les Scorpion de l'Académie ne viennent fourrer le nez dans ses affaires en prenant son apparence. Pour réussir à déverrouiller le système, il faut non seulement être Lion, mais aussi détenir au moins autant de puissance que Subra.

— Alors c'est mort, conclut Haris. Ne le prends pas mal, anaia, mais tu n'as pas encore atteint la puissance de ta tante. Même si tu es un Septième.

Sohan esquissa un sourire espiègle et plaqua vivement sa main à l'endroit prévu à cet effet avant d'attraper celle de Cassiopée pour la poser par-dessus la sienne.

— Qu'est-ce que tu fabriques ?! protesta-t-elle.

— Ça ne marchera pas, observa Haris.

À ces mots, le loquet se déverrouilla et la porte coulissa sur la droite pour laisser apparaître le sas.

— Comment… ? demanda Cassiopée.

Elle ne savait pas si elle était heureuse d'avoir réussi, impressionnée par l'audace de Sohan ou troublée que cela eût fonctionné.

— Moi j'ai le pouvoir astral… et toi la puissance.

Cassiopée pénétra dans le sas d'un pas mal assuré, suivie du Lion. Haris resta faire le guet dans le couloir.

Elle se félicita mentalement d'avoir mémorisé le code lors de sa dernière venue sous le couvert de l'invisibilité. Il ne restait plus qu'à espérer que Subra n'eût pas changé la combinaison.

— Tu sais ce que tu fais ? demanda Sohan alors que Cassiopée levait la main pour composer le code.

Elle hocha la tête sans conviction puis tapa les quatre chiffres l'un après l'autre, le souffle court.

Immédiatement après, un déclic se fit entendre et la porte pivota sur ses gonds pour dévoiler aux deux novices le bureau de Subra.

Cassiopée ne put avancer que d'un pas, à bout de pouvoir, avant que sa métamorphose cessât d'opérer.

— Pas trop tôt, commenta Sohan en observant Cassiopée sous son apparence ordinaire. Alors, il est où, ce livre ?

Cassiopée se débarrassa des escarpins et se précipita sur le bureau en bois avant d'en ouvrir le premier tiroir à la volée. Il était déverrouillé, mais également complètement vide.

Elle ouvrit le deuxième, puis le troisième, frénétiquement. Rien.

— C'est pas vrai…, fit Sohan.

— Il était là ! s'agaça Cassiopée. Elle l'a pris dans ce tiroir, j'en suis certaine.

Sohan passa une main dans ses cheveux et balaya la pièce du regard. Cassiopée s'attendait à ce qu'il mît fin à la mission, mais, à sa grande surprise, il déclara :

— Tu fouilles de ce côté-ci, et moi par là-bas.

Il s'approcha de la bibliothèque de Subra qui occupait tout le pan droit du mur alors que Cassiopée inspectait chaque recoin du bureau de la directrice à la recherche d'une cachette secrète. Chaque rainure fut passée au peigne fin, sans succès.

Elle se précipita sur le secrétaire en bois près du grand miroir à la surface duquel était apparue Amalthée plusieurs mois auparavant, tandis que Sohan, de son côté, examinait tous les livres.

Le secrétaire ne comportait qu'un tiroir frontal qui était… verrouillé.

Le cœur de Cassiopée s'accéléra : le livre noir était là, elle en était persuadée !

Elle sonda la pièce à la recherche d'une clé, puis elle se souvint de Subra utilisant sa lame pour en matérialiser une, ce soir-là.

Elle attrapa la lame qu'elle avait fourrée dans la poche de son costume, mais elle n'avait aucune information sur la forme du panneton à modéliser. Agacée, elle la posa sur le secrétaire et, en désespoir de cause, s'acharna de nouveau sur le tiroir en espérant le faire céder.

— Qu'est-ce que tu fabriques ?

Elle tourna la tête. Sohan s'était approché et l'observait, les yeux rieurs.

— Ça va finir par fonctionner, répondit Cassiopée.

Il croisa les bras sur sa poitrine.

— Dans dix ou vingt ans, peut-être. Mais ma tante peut débarquer d'une minute à l'autre, alors il vaudrait mieux que tu acceptes mon aide si tu veux qu'on sorte d'ici rapidement.

Elle secoua une dernière fois le tiroir avant de rendre les armes.

— Je t'en prie, dit-elle en lui laissant la place.

Sohan s'accroupit devant le tiroir pour observer la serrure. Soudain, un bruit sourd attira leur attention de l'autre côté de la pièce.

En une seconde, Sohan dégaina sa lame, prêt à bondir, mais les deux novices constatèrent rapidement que le fracas n'était dû à rien d'autre qu'à la chute d'un livre sur le sol.

Dans un soupir, le Lion rangea sa lame et, d'un mouvement leste, ôta deux pinces plates des cheveux de Cassiopée avant de se replacer à la hauteur du tiroir.

Cassiopée se pencha au-dessus de son épaule, émerveillée par la dextérité dont il faisait preuve en crochetant la serrure du secrétaire. Son regard dériva sur ses mains hâlées et ses doigts anguleux mais elle n'eut pas le loisir de s'abandonner à sa rêverie : à cet instant, la serrure flancha.

Sohan se releva et tira le tiroir vers lui.

Il était là : le livre noir.

Sohan sortit l'ouvrage avec précaution. Tout en cuir relié, il était plus long que large et douze lettres se succédaient sur la page de garde : CONFIDENTIEL.

— Ouvre-le, trépigna Cassiopée.

Sohan s'exécuta.

En première page figurait un sinistre visage que Cassiopée reconnut immédiatement pour l'avoir vu reproduit dans la plupart des ouvrages qu'elle avait lus sur l'Exode : Azimech.

Elle se figea à la vue de son teint livide et de ses yeux tombants, mais vifs, soulignés de cernes violacés. Sous son nez busqué, un semblant de barbe le vieillissait ; malgré tout, l'homme que Cassiopée avait sous les yeux paraissait relativement jeune, pas plus de trente-cinq ans. La Ligue n'avait sans doute pas réussi à dégoter une photographie plus récente.

Peu importe à quoi il ressemble aujourd'hui, songea Cassiopée. C'était ce même visage affreux qui causerait sa perte. Elle repensa à la conversation qu'elle avait surprise la veille concernant la percée de son armée sur le Continent et elle eut la nausée. Non, Azimech ne pouvait pas avoir entendu parler de son existence. C'était une simple coïncidence.

Sohan tourna avidement les pages du livre et les noms et photos défilèrent sous leurs yeux. Kelen Tucandyra, Alnaïr Arielyro, Stelian Trinculyro… Des hommes et des femmes autour de la quarantaine ; plus rarement surgissaient de jeunes adultes ou des enfants. Leur nom et leur photo étaient accompagnés des mentions « TRANSFUGE » ou « DISPARU », selon les informations qu'avait pu récolter la Ligue. Les transfuges étaient bien plus nombreux que les autres.

À mesure que Sohan tournait les pages, le cœur de Cassiopée se serrait.

Soudain, en lettres d'or, apparurent les noms qu'elle attendait désespérément : Alhena Phobosyra et Protée Panyro. Une page leur était dédiée à chacun, et sur les deux, une photographie.

Subra avait raison : si les cheveux d'Alhena étaient plus courts sur cette photo, ils étaient aussi noirs et bouclés que ceux de Cassiopée, et puis ce nez retroussé... En revanche ses yeux, s'ils étaient gris, étaient bien plus foncés que ceux de sa fille. Elle reconnut aussi ses taches de rousseur sur le visage de Protée et – détail que la directrice n'avait pas mentionné – le même air provocateur qui toute sa vie lui avait valu bien des ennuis.

Incapable de quitter les deux portraits des yeux, elle sentit une pression étreindre son cœur.

— Cassiopée..., souffla Sohan.

Il pointa le mot qui jouxtait leur nom à tous les deux : transfuges. Et il lui sembla que le ciel s'effondrait sur elle.

— Non, fit-elle, haletante. C'est impossible.

Elle arracha le livre des mains de Sohan pour en étudier les pages plus attentivement. Les portraits de ses parents prenaient bien moins de place que les dizaines de lignes en dessous, détaillant leurs faits et gestes. Un trombone retenait des papiers noircis de renseignements et des photos : une voiture, la façade d'un immeuble, de *son* immeuble...

Sur l'un des papiers qu'elle détacha, le nom d'Azimech était entouré, accolé à celui d'Alhena.

Non !

Elle s'était convaincue que ses parents l'avaient abandonnée pour la protéger, pour qu'elle survécût, pas pour la voir mourir. Cela n'avait pas de sens, plus rien n'avait de sens.

La tête de Cassiopée lui tourna et son pouls s'accéléra. Un bruit sourd la tira de sa transe : Haris venait de frapper sur la porte en métal de l'autre côté. C'était le signal : quelqu'un arrivait.

— On prend le livre avec nous.

— Pas question, il reste ici, trancha Sohan.

Son ton était sans appel. Mais celui de Cassiopée également.

Elle leva le nez vers lui et le défia du regard. Elle vit ses yeux ambrés passer de l'inflexibilité à ce qui ressemblait à de la pitié.

— Je ne peux pas le laisser là. Je n'ai pas eu le temps de savoir qui ils étaient, où ils étaient et où ils sont aujourd'hui. Il est écrit que ce sont des traîtres, Sohan, des transfuges. Ça ne peut pas être vrai !

Sa voix se brisa.

Sohan souffla un grand coup en se pinçant l'arête du nez.

— Ce livre n'était pas juste posé sur son bureau à attendre sagement qu'on vienne y jeter un œil ; il était enfermé à clé dans le tiroir d'un bureau surprotégé. Crois-moi, je crève d'envie d'en apprendre plus sur la disparition de mes parents, mais Subra arrive. C'est un document important, elle remarquera forcément son absence et elle devinera que quelqu'un s'est introduit dans son bureau. C'est ce que tu veux ?

Il lui reprit le livre des mains. Au même moment, un nouveau coup retentit.

— Mais le livre ment !

— Qu'est-ce que tu en sais ? Hein ? Tu ne les connais pas, tu ne les as jamais connus, la seule chose que tu sais d'eux, c'est qu'ils t'ont abandonnée quand tu étais enf… !

Il n'eut pas le temps de finir sa phrase. Cassiopée lui flanqua une gifle magistrale dans un moment d'impulsivité qu'elle regretta aussitôt.

Tout de même, comment pouvait-il oser lui dire une chose pareille ?

Certes, Cassiopée ne les connaissait pas, mais elle savait au fond d'elle-même qu'il était impossible que ses parents aient pu soutenir Azimech. Et seul ce livre lui permettrait d'en apprendre plus sur eux. Voire de les retrouver un jour, même si elle n'osait s'attarder sur cette pensée.

La mâchoire serrée, Sohan se massa la joue.

Un autre coup, plus fort cette fois, retentit derrière la porte en métal.

Ils sursautèrent tous les deux et se figèrent un instant jusqu'à ce que Sohan retrouvât ses esprits.

— Ce livre reste ici.

Elle lui attrapa les bras et le secoua vivement.

— Qu'est-ce que tu ferais si ce livre disait que tes parents étaient des transfuges ? Hein ? Qu'est-ce que tu ferais ?

L'expression de Sohan changea du tout au tout et Cassiopée sut que, s'il avait réussi à se contenir après la gifle qu'elle venait de lui flanquer, l'évocation de ses parents ne passerait pas aussi calmement.

Il la foudroya du regard et la veine qui se manifestait chaque fois qu'il était énervé apparut dans son cou.

— Ne t'avise pas de parler d'eux comme ça.

— Oh que si, je vais le faire ! répliqua-t-elle.

Elle avait l'air d'une hystérique, mais elle s'en fichait totalement.

— D'ailleurs, on a qu'à le vérifier tout de suite, reprit-elle sur le même ton.

Cassiopée lui arracha le dossier des mains et commença à tourner les pages frénétiquement, ses mains s'agitant sans qu'elle les commandât. En réalité, elle ne savait pas ce qu'elle espérait. Elle avait conscience que ce qu'elle trouverait pourrait faire du mal à son ami. Mais elle s'en soucierait plus tard. Elle voulait voir leur nom accompagné du même mot dont ses parents avaient été qualifiés. Celui qui les dépeindrait comme des monstres, comme des traîtres. Elle voulait croire qu'elle n'était pas la seule à qui l'on aurait dissimulé la vérité, qui se serait bercée d'illusions et dont les parents ne seraient en réalité que des imposteurs.

C'était égoïste, elle le savait, mais elle ne voulait pas être la seule à souffrir.

— Arrête, Cassiopée ! chuchota Sohan.

Il tenta d'attraper ses poignets, mais elle se dégagea violemment de son emprise. Des centaines de visages défilaient sous ses yeux, et des noms toujours plus nombreux, quand d'un coup, une femme aux yeux clairs, presque ambrés, apparut sur l'une des pages. Des yeux que Cassiopée aurait pu reconnaître entre mille, aussi beaux qu'intimidants. Sur la page voisine, un homme à l'allure imposante. Et à côté de leurs noms, neuf lettres : transfuges.

Cassiopée se figea avant de relever lentement la tête vers Sohan. Il avait les yeux rivés sur le portrait de cette femme, sa mère.

La colère qui emplissait son regard la seconde d'avant avait laissé place à la douleur.

Qu'est-ce qui n'allait pas chez elle ?

Un terrible sentiment de culpabilité l'envahit. Elle regretta immédiatement son geste, de même que ses pensées.

— Je… je suis désolée, Sohan…

Elle essaya d'approcher sa main du bras du Lion, mais il eut un mouvement de recul qui, bien que justifié, lui déchira le cœur.

Il prit une profonde inspiration et sa lèvre inférieure tressaillit subrepticement.

— Pourquoi désolée ? cracha-t-il. Tu as eu ce que tu voulais, non ?

Il dévisagea Cassiopée avec tellement d'intensité qu'elle aurait voulu disparaître. Elle secoua lentement la tête de gauche à droite. Sans la quitter des yeux, il attrapa le livre et le referma. Puis, contre toute attente, il le glissa sous son bras.

— Qu'est-ce que… ? fit Cassiopée d'une voix à peine audible.

— On a trouvé ce qu'on cherchait, répondit-il en ramassant à la hâte les escarpins de Cassiopée qui traînaient par terre. Haris a tapé contre la porte, Subra peut arrivera d'une minute à l'…

Il se tut. Des voix leur parvenaient de l'extérieur, juste derrière la porte.

Subra était déjà là. Et elle s'apprêtait à entrer.

CHAPITRE 37

« La lame d'un Constellationniste est plus qu'une arme, c'est une extension de son âme qu'il se doit d'entretenir s'il veut pouvoir en jouir librement. Ce lien peut, par exemple, s'aiguiser en respectant ses serments. »

Extrait de *La Modélisation des pouvoirs astraux : aiguiser son lien avec sa lame.*

— De qui s'agit-il ? pesta Subra dont la voix se répercuta dans toute la pièce.

Cassiopée passa un œil dans l'entrebâillement de la porte du grand cagibi dans lequel Sohan l'avait jetée avant de l'y rejoindre. La pièce était suffisamment haute pour qu'ils tinssent debout, mais trop sombre pour qu'elle pût voir à quel point il était profond. Une chose était certaine toutefois : elle était trop étroite pour deux personnes qui venaient de se disputer.

Une odeur de poussière et de jasmin emplit les narines de Cassiopée et elle dut prendre sur elle pour ne pas éternuer tout en observant ce qu'il se passait de l'autre côté des portes du cagibi.

— Haris Portiayro, répondit Hélios, que Cassiopée voyait parfaitement depuis son poste d'observation. Il n'est arrivé que tardivement à l'Académie en raison de problèmes administratifs.

Le Poissons était posté juste devant le secrétaire qui contenait le livre.

— Quel genre de problèmes ? demanda Subra.

— Rien de bien méchant, des justificatifs familiaux.

Un blanc suivit la réponse d'Hélios, accompagné d'un tintement de verre. Subra devait être en train de se servir à boire.

Cassiopée leva un œil vers Sohan, qui tentait lui aussi d'apercevoir la scène. En comprenant que sa tante ne connaissait pas l'existence de son meilleur ami, il leva les yeux au ciel.

— Il est très bavard, observa-t-elle après avoir bu une gorgée. J'ai cru qu'il ne nous laisserait jamais tranquilles. Et puis ce garçon, Alioth...

Le regard de Cassiopée fut attiré par un objet posé sur le meuble. Elle plissa les yeux pour tenter de l'identifier et une vague de panique l'envahit quand elle comprit de quoi il s'agissait. Dans un mouvement brusque, elle fourra la main dans la poche de son costume et découvrit avec horreur que sa lame ne s'y trouvait pas. Et pour cause : elle était à trente centimètres d'Hélios, sur le secrétaire juste derrière lui.

Sohan perçut sa détresse, car il chuchota :

— Qu'est-ce qu'il t'arrive ?

— Ma lame... je l'ai oubliée sur le secrétaire.

Il souffla.

— Laisse-moi voir.

Elle recula pour lui laisser sa place.

— ... de cette maladie ? demanda Subra.

Cassiopée avait du mal à entendre leur conversation.

— ... Belardia... disparue... impossible.

Qu'avait-il bien pu se produire avec Alioth pour qu'il n'ait pu la retenir que si peu de temps ?

— On est grillés, lâcha subitement Sohan.

L'absence d'émotion dans sa voix était tout sauf rassurante.

— Il l'a vue, ça y est ? Il a vu ma lame ?

Cassiopée tenta de se faire une place aux côtés de Sohan.

— Pas encore, mais ça ne devrait pas tarder.

— Aïe, tu me marches sur le pied ! chuchota-t-elle.

Il tourna la tête vers elle.

— Qu'est-ce que tu racontes ? Je n'ai pas bougé.

Les deux novices se dévisagèrent de longues secondes, interloqués, et un événement hallucinant se produisit alors : le visage de Sohan devint de plus en plus flou et un autre visage, que Cassiopée connaissait bien, se matérialisa entre les deux. Celui de Naos. Elle étouffa un cri de panique à la vue de ses cheveux blonds décolorés, de ses lèvres charnues affublées de son éternel anneau argenté et de ses yeux noirs pétillants qui affichaient un air ahuri que Cassiopée ne leur connaissait pas.

Elle aurait voulu parler, lui demander ce qu'il faisait là et comment il était arrivé jusqu'ici, mais Sohan fut le premier à réagir. Dans un mouvement souple, il lança le livre noir dans les mains de Cassiopée et attrapa Naos par le col de sa veste d'uniforme avant de la plaquer contre le mur derrière elle, le plus silencieusement possible.

— Qu'est-ce que c'était ? demanda Subra.

Sohan plaqua une main sur la bouche de Naos et tous les trois retinrent leur respiration.

— Je n'ai rien entendu, répondit Hélios.

Soudain le bruit d'un mécanisme qu'on actionnait retentit.

— C'est Essie, observa Subra. Je lui ouvre.

Deux portes coulissantes plus tard, l'Élue de Subra déboula dans le bureau, essoufflée.

— C'est Alioth ! s'écria-t-elle. Je crois qu'il fait une crise d'épilepsie.

Les yeux de Cassiopée s'écarquillèrent. Que se passait-il avec la mixture préparée par Haris ?

Les deux irakatsi et l'Élue quittèrent le bureau aussi vite qu'ils étaient entrés et Sohan laissa éclater sa colère.

— Qu'est-ce que tu fous là, putain ?

Jamais Cassiopée ne l'avait vu ainsi énervé.

— Lâche-moi, gronda Naos en tentant de se dégager de la poigne du Lion.

Mais Sohan resserra son emprise sur le col de sa proie.

Les deux garçons se défièrent du regard pendant de longues secondes.

— Je vous ai vus entrer dans l'ancienne salle d'astronomie ce matin, expliqua-t-il. Et je vous ai vus en sortir...

Le regard de Naos était planté dans celui de Cassiopée. Elle se figea sur place en comprenant le sous-entendu.

— Je n'ai pas mis longtemps à deviner que ce n'était pas Subra, mais je n'ai pas compris tout de suite qui avait été assez fou pour prendre son apparence...

Sohan et Cassiopée échangèrent un regard.

— ... jusqu'à ce que tu redeviennes toi-même dans le bureau, poursuivit Naos.

Sohan lâcha le col de Naos dans un mouvement brusque et ramena ses mains derrière son crâne.

— Saleté de Vierge ! jura-t-il. Vous êtes vraiment des fouille-merde !

Cassiopée ne dit mot, trop choquée pour articuler le moindre son. Elle n'en revenait pas de s'être fait prendre aussi facilement.

Naos savait désormais. Il savait qu'elle était la Supernova.

— Je ne dirai rien, je te le promets.

Cassiopée aurait voulu le croire, mais c'était impossible.

Pleine de doutes, elle observa Sohan se laisser glisser jusqu'au sol contre le mur du fond. Cassiopée, elle, ne pouvait rester une minute de plus dans ce cagibi. Elle fit coulisser la porte de gauche, en sortit aussi vite que possible et s'empressa de récupérer sa lame sur le secrétaire.

Naos la suivit.

— Cassiopée..., insista-t-il. Tu peux me faire confiance, je t'assure.

La gorge serrée, elle leva un regard triste vers lui.

— Je... je tiens à toi. Je ne ferais jamais rien qui te mettrait en danger.

Cassiopée songea qu'il pourrait peut-être prêter serment sur sa lame : alors seulement elle parviendrait à le croire.

— Cassiopée ? fit une voix étouffée depuis le cagibi. Viens voir.

La jeune fille leva un regard perplexe vers Naos, puis tous deux se dirigèrent vers le fond du dressing mal éclairé où Sohan se tenait debout, dos à eux.

— Qu'est-ce que...

— J'ai trouvé un truc, fit-il en se retournant, un genre de bout de plastique jaune à la main.

— Un *remuto* ! s'exclama Naos.

— Un quoi ? demanda Cassiopée.

— Un remuto ! répéta le blond, surexcité. C'est un objet contenant un catalyseur de pouvoir astral très puissant, chargé de l'énergie des Scorpion, qui peut se changer en n'importe quel objet. Il reprend sa forme originale lorsqu'on n'en a plus besoin et est réutilisable à volonté tant qu'il est chargé.

Sohan le fusilla du regard.

— Va voir ailleurs si j'y suis, Naos.

L'intéressé se rembrunit, mais ne bougea pas d'un pouce.

— Le remuto masquait un passage, expliqua Sohan en désignant une faille dans le mur du fond. Je pensais que c'était un mur, je m'y suis adossé et j'ai failli me casser la figure quand le remuto s'est résorbé.

— C'est normal, intervint Naos en s'emparant de l'objet. Celui-ci est jaune : il suffit de le toucher pour que la métamorphose cesse. Mais il en existe de plusieurs couleurs…

— Par l'Ophiuchus ! s'exclama Sohan. Est-ce que tu peux la fermer deux minutes ?!

Cassiopée ignora leur querelle et s'approcha de la faille qu'avait masquée l'objet salerien : elle menait à un étroit escalier de pierre en colimaçon. L'endroit était tellement lumineux par rapport au dressing que Cassiopée dut plisser les yeux.

Sohan se glissa dans la faille et jeta un œil en bas des escaliers, puis en haut.

— Je vais monter pour voir ce qu'il y a.

— Je viens avec toi, répliqua Cassiopée.

Sohan remua la tête.

— Il faut que l'un de nous deux reste pour le surveiller et s'assurer que Subra ne revienne pas.

— J'ai dit que je venais avec toi, trancha Cassiopée.

Elle savait qu'elle n'était pas en position de faire un nouveau caprice, mais elle ne comptait certainement pas rester ici les bras ballants.

Alors, elle s'engouffra dans la faille à son tour.

Sohan haussa les épaules :

— Comme tu voudras.

Il ressortit, se dirigea vers les portes du cagibi et les referma bruyamment, plongeant la pièce dans une semi-obscurité. Puis il fonça sur Naos et plongea son regard dans le sien :

— Ne bouge pas d'une semelle.

— Sohan ! s'insurgea Cassiopée. Tu viens de l'asservir ou je rêve ?

Le Lion afficha un air indifférent.

— Qu'il s'estime heureux : si j'en avais le droit, je l'asservirais pour qu'il oublie tout.

Sans un mot de plus, il monta les marches de l'escalier en colimaçon.

— Je suis désolée, Naos, balbutia Cassiopée.

Le Vierge serra la mâchoire et la jeune fille fut prise de pitié pour lui. Mais piquée par la curiosité, elle ne s'attarda pas davantage et suivit Sohan.

Au fur et à mesure de leur ascension, l'escalier devenait de plus en plus étroit et de plus en plus lumineux. Cassiopée n'en finissait pas de tourner en rond et s'apprêtait à se plaindre une énième fois quand une vive clarté leur indiqua qu'ils étaient parvenus au sommet.

Elle sut tout de suite où elle se trouvait. Bien qu'elle n'y eût jamais mis les pieds auparavant, elle avait vu cet endroit quasiment tous les jours depuis son arrivée, sans savoir qu'il était possible d'y accéder.

C'était une pièce polygonale d'environ trois mètres sur trois, flanquée de neuf fenêtres munies de vitraux avec une hauteur sous plafond aberrante. Ce lanternon surplombait la haute coupole qui culminait au sommet de l'Académie et donnait sur toute la propriété, depuis l'hémicycle dans la forêt au sud du bâtiment, jusqu'à la rotonde en passant par l'abri à bateaux situé près du portail d'entrée. La vue était absolument époustouflante.

Mais Sohan n'en profita pas. À la place, il s'immobilisa devant une espèce d'arche en laiton légèrement plus haute que lui au centre de la pièce.

— Qu'est-ce que c'est ? demanda Cassiopée.

— Un problème, répondit-il mollement. Ou une solution, je ne sais pas encore.

Cassiopée redoubla d'attention. L'arche était faiblement illuminée d'une couleur dorée.

— Mais encore ?

— C'est un des douze portails du Zodiaque.

La jeune fille se raidit et tenta de déceler dans le regard de Sohan les prémices d'une mauvaise blague.

— Un portail qui relie le Continent à Saleria, précisa-t-il.

— Mais… je croyais qu'il n'en restait qu'un seul, à Paris.

— Moi aussi.

— Mais… mais…, bredouilla Cassiopée en reculant jusqu'à l'une des larges fenêtres, manquant de faire tomber le livre noir qui semblait soudain peser une tonne. Ça veut dire qu'Azimech peut le traverser…

Sohan remua la tête en signe de dénégation.

— Celui-ci est éteint.

— Comment tu peux le savoir ?

Pour la première fois depuis son arrivée, le Lion décroisa les bras et se plaça sous l'arche.

— Déjà parce que l'armée d'Azimech n'aurait pas pris la peine de traverser le portail surprotégé du Taureau à Paris si celui-là avait été actif. Et aussi parce qu'un portail allumé brille de mille feux et que celui-ci ressemble au mieux à un feu de camp dans lequel on aurait oublié de remettre du bois.

Il leva le bras et toucha l'arche faiblement illuminée.

— C'est un portail du Lion, observa-t-il. Mais aucun artefact n'y est associé.

Cassiopée en avait assez de passer pour une ignare, alors elle s'abstint de demander comment il avait pu deviner qu'il s'agissait du portail du Lion. Elle supposa que les légers scintillements dorés l'avaient mis sur la voie.

— Mes…, hésita Sohan, les doigts refermés sur le montant du portail, mes parents ont été nommés chercheurs et protecteurs d'artefacts après l'Exode… Mais c'était avant leur disparition.

Son regard glissa sur le livre noir que Cassiopée serrait toujours entre ses mains et elle se sentit plus coupable que jamais.

— Sohan, je…

— N'en parlons plus, trancha-t-il. On devrait redescendre avant que Subra ne revienne et que ton copain se mette à chialer.

Quand ils débouchèrent de nouveau dans le cagibi, Naos n'était pas au bord des larmes, mais de la crise de nerfs.

— C'est la dernière fois que tu m'asservis, cracha-t-il après que Sohan l'eut ramené à lui-même.

Puis il quitta le cagibi en furie.

Sohan, loin de s'émouvoir de cette menace, se contenta de sourire et se dirigea vers le sas en veillant à ce que Subra ne se trouvât pas derrière la porte. À peine eut-il récupéré le livre des mains de Cassiopée qu'il le cacha sous sa veste d'uniforme.

— Par l'Ophiuchus, qu'est-ce qu'il s'est passé ? s'exclama Haris. Subra vous a vus ?!

Sohan fit non de la tête.

— C'était moins une, merci de nous avoir avertis.

— J'ai essayé de la retenir comme j'ai pu, mais c'était… Putain, qu'est-ce qu'il fait là, lui ? aboya-t-il en remarquant Naos derrière ses deux amis.

— C'est une longue histoire, soupira Cassiopée en rangeant une mèche de cheveux brune derrière son oreille.

Elle ne voulait pas d'une nouvelle querelle et que Naos se sentît encore acculé. Même si son comportement était inexcusable.

Mais Sohan ne semblait pas du même avis.

— Il s'est rendu invisible et nous a suivis depuis la salle d'astronomie, cracha-t-il en toisant Naos de haut en bas. Il est entré dans le bureau en même temps que nous, mais ce simples s'est retrouvé à court de pouvoir astral avant de pouvoir ressortir !

Naos baissa la tête, la mâchoire serrée. Sohan n'en avait pas fini avec lui. Il ajouta d'un ton sans appel :

— Sors ta lame.

— Pour quoi faire ? demanda Naos d'un air méfiant.

— Tu vas prêter serment de ne rien révéler à qui que ce soit.

Naos resta silencieux un moment, puis fixa tour à tour Sohan, Haris et, enfin, Cassiopée. Il espérait sûrement trouver du soutien au fond de ses yeux gris, mais elle n'avait pas le cœur à le défendre.

— C'est ça ou je t'asservis pour que tu oublies.

— Tu n'as pas le droit, répliqua le Vierge.

— Ça ne me ferait pas plaisir, mais je le ferai sans hésiter si tu refuses de prêter serment.

— Espèce de...

— Tu as trois secondes, le coupa Sohan.

Naos jura et attrapa la lame bleue fixée à sa cuisse droite. Puis, sans un mot, il prêta serment. Il ne restait plus qu'à espérer que les liens de Naos avec sa lame et l'affection qu'il portait à Cassiopée seraient plus puissants que la peur et le doute.

La mission avait été un succès, et la « crise d'épilepsie » d'Alioth n'avait été qu'une ruse pour forcer Hélios et Subra à regagner l'infirmerie. Il n'avait pas prévu qu'Hélios saurait faire disparaître ses furoncles si rapidement ni que Subra se sentirait si peu concernée par son état de santé. Il avait passé le reste de la journée à se plaindre des picotements sous sa peau et à répéter à quel point il avait été héroïque.

Cassiopée mourait à présent d'envie d'étudier le livre noir de Subra, mais Sohan n'avait pas daigné le lui remettre. En d'autres circonstances, elle aurait insisté, mais elle s'en voulait toujours de l'avoir blessé. Elle était résolue à attendre qu'il fût prêt pour lui céder l'ouvrage qui allait sûrement changer le reste de sa vie. Peu importe le temps que ça prendrait.

CHAPITRE 38

« Les Constellationnistes reconnus coupables de complicité avec Azimech dans la mise en œuvre de la guerre civile, mais s'étant repentis publiquement après avoir purgé leur peine, sont marqués sur le front d'une croix rouge. Ils doivent prêter allégeance à la Ligue. »

Extrait de *L'Histoire de la dernière guerre civile salerienne.*

— Cassiopée, tu es… magnifique ! s'exclama Essie en l'admirant à travers le miroir de leur chambre.

Pourtant, elle se sentait ridicule. Elle avait l'impression d'être déguisée dans la longue robe argentée que lui avait prêtée Tara. Son décolleté très profond ne laissait que peu de place à l'imagination, tandis que son dos semblait saucissonné dans un imbroglio de lacets qui lui donnaient la sensation d'étouffer. Si on lui avait dit il y a quelques années qu'elle aurait l'occasion de porter un tel accoutrement, elle ne l'aurait pas cru. Pas quand son quotidien était marqué par les sautes d'humeur d'Harry et le vide que sa mère avait laissé.

Comme Cassiopée aurait aimé que Beth la vît ainsi ! En robe de soirée, entourée d'amis, en train de *vivre* pour la première fois depuis bien trop longtemps.

Essie admira la coiffure de sa colocataire. La Balance avait réussi à dompter les longs cheveux noirs de Cassiopée en les tressant autour de sa tête pour former une couronne dans laquelle elle avait piqué de petites pinces métalliques. Cassiopée devait admettre qu'Essie était douée et que cette coiffure avait le mérite de dégager sa nuque pour dévoiler un joli port de tête qu'elle ne se connaissait pas.

Sasha avait raison, elle s'était remplumée. Elle aurait été bien incapable de remplir cette robe il y a encore quatre mois.

Essie s'approcha de son visage pour recouvrir ses taches de rousseur à l'aide d'un petit morceau de mousse imbibé de poudre, mais Cassiopée l'arrêta d'un geste de la main.

— Je… je vais les garder comme ça.

Elle avait bonne mine et ses cernes, sans avoir disparu, étaient bien plus atténués qu'à son arrivée. Et puis, ses taches de rousseur lui venaient de Protée, elle y tenait.

Essie sourit puis posa son matériel sur le bureau avant de lisser sa propre robe bleutée de ses mains gantées.

— On doit y aller si on ne veut pas rater l'introduction des nouveaux irakatsi, l'informa-t-elle en récupérant son porte-lame.

Cassiopée hocha la tête. Elle se regarda une dernière fois dans le miroir en tapotant sa cuisse pour s'assurer que sa propre lame était bien fixée sous sa robe. L'azterita festa avait lieu dans la rotonde en verre, située à quelques dizaines de mètres derrière le bâtiment principal et Subra n'avait pas lésiné sur les moyens pour rendre les lieux aussi magiques que possible. Les cours avaient été annulés et chacun des résidents de l'Académie avait mis sa pierre à l'édifice en disposant des argia lore le long du chemin qui menait au bâtiment ou en aidant en cuisine. Cassiopée elle-même avait été chargée d'habiller une cinquantaine de tables hautes avec un tissu rose poudré qui retombait sur le sol telles des queues de sirène.

Lorsqu'elle pénétra dans la pièce, la nuit était tombée et la plupart des Constellationnistes de l'Académie étaient déjà arrivés. Essie la pressait tellement que Cassiopée faillit se prendre les pieds dans l'un des nombreux rideaux en taffetas blancs qui voilaient chaque fenêtre. Elle surprit à quelques reprises les œillades de ses pairs sur sa robe et elle en fut si gênée qu'elle décida de se concentrer sur les drapés de soie presque transparents qui décoraient le dôme. Avec l'éclairage, ils composaient une sorte de soleil gigantesque au-dessus de sa tête.

Finalement, Essie s'arrêta près de ses amis qui formaient, avec tous les autres Constellationnistes, un cercle de petits groupes humains massés autour d'une piste de danse entièrement vide.

— J'ai failli ne pas te reconnaître, Cassiopée, tu es sublime dans cette robe ! lui lança une Gémeaux qui portait des talons si hauts qu'elle devait avoir grandi d'au moins une tête.

Malgré la formulation gauche, Cassiopée choisit de prendre la remarque comme un compliment. C'était tout à fait le genre de maladresse dont elle était elle-même capable.

Elle la remercia d'un signe de tête et lui adressa un sourire emprunté avant d'embrasser l'immense salle du regard à la recherche de ses propres amis.

— Sohan est là-bas ! s'écria soudain Essie en attrapant le bras de Cassiopée. Il faut que je lui montre ma robe.

À l'évocation de son nom, le rythme cardiaque de Cassiopée s'accéléra. Ils s'étaient à peine adressé la parole depuis l'épisode du livre noir la semaine précédente. Elle laissa tout de même la Balance la guider à travers la foule jusqu'à ce que la crinière de Sohan surgît devant ses yeux. Il était parvenu à discipliner ses boucles épaisses et à les coiffer en arrière, de sorte que, pour la première fois depuis qu'elle le connaissait, Cassiopée pouvait apercevoir son front.

Son costume noir soulignait sa silhouette athlétique tout en rehaussant la couleur ambrée de ses yeux. Un mouchoir en soie dorée jaillissait de la pochette sur son torse. Il n'avait jamais été aussi séduisant.

Il ne les avait pas remarquées jusqu'à ce qu'Essie se précipitât sur lui pour lui sauter au cou. Surpris, il mit les mains sur sa taille dans un rire sonore avant de la repousser gentiment.

Enfin, ses yeux se posèrent sur Cassiopée. Son rire mourut aussitôt et il la contempla pendant de longues secondes sans dire mot, bouche bée.

Essie s'était lancée dans un monologue, sans remarquer que Sohan, les yeux rivés sur Cassiopée, ne lui accordait pas la moindre attention. Puis, reprenant contenance, il laissa un sourire s'épanouir sur son visage. Cassiopée le lui rendit aussitôt. Un poids venait de quitter sa poitrine : Sohan ne lui en voulait plus.

Haris, les mains dans les poches de son pantalon de costume bleu marine, siffla de manière admirative avant de hocher la tête en signe d'approbation.

— La vache ! s'écria Alioth en se glissant devant Cassiopée. Ça a dû te prendre des heures pour avoir l'air aussi belle !

Il portait lui aussi un costume noir, mais un mouchoir vert dépassait de sa pochette frontale. À l'inverse de Sohan, son nœud de cravate était approximatif et des miettes de cake aux olives étaient dispersées sur sa chemise.

— Alioth, fit Cassiopée en lui pinçant le bras, va voir ailleurs si j'y suis.

— Aïe ! On peut plus faire de compliments ou quoi ?

Cassiopée plissa le front et remua la tête. Ce faisant, elle croisa le regard de sa sœur qui arborait la même expression excédée.

— Laisse tomber, fit-elle en remontant le bustier de sa robe couleur caramel. Il est nul en compliments.

Stella aussi avait dégagé son front en attachant sa frange à l'aide de deux pinces sur les côtés.

Cassiopée s'apprêtait à répondre lorsque le son d'une corne de brume retentit dans la rotonde, intimant le silence à toute la pièce.

— Subra Solalyra ! annonça un homme arborant un uniforme orange et un plastron de cuivre, assortis d'un casque en métal qui lui masquait le front et les joues.

La dernière fois que Cassiopée avait vu quelqu'un porter cet accoutrement, c'était le jour de la Cérémonie. Elle ne savait pas, à l'époque, qu'il s'agissait de l'uniforme des *ajzerali*, chargés de la défense. Depuis, elle avait l'impression que mille ans s'étaient écoulés.

— Bonsoir à tous ! s'exclama Subra en entrant par l'une des portes-fenêtres en verre de la rotonde.

Elle portait une robe dorée aux manches bouffantes qui épousait parfaitement sa silhouette et un collier imposant de la même couleur.

— Nous fêtons aujourd'hui nos futurs irakatsi, annonça-t-elle en croisant ses doigts devant elle. Ceux qui partageront, en y mettant toute leur passion, leur savoir avec les générations suivantes afin de former notre descendance.

Dans un silence seulement troublé par le bruit de ses chaussures à talons sur le sol carrelé de la rotonde, Subra avança pour se positionner en plein milieu de la pièce circulaire.

— Cette année, nous avons le plaisir d'accueillir quelqu'un de très particulier pour remettre aux nouveaux membres du corps professoral leur certificat d'enseignement. Mais pour l'heure, veuillez accueillir comme il se doit les onze nouveaux irakatsi !

Elle désigna du bras la large porte-fenêtre par laquelle elle était arrivée. Un orchestre se mit à jouer un air au rythme saccadé. Les nouveaux irakatsi entrèrent un par un pour se positionner au centre du cercle formé par les autres étudiants.

Tara fut la première à passer le pas de la porte et des exclamations fusèrent à la vue de sa robe fourreau satinée de la même teinte grisée que ses yeux. Ses cheveux frisés étaient plaqués sur son crâne, laissant apparaître une raie rectiligne qui se terminait par une queue-de-cheval basse au volume impressionnant. Elle était tout bonnement sublime.

— C'est ma copine ! se vanta Alioth en la dévorant du regard.

Cassiopée était tellement focalisée sur sa mentore qu'elle prêta à peine attention à la dizaine d'autres nouveaux irakatsi qui lui succédèrent et faillit manquer Hati dans un costume bleu cobalt.

Coincée entre Stella et Sohan, la novice regardait Tara se diriger vers leur petit groupe avec grâce en ignorant la sensation que lui procurait le contact physique de son corps contre celui de Sohan, juste derrière elle.

Tara s'approcha d'eux, leva une main en direction d'Alioth qui l'attrapa avant de l'embrasser, puis tous deux repartirent vers le centre de la pièce.

— Tu es… époustouflante, murmura Sohan au creux de son oreille.

Le souffle chaud du Lion sur sa nuque embrasa le corps de Cassiopée. Elle ne put s'empêcher de se retourner légèrement pour voir si, dans les yeux ambrés du garçon, brûlait le même désir que dans les siens. Quand elle remarqua que ceux-ci étaient rivés sur ses lèvres, il lui sembla que la pièce avait rétréci.

Elle ouvrit la bouche, mais au même moment, une main se referma sur son poignet et la tira vers la piste.

— Qu…, bégaya Cassiopée.

Elle s'aperçut, stupéfaite, que c'était le bras d'Hati, qui l'attirait à lui et l'éloignait de Sohan.

Contre toute attente, le Lion attrapa son deuxième poignet pour la retenir. Le regard meurtrier qu'il adressa à Hati mit Cassiopée dans tous ses états. Toutefois, le Vierge semblait totalement hermétique aux menaces silencieuses de Sohan. Le nouvel irakatsi se contenta de dévisager l'ami de Cassiopée avec un regard impassible en attendant patiemment qu'il relâchât son poignet. Sous la pression des regards alentour, Sohan n'eut d'autre choix que de s'exécuter, non sans lâcher un juron.

— Qu'est-ce qui te prend ? marmonna Cassiopée à Hati alors qu'ils étaient désormais l'un en face de l'autre, à une distance qu'elle aurait souhaité plus grande.

Parmi toutes les Constellationnistes de l'assemblée, pourquoi l'avait-il choisie elle pour être sa cavalière ?

— Quoi ? demanda-t-il comme s'il ne voyait pas à quel point cette situation était étrange.

Cassiopée se répéta mentalement de ne pas commettre d'impair : elle était censée avoir oublié la petite aventure qu'ils avaient vécue ensemble quelques jours auparavant.

De l'autre côté de la piste, Izar les observait avec attention.

— On se connaît ? lâcha-t-elle avec désinvolture.

Il attrapa ses mains alors qu'un chant traditionnel Sùm emplissait l'air, joué par l'orchestre exalté.

Cassiopée ne savait déjà pas danser dans son monde, alors dans celui des Constellationnistes, c'était la catastrophe assurée. Elle écrasa les chaussures cirées d'Hati à de si nombreuses reprises qu'elle ne se souvenait même plus de la dernière fois qu'elle avait senti le sol sous ses pieds.

— On s'est rencontrés le jour de ton arrivée, répondit-il sans la regarder. Je m'appelle Hati.

Cassiopée ne pouvait s'empêcher de le dévisager. Mis à part son costume, il n'avait fait aucun effort pour avoir l'air présentable. Sa coupe mulet était toujours aussi floue et ses joues étaient assombries par un début de barbe qu'il n'avait pas pris le temps de raser.

— Pourquoi tu m'as choisie ? demanda-t-elle. Il y a un tas d'autres filles, ici.

Hati leva les yeux au ciel avant de la faire tourner sur elle-même.

— Ne te fais pas d'idées, *ahula*, tu n'es pas du tout mon style.

Cassiopée se renfrogna, vexée d'avoir été taxée de faible – car c'était ce que ahula signifiait.

— Toi non plus tu n'es pas mon style, bougonna-t-elle.

Elle observa la foule autour d'eux qui attendait patiemment la fin de la musique pour rejoindre les onze couples qui évoluaient sur la piste de danse. Mais elle sentait le regard d'Hati sur elle. Il souffla un bon coup en ignorant le pied de Cassiopée qui s'écrasait une énième fois sur le sien.

— J'aime un autre type de personne, c'est tout.

— Tu n'as pas besoin de te justifier.

Il ignora sa remarque et poursuivit :

— Mais je ne suis pas prêt à ce que ça se sache.

Cassiopée commençait à comprendre où il voulait en venir quand il reprit :

— Et je n'ai pas non plus envie de faire espérer une de ces filles qui a passé des heures à se préparer juste pour cet événement.

— Mais me faire espérer moi, ça ne te dérange pas, railla-t-elle.

Pour la première fois, Hati sourit et ses dents imparfaites jaillirent sous ses lèvres charnues.

— Toi, tu n'espères rien de moi.

— Qu'est-ce que tu en sais ? le taquina-t-elle.

Mais Hati se referma.

— Je le sais, c'est tout.

— Eh bien détrompe-toi, s'exclama-t-elle, alors qu'elle commençait à s'habituer aux pas de danse et que leurs mouvements se faisaient un peu moins chaotiques. J'avais déjà choisi le nom de nos futurs enfants.

Cette fois, il rit franchement et ses yeux bleu nuit disparurent derrière ses pommettes saillantes. Ce fut à ce moment précis que Cassiopée se remémora que sous cet air aimable, Hati n'était pas son ami. Pire encore, il était un véritable ennemi. Et à la pensée de ce qu'il pourrait provoquer en connaissant son secret, Cassiopée se rembrunit et passa le reste de leur interminable danse sans plus dire un mot.

L'azterita festa battait son plein depuis deux bonnes heures déjà et la piste de danse ne désemplissait pas. Cassiopée était à demi avachie sur l'un des nombreux mange-debout qui avaient été installés pour l'occasion et regardait la pluie s'écraser sur les fenêtres de la rotonde. Elle serait volontiers allée se coucher, mais la remise des certificats n'avait pas encore eu lieu et l'invité mystère tardait à se manifester.

Un Bélier s'approcha d'elle et elle formula un vague refus de la tête avant même qu'il ouvrît la bouche. C'était au moins le sixième à vouloir se faire marcher sur les pieds en moins d'une heure.

Haris lui-même lui avait sorti le grand jeu, mais elle avait refusé sans prendre de gants, car elle savait qu'il ne lui en tiendrait pas rigueur. La preuve : la fille qu'il était en train de faire tournoyer était la onzième de la soirée.

Du coin de l'œil, elle aperçut Sohan en pleine discussion avec une novice Lion qui s'accrochait à son bras comme une moule à son rocher. Le sang de Cassiopée commença à bouillir sous sa peau, aussi décida-t-elle de se focaliser sur quelque chose d'autrement plus divertissant et non moins essentiel : Subra.

Elle déambulait dans la salle, en invectivant certains, en félicitant d'autres pour la décoration féerique qu'elle avait ordonnée.

— Tu ne danses pas ? demanda une voix familière dans son dos.

Cassiopée se retourna et, sans surprise, Naos lui apparut, tout de noir vêtu, jusqu'à sa chemise et son nœud papillon, dans un costume cintré. Le seul point de lumière était ses cheveux blonds décolorés qui retombaient de chaque côté de son visage, comme ceux d'un ange.

« La perfection incarnée », pensa Cassiopée qui dut détourner le regard pour se soustraire à celui de Naos qui la déshabillait sans vergogne.

Il semblait ne même pas se rendre compte de l'effet qu'il produisait sur les filles qui l'entouraient et qui lui jetaient des œillades intéressées. Il avait presque autant de succès que Sohan.

— Je suis trop bonne danseuse pour tous ces débutants, ironisa Cassiopée en indiquant la piste de danse à moitié remplie d'un signe de tête.

Naos passa une main sur le piercing accroché à sa lèvre et vint rejoindre Cassiopée près de la table haute.

— J'ai vu ça, se moqua-t-il. C'était impressionnant.

Il imita Cassiopée et se mit à observer les danseurs sur la piste, dont Alioth et Tara qui ne s'étaient pas arrêtés de la soirée.

— C'était qui ce type ? reprit-il finalement, comme si la question lui brûlait les lèvres.

Cassiopée leva un sourcil. Elle aurait pu feindre ne pas comprendre de qui il parlait, mais le regard de Naos était désormais rivé sur Hati, en pleine discussion avec Izar et Hélios.

Le Poissons pourrait-il lui aussi être de mèche avec Azimech ?

— Hati ? interrogea-t-elle. Un nouvel irakatsi, visiblement.

Après un interminable silence, Naos déclara d'un air tout à fait sérieux :

— Eh bien, j'ai plus de concurrents que je ne le pensais.

Cassiopée se figea.

— Comment ça ? demanda-t-elle avant de gober un petit four au saumon.

Mais elle n'était pas sûre de vouloir qu'il s'expliquât.

Naos sourit en remarquant l'embarras de Cassiopée.

— Ne fais pas comme si tu l'ignorais, dit-il sans la quitter des yeux. Tu me plais, Cassiopée.

Un morceau de saumon resta coincé dans la gorge de la Gémeaux, qui fut prise d'une quinte de toux irrépressible. Naos ne bougea pas d'un cil et la laissa se remettre, puis avaler un grand verre d'eau, avant de reprendre :

— Tu me plais depuis le jour où Octant m'a envoyé son énorme poing dans le ventre, dit-il en attrapant les doigts de Cassiopée. C'est toi qui m'as coupé le souffle ce jour-là, pas lui.

La jeune femme étouffa un rire. C'était une déclaration ridicule, mais aussi terriblement mignonne. Toutefois, Naos avait beau être très séduisant avec son visage sans défaut, plus parfait même que celui de Sohan, et sa mâchoire anguleuse, ses cernes prononcés et sa barbe clairsemée, elle ne savait pas si l'affection, ni même l'attirance certaine, qu'elle éprouvait pour lui pouvaient conduire à ce genre de relation.

Certes, il regroupait la plupart des qualités qu'elle recherchait chez un homme. Il était drôle, intelligent, prévenant, mais quelque chose – elle n'aurait su dire quoi –, un instinct au fond d'elle, la retenait.

Elle laissa son regard dériver vers Sohan, de l'autre côté de la salle, et ce qu'elle vit lui fit l'effet d'une douche froide. Le jeune homme était en train de se laisser entraîner par la novice Lion derrière l'un des lourds rideaux à l'extrémité de la rotonde. Cassiopée serra les dents pour réprimer la nausée qui remontait le long de sa gorge.

Elle détourna ses yeux aussi sec, et fit une chose à la fois stupide et égoïste : elle attrapa la veste de Naos et l'attira à elle. Puis, sans sommation, écrasa ses lèvres sur les siennes.

CHAPITRE 39

« Sur Saleria, les Sages avaient droit de vie et de mort. Depuis l'Exode, les Sages survivants ont perdu cette fonction dirigeante. Aujourd'hui, leur titre est surtout honorifique. »

Extrait de *L'Avenir des puissants suite à l'Exode.*

Leur baiser fut loin d'être romantique, ou même passionné. Cassiopée avait déjà embrassé plusieurs garçons dans sa vie, la plupart du temps des gamins aussi perdus qu'elle et sans perspective d'avenir, et ce baiser-là lui procura à peu près la même sensation stérile. Elle se refusa de penser à celui échangé avec Sohan quelques jours plus tôt.

Naos se détacha d'elle, une lueur béate dans les yeux, et elle regretta immédiatement son geste. Elle n'eut pas le temps de faire machine arrière : à cet instant, les portes de la rotonde s'ouvrirent avec fracas et l'orchestre cessa de jouer sa musique psalmodique pour interpréter un hymne solennel et puissant.

Alioth et Tara rejoignirent Cassiopée, suivis d'Haris. Tous les danseurs quittèrent la piste, coupés en plein élan. Subra venait de se repositionner au centre de la pièce, le regard rivé sur l'une des portes-fenêtres.

Des bruits de tambours réguliers résonnèrent sous le dôme et une vieille femme minuscule vêtue d'une sorte de sari rouge fit lentement son entrée dans la pièce, entourée d'une dizaine d'ajzerali aux plastrons de cuivre luisants.

Cette vieille femme serait-elle une Sage ? se demanda Cassiopée. Elle l'avait été dans un passé lointain alors, très très lointain. Les Sages étaient choisis selon leurs capacités et seuls les plus puissants de chaque constellation se voyaient honorés d'une telle fonction. Cassiopée voyait mal comment cette grand-mère à peine capable de marcher pouvait avoir un jour été si forte qu'on l'eût nommée Sage.

— Sherattan ! s'écria Subra comme si elle l'accueillait alors seulement. C'est un honneur de vous recevoir ici, dans notre Académie, pour un tel événement !

En guise de réponse, la dénommée Sherattan leva mollement les yeux vers celle qui l'avait interpellée et continua d'avancer vers le cœur de la pièce d'un pas lent.

Plus elle s'approchait et plus Cassiopée pouvait remarquer les rides prononcées sur sa peau tannée et ses cheveux blancs regroupés dans une tresse qui lui arrivait jusqu'au bas du dos.

Alors que les tambours se taisaient, les yeux de la Sage parcoururent un à un les camarades à la gauche de Cassiopée jusqu'à se poser sur elle. La femme avait une telle prestance que la novice ne parvenait pas à détacher son regard d'elle.

— Tes yeux, marmonna Tara.

— Quoi ?

Cassiopée observa Tara et la découvrit, le regard rivé au sol, comme le reste des Constellationnistes qui l'entouraient.

— Tu es complètement cinglée, ma parole, baisse les yeux ! ordonna son amie à voix basse.

Le conseil était limpide, mais pour une obscure raison, le regard de Cassiopée se releva de nouveau vers la Sage, qui la dévisageait toujours. Contre toute attente, celle-ci lui sourit, et c'est seulement à cet instant que Cassiopée décida de suivre les recommandations de sa mentore.

— Sage Sherattan, corrigea l'invitée d'une voix dure à l'intention de Subra. Et inutile de me caresser dans le sens du poil, tu ne m'as pas vraiment laissé le choix.

Si le silence régnait déjà en maître dans le hall, il se doubla d'une gêne qui fit relever à tout le monde la tête pour observer la scène.

La Sage Sherattan se retourna d'un air désabusé vers les ajzerali qui l'entouraient fièrement. Il était clair qu'elle aurait préféré être n'importe où plutôt qu'ici et qu'elle détestait la compagnie de ces hommes.

Subra masqua difficilement son agacement et plongea une main irritée dans sa chevelure, dont le blond rejoignait presque la blancheur de celle de la Sage.

— Voyons, Sage Sherattan, vous savez que les irakatsi, en partageant leur savoir, sont le trésor de notre peuple. J'imagine que vous êtes aussi enthousiaste que nous tous de savoir que onze aspirants accèdent aujourd'hui à ce titre !

Il était évident que la vieille femme avait mieux à faire de sa soirée que de remettre aux nouveaux irakatsi leur certificat.

En observant le nombre non négligeable d'ajzerali qui l'entouraient, Cassiopée se demanda si le déploiement d'une telle escorte avait un lien avec l'invasion des membres de l'armée d'Azimech sur le Continent.

— Bien sûr, rétorqua la Sage avec lassitude sans quitter une seule seconde Subra des yeux.

Un sourire étira les lèvres de Cassiopée. Elle aimait l'impertinence de cette vieille femme.

— Écoutez, Sage, entreprit Subra, la Ligue est…

— Qui sont les Khefs des prochaines Quadrantides ? l'interrompit la Sage Sherattan.

— Pardon ? s'étrangla Subra.

Elle maîtrisait très mal la situation et c'était plutôt amusant à voir.

— Je veux savoir quels sont les meilleurs novices de la nouvelle promotion, expliqua la Sage en balayant la salle du regard. Les mieux placés pour choisir leur affectation.

Subra se racla la gorge et fit un pas vers la vieille dame en croisant les doigts devant elle.

— C'est l'azterita festa ce soir, Sage, expliqua la directrice avec un ton étonnamment aimable, en l'honneur des nouveaux irakatsi. Les Khefs seront introduits auprès de vous lors des Quadrantides, comme chaque année.

— Subra, je suis une vieille femme frêle et fatiguée. Ne me fais pas répéter, je te prie.

C'était décidé : lorsque Cassiopée aurait retrouvé ses parents biologiques, elle mettrait tout en œuvre pour devenir cette femme. Plus que son titre, son franc-parler épatait la jeune fille. Le temps d'une fraction de seconde, elle imagina la Sage Sherattan répondre de la même manière à Amalthée et un sourire sadique étira ses lèvres.

— Les Khefs, s'il vous plaît, appela Subra en grinçant des dents.

Dans un même mouvement, les vingt-quatre Khefs des Quadrantides, dont Cassiopée, s'extirpèrent de la foule pour se placer en ligne au centre la pièce, face à la Sage.

Cassiopée croisa le regard de Sohan qui passa successivement d'elle à Naos, comme pour lui signifier qu'il les avait vus. Encore amère, elle l'ignora tout bonnement.

La vieille femme détailla chacun des novices qui se tenaient devant elle pendant de longues secondes, puis elle demanda :

— Lesquels d'entre vous souhaitent intégrer la Razzia ?

Seuls cinq Khefs avancèrent d'un pas, dont la majorité provenait d'Unités de combat.

La Sage Sherattan hocha la tête, les lèvres pincées.

— C'est peu.

Cassiopée comprit sa déception. La Razzia était la faction qui se battait pour reprendre Saleria. Les places étaient illimitées, et les Khefs capables d'influencer les autres : s'ils choisissaient la Razzia, peut-être d'autres Constellationnistes les suivraient-ils.

— Saleria, reprit la Sage d'une voix puissante, est notre terre natale. La terre qui m'a vue grandir ainsi que vos ancêtres, celle qui a vu naître certains d'entre vous. Pourquoi ne voudriez-vous pas vous battre pour la reconquérir ?

À côté de Sohan, Subra dansait d'un pied sur l'autre. Elle n'avait sûrement pas imaginé que son invitée mystère tiendrait un tel discours.

— Seule la mort nous attend de l'autre côté du portail, déclara une dénommée Mona, l'une des Khefs qui ne s'étaient pas avancés.

Cassiopée ne dit mot, mais songea que Mona avait raison. Elle avait entendu toutes sortes de choses sur la Razzia, mais celle qui revenait constamment était que le seul portail actif qui menait à Saleria était si bien gardé des deux côtés que ceux qui le traversaient n'en revenaient jamais. De fait, les Constellationnistes qui étaient admis dans les rangs de la Razzia étaient les plus zélés ou les moins bons, qui n'avaient pas vraiment choisi d'être là.

Elle repensa au portail du Lion dissimulé dans le lanternon. S'il était activé, peut-être que les choses seraient différentes ?

— Et que croyez-vous qu'il vous attende ici ?

Des messes basses émergèrent de la foule, qui se transformèrent bientôt en brouhaha inintelligible. Subra était tendue.

— Nous sommes peu à peu en train de perdre nos pouvoirs, loin de l'Oasis, annonça la vieille dame d'une voix puissante qui tétanisa l'assemblée.

— Pardon ? laissa échapper Zaniah, une Poissons, Khefa de la quatrième Unité de Maîtrise.

Cassiopée se retint de toutes ses forces pour ne pas jeter un coup d'œil à Izar, coincé derrière elle dans le demi-cercle formé par le reste des résidents de l'Académie. Feignait-il la surprise ?

— Les générations qui nous succéderont seront de moins en moins puissantes jusqu'à être totalement dépourvues de leur pouvoir astral.

Sa révélation provoqua cette fois-ci des murmures affolés dans l'assemblée, mais la Sage ne sembla pas s'en émouvoir. Sans que Cassiopée le remarquât, elle avait progressivement avancé jusqu'à eux, si bien que les ajzerali censés la protéger ne l'entouraient plus du tout.

— On deviendrait des Arruntas ? demanda le garçon juste à gauche de Cassiopée.

La Sage pesa ses mots de longues secondes avant de répondre :

— Si on veut, oui.

La réaction de dégoût qui secoua ses pairs emplit Cassiopée de rage. Mais la Sage, elle, sembla se délecter de l'effet produit par son annonce. Peut-être l'avait-elle mal jugée en fin de compte. La vieille femme était comme tous les autres : un suiveur discipliné.

— Mais il y a un moyen d'éviter cela.

— Sage Sherattan, intervint Subra.

Comment réagiraient les Constellationnistes à l'annonce de la sarraskia ? Comment prendraient-ils le fait que la Ligue voulût utiliser l'énergie produite par la mort de centaines de prisonniers pour bâtir une Oasis ? S'il advenait que ce n'était pas suffisant, se porteraient-ils volontaires pour se sacrifier au nom du bien commun ?

Toutes ces questions tournaient en boucle dans la tête de Cassiopée. La Sage continuait de ménager son effet en laissant planer un silence particulièrement long. Contre toute attente, la vieille femme conclut :

— Récupérer Saleria.

Cassiopée releva aussitôt la tête. Ce n'était pas ce qui était prévu.

Elle ne put s'empêcher de lancer un regard à Essie qui paraissait aussi déstabilisée qu'elle. Les yeux de l'Élue étaient rivés sur Subra dans l'espoir d'une explication, mais la directrice serrait les dents si fort sous son masque de complaisance qu'il était évident que la Sage Sherattan venait d'agir à l'encontre des directives qui lui avaient été données.

La foule, elle, était galvanisée. Les ajzerali durent se déployer davantage pour tenter de la contenir.

— J'intégrerai la Razzia ! clama le Khef à la gauche de Cassiopée en avançant d'un pas.

— Moi aussi ! renchérit Mona.

Successivement, une dizaine d'autres Khefs avancèrent d'un pas en clamant leur allégeance à la Razzia.

Cassiopée elle-même aurait pu se laisser tenter si elle n'avait pas un autre objectif en tête, bien plus cher à son cœur.

Les plis des lèvres de la Sage Sherattan se retroussèrent de fierté, puis ses yeux se posèrent sur Cassiopée.

— Toi, tonna la Sage en désignant Cassiopée du menton. Quelle faction souhaites-tu intégrer ?

Sans savoir pourquoi, la jeune fille ressentit le besoin de vérifier que sa lame était toujours solidement arrimée à sa cuisse. Tout le monde avait les yeux rivés sur elle, ce qui lui provoqua une bouffée d'angoisse.

Par miracle, elle parvint à formuler :

— La Keta.

— La Keta ? répéta la Sage qui s'était encore rapprochée.

Deux mètres seulement les séparaient l'une de l'autre.

— Une Khefa qui veut intégrer la Keta, s'amusa-t-elle. Quel dommage !

Toute l'admiration qu'elle avait éprouvée pour cette femme impertinente s'envola dans la seconde.

— Y a-t-il un autre Khef parmi vous qui souhaite gâcher son potentiel ? demanda-t-elle, l'air de rien.

Cassiopée connaissait parfaitement la réponse. La Keta était une affectation peu prestigieuse, rarement sollicitée par les Khefs.

Mais une silhouette lointaine se détacha de la file en avançant d'un pas.

— Moi.

Cassiopée manqua de s'étouffer. Elle et Sohan n'avaient à aucun moment évoqué l'affectation qu'ils choisiraient après les Quadrantides, même quand ils avaient été nommés Khefs. Jamais elle n'aurait cru qu'il choisirait la Keta, comme elle.

— Et tu es ? demanda la Sage.

Sohan, les mains dans les poches de son costume et le regard fixe, déclara d'une voix qui semblait bien se moquer du jugement de la Sage :

— Sohan Leoyro.

Puis il tourna la tête vers la vieille femme et se permit d'ajouter avec un léger rictus :

— Khef de la première Unité de Maîtrise.

La Sage émit un bruit de bouche désapprobateur et toisa Subra qui détourna le regard. Elle connaissait visiblement leur lien de parenté.

— Khef de la première Unité de Maîtrise, répéta la Sage Sherattan. Et pourquoi perdrais-tu ton temps à la Keta alors que tu pourrais être utile à la Razzia ?

Sohan lança un bref coup d'œil à Cassiopée devant laquelle la Sage se tenait toujours, puis regarda de nouveau droit devant lui.

— J'ai mes raisons.

Une quinte de toux s'échappa de la foule du côté de Subra. Mais la Sage Sherattan ne releva pas l'impertinence du garçon et se retourna vers Cassiopée.

— Et toi ? Quel est ton nom ?

Elles étaient désormais à un mètre à peine l'une de l'autre. Cassiopée pouvait distinguer chaque ridule sur sa peau bronzée, autour de ses yeux et de sa bouche, chaque cheveu blanc au sommet de son crâne.

— Cassiopée Proteyra, répondit-elle. Khefa de la première Unité de Modélisation.

La Sage Sherattan parut soudain plus vieille encore. Mais avant qu'elle ait pu répondre quoi que ce soit, la foule d'étudiants derrière Cassiopée se divisa et Hydra apparut dans une combinaison noire qui sublimait son ventre arrondi. Ses longs cheveux roux et bouclés relevés au-dessus de sa tête dévoilaient son visage crispé.

Son regard était rivé sur l'un des ajzerali derrière la Sage Sherattan et elle avança jusqu'à lui en bousculant sans ménagement la ligne de Khefs sur son passage.

— Toi ! hurla-t-elle en transformant sa lame en une longue épée blanche qu'elle pointa sur l'homme.

La voix d'Hydra résonna dans la rotonde. L'incompréhension se lisait sur tous les visages. Subra avança d'un pas pour intervenir, mais l'Imperium du Cancer poursuivit sur le même ton acerbe :

— Tu peux tromper les Balance et les Taureau, mais personne ne trompe un Cancer, *etsaia* !

La foule se tendit ; Hydra venait de qualifier cet ajzerali d'ennemi.

— Ta perfidie se ressent à l'autre bout de la pièce, ajouta la rousse en lui tournant autour sans cesser de le menacer avec son arme.

Autour du spectacle qui se jouait au beau milieu de la rotonde, les autres ajzerali avaient dégainé leur arme, contrairement à l'homme qu'Hydra avait pris pour cible. La Sage Sherattan, elle, n'avait pas esquissé le moindre mouvement et observait la scène avec une lassitude évidente.

Cassiopée elle-même n'osait pas bouger, les doigts crispés sur le taffetas de sa robe.

Soudain, un couteau fendit l'air, droit sur Hydra. La pièce entière retint sa respiration. Mais, avant que l'arme ait pu atteindre l'irakatsi, une lance traversa la rotonde et rencontra le couteau qui, déviant de sa trajectoire, retomba près de l'une des portes-fenêtres.

— À couvert ! cria une voix d'homme.

Et le cauchemar commença.

Des cris fusèrent de partout et Amon, qui venait de sauver Hydra, hurla de nouveau pour ordonner aux Constellationnistes de quitter la rotonde, lançant un mouvement de panique. La foule, ainsi que les Khefs en ligne, se dispersèrent en courant, mais Cassiopée ne réagit pas. Son regard venait de croiser celui d'un autre ajzerali, proche de la Sage Sherattan, et elle n'apprécia guère l'exaltation qu'elle y lut.

S'étaient-ils déjà rencontrés ? se demanda-t-elle alors qu'autour d'elle, les résidents de l'Académie se ruaient vers les sorties. La réponse lui vint immédiatement.

Cette barbe asymétrique… Cassiopée était prête à parier que s'il enlevait le casque qui lui recouvrait en partie le front, une croix rouge y serait gravée. Oui, cet ajzerali, elle l'avait déjà vu, le jour de son arrivée à l'Académie. Elle avait même surpris une conversation entre lui et Hélios dans l'infirmerie au sujet de…

Le sol se déroba sous ses pieds.

Hélios avait accusé cet homme, Rigel, d'être un allié d'Azimech lorsqu'il était venu réclamer des informations au sujet de la Supernova. Et à la manière dont il s'approchait d'elle, le regard avide, il savait qu'il venait de la trouver.

Un élan de panique s'empara d'elle et elle recula d'un pas, heurtant un corps dans son dos. Elle leva la tête et les yeux bleus d'Izar, inflexibles, plongèrent dans les siens.

Elle était prise au piège.

— Cassiopée ! s'écria Sohan qui lui non plus n'avait pas déguerpi, en se précipitant vers elle.

Il évita de justesse une lance qui fendit l'air juste devant lui et s'abrita sous l'une des rares tables hautes encore debout.

Izar posa une main sur l'épaule gauche de Cassiopée et la poussa au sol sans ménagement. Avec difficulté, elle se redressa pour voir son professeur, sa lame à la main, dans une posture offensive. Mais ce n'était pas elle qu'il regardait.

À quoi jouait-il ?

Il transforma sa lame en hallebarde et la fit tournoyer dans ses mains, mais Rigel, le Sagittaire, se téléporta aussitôt. Comme pour répondre à l'ajzerali, Izar, en Vierge qu'il était, usa de son propre pouvoir d'invisibilité et disparut à son tour.

Plusieurs centaines de Constellationnistes continuaient de quitter la rotonde en trombe pour rejoindre le bâtiment principal, aidés de la plupart des irakatsi. Hydra et Kaus, l'un à côté de l'autre, s'efforçaient de contenir trois ajzerali qui marchaient dans sa direction et dans celle de la Sage Sherattan.

Cassiopée assistait à la lutte affalée sur le sol au milieu du chaos, incapable de se relever, avec l'impression que le nombre d'ajzerali dans la rotonde ne cessait d'augmenter.

— Protégez la Sage ! hurla Subra aux irakatsi qui étaient restés postés autour de la vieille femme. Elle attrapa sa lame.

Mais Cassiopée savait que la Sage n'était pas la véritable cible de cette attaque. Azimech était venu la chercher, elle, et cette pensée la paralysait tout entière.

— Suis-moi, lui murmura une voix à l'oreille.

Cassiopée se retourna et les yeux noirs de Naos lui apparurent, durs et froids, traduisant l'urgence de la situation. Sa main se referma sur le poignet de la jeune fille et lui enjoignit de se lever. S'il ne maîtrisait pas suffisamment son pouvoir d'invisibilité pour l'étendre jusqu'à elle, il pouvait au moins la sortir d'ici.

Tremblante, elle attrapa de son autre main les pans de sa robe devenue encombrante et laissa Naos la pousser vers l'une des portes de la rotonde. Avant de quitter le bâtiment, elle eut un dernier regard pour Sohan, toujours coincé sous l'une des tables hautes.

Au centre de la pièce, la Sage Sherattan se décida à attaquer. Elle qui s'était montrée si lente depuis son arrivée se transforma en une véritable tornade, emportant tout sur son passage. Quand elle se débarrassa des deux clones que l'un des ajzerali avait formés en une seconde à peine, Cassiopée comprit de quelle constellation elle descendait. Seul un Bélier était capable d'un tel exploit.

Dehors, la nuit était complète. La pluie avait redoublé, l'air était glacé et le vent violent, mais Cassiopée se laissa guider le long du chemin d'argia lore sans s'émouvoir des gouttes qui s'échouaient sur ses épaules nues, ni du froid qui hérissait les poils de ses bras. Des cris retentirent dans la rotonde et Naos, dont Cassiopée voyait à présent le dos du costume ajusté, resserra sa prise sur elle, l'entraînant toujours plus loin de l'affrontement. Il marchait vite, trop vite pour qu'elle pût le suivre dans sa tenue de soirée, et ses talons se plantèrent plusieurs fois dans la boue.

— Naos…

Mais le garçon ne répondit pas.

— Naos ! appela-t-elle de nouveau.

Il semblait ne pas l'entendre. À moins que… Cassiopée arracha sa main de celle du Vierge et le dévisagea d'un air hostile.

Quelle preuve avait-elle qu'il s'agissait bien de lui et non de l'un des sbires d'Azimech ?

Pour rien au monde elle ne se ferait berner comme elle l'avait été dans le tunnel durant Aztarna.

— C'est moi, lui assura-t-il comme s'il lisait dans ses pensées.

Un groupe de filles passa entre eux en courant. L'une d'elles était blessée et du sang coulait sur sa robe tandis que l'autre usait de son pouvoir pour la soigner.

— Prouve-le-moi, répondit sèchement Cassiopée en croisant les bras sur sa poitrine.

Les cheveux détrempés, Naos regarda autour de lui.

— C'est moi, répéta-t-il. Je… je t'ai dit que tu me plaisais et tu… m'as embrassé.

Heureusement, les quelques torches qui résistaient à la pluie rougeoyaient sur le visage de Cassiopée et camouflaient sa gêne. Sinon Naos aurait remarqué à quel point elle rougissait. Ce n'était pas le moment, elle repenserait à ce baiser plus tard.

— Où est-ce que tu m'emmènes au juste ?

— Quelque part où ils ne te trouveront pas, répondit le jeune homme en plissant les yeux.

Sans se saisir de la main qu'il lui tendait, Cassiopée, grelottante, suivit Naos jusqu'au bâtiment principal. Ils le rejoignirent par le cloître est, dont ils ressortirent aussitôt par un passage inconnu de Cassiopée. Ils étaient de nouveau dehors, mais tout à fait à l'opposé de la rotonde. Cette fois, personne à l'horizon, juste une sorte de grand auvent au bord du lac.

— L'abri à bateaux ? demanda-t-elle, hésitante.

Cassiopée n'était pas à l'aise avec l'eau, aussi avait-elle évité le plus possible de s'aventurer près du lac ou du ruisseau entourant l'Académie. Elle l'était d'autant moins en cet instant que l'abri à bateaux vers lequel ils cheminaient était relativement proche du portail de l'Académie, par lequel elle devinait que les assaillants avaient dû pénétrer la propriété. Par ailleurs, l'Académie elle-même offrait nombre de cachettes indécelables, plus rassurantes que cette vieille cabane en bois. Mais Naos avait l'air de savoir ce qu'il faisait.

Loin de l'éclairage de l'Académie, dans la semi-obscurité que leur offrait la lune descendante, Cassiopée discernait mal les traits de son compagnon, mais son corps raide ne camouflait que très peu son appréhension.

Cassiopée ralentit et le regarda soudain avec méfiance.

— Ils sont venus pour moi, Naos, déclara-t-elle d'une voix contenue. Tu le sais ?

Le Vierge se retourna et se passa une main trempée sur le visage.

— Oui, fit-il après un infime moment d'hésitation. C'est évident.

— Comment ont-ils été mis au courant ?

Naos remua la tête de gauche à droite et joua machinalement avec son piercing.

— Je ne sais pas.

« Drôle de coïncidence », aurait remarqué Sohan s'il avait été là. « Naos apprend ta particularité, et quelques jours après, Azimech connaît ton existence. » Mais Sohan se serait trompé. L'armée d'Azimech avait percé le portail du Taureau à Paris bien avant que Naos la suivît dans le bureau de Subra et découvrît son secret. Naos ne l'avait pas dénoncée, il avait fait le serment sur sa lame. Par ailleurs, s'il avait effectivement parlé, c'est certainement la Ligue qui s'en serait prise à elle, pas Azimech.

Pas. Azimech.

Cassiopée se mit à trembler de tous ses membres.

— Tu as froid ? demanda Naos.

Sans lui laisser le temps de répondre, il la prit dans ses bras et la frictionna avant de se détacher d'elle pour ôter sa veste et la lui passer sur les épaules. Tout en observant les lèvres pleines et les joues rougies du Vierge, Cassiopée s'empressa de passer ses bras à travers les manches sèches et de s'emmitoufler dedans tandis qu'il la menait à l'abri à bateaux.

L'endroit était désert. Et, à vrai dire, un peu lugubre. Si le toit en tuile l'abritait de la pluie, les charpentes en bois qui supportaient l'édifice ne protégeaient en rien du vent glacial qui s'y engouffrait sans ménagement. Ouvert sur la berge, son ponton plongeant dans l'immense lac de la propriété, l'abri possédait un unique pan de mur, tout en longueur, contre lequel Cassiopée se reposa.

Pas un élève n'avait eu l'idée saugrenue de venir se cacher ici. Même les bateaux, que le lieu était supposé accueillir, n'y étaient pas abrités. Les deux novices étaient donc seuls avec la pluie qui tombait doucement sur le toit.

Pourtant, Naos semblait nerveux. À moins que ce fût le froid qui le fît trembler de la sorte. Cassiopée hésita à lui rendre sa veste, mais connaissant le personnage, il aurait refusé de la récupérer.

— Voilà, fit Naos en s'accroupissant, on sera bien ic…

Il fut interrompu par un bruit et se releva aussitôt.

— Qu'est-ce que c'était ? chuchota-t-elle.

La réponse à sa question se matérialisa brusquement sous leurs yeux, vêtue d'un uniforme orange complété d'un plastron de cuivre.

Saleté de Vierge.

Cassiopée les détestait. Elle les détestait vraiment.

— Tiens, tiens ! fit l'ajzerali en dévisageant Cassiopée et Naos.

Le bâtiment largement ouvert lui sembla tout à coup exigu.

Une large plaie barrait le front du soldat, mais cela ne l'empêcha pas de tituber vers Cassiopée, de l'avidité dans le regard.

Elle s'empressa de remonter le pan de sa robe à toute vitesse pour attraper sa lame et la modélisa aussitôt en un glaive argenté qu'elle brandit devant elle.

Naos, lui, se rendit immédiatement invisible. Pour mieux attaquer, sans doute.

— J'ai déjà pas mal morflé, lança l'ajzerali en s'avançant encore tout en essuyant le sang qui s'écoulait sur sa joue. Fais-moi plaisir, ne rends pas tout ça plus difficile que nécessaire.

Et avant même qu'il ne terminât sa phrase, deux autres ajzerali rejoignirent l'abri à bateaux.

CHAPITRE 40

« La dernière fois qu'Azimech a été aperçu, c'était sur le toit de l'Acropole, brandissant l'étendard à l'effigie de son mouvement. »

Extrait de *La Stratégie d'Azimech.*

Cassiopée était terrifiée. Désormais seule face aux trois prétendus ajzerali qui l'encerclaient, elle remonta les manches de la veste de Naos et les replia sur elles-mêmes en espérant que ses adversaires ne vissent pas à quel point ses mains tremblaient.

Il n'est pas parti. Il n'est pas parti. Il n'est pas parti, se répéta-t-elle. Pourtant, Naos n'avait pas encore attaqué.

— N'approchez pas ! hurla-t-elle en fendant l'air avec son arme pour les faire reculer.

Elle devait réfléchir vite. L'un de ses adversaires était Vierge, mais les deux autres n'avaient pas encore usé de leur pouvoir astral. En les observant plus attentivement, Cassiopée remarqua que le plus grand d'entre eux était une femme.

— Où est Rigel ? demanda le Vierge en Sùm.

C'était une phrase simple qui ne demanda à Cassiopée aucun effort pour la comprendre. Sans la quitter des yeux, la femme ôta son casque et le balança par terre, dévoilant de courts cheveux clairs plaqués vers l'arrière surplombant un visage rond et potelé. Sur son front, une croix rouge. Une transfuge.

— Il... été retenu. On... plan B, Dioné... t'en occupe.

Cassiopée déglutit péniblement. Elle ne réussissait à capter que de petites bribes d'information, mais ce qu'elle parvenait à saisir ne présageait rien de bon.

Sans un mot, le Vierge avança vers la Supernova et l'intégralité de son corps disparut.

— Attends ! intervint l'homme du milieu, le plus petit des trois.

Il détailla Cassiopée de haut en bas, un rictus collé au visage.

— Elle est à moitié Gémeaux...

À moitié. Aucun doute : ils savaient.

— ... je... savoir... que vaut une Supernova.

— ... pas le temps, répondit la femme.

Mais l'homme ne fit aucun cas de sa remarque, car il retira son casque en même temps qu'un halo argenté s'extirpait de son corps. La seconde d'après, un clone parfait apparut à ses côtés.

— Arrête de faire ta rabat-joie, Kerty, la railla-t-il.

Au moment où la Supernova se demandait où était passé le dénommé Dioné, ce dernier redevint visible. Il était désormais adossé à l'un des piliers de l'abri, les bras croisés sur la poitrine, l'air d'attendre.

— Irakatsi... arriver... tout moment... mission à accomplir... Azimech... rentrer chez nous, reprit la femme qui avait toutes les peines du monde à masquer son irritation.

La simple évocation du nom d'Azimech figea Cassiopée. Aucun doute, il s'agissait bien des Constellationnistes qui avaient traversé le portail du Taureau.

— Saleria... pas s'envoler. Laisse-moi...

Le Gémeaux, accompagné de son clone, fit craquer son cou, puis ses doigts un à un sans jamais quitter Cassiopée du regard.

— Bats-toi, lui dit-il avec un accent Sùm à couper au couteau.

La jeune femme grelotta. La tête haute, elle affichait une assurance feinte, bien loin de la peur qui lui retournait les entrailles. Elle tenta de contrôler les battements de son cœur et les tremblements de ses jambes au moment où le souffle de son flux se précipita dans ses veines.

Comme lors de ses nombreux entraînements avec Tara, Cassiopée manqua de réduire son clone à néant avant même qu'un halo argenté se matérialisât à ses côtés. Mais l'enjeu était trop important, son avenir trop incertain pour qu'elle se permît de tout gâcher. Ainsi, dans une expiration bruyante, elle regagna sa maîtrise sur le halo qui jaillit de son corps pour former un corps semblable au sien.

— Long, commenta le Gémeaux en anglais. Trop long.

Puis, sans sommation, son clone se jeta sur celui de Cassiopée. Dans le même temps, son propriétaire sortit de sa manche une lame. Il la transforma en un couteau de chasse, qu'il fit joyeusement sautiller dans sa main.

Derrière lui, la femme, Kerty, semblait pressée d'en finir. Elle regardait compulsivement en direction du long chemin pavé qui menait au portail de la propriété, comme pour jauger combien de temps cela lui prendrait d'embarquer Cassiopée et de s'y diriger en courant.

Mais la Supernova ne se laisserait pas capturer, il en était hors de question. Naos viendrait l'aider et, d'ici quelques minutes, ils arriveraient à se débarrasser de ces faux ajzerali. Ensemble. Enfin, c'est ce que Cassiopée espéra de toutes ses forces lorsqu'elle se précipita sur le Gémeaux, son glaive pointé dans sa direction.

Contre toute attente, son adversaire se laissa transpercer, le regard absent, comme si le glaive de Cassiopée ne venait pas de le toucher en plein cœur. La Supernova recula, abasourdie : elle venait de tuer quelqu'un. Pour la première fois de sa vie. De surprise autant que de dégoût, elle lâcha son arme, qui retomba sur le sol dans un tintement sourd avant de retrouver sa forme originelle.

— Idiote, fit une voix devant elle.

Mais ce n'était pas l'homme qu'elle venait d'abattre. Cassiopée eut à peine le temps de comprendre ce qui venait de se produire : le second clone créé par le Gémeaux pour se protéger, celui qu'elle avait poignardé, s'évapora sous ses yeux tandis que l'original, juste dans son dos, fonçait sur elle à toute vitesse. Elle l'esquiva de peu et le couteau de chasse lui égratigna la joue.

Par réflexe, Cassiopée tendit le bras pour attraper sa lame et, miraculeusement, son arme quitta le sol pour rejoindre son poing. Ni une ni deux, le glaive se matérialisa et Cassiopée para juste à temps un nouveau coup de couteau.

Soudain, une douleur irradia sa jambe droite et elle manqua de s'écrouler. Sans pouvoir l'expliquer, elle sut que la souffrance qu'elle éprouvait ne provenait pas de sa propre jambe, mais de celle de son clone. Elle se retourna juste à temps pour voir le clone du Gémeaux lui écraser la cheville avant de lui planter sa lame dans le cœur.

La Supernova se recroquevilla sur elle-même. Le froid enveloppa son vrai cœur et le halo argenté regagna son corps. Elle eut l'impression de mourir.

Son adversaire profita de ce moment de faiblesse pour lui asséner un coup dans les côtes et un autre en plein visage.

Elle s'étala par terre, la vision trouble et le corps meurtri.

— Arrête, lui intima la femme. Azimech la veut vivante.

Mais les coups continuèrent de pleuvoir encore et encore.

— Ça ? une Supernova ? explosa-t-il. Elle est faible ! Elle... dissocier les émotions de son clone.

La femme avança jusqu'à son acolyte et lui attrapa le bras au moment où il s'apprêtait à lui décocher un nouveau coup.

— C'est elle, lui dit-elle en lui montrant un morceau de papier rectangulaire plié en deux. Cassiopée Proteyra : mi-Gémeaux, mi-Scorpion.

Allongée sur le sol, Cassiopée plissa les yeux pour observer ce que la femme tenait entre les mains et elle déglutit lorsqu'elle comprit de quoi il s'agissait. C'était une photographie la représentant avec Sasha, un an plus tôt, dans une fête foraine à laquelle sa meilleure amie l'avait traînée.

Comment s'étaient-ils procuré cette photo ? Étaient-ils allés chez Harry ? Pire, avaient-ils trouvé Sasha ?

Son cœur s'emballa à cette idée.

Cassiopée tenta de se redresser, mais sa tête tournait, inexorablement.

— Dioné, poursuivit Kerty, tu l'embarques... on y va avant que... remarque son absence.

À ces mots, le Gémeaux se releva, les lèvres pincées, visiblement déçu de ne pas pouvoir continuer à s'acharner sur la Supernova. À sa place, c'est le visage à peine adulte du Vierge, Dioné, qui s'immisça dans le champ de vision de Cassiopée. La plaie qui barrait son front avait cessé de saigner mais il était salement amoché. Nul doute qu'il avait fait partie des faux ajzerali qui avaient entouré la Sage Sherattan. Les autres étaient trop propres pour avoir participé à un quelconque combat.

— Lève-toi, ordonna-t-il en anglais.

Il lui attrapa le bras et Cassiopée se dégagea de son emprise aussi sec. La douleur autour de son cœur s'était calmée, celle dans son crâne, en revanche, pulsait à la manière d'un écho.

— Soit, dit-il.

La seconde d'après, la respiration de Cassiopée se coupa, emportée par le coup que le Vierge venait de lui donner dans le ventre. Il ne lui laissa pas reprendre son souffle et la souleva du sol.

— On s'en va, ajouta-t-il en Sùm.

Et Cassiopée comprit que ce n'était pas à elle qu'il s'adressait, cette fois-ci.

Dans l'obscurité de la nuit, le corps endolori et la tête sens dessus dessous, Cassiopée vit s'échapper sa liberté à chacun des pas du Vierge sur le bitume de l'abri à bateaux sans réussir à lever le petit doigt pour la regagner.

« Naos, supplia-t-elle intérieurement. Aide-moi. »

Mais il fallait se rendre à l'évidence : son ami avait pris la fuite.

Dans une ultime tentative de survie, Cassiopée tendit la main pour rappeler sa lame mais, où qu'elle se trouvât, cette dernière ne fit pas le trajet. Elle l'avait abandonnée, elle aussi.

Cassiopée sentait bouillir au fond d'elle une énergie considérable, qui ne demandait qu'à exploser, mais son corps, imprégné de chacun des coups qu'il venait de recevoir, refusait de coopérer. Pas quand la peur panique d'être enlevée à l'insu de tous lui compressait les entrailles.

La pluie venait de s'arrêter. Cassiopée ferma les yeux et, pour la première fois de sa vie, elle baissa les bras. Un râle de souffrance emplit ses oreilles. Puis son dos heurta le sol mouillé, coupant sa respiration.

— Comment… ? demanda une femme en Sùm.

Haletante, Cassiopée identifia sa voix comme étant celle de l'ajzerali.

— Bien joué, maitea ! fit une voix derrière eux.

Ce mot. Cette intonation. Cassiopée aurait pu la reconnaître entre mille. À la simple idée d'avoir raison, elle fut prise de tremblements. Douloureusement, elle se redressa sur un coude pour découvrir le Vierge étendu sur le sol, un couteau fiché dans la cuisse. Soudain, un fil impalpable de couleur verte embrassa son manche et l'arme quitta sa cible.

Le souffle court, Cassiopée suivit la trajectoire de la lame et elle retint un sanglot au moment où les visages résolus d'Alioth et de Tara lui apparurent, éclairés par la lune, sous l'abri à bateaux. L'un à côté de l'autre, dans une posture offensive et parés de leurs habits de lumière détrempés, le couple d'amis de Cassiopée ne lui avait jamais semblé aussi sérieux.

— Bande de…, jura le Vierge en se relevant avec difficultés.

— C'est… nouvelle irakatsi du Gémeaux, le coupa Kerty en se plaçant devant Cassiopée pour former un rempart contre Alioth et Tara. L'autre… Taureau mais… mal à lire ses pensées.

— C'est un novice, Kerty ! lui reprocha le Gémeaux.

— Je sais, persifla-t-elle. Je m'en occupe.

Elle dégaina sa lame qu'elle transforma en un énorme bouclier circulaire dans lequel elle enfourna le bras tandis qu'elle se ruait vers le couple.

— Je prends la fille, pesta Dioné en compressant la plaie sur sa cuisse pour empêcher le sang de s'en échapper.

— Tu peux à peine marcher, riposta le Gémeaux en faisant tournoyer sa lame sur son pouce.

Le Vierge fusilla son acolyte du regard :

— Ferme-la et prends-la avec toi.

Certainement pas. Dans la tête de Cassiopée semblaient battre mille tambours, mais elle se releva tant bien que mal.

Elle n'était plus seule. Ses amis étaient venus la sauver.

— Viens par là, fit le Gémeaux en empoignant son bras.

— Cassiopée ! cria Tara.

La jeune femme repoussa son adversaire de toutes ses forces et se tourna vers sa mentore, mais celle-ci se préparait déjà au combat. En l'espace d'une seconde, elle généra un clone qui accueillit Dioné, lequel se rendit invisible pour mieux attaquer. Cassiopée n'en vit pas plus : le Gémeaux à ses côtés forma un clone à son tour et les deux copies lui emprisonnèrent les bras pour la traîner en direction du portail.

Il n'était pas minuit, Cassiopée savait que le portail serait probablement toujours ouvert, que Castor et Pollux seraient toujours endormis et que rien n'empêcherait cet homme de l'emmener. À moins qu'elle ne prît les devants.

Elle avait une idée. C'était du délire mais elle devait essayer.

Elle n'était plus seule.

Les yeux clos, elle se laissa traîner sur quelques mètres, tel le cadavre que l'armée d'Azimech pensait faire d'elle lorsque ce monstre sanguinaire lui aurait volé son énergie. Le temps pour elle de se concentrer sur le fluide qui enflait dans sa poitrine depuis des semaines et qu'elle tentait par tous les moyens de réprimer.

Elle prit une profonde inspiration, puis vida ses poumons, lentement, sans jamais quitter des yeux l'image mentale de sa réussite. Ses deux flux se réveillèrent alors, prêts à surgir. L'air se manifesta en premier, frais et léger comme une brise printanière. Immédiatement après, un fluide compact et flexible. Brûlant. Cassiopée sentit ces deux forces se côtoyer, se confronter, jusqu'à finir par s'apprivoiser l'une l'autre.

Elle sut qu'elle avait réussi, car elle sentit la présence du lynx dans son dos sans même avoir besoin de le voir. Les yeux clos, elle perçut son souffle dans la nuit glaciale qui l'entourait et discerna son aura colossale tout près d'elle.

— Qu..., fit le Gémeaux.

Il ne termina pas sa phrase, car le lynx se jeta sur son clone.

Son bras droit libéré, Cassiopée n'hésita pas. Elle plongea la main dans le porte-lame de son adversaire et lui arracha son arme. Son énergie de Gémeaux entra en résonance immédiate avec l'objet que Cassiopée modélisa en une longue dague. Et avant même que son adversaire ait compris ce qui était en train de se produire, la Supernova la lui planta dans le flanc.

L'homme relâcha immédiatement son emprise, sans un mot, sans une plainte. Cassiopée leva les yeux vers lui pour s'assurer qu'il n'allait pas disparaître comme tous ses clones. Mais non, il était toujours là, les yeux fulminant de rage autant que de douleur, une main contre son ventre.

La Supernova recula d'un pas, affolée, et manqua de se prendre les pieds dans sa maudite robe. Recroquevillé sur lui-même, l'homme tendit le bras pour rappeler sa lame, mais Cassiopée la tenait si fermement que le fil argenté qui s'était formé finit par se résorber.

Du coin de l'œil, elle vit que son lynx en avait fini avec le clone et saisit l'occasion pour aller porter secours à ses amis. La lame du Gémeaux toujours fichée dans la main, elle attrapa le pan de sa robe, qui pesait une tonne, et se rua vers l'abri à bateaux.

— Reviens ici ! s'époumona le Gémeaux.

Mais ce fut le lynx, avec un cri presque humain, qui lui répondit. Cassiopée se retourna seulement pour voir l'animal sauter à la gorge de son adversaire. Sous l'abri, le cours des événements avait tourné en faveur d'Alioth. Il avait modélisé sa lame en un couteau qu'il utilisait pour parer les attaques de Kerty. L'immense soldate, engoncée dans son plastron de cuivre, l'assaillait, une fois avec son bouclier, l'autre avec ses poings, mais le Taureau anticipait chacun de ses mouvements.

Un combat contre une Balance, capable de lire les pensées de son adversaire, était quasiment impossible à gagner, même pour un Taureau chevronné. Alors pour un novice… Pour autant, Alioth ne ressemblait plus au garçon lourdaud et inexpérimenté que Cassiopée avait rencontré. Elle savait que les dons de prémonition de son ami avaient tendance à s'améliorer sous la pression, mais l'affrontement qui se jouait sous ses yeux était sans précédent. De manière tout à fait inexpliquée, depuis quelque temps, Alioth maîtrisait son pouvoir mieux qu'il n'aurait dû.

Tara, de son côté, n'en menait pas large. Elle avait réussi à générer un second clone, et les trois copies conformes se tenaient dos à dos, une jutte à la main, prêtes à se défendre face au Vierge invisible qui s'attaquait à elles par à-coups. Une des copies avait les yeux rivés au sol tandis que les deux autres, dans la même robe fourreau satinée, scrutaient autour d'elles, dans l'attente. Soudain, l'un des clones attaqua. D'un geste vif et précis, il tendit un bras armé dans le vide et un bruit étouffé retentit. L'espace d'une seconde, la couverture d'invisibilité du Vierge se défit et Cassiopée put très distinctement voir le visage grimaçant de l'ennemi. Tara venait de viser sa jambe blessée. Ce ne fut qu'à ce moment qu'elle remarqua les nombreuses traces de sang tout autour de Tara : elle s'en servait pour filer son adversaire invisible.

— Cassiopée, sauve-toi ! cria Alioth sans lui adresser un regard.

Tara, qui ne l'avait pas vue arriver, leva les yeux vers elle. Ce fut sa seule erreur. Profitant de ce court moment d'inattention, le Vierge égorgea un premier clone, puis – alors que Tara accusait le coup – un second.

Le souffle de Cassiopée se coupa.

— Tara ! hurla Alioth.

Les deux clones disparurent aussitôt et le visage de la mentore de Cassiopée se tordit de douleur. Elle eut un dernier sursaut avant de se figer. Le Vierge, dont le couteau était toujours planté dans l'épaule de Tara, se matérialisa devant elle.

— Non ! cria Cassiopée.

Alioth ignora le coup de Kerty et sauta sur Dioné, l'emportant avec lui dans sa chute avant de le passer à tabac. Tara s'écroula sur les genoux et la Balance s'approcha d'elle pour terminer le travail. Elle transforma son bouclier en un couteau bleu ciel qu'elle brandit au-dessus de Tara.

Sans réfléchir, Cassiopée catapulta la lame qu'elle avait dans les mains en direction de Kerty, mais elle rata sa cible et la lame alla se ficher dans le toit de l'abri. La Balance releva la tête de surprise et Cassiopée s'élança vers elle à toute vitesse.

Un éclat argenté attira son attention sur sa gauche et elle sut immédiatement de quoi il s'agissait. Dans sa course, elle tendit le bras ; une seconde après, le lien se fit. L'objet traversa l'abri et se précipita dans la main de Cassiopée. Elle l'envoya aussitôt sur la Balance qui s'apprêtait à abattre son amie. Encore manqué.

Cassiopée poussa un râle de rage tandis que ses jambes la portaient vers sa mentore, vers son amie, aussi vite que possible. Mais au beau milieu du chemin, une boule de poils noir et gris fusa sur sa gauche et bondit sur la Balance sans lui laisser le temps de faire le moindre geste.

L'instant d'après, une voix nasillarde, qu'elle détestait plus que tout, retentit sur sa droite. Pour la première fois, elle résonna à son oreille comme la plus belle mélodie qu'elle eût jamais entendue :

— *Degira ala streyas, etsaia !*

Cassiopée se tourna juste à temps pour voir Kaus planter une dague longue de quinze centimètres entre les yeux de Dioné, qui avait commencé à prendre l'ascendant sur Alioth.

Le Taureau se rua sur Tara, à genoux au milieu de l'abri à bateaux.

— Qu'est-ce que c'est que ça ? s'exclama Kaus.

Les trois amis suivirent le regard de leur professeur et une boule d'angoisse se forma dans la gorge de Cassiopée lorsqu'elle vit le lynx déchiqueter le visage de Kerty.

Par réflexe, elle tendit le bras et rappela sa lame qui se décrocha du rondin de bois dans lequel elle s'était logée. Jusqu'où était-elle prête à aller pour protéger son secret ?

La Supernova n'eut pas le loisir de nier toute complicité avec l'animal, car celui-ci se leva et tituba jusqu'à elle, harassé. Elle perçut sa fatigue, car tout ce que ressentait son clone, elle le ressentait également. Mais elle ne pouvait pas le faire disparaître maintenant, pas alors que Kaus avait les yeux braqués sur elle.

C'était un irakatsi, il dirait tout à Subra.

— Ka…, couina-t-elle.

Mais elle ne put pas finir sa phrase. Son professeur la coupa :

— Espèce d'inconsciente ! pesta-t-il. Tu es encore plus stupide que je le croyais.

— Que…

— Tu ferais mieux de le faire disparaître si tu ne veux pas avoir d'ennuis, reprit-il en enfonçant son haut-de-forme sur son crâne. Ils arrivent.

Le regard de Cassiopée croisa celui d'Alioth, perplexe.

Pourquoi Kaus n'avait-il pas l'air surpris de la voir matérialiser un lynx ? Est-ce qu'il savait ? À part ses amis, les seules personnes au courant de sa particularité étaient les hommes qui venaient de l'attaquer.

— Fais-le disparaître, je te dis !

Cassiopée s'exécuta et un halo argenté regagna son corps alors que la face féroce du lynx se volatilisait.

— Et toi, aide-moi, dit-il à Alioth en désignant le corps inanimé de Kerty. Prends ses jambes.

Le Taureau s'exécuta pendant que Kaus passait ses mains sous les aisselles de la Balance.

— Pour… quoi ? hoqueta-t-il.

Les deux hommes la posèrent près de la berge puis Kaus, sans s'émouvoir une seconde, lui flanqua un coup de pied dans le dos qui la fit basculer dans l'eau.

— Son visage a été déchiqueté par un animal, bande d'idiots. Vous croyez qu'ils ne vont pas le remarquer ?

Cassiopée déglutit péniblement. Le Gémeaux avait également fait les frais de son lynx.

— Il y en a un autre, couina Cassiopée en désignant du doigt le lieu de l'affrontement.

Kaus souffla.

— Je m'en occupe. Maintenant, fermez-la.

Et au même moment, un petit groupe descendit le chemin jusqu'à l'abri à bateaux, visiblement sous le choc.

Cassiopée entendit la voix de Subra, de la Sage Sherattan mais aussi d'Hélios, d'Hydra et d'autres irakatsi avant de les voir arriver. Mis à part la Sage, ils étaient tous couverts de sang.

À quel point les affrontements avaient-ils été violents ?

— Que s'est-il passé ici ? tonna Subra en embrassant le champ de bataille du regard.

Hélios se précipita sur Tara pour consulter son état. Cassiopée plongea son regard dans celui de Kaus, le suppliant presque de ne rien dire. Mais les traits durs du Cancer ne semblèrent pas s'attendrir. Ses iris noirs la dévisageaient avec sévérité.

— Ces idiots ont cru qu'ils pourraient se débarrasser de l'armée d'Azimech tous seuls, persiffla-t-il sous sa moustache hirsute rousse.

Les yeux de la Supernova s'agrandirent : il était en train de la protéger.

Subra les dévisagea un à un, les lèvres pincées.

— Hélios ? interrogea-t-elle.

— Je m'en occupe, dit-il. – Un halo bleuté émana de la main qu'il avait levée vers l'épaule de Tara. – Attendez-moi à l'infirmerie vous autres.

— Kaus, accompagne-les, ordonna Subra.

Alioth et Cassiopée ne se firent pas prier et percèrent la rangée formée par leurs professeurs pour remonter jusqu'à l'Académie.

— La Keta ! se moqua la Sage Sheratan quand la Supernova passa à ses côtés.

Cassiopée ne releva pas et rejoignit le chemin gravillonné, Alioth et Kaus sur les talons. Ils n'échangèrent pas un mot jusqu'à l'entrée déserte de l'Académie.

— Continuez sans moi, lâcha l'irakatsi.

Alioth fronça les sourcils.

— Mais Subra a dit que…

— Je dois nettoyer le bazar que vous avez mis ce soir, je n'ai pas le temps de jouer les baby-sitters, le coupa-t-il en revissant son haut-de-forme sur sa tête.

Cassiopée hocha la tête. Encore sous le coup de l'émotion, elle n'était pas d'humeur à le contredire. Alioth fut le premier à gravir les marches menant à la porte d'entrée. Au moment où Cassiopée s'apprêtait à l'imiter, Kaus attrapa son bras.

— Rejoins-moi sur le toit dimanche soir après le dîner, quand tout se sera calmé, chuchota-t-il. Toi et tes petits camarades qui savent.

Il examina une dernière fois les environs et n'attendit pas de réponse avant de repartir.

Cassiopée le regarda s'éloigner de sa démarche claudicante et se demanda à quel point elle devait faire confiance à l'homme qui venait de la secourir.

Alioth et elle n'échangèrent pas une parole alors qu'ils remontaient jusqu'à l'infirmerie en traînant des pieds.

Hélios les rejoignit quelques minutes plus tard, accompagné d'une Tara en meilleure forme. Il les soigna dans un silence de mort avant qu'une poignée d'irakatsi ne sollicitassent ses talents de soigneur.

Une fois dans sa chambre, Cassiopée ôta la veste que Naos lui avait confiée avant de l'abandonner à une mort certaine, et laissa tomber sa robe trempée et ensanglantée par terre. Elle enfila un vieux T-shirt et plongea sous la couette. À ses côtés, Essie avait réussi à trouver le sommeil, sans savoir que sa colocataire avait failli perdre la vie. Cassiopée retint ses larmes de toutes ses forces.

Ne pas pleurer.

CHAPITRE 41

« À la connaissance de la Ligue, il n'existe qu'un seul portail actif reliant Saleria et le Continent, celui du Taureau. Les autres ont été détruits lors de l'Exode ou bien ont disparu. »

Extrait de *Portails et Artefacts.*

Cassiopée passa le jour suivant enfermée dans sa chambre, sans vouloir voir personne. Quand elle daigna enfin en sortir, les événements de la veille étaient sur toutes les lèvres. Certains avaient déjà eu le temps de faire naître des rumeurs fallacieuses de rébellions quand d'autres soutenaient que la Supernova allait venir semer le chaos.

Au total, deux personnes avaient perdu la vie lors de l'assaut de l'armée d'Azimech : un aspirant et un irakatsi. Tout le monde les pleurait en maudissant le monstre sanguinaire, mais personne ne savait que la véritable responsable de cette attaque se trouvait sous le même toit, et que c'était elle, Cassiopée. Le samedi suivant, le ciel artificiel qui habillait le plafond de l'Académie était toujours chargé de nuages gris, comme l'humeur des Constellationnistes.

L'intégralité des résidents de l'Académie s'était rendue dans la rotonde pour la veillée funéraire, mais Cassiopée avait refusé d'y prendre part. La culpabilité était trop grande pour qu'elle parvînt à se tenir aux côtés des amis et de la famille des défunts, autorisés à pénétrer dans l'Académie pour l'occasion.

À la place, elle déambulait comme une âme en peine. Sans qu'elle s'en rendît compte, ses pieds la guidèrent jusqu'au dernier endroit où elle aurait dû vouloir se rendre : l'abri à bateaux. Dans le froid de cette fin d'hiver, elle s'aventura sur le ponton en bois qui perçait la berge et contempla longuement le lac avant de se résoudre à s'asseoir.

Son ventre était toujours douloureux, et le bois mouillé sous ses fesses. Elle regretta de ne pas avoir emporté de veste. Des bourrasques s'engouffraient sous son pull en laine et la faisaient claquer des dents. Elle eut immédiatement envie de se relever et de retourner sous ses draps, mais elle n'en fit rien : la douleur causée par le froid était un soulagement.

Une odeur de cannelle et d'orange emplit soudainement ses narines et elle sut que Naos était là avant même de le voir apparaître à ses côtés.

Les pieds dans le vide, au bord du ponton, la Supernova n'eut pas un regard pour lui et continua d'observer l'eau du lac s'agiter sous l'effet du vent.

— Cassiopée…

Sa voix était rocailleuse, c'était sûrement le premier mot qu'il prononçait de la journée. Mais Cassiopée n'avait aucune envie que son premier mot à elle lui soit adressé. Naos était bien la dernière personne à qui elle voulait parler.

— Cassiopée, s'il te plaît…, supplia-t-il.

Il pouvait toujours l'implorer, elle resterait hermétique. Est-ce qu'il avait été là, lui, lorsqu'elle suppliait qu'on lui vînt en aide ? Il avait essayé de la protéger en l'amenant à l'abri à bateaux, mais il s'était échappé à la seconde où le combat avait commencé.

Il l'avait abandonnée.

— Réponds-moi…

Le son de sa voix l'horripilait. Les poings serrés sur ses genoux et le regard fixe, elle se retenait d'exploser. S'il insistait, elle ne répondrait plus d'elle-même.

— Je suis désolé pour l'azte…

Trop tard.

— Qui es-tu, bon sang ? cracha-t-elle.

Le souffle de Naos se coupa.

— Qu… quoi ?

Cassiopée daigna enfin le regarder, pour la première fois depuis l'attaque. Son bonnet noir aplatissait ses cheveux décolorés et son teint habituellement éclatant était presque livide. Pourtant, ce furent ses yeux qui la marquèrent. Ils étaient rouges d'avoir pleuré.

— Qui es-tu ? répéta-t-elle en feignant l'indifférence face à l'état de Naos.

Il la dévisagea, éberlué.

— Parce que tu n'es visiblement pas mon ami, poursuivit Cassiopée. Un ami, tu vois, ça ne te laisse pas tomber au milieu d'un combat, ça ne prend pas la fuite. Un ami, ça reste et ça donne tout pour te sauver la vie.

Il baissa la tête et se moucha le nez dans sa manche.

Malgré la peine qui l'assaillait en voyant Naos ainsi, elle n'avait pas terminé de lui dire le fond de sa pensée. Elle reprit sur un ton presque ironique :

— Tu dis que tu tiens à moi, mais ça, ce n'est pas tenir à quelqu'un. Alors je te le demande : qui es-tu ? Un opportuniste ? Un inconnu ? Un ennemi ?

Au dernier mot, Naos releva la tête et le chagrin déforma ses traits.

Un long silence s'installa, durant lequel Cassiopée envisagea de quitter le ponton pour le laisser planté là.

— Il y a des gens qui comptent sur moi, Cassiopée, déclara-t-il d'une voix qui ne tremblait plus. Ces gens m'ont donné tout ce qu'ils avaient, sans condition. Ils m'ont sauvé la vie et ont fait de moi l'homme que je suis aujourd'hui.

Ses yeux croisèrent ceux de Cassiopée et il conclut avec assurance :

— Je ne peux pas mourir avant de les avoir rendus fiers.

Le visage des parents adoptifs de Cassiopée s'immisça alors dans son esprit. Elle se souvint très distinctement à quel point elle avait eu envie de rendre Harry fier d'elle après le décès de sa mère, à quel point elle avait travaillé avec acharnement les mois suivant le drame pour multiplier les bonnes notes, juste pour le rendre heureux. Bien sûr, il ne l'avait jamais félicitée ni ne lui avait accordé le moindre intérêt. Alors elle était allée chaque semaine déposer ses copies sur la tombe de sa mère.

Cassiopée savait ce que c'était que de vouloir rendre les autres fiers, mais elle savait aussi que les circonstances n'étaient pas comparables : il avait lâchement pris la fuite alors qu'elle était en danger.

— Je tiens à toi, Cassiopée, poursuivit-il. Plus que tu ne le penses… plus que je ne le devrais.

Il secoua la tête, comme pris dans une profonde tourmente, et la plongea dans ses mains.

— J'ai beau faire tout ce que je peux pour te faire sortir de ma tête, je n'y arrive pas. Et pourtant, crois-moi, j'essaye.

Cassiopée se mordit la lèvre et ses yeux devinrent humides. Par chance, Naos ne la regardait pas. Elle n'aurait pas pu soutenir ses yeux plein de regrets.

Ne pas pleurer.

— J'ai fait une erreur, reprit-il. Et j'ai pris conscience que je n'aurais jamais pu me pardonner si tu avais été blessée… Excuse-moi, Cassiopée, je t'en supplie.

Elle déglutit péniblement et détourna le regard vers le lac pour ne plus être témoin de tant de douleur.

Une part d'elle était terriblement déçue. Si Alioth et Tara n'étaient pas intervenus, Cassiopée serait probablement entre les griffes d'Azimech à l'heure qu'il était. Car Naos avait fui. Mais une autre part, plus clémente, ou peut-être plus dépendante de l'affection qu'il lui donnait quotidiennement, avait pitié de lui. Et ce fut certainement cette même part qui s'empara de la main de Naos, au dos de laquelle se distinguait une petite tache de naissance en forme de fleur, et la comprima entre les siennes pour lui signifier son pardon.

Surpris, il releva la tête et ses yeux noirs lui sourirent, imités par ses lèvres. Dans un silence complet, ils restèrent quelques secondes à se dévisager l'un l'autre, puis Naos ôta sa main de celle de Cassiopée pour passer son bras autour de ses épaules.

Plus pour trouver de la chaleur que pour lui témoigner de la tendresse, Cassiopée se rapprocha davantage de lui et posa la tête dans le creux de son bras.

Elle devinait l'ampleur de l'affection que ressentait Naos à son égard, et elle était à peu près certaine que ses sentiments à elle n'étaient pas aussi forts. Mais s'il se montrait suffisamment patient, peut-être finirait-elle par tomber amoureuse de lui.

Avec une nervosité mal dissimulée, elle releva la tête vers lui et le regarda droit dans les yeux.

— Ne me laisse plus jamais tomber, dit-elle.

Le visage de Naos se crispa avant de s'adoucir. De sa main droite, il dégagea une mèche de cheveux qui volait devant les yeux de la Supernova, puis se pencha vers elle pour l'embrasser.

Un raclement de gorge interrompit cette tentative. Dans un même mouvement, Cassiopée et Naos pivotèrent pour découvrir la face rougie par le froid d'Alioth, qui ne semblait pas gêné d'interrompre ce moment intime.

— Alioth ? s'écria Cassiopée. Qu'est-ce que tu fa...

— La veillée va commencer, la coupa-t-il en se redressant. On a pensé que ton absence attirerait l'attention...

Cassiopée fronça les sourcils.

— On ? répéta-t-elle.

— Sohan et moi.

Il se retourna vers le début du ponton, devant lequel l'abri à bateaux affichait les stigmates des affrontements récents, et le désigna du pouce.

— Sohan ! appela-t-il en s'apercevant que son ami n'était plus là.

Cassiopée se releva aussitôt pour découvrir le Lion qui remontait prestement le chemin menant à l'Académie, les mains dans les poches et la tête encapuchonnée.

— Comment vous m'avez trouvée ? demanda-t-elle sans quitter Sohan des yeux.

— Je t'ai vue près du lac, répondit-il. Je lui ai dit que tu serais sûrement avec Naos, mais il a voulu voir ça de ses propres yeux.

Naos se redressa à son tour et passa un bras dans le dos de Cassiopée.

— Alioth a raison, on devrait y aller.

Puis, se tournant vers le Taureau, il ajouta :

— La veillée commence dans combien de temps ?

Alioth le dévisagea amèrement et fit demi-tour sans plus lui adresser un seul mot.

Naos afficha une mine déçue, mais eut l'intelligence de ne pas faire de commentaire. Il savait probablement qu'il allait payer cher son comportement du soir de l'azterita festa. Il suivit Alioth sur le ponton, Cassiopée à ses côtés.

La veillée était presque terminée lorsqu'ils entrèrent discrètement dans la rotonde, encore partiellement parée des décorations de l'azterita festa. Les voilages blancs étaient toujours suspendus au plafond et donnaient à la pièce un aspect solennel qui mit Cassiopée mal à l'aise.

Des bancs – quasiment tous combles – avaient été installés sur toute la longueur de la salle. Au centre de la pièce circulaire, deux planches de bois recouvertes de draps colorés trônaient et Cassiopée découvrit de quelles constellations descendaient les défunts : un Scorpion et une Balance.

Des chants funéraires emplissaient la pièce de la langue natale de Saleria, Cassiopée tressaillit et dut s'accrocher au dossier du dernier banc de la rangée pour ne pas s'effondrer au sol.

Les larmes lui montèrent aux yeux et elle dut faire un effort surhumain pour les contenir.

Ne pas pleurer.

C'était toujours la même rengaine. Aujourd'hui pourtant, elle aurait toutes les raisons de se laisser aller. Elle était responsable. Ces gens étaient morts par sa faute et personne ne s'en doutait.

Cassiopée serra plus fort le dossier du banc et Naos enlaça sa taille, sans deviner qu'à ce moment précis, elle aurait voulu être seule.

Les yeux troubles, alors que les chants s'achevaient, elle cria mentalement combien elle était désolée et à quel point elle aurait aimé que les choses se fussent passées différemment, à quel point elle aurait aimé que ces traîtres n'eussent pas pénétré dans l'Académie, à quel point elle aurait aimé ne pas avoir été la cible de ces monstres.

Naos s'écarta enfin et Cassiopée eut l'impression de pouvoir respirer à nouveau.

Soudain, une main brune et froide pourvue de bagues se posa sur la sienne. Loin d'être dérangée par ce contact léger, Cassiopée s'y accrocha comme à une bouée.

— Tu n'y es pour rien, murmura Tara.

Si seulement cela pouvait être vrai. Comme ses camarades avant elle, Cassiopée se rendit devant le cercueil des défunts et plongea sa main dans un bol rempli d'eau face au corps enveloppé de soie noire du Scorpion. Il s'agissait d'une tradition salerienne : immerger une partie de son corps dans l'Élément du défunt permettait de lui rendre hommage et de lui souhaiter le repos éternel.

Juste devant elle, Janus, l'ami d'Octant, freina la procession, en proie à une tristesse infinie, et Cassiopée comprit en lisant le nom du défunt, qu'il s'agissait d'un membre de sa famille. Il l'avait humiliée dans le tunnel en prenant l'apparence de Sohan et ne faisait aucun effort pour jouer son rôle de métamorphe dans son Unité de Modélisation, mais le voir souffrir ainsi ne lui procurait aucune satisfaction. Elle attendit patiemment qu'il eût fini de saluer et trempa symboliquement ses doigts dans le dernier bol qui ne comprenait rien de palpable, mais qui représentait l'Air, Élément des Balance.

Elle rejoignit ensuite Sohan et Haris qui attendaient près de l'entrée, et passa juste devant Izar, dont le teint mat était blême.

— Cassiopée ! l'interpella-t-il.

Elle serra les poings et pivota vers lui en prenant une grande inspiration.

Il avait une mine affreuse. Les poches sous ses yeux bleus indiquaient que les dernières nuits avaient été courtes. Évidemment, orchestrer une telle attaque devait nécessiter du temps et de l'énergie. Mais il faisait presque illusion, et Cassiopée aurait pu se laisser berner.

— Tu tiens le coup ? s'enquit-il d'un air qui paraissait vraiment affligé.

Quel salaud. Venir la narguer ici, maintenant, alors que la procession n'était même pas terminée.

Elle avait croisé Hati quelques minutes plus tôt, mais il avait eu la décence de ne pas prétendre être triste, et surtout de ne pas lui adresser la parole.

Elle serra la mâchoire pour s'empêcher de s'en prendre au responsable des novices devant toute l'Académie endeuillée.

— Et vous ? articula-t-elle d'un air accusateur.

Il ne parut pas s'en offusquer et balaya les cercueils du regard avec une tristesse palpable.

— C'est dur, se lamenta-t-il. Ils étaient si jeunes…

C'en était trop, Cassiopée était sur le point d'exploser lorsqu'Alioth l'appela.

Dans une étreinte maladroite, il lui enserra les épaules et l'emmena avec lui vers la sortie.

— Tu veux mourir ou quoi ? l'invectiva-t-il.

— Mais regarde-le !

Izar était en train de ressortir le même discours à d'autres novices.

— Il fait semblant de pleurer alors que c'est sûrement lui qui les a fait entrer !

Alioth lâcha Cassiopée au moment où ils rejoignirent le reste du groupe.

— Izar s'est battu comme un forcené, répondit le Taureau. Il a protégé des dizaines d'élèves et Hélios a pansé ses blessures toute la nuit.

— Parce qu'il n'avait pas le choix, rétorqua-t-elle. Sinon il se serait fait repérer !

Alioth souffla et lança un regard excédé à Sohan, qui n'eut aucune réaction. En temps normal, il se serait rangé du côté d'Alioth et aurait sermonné Cassiopée, mais pas cette fois. Il n'eut même pas un regard pour elle et se contenta d'observer la fin de la procession en silence.

Il adopta un comportement similaire toute la journée, avec tout le monde, et personne n'arriva à l'expliquer, pas même

Alioth qui jurait qu'en se levant ce matin, il était tout à fait normal.

Haris, en revanche, semblait savoir quelque chose. Mais quand Cassiopée lui demanda des explications, il lui répondit qu'elle était la dernière personne à qui il en parlerait. Et si elle fut blessée par cette réponse, ce ne fut rien en comparaison de ce qu'elle ressentit face au regard meurtri de Sohan.

CHAPITRE 42

« Menée par les Constellationnistes détenteurs de pouvoirs psychiques, la dernière sarraskia visait essentiellement les Verseau. Dotés du pouvoir d'obstruction, ces derniers étaient les seuls en mesure de se prémunir contre les dérives des Lion, des Cancer, des Balance et des Capricorne. Aujourd'hui, le nombre d'Imperium du Verseau a considérablement diminué. »

Extrait de *Les Verseau :*
véritables dangers ou cibles stratégiques ?

Le lendemain soir, bien après la tombée de la nuit, alors que la plupart des élèves étaient couchés, Cassiopée et ses amis s'engouffrèrent dans l'escalier extérieur de l'aile est à pas feutrés pour gagner le hall sud du dernier étage. C'était un itinéraire sûr pour rejoindre le toit en passant inaperçus.

Vêtus de leur uniforme et armés de leur lame, ils se déplaçaient avec une détermination redoutable et une unique conviction : ils avaient beau ignorer ce qui les attendait là-haut, s'ils devaient en venir aux mains, ils n'hésiteraient pas un seul instant. Même si Kaus avait couvert Cassiopée, il valait mieux rester sur ses gardes.

Le dernier à poser le pied sur le large toit illuminé par la lune décroissante fut Naos, qui s'était joint au groupe malgré les protestations de Sohan. Comme convenu, il usait de son pouvoir d'invisibilité. Cassiopée fut la première à apercevoir Kaus, avachi sur le garde-fou en pierre qui longeait tout le bâtiment.

Elle croisa le regard de Sohan et d'Haris, qui l'encerclaient comme deux vigiles aux aguets, et leur assurance la réconforta. Juste derrière elle, Tara et les jumeaux scrutaient attentivement la terrasse pour y déceler dans le noir la présence d'ennemis. Mais, à moins que d'autres Vierge ne se cachassent, seul Kaus se trouvait avec eux sur ce toit.

Le Cancer se retourna en les entendant arriver et son visage se décomposa quand il constata leur nombre.

— Qu'est-ce que c'est que ça ? aboya-t-il en les dévisageant un à un.

Cassiopée fronça les sourcils et resserra son emprise sur sa lame.

— Vous m'avez dit de vous rejoindre, moi et ceux qui savent.

Le mot tant redouté ne sortirait pas de sa bouche en premier. Il était évident que Kaus avait compris qui elle était vraiment, mais elle ne se risquerait pas à prononcer « Supernova » devant lui.

L'irakatsi manqua s'étouffer en entendant l'explication de Cassiopée.

— Je parlais des deux inconscients qui t'accompagnaient mercredi, répliqua-t-il en les désignant du menton. Pas de…

Il se tut et, d'un geste vif, sortit de sa poche une boule ronde immaculée qu'il jeta par terre avec force. Une onde blanchâtre s'en dégagea, les enveloppant sur un rayon de trois mètres, et le front de Kaus se plissa au moment où une sorte de dôme finit de les encercler.

— Ce Vierge est avec vous ? demanda-t-il d'un air blasé.

Tout le monde se retourna vers Naos qui n'était désormais plus invisible.

— Pourquoi… ? bredouilla Cassiopée.

« Pourquoi est-ce que tu t'es démasqué ? », aurait-elle demandé si Naos ne lui avait coupé la parole :

— Un *agerian*, dit Naos en scrutant la petite boule blanche avec dégoût. Ça bloque tous les pouvoirs astraux sous son champ d'action.

— Qu'espériez-vous faire au juste ? demanda Kaus avec aigreur. Vous croyiez que je ne ressentirais pas sa peur, son immense besoin de faire ses preuves et… qu'est-ce que c'est encore ? De l'affection ? De l'amou… ?

— Ça suffit ! s'indigna Naos dont on devinait les joues rouges même dans la pénombre.

Sohan se tourna vers lui, puis dévisagea longuement Cassiopée avec le même air accablé qu'il avait arboré toute la journée.

— Tu es vraiment imprudente, lui reprocha Kaus en frottant le bout de sa moustache rousse. C'est un miracle que tu ne te sois pas encore fait repérer.

Cassiopée n'aimait pas le ton paternaliste qu'il employait avec elle.

— Je fais attention, dit-elle. Et le règlement interdit l'utilisation des pouvoirs psychiques en dehors des entraînements.

— Et tu penses que tout le monde respecte le règlement, simples ? demanda Kaus sur un ton qui donna à Cassiopée l'envie de le pousser par-dessus la balustrade.

— Je suis immunisée, riposta-t-elle. Et Sohan est un Imperium, peu de gens peuvent s'immiscer dans ses pensées.

— Et les autres ? s'insurgea Kaus en détaillant ses amis un à un.

— Ils font attention.

La tête triangulaire du Cancer se para d'une mine excédée.

— Je crois que tu ne te rends pas bien compte de ce que tu représentes, jeune fille. Ni pour Azimech ni pour la Ligue.

Il leva théâtralement les bras au ciel et, comme si c'était à lui qu'il s'adressait, reprit :

— Par l'Ophiuchus, pourquoi c'est toujours à moi que l'on confie ce genre de tâche ?

Il se tourna vers Cassiopée et ajouta :

— Je devrais te laisser tomber pour ton inconséquence.

Ainsi, Kaus cherchait vraiment à l'aider. Mais pourquoi ?

— Haris protège leurs pensées, finit par expliquer Sohan.

— Haris ? répéta Kaus en scrutant le Verseau. Ce Haris ? Le Haris Portiayro qui va probablement échouer à valider son cours de Maîtrise ?

Haris resta impassible. Cassiopée commençait à le connaître suffisamment pour savoir qu'aucun des mots de l'irakatsi ne pouvait le toucher.

— Haris est un Imperium du Verseau, lâcha Sohan. Un Imperium de huitième génération. Il les protège tous.

Hein ?

Cassiopée se tourna vers Haris, comme l'intégralité de ses amis, mais le Verseau regardait droit devant lui.

— Impossible, dit Kaus. Le dernier Imperium à être aussi puissant était Carmé Ethelyro. Il a été tué lors de la dernière sarraskia.

Avant même qu'Haris répondît, un flot de souvenirs assaillit Cassiopée et elle repensa à tous les regards surpris entre Haris et Sohan lorsque les capacités du Verseau étaient remises en doute.

— Carmé Ethelyro était mon père, répondit Haris d'une voix maîtrisée. Je suis son fils unique.

Une nouvelle fois, le visage de Kaus se décomposa. Cassiopée n'osa pas se retourner, mais elle était à peu près certaine que le même air ébahi était scotché sur le visage de ses amis.

Haris était un Imperium, comme Sohan. Un Imperium du Verseau. Probablement l'un des derniers, si ce qu'elle avait appris au sujet de la sarraskia était vrai.

— Si la Ligue apprend ton existence, tu risques de faire les frais de la nouvelle sarraskia, mon garçon. Un Imperium du Verseau de huitième génération est suffisamment puissant pour contrecarrer ses plans, quels qu'ils soient. Je ne serais pas étonné que tu disparaisses du jour au lendemain, ou pire, que la Ligue se serve de toi pour ses expériences écœurantes.

Quelles expériences ? Cassiopée se tourna vers les jumeaux, mais ils avaient l'air aussi perdus qu'elle.

— Plutôt mettre fin à mes jours que de servir les intérêts de la Ligue, cracha Haris.

Kaus eut un faible rictus puis, de manière tout à fait inattendue, il éclata de rire. Un rire aussi glacial que la nuit et qui n'avait rien de communicatif. Enfin, il s'accroupit en se tenant le crâne, comme tourmenté par une question insoluble.

— J'étais venu régler un problème et je me retrouve avec un deuxième sur les bras, se lamenta-t-il.

Sohan leva les yeux au ciel face à ces jérémiades.

— Qu'est-ce que j'ai fait pour mériter ça ? enchérit Kaus en Sùm.

— Comment est-ce que vous comptez régler mon problème, alors ? demanda Cassiopée en ignorant ses suppliques.

Il se redressa aussitôt en recouvrant un soupçon de dignité.

— Tu dois disparaître.

— Pardon ? intervint Sohan.

Kaus n'eut pas un regard pour lui.

— Tu viens de te faire attaquer, Cassiopée. La sécurité va être renforcée à l'Académie, mais rien ne garantit qu'un raid comme celui d'hier ne se reproduise pas. À la suite des Quadrantides, tu devras choisir ton affectation et à la minute où tu quitteras l'Académie, ils profiteront de la moindre faille pour te récupérer. Je ne sais pas comment Azimech a pu être mis au courant avant la Ligue, mais maintenant qu'il t'a trouvée, tu ne seras plus en lieu sûr nulle part.

Cassiopée serra les dents. Elle savait tout cela, elle n'avait pas besoin de se l'entendre dire. Elle n'avait juste aucune solution sous la main.

— Tu es à moitié Scorpion, reprit Kaus. Métamorphose-toi et disparais.

La Supernova déglutit.

— Et la Ligue ? demanda-t-elle. Ils le remarqueront. Subra le remarquera.

— Ils remarqueront surtout que tu es la Supernova qu'ils attendent depuis vingt ans si tu ne parviens pas à te contrôler devant n'importe lequel de ses petits fanatiques, cracha le Cancer avec amertume.

Cassiopée l'étudia avec attention et se demanda dans quel camp il se plaçait, s'il n'était ni dans celui de la Ligue, ni celui d'Azimech.

— Écoute, poursuivit-il. Les Quadrantides ont lieu dans moins de deux mois. Tout le gratin de la Ligue sera là. Tu peux encore partir, te volatiliser, prétexter que tu ne te sens pas bien parmi nous. Tu as grandi chez les Arruntas, ils comprendront.

Il avait raison sur un point : tout le monde saurait qu'elle était la Supernova de la prédiction si elle n'arrivait pas à se contrôler. Mais elle s'entraînait dur tous les jours pour que cela n'arrivât pas. En revanche, les conversations qu'elle avait eues avec Amalthée et Subra lui laissaient penser qu'ils l'empêcheraient de se volatiliser.

— Au contraire, cela ne fera qu'attirer l'attention sur moi. Amalthée m'a déjà dans sa ligne de mire depuis que vous m'avez forcée à dévoiler que j'avais grandi hors de ce monde, et Subra s'interrogera forcément sur les raisons de mon départ. Ça ne sera pas si facile.

Kaus se gratta le menton d'un air pensif.

— Je partirai, décida Cassiopée. Je me métamorphoserai et prendrai une autre identité, à Istanbul ou à Séoul ; quelque part où ni Azimech ni la Ligue ne viendra me chercher. Mais je dois passer inaperçue jusqu'aux Quadrantides pour quitter l'Académie en même temps que les autres sans éveiller les soupçons.

— Elle a raison, intervint Sohan. Partir maintenant soulèverait trop de questions, surtout après ce qu'il s'est passé mercredi. Combien de temps pensez-vous que ça prendra avant qu'ils fassent le lien entre l'attaque d'Azimech et une élève qui disparaît mystérieusement ?

Le Cancer faisait désormais les cent pas devant le garde-fou, visiblement partagé.

— Rester jusqu'aux Quadrantides…, marmonna-t-il. Trop risqué… ils ne le permettraient pas… si elle se dévoile… Arruntas…

Cassiopée et Sohan échangèrent un regard dubitatif. Leur professeur avait l'air d'un fou.

— *Qui* ne le permettrait pas ? demanda Stella.

Kaus releva la tête subitement.

— Pardon ?

— Vous avez dit « *ils* ne le permettraient pas ».

Kaus haussa les épaules, moqueur.

— Si tu crois que c'est à toi que je vais le dire.

— Vous pouvez me le dire à moi, intervint aussitôt Cassiopée.

Kaus la toisa de haut en bas, ses cheveux roux voletant sous l'effet du vent.

— Kaus, l'implora-t-elle. Comment voulez-vous que je vous croie si vous n'êtes pas totalement transparent avec moi ?

Il lui avait déjà prouvé qu'il était digne de confiance quand il lui avait sauvé la vie et qu'il n'avait rien dit pour sa métamorphose. Le professeur sembla si offensé par ses doutes que Cassiopée en remit une couche.

— Vous débarquez de nulle part en me demandant de disparaître, mais qui me dit que vous n'essayez pas simplement de me faire quitter l'Académie pour qu'Azimech puisse me trouver plus facilement ?

L'irakatsi haussa les sourcils si haut que Cassiopée sut qu'elle allait le faire craquer. Kaus se révélait étonnamment émotif lorsque son intégrité était remise en question.

— Comment oses-tu ? s'offusqua-t-il. Tu ne serais pas là sans moi !

— Vous êtes arrivé à la fin du combat, Alioth et moi aurions très bien pu finir tous seuls, répondit-elle d'un air désinvolte.

C'était faux. Leur professeur les avait bel et bien sauvés, mais il n'avait pas besoin de le savoir.

La mine renfrognée, Kaus attrapa Cassiopée par le bras et l'entraîna à l'écart du groupe. Dans le silence de la nuit, il la dévisagea longuement. Il semblait hésiter.

Puis les mots s'échappèrent de sa bouche rapidement :

— Nous sommes la Ronka.

Cassiopée cilla. Ce n'était pas faute d'avoir lu d'innombrables ouvrages sur la vie de Saleria, mais jamais elle n'avait croisé ce mot.

— La quoi ?

— La Ronka, répéta Kaus en jetant un coup d'œil aux amis de Cassiopée, qui les regardaient de l'autre côté du toit. Nous existions avant l'Exode mais disons que, depuis, nos centres d'intérêt ont… changé.

— Comment ça ?

Kaus secoua la tête.

— Sur Saleria nous œuvrions pour que chacun puisse s'exprimer librement et trouver sa place. Aujourd'hui, nous sommes indépendants : nous ne répondons ni à Azimech, ni à la Ligue.

Cassiopée croisa les bras sur sa poitrine.

— Dans quel but ? demanda-t-elle nonchalamment.

Sous ses airs indifférents, son cœur se gonfla d'espoir à l'idée d'une organisation qui n'appartiendrait à aucun de ces deux camps.

— La Ligue a abandonné l'idée de retourner sur Saleria, expliqua-t-il. Elle envoie chaque année des centaines de volontaires de la Razzia à travers le portail du Taureau, mais aucun ne revient jamais, alors elle considère que c'est peine perdue. Elle continue pour la forme, mais la vérité, c'est qu'elle n'a plus aucun espoir. Son projet est de s'installer ici, sur le Continent, pour toujours. Le problème, c'est qu'elle ne tolère par les Arruntas.

— Et vous ? demanda Cassiopée.

Kaus fronça les sourcils.

— Les Arruntas ne nous dérangent pas, c'est leur terre, ici. Comme Saleria est la nôtre, ajouta-t-il avec un sourire mélancolique. La Ligue a abandonné Saleria. Nous voulons y retourner. Nous voulons retrouver la vie d'avant l'Exode.

— Comment comptez-vous vous y prendre ?

— Pas maintenant, dit-il en désignant les amis de Cassiopée.

— Combien êtes-vous ?

— Un certain nombre, avoua-t-il avec satisfaction.

Plus elle posait de questions, et plus une envie vibrante de tout savoir au sujet de la Ronka se manifestait en elle.

— Comment vous reconnaissez-vous ? demanda-t-elle.

Kaus haussa les sourcils.

— Tu poses des questions intelligentes, répondit-il. Tu n'es peut-être pas aussi stupide que je le pensais.

— Alors ? s'impatienta-t-elle.

— Une affirmation, expliqua-t-il. Un mot de passe, uniquement connu des membres.

— Et qu'est-ce que c'est ?

— Je viens de te dire que seuls les membres en avaient connaissance.

— Je veux en être, affirma-t-elle.

Le voulait-elle vraiment ? Elle l'ignorait. Mais les détracteurs de la Ligue se faisaient rares et cela la rassurait de savoir qu'en dehors de Sohan et Haris, d'autres personnes – un groupe entier – partageaient ses idées.

Kaus la toisa, puis se tourna vers le groupe qui s'impatientait.

— Ce n'est pas un jeu, Cassiopée.

— Je suis une Supernova, Kaus, répondit-elle d'un ton inhabituellement sérieux. Je sais que ce n'est pas un jeu, croyez-moi.

Les mots étaient sortis. Elle l'avait avoué. À haute voix. Kaus la dévisagea avec émotion et déclara :

— *Auzarta garailen.*

Littéralement : les braves sont victorieux.

Cassiopée pesa les mots de Kaus de longues secondes.

— Tes amis ne doivent rien savoir. Surtout ces deux-là, ajouta-t-il en désignant les jumeaux du menton.

Cassiopée acquiesça. Elle pouvait se fier à Alioth, mais elle avait conscience que ce serait trop pour Stella. Elle ne dirait rien. À quiconque.

Kaus ajouta :

— J'espère que tu sais vraiment ce que tu fais, Cassiopée Proteyra. Tu ne mets pas en danger que toi. Peu importe qui de la Ligue ou d'Azimech mettra la main sur toi en premier : dans les deux cas, l'issue sera funeste.

Elle aurait aimé savoir ce qu'elle faisait. La seule chose dont elle était certaine, c'était qu'elle devait se contrôler jusqu'aux Quadrantides.

— Faites-moi confiance, répondit-elle pourtant.

Et sans rien ajouter, elle s'en alla rejoindre ses amis, laissant Kaus seul sur le toit de l'Académie.

CHAPITRE 43

« Les Verseau sont dotés du pouvoir d'obstruction.
À faible niveau, ils sont capables de résister à la plupart des pouvoirs psychiques de niveau inférieur et de même niveau.
À un niveau intermédiaire, ils peuvent résister à tous les pouvoirs psychiques, sauf exceptions énumérées à l'article suivant.
À leur plein potentiel, les Verseau sont capables d'étendre leur pouvoir d'obstruction à autrui. »

Extrait de *Les Rudiments des pouvoirs astraux.*

— Bianca, à toi de jouer ! s'écria Cassiopée alors qu'Arietis, la Bélier de son Unité, venait de réussir à immobiliser le Sagittaire d'une Unité adverse.

Bianca, une Balance plutôt douée, se précipita sur sa proie et posa une main sur son crâne. Contrairement à Essie, Bianca ressentait le besoin d'avoir un contact physique avec sa cible pour pouvoir lire ses pensées.

— C'est compliqué…, bredouilla la petite brune aux dents écartées. Il est plus fort que moi.

Quatre semaines s'étaient écoulées depuis le drame de l'azterita festa et chacun essayait de reprendre le cours normal de son existence à l'approche des Quadrantides.

Aujourd'hui, c'était la deuxième fois que l'Unité de Cassiopée affrontait la deuxième Unité de Maîtrise et la victoire était aussi incertaine que la première fois. La première Unité de Modélisation l'avait emporté d'un cheveu grâce aux talents combinés de Stella et de Celian, mais cette fois-ci, les choses étaient différentes. Cette Khefa était une vraie stratège et le fanion qu'elle avait caché dans la propriété risquait d'être plus compliqué à trouver.

— L'hémicycle ! s'écria soudainement Bianca.

Aussitôt, l'Unité de Cassiopée se précipita dans l'escalier à double révolution en direction de la forêt. Plus les entraînements s'enchaînaient, plus la Supernova parvenait à créer un semblant de cohésion d'équipe – sauf avec Janus et Téthys, qui continuaient à faire uniquement acte de présence.

Dans le hall, ils croisèrent Alioth et Sohan qui pratiquaient exactement le même entraînement avec une autre équipe. Le Taureau fit un croche-patte à Stella quand elle passa devant lui, mais celle-ci l'esquiva habilement avant de le pousser dans le dos au moment où il s'engageait dans l'escalier. Malheureusement pour elle, au dernier moment, Alioth pivota et Stella s'affala sur la première marche.

— Ferme-la, bouillonna Stella alors que son frère riait comme un âne à ses côtés. Tes prémonitions s'améliorent vraiment rapidement.

Et c'était vrai. Le Alioth d'aujourd'hui n'avait plus rien à voir avec celui qu'elle avait rencontré plusieurs mois auparavant ; même Amon, son irakatsi, n'en revenait pas de ses progrès. Plus déconcertant encore : il semblait pouvoir déceler Cassiopée dans certaines de ses prédictions.

Leur euphorie se calma rapidement au moment où une trentaine d'ajzerali en plastron de cuivre pénétrèrent d'un même pas dans le hall.

Une peur viscérale envahit Cassiopée. À peine eut-elle empoigné sa lame qu'un glaive se forma. À ses côtés, tous les novices dégainèrent également leur lame, encore sous le coup de l'attaque qui avait fait disparaître l'une des leurs.

— Du calme ! clama Subra depuis la balustrade du deuxième étage. Leur identité a été vérifiée.

Cassiopée abaissa son glaive lorsque les gardes passèrent devant elle dans l'escalier, mais elle ne le rangea pas pour autant.

Que faisaient ces ajzerali à l'Académie au beau milieu de la journée ?

Elle n'était visiblement pas la seule à se poser la question car, rapidement, une flopée d'étudiants quittèrent leur salle de cours pour assister à l'afflux de gardes qui rejoignaient silencieusement Subra.

La directrice était tendue et son visage fermé. Elle était en colère.

— Ça suffit ! explosa-t-elle pour faire taire le murmure curieux qui s'élevait de la foule. Vous allez tous monter dans vos dortoirs respectifs et le premier qui en sortira sans mon consentement sera renvoyé de l'Académie !

Malgré l'incompréhension générale, tous s'exécutèrent plus ou moins de bonne grâce. Aucun d'eux, pourtant, ne se risqua à demander pourquoi.

Les ajzerali, loin d'être inactifs, pressaient les élèves jusqu'à leur chambre à l'aide de leur lame. Quand l'un d'eux s'approcha de Cassiopée, elle eut un sursaut de panique et fendit la foule d'une traite pour s'éloigner de lui. Elle remarqua qu'elle tremblait au moment où Naos surgit à ses côtés pour lui prendre la main.

— Ne t'inquiète pas, chuchota-t-il à son oreille. Je suis persuadé que ça n'a aucun rapport avec toi.

Dans le flot de novices qui entraient dans le couloir des dortoirs de l'aile est, il tourna son visage vers celui de Cassiopée et ses yeux disparurent derrière son sourire. Il semblait sincère et, à cet instant, ces quelques mots étaient tout ce que Cassiopée avait besoin d'entendre.

Malgré tout, cela ne suffit pas à calmer les battements de son cœur.

Arrivé à la hauteur de sa chambre, Cassiopée ne perdit pas une seconde : elle lâcha la main de Naos et s'y engouffra. Elle ferma la porte derrière elle pour faire taire le brouhaha et s'adossa contre celle-ci.

Essie était déjà là, assise sur son lit, les mains agrippées à son matelas et le regard dans le vide.

— Qu'est-ce qui se passe, Essie ? demanda Cassiopée en tentant de masquer sa nervosité.

Mais sa colocataire paraissait totalement ailleurs.

Cassiopée s'agenouilla devant elle et lui secoua les épaules.

— Essie, insista-t-elle. C'est quoi ce cirque dehors ? Tu es l'Élue de Subra, tu dois forcément être au courant.

Son regard était fuyant. Elle savait quelque chose, c'était évident.

— Est-ce que c'est grave ? demanda Cassiopée. Tu peux au moins me dire ça…

La Balance leva subitement les yeux, comme surprise par la question de sa colocataire.

— Non ! s'écria-t-elle. Non, pas du tout, Cassiopée, tu n'as pas à t'inquiéter. Il ne nous arrivera rien.

Cassiopée hocha la tête tout en tripotant le sarilepokora de son père, qu'elle ne quittait jamais.

— Alors pourquoi tous ces hommes sont là ? Pourquoi nous confiner dans nos chambres ?

Essie glissa une mèche de cheveux derrière son oreille en évitant le regard de Cassiopée.

— Subra veut simplement… s'assurer de quelque chose.

— Mais de quoi ?

Son ton était pressant. Trop, Cassiopée en était consciente, mais c'était plus fort qu'elle. Elle s'apprêtait à renouveler sa demande quand un vacarme retentit de l'autre côté de la porte.

— Sortez ! cria une voix dans le couloir. Sortez tous et mettez-vous en rang devant vos portes !

Essie se leva automatiquement, sans paraître surprise, ouvrit la porte et vint se poster contre le mur en pierre de leur chambre.

— Dépêchez-vous ! cria un des ajzerali en attrapant sans ménagement le bras d'une fille qui n'allait pas assez vite à son goût.

Le couloir des novices était un capharnaüm. Il faisait sombre, les portes s'ouvraient et se fermaient avec fracas et les gardes faisaient preuve d'une inexplicable violence. Tous les élèves affichaient le même air abasourdi.

Seule Essie, à droite de Cassiopée, semblait sereine. Elle fixait le sol, les mains dans le dos. Elle attendait.

— Lâche-moi ! cria une voix sur leur droite. On n'a plus le droit d'aller aux toilettes tranquillement, maintenant ?

Alioth se débattait contre l'un des gardes, la fermeture Éclair de son pantalon encore ouverte. Il finit par se soustraire à son emprise et s'adossa au mur, comme tous les autres.

Sohan sortit de la chambre à son tour, le visage neutre. À gauche, quantité d'autres novices étaient expulsés de leur chambre de la même manière, dont Stella, Naos, et Haris, qui occupait l'une des dernières habitations du couloir.

Une demi-douzaine d'ajzerali supplémentaires firent leur apparition, suivis de Subra et Hélios. Ils s'engouffrèrent dans les premières chambres de l'étage tandis que le reste des soldats s'empressaient de faire sortir les derniers novices.

— Rien à signaler, observa un des gardes en quittant la première chambre du couloir, celle d'Octant.

— R.A.S. ici aussi, déclara un autre homme en sortant de la suivante.

Ils cherchaient quelque chose.

Subra, dans un tailleur gris nuage, cheminait dans le couloir d'un pas lent en scrutant un à un chaque novice avec attention. Sur ses talons, Hélios, lui, affichait comme à son habitude un visage plutôt serein. Seuls le bruit des talons de la directrice et le tohu-bohu des ajzerali résonnaient dans le couloir.

Subra se racla la gorge et pinça ses lèvres peintes en rouge avant de prendre la parole.

— Un objet très précieux m'a été dérobé.

Cassiopée se figea. Elle n'osait pas détourner les yeux des grosses pierres jaunies du mur face à elle.

— Je ne sais pas qui a fait ça, ni pourquoi, et encore moins comment, mais une chose est sûre : je finirai par démasquer le coupable.

Elle s'approchait de plus en plus et, du coin de l'œil, Cassiopée la vit s'arrêter devant les garçons.

Sohan. C'était lui qui avait le livre noir. Cela faisait plusieurs semaines que Cassiopée rongeait son frein pour ne pas le lui réclamer, mais c'était bel et bien lui qui l'avait en sa possession.

Elle risqua finalement un coup d'œil vers ses amis. Subra était postée juste devant eux, mais ne leur adressait pas un regard, trop occupée à observer les autres novices, alignés sagement le long du couloir.

Au moment où les ajzerali entrèrent dans la chambre de Sohan et Alioth, la respiration de Cassiopée se coupa. Elle réfréna la panique qui remontait le long de sa colonne vertébrale et scruta le Lion. Il dut lire l'affolement dans ses yeux, car le regard qu'il posa sur elle fut incroyablement doux et réconfortant. Jamais il ne l'avait contemplée ainsi, avec tendresse et bienveillance, surtout pas ces derniers jours, durant lesquels il l'avait savamment évitée. Instantanément, son angoisse s'envola.

Il devait avoir un plan, il en avait toujours un.

Cassiopée reporta son attention sur les ajzerali. Elle n'arrivait pas à voir ce qui se tramait dans la chambre des garçons et pouvait simplement entendre les tiroirs s'ouvrir sans se refermer et les matelas qu'on retournait.

— R.A.S., affirma un garde en sortant de la pièce.

Cassiopée laissa échapper un soupir de soulagement discret et Sohan lui adressa un sourire amusé. Mais à ses côtés, Alioth ne semblait pas aussi réjoui par la situation : il venait de comprendre que Cassiopée et Sohan n'avaient pas fait que « jeter un œil » au livre, comme le plan initial le prévoyait.

— Qu'est-ce que c'est que ce bazar, Subra ? rugit Izar qui venait de faire son apparition dans le couloir.

Cassiopée sentit l'amertume remonter dans sa cage thoracique, comme chaque fois qu'elle voyait le responsable des novices. Il était accompagné d'Hydra et de Kaus, qui marchaient derrière lui comme de petits toutous.

— Ce ne sont pas tes affaires, Izar, rétorqua Subra sans lui adresser un regard.

— Ce sont mes élèves que tu tourmentes, Subra.

Subra se retourna avec un sourire moqueur.

— Tes élèves ? répéta-t-elle. Je suis la directrice de l'Académie, j'ai tous les pouvoirs ici.

Sohan dévisageait sa tante avec une haine profonde.

Est-ce qu'un jour elle saurait pour quelle raison leurs rapports étaient si conflictuels ?

Subra continua d'avancer dans le couloir et passa devant Cassiopée sans s'intéresser à elle. Hélios, lui, était resté à l'entrée du couloir pour s'assurer que les novices brutalisés n'étaient pas trop secoués.

Deux gardes entrèrent dans sa chambre avant d'en ressortir presque aussitôt, sans rien fouiller. Cassiopée se redressa, surprise.

Pourquoi ne prenaient-ils pas la peine d'inspecter leur chambre ?

Elle pivota vers Essie qui devait certainement être aussi étonnée qu'elle, mais sa colocataire baissa le regard.

— Tu as fouillé dans mes affaires ? comprit-elle, affligée.

Essie haussa les épaules, peu fière.

— Je voulais m'assurer que tu n'étais pas responsable du vol.

Elle n'osait même pas la regarder dans les yeux. Heureusement que Sohan avait gardé le livre noir !

— Tu te fous de moi ?

S'il y avait bien une chose dont Cassiopée avait horreur, c'était qu'on se mêlât de ses affaires, et Essie venait de franchir une limite.

— Ce qui a été volé est très important pour Subra, se justifia Essie.

Elle était vraiment soumise à la directrice. Mais c'était le moment pour Cassiopée de jouer les ignorantes et d'obtenir des informations. Elle ravala sa colère et demanda :

— Qu'est-ce qui a été volé au juste ?

Essie dévisagea Cassiopée sans répondre. Celle-ci était certaine que si la Balance le pouvait, elle sonderait son esprit pour s'assurer de son innocence.

— Des papiers, lâcha-t-elle finalement.

— Des papiers ? Tout ce cirque pour des papiers ?

Essie détourna le regard sans prendre la peine de répondre. Elle estimait sûrement qu'elle en avait déjà trop dit.

— Pourquoi tu gardes un sac tout fait sous ton lit ? demanda Essie en désignant leur chambre ouverte du menton. Tu ne te plais toujours pas ici ?

Cassiopée blêmit et Kaus, qui passait devant elle pile à cet instant, sourit en entendant la question.

— Qu… quoi ? fit-elle, prise sur le fait. Si, si bien sûr.

En réalité il y avait deux raisons à cela. La première était une question d'habitude : ces dernières années, Cassiopée n'avait pas souvent dormi chez elle, alors elle avait toujours un sac prêt sous le coude. Et la seconde raison était bien sûr liée à sa nature : si une autre attaque devait avoir lieu, elle serait prête à fuir.

— Soyez sûrs que je ne laisserai pas ce crime impuni, cingla Subra. Le coupable est forcément l'un de vous et j'emploierai tous les moyens possibles pour le démasquer !

Soudain, elle s'arrêta devant Haris et s'approcha de lui lentement.

Droit comme un I, le torse bombé, le Verseau soutenait son regard et Cassiopée jura mentalement. Ce n'était vraiment pas le moment de faire du zèle…

Subra pointa son doigt sur lui.

— Toi ! s'exclama-t-elle. Tu m'as l'air bien sûr de toi.

Haris ne dit mot et continua de la regarder droit dans les yeux, en bon détracteur de la Ligue et en Verseau qu'il était.

— Est-ce que c'est toi qui as volé ces documents ? demanda-t-elle lentement, en détachant chaque mot, sans détourner une seule fois le regard.

Elle était en train de l'asservir !

Haris était Verseau, un Imperium de huitième génération, certes, mais il restait un novice ; face à une Imperium de sixième génération aussi entraînée que Subra, il allait être compliqué de rester hermétique à son pouvoir.

— Non.

À son ton calme et docile, Cassiopée comprit que la directrice avait réussi à étendre son emprise sur lui. Elle tourna la tête vers Sohan, comme pour lui demander de l'aide, mais le

Lion était absorbé par la scène qui se déroulait entre sa tante et son meilleur ami. Il se pinça les lèvres, visiblement tendu.

Ce n'était pas bon signe. Pas bon signe du tout.

— Est-ce que c'est toi qui es entré dans mon bureau ? reprit-elle, les yeux plongés dans ceux du Verseau.

Cassiopée commença à s'agiter. Subra touchait au but, et si Haris crachait le morceau, ils étaient foutus.

— Non, répondit Haris.

Kaus, qui venait à peine de la dépasser, se tourna vers Cassiopée et remarqua son trouble. Il fit la navette entre elle et Haris, et s'intéressa davantage à ce qui était en train de se jouer à l'autre bout du couloir.

— Est-ce que tu sais qui est entré dans mon bureau ?

Voilà, on y était, Haris allait tout avouer.

Cassiopée aurait aimé trouver quelque chose à faire, à dire, pour l'empêcher de parler, mais c'était peine perdue. Quoique, elle pouvait toujours essayer de gagner du temps.

Au moment où Haris ouvrit la bouche pour répondre, Cassiopée bondit hors du rang, mais au même instant, Kaus leva le bras pour la ramener violemment contre le mur.

— Subra ! gronda Izar simultanément.

La directrice détourna aussitôt le regard vers lui, comme prise sur le fait. Le contact visuel était rompu.

— Vous n'allez quand même pas utiliser votre don sur un élève ! lui reprocha Izar.

Il s'approcha de Haris et posa une main paternelle sur son épaule. L'ami de Cassiopée, lui, observa successivement Subra et Izar, hagard. On était loin du Haris fort et fier des minutes précédentes.

Subra toisa Izar durement, furieuse, avant de reporter son attention sur les novices.

— Je trouverai qui a fait ça, fulmina-t-elle. Croyez-moi.

Puis elle tourna les talons en faisant signe aux ajzerali de poursuivre leurs investigations dans les chambres suivantes.

À la fin de la journée, le bruit courut que la fouille de Subra dans toutes les chambres des élèves de l'Académie, des novices aux aspirants en passant par les confirmés, qui étaient pourtant peu nombreux, avait été un échec total. Elle n'avait pas réussi à mettre la main sur ce qu'elle cherchait et les ajzerali étaient repartis d'où ils étaient venus. Probablement à Paris, où était situé le siège de la Ligue.

✶

Cassiopée, ses amis et Naos avaient à peine refermé la porte de l'ancienne salle d'astronomie derrière eux qu'Haris explosa :

— Vous vous foutez de ma gueule ? C'est quoi cette histoire de vol ? Vous étiez seulement censés *consulter* le livre !

Sohan et Cassiopée étaient assis côte à côte sur une table d'écolier sûrement plus vieille qu'eux, tandis que Naos dansait d'un pied sur l'autre contre l'un des murs. Haris lui avait presque forcé la main pour qu'il les rejoignît, ce qui était une première.

— Vous avez plutôt intérêt à répondre, cingla Stella, à peu près aussi énervée qu'Haris.

Cassiopée lança un regard en biais à Sohan.

Pourquoi ne leur disait-il rien ?

— Si ce n'est pas vous, alors c'est toi ! s'exclama Alioth en se postant juste devant Naos.

Un long silence suivit cette accusation, durant lequel Naos et Sohan se toisèrent avec hostilité. Puis, contre toute attente, Naos hocha la tête :

— C'est vrai, c'est moi, fit-il à mi-voix. J'ai volé le livre.

Cassiopée se tourna aussitôt vers Sohan et un éclair de surprise traversa le visage du garçon.

— Putain, c'est vraiment toi qui l'as ? rugit Haris en tapant du poing sur le bureau devant lui.

Il était furieux que Subra l'eût asservi. Pour un Verseau, qui plus est un Imperium descendant d'une lignée aussi longue que la sienne, cela devait être une humiliation.

Naos déglutit péniblement.

— Oui, répondit-il simplement. Je l'ai caché quelque part dans l'Académie pour ne pas qu'on le trouve.

— Tu nous as mis dans la merde avec tes conneries, tu t'en rends compte au moins ? s'exclama Haris. J'étais à deux doigts de tout lui dévoiler !

Cassiopée connaissait suffisamment Naos maintenant pour savoir qu'il prenait sur lui pour porter le poids de ses accusations. Et à en croire le regard qu'il lui lançait présentement, c'était pour elle qu'il le faisait, pour la protéger. Mais honnêtement, Cassiopée préférait révéler la vérité à ses amis plutôt que Naos ne devînt leur cible.

Aussi, elle flanqua un coup de coude discret dans les côtes de Sohan pour lui intimer de se dénoncer. Il pivota vers elle, un air indifférent sur le visage, puis s'adressa froidement à Naos.

— Depuis que tu tournes autour de Cassiopée, elle n'a que des problèmes, observa-t-il.

Cassiopée se raidit et le visage de Naos se décomposa.

— Pardon ? fit-il en s'approchant de Sohan d'un air défiant.

Sohan croisa les jambes sous son bureau et se cala contre le dossier de sa chaise.

— Je dis que l'attaque de l'armée d'Azimech a eu lieu juste après que tu aies découvert qui était réellement Cassiopée, que tu l'as abandonnée en plein combat et qu'on a failli se faire griller parce que tu as volé ma tante.

Cassiopée se leva de sa chaise d'un bond. Il n'était tout de même pas en train de faire ça ?

Contre toute attente, Naos sourit et caressa le piercing accroché à sa lèvre.

— Tu es sûr de vouloir jouer à ça ? demanda-t-il en jaugeant Sohan de toute sa hauteur.

Le Lion haussa un sourcil, surpris par l'aplomb du Vierge, puis son visage se ferma.

— Jouer à quoi ? reprit-il. Tu me menaces ?

Alors que Cassiopée tentait de se glisser entre les deux, Naos perdit tout son sang-froid et tapa violemment contre la table d'écolier.

— Oui je te menace, *atzoia* ! protesta-t-il en ignorant la main que Cassiopée avait posée sur son torse pour l'éloigner de Sohan.

C'était la première fois qu'il perdait son calme et qu'elle l'entendait prononcer ce violent nom d'oiseau. Ce qu'elle lut au fond de ses yeux noirs la cloua sur place. Il ne ressemblait pas au Naos qu'elle connaissait.

La mâchoire serrée, Sohan se leva.

— Tu ferais mieux de m'écouter sur ce coup et de mettre un terme à cette discussion.

Ces mots emplirent Cassiopée d'indignation. Pour la deuxième fois, Sohan venait d'enfreindre le règlement et de l'asservir. À présent, c'était pire encore : il venait de retirer à Naos la possibilité de se défendre en pleine dispute !

Cassiopée resta bouche bée et une bouffée de colère l'envahit quand elle croisa le regard de Naos, impuissant.

— Tu es vraiment lâche ! s'écria-t-elle à l'intention de Sohan. Tu ne peux pas asservir tous ceux qui ne vont pas dans ton sens !

Il retomba sur sa chaise et son visage se teinta de colère.

— C'est ce que tu penses ? aboya-t-il.

— Oui c'est ce que je pense ! Qu'est-ce que tu vas faire ? M'asservir moi aussi ? Tu veux essayer, peut-être ?

Sohan la dévisagea, la mâchoire serrée. Lorsque Cassiopée attrapa la main de Naos pour lui témoigner son soutien, un éclair de douleur traversa le regard du Lion. La novice s'efforça de l'ignorer.

— C'est moi qui ai volé le livre de Subra, déclara-t-elle finalement.

Elle n'en pouvait plus de voir Naos pris en grippe par ses amis comme c'était le cas depuis le départ.

— Tu..., bredouilla Haris, ébahi. Quoi ?

Cassiopée sentit sur elle le regard perçant des jumeaux et de Tara.

— Tu dis ça pour le protéger, conclut aussitôt le Verseau.

Cassiopée remua la tête de droite à gauche.

— Non, c'était bien moi.

Tara se laissa choir sur la marche sur laquelle était posé l'immense télescope.

— Mais pourquoi ? demanda-t-elle.

Là, il lui était beaucoup plus facile de répondre.

— Le livre prétend que mes parents sont des transfuges, qu'ils sont des ennemis de la Ligue et des alliés d'Azimech. Il recense leurs moindres faits et gestes depuis l'Exode et je n'aurais pas eu le temps de tout analyser si je ne l'avais pas pris avec moi.

Un silence accusateur envahit la pièce et Cassiopée en profita pour observer Sohan. Assis sur sa chaise d'écolier, les jambes tendues devant lui, il regardait dans le vide, les mains fourrées dans les poches de sa veste d'uniforme.

— Retrouver mes parents biologiques était mon but premier en intégrant l'Académie, confia Cassiopée. Je pense qu'ils m'ont abandonnée pour me protéger d'Azimech. Je pense que... qu'ils m'aimaient... ne serait-ce qu'un peu.

Sa voix n'était plus qu'un couinement quand elle termina sa phrase.

Ne pas pleurer.

Alioth fut le premier à réagir. Il lui tapota l'épaule d'un geste bourru, ce qui, dans son langage, était un signe d'affection. Tara, elle, lui adressa un sourire triste et Stella émit un bruit de bouche qui masquait mal sa perplexité.

Cassiopée planta son regard dans celui de Sohan, qui daigna enfin le lui rendre, et déclara :

— Je restituerai le livre avant les Quadrantides.

Et cette phrase était à la fois une requête et une promesse : avant la fin de la semaine, elle reprendrait l'ouvrage à Sohan, avec ou sans son accord.

CHAPITRE 44

« Les Quadrantides ont lieu six mois après l'arrivée des novices à l'Académie. Cet Examen permet aux irakatsi et aux membres de la Ligue d'évaluer les novices afin de déterminer s'ils ont les capacités d'intégrer la faction qu'ils ont choisie. En cas de refus de la faction demandée, les novices sont orientés vers leur second choix. »

Extrait de *Tout savoir sur les Quadrantides.*

Le week-end précédant les Quadrantides, qui scelleraient le destin des novices au sein de la société constellationniste et signeraient le départ de Cassiopée vers un avenir incertain, l'Académie était totalement déserte. Le soir du premier quartier de lune du troisième mois de l'année était l'occasion pour chaque foyer constellationniste de se retrouver pour commémorer la mémoire des défunts. Ainsi, tous les élèves, des novices aux confirmés, mais également la plupart des irakatsi, étaient retournés chez eux pour célébrer ce qu'ils appelaient Ohoreak, ou pour faire court Oho.

Cassiopée aurait voulu en profiter pour passer le week-end avec Sasha, mais elle avait peur de quitter l'Académie.

Depuis qu'elle était quasiment seule dans ce grand bâtiment, elle était paralysée par l'idée qu'une nouvelle invasion pût avoir lieu. Heureusement, Subra avait renforcé la sécurité : le portail d'entrée restait fermé en permanence et une poignée d'ajzerali étaient postés à toutes les issues. Elle priait pour que l'armée d'Azimech n'eût pas connaissance du passage au milieu de la forêt.

La fenêtre exiguë de la chambre de Cassiopée donnait sur une petite fontaine située à la lisière de la forêt. Elle était vide et n'avait, à sa connaissance, jamais été remplie. Mais ce soir, alors qu'Essie n'était pas là pour lui raconter ses déboires sentimentaux, la fontaine accueillait les divers morceaux de mur décrépit que Cassiopée s'amusait à y lancer pour tromper l'ennui. Plus que l'ennui, la novice essayait surtout de tromper le mélange de peur et de frustration qui s'accumulait en elle depuis la veille, au moment du départ des élèves de l'Académie.

Elle n'avait toujours pas pu consulter le livre noir de Subra et elle ignorait où Sohan l'avait caché. Dans son malheur, le Lion était l'un des seuls autres élèves de l'Académie à n'avoir pas de famille chez qui rentrer pour Oho ; il était donc, lui aussi, condamné à errer dans l'Académie jusqu'à l'examen final. Cassiopée et lui auraient pu passer ce temps ensemble, à étudier le livre dans son intégralité pour essayer de comprendre pourquoi leurs parents respectifs avaient pu être désignés comme des « transfuges », mais Sohan semblait avoir un tout autre projet pour le week-end. Un projet solitaire apparemment, car à chaque fois que Cassiopée avait tenté de lui parler, il avait trouvé un prétexte pour s'éclipser.

Elle jeta un dernier morceau de pierre dans la fontaine dissimulée par la pénombre, avant de refermer la fenêtre dans un claquement et de quitter sa chambre d'un pas résolu. Qu'il le voulût ou non, elle consulterait le livre noir ce soir.

La lumière du couloir s'alluma sur son passage. On n'entendait que le couinement des baskets qu'elle avait enfilées à la va-vite sur le sol. Prise d'une sensation d'effroi, elle empoigna sa lame, juste au cas où, et elle l'avait encore en main au moment de tambouriner à la porte de la chambre de Sohan.

Pas de réponse. Sous un ciel artificiel gris et calme, décoré de quelques étoiles éparses, Cassiopée s'aventura dans l'escalier extérieur pour rejoindre l'ancienne salle d'astronomie. À peine eut-elle poussé la lourde porte en bois que le vent lui gifla le visage et s'engouffra sous son sweat-shirt gris délavé. Elle traversa l'étroite coursive menant à l'aile ouest au pas de course avant d'engloutir les quelques marches qui menaient au troisième étage. Depuis l'attaque, elle avait sans arrêt la sensation d'être épiée, et elle craignait que ce sentiment ne la quittât pas de sitôt.

La première porte sur la droite en sortant des escaliers donnait sur la salle d'astronomie, et Cassiopée était certaine d'y trouver Sohan. Malheureusement, seuls une demi-douzaine de tables d'écolier, un télescope obsolète et un grand bureau en bois l'y attendaient.

Où était Sohan, bon sang ? Et où était le livre ?

Elle ouvrit sans trop d'espoir les casiers situés sous les tables, mais ils étaient tous vides.

Bredouille, elle entreprit de retourner à sa chambre en empruntant l'escalier à double révolution, mais un bruit attira son attention dans le couloir situé juste en face de la salle d'astronomie. Refermant ses doigts autour de sa lame, elle avança en direction de ce qu'elle identifiait comme un sifflement, tout en se demandant qui, dans cette bâtisse presque vide, rappliquerait en premier si elle était en danger.

À mesure qu'elle approchait, le bruit s'intensifiait et la semi-obscurité du ciel artificiel ne l'aidait pas à y voir clair. Elle s'avança à pas de loup, aux aguets, et ses épaules se relâchèrent lorsqu'elle comprit que le bruit n'était dû qu'au vent sifflant à travers la porte vitrée entrouverte qui menait au toit.

Cassiopée contempla le ciel, le vrai, à travers la fenêtre puis se décida à braver le froid. Elle n'aurait su dire si c'était l'Académie qui produisait sur elle cet effet, ou si ces étoiles avaient toujours été là sans qu'elle y prêtât jamais attention, mais les constellations qui s'élevaient au-dessus d'elle brillaient d'une lumière éclatante. Elle repéra en premier la Grande Ourse, suivie de la Petite, avant de s'attarder sur celle qui ressemblait à un « W ». Cassiopée.

Elle avança jusqu'au garde-fou en pierre courant le long de la tour circulaire qu'elle avait atteinte et manqua se casser la figure à cause de ses lacets défaits. Elle s'accrocha juste à temps à la rambarde et décida de ne plus bouger d'un pouce.

Ses yeux scrutèrent de nouveau le ciel et elle oublia l'espace d'un instant le danger qui la menaçait. Après plusieurs longues minutes, elle baissa les yeux pour observer la propriété et étudia tour à tour l'allée pavée au bout de laquelle surgiraient Castor et Pollux si elle était assez folle pour y remettre les pieds en pleine nuit, et l'abri à bateaux qui jouxtait le lac gelé situé en contrebas.

Elle tremblait pour de bon, désormais, et ce n'était pas uniquement sous l'effet du froid.

Sans quitter le lac des yeux, elle se demanda ce qu'il adviendrait d'elle une fois qu'elle aurait quitté l'Académie, une fois qu'elle aurait été séparée de ses amis, qu'elle serait seule, livrée à elle-même, se cachant d'Azimech et de la Ligue pour le restant de ses jours. Est-ce qu'elle irait à Istanbul ou Séoul, comme elle l'avait prétendu devant Kaus, ou essaierait-elle vraiment d'intégrer la Ronka ? Voudraient-ils seulement d'elle, quand les Constellationnistes croyaient dur comme fer que les Supernovas étaient source de catastrophes destructrices ? Qu'elle était une véritable bombe à retardement, capable d'imploser à la moindre occasion ?

Elle savait qu'il lui fallait abandonner la Keta, et donc l'espoir de retrouver ses parents biologiques par ce biais. Si ces derniers étaient considérés comme des transfuges, il était de toute façon peu probable que le monde constellationniste leur offrît un accueil chaleureux si par chance elle y parvenait.

Cassiopée n'arrêterait jamais de les chercher, mais sans doute valait-il mieux qu'elle se fît oublier quelque temps avant de s'y mettre.

La novice soupira, les coudes posés sur le garde-fou. Durant ses premiers mois à l'Académie, elle avait goûté à la vie dont elle avait toujours secrètement rêvé : marcher sur un chemin qui la faisait se sentir complète, accompagnée de ses amis. Comment allait-elle réussir à retrouver la vie solitaire qu'était la sienne avant d'intégrer ce lieu ?

Un sentiment de mélancolie s'insinua en elle. Elle avait attendu le bonheur si longtemps, et elle s'apprêtait à le quitter volontairement au bout de quelques mois à peine.

— Tu vas attraper froid si tu restes là, fit une voix chaude dans son dos.

Sur le toit en ardoise qui surplombait la salle d'astronomie, Sohan, les jambes repliées devant lui, la considérait de toute sa hauteur. Les lumières de la terrasse illuminaient faiblement son visage et un bonnet beige masquait ses cheveux.

— Je t'ai cherché partout, dit Cassiopée en se demandant comment il avait réussi à grimper sur le toit.

Ses yeux ambrés semblaient tristes, mais il afficha un demi-sourire lorsqu'il répondit :

— Tu m'as trouvé.

Voyant qu'elle ne comptait pas repartir, Sohan sortit sa main de la poche de son sweat-shirt et tapota la place vacante à ses côtés.

Sans un mot, elle fit tournoyer sa lame dans sa main droite et se concentra pour visualiser une échelle en métal qui se matérialisa la seconde d'après. Sans la lâcher des mains, Cassiopée l'adossa contre le mur de façade et grimpa dessus pour se hisser jusqu'à Sohan.

Au moment où elle posa ses fesses sur l'ardoise, l'échelle disparut.

Sohan secoua la tête d'un air amusé.

— Crâneuse.

— Je t'apprendrai si tu veux, rétorqua-t-elle en glissant sa lame dans la poche de son jogging.

Un silence s'installa entre eux. Sohan se comportait comme si elle n'était pas juste à ses côtés et Cassiopée fut saisie d'un sentiment de gêne qui la paralysa presque.

— Ça fait longtemps que tu es là ? lui demanda-t-elle dans l'espoir de briser la glace.

Il la dévisagea de longues secondes sans rien dire. Ses tremblements cessèrent, elle avait soudainement très chaud.

— Assez longtemps pour t'avoir vue manquer te casser la gueule, rétorqua-t-il en désignant la plaque de verglas du menton.

Cassiopée sourit et lui flanqua une tape sur l'épaule.

Il avait l'air dans un de ses bons jours, alors pourquoi avait-elle l'impression qu'il allait si mal ?

Elle s'apprêtait à le lui demander lorsqu'il déposa, l'air de rien, un livre sur ses jambes. Pas n'importe quel livre, LE livre.

Cassiopée se figea, de peur qu'il ne décidât de le lui reprendre. Elle avait rêvé de feuilleter ces pages depuis le moment où elle avait posé les yeux dessus et maintenant qu'il était entre ses mains, elle appréhendait.

Au bout de ce qui parut une éternité, elle releva la tête vers Sohan, comme pour lui demander la permission de l'ouvrir, mais le Lion avait le regard perdu droit devant lui.

Cassiopée caressa la reliure, puis ses doigts engourdis par le froid rencontrèrent la mention « confidentiel » gravée sur la couverture. Pour être confidentiel, ça l'était ! Au point même que Subra était prête à asservir n'importe qui au mépris de toutes les règles pour récupérer cet ouvrage qui allait peut-être changer la vie de Cassiopée.

Elle l'ouvrit précautionneusement et, comme s'ils avaient mémorisé les pages qui concernaient ses parents biologiques, ses doigts la guidèrent au bon endroit. Le visage ovale de sa mère et les yeux sombres de son père lui apparurent, comme pour la première fois, et la même flamme brûla à l'intérieur d'elle alors qu'elle caressait leur visage.

Elle allait les retrouver. Cassiopée lut d'une traite les quelques pages qui, à sa grande déception, nc lui fournirent pas beaucoup d'informations au sujet de leur disparition. Chacune d'elles détaillait avec une précision effrayante le moindre de leurs faits et gestes durant quelques semaines après sa naissance jusqu'à ce que, d'un coup, tout s'arrêtât. Comme s'ils s'étaient volatilisés. La dernière entrée datait d'il y a quatre ans, presque jour pour jour. Ils avaient été vus pour la dernière fois à Paris.

— Tu comptes toujours fuir à Séoul ou je ne sais où ? lui demanda Sohan.

Il l'avait observée durant tout le temps qu'avait duré sa lecture sans prononcer le moindre mot. Depuis sa discussion avec Kaus, Cassiopée avait une autre porte de sortie : la Ronka. Mais elle ignorait où elle pourrait trouver ses membres, ou si l'endroit était suffisamment sûr pour qu'elle ne condamnât pas l'entièreté de ses occupants.

— Ma raison me dit de le faire, répondit-elle en taisant les confessions de Kaus. Le seul moyen de me protéger d'Azimech et de la Ligue est de me métamorphoser et de partir là où l'on ne me cherchera pas.

Elle referma le livre et le serra contre sa poitrine.

— Et ton cœur ?

— Mon cœur me dit de rejoindre la Keta. Ils ont les moyens et les connaissances pour me soutenir dans la recherche de mes parents. Les transfuges seront les premières victimes de la sarraskia, mais peut-être que je parviendrai à la leur épargner ? Je n'aurai qu'à prouver leur innocence.

Elle poussa un profond soupir.

— Mais ce serait un trop gros risque.

Sohan hocha la tête et sembla réfléchir aux mots qu'elle venait de prononcer.

— Alors quoi ? Tu vas vivre en autarcie ? Devenir irakatsi à l'Académie de Séoul sous un faux nom pour pouvoir continuer à te former ?

Cassiopée pouffa.

— Tu m'as bien regardée ? Tu me vois enseigner ? Je ne sais même pas m'occuper de moi-même, je ne vois pas comment je pourrais aider quelqu'un d'autre.

Sohan sourit.

— Je plains les prochaines générations de Gémeaux de Séoul, la railla-t-il. Ton irakatsi… comment elle s'appelle, déjà ? Pandore ? Elle aura de la concurrence en termes de nullité.

— Sohan ! le réprimanda Cassiopée.

Elle lui tapa une nouvelle fois l'épaule. Comment avait-il osé dire cela à voix haute ? La pauvre Pandore était très souvent dépassée par les événements et ses conseils n'avaient jamais servi à Cassiopée, mais elle avait le mérite d'être réellement bienveillante et humaine.

— Et toi…, hésita-t-elle. Tu vas rejoindre la Keta ?

Il se rembrunit et tendit les jambes devant lui.

— Non.

Apparemment, elle devrait se contenter de cette réponse.

Alors que Sohan ne semblait pas décidé à poursuivre, Cassiopée rouvrit le livre et tourna les pages jusqu'à celles de Leo Leoyro, Denebola Solalyra et Juliet Leoyra, la famille de Sohan, mais elle arriva au bout du livre sans avoir croisé leurs visages.

— C'est ça que tu cherches ? demanda-t-il en sortant de sa poche des morceaux de papier pliés en quatre.

— Qu'est-ce que… ? s'étrangla-t-elle. Tu as arraché les pages !

Sohan remit les feuilles dans sa poche et haussa les épaules.

— Ils n'avaient rien à faire là.

— Subra va le remarquer !

Il eut un sourire en coin. Celui que Cassiopée préférait.

— Avant qu'elle le remarque, je serai déjà loin.

Le visage de Cassiopée se figea et son estomac se noua. Elle se rendit soudainement compte qu'elle ne verrait plus Sohan. Probablement plus jamais. Après les Quadrantides, ils emprunteraient un chemin différent qui les mènerait vers d'autres horizons, vers d'autres rencontres. Si celui de Cassiopée paraissait flou, celui de Sohan serait peut-être plus limpide. Il se ferait d'autres amis, rencontrerait d'autres femmes, il…

— Tu… iras où ? demanda-t-elle en tentant de masquer la panique qui venait de s'emparer d'elle.

Leurs épaules se touchèrent et Cassiopée ne fit aucun effort pour s'écarter. Elle planta ses grands yeux gris dans les siens et elle n'eut aucune envie de détourner le regard. Pas quand il ne leur restait que quelques jours ensemble.

— La Razzia, souffla-t-il alors que ses yeux détaillaient son visage.

Le regard qu'il portait sur Cassiopée était empli de doutes.

— La Razzia ? Mais pourquoi ?

Son cœur venait de faire un bond.

Sohan rompit le contact visuel pour sortir les pages arrachées de sa poche et Cassiopée regretta aussitôt d'avoir posé la question.

— Le dernier endroit où ils ont été aperçus était le siège de la Ligue.

— Et alors… ?

— Ils ont traversé le portail, affirma-t-il. Ils sont sur Saleria.

— Comment tu peux en être sûr ? rétorqua Cassiopée avec amertume.

— La date, affirma-t-il en pointant du doigt l'une des feuilles. C'est ce jour-là que le portail du Taureau a été franchi par effraction, il y a quatre ans.

— Mais… ça ne veut rien dire, riposta Cassiopée. Mes parents aussi ont été vus là-bas pour la dernière fois ce jour-là.

— Alors ils sont probablement sur Saleria.

Sa réponse flotta entre eux quelques secondes.

Non. Pourquoi ses parents biologiques seraient-ils sur Saleria ? Cela n'avait aucun sens. Il n'y restait que les Constellationnistes qui n'avaient pas eu le temps de fuir et les partisans d'Azimech.

— Tu te trompes, dit-elle.

Sohan haussa les épaules.

— Mes parents détestaient la Ligue, jamais ils n'auraient travaillé pour eux. Ça ne laisse pas d'autre choix.

— Tu te trompes, répéta Cassiopée.

Il haussa encore les épaules.

— On verra bien.

— Mais les membres de la Razzia ne reviennent pas ! argumenta Cassiopée.

Elle remarqua en même temps que lui qu'elle venait de lui agripper le bras. Il fronça les sourcils, observa son bras puis son visage. Ce qu'il y vit dut le surprendre, car son expression changea.

— Cassiopée…

Sa voix n'était qu'un murmure.

Cassiopée ne pouvait pas le laisser partir. Elle connaissait un autre moyen de reprendre Saleria.

— La Ronka, lâcha-t-elle rapidement.

— Quoi ?

Elle ferma les yeux très fort pour ne pas voir l'expression de Sohan.

— La Ronka, répéta-t-elle. C'est une organisation secrète qui n'est ni avec Azimech ni avec la Ligue.

Elle rouvrit les yeux seulement pour voir ceux de Sohan s'arrondir.

Il s'écarta d'elle dans un mouvement brusque.

— Kaus… ? bafouilla-t-il.

Cassiopée hocha la tête.

Lorsque le Cancer avait quitté le toit, furibond, Sohan et les autres lui avaient demandé ce que Kaus avait bien pu lui confier de si secret que cela ne pût être dit devant eux. Et Cassiopée avait menti. Ou plutôt, elle avait minimisé la vérité en inventant que Kaus ne soutenait aucun camp. Elle avait volontairement passé sous silence le fait qu'il s'agissait d'une organisation entière.

Elle appréciait sincèrement Alioth et Stella, et ils l'avaient couverte des semaines entières, mais elle était persuadée qu'ils ne pourraient pas dissimuler un tel secret à leur mère.

— Tu m'as menti ? s'offusqua Sohan.

— Non, je ne… ce n'était pas un mensonge.

— Tu m'as dit que Kaus ne soutenait pas la Ligue, pas qu'il y avait un groupe avec lui !

— Les jumeaux…, bredouilla-t-elle. Ils n'auraient pas pu se taire.

— Je ne suis pas comme eux, répliqua-t-il les dents serrées.

— Je sais.

Elle tenta d'accrocher son regard, mais il évitait le sien.

Pourquoi était-elle aussi stupide ? Depuis qu'elle le connaissait, Sohan avait toujours manifesté son animosité envers la Ligue, et Haris encore davantage. Elle aurait pu leur dire à eux, rien qu'à eux, même si, d'une manière ou d'une autre, cela aurait scindé le groupe.

— Et Naos ? demanda Sohan sans oser la regarder.

— Quoi, Naos ?

— Tu lui as dit ?

— Non ! s'écria aussitôt Cassiopée. Je te jure que non.

Enfin il se tourna vers elle. De manière presque imperceptible, ses traits s'étaient détendus.

— Pourquoi ? demanda-t-il. C'est ton petit ami, non ?

Cassiopée se concentra sur la manche de son sweat-shirt élimée par le temps. En réalité, Naos et elle ne s'étaient pas clairement dit les choses. Il lui avait avoué qu'elle lui plaisait et ils s'étaient embrassés. Depuis, ils passaient du temps ensemble, sans que la situation n'eût réellement évolué.

— Euh…, hésita-t-elle. Je ne sais pas. Oui, je cr…

— Pardon ? la coupa-t-il. Attends, tu sors vraiment avec ce type ?

Stupéfait, Sohan regardait Cassiopée, une expression médusée sur le visage.

— Il t'a abandonnée, Cassiopée, s'indigna-t-il.

— Il s'est excusé.

Sohan leva les mains au ciel d'un air excédé.

— Alors s'il s'est excusé, tout va bien !

— Qu'est-ce qui te prend ?

S'il ne lui avait pas déjà fait comprendre qu'il n'en avait rien à faire d'elle, elle aurait pu penser qu'il était jaloux. Mais plutôt mourir que le lui faire remarquer de nouveau.

— Il me prend que tu sors avec un lâche ! Tu pourrais sortir avec n'importe qui ici, mais tu choisis Naos Thébéyro, le mec qui a littéralement fui quand tu t'es fait attaquer !

Le cœur de Cassiopée accélérait à mesure que sa colère enflait. Comment osait-il lui dire cela après l'avoir éconduite ?

Elle ouvrit la bouche pour répondre, mais il poursuivit :

— Il n'est pas seulement resté les bras ballants pendant que tu te faisais tabasser, il est parti, Cassiopée, il t'a abandonnée.

C'en était trop, elle ne pouvait pas le laisser salir l'image qu'elle avait de Naos.

— Tu ne le connais pas ! rugit-elle.

— J'en sais assez pour savoir que tu mérites mieux.

Dans un accès de rage, elle s'entendit répondre :

— Peut-être, mais le garçon qui m'intéressait m'a bien fait comprendre que je m'accordais trop d'importance !

L'expression de Sohan changea du tout au tout et la colère laissa place à la surprise.

— Quoi ? bredouilla-t-il.

Cassiopée soupira. Elle aurait voulu faire machine arrière, rembobiner la cassette pour ne pas avoir à entrer dans les détails, mais c'était trop tard, elle avait craché le morceau.

— Tu m'as dit que tu n'étais pas jaloux de Naos et que je m'accordais trop d'importance, répondit-elle de manière mécanique. Et… et cette fille avec qui tu étais pendant l'azterita festa…

Si elle laissait échapper la moindre émotion, elle perdrait le peu de dignité qu'il lui restait.

— Tu… c'est moi… qui t'intéressais ?

En un claquement de doigts, le Lion perdit toute son assurance et il sembla en être le premier déstabilisé, à la grande surprise de Cassiopée, qui avait déjà levé les boucliers pour affronter son sarcasme. Elle s'était attendue à toutes les réactions du monde : qu'il se moquât d'elle, qu'il s'énervât, qu'il la tournât en ridicule, mais pas ça.

Sohan se pencha soudain au-dessus d'elle, comme s'il n'avait plus de temps à perdre.

— Tu ne l'avais pas remarqué ? demanda-t-elle d'un ton faussement détaché.

S'il continuait à la regarder avec cette lueur d'espoir au fond du regard, elle allait commettre une bêtise.

— Évidemment que non, murmura-t-il en détaillant son visage. Tu ne montres rien de ce que tu ressens.

Aïe. C'était à peu près ce qu'on lui avait répété toute sa vie. Pourtant, elle avait l'impression que l'attirance qu'elle ressentait pour lui se voyait comme le nez au milieu de la figure.

Cassiopée lutta pour éteindre le feu qui était en train de s'allumer au fond de son ventre, mais elle savait qu'il n'y avait rien à faire. Elle avait une conscience accrue de chaque parcelle de son corps que Sohan embrasait de ses mains et du rythme de son cœur qui s'envolait alors que les yeux du Lion dérivaient sur ses lèvres.

Le vent doux de mars fit flotter l'odeur boisée de Sohan dans sa direction et elle prit cela comme un signe, une invitation pour agir. Tandis qu'il détaillait toujours ses lèvres, elle leva le menton et approcha sa bouche de celle de Sohan. Ce fut seulement au moment où l'inévitable allait se produire qu'elle se laissa aller à fermer les yeux.

Une seconde, puis deux s'écoulèrent, et les lèvres de la Supernova ne rencontrèrent rien d'autre que la distance abyssale que Sohan venait de mettre entre eux en reculant.

— Tu devrais y aller, articula-t-il.

Les yeux de Cassiopée se rouvrirent aussitôt. Elle eut l'impression que le monde se dérobait sous ses pieds et qu'elle venait de tomber de dix étages. Pourtant elle n'avait pas bougé, elle était toujours bien là, assise sur le toit de l'Académie, à côté d'un garçon qui ne daignait même plus la regarder.

Son cœur se brisa, mais plus que tout, sa fierté venait de recevoir un coup. Un coup violent qui lui fit perdre tout repère. Pantelante, elle regarda une dernière fois Sohan sans le voir et sauta du toit en ardoise pour se soustraire à sa présence. Elle ne fit pas cas de la douleur qui se répercuta dans sa cheville quand elle quitta la terrasse pour rejoindre sa chambre.

Une fois dans son antre, elle ferma la porte derrière elle, posa le livre de Subra qu'elle avait emporté par réflexe, et s'assit sur son lit sans un mot en fixant le mur devant elle.

Ne pas pleurer.

Elle avait enduré beaucoup ces dernières semaines, entre la découverte de sa nature de Supernova et l'attaque de l'armée d'Azimech. Mais égoïstement, là, tout de suite, c'était le rejet de Sohan qui lui faisait le plus mal.

CHAPITRE 45

« Les Quadrantides sont vécues simultanément par les novices de toutes les Académies du Continent. Les modalités d'examen sont choisies par le directeur de l'Académie en accord avec les membres de la Ligue présents. C'est le seul moment de l'année où les proches des novices sont autorisés à entrer dans l'Académie. »

Extrait de *Tout savoir sur les Quadrantides.*

La rotonde n'avait jamais été aussi lumineuse et pleine à craquer qu'en ce jour de Quadrantides.

Cassiopée, à l'instar de tous les novices, patientait près de la porte-fenêtre située à l'exact opposé de l'entrée principale, en attendant le signe d'Izar pour faire une apparition remarquée. Elle et les vingt-trois autres Khefs, vêtus de leur cape colorée, étaient en première ligne et pouvaient observer les irakatsi, les membres de la Ligue, les proches des novices ainsi que tous les autres résidents de l'Académie s'installer sur les gradins circulaires, qui avaient été disposés de telle sorte que la pièce ressemblait désormais à l'amphithéâtre dans lequel elle avait entendu le mot « constellationniste » pour la toute première fois.

Évidemment, au centre de cette pièce-ci, il n'y avait pas de cadran, mais un gigantesque arc de cercle métallique que Cassiopée n'eut aucun mal à reconnaître. Le gailuat. À l'idée de revoir les corps inertes de ses parents adoptifs et de Sasha, assassinés, elle eut la nausée. Le soleil réchauffa doucement son visage et Cassiopée savoura le plaisir de chacun des rayons sur sa peau.

Du coin de l'œil, elle aperçut Sohan, qui avançait dans sa direction. Aussitôt, elle traversa le groupe de Khefs amassés devant la porte-fenêtre sans se retourner. S'il y avait quelqu'un qu'elle voulait à tout prix éviter, c'était bien lui. Sohan avait essayé de lui parler tout le restant du week-end et Cassiopée avait amèrement regretté que les autres ne fussent pas là pour détourner son attention. Elle s'était enfermée dans sa chambre toute la journée de la veille en ignorant l'insistance avec laquelle Sohan avait tambouriné à sa porte. Elle avait honte et elle ne voulait plus jamais croiser son regard.

Elle s'arrêta devant Yué, de la première Unité de Combat, un garçon grand et musclé qui portait une cape blanche, et le salua comme s'ils étaient bons amis avant d'engager une conversation stérile sans grand entrain.

— À vous de jouer ! lança subitement Izar aux novices. Les Khefs, vous ouvrez la marche !

Adossé à la deuxième partie de la porte-fenêtre, le responsable des novices faisait la passerelle entre ces derniers et le reste du monde constellationniste qui était venu les voir passer leur examen. Cassiopée se tint aussi loin de lui qu'elle le put : même si Izar avait eu mille occasions de s'en prendre à elle avant aujourd'hui, elle restait persuadée qu'il cachait quelque chose.

— Cassiopée, souffla Sohan alors qu'elle cheminait, la tête haute, vers le centre de la pièce.

Mais elle fit mine de ne pas avoir entendu et fixa une fenêtre droit devant elle alors que l'orchestre entamait une musique solennelle sur laquelle ils firent leur entrée.

Les vingt-quatre Khefs formaient trois lignes pour distinguer les trois disciplines les plus importantes de l'apprentissage : la Maîtrise des pouvoirs astraux, la Modélisation des pouvoirs astraux et le Combat rapproché. À leur suite, les novices étaient rangés selon la même disposition.

Sous les applaudissements et les hurlements de la foule, les Khefs formèrent une ligne devant le gailuat, derrière laquelle les novices se positonnèrent selon leur Unité, les mains derrière le dos et le menton relevé.

Face aux novices, Subra trônait fièrement au milieu d'une estrade accueillant les membres les plus éminents de la société constellationniste. À sa droite, Amalthée, dans un tailleur vert sapin, se tenait assise, les jambes gracieusement croisées sous sa chaise, à l'image de la reine qu'elle pensait être. À sa gauche, la Sage Sherattan, dans un sari rouge et orange, semblait une nouvelle fois vouloir être partout sauf sur ce fauteuil rembourré en bois de chêne.

À sa vue, le cœur de Cassiopée fut pris de palpitations. Sa dernière visite n'était pas si lointaine et elle s'était achevée en tragédie. Les images de l'abri à bateaux lui revinrent à l'esprit, et elle fit son maximum pour les refouler.

La Sage Sherattan – tout comme l'ensemble des Constellationnistes – était persuadée que cette attaque était dirigée contre elle, car elle représentait une époque qu'Azimech voulait révolue, celle où Saleria était dirigée par douze Sages qui décidaient du sort de leurs pairs. En réalité, cette époque était toujours bien actuelle, si ce n'était que les Sages avaient été remplacés par la Ligue, dominée par Amalthée.

Cette dernière semblait chercher quelqu'un du regard parmi la foule de novices. Cassiopée se retourna pour observer, au beau milieu de la file qui s'était formée dans son dos, une Stella souriante, torse bombé, sûrement prête à rendre fière sa mère. La Supernova reporta son attention sur les centaines de Constellationnistes qui acclamaient les novices. Elle croisa le regard encourageant de Tara, assise sur l'un des bancs à sa gauche, en compagnie de tous les aspirants. Deux rangs au-dessus d'elle était perché Hati qui, loin de s'intéresser à ce qu'il se passait au centre de la pièce, avait le regard rivé sur les membres de la Ligue. Discrètement, une main se glissa dans la sienne et Cassiopée se raidit en imaginant à quel membre de son Unité elle pouvait appartenir. Elle pivota sur ses pieds pour découvrir Naos, un sourire plaqué sur le visage. Cassiopée répondit faiblement à son sourire avant de détourner le regard. Elle ne savait pas bien ce qui les liait tous les deux, mais elle était sûre que Naos n'aurait pas apprécié d'apprendre qu'elle avait tenté d'embrasser Sohan. S'il n'avait pas reculé, il était absolument certain qu'elle aurait causé de la peine à Naos.

Devait-elle lui en parler ?

Cassiopée n'eut pas l'occasion de réfléchir davantage à la question, car Subra se leva majestueusement de sa chaise et attrapa le microphone installé juste devant elle. Un sifflement aigu s'en échappa au moment où elle voulut parler et la salle entière émit un grognement outré avant de faire silence.

Toute l'attention des Constellationnistes était désormais dirigée vers Subra.

— Merci à tous d'être venus si nombreux pour la fin de l'apprentissage des novices au sein de cette Académie. Merci à Amalthée Mabyra, à la Sage Sherattan et aux membres de la Ligue ici présents qui ont fait le choix d'assister à cet événement alors que d'autres du même ordre se déroulent actuellement dans toutes les Académies de ce monde.

Les élèves autant que leurs proches, installés sur les gradins tout autour de Cassiopée, se mirent à applaudir comme si Subra venait de révéler une vérité stupéfiante.

— Les Quadrantides débuteront d'ici quelques minutes, poursuivit-elle, se rembrunissant subitement. Mais d'abord, il y a un… problème que j'aimerais régler.

Des murmures interrogatifs traversèrent les spectateurs et les novices.

— Ce matin, une information a été portée à ma connaissance et, bien qu'elle ait mis du temps à me parvenir, je ne peux que féliciter ce dénonciateur anonyme d'avoir choisi le chemin de la vérité et de la justice plutôt que celui de la fourberie et du mensonge.

À ces mots, Subra sortit de sa poche une dizaine de papiers repliés sur eux-mêmes et les brandit sévèrement au-dessus de sa tête.

— Octant Tarvosyro, appela-t-elle d'un ton glacial.

Cassiopée eut un léger rictus qu'elle tenta de contenir alors que tous les regards se tournaient dans un même mouvement vers le Sagittaire, situé dans la rangée de Sohan. Il n'avait jamais été aussi rouge. La peur déformait son visage et Cassiopée photographia mentalement cette vision, tant elle la mettait en joie.

Machinalement, les novices qui entouraient Octant s'écartèrent de lui, puis quatre des dizaines d'ajzerali mobilisés pour l'événement quittèrent leur rang près de chaque gradin et l'encerclèrent avant de le prendre par les bras et de l'amener devant Subra. Il se retrouva sous les yeux de Cassiopée, qui pouvait désormais voir son dos s'affaisser sous le poids de la peur et de la honte. Quelque part dans cette salle devait sûrement se trouver un membre de sa famille qui éprouvait le même sentiment. Cassiopée n'eut qu'une peine très brève pour la personne qui aurait mieux fait d'éduquer convenablement sa progéniture.

— Voici des feuilles que des ajzerali ont retrouvées ce matin attachées sous la chaise de ton bureau, clama Subra en brandissant les morceaux de papier. Il se trouve que ces feuilles sont issues d'un livre qui m'a été volé il y a quelques semaines. Est-ce que tu as une explication ?

Octant, qui avait baissé la tête pour marquer son respect envers la directrice, la releva aussitôt.

— Qu..., bafouilla-t-il. Non ! Je ne sais même pas de quoi vous parlez !

Cassiopée aurait tout donné pour voir le visage du garçon qui l'avait harcelée pendant des semaines et qui avait obligé ses amis à la violenter. Elle gardait en mémoire le souvenir d'Octant lui écrasant la gorge alors qu'Alioth se faisait attaquer de toutes parts et de l'aztarna qu'ils avaient voulu lui arracher.

— Ça suffit ! ordonna Subra. Je n'utilise pas mon don sur les étudiants, seule ta parole compte donc aujourd'hui.

Cassiopée retint un rire. Subra ne manquait pas d'air.

— Si tu avais avoué, tu aurais pu tenter de choisir ton affectation à l'issue des Quadrantides, comme tes camarades, poursuivit la directrice de l'Académie, impitoyable. Mais ton mensonge te coûtera cette opportunité. Octant Tarvosyro, tu es d'office affecté à la Razzia.

Le sourire qui avait gagné les lèvres de Cassiopée s'effaça d'un coup. Les gradins s'emplirent d'une rumeur stupéfaite, et elle sentit sur elle le regard perçant de Sohan.

Il avait compris.

Cassiopée était certes Gémeaux, mais une part non négligeable d'elle était également Scorpion. C'était cette moitié qui avait pris le dessus lorsqu'elle s'était métamorphosée en Octant pour entrer dans sa chambre sans éveiller les soupçons de son colocataire et qu'elle y avait caché quelques pages du livre de Subra pour le faire accuser.

C'était un acte contestable et sans doute Sohan l'en aurait-il empêché s'il avait su ce qu'elle préparait, mais Cassiopée s'en fichait : elle avait promis de se venger et elle l'avait fait. Jamais elle n'aurait imaginé cependant que la punition serait si sévère. Ceux qui intégraient la Razzia n'en revenaient pas.

— Tu peux disposer, conclut Subra.

Octant resta coi, et les gardes durent l'escorter jusqu'à sa place initiale, derrière Sohan. Lui aussi avait été forcé d'inclure dans son Unité un novice qu'il n'appréciait pas.

Cassiopée eut enfin un regard pour le Lion. Il avait cessé de l'observer pour se concentrer sur les membres de son équipe, tous aussi bouleversés que l'intéressé par la punition qu'il venait de recevoir. Octant n'avait plus aucune raison de participer aux Quadrantides maintenant que son sort était scellé, pourtant il se tenait toujours là, comme s'il n'avait pas compris les mots de Subra.

La directrice de l'Académie se rassit et fit un geste de la main à Izar. Celui-ci sortit de sa torpeur et traversa la pièce pour se positionner juste en dessous de l'estrade.

— Bienvenue à cette nouvelle édition des Quadrantides ! s'exclama-t-il en rajustant sa toge bleue. À l'issue de cette épreuve, les novices auront l'occasion de choisir leur future affectation et feront leur entrée dans le monde constellationniste, le vrai.

Il se balançait d'un pied sur l'autre, visiblement gêné, et Cassiopée était sûre qu'il se retenait de se tourner vers Octant.

— Les irakatsi qui ont eu l'occasion de suivre les progrès des novices, ainsi que la directrice de l'Académie de Londres, Subra, et les membres de la Ligue, détermineront si ceux-ci possèdent les aptitudes requises pour intégrer la faction choisie, poursuivit Izar.

Cassiopée baissa la tête. Elle ne choisirait aucune faction, elle prendrait la fuite.

— Trois unités s'affronteront simultanément dans le gailuat. Et les premières Unités à ouvrir le bal sont…, fit Izar qui poursuivait un discours dont elle n'avait rien suivi.

Le suspense qu'il tentait de créer n'avait rien de réjouissant. Cassiopée espérait passer dans les premiers pour être débarrassée de l'évaluation.

Autour d'elle, le silence devint pesant.

— … celles menées par Sohan, Khef de la première Unité de Maîtrise, Yué, Khef de la première Unité de Combat et Cassiopée, Khefa de la première Unité de Modélisation !

Oh non.

Elle connaissait peu Yué, mais elle en savait suffisamment sur Sohan pour deviner qu'il ne lui laisserait aucun répit. Cassiopée sentit en elle une froide amertume, assurément liée au rejet qu'elle avait essuyé deux jours plus tôt.

— Loin de moi l'idée de vous effrayer, clama Izar alors que les autres Unités s'installaient sur des sièges au premier rang, mais sachez que l'Entre-Deux dans lequel vous vous apprêtez à entrer est extrêmement réaliste !

Cassiopée, Sohan et Yué, dans un même mouvement, se déplacèrent pour se retrouver face au gailuat. Derrière chacun d'entre eux, leur équipe formait une ligne diversifiée, mais uniforme. Cassiopée en eut l'assurance quand une main se posa dans son dos. Surprise, elle se retourna et constata que chacun des membres de son équipe venait d'en faire autant avec le compagnon qui le précédait.

Une étrange sensation de puissance envahit la Supernova.

— À mon signal, les Unités de Sohan et de Yué débuteront l'examen. Celle de Cassiopée patientera le temps de trois tours de cadran avant de concourir à son tour, annonça Izar en lorgnant sa montre à gousset.

Mince ! La pénalité dont elle avait écopé pour ne pas avoir rendu sa liste à temps ! Elle l'avait complètement oubliée. Mais à en juger par le visage stoïque de ses camarades, elle était la seule. Ils acceptèrent tous la sentence sans un mot alors que les Unités de Sohan et de Yué se précipitaient dans les entrailles du gailuat. Aussitôt, un dôme bien plus grand que lors de leurs entraînements se déploya.

Un paysage tropical apparut selon une vingtaine de perspectives différentes sur le pourtour du dôme, et Cassiopée comprit non seulement ce qui attendait son Unité, mais aussi que tous les invités des Quadrantides pourraient suivre sa progression.

Elle détourna volontairement son regard : rien ne devait la déconcentrer.

Plus les secondes s'écoulaient et plus Cassiopée avait le temps de réfléchir à ce qui se produirait si Azimech réussissait à s'infiltrer à cette Cérémonie. Elle ne cessait de se répéter que c'était impossible, car la sécurité n'avait jamais été aussi forte qu'en ce jour de Quadrantides, mais que se passerait-il si elle sortait du gailuat et qu'elle découvrait un bain de sang ?

Elle n'eut pas l'occasion de s'appesantir davantage sur cette terrible perspective, car Izar se tourna vers elle et s'écria :

— À vous !

Chassant le nœud qui s'était formé dans sa gorge, Cassiopée prit une profonde inspiration et se rua dans le dôme. Au moment où elle en dépassa les courbures métalliques, la rumeur de la foule se tut et l'univers disparut.

CHAPITRE 46

« Schématiquement, Saleria ressemble à un cercle à treize rayons avec, en son centre, Hiria, la capitale. Dans chaque espace entre les rayons se trouve une Traversée du Zodiaque. »

Extrait de *Saleria : plus qu'une terre.*

Cassiopée avait beau l'avoir vue sur le dôme, la gigantesque jungle qui s'étendait sous ses yeux à perte de vue lui arracha une exclamation de surprise.

Vert.

C'était la couleur qui l'environnait. De toutes parts. Pas une trace d'habitation ou de construction. Tout était… sauvage.

— Il fait une chaleur ! râla Janus.

Pendant une seconde, elle avait oublié qu'elle n'était pas seule. Son Unité, tout aussi subjuguée qu'elle par le décor plus que réaliste qui les entourait, admirait la mousse accrochée aux troncs des grands palmiers, le ciel caché par leurs branches touffues ou encore les arbres gigantesques près desquels ils avaient atterri et dont les feuilles humides laissaient tomber leurs gouttes sur les brindilles jonchant le sol.

— C'est quoi ça ? demanda Narvi, la Sagittaire.

Elle désigna une enveloppe imperméable transparente fixée à l'aide d'une flèche sur le tronc d'un arbre, sous lequel était posé un sac à dos orange.

Cassiopée, plus proche, s'empara de l'enveloppe et en sortit un chronomètre accroché à un lacet en cuir noir. Si elle se fiait à ce qui y était inscrit, il leur restait un peu moins d'une heure avant de quitter l'Entre-Deux.

Elle confia le chronomètre à Naos sans un mot et attrapa le morceau de papier replié au fond de l'enveloppe tandis que Stella s'emparait du sac à dos.

Elle eut à peine le temps de le déplier, que le papier était déjà humide sous ses doigts.

— Bienvenue à cette nouvelle édition des Quadrantides, lut Cassiopée à voix haute. Vous vous trouvez actuellement en plein cœur de la Traversée du Capricorne. Vous disposez d'une heure pour compléter votre mission : être la première équipe à décrocher une feuille de l'arbre millénaire. Bonne chance à vous.

Elle releva les yeux de la missive et croisa le regard stupéfait de son Unité.

— La Traversée du Capricorne ? fit Téthys, manifestement malade.

— Izar a dit que l'Entre-Deux était réaliste, dit Arietis, la Bélier. Est-ce que vous pensez qu'on va croiser…

— Des capricornes ? compléta Stella. C'est possible, oui.

— Comment tu peux le savoir ? l'apostropha Janus.

Cassiopée n'avait jamais entendu parler de cette Traversée, aussi dévisagea-t-elle son amie avec intérêt.

Stella soupira, visiblement peu encline à divulguer quoi que ce soit.

— Alioth a sûrement dû fournir les mêmes informations à son Unité, dit-elle, le menton haut. Notre père est originaire de la Traversée du Capricorne, il nous a bercés de ces histoires toute notre enfance. Les capricornes de la Traversée vivent en meute au cœur de la jungle.

Elle semblait fière de cet héritage dont Cassiopée ignorait l'existence, mais les autres avaient l'air plutôt… sceptiques.

— Tu mens, trancha Téthys. Personne ne peut vivre là-bas, c'est trop dangereux.

Stella croisa les bras sur sa poitrine.

— Mon père, si. Et si vous ne me croyez pas, vous n'avez qu'à monter tout en haut du plus grand arbre que vous verrez. De là, vous apercevrez l'arbre millénaire.

Janus et Téthys se regardèrent avec incompréhension.

— Comment on est censés le reconnaître, ton arbre, au juste ? lâcha Janus.

— Monte et tu le sauras, rétorqua la Capricorne avec un petit rictus.

Sans attendre, Janus se dirigea vers un arbre dont les racines étaient suffisamment emmêlées pour lui fournir de solides prises capables de l'aider à se hisser jusqu'au sommet. Il manqua de tomber à plusieurs reprises, mais n'abandonna pas son ascension pour autant.

— C'est pas vrai ! s'écria-t-il.

Une demi-douzaine d'oiseaux s'envolèrent en même temps et Janus prononça quelque chose d'inaudible avant d'entamer sa redescente.

— On n'a pas toute la journée, cingla Celian alors que Janus prenait de multiples précautions pour ne pas tomber.

Le Scorpion l'ignora et sauta du tronc pour atterrir sur le sol. Il afficha une légère grimace et, immédiatement après, une lumière cyan scintilla autour de son genou. Téthys avait toujours rechigné à soigner les autres membres de l'Unité pendant l'entraînement, mais il ne perdait visiblement pas une seconde pour soigner Janus.

— Stella dit vrai. À presque trois kilomètres au nord, en contrebas, il y a un immense arbre au milieu de nulle part. Ses feuilles brillent tellement qu'on les voit d'ici.

Stella laissa échapper un sourire satisfait et Cassiopée eut la confirmation que Janus n'était pas en train de les saborder en leur donnant une mauvaise indication.

— Alors on y va, trancha Cassiopée après avoir jeté un coup d'œil au chronomètre.

Ils venaient de perdre six bonnes minutes, mais au moins ils avaient un cap. Stella prit naturellement la tête de l'expédition, immédiatement suivie de Celian et de Narvi.

— Il y a toutes sortes de créatures dans la Traversée du Capricorne, chantonna-t-elle alors qu'elle venait de transformer sa lame en serpe pour leur dégager le passage dans un chemin sinueux. Mon père a déjà vu des singes, des jaguars, des caméléons et tout un tas de serpents !

Cassiopée fermait la marche aux côtés de Naos, qui avait déjà ceinturé sa veste autour de sa taille.

— Attention aux sangsues ! prévint Bianca en écho à Stella.

Dans le silence qui suivit, Cassiopée s'appliqua à esquiver les quelques sangsues pourpres subsistant au bout des feuilles qui lui retombaient presque devant les yeux et que ses camarades n'avaient pas pris la peine de couper.

Les sangsues hallucinogènes de la Traversée du Capricorne : quelques minutes et l'esprit s'emballe ! Alioth devait certainement jubiler de pouvoir raconter à nouveau cette histoire aux membres de son Unité.

— Tu m'as manqué, lança Naos.

Cassiopée fut reconnaissante qu'il lui ait avoué cela au moment où le passage venait de se faire trop étroit pour continuer à cheminer les uns à côté des autres. Ainsi, derrière elle, Naos ne vit pas ses traits se figer.

— Je me demande comment est l'Asmailerea de Séoul, reprit-il.

Depuis que Cassiopée connaissait Naos, il lui avait toujours parlé de rejoindre l'Asmailerea, la faction innovatrice à laquelle l'on devait des inventions telles que le remuto ou l'agerian. Mais c'était à Paris que les meilleurs asmailerean se trouvaient. L'Académie de Séoul était spécialisée en botanique et Naos s'ennuierait à mourir là-bas. Elle ne le laisserait pas changer son objectif pour elle.

— Ne fais pas ça, dit-elle en décapitant une feuille de bananier avec sa lame modélisée en serpe.

— Faire quoi ?

— Aller à Séoul pour moi, répondit-elle. Aller *où que ce soit* pour moi. Tu seras bien plus heureux à Paris.

— Je ne connais pas Séoul. Peut-être que leur branche n'est pas si petite que ça.

Rien de ce qui sortait de sa bouche n'allait. Elle ne voulait pas de quelqu'un qui changeât d'avis pour elle ou qui la fît passer avant son propre bonheur. Elle savait que, malgré l'affection qu'elle avait pour lui, elle ne serait jamais en mesure de lui rendre la pareille.

Alors, ignorant leur mission l'espace d'un instant, ainsi que la forte probabilité qu'ils fussent observés, elle se retourna brusquement vers Naos, qui faillit lui rentrer dedans.

— Qu'est-ce que…

— Ne fais pas ça, Naos, l'implora-t-elle. Je n'en vaux pas la peine.

Le visage du Vierge s'adoucit à ces mots et sa main remonta le long de sa joue humide pour la caresser.

— Bien sûr que si.

La Supernova recula pour se soustraire à ce toucher encombrant. Il ne comprenait pas.

— Je ne dis pas ça par modestie, je le pense sincèrement. Je..., bafouilla-t-elle, j'ai...

Comment était-elle supposée lui dire qu'elle avait tenté d'embrasser Sohan pendant qu'il pleurait ses morts lors d'Oho ?

— Qu'est-ce qui se passe, Cassiopée ? demanda-t-il en dissimulant mal le filet de panique dans sa voix.

Un vent frais venu du sud se leva et caressa le visage humide de la Supernova, comme pour lui enjoindre de se confier. Mais très vite, la brise, qu'elle venait d'accueillir volontiers, se transforma en de grosses rafales qui la firent reculer.

Naos, dont les cheveux décolorés voletaient tout autour de la tête, avança de manière incontrôlée droit sur Cassiopée.

La tempête faisait danser les branches des arbres qui frémissaient au rythme des bourrasques. Sur la canopée, un groupe d'aras s'envola précipitamment et, derrière Naos, un renard au pelage flamboyant se rua en direction de Cassiopée avant de la dépasser sans demander son reste. Du coin de l'œil, la Supernova aperçut une famille de tamarins se balancer d'arbre en arbre en direction du nord.

Quelque chose clochait. Cassiopée comprit à son hochement de tête et à ses sourcils plissés que Naos était du même avis.

Alors que le vent ne faisait qu'amplifier, un bruit sourd et cadencé émergea du cœur de la jungle, un bruit qui semblait se rapprocher. Cassiopée porta son regard aussi loin qu'il lui était possible derrière Naos pour comprendre ce qui se passait, mais elle ne put discerner qu'une multitude d'arbres plantés les uns à côté des autres.

Soudain, un cri s'éleva loin derrière elle :

— Fuyez !

Cassiopée reconnut la voix de Ferdinand, le Taureau de son Unité, mais elle ne bougea pas d'un pouce, trop obnubilée par ce qui s'apprêtait à surgir devant elle.

Naos lui attrapa le bras.

— On s'en va, Cassiopée.

Elle ne cilla pas.

Pourquoi n'arrivait-elle pas à bouger ? Pourquoi, alors qu'un danger imminent se profilait ?

— Cassiopée, tu as entendu Ferdinand ? Il faut partir !

La jeune fille détourna enfin le regard.

— Cassiopée ! hurla Stella qui avait remonté la file pour venir la chercher.

À une dizaine de mètres devant elle, les yeux rivés sur ce qui semblait arriver à grands pas, la Capricorne pointa le doigt en direction des arbres derrière Naos. Au même moment, la jungle s'obscurcit, comme avalée par l'ombre.

Cassiopée mit un certain temps avant de comprendre ce qu'était cette ombre : un troupeau. Un troupeau de capricornes qui se ruait vers eux à toute allure.

— On doit partir ! cria Stella.

L'instinct de survie de Cassiopée se réveilla au moment où elle discerna les cornes recourbées des mammifères à l'approche.

— Courez ! réussit-elle à articuler en vidant tout l'air de ses poumons.

La moitié de son Unité n'avait pas attendu sa prise de conscience tardive avant de déguerpir. Ils étaient déjà loin quand Cassiopée, Naos et Stella s'enfoncèrent dans la jungle à toute vitesse en ignorant le bourdonnement qui les rattrapait peu à peu.

Aucun d'eux n'osa se retourner et ils redoublèrent d'efforts pour rejoindre la seconde moitié de l'Unité. À la droite de Cassiopée, dans un même mouvement, Ferdinand, Janus et Celian enjambèrent un tronc d'arbre tombé au sol. À sa gauche, Naos usa de son pouvoir pour disparaître tandis qu'Arietis, la Bélier, se mit à courir de plus en plus vite jusqu'à s'évanouir à son tour. Narvi, en Sagittaire qu'elle était, se volatilisait puis réapparaissait plus loin, tout en restant toujours à distance respectable du cœur de l'Unité.

Cassiopée ne parvenait pas à localiser les autres membres.

— Plus vite ! haleta-t-elle.

Elle n'avait jamais couru aussi vite de sa vie.

Soudain, un cri déchirant perfora le cœur de la jungle. Celui de Bianca.

Cassiopée tourna la tête juste à temps pour la voir se faire percuter par l'une des bêtes alors que, à bout de souffle, elle tentait de se défendre avec sa lame. La Khefa ralentit, consciente qu'elle ne pouvait pas laisser derrière elle un membre de son équipe. Elle s'apprêtait à faire demi-tour quand la voix de Naos souffla au creux de son oreille :

— Tu ne peux rien pour elle !

Cassiopée ne pouvait pas le voir, mais elle sentit son bras s'agripper au sien pour la forcer à avancer.

Elle eut un dernier regard pour la Balance de son Unité : la cinquantaine de capricornes l'avaient piétinée.

Le troupeau se rapprochait inexorablement et Cassiopée força ses jambes à accélérer encore et encore, et ses genoux à se plier toujours plus haut pour se frayer un chemin à travers les herbes hautes de la jungle humide.

Derrière eux, le troupeau était si près qu'elle pouvait presque sentir le souffle des capricornes dans son dos. Elle tourna la tête pour s'assurer qu'elle arrivait à garder une distance suffisante, quand, soudain, elle fut happée par le vide.

Sa respiration se coupa et son sang remonta dans son cerveau à toute vitesse. Une sensation de vide intense lui compressa le crâne pendant ce qui lui parut une éternité avant que le choc ne la fît revenir à elle. Son plexus heurta violemment le sol et elle s'affala de tout son poids sur les herbes détrempées avant de rouler sur elle-même. Elle dévala une pente sur une centaine de mètres et une succession de morceaux d'arbres et de ciel emplirent son champ de vision jusqu'à ce que son corps rencontrât le tronc d'un immense palmier. Sa respiration se coupa pour la seconde fois en moins de quinze secondes.

La tête dans un étau, elle réussit à respirer de nouveau et tenta de se hisser sur ses jambes tremblantes en ignorant la douleur lancinante dans ses côtes ; elle dut se retenir au palmier pour ne pas flancher. Autour d'elle, des corps se mouvaient avec le même grincement que le sien.

— Tout… tout le monde est là ? demanda-t-elle en reprenant son souffle.

Elle entreprit de compter les silhouettes qui se redressaient, mais sa vision se troubla.

— On les a semés, je crois, répondit Janus en observant la pente qu'ils venaient de descendre sur le dos.

— Où est Isonoé ? s'inquiéta Narvi.

Elle était la seule de toute l'Unité à se porter comme un charme. Alors que les manches argentées de l'uniforme de Cassiopée avaient viré au brun à cause de la terre, celles de Narvi étaient encore d'un violet flamboyant. Debout, sans la moindre égratignure, elle leva les yeux en direction du versant devant lequel les capricornes s'étaient miraculeusement arrêtés.

Cassiopée chercha le Cancer à travers les palmiers et les arbustes de cette nouvelle partie de la jungle qu'un vent bienfaisant avait rafraîchie, mais elle ne le trouva pas.

— Il s'est fait avoir, déplora Celian, adossé contre un arbre, le visage déformé par la douleur.

Il était mal en point : sa jambe gauche formait un angle improbable et il maintenait son ventre avec force pour empêcher un liquide rougeâtre de s'en extraire. Il saignait tellement que Cassiopée dut détourner le regard.

— Les aléas de la Traversée, articula-t-il à son intention.

Il tenta de se redresser, mais ce simple geste lui arracha un gémissement qu'il tenta en vain de réprimer.

— Naos ? Umbriel ? appela-t-il.

Umbriel, son ami Verseau, se relevait à peine d'un banc de fougère derrière Celian et il était presque aussi mal en point que lui. Le nez rougi de sang et le visage maculé de terre, on aurait dit qu'il s'était fait piétiner. Cassiopée chercha Naos des yeux et son cœur accéléra quand elle ne le trouva pas. Puis, il apparut soudainement devant Celian, assis par terre, les bras repliés sur les genoux.

Une plaie lui entaillait la joue sur toute la longueur, mais il ne semblait pas s'en soucier. Ses yeux étaient rivés sur son ami dont les forces s'amenuisaient à vue d'œil.

Derrière eux, Ferdinand s'éloigna et se remit en marche.

— Je vais y aller, dit Celian en grimaçant.

— Tu… tu es sûr que tu ne peux pas continuer ? demanda Naos en se mouchant dans sa manche.

— Mes constantes diminuent, je le sens.

Il afficha un sourire triste en détaillant chaque membre de l'Unité.

— Attrapez la feuille dorée pour moi, je vous regarderai !

Cassiopée ne put se l'expliquer, mais voir le Lion dans cet état l'emplit d'un profond sentiment de tristesse, alors même qu'elle avait conscience qu'il n'était pas véritablement mourant. On ne pouvait pas mourir dans l'Entre-Deux.

Sous leurs yeux, le corps du Lion se rigidifia, membre après membre, figeant son visage dans une expression de douleur.

— Je pars devant, marmonna Naos en se relevant.

Stella et Narvi, les colocataires, lui emboîtèrent le pas et Cassiopée eut, plus que tout, envie d'en faire autant. Ses sentiments avaient beau ne pas être aussi forts que ceux du Vierge à son égard, le voir dans cet état était insoutenable.

Toutefois, quelque chose d'autre la préoccupait sérieusement : Arietis, sa Bélier, manquait à l'appel. Jusqu'où avait-elle couru, au juste ?

La Khefa inspecta les bosquets alentour, mais la Bélier du groupe n'était nulle part. Soit, elle avait dû partir devant. Elle l'espérait en tout cas, car ils avaient commencé à douze et ils n'étaient plus que huit.

— Umbriel ! appela-t-elle à l'intention du Verseau qui n'avait pas bougé de l'endroit où Celian venait de disparaître.

Figé sur place, il ne lui adressa pas un regard.

— Tu t'es fait mal ? demanda Cassiopée en s'approchant.

Elle posa une main sur son épaule pour le faire se retourner. Sans comprendre comment, elle se retrouva projetée au sol. Umbriel s'accroupit sur elle et, sans sommation, lui envoya ses poings en pleine figure. La Supernova réprima un hurlement de douleur au moment où sa côte blessée comprima son poumon.

— Je… vais… te… tuer, s'égosilla-t-il, les yeux rougis, en ponctuant chaque mot d'un coup supplémentaire.

Cassiopée attrapa sa lame et la transforma aussitôt en couteau. Elle n'hésita pas une seconde avant de le lui planter dans le flan. Malheureusement, son camarade ne cilla pas.

Les coups qui pleuvaient sur les joues de la Khefa s'arrêtèrent subitement. Les mains d'Umbriel se refermèrent sur sa gorge. Elle tenta de le repousser, mais c'était peine perdue, surtout avec cette côte fêlée qui lui malmenait les poumons.

— Umbri… el, articula-t-elle.

Mais tout, dans les yeux rouges du garçon, indiquait qu'il avait disparu.

Cassiopée tourna la tête en direction du nord. Les derniers membres de son Unité commençaient à peine à cheminer vers l'arbre millénaire.

Elle discerna deux corps qui se détachaient du groupe. Les yeux troubles, elle reconnut les manches noires de l'uniforme de Janus et n'eut aucun mal à deviner que Téthys se tenait à ses côtés.

La Supernova tendit la main vers eux, les appelant à l'aide malgré les mains d'Umbriel autour de son cou, mais le Scorpion et le Poissons de son équipe regardaient la scène sans lever le petit doigt.

Ils discutaient.

Le sifflement aigu qui venait d'envahir ses oreilles empêcha la Khefa d'entendre leur conversation. Elle plissa les yeux pour mieux les observer.

Ils se disputaient. Et les mains d'Umbriel se pressaient toujours plus fort autour de son cou.

C'était la fin, elle le sentait. Bientôt elle quitterait l'Entre-Deux et elle retournerait dans la rotonde où l'attendraient plus de trois cents spectateurs prêts à la juger pour cet échec.

Des taches venaient d'apparaître devant ses yeux quand soudain, la pression qu'exerçait Umbriel sur son corps disparut : elle pouvait respirer. Cassiopée roula sur le flanc et cracha ses poumons dans une toux bruyante, ses côtes sifflant à chaque inspiration.

Quand elle releva les yeux, le corps d'Umbriel était déjà en train de se solidifier. Au-dessus de lui, Téthys tenait un grand couteau qui disparut pour redevenir ce qu'il était à l'origine : une lame turquoise. Le Poissons saignait de la lèvre et Cassiopée rêvait peut-être, mais elle était sûre que cette blessure n'était pas là avant.

— M… merci, fit-elle entre deux quintes de toux.

La blessure du Poissons se résorba dans un halo bleuté et il lui lança un petit objet qui tomba à ses pieds dans un rebond. Il l'enjamba et reprit sa route vers le nord, sans avoir prononcé un mot. Janus n'était plus là non plus.

Cassiopée baissa le regard sur l'objet en question et un élan de panique l'envahit lorsqu'elle comprit ce que c'était : une sangsue. Une énorme sangsue violacée qui venait de laisser sa marque sur le corps d'Umbriel, provoquant une hallucination si puissante qu'il avait tenté de l'éliminer.

CHAPITRE 47

« Le Sùm est la langue natale de Saleria. Le peuple constellationniste ayant vécu sur le Continent et continué d'y voyager, il maîtrise également les langues des Arruntas, notamment l'anglais. »

Extrait de *L'Éducation du Constellationniste.*

Rejoindre les membres restants de son Unité fut d'une étonnante difficulté. Sans boussole pour lui indiquer le nord, Cassiopée avait marché à l'aveuglette jusqu'à entendre les sifflements de Janus qui marchait loin derrière le groupe, comme s'il se moquait de leur réussite.

Cassiopée ne manqua pas de lui mettre un coup d'épaule lorsqu'elle passa à côté de lui, ce qui ne fit qu'empirer l'état de sa côte. Elle regretta de ne pas avoir la possibilité de recourir à son pouvoir de métamorphose : elle se serait empressée de faire prendre à son corps une forme plus solide, histoire que Janus s'en souvînt longtemps.

— À ton service ! se moqua-t-il dans son dos, et Cassiopée eut envie de faire demi-tour pour l'étrangler.

Elle dépassa ensuite Téthys qui cheminait seul. Elle tenta de croiser son regard, mais il se donna du mal pour l'éviter, alors elle poursuivit son chemin. Sans chronomètre, elle n'avait aucune notion du temps qui s'était écoulé depuis l'attaque des capricornes. Aussi, quand elle parvint jusqu'à Naos, fut-elle stupéfaite de constater qu'il ne leur restait plus que dix-huit minutes pour réaliser la mission confiée par Izar.

— Est-ce que ça va ? lui demanda-t-elle alors que le Vierge conservait un inhabituel silence. Un silence de mort.

Mort. Le mot était peut-être bien choisi.

Il hocha la tête :

— Je sais que ce n'est qu'un Entre-Deux, mais je connais Celian depuis quatre ans et j'ai l'impression que je ne pourrai jamais m'ôter cette image de la tête…

Les mots manquèrent à la Supernova pour rassurer son ami, et elle se trouva particulièrement mal placée pour lui donner le moindre conseil. Elle-même était incapable de se sortir de la tête le premier gailuat dans lequel elle était entrée. En guise de réponse, elle s'empara maladroitement de sa main et caressa du pouce sa tache de naissance en forme de fleur avant de la serrer puissamment. D'abord surpris, il finit par esquisser un sourire en biais avant de presser sa main en retour.

Elle lui rendit son sourire, puis, comme il n'y avait pas de bonne façon de lui annoncer ce qui allait suivre, elle déclara :

— Téthys a éliminé Umbriel.

Le sourire de Naos s'évanouit aussitôt et sa main se crispa sur la sienne, puis il tourna enfin le regard vers elle. Cassiopée perçut le moment précis où Naos remarqua les coups que son ami lui avait laissés sur le visage.

Téthys lui avait peut-être sauvé la vie, mais il n'avait pas pris le temps de soulager ses blessures.

— Qu'est-ce qui s'est passé ?

Cassiopée inspira et un sifflement s'échappa de sa cage thoracique.

— Umbriel a été victime d'une sangsue de la Traversée, souffla-t-elle en ignorant la douleur que le simple fait de parler provoquait. Il est devenu complètement fou et m'a sauté à la gorge. Si Téthys n'avait pas été là, j'aurais quitté l'Entre-Deux moi aussi.

À chacun de ses mots, sa mâchoire lui rappelait les coups d'Umbriel. Elle devrait économiser ses paroles pendant les seize minutes et cinquante-quatre prochaines secondes.

— Devant ! hurla soudain Ferdinand.

Les deux novices n'eurent pas le temps d'esquisser le moindre mouvement avant que le Taureau se ruât dans leur direction.

— Regardez devant ! ajouta-t-il en balançant sa veste dans les feuillages les plus proches.

Le couple fit volte-face en même temps. Sans le remarquer, Naos et elle s'étaient arrêtés à une vingtaine de mètres d'un puits de lumière permis par l'absence soudaine de végétation.

Cassiopée, suivie des six autres membres de son équipe, se précipita vers cette source lumineuse inespérée et la vue de l'étendue circulaire verdoyante qui se dessinait devant eux leur coupa le souffle. Ce n'était cependant rien en comparaison de l'effet que leur fit l'immense arbre millénaire planté en plein cœur de la vallée, exposant à leur vue la splendeur de ses feuilles dorées.

— On y va ! s'écria Janus en bousculant Cassiopée pour lui passer devant.

Elle haussa un sourcil, incrédule.

— Depuis quand la victoire t'intéresse ?

Il se retourna et la détailla de la tête aux pieds.

— Ce n'est pas pour toi que je le fais, c'est pour mon affectation. D'ailleurs, si ce lâche n'avait pas été là, cracha-t-il en désignant Téthys du doigt, tu ne serais même plus parmi nous pour avoir cette conversation.

Cassiopée cligna des yeux et, la seconde d'après, un poing s'écrasa contre la joue du Scorpion. Mais ce n'était pas le sien.

— Répète ça ? fit Naos.

Il avait dans les yeux la même colère que la fois où Sohan l'avait accusé d'avoir volé le livre noir.

— Ça, tu vas me le payer ! fulmina Janus en sautant sur le Vierge.

Heureusement, Stella et Ferdinand s'interposèrent juste à temps.

— Tu crois vraiment qu'on a le temps pour ça ? le réprimanda le Taureau de l'équipe.

Janus le dévisagea sévèrement avant de cracher aux pieds de Cassiopée.

— Je n'arrive pas à croire que l'arbre soit juste ici, sous nos yeux ! s'écria Stella.

Narvi se tenait accroupie à l'orée du gigantesque cercle.

— Il y a quelque chose d'anormal avec cette plaine, dit-elle. Je n'ai pu me téléporter que jusqu'ici, et c'est pareil pour les autres Sagittaire.

Elle désigna Octant de l'autre côté du cercle. Sohan était à ses côtés et semblait se porter comme un charme. En revanche, si l'équipe de Cassiopée avait perdu des membres, celle du Lion était encore plus affectée. La Supernova n'apercevait que quatre novices de son équipe, dont Alioth, mais pas Haris.

Les membres restants de la première Unité de Modélisation avancèrent prudemment au pied du cercle verdoyant dont la circonférence était parfaitement délimitée.

— Bon, on y va ou quoi ? s'impatienta Janus, les mains sur les hanches. Je veux attraper une des feuilles !

Il y a à peine dix minutes, il traînait des pieds, et maintenant il voulait être celui qui ferait gagner son équipe !

— On doit encore étud...

Stella n'eut pas le temps de terminer sa phrase. Janus entra dans le cercle d'un pas ferme.

Pas un bruit ne s'éleva de leurs rangs tandis que Janus continuait sa course jusqu'à l'arbre millénaire dont les feuilles dorées s'étaient mises à frétiller. Un pas après l'autre, il se rapprocha de la cible, lentement, prudemment. Il devait certainement ressentir, tout autant que les autres membres de l'équipe, l'atmosphère pesante qui se rafraîchissait.

Au loin toutefois, quelque chose attira l'attention de la Khefa. Elle ne parvenait pas à distinguer ce que c'était et manqua de poser à son tour un pied dans la plaine pour le discerner. Elle mit ses mains en visière pour se protéger du soleil, très haut dans le ciel, sans succès.

De l'autre côté, Sohan l'avait également remarqué. Il se redressa aussitôt et tira Octant en arrière juste avant qu'il entrât dans le cercle comme venait de le faire son ami.

N'y tenant plus, Cassiopée attrapa la paire de jumelles dans son sac de survie. Elle balaya l'étendue verte jusqu'à ce que son regard fût attiré par une masse sombre. Elle plissa les yeux et son souffle s'accéléra. Elle distingua d'abord l'uniforme de l'Académie et ses manches rouges flamboyantes, puis le visage figé d'Arietis s'imposa à elle. Elle avait quitté la simulation.

— Janus ! cria la Khefa.

Elle le détestait, mais elle se sentait tout de même responsable de son sort.

Le Scorpion se retourna avec indolence, comme dérangé par les cris de Cassiopée.

Au même moment, une feuille dorée se détacha de l'arbre et se mit à virevolter au gré du vent juste au-dessus de Janus.

— Qu'est-ce qu'il y a ? demanda Stella. Qu'est-ce que tu as vu ?

D'un signe de la main, elle enjoignit à Janus de faire demi-tour, mais il haussa les épaules et leva le nez vers la feuille qui s'offrait à lui.

— Pas quoi, mais qui, répondit Cassiopée sans quitter le Scorpion des yeux. C'était Arietis, avant qu'elle ne soit éliminée.

Le visage de Stella se décomposa. Elle s'empara des jumelles.

— Janus ! s'écria Téthys. Reviens !

— Janus ! hurla Naos à son tour.

Ferdinand se laissa tomber dans la terre, au pied de Cassiopée.

— C'est déjà trop tard pour lui.

Le cœur de Cassiopée s'emballa ; quelque chose allait se produire. Tous les yeux étaient rivés sur Janus dans un silence de plomb alors qu'il se rapprochait toujours un peu plus de l'arbre et de la victoire. Puis un bruit presque imperceptible se propagea entre les novices avant de se transformer en un grondement sourd qui fit trembler violemment le sol sous leurs pieds. De l'autre côté du cercle, face à Sohan, Yué et son Unité arrivèrent enfin. Ils ressentirent comme tous les autres les secousses inhabituelles de la terre, mais n'en comprirent pas l'origine. Ils n'avaient pas encore aperçu ce qui restait d'Arietis, figée près de l'arbre millénaire.

Le regard du Khef de la première Unité de Combat se tourna vers Cassiopée et elle ne put s'empêcher de lui montrer sa camarade du doigt. Il devait savoir. Même si aujourd'hui ils étaient ennemis et que ce n'était qu'un Entre-Deux. La douleur lancinante de sa côte était bien réelle, elle, alors elle n'osait imaginer ce qu'avait ressenti Arietis.

Yué hocha la tête et tendit un bras pour empêcher son équipe, quasiment complète, de se ruer sur l'arbre.

Les grondements et les tremblements s'intensifiaient. Janus peinait à se maintenir debout. Les mains tendues, il essayait d'attraper la feuille dorée qui tournoyait dans sa direction.

Téthys lui hurla de rebrousser chemin, mais le Scorpion n'écouta pas. Au lieu de quoi, il sauta pour attraper la feuille qui avait cessé de papillonner pour fondre sur lui.

Il se tourna vers son équipe et, le sourire aux lèvres, brandit la feuille dorée.

Est-ce que c'était tout ? Est-ce qu'ils avaient gagn… ?

La feuille explosa dans un nuage de poussière dorée qui emporta Janus avec lui. Quand il s'évapora, il ne restait du Scorpion que son corps solide, figé dans une expression d'effroi.

Un frisson parcourut le corps de la Khefa. L'arbre venait de se séparer de quatre feuilles supplémentaires qui, au moment de toucher le sol, firent exploser la terre dans un bruit éclatant. L'arbre semblait percevoir la présence hostile des Constellationnistes tout autour de lui.

— Il nous reste combien de temps ? interrogea Stella.

Mais Naos ne parvenait pas à détacher son regard du corps rigide de Janus.

— Naos ! insista Stella.

Elle lui attrapa l'épaule et le Vierge sortit de sa torpeur.

— Six minutes et vingt-neuf secondes.

Cassiopée déglutit avec difficulté.

— On doit y aller tous ensemble, déclara Narvi d'une voix blanche.

Tous les regards se tournèrent vers elle.

— C'est le seul moyen pour qu'au moins l'un de nous parvienne à décrocher une feuille.

La Sagittaire aurait pu être convaincante si la fin de sa phrase n'avait pas sonné comme une question.

— Mais les feuilles explosent quand on les touche ! s'insurgea Naos.

— Seulement celles qui sont rejetées par l'arbre, observa Stella.

— Ferdinand ! appela Téthys, les yeux humides. Qu'est-ce que tu vois ? Ça va marcher ?

Toujours affalé par terre, le Taureau semblait pensif. S'il y avait bien quelqu'un ici qui pouvait avoir la moindre chance de victoire, c'était lui.

— Je ne vois rien, rétorqua-t-il amèrement. Et ce n'est pas normal.

Stella et Naos se tournèrent vers Cassiopée. D'une manière ou d'une autre, la Khefa aurait une influence sur la fin des Quadrantides, car c'était sûrement sa présence qui empêchait Ferdinand de discerner l'avenir.

— On y va, trancha Cassiopée.

Naos se mordilla la lèvre.

— Cassiopée, on irait en aveugle…

— Vous avez une meilleure solution ? Il ne nous reste que six minutes et regardez-les ! fit Cassiopée en pointant du doigt les équipes adverses. Ils sont déjà en train de s'activer.

De l'autre côté du cercle, les Khefs des Unités adverses en étaient venus à la même conclusion que Narvi.

— Si nos trois équipes y vont en même temps, ça fera presque vingt novices à l'intérieur du cercle.

— Cassiopée, cet arbre doit avoir plusieurs millions de feuilles, répondit Ferdinand en se redressant. Tu as vu ce qu'une seule d'entre elles a provoqué, tu crois réellement que deux dizaines de novices peuvent y faire face ?

La Khefa soupira. Pas de résignation, non, mais d'agacement. Le défaitisme de son équipe l'irritait, encore plus quand le temps leur était compté.

— Reste assis si tu as peur, Ferdinand, mais si c'est la victoire qui t'anime, tu ne gagneras rien à rester planté là.

Le Taureau ne répondit rien pendant plusieurs secondes, durant lesquelles tous deux se toisèrent, puis il finit par se lever et se positionner lui aussi au bord du cercle de verdure. À bonne distance les uns des autres, les cinq membres de l'Unité de Modélisation et leur Khefa s'apprêtaient à faire face aux feuilles kamikazes de cet arbre splendide et perfide. De l'autre côté, les équipes en firent autant et il suffit d'un seul pied d'Octant – le premier à se lancer – sur l'herbe verdoyante pour amorcer la cavalcade effrénée des trois Unités vers l'arbre étincelant.

Tous se ruèrent droit devant eux sans un regard en arrière, prêts à voir jaillir des feuilles de cet arbre effrayant. Les tremblements reprirent aussitôt, plus sourds, plus violents qu'auparavant.

Le vent redoubla et l'arbre sembla se recroqueviller sur lui-même. Soudain, ses branches bruissèrent si fort qu'une cinquantaine de feuilles dorées s'envolèrent en même temps au-dessus de la tête des novices.

Cassiopée accéléra, les poumons proches d'éclater. Elle était rapide : si elle arrivait à décrocher une feuille, tout s'arrêterait et personne n'aurait à subir le châtiment de cet arbre maudit.

Dans sa course, Cassiopée osa un regard vers Sohan.

Comme à son habitude, il semblait entièrement concentré sur sa mission et prit rapidement la tête de son Unité. Mais c'était sans compter sur une petite feuille dorée qui explosa à ses pieds et qui l'éjecta aussitôt sur la droite. Il n'eut pas le temps de réagir et retomba sur le sol avec fracas. Malgré les cris qui surgirent autour de lui, Cassiopée put entendre très distinctement son corps s'affaler sur l'herbe sèche.

Relève-toi.

Sohan se relevait toujours. Mais aujourd'hui devait être une exception, car son corps gisait toujours sur la plaine, inconscient.

Le cœur de Cassiopée se crispa et, sans réfléchir, elle dévia sa trajectoire.

— Cassiopée ! s'écria Naos derrière elle. On n'a pas le temps !

Elle ne l'écoutait pas. À vrai dire, elle ne savait même pas si elle l'entendait vraiment.

Plus loin, un cri résonna du côté de l'équipe de Yué. Un coup d'œil rapide informa la Khefa que le Gémeaux de la première Unité de Combat venait de se prendre une feuille en pleine tête, comme ç'avait sans doute été le cas d'Arietis un peu plus tôt. Ce n'était pas un clone, mais l'original, qui se figea au milieu de la plaine.

Cassiopée courut à en perdre haleine, le regard fixé sur le corps inanimé de Sohan. Elle savait qu'elle était en train de prendre la mauvaise décision, mais sa raison ne commandait plus rien.

Elle était à cinq mètres à peine de lui quand une douleur déchirante s'insinua dans sa nuque, comme une lame froide. Elle se retourna vivement, prête à affronter une feuille plus discrète que les autres, mais rien ; rien d'autre que ce chaotique champ de bataille qui venait de voir deux membres de plus tomber dans les rangs de la Khefa.

Lorsque Cassiopée fit volte-face, tout était différent. Les tremblements s'étaient arrêtés, Sohan n'était plus là et surtout, l'arbre millénaire avait disparu, de même que ses feuilles dorées. Il n'en restait qu'un immense tronc mal coupé. La délicieuse clairière s'était transformée en un champ désolé, assombri par un épais brouillard.

Même le soleil s'était éclipsé pour laisser place à un ciel orageux.

Elle s'arrêta dans sa course pour repérer des membres de son Unité, mais ils n'étaient plus là. Elle était désespérément seule.

Ça n'avait pas pu être aussi rapide, c'était impossible.

Au pied de l'endroit où se tenait l'arbre millénaire quelques secondes plus tôt, se déroulait désormais un spectacle que la Supernova distinguait mal. Une tache colorée qu'elle ne put identifier lui tournait le dos et, à ses pieds, des petits tas de couleur noire.

Sans réfléchir, Cassiopée se précipita vers eux.

À chacune de ses foulées, le vent se levait un peu plus. Les yeux rivés devant elle, elle s'aperçut avec effarement que les « petits tas noirs » n'en étaient pas. C'étaient des corps.

Plus elle avançait et plus ils se révélaient à elle.

Un pas. Un corps. Un uniforme de l'Académie.

Cassiopée retint un haut-le-cœur.

Un autre pas. Un autre corps. Un autre uniforme de l'Académie.

Encore un pas, encore un corps, encore un uniforme de l'Académie.

Et au milieu, dans une toge brune, un homme bien vivant dont le visage s'imposa à Cassiopée en même temps que l'horreur. Son sang ne fit qu'un tour lorsque des yeux noirs se posèrent sur elle, aussi vifs que des feux follets.

— Azimech..., souffla-t-elle, horrifiée.

L'homme, qui ressemblait trait pour trait à la photo qu'elle avait vue dans le livre de Subra, se mit à rire. D'un rire franc, comme s'il réagissait à une plaisanterie. Les années ne paraissaient pas avoir eu de prise sur lui.

— J'ai mis du temps à te retrouver, Cassiopée, répondit-il avec une voix dépourvue d'accent. Je me suis donné beaucoup de mal aujourd'hui.

La Khefa ferma les yeux de toutes ses forces.

— Il n'est pas vraiment là, murmura-t-elle. C'est un Entre-Deux, rien de plus.

— C'est incroyable comme tu réfléchis à l'envers, fit-il, comme agacé. Ça doit être lié à ta singularité.

Cassiopée avait toujours les yeux clos, mais elle avait entendu la voix du monstre se rapprocher.

— Il n'est pas vraiment là, répéta-t-elle pour elle-même.

Elle le répéterait jusqu'à ce que son cerveau l'assimilât. Il ne pouvait pas être là, elle se trouvait dans l'Entre-Deux.

— Oh que si je suis là, murmura-t-il tout près de son oreille. En revanche, l'Entre-Deux n'est plus. D'ailleurs il n'a jamais été, si tu veux tout savoir.

Les yeux de la novice s'ouvrirent alors pour balayer la clairière du regard.

— C'est impossible.

— Bien sûr que c'est possible ! ricana Azimech sur le tronc de ce qui avait été un jour être l'arbre millénaire en étendant fièrement les bras.

Paralysée par la peur, par l'infime possibilité que ce qu'il venait de dire fût vrai, la Supernova ne put aligner trois mots. Il n'avait pas pu entrer dans l'Académie, pas quand la sécurité avait été renforcée, pas alors que ses sbires avaient déjà échoué à la retrouver.

— Tu n'es pas très bavarde, dis-moi, poursuivit-il en tournant autour de Cassiopée comme un animal prêt à fondre sur sa proie.

Immobile, elle n'osait même pas le regarder. Ses doigts tâtèrent lentement sa cuisse droite pour vérifier que sa lame y était toujours accrochée.

— C'est quelque chose que tes amis partageaient avec toi, malheureusement, ajouta l'homme à l'origine de l'Exode de son peuple.

Cassiopée releva aussitôt la tête et son cœur cessa de battre le temps d'une seconde.

Ses amis ? Partageaient ?

Elle baissa les yeux vers l'un des corps proches de lui et elle dut réprimer un haut-le-cœur lorsque le visage d'Alioth lui apparut, presque entièrement déchiqueté. Si ses yeux bleu ciel n'étaient pas restés ouverts, elle ne l'aurait pas reconnu.

Cassiopée se rua aux pieds d'Azimech, sur ce qu'il restait de son ami, et un second visage se révéla alors : celui d'Haris. Dans un sursaut, Cassiopée recula d'un pas, puis d'un deuxième, des larmes au coin de ses yeux et la bile au bord des lèvres.

Azimech, dans sa large toge, descendit sereinement de son piédestal et ne s'émut pas une seconde lorsque son pied écrasa la main inerte d'Alioth, comme s'il n'était rien.

La colère gagna aussitôt la Supernova qui saisit sa lame et la transforma en couteau avant de se jeter sur Azimech.

— Espèce de…

Le tyran l'arrêta avec une seule de ses mains gantées et un grimace déforma son visage blafard lorsqu'il commenta :

— Cassiopée, s'il te plaît… pas de grossièreté, veux-tu ?

Plus que de la simple colère, une rage viscérale la consuma et se déversa dans ses muscles lorsqu'elle attrapa la main de l'homme qui venait d'assassiner ses amis.

Voyant la lame de Cassiopée fendre l'air, Azimech recula avec une grâce écœurante et évita le coup de justesse. La douleur dans la côte de la Supernova redoubla d'intensité et lui arracha un cri de douleur qui la plia en deux. Azimech profita de ce moment pour l'attraper par les cheveux et la traîner sur le sol jonché de corps inertes.

D'un geste vif, elle leva le bras et entailla la main de son bourreau avec sa lame. Il relâcha son emprise et son masque ironique vacilla sous le coup de la douleur et de la haine.

— Tu as vraiment de la chance que j'aie besoin de toi vivante, cracha-t-il. D'autres sont morts pour moins que ça.

Il scruta sa blessure quelques secondes et elle se referma aussitôt.

Cassiopée eut un mouvement de recul. Ce n'était pas possible. D'après ses recherches, Azimech était Capricorne, pas Poissons ; il ne pouvait pas se soigner lui-même. Elle tourna sur elle-même à la recherche d'un allié, mais elle ne voyait plus rien à présent que le soleil s'était éclipsé.

Lorsqu'elle reporta son attention sur Azimech, il n'était plus seul. À ses pieds, à moitié mort, un garçon aux manches d'uniforme dorées, aux cheveux bouclés.

Oh non.

Azimech attrapa son col au niveau de la nuque et le redressa de sorte que les yeux ambrés du garçon rencontrèrent ceux de la Supernova.

Elle ne s'était jamais sentie aussi impuissante de sa vie.

— Qu'est-ce que vous voulez ? articula-t-elle sans lâcher Sohan des yeux.

Le Lion avait perdu de sa superbe et toute la partie gauche de son visage était tuméfiée. Les mains nouées derrière le dos, il semblait employer ses dernières forces à tenir sur ses jambes.

— Va-t'en, lui murmura-t-il dans un souffle qui déclencha une toux bruyante.

Cassiopée serra plus fort son emprise sur sa lame modélisée en couteau qui portait encore le sang d'Azimech.

C'était hors de question.

Les yeux de la Supernova remontèrent lentement vers son ennemi, mais elle comprit trop tard ce qu'il était en train de faire de sa main libre. Les doigts crispés, la paume contre le visage de Sohan, il usait de son pouvoir de transposition pour pénétrer le corps du Lion.

— Non ! hurla Cassiopée.

Mais elle n'y pouvait plus rien. Elle sut, en voyant une lueur nouvelle s'animer dans les yeux de Sohan, que l'esprit de son ami avait laissé place à un autre.

Cassiopée se précipita vers le corps immobile d'Azimech, mais Sohan leva une main vers elle pour l'arrêter. La Supernova l'aurait volontiers ignorée si dans son autre main ne se trouvait pas une dague dorée, dirigée vers son propre corps. Les yeux écarquillés, elle s'immobilisa.

— Pour… quoi ? s'étrangla-t-elle, désespérée à l'idée de perdre un autre de ses amis.

Sohan haussa un sourcil de surprise.

— Ce n'est pas personnel, répondit-il. J'ai besoin de l'énergie de la Supernova et il se trouve que c'est tombé sur toi. Si tu veux blâmer quelqu'un, choisis plutôt tes parents qui t'ont emportée sur le Continent. S'ils t'avaient confiée à moi plus tôt, des milliers de vies auraient pu être épargnées, Cassiopée !

Elle déglutit avec difficulté. Elle détestait la manière dont son prénom résonnait dans la bouche de Sohan lorsqu'il n'était pas lui-même.

— Tu crois que j'ai pris du plaisir à arracher tous ces nouveau-nés à leur famille et à combattre mon propre peuple pour te trouver, toi ?

Elle plaqua ses mains contre ses oreilles, refusant que la voix chaude de Sohan prononcât de telles atrocités. C'était un geste inutile car, très vite, le Lion fut secoué de tremblements et une lueur de désespoir traversa son regard avant qu'il s'immobilisât.

La seconde d'après, le corps d'Azimech reprenait vie alors que celui de Sohan s'affaissait, simplement retenu par la main de son bourreau.

— J'aurais cru qu'il tiendrait plus longtemps, grimaça Azimech, l'air déçu.

Il lâcha le col de la veste de Sohan :

— Bon, tant pis.

Au moment où la tête du Lion percuta le sol, une onde de choc traversa la Supernova, qui poussa un râle puissant.

Elle allait le tuer. Elle allait tuer Azimech. C'était la seule pensée qui l'animait, si puissamment que rien d'autre ne comptait désormais.

Cassiopée ne sentit pas le mélange de ses flux intérieurs opérer, pas plus qu'elle n'eut de contrôle sur son corps lorsque celui-ci se travestit. Elle tomba à genoux et ses mains se crispèrent sur l'herbe desséchée alors que sa vue se brouillait peu à peu.

Elle était en train de se métamorphoser. Elle le comprit à la vue de ses pattes nues et duveteuses, au vent frais qui s'engouffrait, sans le rafraîchir, dans son pelage sombre et au regard hébété d'Azimech qui la détaillait comme une bête de foire.

— Une Scorpion Gordina…, observa-t-il, bouche bée. Fabuleux !

Sa bouche se tordit en un sourire sinistre.

Guidée par son instinct animal, Cassiopée s'élança sur Azimech en poussant un rugissement qui lui brûla les entrailles. En deux foulées à peine, elle parvint à sa hauteur et il lui suffit de refermer ses mâchoires redoutables autour de son bras droit pour le lui arracher totalement.

Dans sa course, elle recracha le membre qui roula durement sur l'herbe. Aussitôt, elle fit volte-face. Azimech, dégoulinant de sang dans sa toge brune à la manche droite arrachée, ne semblait pas ressentir la moindre douleur. Un sourire carnassier s'étira sur sa figure déformée par la vision brouillée de Cassiopée.

Ce n'était pas le moment de faiblir, elle était loin d'en avoir fini avec lui. La rage qui enveloppait le lynx gris démultiplia la puissance de ses mouvements et elle prit de l'élan pour lui arracher l'autre bras.

Un pas après l'autre, elle se rua sur sa proie à une vitesse folle sans quitter son visage immonde du regard. La gueule du lynx s'ouvrit largement, prête à déchiqueter le monstre, mais au même instant, l'animal cligna des yeux.

Sa mâchoire s'était refermée sur du vide.

Azimech avait disparu, tout comme les corps inertes et la clairière. À la place, debout, dans la lumière matinale de la rotonde, Subra, une lame dorée à la main la dévisageait avec un mélange de frayeur et de stupéfaction, tout comme les membres de la Ligue qui se trouvaient derrière elle.

Oh non.

Prise de panique, Cassiopée recula d'une patte, puis d'une deuxième tout en balayant la salle de ses yeux de félin. Dans un silence glaçant, les spectateurs scrutaient l'abomination que représentait la Khefa de la première Unité de Modélisation.

Que venait-elle de faire ?

La confusion se mêla à la peur et, alors qu'elle se demandait quel chemin emprunter pour s'enfuir au plus vite, sa métamorphose commença à se dissiper. Graduellement, comme si elle tentait de faire durer un suspense malsain, Cassiopée reprit sa forme originale, accroupie sous les exclamations horrifiées des spectateurs qui n'avaient pas encore saisi la situation. Ses jambes flageolaient et elle se demanda si elle allait réussir à tenir debout. Lentement, elle se redressa, dépliant chaque membre de son corps, redoutant la réalité qu'il allait lui falloir affronter.

Quelque chose tomba de sa veste mais elle ne prit pas la peine de regarder ce que c'était ; elle ne voulait pas voir la sangsue vicieuse qui avait attendu le bon moment pour causer sa perte en mordant sa nuque.

Tout cela n'avait été qu'une hallucination. Les yeux de Cassiopée se posèrent sur les novices qui s'écartaient prudemment d'elle, comme si elle s'apprêtait à imploser, là, tout de suite. Alioth, une feuille dorée entre les mains, semblait profondément désolé. Il venait de faire gagner son équipe et de mettre ainsi fin à l'Entre-Deux.

Le dôme résorbé laissa derrière lui la poignée de novices qui, quelques minutes plus tôt, couraient vers l'arbre millénaire pour attraper la feuille. Celian et Arietis, à l'instar de tous ceux qui avaient quittés le gailuat, se tenaient l'un à côté de l'autre sur le banc des novices.

Le cœur au bord des lèvres, Cassiopée remarqua, près d'eux, le visage crispé de Kaus.

La mâchoire contractée, il scrutait un à un les membres éminents de la Ligue, attendant certainement leur sentence. Derrière l'irakatsi, Izar semblait lui aussi en alerte et ne cessait de serrer et de desserrer le poing, comme sur le point d'intervenir.

Enfin, les yeux de la Supernova se plantèrent dans ceux de Subra qui, pour la première fois depuis qu'elle la connaissait, semblait avoir perdu toute contenance. La directrice n'avait pas bougé depuis que l'Entre-Deux s'était dissipé et elle continuait de dévisager son élève, bouche bée.

Finalement, elle osa avancer d'un pas et Cassiopée remarqua alors seulement les ajzerali qui lui avaient emboîté le pas, prudemment eux aussi, leur lance à la main. Mais avant qu'ils aient pu atteindre la Supernova, Haris et Sohan émergèrent de la foule de novices et se plantèrent juste devant leur amie, tel un rempart que ni Subra, ni les ajzerali n'oseraient franchir.

Cassiopée sentit les larmes lui monter aux yeux. Elle aurait voulu crier à ses amis de ne pas s'interposer. Leur attitude ne faisait que confirmer qu'ils connaissaient son secret et qu'ils l'avaient volontairement tu. Les répercussions risquaient d'être considérables.

Soudain, un mouvement de foule, derrière elle, attira son attention. Naos, suivi d'Alioth et de Stella, s'extirpèrent à leur tour de l'assemblée pour se positionner tout autour d'elle. Si Naos était concentré sur Subra, un air de défi dans le regard, les jumeaux, en revanche, avaient les yeux rivés au sol.

Cassiopée tressaillit. En se tenant à ses côtés comme ils le faisaient, Alioth et Stella venaient publiquement de déshonorer leur famille. Amalthée dévisagea ses enfants avec une colère telle que sa lèvre supérieure, parfaitement maquillée, frémit.

La rousse tirée à quatre épingles ne les quitta des yeux que pour observer la fraîchement nommée irakatsi métisse, qui venait de se lever du banc des spectateurs dans un uniforme aux manches argentées pour se placer aux côtés de Cassiopée. Jamais cette dernière n'avait vu sa mentore adopter un air si grave et déterminé alors qu'elle formait le dernier fragment de rempart qui la protégeait du reste du monde constellationniste.

Elle. La Supernova de la prédiction.

CHAPITRE 48

« Les siècles passés tendent à prouver que la Supernova représente un danger pour le peuple constellationniste en ce que chacune de ses apparitions s'est soldée par une catastrophe humaine ou naturelle. »

Extrait de *Pourquoi éliminer les Supernovas : études anthropologiques saleriennes.*

Les geôles de l'Académie étaient humides et il y faisait un froid terrible, ce qui était peu surprenant compte tenu du fait qu'elles étaient situées au sous-sol du bâtiment, dans une zone si sombre que même les rats la désertaient volontiers. Cassiopée n'en avait d'ailleurs pas croisé un seul depuis qu'on l'y avait enfermée sans ménagement, et pourtant elle aurait apprécié avoir de la compagnie, quelle qu'elle soit.

Recroquevillée dans le coin d'une cellule vétuste, elle grelottait sous son uniforme depuis plusieurs heures déjà et elle se demandait si on ne l'avait pas simplement oubliée là. À cette idée, une boule se forma dans sa gorge : était-ce son châtiment pour posséder un pouvoir dont elle ne voulait même pas ? Allait-on la laisser moisir ici comme une moins-que-rien ?

Elle eut un rire amer. Après tout ce qu'elle avait traversé, c'était ainsi qu'elle finirait : desséchée au fond d'un château dont les Arruntas ignoraient l'existence. Personne ne remarquerait son absence et personne ne la retrouverait, pas même Sasha.

Décidément, la roue du temps avait un sacré sens de l'humour. Cassiopée se retrouvait une fois de plus seule et désœuvrée.

Amalthée n'avait pas perdu une seconde avant d'ordonner son emprisonnement. Bien sûr, personne n'avait osé s'y opposer. À l'exception de Sohan et de Haris, qui s'étaient accrochés à elle, affirmant qu'il faudrait leur passer sur le corps avant de s'en prendre à elle.

La dernière vision que Cassiopée avait eue de la rotonde était celle de ses amis, pris à parti par des ajzerali en costume orange.

Que faisaient-ils désormais ? Étaient-ils en train de trouver un moyen de la sortir d'ici ou les avait-on convaincus qu'une Supernova était trop instable, trop dangereuse, pour être secourue ? À moins que Subra et Amalthée les eussent persuadés qu'elle servirait davantage au peuple constellationniste si elle était sacrifiée pour les besoins de la création de l'Oasis, plutôt que vivante en train de poursuivre un but égoïste et futile.

La jeune femme fut tirée de ses pensées par le bruit de la porte en bois qui venait de s'ouvrir dans un grincement sinistre et du trousseau de clés que l'un des deux gardes qui la maintenaient captive gardait précautionneusement à sa ceinture.

Cassiopée roula sur elle-même jusqu'aux barreaux de sa cellule en veillant à ce que les *keatz* qu'on lui avait attachés aux poignets et aux chevilles ne se touchassent pas. Ce genre de bracelets métalliques muselait l'énergie astrale du Constellationniste qui les portait.

Elle avait eu le malheur de les faire entrer en contact une seule fois, juste après qu'on les lui eut posés, et la douleur avait été telle qu'elle avait failli s'évanouir. Plus encore que sa douleur aux côtes qui avait disparu au moment où elle avait quitté l'Entre-Deux.

Quelqu'un venait lui rendre visite et elle ignorait qui cela pouvait bien être. Elle pariait sur Subra, ou Hélios. À tous les coups, ils avaient voulu envoyer un membre de la Ligue qui inspirait suffisamment le respect afin que Cassiopée mît de côté son sarcasme, mais suffisamment proche de la Supernova pour espérer des confessions. Dans un cas comme dans l'autre, Subra était une mauvaise option. Hélios, pas forcément mieux...

Mais Cassiopée laissa de côté ses spéculations au moment où la barbe mal taillée et la peau bronzée d'Izar lui apparurent à l'entrée des geôles. L'un des gardes, celui qui portait les clés, déposa un petit objet rouge aux pieds d'Izar, et Cassiopée devina de quoi il s'agissait : un *agerian*, l'objet capable de couper court aux pouvoirs astraux.

Un cercle rougeâtre se forma autour des trois hommes avant de disparaître. L'autre garde hocha la tête et Izar lui répondit quelque chose que Cassiopée ne put entendre du fond des geôles. Un rire gras résonna ensuite et elle put voir Izar déposer une tape amicale sur le bras d'un des gardes avant qu'il ne le laissât passer.

— Laissez-nous seuls si vous le voulez bien, fit le responsable des novices.

Non, surtout pas !

Mais Cassiopée n'eut pas le temps d'objecter : déjà, les deux gardes quittaient la pièce. Izar traversa le couloir étroit et passa devant quatre ou cinq cellules vides avant d'atteindre la sienne, la plus reculée.

La Supernova s'était repliée au fond de sa prison, près du trou dans lequel elle était supposée faire ses besoins, au moment où les yeux saphir d'Izar se posèrent sur elle. Par réflexe, elle passa les doigts sur sa cuisse droite à la recherche de sa lame, mais elle se rappela qu'on la lui avait confisquée avant de la conduire ici. Elle s'était débattue bien sûr, mais Hélios avait usé de son don pour l'endormir, et rien que pour cela, elle le mettait désormais dans le même sac que Subra.

— C'est ça que tu cherches ? demanda Izar de sa voix éraillée en extirpant un morceau de métal argenté de sa poche.

Sa lame ! Elle pouvait d'ici discerner les lettres de son prénom inscrites dans cette calligraphie qu'elle aimait tant. Aussitôt, la Supernova tendit le bras pour appeler son arme, mais celle-ci ne bougea pas d'un poil et ce, pour la même raison qui l'avait empêchée de former un clone ou de se transformer en insecte pour passer entre les barreaux de cette maudite cellule.

Maudits keatz !

Cassiopée fit retomber son bras droit contre son corps faible et eut un rire sans joie. La Ligue avait autorisé à venir lui rendre visite la seule personne qui allait causer leur perte. Quelle ironie !

Ces dernières heures, elle avait presque prié pour voir apparaître la face triangulaire de Kaus, et elle aurait même supporté sa mauvaise humeur perpétuelle et ses hurlements s'il avait réussi à la tirer d'ici, lui qui n'était visiblement dans aucun camp. Mais Kaus n'était jamais descendu.

— Tu as mauvaise mine, constata Izar.

— Je ne suis pas sûre que ce soit important pour ce qui m'attend une fois sortie de cette cellule, rétorqua-t-elle après un raclement de gorge. Si jamais je sors un jour.

Izar haussa un sourcil.

— Qu'est-ce que tu crois qu'il va se passer pour toi ?

La réponse de Cassiopée fut aussi rapide qu'acerbe.

— Ils vont se servir de moi pour créer leur maudite Oasis.

Izar hocha la tête, peu surpris par les révélations de Cassiopée. À présent, il avait sûrement compris que la Lion qu'il avait convoquée dans le garde-manger le soir de sa virée nocturne avec Hati n'avait pas réussi à l'asservir pour qu'elle oubliât tout.

— Si tu te souviens de ça, tu dois sûrement comprendre qui je suis, fit-il en jouant avec la lame de Cassiopée.

La Supernova essaya de rire, mais elle était trop faible pour cela.

— Un bel enfoiré, commenta-t-elle, et l'étonnement dans les yeux d'Izar lui arracha un sourire.

Comme il ne répondait rien, elle continua :

— Vous êtes de mèche avec Azimech, tout comme Hati, et c'est vous qui avez fait entrer son armée le soir de l'azterita festa, vous qui êtes responsable de la mort de ces élèves et vous qui avez eu l'audace de les pleurer le lendemain.

Sa voix s'était chargée de colère et, si Izar avait d'abord eu l'air surpris par ces accusations, il affichait désormais une mine sérieuse.

— Si j'avais été du côté d'Azimech, tu serais déjà sur Saleria à l'heure qu'il est, trancha-t-il.

Cassiopée se tendit contre le mur. Quelque chose dans sa voix fit penser à la jeune fille qu'il disait la vérité et, pour prouver sa bonne foi, il lança la lame de Cassiopée à travers les barreaux. Celle-ci retomba juste devant le pied droit de la Supernova qui se précipita dessus.

— Qu...

La question de Cassiopée mourut sur ses lèvres. Izar prononça des mots qui sonnèrent comme une promesse de liberté à ses oreilles :

— Auzarta garailen.

Le mot de passe de la Ronka.

Le visage de Cassiopée se figea tandis qu'elle se relevait en prenant appui sur le mur de sa cellule, non sans difficulté.

Elle retraça le fil de ces derniers mois et la vérité lui sauta au visage. Elle revoyait Hati rendre des comptes au responsable des novices et leur discussion animée sur la Ligue, elle revoyait Izar intervenir lors de l'attaque de l'armée d'Azimech et au moment de la fouille, alors que Subra asservissait Haris, et elle le revoyait s'enquérir de son état le jour de la veillée. Il savait qui elle était à ce moment-là, et il savait qu'elle se sentait coupable. Cassiopée s'était tellement persuadée qu'Izar ne pouvait être que du mauvais côté qu'elle n'avait même pas envisagé une autre hypothèse.

Elle s'était approchée de lui et se tenait désormais juste derrière les barreaux de sa cellule.

— Tu en as mis du temps à comprendre, la railla-t-il.

— Pourquoi ne me l'avez-vous pas dit clairement ?

— Pour me faire prendre par la Ligue ? Non merci. Je ne sais même pas comment toi et tes amis avez réussi à tenir si longtemps sans vous faire attraper. Haris a beau être un Imperium du Verseau, c'est surtout la chance qui vous a aidés, si tu veux mon avis.

Pour la première fois depuis qu'on l'avait amenée dans cette cellule, Cassiopée eut l'espoir d'en sortir indemne.

— Comment avez-vous su que j'étais la Supernova ? demanda-t-elle. C'est Kaus qui vous l'a dit ?

Izar laissa échapper un petit rire.

— C'est ton talent en Modélisation qui t'a trahie en premier. À partir de ce moment-là, j'ai demandé à Kaus de garder un œil sur toi. Heureusement que tu as eu du mal à maîtriser ton pouvoir astral, sinon tu aurais grandement attiré l'attention !

Cassiopée se rembrunit. Elle ne devait sa survie qu'à ses capacités médiocres.

— Ensuite, lors d'Aztarna, Kaus a tenté d'user de son pouvoir d'empathie sur toi mais n'y est pas parvenu.

— Cela aurait pu être dû à l'action d'un Verseau, répliqua Cassiopée.

— C'est ce que Kaus a pensé, alors je t'ai testée une dernière fois.

La novice fit la moue.

— Tu as résisté à l'asservissement de Despina, la Lion que j'ai fait venir dans le garde-manger, expliqua-t-il. J'ai envoyé Hati te sonder durant l'azterita festa ; je crois que le mot qu'il a employé pour qualifier ton jeu d'acteur était « pitoyable ».

— Vous allez me faire sortir d'ici alors ? demanda-t-elle en serrant les poings d'excitation.

Izar jeta un coup d'œil vers la porte d'entrée et vers les gardes qui se tenaient derrière.

— Tu devras faire exactement ce que je te dis, exigea-t-il.

Et cette réponse enchanta la Supernova.

Sa main fichée sur le bras d'Izar pour bénéficier de son pouvoir d'invisibilité, Cassiopée quitta sans aucune difficulté la cellule que son professeur avait ouverte en reproduisant le panneton de la serrure à l'aide de sa lame. Il avait ensuite utilisé le même subterfuge pour lui ôter ses keatz. La Ligue avait été assez prévoyante pour installer des ajzerali devant sa cellule et utiliser des agerian pour vérifier l'identité des visiteurs, mais pas suffisamment pour imaginer qu'un irakatsi pût être responsable de son évasion.

Ainsi, les ajzerali chargés de garder sa cellule ouvrirent la porte à Izar sans se douter qu'il n'était pas reparti seul, et les deux rebelles remontèrent les escaliers en pierre faiblement illuminés jusqu'au rez-de-chaussée. Là-haut, seule la nuit les attendait, au grand soulagement de Cassiopée qui n'eut pas à esquiver les résidents de l'Académie.

— Il est encore en place ? demanda Izar entre ses dents alors qu'ils venaient de passer la porte d'entrée principale en direction du portail.

Cassiopée marmonna un « oui » quasiment inaudible. Le clone qu'elle avait créé au moment de s'enfuir occupait toujours les lieux de sorte que lorsque les gardes comprendraient qu'elle avait décampé, elle serait normalement déjà très loin. Izar hocha la tête et, les mains dans les poches, feignit d'entamer une promenade nocturne sur le chemin pavé qui s'enfonçait dans la pénombre.

Au cœur de la nuit noire, Cassiopée aperçut soudain deux capuchons noirs qui attendaient quelques mètres devant eux et faillit lâcher le bras d'Izar en reculant d'un pas.

— Du calme, fit l'irakatsi en lui attrapant la main. Ils sont avec nous.

La Supernova resta sur le qui-vive jusqu'à ce que la chevelure rousse et bouclée d'Hydra s'échappât de sa capuche, tout comme venait de le faire la tête triangulaire de Kaus.

— Il va falloir faire vite, déclara l'Imperium du Cancer sans prêter attention une seule seconde à Cassiopée.

La novice était invisible, mais tout de même. Kaus avait au moins pris la peine d'adresser dans le vide une grimace de mécontentement.

— Allons-y, trancha Izar.

Il avança d'un pas et ce simple geste suffit à faire trembler le sol. Cassiopée reconnut cette sensation et la peur envahit chaque parcelle de son être alors que les pavés se retournaient un à un devant elle.

Tout, mais pas ça.

— Reste tranquille, lui intima Izar alors qu'elle tentait une nouvelle fois de s'éloigner de lui.

Ni Izar ni les deux irakatsi du Cancer ne semblaient le moins du monde affectés par l'émergence progressive des deux golems de pierre. Hydra et Kaus, de part et d'autre de Cassiopée, attendaient patiemment que Castor et Pollux approchassent, sans mot dire.

— Ménage-toi, Hydra, lui conseilla Izar.

— Le premier à en faire tomber un a gagné, répondit-elle aussitôt.

Mais elle ne s'adressait pas à Izar. Cassiopée le comprit lorsque Kaus s'élança à la suite de la rousse en direction des deux golems. Les deux Cancer dégainèrent leur lame dans un même mouvement et la transformèrent en une longue épée blanche avant de se ruer chacun sur leur cible. Esquivant un coup de poing qui les aurait réduits en bouillie, ils contournèrent les golems avec une agilité irréelle et, dans un saut maîtrisé, parvinrent à déchiqueter la paroi de pierre qui recouvrait leur talon d'Achille.

De manière tout à fait spectaculaire, Castor et Pollux s'effondrèrent sur le sol dans un chahut retentissant, à tel point que Cassiopée se retourna vers l'Académie pour s'assurer que personne ne pouvait les entendre. En posant ses yeux sur la vieille bâtisse, elle se demanda si tous les invités des Quadrantides étaient déjà repartis et combien de temps exactement elle avait été enfermée dans cette cellule. Là-haut, ses amis l'attendaient sûrement. Les reverrait-elle un jour ?

— J'ai gagné ! s'exclama Kaus alors que les golems luttaient pour se remettre debout.

— C'est pas du jeu, rétorqua Hydra. Je suis enceinte.

— Ne te cache pas derrière mon petit-cousin pour justifier ta défaite, *itsusia.*

Hydra leva son majeur dans sa direction et Kaus fit mine d'être choqué. Il venait de la qualifier de « moche », c'était mérité.

Cassiopée n'avait jamais prêté attention au lien qui unissait les deux irakatsi. Elle savait simplement qu'Hydra lui faisait peur et que Kaus l'exaspérait. Elle ne l'avait d'ailleurs jamais vu avoir l'air aussi normal, ni n'avait imaginé qu'il pût avoir une famille. Il était si détestable que, pour Cassiopée, il ne pouvait pas avoir de proches susceptibles de le supporter. Elle avait tort.

— On n'a pas toute la nuit, fit remarquer Kaus en rangeant sa lame.

Cette fois, il fixait la Supernova droit dans les yeux et elle comprit qu'Izar avait fait taire son pouvoir.

Cassiopée lâcha son professeur et passa devant Kaus sans lui adresser un regard tout en se dirigeant vers le portail.

— Attends ! lui intima Hydra.

La Cancer slaloma entre les deux golems de pierre pour déposer quelque chose dans sa main : la longue cape noire à capuche qu'elle portait à l'instant. Cassiopée s'apprêta à la remercier, mais la Cancer avait déjà tourné les talons.

La Supernova enfila le manteau et expira bruyamment avant de matérialiser une échelle pour atteindre le mur d'enceinte. Le souvenir de Sohan la frappa en plein cœur.

Est-ce qu'elle s'apprêtait vraiment à partir ?

Une faible hésitation traversa son esprit, puis elle se remémora le visage d'Amalthée et des autres membres de la Ligue lorsqu'elle était apparue sous sa forme de lynx devant leurs yeux. Elle revit leur expression avide en comprenant qui elle était réellement.

Oui, elle allait partir. Elle n'avait pas d'autre choix.

Elle mit un pied sur l'échelle, puis un autre jusqu'à sentir la pierre froide du mur sous ses fesses. Elle fixa sa lame à sa cuisse droite et, hésitante, eut un dernier regard pour les trois irakatsi qui venaient de lui sauver la vie. Dans leurs yeux, aucun signe de satisfaction ou de malice, seulement une détermination sans faille qui fit s'envoler tous les doutes qui lui compressaient l'estomac. Elle suivrait les conseils que lui avait prodigués Izar avant de la libérer de sa cellule : elle rejoindrait le repaire de la Ronka pour s'y cacher. Dorénavant, c'était le seul lieu sûr pour elle et elle y trouverait certainement de l'aide.

Cassiopée se retourna vers la route qui s'ouvrait devant elle, laissant dans son dos l'Académie et les amis qu'elle ne reverrait jamais. Elle rabattit son capuchon sur sa tête et sauta de l'autre côté du portail avant de disparaître à la faveur de la nuit.

ÉPILOGUE

Tauri Esteryra se tenait au bord de la brèche de Harria, comme elle l'avait elle-même renommée après y avoir élu domicile près de vingt ans auparavant. Sa longue tresse blanche se balançait dans la douce brise printanière et son visage à peine ridé malgré tant d'années traversées se délectait de ce brin de fraîcheur. Tauri y montait chaque jour, alors que le soleil finissait sa course dans un ciel sans nuage pour laisser derrière lui les lueurs crépusculaires dont elle se délectait tant. Aujourd'hui, elle profitait d'autant plus de cette tranquillité qu'elle savait qu'elle ne durerait pas.

Plus tôt dans la journée, elle avait commis un acte que ses descendants trouveraient déshonorant et elle devrait s'en justifier longuement. Elle le savait, car elle l'avait *vu*. Elle avait tout *vu*. Par le passé, elle avait *vu* la naissance d'un enfant qui bouleverserait la face de son monde, elle avait *vu* un homme à l'air malade retourner toute une nation et elle avait *vu* la maigre possibilité qu'ils auraient de faire les bons choix afin de réparer le mal qui avait été commis. Ses prédictions étaient autant sollicitées que craintes, comme l'avaient été celles de ses prédécesseurs.

Elle sut que sa Seconde était là sans avoir besoin de la voir arriver. L'odeur de vanille qui se dégageait de sa peau sombre la devançait. En revanche, pour la première fois depuis une éternité, celle qui portait autrefois le titre d'Oracle Aldebaran ne savait pas quel mot sortirait de la bouche de la jeune fille qui se tenait derrière elle sans bouger d'un cil.

— Tu regrettes déjà ? demanda-t-elle.

Ce n'était pas les mots auxquels Tauri s'était attendu.

— Maïa, soupira l'ancien Oracle. Est-ce qu'une fois dans ma vie, une seule, tu m'as vu regretter le moindre de mes choix ?

Maïa fit claquer sa langue en signe de désapprobation et ce fut le premier désaccord que sa Seconde manifestait face à ses choix. Un choix en particulier.

— Pourquoi l'avoir choisi lui ? pesta la jeune fille aux longues tresses noires sans cacher le dégoût qui l'animait. Pourquoi, alors que chacune d'entre nous s'est entraînée si dur pour te succéder ?

Tauri ne détacha pas son regard de l'horizon, pas même quand le soleil disparut derrière l'Océan qui s'étendait au loin.

C'était une question épineuse à laquelle il allait néanmoins falloir répondre et pourtant, c'était pour elle une évidence. Ce garçon participerait au bouleversement à venir, qu'il le voulût ou non.

— On l'a toutes observé, enchérit Maïa. Il est stupide, maladroit, têtu et inconscient. Et en plus il est sale.

Tauri sourit en imaginant le visage renfrogné de sa Seconde derrière elle. De toutes les Taureau qui habitaient la brèche de Harria, Maïa était la seule capable d'oser lui parler de la sorte. Et c'était pour cela qu'elle était sa préférée. Malgré tout, elle était très jeune et certaines choses lui échappaient encore.

— Il est aussi honnête, loyal et persévérant, répliqua Tauri. Et surtout, il est son ami.

— Je ne vois pas ce que ça change.

L'ancienne Oracle prit une profonde inspiration, les yeux rivés sur le lointain.

— La Supernova ignore encore que son amie arrunta l'a trahie, expliqua-t-elle. Quand elle le remarquera, elle aura besoin de toute la puissance possible à ses côtés.

— Ça n'explique toujours pas pourq...

— Tu comprendras.

La tempête arriverait bien assez vite, inutile de la déclencher si tôt, sous un ciel aussi beau.

Maïa soupira.

— Comment s'appelle-t-il, déjà ?

Tauri prit une profonde inspiration. Les lueurs du couchant commençaient déjà à colorer le ciel.

— Alioth Algedyro, répondit-elle. C'est à lui que j'ai légué les pouvoirs de l'Oracle Aldebaran.

GLOSSAIRE

Ahula : faible
Ajzerali : défenseur
Ama : maman
Agerian : objet suspendant les pouvoirs astraux
Anaia : frère
Asmailea : inventeur
Atzoia : enfoiré
Auzarta : brave
« Auzarta garailen » : « Les braves sont victorieux » (mot de passe de la Ronka)
Arrunta : humain ne possédant pas de pouvoir astral
Aztarna : marque symbolisant l'appartenance au monde constellationniste
Begiraleak : surveillant
Belardia : maladie ressemblant à la lèpre
« Degira ala streyas » : « Retourne aux étoiles »
Esternoia : technique du sternum
Etsaia : ennemi
Gailuat : espace illusoire en forme de dôme
Irakatsi : enseignant
Itsusia : moche

Keatz : menottes neutralisant le pouvoir astral de celui qui les porte

Khef – Khefa : chef – cheffe

Lamiaa gaixo : plante urticaire

Lazio : sphère métallique associée au gailuat capable d'emmagasiner souvenirs et paysages

Lorezai : jardinier

Maitea : mon amour

Remuto : objet pouvant changer d'apparence

Sarilepokora : collier de récompense

Sarraskia : peine de mort

Simples : stupide

Zapil : contenant renfermant les gardiens

REMERCIEMENTS

J'ai toujours cru qu'écrire était quelque chose que je devais faire seule. Pendant des années, j'ai fabriqué cette histoire sans en parler, comme un secret qui ne devait jamais, au grand jamais, s'ébruiter. Je me trompais. À la minute où j'ai pris mon courage à deux mains pour parler de cette passion qui m'animait, je me suis aperçue que là, tout près de moi, se tenaient des dizaines de personnes plus bienveillantes et encourageantes les unes que les autres. Toutes les rencontres par la suite ont été des soutiens de plus, et je garde en mémoire chacune d'entre elles.

Aussi, je voudrais commencer par remercier tous mes proches, ma famille, mes amis, ainsi que toutes les personnes qui ont croisé ma route ces dernières années et qui m'ont soutenue sans même avoir lu une seule ligne de ce que j'écrivais. Tous vous citer rallongerait ce livre d'au moins deux pages mais vous vous reconnaîtrez, j'en suis certaine !

Sachez que vos mots sont gravés dans mon cœur. Merci infiniment.

À ce stade, il me serait impossible de ne pas remercier comme il se doit certaines personnes qui ont marqué l'écriture et la publication de ce premier tome…

Pour commencer : les piliers de ma vie, mes parents. Merci à vous de fêter chacune de mes victoires, même minime, avec la plus grande ferveur et de m'aimer de manière inconditionnelle. Vous rendre fiers est ma plus grande réussite. Je vous aime plus que tout (d'accord ?).

Dylan, tu es le grand frère que toutes les petites sœurs rêvent d'avoir. Merci de me faire confiance et d'avoir toujours cru que j'y arriverais. Merci aussi de m'avoir écouté pendant trois loooongues heures de voiture, détailler l'intégralité de cette trilogie de manière extrêmement confuse, en vivant le moment comme si tu y étais. Celui-là est pour toi.

Nina, personne sur cette planète ne me comprend mieux que toi car on est les mêmes, mais différentes. Merci d'être toujours là pour moi, de me remettre sur le droit chemin quand je pars dans tous les sens, d'alléger mon quotidien quand je réfléchis trop et de savoir ce dont j'ai besoin sans que j'aie à prononcer le moindre mot. Nous voir évoluer conjointement depuis dix ans me remplit de joie et d'espoir pour l'avenir.

J'ignore ce que serait ma vie sans toi et je ne veux jamais avoir à le découvrir. Merci d'exister.

Il y a des amis qui sont devenus ma famille, mais il y a aussi des membres de ma famille qui sont des amis. Charles, je ne trouve pas les mots pour te dire à quel point tu es important pour moi. Tu as cru en *Supernova* à la minute où j'ai prononcé le nom « Cassiopée » et tu égayes mon quotidien de tes blagues et insultes en Sùm depuis. Merci d'être là et, surtout, merci d'être toi.

Un grand merci aussi à Clara pour ton soutien et ton enthousiasme à l'autre bout de la France, du monde, et à toute heure du jour et de la nuit. Tes commentaires « excellentissimes » sur ce roman quand il n'était qu'un texte sur une succession de pages Word m'ont tellement fait prendre confiance en moi !

Merci à toi, Milla, d'avoir pris le temps de me lire entre tes 24 970 concerts et les 204 823 249 820 livres de ta PAL, et d'être allée contre tes principes pour annoter ce texte dans son corps !

Dans la genèse de ce projet se tenait aussi quelqu'un qui m'a encouragée quand je doutais, m'a poussée vers l'avant quand je procrastinais et a cru en moi de manière infaillible, même quand je répétais en boucle n'être bonne à rien. Si je suis arrivée au bout, c'est aussi un peu grâce à toi, Alex. Merci pour ça.

J'aimerais également remercier du fond du cœur toute l'équipe de la Collection R pour cette première édition du concours *Un R de premier roman* qui m'a permis de réaliser l'un de mes plus grands rêves (et mille mercis aux membres du jury !). Merci à tous ceux qui ont travaillé sur ce roman et ont contribué de près ou de loin à sa mise en œuvre, et un merci tout particulier à Elsa et Claire pour leur accompagnement, leur implication ainsi que leurs conseils pour sublimer ce texte afin qu'il devienne la meilleure version de lui-même !

Cela peut paraître bizarre, mais je souhaiterais remercier la Axelle d'hier, celle d'avant-hier et celle d'encore plus tôt. On a eu mille occasions d'abandonner, et on s'est accrochées.

On l'a fait.

Last but not least, merci à vous, lecteurs, d'avoir choisi de plonger dans cet univers et d'avoir suivi les premiers pas de Cassiopée dans le monde constellationniste. J'espère sincèrement qu'elle et son petit groupe d'amis auront su vous séduire, et je vous dis *À bientôt !* pour la suite.

Écoutez la Bande Originale inspirée par *Supernova.*
J'y ai glissé bon nombre de musiques qui ont bercé l'écriture de ce premier tome, mais également des titres qui traduisent l'état d'esprit de Cassiopée tout au long de son séjour en tant que novice à l'Académie.
Vous pouvez l'écouter pendant votre lecture ou bien quand vous l'aurez terminée. Ainsi, l'univers de *Supernova* vous accompagnera même une fois le livre refermé !

LE PAYS QUI DESCEND

de David Camus

Li, quinze ans, vit dans le village de Cent-Maisons (Et-Pas-Une-De-Plus) sur Vertical, une gigantesque montagne dont nul ne connaît la base ni le sommet. Comme chacun de ses habitants, elle rêve d'atteindre un jour « Tout En Bas Tout En Bas », là où même l'eau se repose ; mais, enfant trouvée, elle se sait condamnée à l'avenir morne de ceux qui ne descendent de personne.

Quand un drame la pousse à partir avec cinq autres adolescents, son existence bascule. Débute alors un voyage jalonné de rencontres étonnantes dans des mondes inconnus qui la mèneront à la découverte d'elle-même et des nombreux secrets du Pays qui descend.

Le premier volet d'un diptyque d'aventure follement inventif.

Les Arcanes de Brume

de Fanny Caldin

Marseille, 1850.

Pytha est une jeune mendiante qui a appris à ne compter que sur elle-même, jusqu'à ce que la Providence place sur son chemin un mystérieux oracle divinatoire.

Chaque tirage la fait basculer dans un monde de brume où d'étranges silhouettes jouent l'avenir sous ses yeux. Grâce à la magie des cartes, Py découvre qu'une quête l'attend : un voyage vers les secrets de son passé.

Mais l'oracle attire les convoitises et il lui faudra beaucoup de courage pour déjouer les pièges du Hasard, qui n'aime rien tant que bousculer le Destin...

Le premier tome d'une saga magique : une plongée haletante et mystérieuse dans le monde de l'ésotérisme.

VIOLET MADE OF THORNS

de Gina Chen

Violet est une prophétesse et une menteuse.

Voilà des années qu'elle influence la cour grâce à ses prophéties habilement tournées – à défaut d'être toujours vraies.

Mais le prince Cyrus est bien décidé à la destituer, aussitôt qu'il sera couronné, et Violet le sait pertinemment.

Seulement Cyrus est maudit et le royaume court à sa perte. Violet devra user de son intelligence pour sauver le monde de la destruction... tout en luttant contre l'attraction irrésistible qui grandit entre elle et le prince.

Quand les destins d'une prophétesse malhonnête et d'un prince romantique se rencontrent...

Un conte de fée sombre et moderne.

LOIN DES ÎLES MAUVES

de Chloé Chevalier

Yvanel est un Héros. Née femme, elle doit, comme ses congénères du Peuple des Bruyères, bander ses seins et cacher son identité aux yeux des Leifa – le peuple dominant des Îles Mauves.

Mais au-delà des querelles qui opposent ces deux peuples depuis la nuit des temps, un danger menace les îles de famine : l'Empire et ses navires qui s'accaparent les baleines.

Bravant les lois de leur archipel, Yvanel et cinq de ses compagnons embarquent à bord d'un voilier pour un périple à haut risque. Leur mission ? Négocier leur avenir.

La nouvelle saga fantasy de l'autrice du cycle *Récits du Demi-Loups*.

LE SANCTUAIRE D'EMONA

d'Alexandra Koszelyk

Séléné n'a gardé de son passé d'enfant adoptée que son prénom et une mystérieuse marque en forme de croissant de lune au creux du poignet.

Irina prétend lire dans les étoiles, consulte sans cesse son tarot divinatoire et fabrique des santons magiques dans des écorces de bois.

L'une et l'autre n'ont rien en commun, mais lorsqu'elles se retrouvent coincées en Slovénie dans une étrange maison dissimulée au fond d'un parc planté d'arbres centenaires, elles comprennent que leur rencontre n'est pas liée au hasard.

Des forces invisibles sont à l'œuvre, qui les poussent au seuil d'une découverte extraordinaire. De celles qui changent la face du monde.

Un récit à la beauté envoûtante, une ode à la Nature et à la puissance de la douceur contre la barbarie.

Ce livre existe grâce au travail de toute une équipe.

Communication : Caroline Babulle, Solveig de Plunkett, Sabrina Bendali, Inès Paulin, Adélaïde Yvert.

Coordination administrative : Martine Rivierre.

Studio : Pascaline Bressan, Barbara Cassouto-Lhenry, Joël Renaudat.

Fabrication : Muriel Le Ménez, Céline Ducournau, Bernadette Cristini, Sophia Paroussoglou, Isabelle Goulhot.

Commercial, relation libraires et marketing : Catherine Lauprêtre, Ombeline Ermeneux, Élise Iwasinta, Arthur Rossi, Joséphine Saint-Paul, Aurélie Scart.

Cessions de droits : Elisabeth Stempak, Benita Edzard, Lucile Besse, Sonia Guerreiro, Costanza Corri.

Gestion : Sophie Veisseyre, Chloé Hocquet, Isabelle Déxès, Pierre Ekel.

Services auteurs : Viviane Ouadenni, Jean-François Rechtman, Catherine Reimbold, Anita Sevenant.

Ressources humaines : Mylène Bourreau, Carine Duchampt.

Juridique : Laëtitia Doré, Anaïs Rebouh, Valérie Robe, Lucie Bergeras, Julia Crosnier.

Avec le soutien des équipes d'Interforum et d'Editis qui participent à la création, la diffusion et la distribution de ce livre.

Canoros
Vehit
Canentes

Composition réalisée par Nord Compo à Villeneuve-d'Ascq

#lisez! engagé
www.lisez.com
Pour plus d'information :
Imprimé sur du papier issu de forêts gérées durablement.

Imprimé en France par
CPI Brodard & Taupin
en octobre 2023

N° d'édition : 66156/01 – N° d'impression : 3054702